湖北省学术著作出版专项资金资助项目

中国科举文化通志　主编　陈文新

科举废止前后的晚清社会与文学

顾瑞雪　著

武汉大学出版社
WUHAN UNIVERSITY PRESS

图书在版编目(CIP)数据

科举废止前后的晚清社会与文学/顾瑞雪著.—武汉：武汉大学出版社，2015.11

中国科举文化通志/陈文新主编

ISBN 978-7-307-15835-1

Ⅰ.科… Ⅱ.顾… Ⅲ.中国文学—古代文学史—文学史研究—清后期 Ⅳ.I209.52

中国版本图书馆 CIP 数据核字(2015)第 103262 号

责任编辑：陈　帆　　　责任校对：李孟潇　　　版式设计：马　佳

出版发行：武汉大学出版社　（430072　武昌　珞珈山）
（电子邮件：cbs22@whu.edu.cn　网址：www.wdp.com.cn）
印刷：武汉中远印务有限公司
开本：787×1092　1/16　印张：19.25　字数：417 千字　插页：4
版次：2015 年 11 月第 1 版　　2015 年 11 月第 1 次印刷
ISBN 978-7-307-15835-1　　定价：88.00 元

版权所有，不得翻印；凡购我社的图书，如有质量问题，请与当地图书销售部门联系调换。

《中国科举文化通志》编纂委员会

顾　问　（按姓氏笔画排序）

　　　　　卞孝萱

　　　　　邓绍基

　　　　　冯其庸

　　　　　傅璇琮

主　编　陈文新

编　委　（按姓氏笔画排序）

　　　　　刘海峰　刘爱松　陈文新　陈水云

　　　　　张思齐　罗积勇　周　群　赵伯陶

　　　　　陶佳珞　黄　强　詹杭伦　霍有明

《中国科举文化通志》总序

陈文新

（一）

科举是中国古代最为健全的文官制度。它渊源于汉，始创于隋，确立于唐，完备于宋，兴盛于明、清两代。如果从隋大业元年（605）的进士科算起，到清光绪三十一年（1905）被废除，科举制度在中国有整整1300年的历史。科举制度还曾"出口"越南、朝鲜等国，扩大了汉文化的影响。始于19世纪的西方文官考试制度，其创立也与中国科举的启发相关。孙中山在《五权宪法》等演讲中反复强调：中国的科举制度是世界各国中所用以拔取真才之最古最好的制度。胡适也说："中国文官制度影响之大，及其价值之被人看重"，"是我们中国对世界文化贡献的一件可以自夸的事"。①

科举制度具有如此强大的生命力，其原因在于，它在保证"程序的公正"方面具有空前的优越性。官员选拔的理想境界是"实质的公正"，即将所有优秀的人才选拔到最合适的岗位上。但这个境界人类至今未达到过。不得已而求其次，"程序的公正"就成为优先选择。"中国古代独特的社会结构是家族宗法制，家长统治、任人唯亲、帮派活动、裙带关系皆为家族宗法制的派生物，在重人情与关系的社会文化背景下，若没有可以操作的客观标准，任何立意美妙的选举制度都会被异化为植党营私、任人唯亲的工具，汉代的察举推荐和魏晋南北朝的九品官人法走向求才的死胡同便是明证。""古往今来科举考试一再起死回生的历史说明：自古以来，中国就是一个人情社会，人情与关系在社会生活中起着重要的作用，为了防止人情的泛滥，使社会不至于陷入无序的状态，中国人发明了考试，以考试作为维护社会公平和社会秩序的调节阀。悠久的科举历史与普遍的考试现实一再雄辩地证明，考试选才具有恒久的价值。"② 从这一角度看，科举制度不但在诞生之初有着巨大的进步意义，而且在整个中国历史和世界历史上，都是一个了不起的创造。较之前代的选官制度，如汉代的察举、征辟制和魏文帝时开始推行的九品中正制等，科举制度都更加公正合理。

---

① 胡适：《考试与教育》，《胡适文集》第12册，北京大学出版社1998年版，第508页。
② 刘海峰：《科举学导论》，华中师范大学出版社2005年版，第113、136页。

作为一项从整体上影响国民生活的官员选拔制度，科举制度对于维护我们这个幅员辽阔的多民族国家的统一稳定，其作用是无论怎样估计也不会过高的。胡适这位新文化运动的领袖，虽然一再愤愤不平地说到中国文化的种种不是，但在《考试与教育》一文中，他也毫不含糊地指出：在古代那种交通极为不便的情形下，中央可以不用武力来维持国家的统一是由于考试制度的公开和公平。胡适所说的公平，包括三种含义：一是公开考选，标准客观。二是顾及各地的文化水准，录取的人员，并不偏于一方或一省，而是遍及全国。三是实行回避制度，"就是本省的人不能任本省的官吏，而必须派往其他省份服务。有时候江南的人，派到西北去，有时候西北的人派到东南来。这种公道的办法，大家没有理由可以反对抵制。所以政府不用靠兵力和其他工具来统治地方，这是考试制度影响的结果"①。这些话出于胡适之口，足以说明，即使是文化激进主义者，只要具有清明的理性，也不难看出科举制度的合理性。

作为一项从整体上影响国民生活的官员选拔制度，科举制度不仅具有历史研究的价值，而且有助于我们思考当今人事制度的改革问题。2005年，任继愈曾在《古代中国科举考试制度值得借鉴》一文中提出设立"国家博士"学位的设想。其立论前提是：我国目前由各高校授予的博士学位缺少权威性和公正性。之所以不够权威和公正，不外下述几个原因。其一，"各校有自己的土标准，执行起来宽严标准不一，取得学位后，它的头衔在社会上流通价值都是同等的"，这当然不公平。其二，研究生入学后，第一年大部分时间用在外语上，第二年大部分时间忙于在规定的某种等级的刊物上发论文，第三年忙于找工作，这样的情形，怎么可能培养出货真价实的博士？其三，几乎所有名牌大学都招收"在职博士生"，有的博士研究生派秘书代他上课，甚至不上课而拿文凭，这样的博士能说是名副其实的吗？只有设立"国家博士"学位，采用统一标准选拔人才，这样的"博士学位"才具有权威性和公正性。而国家在高级人才的选拔方面统一把关，不仅可以避免"跑"博士点和博士生扩招带来的许多弊病，有助于社会风气的改善，而且，由于只管考而不必太多地管教，还可以节省大量开支。就这一点而言，中国古代的科举制度的确是值得参考借鉴的。任继愈的这篇文章现已收入《皓首学术随笔·任继愈卷》（中华书局2006年版），有心的读者不妨一阅。

与任继愈的呼吁相得益彰，早在1951年，钱穆就发表了《中国历史上的考试制度》一文。针对民国年间（1911—1949）人事管理腐败混乱的状况，他痛心疾首地指出：科举制"因有种种缺点，种种流弊，自该随时变通，但清末人却一意想变法，把此制度也连根拔去。民国以来，政府用人，便全无标准，人事奔竞，派系倾轧，结党营私，偏枯偏荣，种种病象，指不胜屈。不可不说我们把历史看轻了，认为以前一切要不得，才聚九州铁铸成大错"②。钱穆的意思是明确的：参考借鉴科举制度，有助于人事管理的规范化和公正性。1955年，他在《中国历代政治得失》一书中进一步指出："无

---

① 胡适：《胡适文集》第12册，北京大学出版社1998年版，第506页。
② 钱穆：《国史新论》，东大图书公司1984年版，第114～115页。

论如何，考试制度，是中国政治制度中一项比较重要的制度，又且由唐迄清绵历了一千年以上的长时期。中间递有改革，递有演变，在历史进程中逐渐发展，这绝不是偶然的。直到晚清，西方人还知采用此制度来弥缝他们政党选举之偏陷，而我们却对以往考试制度在历史上有过上千年以上根柢的，一口气吐弃了，不再重视，抑且不再留丝毫顾惜之余地。那真是一件可诧怪的事。"① 现代中国的人事管理理应借鉴源远流长的科举制度，这是毫无疑问的。至于如何借鉴，则是我们需要认真思考的问题。

（二）

作为一项从整体上影响国民生活的官员选拔制度，科举制度以其"程序的公正"为国家选拔了大量行政官员，在提高全民族的文化水准和维护我们这个多民族国家的统一稳定方面，发挥了直接而巨大的作用，这是其显而易见的功能；它还有其他不那么显著却同样值得重视的功能，即意识形态功能和人文教育功能：科举制度以其对社会的整体影响力将儒家经典维持世道人心的作用发挥到极致。我们试就此略作讨论。

明清时代有一项重要规定：科举以《四书》《五经》为基本考试内容。这一规定是耐人寻味的。《论语》《孟子》等儒家经典是秦汉以来中国传统社会维系人心、培育道德感的主要读物。我们经常表彰"中国的脊梁"，一个毋庸置疑的事实是，秦汉以降，"中国的脊梁"大多是在儒家经典的教育下成长起来的。以文天祥为例，这位南宋末年的民族英雄，曾在《过零丁洋》诗中说："人生自古谁无死？留取丹心照汗青。""丹心"，就是蕴蓄着崇高的道德感的心灵。他还有一首《正气歌》，开头一段是："天地有正气，杂然赋流形。下则为河岳，上则为日星。于人曰浩然，沛乎塞苍冥。皇路当清夷，含和吐明庭。时穷节乃见，一一垂丹青。"身在治世，正气表现为安邦定国的情志；身在乱世，则表现为忠贞坚毅的气节。即文天祥所说："当其贯日月，生死安足论。"1282 年，他在元大都（今属北京）英勇就义，事前他在衣带中写下了这样的话："孔曰'成仁'，孟曰'取义'。惟其义尽，所以仁至。读圣贤书，所学何事？而今而后，庶几无愧。"《四书》《五经》的教诲，确乎是他的立身之本。

文天祥是宝祐四年（1256）状元。这是一个值得关注的事实。它表明：进士阶层在实践儒家的人格理想方面，其自觉性远远高于社会的平均水平。宋代如此，明代如此，甚至连元代也是如此。清代史学家赵翼曾论及"元末殉难者多进士"这一现象："元代不重儒术，延祐中始设科取士，顺帝时又停二科始复。其时所谓进士者，已属积轻之势矣，然末年仗节死义者，乃多在进士出身之人。"（赵翼《廿二史劄记》卷三十《元末殉难者多进士》）接下来，赵翼列举了余阙、泰不华、李齐、李黼、王士元、赵琏、周镗、聂炳元、刘耕孙、丑闾、彭庭坚、普颜不花、月鲁不花、迈里古思等死难进

---

① 钱穆：《中国历代政治得失》，三联书店 2001 年版，第 89 页。

士,最后归结说:"诸人可谓不负科名者哉,而国家设科取士亦不徒矣。"① 在元末殉难的进士中,余阙(1303—1358)是最早战死的封疆大臣。他的朋友蒋良,一次和他谈起国难,余阙推心置腹地说:"余荷国恩,以进士及第,历省居馆阁,每愧无报。今国家多难,授予兵戎重寄,岂余所堪。然古人有言:'为子死孝,为臣死忠。'万一不幸,吾知尽吾忠而已。"余阙殉难后,蒋良作《余忠宣公死节记》,开篇即强调说:"有元设科取士,中外文武著功社稷之臣历历可纪。至正辛卯,兵起淮、颍,城邑尽废,江、汉之间能捍御大郡、全尽名节者,守豫帅余公廷心一人而已。"② 在余阙"擢高科"的履历与他忠勇殉节的人格境界之间,人们确认有其内在联系。无独有偶,《元史·泰不华传》在记叙元末另一著名的死节之臣泰不华(1305—1352)时,也着重指出:其人生信念的基本依据是他作为"书生"所受的儒家经典教育。在与方国珍决战前夕,泰不华曾对部从说过一番词气慷慨的话:"吾以书生登显要,诚虑负所学。今守海隅,贼甫招徕,又复为变。君辈助我击之,其克则汝众功也,不克则我尽死以报国耳。""书生""所学"与捐躯"报国"之间关系如此密切,足见以《四书》《五经》作为基本考试教材的科举制度,它在维持世道人心方面的作用的确是巨大而深远的。

儒家经典维持世道人心的功能不仅泽及宋元,泽及明清,甚至泽及已经废除了科举制度的现代。其实这并不令人感到奇怪。原因在于,不少现代名流的少年时光是在科举时代度过的,他们系统地受过这种教育,耳濡目染,其人生观在早年即已确立并足以支配一生。儒家经典的生命力由此可见。科举制度的余泽亦由此可见。

这里我想特别提及五四新文化运动的领袖胡适,并有意多引他的言论。之所以关注他,是因为,世人眼中的胡适,只是一个文化激进主义者,以高倡"打倒孔家店"著称。人们很少注意到,胡适在表面上高呼"打倒孔家店",但在内心里仍对孔子和儒家保留了足够的敬意,是儒家人生哲学的虔诚信奉者和实行者。唐德刚编译《胡适口述自传》,第二章有胡适的如下自白:"有许多人认为我是反孔非儒的。在许多方面,我对那经过长期发展的儒教的批判是很严厉的。但是就全体来说,我在我的一切著述上,对孔子和早期的'仲尼之徒'如孟子,都是相当尊崇的。我对十二世纪'新儒学'(Neo-Confucianism)('理学')的开山宗师的朱熹,也是十分崇敬的。""在这场伟大的'新儒学'(理学)的运动里,对那(道德、知识;也就是《中庸》里面所说的'诚则明矣,明则诚矣'的)两股思潮,最好的表达,便是程颐所说的:'涵养须用敬,进学则在致知。'后世学者都认为'理学'的真谛,此一语足以道破。"同一章还有唐德刚的一段插话:"'要提高你的道德标准,你一定要在"敬"字上下功夫;要学识上有长进,你一定要扩展你的知识到最大极限。'适之先生对这两句话最为服膺,他老人家不断向我传教的也是这两句。一次我替他照相,要他在录音机边作说话状,他说的便是这两句。所以胡适之先生骨子里实在是位理学家。他反对佛教、道教乃至基督教,都

---

① 赵翼著,王树民校证:《廿二史劄记校证》,中华书局1984年版,第706页。
② 杨讷等编:《元代农民战争史料汇编》中编第一分册,中华书局1985年版,第268页。

是从'理学'这条道理上出发的。他开口闭口什么实验主义的，在笔者看来，都是些表面账。吾人如用胡先生自己的学术分期来说，则胡适之便是他自己所说的'现代期'的最后一人。"① 胡适是在少年时代接受儒家经典教育的，在经历了废止科举、"打倒孔家店"等种种变故后，儒家的人生哲学仍能贯彻其生命的始终，由此不难想见，在中国传统社会尤其是科举时代，儒家经典对社会精神风貌的塑造可以发挥多么强大的功能。虽然生活中确有教育目标与实际状况两歧的情形，但正面的成效仍是不容忽视的。

"精神文明"是中国人常用的一个概念。"精神文明"是相对物质文明而言的，就个人而言，需要长期的修养，就民族而言，需要长期的培育。中国古人对这一点体会很深，所以常常强调"潜移默化"，经由耳濡目染的长期熏陶，价值内化，成为一种道德规范。如果这种道德规范大体近于人情，既"止乎礼义"而又"发乎性情"，它对社会的稳定，对人类精神境界的提升，都将发挥重要作用。这就是文化的功能。目前教育界所说的"深厚的人文知识素养，有助于塑造高尚的精神世界，提高健康的审美能力"，与这个意思是相通的。《四书》《五经》作为科举时代的基本读物，人文教育功能是其不容抹杀的价值，并因制度的保障而得到了充分的发挥。

美国学者罗兹曼认为：科举制在中国传统社会结构中居于中心的地位，是维系儒家意识形态和儒家价值体系正统地位的根本手段。科举制在1905年被废止，从而使这一年成为新旧中国的分水岭；它标志着一个时代的结束和另一个时代的开始，其划时代的重要性甚至超过辛亥革命；就其现实和象征性的意义而言，科举革废代表着中国已与过去一刀两断，这种转折大致相当于1861年沙俄废奴和1868年的日本明治维新后不久的废藩。② 罗兹曼的意见也许是对的。而我想要补充的问题是：在科举制废止之后，如何保证《四书》《五经》的人文教育功能继续得到发挥？

（三）

科举制度曾经有过辉煌的历史，科举制度对现代中国的发展更有足资借鉴的意义。整理与研究历代科举文献，其意义也需要从历史与现实两个角度加以说明：一方面是传承文化，传承文明，让这份丰厚的遗产充分发挥塑造民族精神的作用，另一方面是去粗取精，古为今用，让它在现实的中国社会重放异彩，成为人事制度改革的重要智力资源。这是我们编纂出版《中国科举文化通志》的初衷，也是我们不辞劳苦从事这一学术工作的动力。

《中国科举文化通志》重点包括下述内容：

1. 整理、研究反映科举制度沿革、影响及历代登科情形的文献。

---

① 胡适：《胡适文集》第1册，北京大学出版社1998年版，第418、433页。
② ［美］吉尔伯特·罗曼兹主编，国家社会科学基金"比较现代化"课题组译：《中国的现代化》中译本，江苏人民出版社1988年版，第335、635页。

从《新唐书》开始，历代正史多有《选举志》。历代《会要》、《实录》、《纪事本末》等史传、政书之中，相当一部分是关于科举制度沿革的资料。还有黄佐《翰林记》、陆深《科场条贯》、张朝瑞《明贡举考》、冯梦祯《历代贡举志》、董其昌《学科考略》、陶福履《常谈》等一批专书。历代《登科录》和杂录类书籍，也保存了大量关于科举的材料。唐代登科记多已散失亡佚，有清代徐松的《登科记考》可供参考。宋元登科记保存稍多，明清有关文献尤为繁富。

2. 整理、研究与历代考试文体相关的教材、试卷、程文及论著等。

八股文是最引人注目的考试文体。八股文集有选本、稿本之分。重要的选本，明代有艾南英编《明文定》、《明文待》，杨廷枢编《同文录》，马世奇编《澹宁居文集》，黎淳编《国朝试录》等；清朝有纪昀《房行书精华》，王步青编《八法集》；还有《百二十名家集》，选文3000篇，以明代为主；《钦定四书文》，明文4集，选文480余篇，清文1集，选文290余篇。稿本为个人文集。明清著名的八股大家，如明代的王鏊、钱福、唐顺之、归有光、艾南英，清代的刘子壮、熊伯龙、李光地、方苞、王步青、袁枚、翁方纲等人，均有稿本传世。相关著述数量也不少。清梁章钜《制义丛话》等，是研究八股文的重要论著。其他考试文体，如试策、试律等，也在我们关注的范围之内。这些科举文献，一般读者不易见到，或只能零零星星地见到一些，或虽然见到了也难以读懂，亟待系统地整理出版，以供研究和阅读。

《中国科举文化通志》包括以下数种：《历代制举史料汇编》、《历代律赋校注》、《唐代试律试策校注》、《八股文总论八种》、《七史选举志校注》、《四书大全校注》、《游戏八股文集成》、《明代科举与文学编年》、《明代状元史料汇编》、《钦定四书文校注》、《翰林掌故五种》、《贡举志五种》、《〈游艺塾文规〉正续编》、《钦定学政全书校注》、《梁章钜科举文献二种校注》、《〈清实录〉科举史料汇编》、《二十世纪科举研究论文选编》、《明代科举与文学编年》、《〈礼部韵略〉与宋代科举》、《元明科举与文学考论》、《游戏八股文研究》、《明代八股文选家考论》、《唐代科举与试赋》、《〈儒林外史〉的现代误读》、《科举废止前后的晚清社会与文学》等。我们这套《中国科举文化通志》，以涵盖面广和分量厚重为显著特征，可以从多方面满足阅读和研究之需。而在整理、研究方面投入的心力之多，更是有目共睹。我们的目的是为推进学术作出力所能及的贡献。

《中国科举文化通志》是一项规模宏大、任务艰巨、意义深远的大型出版文化工程。编纂任务主要由武汉大学专家承担，并根据需要从中国人民大学、南京大学、中国艺术研究院、厦门大学、华中师范大学、陕西师范大学、扬州大学、中南民族大学、中南财经政法大学等高校或科研院所聘请了若干学者。南京大学卞孝萱先生、中华书局傅璇琮先生、中国社会科学院邓绍基先生等在学术上给我们提供了若干指导；参与这一工程的各位专家不辞辛苦，努力工作，保证了编纂进度和质量；武汉大学出版社鼎立支持《中国科举文化通志》的出版；所有这些，我们将永远铭记在心。

2015年4月13日
于武汉大学

目 录

绪论 ·· 1
  第一节　科举取士的历史沿革 ·· 1
  第二节　清代科举制度概略 ·· 6
  第三节　晚清社会及科举制度的研究现状 ································ 12
    一、研究现状 ·· 12
    二、选题设想 ·· 18

上编　晚清科举与社会

第一章　科举制度的最高维护者与改革者 ······························ 25
  第一节　慈禧：晚清的实际统治者 ·· 25
    一、慈禧的个人气质与晚清的政局 ···································· 25
    二、慈禧对科举改革的认识和影响 ···································· 30
  第二节　借法图强：新形势下的焦灼与自救 ···························· 44
    一、"八股无用论" ·· 44
    二、甲午战争后晚清自救图强的风潮 ································ 47
    三、戊戌变法中的科举改革 ·· 49
  第三节　1905年：科举的废除 ··· 57
    一、科举改革的加速运动 ··· 57
    二、善后与补救 ··· 64

第二章　科举社会的上层士大夫 ·· 69
  第一节　维护科举制度的中坚力量 ·· 69
    一、"药方只贩古时丹" ·· 69
    二、维护科举制度的合理性 ·· 75
  第二节　改革科举的主力军 ··· 77
    一、兴学堂的建议与实施 ··· 78

1

二、张之洞与新式学堂 ………………………………………………………… 81
　第三节　对儒学的保护与拯救 ………………………………………………… 88
　　一、张之洞与晚清科举改革 …………………………………………………… 88
　　二、存古学堂及其他 …………………………………………………………… 93

第三章　科举社会的中层士绅 ……………………………………………………… 100
　第一节　改革科举的中层士绅 ………………………………………………… 100
　　一、康梁的科举改革思想 …………………………………………………… 100
　　二、严复的科举观及其反思 ………………………………………………… 107
　第二节　科举改革中的"守旧者" ……………………………………………… 114
　　一、八股文的社会功能 ……………………………………………………… 114
　　二、反对科举改革者 ………………………………………………………… 118
　第三节　废科举后中层士绅的选择与出路 …………………………………… 126
　　一、翰林学士的没落与分流 ………………………………………………… 126
　　二、投身实业 ………………………………………………………………… 134

第四章　科举社会的下层士人 ……………………………………………………… 142
　第一节　科举废止前后的童生、秀才和其他 ………………………………… 142
　　一、传统读书入仕观念的延续 ……………………………………………… 142
　　二、塾师或教官 ……………………………………………………………… 146
　第二节　留学生与主动疏离科举者 …………………………………………… 153
　　一、晚清留(游)学生 ………………………………………………………… 153
　　二、疏离科举者 ……………………………………………………………… 158
　第三节　乡村教育的萎缩与中国教育制度的艰难转型 ……………………… 162
　　一、传统乡村教育 …………………………………………………………… 162
　　二、新式学堂教育 …………………………………………………………… 166

下编　晚清科举与文学

第五章　科举废止前后的晚清文士与文学 ………………………………………… 173
　第一节　文人的身份构成及其衍化 …………………………………………… 173
　　一、游幕及教职 ……………………………………………………………… 174
　　二、从"卖文"到"报人" ……………………………………………………… 184
　第二节　晚清小说的兴盛与科举革废 ………………………………………… 190
　　一、晚清娱乐小报的创作倾向 ……………………………………………… 190
　　二、晚清小说与科举革废的关系 …………………………………………… 197

第六章 科举废止前后的散文 ································ 208
第一节 八股文与晚清古文 ································ 208
一、八股文与古代散文 ································ 209
二、八股文与桐城古文 ································ 216
三、晚清古文与科举革废 ································ 221
第二节 策论与古文的关系
——北宋与晚清科试策论之比较 ················ 228
一、历史上两次重视策论的科举改革 ················ 228
二、策论对散文的影响：北宋与晚清相比较 ········· 233

第七章 科举革废前后的诗歌 ································ 247
第一节 清代科举试律诗与诗歌之关系 ···················· 247
一、清代试律诗与八股文 ································ 248
二、试律诗与古近体诗 ································ 252
第二节 光宣诗坛的创新与模古 ··························· 256
一、晚清诗坛概貌 ······································ 256
二、晚清诗歌的创新 ··································· 257
三、晚清诗歌的模古与科举革废 ······················ 268

结语 风物长宜放眼量
——科举废止与晚清士人及文学关系的价值判断 ········· 275

主要参考文献 ··· 286

人生是一场没有休歇的旅行（代后记） ··················· 293

绪　　论

"绪论"由三节内容组成，递次进入文章主体的论述。文章首先回顾历史上科举取士的时代变更和取士标准的演变，揭示出科举制度的改革伴随了科举制度实施的整个历史过程。其次是对清代科举取士的情况进行了一个大致的鸟瞰，以求对清代科举制度的相关术语、流程有所了解，避免在论述过程中对清代科举制度基本常识产生舛误。最后则是对已有相关论题的研究现状从历史、思想、文化、文学几个方面进行较为全面的观照和把握。

第一节　科举取士的历史沿革

科举制度作为中国古代社会的选官制度，具有选举上的公开性、程序上的公正性、确保社会精英的有序流动等优点。从605年隋朝建立科举制度到宋代科举完全制度化、社会化，对科举制度的修补与增益就没有间断过，直至它基本符合朝廷与广大士子的一致要求，被历代统治者沿袭并进一步加以严格、细化。因此我们可以说，对科举的改革伴随了科举制度的整个历史过程。对科举制度史上的重要变革进行一个粗线条的回顾，会对晚清科举改革抱有"了解之同情"的态度，也就会对历史上的政治变革有较为客观公正的把握。

作为一种取士制度，中国的科举制度肇兴于7世纪初的隋朝，至唐而盛。这是对魏晋以来九品中正制的进步与反动。追溯汉至六朝，察举制的弊端在汉代就已完全显露。东汉后期左雄建议：无论是贤良对策还是孝廉方正，都应在被荐出后再行考试加以甄别。自此，以考试为手段的选才方式就被沿袭下来。魏晋时期的九品中正制是乱世时期一种变通的选才权宜之法，但当国家安定统一之后，它便很快暴露出极大的不足之处。因此，隋唐时期逐渐废除了"长官察举"这一环节，实行完全公开、由各地人民自量智能、自由呈报、径由政府考试录用的科举制度。从此，选举制正式转变为考试制。如果说汉代是中国历史上考试制度的先行时期，那么隋唐就是中国历史上考试制度的确立时期，汉代由选举附带考试，隋唐则完全由考试代替了选举。①

唐代实行以科目取士，并且逐步将其制度化，科目成为选拔人才的主要手段。唐代考试分常科和制科两类。每年分期举行的为常科；由皇帝下诏临时举行的称制科。常科科目有秀才、明经、进士、俊士、明法、明字、明算等五十多种。其中明法、明算、明字等科，不为人重视；俊士等科也不经常举行；秀才一科，在唐初要求很高，后来渐废。这样，明经、进士两科便成为唐代常科的主要科目。这两科最初都只是试策，考试的内容为经义或时务，后来所考科目虽有变化，但基本精神是进士重诗赋，明经重帖经、墨义。明经试士一般只要熟读经传和注释就可以中式，而诗赋则需要具有文学才能，因此相较而言，进士科更难得第。正因其难，进士科尤为时人所重，唐朝有相当数量的宰相进士出身。唐代科举考试又分为两步：先由礼部主考，录取后不能即登仕途，须再经吏部铨选，才被正式录用。然而获取人才难以凭"一日之短长"为定准，因此唐代考试极为宽放，应试人可各带平日诗文著作，先期谒见中央长官中负有文章大名、为当时所推重的高官达宦。如果才华出众，就可得到这些中央长官或当时学术名流的揄扬，在考试中也极易脱颖而出。这种被称为"温卷"的拜谒方式，并不被认为是私通关节，而唐代科举考试甚至有考官托人代拟榜第的佳话，足见当时考试风气的宽松。钱穆先生对唐代科举制度的这种宽放风气非常赞赏，认为："中国传统政治，另有一番道德精神之维系主持，种种制度，全从其背后之某种精神而出发，而成立，政府因有求取人才之一段真精神，才始有选举制度与考试制度之出现与确立。"②从政治上来说，唐代实行科举制度使中央集权得到加强，打击了贵族豪右势力；选官有统一标准，想做官的人都必须满足这些标准，加强了思想统一；科举制度向各地庶族地主甚至广大平民打开了大门，刺激并网罗了一大批中下层知识分子，使他们有参与政权的机会，有利于政权的稳定。

与唐代相比，宋代科举制度有了长足的进步和发展，科举史上比较重要的变革也是从宋代开始的。③ 也只有到了宋代，世袭的门阀制度才真正被完全打破，中国的社会才真正显示出具有现代意义的"平民社会"的特点——凭着自己的能力和才华，任何人都

---

① 这是现代大多数人能够接受的一种说法。当然也有反对这种说法的。何忠礼先生认为，科举应须具备以下三个条件：a. 士子应举，原则上允许"投牒自进"，不必非得由公卿大臣或州郡长官特别推荐。这一点，应是科举制度最主要的特点，也是与荐举制最根本的区别。b. "一切以程文为去留。"换言之，举人及第或黜落必须通过严格的考校才能决定。c. 以进士科为主要取士科目，士人定期赴试。如果上述归纳尚不至大谬，那么对于科举制度是否可以作这样的理解：它是一种以"投牒自进"为主要特征，以试艺优劣为决定及第与否的主要标准，以进士科为主要科目的选官制度。显然，要理解科举制度的起源问题，首先必须研究这三个特点的形成过程。通过这样的剖析，何先生认为严格意义上的科举制度是直到宋代才形成并确立下来的。具体可参见何忠礼在《科举与宋代社会》(商务印书馆 2006 年版，第 1～23 页)中的相关论述。

② 钱穆：《中国历史上之考试制度》，原载《考诠月刊》1951 年创刊号。收录于刘海峰编：《二十世纪科举研究论文选编》，武汉大学出版社 2009 年版，第 107 页。

③ 我比较倾向于科举成熟于宋代的观点。此观点可参考何忠礼先生在《科举与宋代社会》(商务印书馆 2006 年版)中的相关论述。

有在社会上崭露头角的机会与可能。于是，关于如何选士的问题（即选士的标准）也就随之浮出水面：是以诗赋取士还是以经义取士？是"一切以程文为去留"还是逐路取人？这是宋代科举制度讨论的两大热点，它涉及考试的内容与选才的区域性分配这两大问题。

首先，宋代科举制度"一切以程文为去留"，"温卷"的风气不再，杜绝请托，并且严格实行糊名制度，严防舞弊。因此从制度来看，"尚法的意义，胜于求贤"①，实则是考试为达到"公开、公正、公平"目的必然的发展趋势。宋初科举基本上沿袭唐制，进士科考帖经、墨义和诗赋，弊病很大；进士也多以声韵为务，而昧于古今；明经科只强记博诵，而忽视儒家经典义理。为了在考试中获得"真才"，王安石极力主张改革考试内容，取消诗赋、帖经、墨义，专以经义、论、策取士。这引发了科举史上著名的关于考试内容的大争论。在王安石看来，政治取人应当重经术，自是正论；文学才能并不能作为最重要的权衡手段，诗赋取士于国于人无用，它务求辞藻华丽而新奇，只能助长浮华浇薄的文风。他说："今以少壮时，正当讲求天下正理，乃闭门学作诗赋，及其入官，世事皆所不习，此乃科法败坏人材，致不如古。"持反对意见的司马光、苏轼等人则认为："自文章言之，则策论为有用，诗赋为无益；自政事言之，则诗赋、策论均为无用。然自祖宗以来，莫之废者，以为设法取士，不过如此也。"②总的来说，诗赋经义，均是以言取人；邪正贤否，都难以经由一次考试就看出来。辩论最后的结果是王安石取胜，科举开始以经义取士。宋室南渡，朝廷中主张以诗赋取士的议论又有抬头，但遭到宋高宗的反对。他说："文学、政事，自是两科。诗赋止是文词，策论则须通（之）[知]古今，所贵于学者，修身、齐家、治国以治天下。专取文词，亦复何用？"乃诏省闱，"其程文并须三场参考，若诗赋虽平，而策、论精博，亦不可遗"。③"以经义取士"制度化，诗赋取士渐渐退出历史舞台。

从诗赋到经义的变革，反映了由贵族向平民的转变趋势。诗赋之作，贵在创新，非聪明博学之士难成佳篇；而策论则须通古今之变，除非宿构，场屋之中亦很难剿袭。而且诗赋往往被视为贵族社会的精雅点缀，而策论在时人看来则是"有用之实"。从争论的双方可以看出，王安石更多地从科考的政治因素出发；而反对派苏轼等人则更加注重科考的文学因素。平心而论，苏轼等人并没有提出充分有力的反驳理由，仅是"然自祖

---

① 钱穆：《中国历史上之考试制度》，原载《考诠月刊》1951年创刊号。收录于刘海峰编：《二十世纪科举研究论文选编》，武汉大学出版社2009年版，第109页。

② （元）马端临撰：《文献通考》卷三十一《选举考四》，浙江古籍出版社1988年版，第293页。

③ （宋）李心传：《建元以来系年要录》卷一一三，"高宗绍兴七年八月戊申"条："戊申，权礼部侍郎吴表臣言：'科举校艺，诗赋取其文，策论取其用，二者诚不可偏也。然比年科举，或诗赋稍优，不复计策论之精粗，以致老成实学之士，不能无遗落之叹。欲望特降谕旨，今年秋试及将来省闱，其程文并须三场参考。若诗赋虽平而策论精博，亦不可遗。庶几四方学者知所向慕，不徒事于空文，皆有可用之实。'辅臣进呈。上曰：'文学、政事自是两科，诗赋止是文词，策论须通知古今。所贵于学者，修身、齐家、治国以治天下。专取文词，亦复何用？'"上海古籍出版社1992年版，第1832页。

宗以来，莫之废者，认为设法取士，不过如此也"，其所持观点乃是"古已有之"，这无疑是一种保守的观点。更进一步说，科举制度在更大的意义上来说，是一种选官制度，所选出的人才首先应具备的是政治才能，其文学才能作为从政所具备的基本素养也就足够了。因此，以策论取士在宋代的胜利是科举发展的必然结果，也是广大从事举业的士子其内在必然的要求。

宋代以来还存在逐路取人和凭才取人两种意见，两种观点的主要代表人物是欧阳修和司马光。作为南方士子的代表，欧阳修坚持科举应"一切以程文为去留"，保证科举考试的客观性和公平程度，选拔出真正具有才华的政治人才。作为北方代表的司马光则认为应当逐路取人，给全国各路分配相应的中试名额，这有利于提高文化相对落后地区士人的学习积极性，促进区域经济发展，以维护国家团结与政治稳定。① 司马光"逐路取人"的观点在明清时代得到了实施，这对稳定全国的大局和发展落后地区的文化教育来说，具有重要的战略意义。

科举制度在元代遭到了颠踬。首先是最高统治者蒙古贵族对汉人与汉学有着极深的偏见，认为汉人的科举制度及其所谓文化都不值一提，不值得去效仿和学习。元代虽几经开科取士，然又屡屡停科，甚至长达三十余年停止科举。这对当时的士人来说不亚于断其手足，使英雄无用武之地；而对元朝统治者来说，这种做法无异于自毁长城，自取灭亡。直至元仁宗后，元代科举取士才渐渐走上正轨。元仁宗皇庆二年（1313），诏定汉人、南人考试程式：

> 第一场，明经、经疑二问。
> 《大学》、《论语》、《孟子》、《中庸》内出题，并用朱氏章句集注，复以己意结之。限三百字以上经义一道。各治一经。《诗》以朱氏为主；《尚书》以蔡氏为主；《周易》以程氏为主。以上三经，兼用古注疏。《春秋》许用"三传"及胡（安国）氏传。《礼记》用古注疏。限五百字以上，不拘格律。
> 第二场，古赋、诏、诰、章、表内科一道。
> 古赋、诏、诰，用古体；章、表，四六，参用古体。
> 第三场，策一道。
> 经、史、时务内出题，不矜浮藻，惟务直述。限一千字以上。②

可以看出，元代虽仍然试赋，但赋仅占第二场考试内容中很小的一个部分；而同时被加强的，则是经义，其所占的比重大大增加，重要性得到了凸显。

明、清两代，科举考试沿袭了元代以来所形成的以朱熹四书义取士的制度。朱子的

---

① 刘海峰等：《中国考试发展史》，华中师范大学出版社2002年版，第105页。
② （清）嵇璜：《续文献通考》卷三十四《选举考一》，浙江古籍出版社1988年版，第3150～3151页。

《四书集注》，也就成为中国修习举业的士子所必须熟读的经典。这种人人能讲，而录取标准又难定的四书文，于明宪宗成化（1465—1487）年间，经王鏊、谢迁、章懋等人的提倡，逐渐形成了以《五经大全》的儒学经义为主、以讲究格律和步骤为形式的八股文，并逐渐形成比较严格的程式：限定字数，不许违背经注，不能随便发挥——这是科举制度追求公平原则的体现。这种能够最为充分地表现作者驾驭文字水平的高度程式化的文体，成为明清两代最重要的取士标准文体。

但是，由于考试范围已被限定，题目势必也不断重复，再加上参加科举考试的考生人数大幅增加，这造成了士子素质参差不齐以及"废书不观"等弊病，此即所谓"积久弊生"——任何一项制度，当它实施的时间过长，就必然会出现这样或那样的弊端。晚明人早已痛切论及八股流害，顾炎武甚至认为八股之害，等于焚书，其败坏人才有甚于咸阳之坑，但清代仍沿袭不改。若说政府是有意用八股文来斫丧人才，此则完全是晚清龚自珍、梁启超等人的过激偏言。① 康熙二年（1663），鉴于八股文"空疏无用，与政事无涉"，清政府下令废除八股文。② 康熙四年（1665），礼部侍郎黄机上疏，请恢复八股文，他说："先用经书，使阐发圣言微旨，以观心术。不用经书为文，人将置圣贤之学于不讲，请复。"③康熙七年（1668），清政府恢复以八股文考试科举的制度，这中间八股文被停仅两科。停八股之议再次被提起，是乾隆三年（1738）兵部侍郎舒赫德上书乾

---

① （清）冯桂芬《校邠庐抗议·变科举议》中载狂士饶廷襄之言，说八股文乃"明祖以枭雄阴鸷猜忌驭天下……求一途可以禁锢生人之心思材力，不能复为读书稽古有用之学者，莫善于时文……意在败坏天下之人才，非欲造就天下之人才"。此说坊间盛传，影响颇大。徐俊西主编，李天纲编：《冯桂芬　郑观应　黄遵宪卷》，《海上文学百家文库·3》，上海文艺出版社2010年版，第42页。

龚自珍曾说，科举使天下子弟心术坏而义理锢："言也者，不得已而有者也。如其胸臆本无所欲言，其才赋又未能达于言，强之使言，茫茫然不知将为何等言，不得已，则又使之姑效他人之言……实不知其所以言。于是剽掠脱误，摹拟颠倒，如醉如寱以言。言毕矣，不知我为何等言。今天下父兄，必使髫卯之子弟执笔学言，曰，功令也。……然则天下之子弟，心术坏而义理锢者，天下之父兄为之。"（龚自珍：《述思古子议》，徐俊西主编，李天纲编：《龚自珍　张南庄卷》，《海上文学百家文库·1》，上海文艺出版社2010年版，第77页。）

梁启超则认为，科举使天下士子相率为无用之才："二十行省童生数百万，乃皆民之秀也。而试之以割裂、搭截、枯窘、纤小、不通之题；学额极隘，百十不得一，则有穷老尽气，终身从事割裂、搭截、枯窘、纤小、侮圣之文，而不暇它及者。是使数百万之秀民，皆为弃才也。若为生员，宜可为学矣，则制艺功令禁用后世书、后世事，于是天下父兄师长，虑子弟之文以驳杂见黜，禁其读书，非徒子、史不观，甚且正经不读……"（《公车上书请变通科举折》）璩鑫圭、童富勇编：《中国近代教育史资料汇编　教育思想》，上海教育出版社1993年版，第245～246页。

② 此次停废八股的两次科举时期，康熙并未亲政，作出政治决策的是康熙皇帝的奶奶孝庄太皇太后，当时的权臣是鳌拜。

③ 康熙四年（1665）三月壬寅，礼部右侍郎黄机疏言："制科取士，稽诸往例，皆系三场。先用经书使士子阐发圣贤之微旨，以观心术；次用策论，使士子通达古今之事变，以察其才猷。今甲辰科止用策论，减去一场，似太简易，恐将来士子剽袭浮辞，反开捷径。且不用经书为文，则人将置圣贤之学于不讲，恐非朝廷设科取士之深意。臣请嗣后复行三场旧制，则士子知务实学，而主考鉴别亦得真儒，以应国家之选。"王炜编校：《〈清实录〉科举史料汇编》，武汉大学出版社2009年版，第61页。

隆皇帝："科举之制，凭文而取，按格而官，已非良法，况积弊日深，侥幸日众……应将考试条款改弦更张，别思所以遴拔真才实学之道。"这是对八股取士积弊的再一次思考。问题交由朝臣议论，最后因为实在找不到能够代替八股取士的办法，只好将这次废除八股的提议暂时搁置。就这样，科举仍试八股，直至光绪二十四年（1898）戊戌变法，光绪皇帝颁布上谕，废除八股文，以策论试士。然此谕旋因变法失败而被作废，慈禧亲下懿旨，科举仍试八股，并不做任何更改。光绪二十七年（1901），慈禧迫于内外压力实行新政，决定废除八股试士，科举考试改用策论取士。光绪三十年（1904）清政府举行了最后一届科举考试，宣布自丙午年（光绪三十二年，1906）起，罢科举，兴学校，"人才皆自学堂出"，以学校教育代替科举制度，实现了传统科举向现代教育的转型。

第二节　清代科举制度概略

清代科举制度一沿明制，但具体情况又稍有不同。清代入仕分正途科目和异途捐纳两种途径。正途科目按级别程度可由低到高排列为童生、秀才、举人、进士。

尚未通过初级阶段的考试，也即尚未取得县、府学生生员的读书士子被称作童生。① 童生阶段的考试由"县试—府试（直隶、州、厅试同）—院试"三个环节组成。童试三年两考，丑、未、辰、戌年为岁考；寅、申、巳、亥年为科考。未通过者可再考，俗称"小考"，亦称"小试"。顺治时，县、府试有一定的取额，照入学名额，县考取二倍，府考取一倍，以送院考。每县学额以文风高下、钱粮丁口的多寡为标准，分为大、中、小学。顺治四年（1647），定大县学额四十名，中县学额三十名，小县学额二十名。恩诏、巡幸等广额是临时性的。恩诏指皇帝登极或逢其整岁生日对各地学额有所增加；巡幸是仅就经过地方，如东巡、南巡、谒陵等，从四、五名至一、二、三名，以大、中、小学的差别而增广不同的生员数额。

童生须由廪保方可入县试考场考试。初考县试开考时间多在二月，童生向本县署礼房报名，填写姓名，籍贯，年岁，父母、祖父母、曾祖父母三代的存殁，已仕、未仕之履历，出继者兼写本生三代，取具同考五人互结，保其实无冒籍、匿丧、顶替、假捏姓名。身家清白、非优倡皂隶之子孙，方准应考。县试一般共试五场（也有试四场或六场者），所考内容为：四书文（一篇或两篇）；五言六韵（或八韵）试帖诗一首；性理论或孝经论一篇；默写《圣谕广训》约百字；律赋一篇。前四场试毕，考生人数逐场减少。第五场终结，拆大号，将由第一场起所有应试童生姓名，全数排列发案，谓之长案，取列第一名者为县案首，院试时即依凭此据，取以入学。

童生于县、府试后接考院试。府试时，因故未考者，补考一场；县、府两试均未考

---

① 清代科举常识均出自商衍鎏：《清代科举考试述录及有关著作》，百花文艺出版社2004年版，第3~48页。

者，则补两场，皆可准许应院试。童生正场前先考经古一场，经古题初为经解、史论、诗赋；正场为四书文二篇、五言六韵试帖诗一首。仍有复试一场，即谓之"大复"，题目是四书文一篇、经文①一篇、五言六韵诗一首，并默《圣谕广训》一二百字，经文可不作。院试取进后，府、县须解送提调考生县、府试的正场试卷，并磨对（即核对）与院试试卷是否相符，以防舞弊。一举通过县、府、院试者，方才取得生员资格。生员有廪、增、附、监等的区分。清代廪、增生员皆有定额。廪生岁发廪饩银四两，在本府、州、县儒学署领，故曰廪保，亦曰廪膳生。增生则既无廪米亦无职责，名额略与廪生相等。监生则是在国子监内肄业诸生的称号，选入国子监读书的监生，多由学政考取，并荐入太学，这也是走向科举的重要一途。

学政到任第一年为岁考，第二年为科考，凡府、州、县中的附生、增生、廪生，皆须应考。岁考为学政主试，限十二月考完；科考为送乡试之考试。每个生员必须应岁考，如有欠考者勒限补行；欠考三次者，黜革。附生入学已三十年或年届七旬，或患笃疾者，可准许其免岁试，但不准应乡试。岁、科试题目，清初均为四书文二篇，经文一篇。乾隆二十三年（1758）改岁试为四书文一篇，经文一篇，五言八韵试帖诗一首，默写《圣谕广训》一则；科试四书文一篇，策一道，五言八韵试帖诗一首，默经一段，默《圣谕广训》一二百字。此后沿袭，直至废除科举。

取得生员资格者接下来准备参加乡试，应乡试成功者成为举人。这是诸多科举考试环节中最难的一环。② 乡试三年为一科，逢子、午、卯、酉年为正科，遇万寿登极各庆典加科者曰恩科。③ 乡试共分三场，考期于八月举行，以初九日为第一场正场，十二日为第二场正场，十五日为第三场正场。正场前一日（初八日、十一、十四），考生进入贡院，寻找自己的号舍，安置必需之物并接受必要的检查，直至第二天落午试毕，交卷出场。

乡试闱中分编字号以辨省份，属于生员者，直隶编"贝"字号（贡监编"北贝"归"北皿"），奉天编"夹"字号，热河承德府编"承"字号，宣化府编"旦"字号，满蒙编"满"字号，汉军编"合"字号。乾隆元年（1736），又分为北、南、中皿，以奉天、直隶、山东、山西、河南、陕西、甘肃之贡监生编"北皿"字号；江苏、安徽、浙江、江西、福建、湖南、湖北之贡监生编"南皿"字号；广东（先为"南皿"，乾隆六年（1741）改为"中皿"）、广西、四川、云南、贵州等省的贡监生编"中皿"字号。各省乡试皆在省城举行。

清代科举考试题目以八股文为主。明初以经义试士，不过敷衍传注，或散或偶，并

---

① 即五经文。五经为《易经》、《诗经》、《书经》、《春秋左氏传》、《礼记》，限制在其中出题，因此称为"经文"，用八股文体。后文中所言"经文"，亦均指五经文，而非佛教经典。参考商衍鎏：《清代科举考试述录及有关著作》，百花文艺出版社2004年版，第46页。

② 秀才与举人的录取比率，平均来说是60∶1，但参加考试人数增多或对于文化水平较发达的地区，比如文化教育水平相对较高的江南、浙江等地区，应考的生员人数较多，但地区名额有限，考试竞争就更加激烈，其中举的比率相对来说就更低，甚至达到100∶1以上。

③ 庆典适逢正科之年，以正科为恩科；正科则或于先一年预行，或于次年补行。

无定式，宪宗成化以后，经义文始定八股。清沿明制，仍用八股文，谓之"制义"，亦曰"制艺"、"时文"、"时艺"，或称为"四书文经文"。顺治二年(1645)颁科场条例，规定第一场试时文七篇，其中四书三题，五经四题，合成七艺。第二场试论一篇，题用《孝经》①；判五道，诏、诰、表择作一道。第三场试经史时务策五道。乾隆五十二年(1787)，高宗命自明岁(戊申年，1788)乡试起，废专经②，定首场四书文三篇，五言八韵诗一首。四书题沿用前代定例，在《论语》、《大学》、《中庸》、《孟子》中分出三题③；第二场经文五篇，题用《易》、《书》、《诗》、《春秋》、《礼记》④；第三场策问五道，题问经史、时务、政治。此为后世沿袭不改。前两场考试四书五经，意在用经书阐发圣贤微言大义，以观觇考生心术；第三场用策论，则是考查考生通达古今变化的能力与才华。三场自有其侧重点，应一同重视。但实际上考官与士子心目中所重的只在第一场，而第一场中又尤其重视八股制艺，只有那些考取前列的，才能真正做到三场兼优。当然，如果教官重视实学，那么第二、第三场中草率为文者，同样也不会被录取。

试文题目写作均有定式，不得违犯。考试初场四书文原定每篇五百五十字，康熙二十年(1681)增百字。乾隆四十三年(1778)规定乡、会试四书文每篇限七百字为准，违者不录，二场经文亦同。试文皆要点句钩股，书法工整。⑤

清代考卷未送考官校阅之前，有弥封、誊录、对读和套分朱、墨卷等各项手续。⑥具体步骤是受卷官于每场试卷收毕，戳印衔名于卷面，每十卷一封，汇送弥封处，由弥封官将试卷面折叠弥封糊名，乡试分"官"、"民"等卷；将所誊录卷(即朱卷)连同士子试卷(即墨卷)，用"千字文"编列红号，每一百卷编一字号，搅乱次序，第二、第三场与头场朱、墨卷同用一号，弥封官亲自钤印，送誊录所誊录。⑦

官卷始于康熙三十九年(1700)。顺治十四年(1657)，少詹事方拱乾之子方章钺应

---

① 康熙二十九年(1690)兼用《性理》、《太极图说》、《通书》、《西铭》、《正蒙》；康熙五十七年(1718)专用《性理》。雍正初仍照旧专用《孝经》。

② 乾隆皇帝认为士子专治一经，于他经不旁通，非敦崇实学之道。因此规定，此后乡、会五科内分年轮试一经，以后乡、会二场废论题，以五经各出一题，仍用八股文试。

③ 首题用《论语》，则次题用《中庸》，三题用《孟子》。首题若用《大学》，则次题用《论语》，三题仍用《孟子》。四书题材若有重见者，在前不必写明，在后写明某章某节，题解主要采用朱熹集注。

④ 《春秋》题下写明某公几年；五经题解释《易》，主程传朱子本义；《书》主蔡沈传；《诗》主朱子集传；《春秋》主胡安国传；《礼记》主陈澔集传。其后《春秋》不用胡传，以《左传》本事为文，参用《公羊传》、《毂梁传》。

⑤ 商衍鎏：《清代科举考试述录及有关著作》，百花文艺出版社2004年版，第82页。

⑥ 这些都是沿用明代洪武十七年(1384)所颁的科举定式，但更加严密、严格。

⑦ 为防止考官认出士子笔迹而作弊，由布政司于各府、州、县书吏内挑选、考验若干名誊录书手，按各省卷数多寡，定誊录书手一千名至数百名不等，就士子墨卷用朱笔照誊一遍，添注涂改处不誊录。士子原墨卷存于外帘，由外收掌管理。待发榜之日，按中式朱卷红号，吊取墨卷，拆封赶写榜名。发榜以后，即将中式考生的朱、墨卷合解送至礼部等待磨勘；其余落卷(即未中式的考生试卷)，则交给各学自行领走。

江南乡试，因与正主官方犹联族被取中，事发后被遣戍边关。① 康熙二十三年（1684）甲子科，都御史徐元文之子徐树声、侍讲学士徐乾学之子徐树屏，在顺天乡试中一同中式。又加上该科所中全是江、浙籍士子，因此众议喧哗。康熙命严查追究，结果斥革五人，徐树声、徐树屏俱被黜革。于是虑及达官子弟一体应试，但达官子弟中式者偏多，会妨碍寒畯子弟进身之路；又因一部分官高位重者，有交通关节之嫌，故设官卷、民卷之法。"满"、"合"字号官卷以20∶1取进，各直省以举额为基准。乾隆二十三年（1758），大学士蒋溥、学士庄存与奏请，将此种录取办法写入制度，并规定官卷取定比例为大省按20∶1取进，中省按15∶1取进，小省按10∶1取进；零数按四舍五入法计算。官卷、旗卷皆不占民额，不得中解元与经魁。②

清代各省考官为主考官和同考官，由京钦命简放的被称为"主考"，专主衡文。清初定制：顺天、江南正副主考全由京钦命简放；浙江、江西、湖广、福建正主考由京钦命简放，差翰林官八员。其他各省以给事中、光禄寺少卿、六部司官、行人、中书、评事等充任正副考官。雍正三年（1725）颁布考试典试官之令，规定正副考官均由翰林及进士出身的部、院官担任。③ 自是以后，顺天主考用一、二品大员，各省主考分大、中、小省，用侍郎、阁学、翰詹科道及编修检讨等，也有用内阁和各部进士出身者。对考官资格要求的进一步提高也有助于科考衡文与选才。

依距离京师路程的远近，各省主考由京师分批次派往。距京最远的云南、贵州一般最先简放。④ 出京照例遵循兵部所勘合的路线驿站，按站而行，由所经地方州、县沿途交替招待食宿，供应夫马。不许携带家属，游山玩水，接待亲朋好友，多带随从。一旦到达指定省城，即有巡捕官以监临封条将轿门封住，径送往驻跸处所。驻跸处所同样监临封门，每天早晨只开门一次，送入水、饭、菜等食物，重新封闭，直至考试当天才可启封，考官直接进入考场，主持乡试的考试。

乡试头场试毕，试卷由外帘封送内帘后，十二日内监试请主考升堂分卷。正副主考就各房荐卷批阅，头场阅毕，再综合二、三场试卷水平高低，细心评校，互阅商酌，取定中额。取定之后，还必须核对朱卷二、三场的默写，前场小讲之类的内容，验看是否相符；若有疑问，则请监试官从外帘调取墨卷核实对照。为避免误判，主考往往搜阅各

---

① 此即"丁酉科场案"。

② 又规定：京官文四品、外官文三品、武二品以上及翰詹科道等官为限，其吏、礼二部司官及内阁侍读子弟停编官卷。官生指包括所说上层官员之子、孙、曾孙、同胞兄弟和同胞兄弟之子。

③ 但此后考官亦有举人出身者，如乾隆六年（1741）辛酉科顺天乡试同考官朱必坦为雍正十年（1732）壬子科举人，时任户部主事。乾隆三十九年（1774）甲午科顺天乡试，有四名同考官：1. 大理寺丞朱衣点，雍正十三年（1735）拔贡；2. 助教吴省兰，乾隆二十七年（1762）壬午举人（四十三年（1778）进士，二甲第三名）；3. 学正徐立纲，乾隆三十年（1765）乙酉举人（四十年（1775）乙未科进士，二甲第二十六名）；4. 学正汪如藻，雍正乙卯（1735）举人（四十年（1775）乙未科进士，二甲第四十六名）。

④ 对各省主考官起程日期，各个时期均有不同：康熙年间限定在任命之日起五天内必须出发；雍正年间稍宽期限；乾隆时期竟出现了考官出京过迟的现象，于是责令礼部斟酌规定各省的出京日期。

房未荐之落卷①，以求衡文公平、公正。

清初放榜日期，大省一般定于九月五日前，中、小省定于八月末。后来随着应试人数的增加，试卷也随之增加，考官校阅不及，放榜日期不断延后。康熙五十年(1711)则一律将放榜日期改在九月，顺天府及科考大省则限九月十五日以内。发榜日多用寅、辰日支，取"龙虎榜"之意。榜后次日设"鹿鸣宴"。②

乡试放榜后还有"磨勘"，类似于今天的复查试卷。此制肇始于唐代，被称为检勘，要求诸州、府所试文字，必须解送省司检勘，若检出有语病、不近词理之卷而州、府妄解者，试官即被停罢现任；宋代侧重核对笔迹；元代则将这一环节谓之照勘。清代科举执行此环节更加严格。乡试榜后，顺天提调官、各省监临、提调即将中式举人朱、墨试卷与录科原卷共同在场包裹，每十卷为一封，各用印信，解送礼部。礼部于考试结果放榜前请旨派出磨勘官。磨勘官除本科各省考官及顺天同考官与会试同考官不派外，清初由礼部及礼科给事中主要负责。康熙四十一年(1702)壬午科始钦派大臣专司其事，解额渐广，试卷渐多，于是令九卿共同磨勘。乾隆元年(1736)额定乡、会试磨勘官为四十人，复勘大臣各八人③，以避免虚应故事。乾隆二十一年(1756)下令，磨勘官必须亲书衔名，注明并粘签"应议"、"免议"等意见。乾隆二十五年(1760)以误驳疏漏而下部议者，有秦蕙田、观保、钱汝诚等人。同治间，鸿胪寺少卿梁僧宝，因磨勘过严而为人所惮，甚至被人称为"魔王"。磨勘虽属例行公事，却足以纠正文体，抉剔弊端，裨益科目。对于端正考风，仍有积极的意义。

磨勘后试卷无纰漏者，中式举人准予复试。复试一般安排在会试前的二月十五日，照例在北京贡院内举行。复试题有时文一篇、五言八韵诗一首，颁给《诗韵》一本，以资查询。1902年，废八股后改为策论一篇、经义一篇。阅卷官由皇帝钦派大臣充任。若考生试卷被录取在一、二、三等，则准其会试，且不更改原来的名次；评为四等者，则罚停会试一科或二科；不列等者，黜革察究。

进士是清代士子出仕的唯一正途。清代科目规定，举人会试中式者曰贡士；经过殿试方始称进士。④ 清代规定举人须在北京应进士之试，此为会试，乃"集中会考"之意。会试在乡试之后第二年春。⑤ 会试试题，与乡试相同。但第一场三道四书文题目一般由钦命；若逢皇帝避暑、出哨或巡幸他省，试题则由驿使封递至京。中榜后的贡士到"正

---

① 落卷即未荐之卷或荐而未中之卷。这类试卷亦须略加批语。
② 乾隆朝以前丰席盛馔，礼乐彬彬；乾隆朝后则仅清酒一樽，肴亦仅取其形式。歌《鹿鸣》之章，作魁星舞。又有抢宴之风，颇为不雅。
③ 同治十三年(1874)，乡试磨勘官增为六十人，以专责成。
④ 凡科考获中五贡、举人、进士者，皆谓之出身，而以进士为最高。
⑤ 清代自顺治三年(1646)丙戌开科，至光绪三十年(1904)甲辰科为止，从未中断。特殊情形则是光绪二十四年(1898)戊戌科后，恰值庚子年(1900)北京贡院被八国联军烧毁，因此不得不与顺天乡试并行暂停。但很快就决定于光绪二十九年(1903)癸卯借闱河南贡院，补行辛丑(1901)、壬寅(1902)两科会试，这比乡试在咸、同间屡有停补的情形更为整齐。

大光明"殿或保和殿①再行复试,题目一般为四书文一篇、五言八韵诗一首,即日交卷。王大臣监场收卷,御史稽查弥封,翌日派阅卷大臣在内评定,分一、二、三等,列等者准其殿试。

清初中式贡士于二月会试,三月发榜,四月初殿试。殿试时务策一道,策题两三百字,所询问内容往往是关于如何澄清吏治、选才、水利、赋税、筹饷等事,一般只涉及其中的三四个方面。对策不限字数,②欲得高第者,策文必须充实写满,兼重书法。③对于殿试策论,用词遣句冠冕堂皇,而策文则一般空泛并不切于时用,往往是偏重书法,忽略文字,④这也成了科举被诟病的原因之一。殿试特优者为第一甲前三名,分别被授予状元、榜眼、探花称号,赐进士及第。⑤

此外还有朝廷特赐之典,即无须通过如此严格而竞争激烈的闱试而获得科名者。这往往仅包括以举人或进士功名奖叙勋臣,或赏赐给他们的子孙以功名,准许他们与其他正途举人、进士一起参加会试或殿试。⑥但这种体现皇帝恩典与体恤的特赐功名,其条件是非常严苛的,尤其是对于那些年老而受到体恤者,即便是荣获特赐,但因其年老体衰,基本上被排除在仕宦行列之外,科名对他们来说,也仅仅成了门面和装点,聊胜于无而已。

科举考试每三年一科,因其具有很强的规定性,故而被称为"常科"。"常科"外,还有"制科",作为常科的补益。清代制科有博学鸿词科、经济特科、孝廉方正、经学和召试五种。但真正具有现实意义的,仅有康熙十七年(1678)博学鸿词科和光绪二十九年(1903)举行的经济特科两次。⑦康熙十七年(1678)开博学鸿词科,凡有学行兼优、文词卓越之人,不论已仕、未仕,三品以上京官及科道官、地方督抚、布政使等各举所知一百九十余人至京,令户部月给俸廪。此次制举取得了良好的效果,"一时名儒硕

---

① 咸丰以后,贡士复试皆在保和殿,自是相沿不改。
② 但最短的也应有一千字,若不足一千字,则被视为"不入式"。
③ 书写时间占大半日,限于晷刻,为文不暇构思,故而应殿试贡士往往预拟兵、农、刑、礼、吏治、河防、盐铁、工赈等数十门条对,以作准备。题目发下,根据题目按照每门参入题旨,略加点缀即可成篇。
④ 殿试书法以黑且大者较为合式,甚至苛及于点画小疵。虽也有书法平常而因策文之优秀被录取为上等者,但实属少数。
⑤ 四月二十五日在太和殿传胪后,颁上谕一甲第一名授职翰林院修撰,第二、第三名授予翰林院编修。四月二十八日,在保和殿进行进士朝考,馆选庶吉士,入翰林院肄习。
⑥ 乾隆皇帝好大喜功,又屡屡加恩于年长的考生,七十岁以上会试举人赏给进士;年届八十岁的各类恩、拔、附、岁、优贡生赏给举人;年届八十岁的各类廪、增、附生、例贡、例监等赏给副榜,年届九十岁的赏给举人。
⑦ 比如孝廉方正科,即"兴廉举孝"、"贤良方正"之合称,是以德行举,与科目另为一途。从汉代开始就有此项举荐,但历朝以来,荐举公正者固然有,但终究得人无多,有关部门也仅是虚应故事,徇情冒滥之弊屡屡发生;虽以德行荐举,而名不副实者亦大有人在,因而此科仅列名为科目另一途,在科举发达的清代并不受重视。而经学、巡幸召试等方式也仅仅是偶尔为之,其形式上的意义往往大于实际意义。

彦，网罗殆尽"①。光绪三十四年(1908)，急于求才的统治者再次商讨开制科，以求人才，"际兹文学渐微，亟宜保存国粹"。当时各省征召耆儒硕彦，湖南举人王闿运被荐，授翰林院检讨；江苏、安徽等地举荐王耕心、孙葆田、程朝仪、吴传绮、姚永朴、姚永概、冯澂等人，皆覃研经史，合于词科之选。但因德宗辞世，此事遂不复再议。关于经济特科，也是在轰轰烈烈的宣传中进行(1901年下诏令举荐，1903年5月中旬试于保和殿)，但雷声大雨点小。被举荐者370余人，实赴试者183人，最后以各种各样的原因，仅录取27人，便已告罢，且朝廷给所举之人的待遇已大不如前，其意义也便消乏了许多。

以上是对清代科举制度的大体概括。我们可以发现：在科举考试的任一环节，清代已达到了至臻至善的程度，各种功令规定让后人叹为观止。当科举制度为历代君主和臣民所共同遵守，它强大的规定性就不再以任何个人的意志或偶发事件为转移。即便是19世纪40年代以来欧洲势力的入侵，也并未对传统一贯沿袭的科举制度造成强烈的冲击与伤损。因此，几位"稍早觉醒"的士大夫的提议，也就没有在当时引起较大的反响。于是，19世纪后半叶，中华民族也就继续老祖宗的"家法"，蹒跚、缓慢地往前迈进了。

第三节 晚清社会及科举制度的研究现状

晚清社会与政治的研究一直是历史学界的研究热点。近年来，尤其是20世纪90年代以来，随着近代文学与文化研究的不断升温，越来越多的学人开始注意晚清政治改革与文化、文学之间的内在关系。延续了近一千三百年的科举制度在1905年最终被废除，这无疑是20世纪初中国历史上一件划时代的大事。因科举的废除而带来的一系列效应，恰如多米诺骨牌的连锁反应，清帝国在失去了意识形态的最后支柱后轰然倒塌，传统的四民社会不复存在，文人由主导国家政治事务的中心角色被迫转变为专以传授知识和研究学术为其毕生使命的现代意义上的"知识人"，军阀政治成为晚近中国政治的主要形态，城市与乡村分离，乡村的日益凋敝成为中国20世纪以来最大的社会问题之一……若根究以上诸多世变的因由，则均与科举废止的关系极为密切。因此，探究近现代中国历史、社会、文化之变迁，晚清废除科举这一因素实为不可略过的一大关捩。

一、研究现状

相当数量的研究围绕晚清社会与政治、思想而展开。首先是数量最多、影响力也最大的、以科举制度废除和社会思想变化关系为考察中心的研究。这类研究大多立足于晚清特定的社会背景，阐述科举给整个社会和时代所带来的影响，其中又以宏观的史学研

---

① 商衍鎏：《清代科举考试述录及有关著作》，百花文艺出版社2004年版，第174页。

究为主。较早的《论废科举与社会现代化》①一文仍然秉持了"进化论"的观点，认为新式学堂取代传统的科举制度，是一个由"旧"到"新"的迈进。文章从教育的变革与知识的更新、士绅的分化与知识分子的嬗变、政治结构的转型与社会系统的松动、废科举与社会现代化运动四个方面，论述了废除科举对中国现代化进程的重大意义。萧功秦《从科举制度的废除看近代以来的文化断裂》②一文，从中国历史上传统官僚集权社会的社会精英——地主、士绅与官僚这三个阶层的地位与社会演变的分析入手，进一步考察了废除科举后的一系列社会变化，他指出：正是科举制的废除，"从长远来看，使国家丧失了维系儒家意识形态和儒家价值体系的正统地位的根本手段，这就导致中国历史上传统文化资源与新时代的价值之间最重大的一次文化断裂。正是在这个意义上，由于科举制度在 1905 年的废止，从而使这一年成为新旧中国的分水岭。它标志着一个时代的结束与另一个时代的开始"。它使"原有的形成社会精英的方式由此而发生突然的断裂。……曾经由科举制度给社会提供的内聚力量，在其后几十年中一直都没有恢复过来"。立论的客观性和论证的充分性使这篇文章成为 20 世纪 90 年代以来阐述科举革废与近代社会文化关系非常有影响力的单篇论文。此后不久，便出现了与萧文相呼应的《清季科举制改革的社会影响》③和《失去重心的近代中国》(《清华汉学研究》第 2 辑)两篇文章。作者罗志田先生引用了晚清时期的日记或札记，充分论证了清季科举制的改革与废除绝不仅仅是政治变革，它引起了取士标准的变化；对民国时期的"政治掮客"盛行和军政体制则从废除科举而导致"士"阶层的消失这一角度锲入，指出正是传统政教相连的政治传统的中断(即科举的废除)，"政统的常规社会来源枯竭，国家又缺乏新的职业官僚养成体制，使原处于社会边缘的军人和工商业者等新兴权势群体因'市场需求'而逐渐进据政统，出现了非常规化的'游民'和'饥民'组成的以开会、发电报为主要职责的社会'职业政客'，这成为民国时期政治的最大特点"。这是在萧功秦先生立论基础上的进一步深化和拓展。同时期，周振鹤在《官绅新一轮默契的成立——论清末的废科举兴学堂的社会文化背景》④一文中却另辟蹊径，对 1905 年 9 月 2 日立废科举的谕令进行了充分的解读，抓住"学堂本古学校之制，其奖励出身亦与科举无异"这句话的深层含义，分析了历史上科举制在形成过程中官绅利益的一致性，得出结论说："新式学堂成了科举的替身，是明眼人的谁都看得出来。"而且认为，不论何种政治改革，几乎都是"官绅之间的一种默契"，不同的仅是概念的转换与名词的变更而已。杨齐福在《清末废科举的文化效应》和《科举制度的废除与近代社会的转型》⑤等多篇文章中，引用了

---

① 袁立春：《论废科举与社会现代化》，《广东社会科学》1990 年第 1 期。
② 萧功秦：《从科举制度的废除看近代以来的文化断裂》，《战略与管理》1996 年第 4 期。
③ 罗志田：《清季科举制改革的社会影响》，《中国社会科学》1998 年第 4 期。
④ 周振鹤：《官绅新一轮默契的成立——论清末的废科举兴学堂的社会文化背景》，《复旦学报》(社会科学版)1998 年第 4 期。
⑤ 杨齐福：《清末废科举的文化效应》，《中州学刊》2004 年第 3 期；《科举制度的废除与近代社会的转型》，《中州学刊》2002 年第 4 期。

一连串的数据作为论据,有力地说明了"兴新式学堂"对于中国的近代化转型起到了多么重要的作用。刘佰和、蒋保《科举制度的废除与社会整合的弱化》①,李志茗《科举制度之废除及其后果——兼析科举制度的合理内核》②则用大量的史料论证了科举废除后所引起的一连串的混乱,认为:"科举制度其实不仅仅是一种文官考试制度,实际上它又是一种社会整合机制,对中国古代社会的上下沟通、互动起着非常重要的作用,因而它具有一定的合理性。"这是对科举制度的历史作用较为科学而心平气和的评价。

2005年,厦门大学主办了"科举百年祭",一时间掀起了科举研究的热潮。刘海峰教授发表《终结盲目批判科举的时代》③一文,明确指出:科举制度对中华文明影响最大,且最为深远,应该对其采取一种科学而公正的态度。叶哲铭、陆竹燕《废科举:近代著名思想家的反思》④一文,以废科举后思想家们的言论为据,证明了"进化论"也许并不那么符合中国历史文化的本来面目。2011年9月,武汉大学传统文化研究中心举办"第八届科举制与科举学——科举文献整理与研究国际学术研讨会",又一次扩大了科举研究的领域和影响力,再次将科举研究推向高潮。客观认识中国传统文化,成为当下科举研究的重要任务。

与宏观研究的繁荣局面相比,晚清科举改革微观方面的研究显得极其寂寥,屈指可数的只有何玲《清末经济特科探析》⑤、杨齐福《洋务运动时期科举制度的改革》⑥等几篇文章。其中尤其值得注意的是中山大学关晓红先生的两篇文章:《科举停废与清末政情》⑦、《老树能否接新枝:晚清议改科举新探》⑧。关先生的这两篇论文更多着眼于电报、通信、报纸的报道及野史,从微观上揭示晚清新政中改革科举实施方案的内容、时间、程序、途径、效果预测、行政决断的具体进程变化等因素,认为"其决策过程,反映了清末政情的一个重要特征:各项新政虽自上而下地通过朝廷政令颁行,其决策过程却往往由地方促动中央,即疆臣互相串联沟通,自下而上地提出议案,并以各种手段权谋,设法联络及鼓动枢要。由疆臣合力而枢臣同声,成为新政改革的重要模式之一"。《老树能否接新枝:晚清议改科举新探》一文从晚清议改经济特科入手,对科举的革废进行了一个看似专门,实则系统,甚至能够笼罩全局的梳理与分析,令人耳目一新。

---

① 刘佰和、蒋保:《科举制度的废除与社会整合的弱化》,《安徽史学》2000年第3期。
② 李志茗:《科举制度之废除及其后果——兼析科举制度的合理内核》,《华东师范大学学报》(哲学社会科学版)2002年第4期。
③ 刘海峰:《终结盲目批判科举的时代》,《东南学术》2005年第4期。
④ 叶哲铭、陆竹燕:《废科举:近代著名思想家的反思》,《复旦教育论坛》2005年第3卷第2期。
⑤ 何玲:《清末经济特科探析》,《历史档案》2004年第1期。
⑥ 杨齐福:《洋务运动时期科举制度的改革》,《无锡教育学院学报》2000年第1期。
⑦ 关晓红:《科举停废与清末政情》,《中国社会科学》2004年第4期。
⑧ 关晓红:《老树能否接新枝:晚清议改科举新探》,郑师渠、史革新、刘勇主编:《文化视野下的近代中国》,中国传媒大学出版社2009年版,第339~350页。

对晚清科举与社会、文化思想转变作系统研究的论著中，应特别提及王德昭先生的《清代科举制度研究》和何怀宏先生的《选举社会——秦汉至晚清社会形态研究》两部论著。《清代科举制度研究》由紧紧围绕清代科举制度的六个专题组成，用史料说话，形成不可辩驳的结论，它是在科举制度研究史上不可多得的一部论著。其后四个专题"清代的科举入仕与政府"、"科举制度下的教育"、"科举制度下的民风与士风"和"新时势·新教育与科举的废止"，对本文的启发作用甚大。何怀宏先生《选举社会》首先从辨析"选举社会"的概念入手，对中国传统政治体制进行了透辟的分析，并得出结论："中国自秦汉以来的传统社会其实是一个具有开放和流动性的等级社会——选举社会。""因为中国古代的选举制度与生俱来具有一种对平等的诉求。"无论是第一编的"趋向"，还是第二编的"标准"，还是第三编的"终结"，"选举"（成熟后即以科举制度的形态表现出来）的思想贯穿了整部著作始终。在"标准"篇中，作者对"八股文"重新给予历史的审察，并给予公允的评价，这对廓清一百多年来笼罩在明清取士制度史上的阴霾、粗暴与无知，起着振聋发聩的作用。可以说，距离停止八股文，废除科举制度的时间愈远，就愈能够清晰地审视"科举"这个存在了近一千三百年的选士制度和八股文这种特殊文体的真正价值与意义。①

姜义华《我国近代知识分子群体论》②一文，开启了研究晚清知识分子群体的先河。文章比较了近代知识分子与传统知识分子的区别：知识结构、社会地位、价值观念和行为方式等方面都发生了显著的变化。李涛《论近代知识分子的文化转型——以晚清民国教育家群体为例》③一文与之呼应，论证了近代教育家充当了从传统到现代的转换者及西方教育思潮传播者的双重角色；在地域分布、教育理论及知识结构几个方面都具有转型期的典型特点。周孜正、周玉奇《而今解下还清帝，脱去寒酸自啸歌——废科举与盐城士绅文人之命运》④则是典型的微观研究，以江苏盐城县的士绅文人为研究对象，通过考察废科举前后这些士人命运和思想的变化，以及他们或抱残守缺，或肄习新学，或走向革命的人生道路选择，再现了清末民初盐城社会中纷繁复杂的一面。这种微观研究预示着科举研究领域一种新的研究思路的悄然兴起。

关于此时期科举及晚清士人研究，具有影响力的论著可分为海内和海外两部分。海外汉学以美国汉学为代表，这些汉学家在考察中国20世纪前后的巨大转型时，充分注意到了科举的革废给中国带来的深远影响。优秀论著有何炳棣的《中华帝国晋升的阶梯：1368—1911》、张仲礼的《中国绅士研究》、本杰明·史华慈的《寻求富强：严复与

---

① 关于八股文研究的著作，可参考启功、张中行、金克木著的《说八股》、孔庆茂著的《八股文史》、金诤的《科举制度与中国文化》等。
② 姜义华：《我国近代知识分子群体论》，《近代史研究》1987年第1期。
③ 李涛：《论近代知识分子的文化转型——以晚清民国教育家群体为例》，《辽宁师范大学学报》（社会科学版）2003年第4期。
④ 周孜正、周玉奇：《而今解下还清帝，脱去寒酸自啸歌——废科举与盐城士绅文人之命运》，《盐城工学院学报》2010年第1期。

西方》、余英时的《现代危机与思想人物》、萧公权的《近代中国与新世界：康有为变法与大同思想研究》、本杰明·艾尔曼著《经学·科举·文化史》(其中"中华帝国后期的科举制度"一节论及晚清科举与士人)等。此外还有20世纪80年代费正清、刘广京主编《剑桥中国晚清史》和吉尔伯特·罗兹曼主编的《中国的现代化》，他们或采取群体研究的形式，或采取个案探寻的形式，但基本上是将宏观与微观相结合，以达到科学说明的目的。

海内论著中有张朋园《知识分子与近代中国的现代化》、杨国强《晚清的士人与世相》、桑兵的《晚清学堂学生与社会变迁》等。李润强《清代进士群体与学术文化》也涉及废除科举前后"士"的地位变化所引起的学术变迁。以上所举大多以宏观的、群体性的研究为其主要特点。还有大量个案研究如关于梁启超、康有为、章炳麟、严复等人的专题论著(述)，也撑起了晚清知识分子研究的半壁江山。

相比科举制与科举学其他领域的研究，科举与文学的研究显得有些迟滞。进入20世纪90年代，先后有黄强《八股文与明清戏曲》①、赵善嘉《清代科举与文学》②、刘焕阳《北宋科举与文学》③等几篇文章，试图开辟科举研究更为广阔的空间。邝健行《唐代律赋对科举考试的粘附与偏离》④和黄仁生《论元代科举与辞赋》⑤进一步将研究的触角深入科举文体与文学文体关系的探讨。对八股文的研究也出现了一个小小的高潮，但大多以普及读物的形式出现，学理式的深入研究直到最近几年才出现，代表作有孔庆茂《八股文史》、李光摩《八股文的定型及其相关问题》⑥等。

21世纪以来以科举与文学关系为研究中心的学术成果，虽远远多于之前，但与科举制与科举学研究的繁荣局面相比，仍显得相当寂寥。叶楚炎《"类科举"的情节和小说——明代科举对小说文体的影响》⑦、张会《科举背景下宋代文言小说的变迁》⑧、刘于峰《科举题材戏曲在晚清的开拓——以杨恩寿〈再来人〉为考察对象》⑨和王玉超、刘明坤《明清小说中婚姻观念与科举的关系探析》⑩四篇文章均以文学作品中的个案或个别文学文体与科举制度的相互影响为研究对象，其中3篇谈及小说，1篇涉及晚清戏曲

---

① 黄强：《八股文与明清戏曲》，《文学遗产》1990年第2期。
② 赵善嘉：《清代科举与文学》，《上海师范大学学报》(社会科学版)1992年第1期。
③ 刘焕阳：《北宋科举与文学》，《牡丹江师范学院学报》(社会科学版)1994年第3期。
④ 邝建行：《唐代律赋对科举考试的粘附与偏离》，《中国文学研究》1993年第1期。
⑤ 黄仁生：《论元代科举与辞赋》，《文学评论》1995年第3期。
⑥ 李光摩：《八股文的定型及其相关问题》，《文学遗产》2011年第6期。
⑦ 叶楚炎：《"类科举"的情节和小说——明代科举对小说文体的影响》，《重庆大学学报》(社会科学版)2009年第5期。
⑧ 张会：《科举背景下宋代文言小说的变迁》，《社会科学家》2012年第2期。
⑨ 刘于峰：《科举题材戏曲在晚清的开拓——以杨恩寿〈再来人〉为考察对象》，《名作欣赏》2011年第5期。
⑩ 王玉超、刘明坤：《明清小说中婚姻观念与科举的关系探析》，《华北电力大学学报》(社会科学版)2012年第2期。

（这是难得的一篇将科举与晚清文学联系起来进行考察的文章，虽然它仅仅是个案研究）。在题目中直接点明科举与文学关系、影响较大的文章有2004年蒋寅发表在《文学遗产》上的《科举阴影中的明清文学生态》一文。从题目上可以看出蒋先生对科举在文学发展中的价值判断："举业给文学创作造成极大伤害，甚至从根本上褫夺了人们在文学上取得伟大成就的可能性。"这篇文章主要通过时人的自述重构当时的文学生态，从而对明清时代的文学写作及其命运赋予新的理解。蒋先生提出了"科举制度下的文学生态"这一论题，开启了一条文学研究的新思路。江俊伟、徐薇所写的《从文体类型和创作生态看明代文学研究的两个学术增长点——以〈明代科举与文学编年〉为考察中心》一文，对《明代科举与文学编年》进行了指点迷津式的提炼。文章指出，在这部大部头编著中，"可以发现明代文学研究的两个学术增长点：一、适当加强对某些文体类型如策论、八股文的研究；二、重视对科举时代作家的创作生态的整体还原"导引我们在阅读与运用此类史料时应培养和提高学术敏感性与自觉意识。

陈文新先生主编的大型文学文化丛书"中国文学编年史"与"历代科举文献整理与研究丛书"（第一辑），本着还原文学创作生态本来面目的宗旨，给今后的学术研究带来了极大的方便。前者以编年的形式演述中国文学发展的历程，充分展现了文学历程的复杂性和多元性，科举因素对中国传统文学的影响不言自喻；后者如《八股文总论八种》、《钦定四书文校注》、《梁章钜科举文献二种校注》等，皆涉及科举与文学的内容；《历代制举史料汇编》、《七史选举志校注》、《〈清实录〉科举史料汇编》等，梳理了科举制度发展的历史与重大事件。以"历代科举文献整理与研究"为代表的研究丛书的出现，前瞻性地预告了进行科举与文学、文化关系研究的两大方向和基本走势。

近年来，越来越多的博士研究生加入了科举与文学的研究队伍，成为该领域源源不绝的后备军。吴志坚《元代科举与士人文风研究》[1]、王玉超《明清科举与小说》[2]和张丽丽《清代科举与诗歌》[3]是近五年来的博士学位论文。其中吴文侧重于史学的研究，后两篇则以科举生态下明清时期小说和诗歌作为研究重心，尤其是王文着重突出了明清时代的科举文体八股文与明清小说之间的互动与影响关系，这拓宽了科举与文学研究的视野与空间，使这一研究思路得以深化。武汉大学的博士生郭皓政《明代科举与状元》（已出版）、周勇《明代会元别集考论》[4]、李华《永乐年间庶吉士诗文与明前期社会》[5]等学位论文也在此方面多有发掘，这一较为沉寂的领域人气渐旺，并逐渐形成新的学术研究热点。

从"情感上的不排斥"，到"逐渐接受"，再到"科学性研究"，近三十年来的科举研究展示了一个由表及里、由粗到精的渐进发展过程。从宏观上对科举制度的把握，到对

---

[1] 吴志坚：《元代科举与士人文风研究》，南京大学博士论文，2009年。
[2] 王玉超：《明清科举与小说》，扬州大学博士论文，2010年。
[3] 张丽丽：《清代科举与诗歌》，上海师范大学博士论文，2011年。
[4] 周勇：《明代会元别集考论》，武汉大学博士论文，2011年。
[5] 李华：《永乐年间庶吉士诗文与明前期社会》，武汉大学博士论文，2012年。

科举细节的历史还原,再到微观审视这个中国历史上最大的文化现象,科举研究的重心也在发生转移。作为科举研究领域的后起之秀,科举与文学关系的研究渐渐成为文史研究的热点话题,因而也就悄然蔚为大观,前景一片生机盎然。

二、选题设想

21世纪以来,科举与文学之间关系的研究渐渐成为科举研究的热点[①]。结合以上所列出的成果,可以发现,受到关注者最多的是明代文学与科举关系研究;唐代、宋代、元代及清代科举生态下的文学发展也越来越受到关注;晚清文学与科举之间的关系却仍然是一个未受到充分关注的课题。作为古典文学的殿军,晚清文学自有其特色,然而在一百多年的文学研究中,它却一直处于被遗忘的角落(只是最近十年来,对它的关注才渐趋增多)。那么,在科举革废的过程中,晚清士人的社会地位和心理状态发生了怎样的变化?晚清文学呈现了一种什么样的发展态势?该如何评价科举最后阶段对文学的作用与影响?本书题目定为"科举废止前后的晚清社会与文学",将清末文学的变化与科举的废止这一重大历史事件相结合,试图从一个新的角度对这一时期的文学发展与变化进行较为合理的阐释,因此该论题具有相当的创新性和挑战性。本书尝试解决以下四个问题:

(1)科举废止前后,作为科举社会主体的"士"的社会地位与心理变化;

(2)科举废止前后,作为文学创作主体的文人,其社会地位与精神状态给文学创作带来的影响;

(3)科举废止前后,科举文体对晚清文学发展的影响;

(4)科举革废与文学发展的价值判断。

本书论述的中心有二:一是科举废止前后的晚清社会,主要论述与科举息息相关的文士群体的心理状态和社会变化;二是因科举废止而引起的文学转型与发展,重点揭示中国文学如何由古典走向现代,以及在这个艰难的转型过程中,科举的革废对文学由表及里的影响。探讨文士的心理状态和社会改变,仍意在揭示文学在转型期发展的主体要素。这也许根本算不上开疆拓土,然而却希望能为晚清文学文化研究贡献一份微薄之力。

"科举废止"既标志着晚清中国一个重大的政治事件;同时,"科举废止前后"也标识了本书论述的时段,即大体上界定在1894—1911年前后近二十年时间内。晚清科举改革实质性进展开始于甲午战争中清政府的惨败,因此全书论述的时间上限设定在

[①] 检索21世纪以来,以科举与文学为研究中心的成果,硕士论文有:2003年王颖《〈西厢〉制艺考论》,2004年许慈晖《元代科举与文学》,2005年赵永强《八股文与明清古文和诗歌》、马琳萍《〈香囊记〉与八股文关系之研究》,2006年林红《明代八股时文对文学的背离与融通》等。博士论文有:2003年潘峰《明代八股论评试探》,2004年俞钢《唐代文言小说与科举制度》(已出版),2005年高明扬《科举八股文专题研究》。此外还有上文提到的吴志坚、王玉超、张丽丽和武汉大学郭皓政、周勇、李华等人的博士论文,也均以此为中心。

1894年。甲午一役,堂堂"上国天朝"的大清帝国被"蕞尔小岛"日本打得落花流水,溃不成军,惨淡经营三十余年的北洋水师在此役中全军覆没。此乃清政府及国人之奇耻大辱,"于是外国蔑视,海内离心"①,举国震惊,最高统治者方在"天朝上国"睡梦中被唤醒,准备以变法改变积弱局面,求富图强。1898年,戊戌变法诏令废除八股文,改试策论。这是废除科举过程中迈出的最为大胆的一步。随着时局事态的发展,义和团进攻外国使馆,八国联军入侵,庚子事变中以慈禧为首的实权派狼狈西逃,躲避西安几近两年,最后终于认清形势,下令新政。就这样,废除科举、改兴新式学堂被列入晚清新政的四大内容之一。1905年9月2日,应朝臣奏请,清政府下令将科举制度连根拔除。至此,自隋代以来持续了近一千三百年的科举选士制度彻底宣告终结。然而文化的强大惯性仍在继续,科举制度废除之后,善后的问题该如何处理?以科举功名为安身立命之本的广大读书士子,其命运又将如何?中国的教育将发生怎样的变化?文学又将朝着什么样的方向发展?探究科举革废的深层原因,剖开这个影响甚巨的"文化的断裂,社会的转型"的真实面目,尽可能还原20世纪前后的晚清中国士人与文学发展的历史真实,探讨在那个特定时期的政治历史变化给文化和文学带来的由表及里的甚或是颠覆性的影响,就是本书将要努力完成的任务。

本书仍以宏观把握社会与文学的互动关系为主,以典型事例的微观呈现为辅,在论述过程中,以充分而恰当的论据来证明本书的观点,努力做到宏观把握与微观考察相统一,而不只是自说自话,妄下断语。上编的论述重点围绕以科举制度为依托的儒学是否具有经世、富国的能力这一中心,力图澄清这样一个事实:晚清改革以学习西方为尚,对作为传统社会基石的科举制度弃如敝屣,其合理性能够占到几成?下编重点论述科举的革废给文人和文学带来了怎样的影响。生物学意义上的"进化论"侵入文学领域,带来了什么样的后果?文坛的"诗界革命"、"文界革命"等文学革新运动,其背后蕴含了怎样的政治意图?如何评价被尘封已久的同光体诗派及晚清桐城派散文?

文学的发展往往由多种因素综合决定,诸如作家的文学素养、表现技法的高低、学术思想的影响等,而科举只不过是文学发展的影响因素之一。但是,在科举制度的生态环境下,如何客观认识各个时代文学的发展,却是我们必须客观公正面对的问题。然而恰恰正是因为科举制的废除,不仅使中国社会崭然划分成两种社会形态,它同样使中国文学发生了由古典到现代的转型。当我们论述文学、文化由传统到现代的转变时,我们无法忽视科举的废除这一重大历史事件的影响因素。在文学史的叙述中,强烈的政治性成为晚清文学的最大特征,文学紧随政治,变化"日新月异",显得如此匆忙和"来不及"。而这种强烈的功利性,也正是儒学道统的政治载体——科举制度废除后的必然表现。当然,这只是晚清文学发展的一个方面。从另一个方面来说,恰是被称为"保守"的文学创作与样式(如晚清桐城派的散文、同光体的诗歌等)在继承的基础上对传统文学又有创新,延续了古典文学基本的发展轨迹,证明了古典文学强盛的生命力和超强的

---

① 康有为:《上清帝第五书》,汤志钧编:《康有为政论集》,中华书局1981年版,第201页。

自我调适能力。鉴于此，我们也许能够深刻反省长期以来以政治为尚的《中国文学史》的评价体制，努力对晚清文学史的叙述更加接近文学与文化的历史真实。

此外，还要对两个概念作一简单说明：一是"科举社会"；二是晚清士人阶层的划分依据。

"科举社会"是受何怀宏先生"世袭社会"、"选举社会"、"宗法社会"等概念的启发而仿造出来的一个概念。① 在《选举社会——秦汉至晚清社会形态研究》一书中，何先生论及"封建"一词时说了相当长的一段话，以廓清长久以来人们对这一概念的错误认识：

> ……现在，我们已经相当习惯了便捷地以"封建社会"模式解释中国近两千多年来的社会历史，以"封建"指称我们的文化传统的基本性质和主要成分，不假思索地使用"封建专制"、"封建大一统"这样一类字眼，而并不思考这样的词语组合从其本义来说其实是自相矛盾的（"封建"意味着分封，意味着权力分散。因而，如果是"封建"，就不可能是中央集权，不可能是君主一人"专制"，不可能是天下"大一统"），"封建社会"的模式成了解释中国历史占主导地位的模式……
>
> ……我想指出："封建社会"这一概念显然是相当晚近才出现和流行的一个概念，其在目前含义上的论定迄今不过五六十年，总之，它是一个相当"现代"的概念，与几千年来中国传统社会中的人对自己所处社会的解释相当不同乃至对立。古人认为"封建"盛于周代，至秦帝国建立，"封建"即已废除而改行中央集权的"郡县"；而持"封建社会"说的郭沫若一派则认为春秋以前是"奴隶社会"，战国至秦正好是中国进入"封建社会"的开始，其他如"西周封建"、"魏晋封建"等派虽把封建社会的上限或者提早到西周，或者推迟到东汉、魏晋，但都肯定晚清以前一两千年的中国社会基本上是"封建社会"，因为在近代"资本主义社会"（在中国是变形为"半殖民地半封建社会"）之前，必须上接一个"封建社会"，否则就不符合社会由"封建社会"发展到"资本主义社会"的科学规律和客观必然性，就无法解释中国革命首先作为一种资产阶级民主主义革命的性质、任务、动力和对象。习惯的思路大致是：在资本主义社会之前怎么可能不是封建社会？如果不是，岂不意味着社会发展阶段模式和规律甚至于唯物史观的失效？如果不是，这场革命要依靠谁，联合谁，反对谁，夺谁的权，革谁的命岂不是没有着落？这一思路渐渐成为一种潜在的但却公认的前提，它并不总是出现，因为它已经变得毫无疑义。②

---

① 也早有学人用"科举社会"这一概念来表示自科举制度产生以来的传统中国政治形态，如郑若玲《科举考试的功能与科举社会的形成》（《厦门大学学报》（哲学社会科学版）2005年第2期）一文中的用法。

② 何怀宏：《选举社会——秦汉至晚清社会形态研究》，北京大学出版社2011年版，第12~13页。

这一习惯性的错误至今仍在。为了尽少出现这种概念上的舛误，本书在论述过程中也尽量避免使用"封建"、"半殖民地半封建"、"资本主义"之类意识形态明显的名称来表述晚清中国的社会形态，而是采用了"科举社会"这一概念来指称传统中国在政治体制上的这个显著特点。

上层和中层士人的划分以其在朝廷中的品阶作为依据。四品以上的朝廷大员称为上层士大夫，其中以一、二品大员诸如荣禄、张之洞、袁世凯等人为代表；四品及以下的科举出身者为社会中层士大夫，诸如力主维新的康梁诸人，翰林院学士也因其处于科举巅峰亦被归入其中。清代科举中"官卷"与"民卷"的划分也可为此提供一定的依据；①戊戌变法中光绪帝的最高权力是仅限于加封四品官员；而加授更高的职位，"须请命太后"。因此本书论述上、中层士人在科举改革中的作用及影响时，亦是以此为依据。科举制度的受动者中包括以科举入仕作为人生追求目标（安身立命之地）的广大读书人，其中以广大的秀才（即生员）、童生为主；还包括响应朝廷号召而纷纷出国游学的留学生等。还有越来越多游离于科举制度的知识者，如以章炳麟、孙中山等为首的革命人士等，形成了对清政府强大的离心力。晚清士人的这三个阶层共同构成了科举社会的主体，他们在革废科举过程中的种种表现及心态的变化，是本书上编重点阐述的内容。

处于"三千年未有之变局"的国际形势变幻中，晚清社会发生了前所未有的巨大变化。在由"传统"到"现代"的嬗变中，东渐的西学给传统思想和传统文化注入了新的元素，极大地改变着士人的思维方式和对社会、对文化的认识。"物竞天择，适者生存"的"进化论"观点成为那个时代思潮的主旋律，政治制度及文学的改革和创新也无一例外地被纳入这一思想体系中，科举的废除即这种思想指导下的结果。废除科举所带来的历史巨变，无论怎样描绘都不为过。在废除科举百年后，我们应该冷静思考这一历史事件背后的驱动因素，其历史的合理性和骤废的负面效应。激进的进化论思想同样导致晚清思想家对传统文化采取了一种非理性的态度，对待文学同样如此——无论是文学观念的变化还是语言文字、文体的变化，莫不与强烈的情感相关。这种非此即彼、势不两立和充满政治情绪化的线性思维发展，成为后世书写文学史的主导思想，因而晚清文学经过这样的汰择后所显示出来的面目，已与其真实情形相距甚远。在认识到五四以来（尤其是新中国成立以来）文学史书写的局限性以后，还原文学及文化本来的面目，已成为当今学术的共识。

"重视对科举时代作家的创作生态的整体还原"既是现代学人的学术追求，也应是今后研究者们所应秉持的科学态度。长期以来对晚清文学的轻蔑和不屑，使这一任务显

---

① 乾隆二十三年（1758），定京文官四品、外文官三品、武二品以上及翰詹科道等官为限，其吏、礼二部司官及内阁侍读子弟停编官卷；官生为子、孙、曾孙、同胞兄弟及同胞兄弟之子。"官生"的试卷应单独列出来，以免妨碍"寒畯上进之途"，其界限即是以京文官四品、外文官三品、武二品以上为限。参见商衍鎏：《清代科举考试述录及有关著作》，百花文艺出版社 2004 年版，第 105~106 页。

得更加急迫和艰巨。因此，本书的写作将贯彻这一思路：文学(史)的叙述(尤其是晚清文学史的叙述)不能抛开科举这个最大的文化生态环境；努力廓清"新文学(史)观"对晚清文学的遮蔽；不以西方的文学文艺观来切割中国古典文学，努力对晚清时期的文化与文学作出适合中国传统特点的评价。通过科举革废的视角审视晚清文化与文学的发展，也许会得到不同于主流话语的结论。

上编　晚清科举与社会

20世纪前后，清政府先是受列强的胁迫，后是半推半就地进行了新政改革。改革首先在教育领域展开，然后才是政治体制、官制等方面的改革。

本编不打算泛论1905年前后晚清社会的众生相，而主要论述与科举改革息息相关的士人群体，以及他们在转型期身份地位及心理等方面的变化。在传统社会的政体形态中，任何改革都不能忽视最高统治者的态度，故专设一章，论述晚清慈禧太后与光绪帝在列强环伺的情形下的政治作为，为论述晚清的科举改革做铺垫。第二、第三、第四章以科举社会上、中、下三个层次的士人在科举中的表现及反应为观照对象。无论是最高统治者，还是上层士大夫、中层士绅、下层士人，对改革科举都有相反相成的两种意见和态度，本书的论述也将贯彻对二者合理性与局限性的反思与评判，力图较为全面地梳理晚清科举改革给中国和传统文化所带来的深刻而持久的影响。

第一章　科举制度的最高维护者与改革者

政治制度的改革成败与执政者的态度和立场密切相关，科举的革废也不例外。作为实际的最高统治者，慈禧太后对晚清政治负有极大责任，她以谕令全国的形式废除了延续近一千三百年的科举制度，成为20世纪以来中国政治文化史上的一件大事。甲午战争后列强入侵加剧，晚清中国的变革刻不容缓，学习西方改革弊制、变法图强成为时代的主旋律。锐意革新的光绪帝力主变法维新，试图带领中国摆脱积弱积贫、受人压制的局面，然而改革者的种种不足与欠缺使变革流于破产。西方侵略势力对清政府改革并进一步废除科举制度起到了强有力的促进作用。本章的论述将以晚清当国者的主观因素为主，西方列强入侵势力的客观因素为辅，从整体上把握废除科举的政治因素与历史背景。

第一节　慈禧：晚清的实际统治者

慈禧太后（1835—1908），即叶赫那拉氏，出身于满洲镶蓝旗一个官宦世家。她是咸丰皇帝的妃子，同治皇帝的生母，光绪帝的亲姨母。死后谥"孝钦慈禧端佑康颐昭豫庄诚寿恭钦献崇熙配天兴圣显皇后"，晚清民国笔记、史料中往往称其"孝钦"、"孝钦后"。恰逢列强环伺、威逼蚕食中国的时代，慈禧所经历的晚清社会，几乎相当于整个中国近代史，因此谈及晚清的政治风云，慈禧太后是一个不可忽视的重要角色。她一生立过三位小皇帝——同治帝载淳、光绪帝载湉和宣统帝溥仪。在同、光两朝，她三次以皇太后身份垂帘听政或临朝称制。她亲历太平天国运动、第二次鸦片战争、中法战争、中日战争、戊戌变法、义和团运动、庚子事变、清末新政、筹备立宪等重大历史事件，这使她在政治上由青涩走向成熟。她有着强烈的权力欲望，再加上她善于学习，敢于任事，工于心计，刚毅果断，使她取得了代替皇帝执政的权力，牢牢控制中国最高统治权达48年之久，成为一个不仅在中国，甚至在世界上都是赫赫有名的、极其复杂的历史人物。因此，解读她的个人气质，我们也首先是从其强烈的政治权力欲望开始。

一、慈禧的个人气质与晚清的政局

当政之初，慈禧即以小皇帝载淳的名义连发三道上谕，颁旨求言，警诫众臣，并表明自己从今以后的实际权势地位。第一道上谕说：

> 朕以冲人，未堪多年，重赖两宫皇太后万机日理，王、大臣等黾勉翼为，何敢不博采谠言，虚公揽纳，期以施行措正，上理日臻。矧当各省军务未竣，民生多戚，凡为臣子，均当竭诚抒悃之时，岂宜丑正恶直，苟安缄默。用特通谕中外臣工、九卿、科、道有奏事之责者，于用人行政一切事宜，皆得据实直陈，封章密奏。务各抒所见，毋以空言塞责，以副朕侧席求言之至意。钦此。①

这道谕旨表现了慈禧力求尽快摆脱困境的迫切心情。对载垣、端华、肃顺等八大臣分别治罪后，慈禧又发一上谕，告诫王公大臣应以载垣等为戒，力除积习，以期振作。同时，又发布第三道上谕，强调"两宫皇太后亲裁一切政务"，将自己意欲独揽大权的野心一步步暴露无遗：

> 咸丰十一年十月初九日，内阁奉上谕：朕奉母后皇太后、圣母皇太后懿旨，现在一切政务均蒙两宫皇太后躬亲裁决，谕令议政王、军机大臣遵行，惟缮拟谕旨仍应作为朕意宣示中外。自宜钦遵慈训，嗣后议政王、军机大臣缮拟谕旨，著仍书"朕"字。将此通谕中外知之。钦此。

这也就明确宣示了：谕令颁布的决定权属于两宫皇太后（实则决策往往以慈禧为主）；以"朕"的名义由军机处所拟的"谕旨"，其主张也完全由太后决定；京内外大臣必须完全明了"由谁说了算"这个重要的政治问题。就这样，慈禧通过操纵冲龄幼主，尽揽皇权，成为当时中国事实上的"第一人"。

农历1874年年底，同治皇帝因病死去。慈禧不惜再立幼主载湉为帝，以期再次揽权训政。两宫太后（事实上以慈禧的意旨为主导）连下两次懿旨，对光绪帝的承嗣问题进行解释："醇亲王奕譞之子著承继文宗显皇帝为子，入承大统，为嗣皇帝。""（同治）皇帝龙驭上宾，未有储贰。不得已以醇亲王奕譞之子载湉承继文宗显皇帝为子，入承大统为嗣皇帝。俟嗣皇帝生有皇子，即承继大行皇帝为嗣。特谕。"②这也就是说，因为同治帝没有子嗣，只好把载湉过继给咸丰皇帝为子，作为嗣皇帝继承咸丰帝的皇位；等到将来载湉有了皇子，再继承已死的同治帝的皇位；载湉只是咸丰皇帝的嗣皇帝，而不是同治皇帝的嗣皇帝，因而慈禧仍然是皇太后，仍可临朝（垂帘）听政。通过这种方式，迷恋皇权的慈禧毫不费力地达到了紧握皇权的目的。

---

① 《军机处上谕档》，故宫博物院明清档案部编：《清代档案史料丛编》第一辑，中华书局1978—1984年版，第110页。

② （清）朱寿朋编，张静庐等校点：《光绪朝东华录》第一册，中华书局1958年版，第2页。

光绪十三年(1887)是光绪帝理应亲政的一年,慈禧又故伎重演,在奕譞等人的"苦苦哀求"下,答应"于皇帝亲政后再行训政数年"①。为了使训政制度化,慈禧面谕世铎等人:"将应行酌复旧制或变通办理及暂缓举行各事宜,公同酌议。"世铎心领神会,同奕譞商定数款,史称《训政细则》,其要点有以下数则:"一、凡遇召见引见,皇太后升坐训政。拟请照礼臣会议,暂设纱屏为障。……一、近年各衙门改归验放验看开单请旨及暂停引见人员,拟请循列旧制,一律带领引见,仍恭候懿旨遵行,排单照现章预备。一、乡会试及各项考试题目,向例恭候钦命者,拟请循照旧制。臣等进书恭候慈览,择定篇页,请皇上钦命题目,仍进呈慈览发下,毋庸奏请派员拟题……一、内外臣工折奏应行批示者,拟照旧制均请朱笔批示,恭呈慈览发下。"②这里的"恭候懿旨遵行"、"恭候慈览"和"进呈慈鉴发下"等语明确昭示一切权力仍归慈禧,光绪帝不过是一个傀儡而已。据翁同龢记载:"现在办事一切照旧。大约寻常事上决之,稍难事枢臣参与酌之,疑难者请懿旨。"③

中日甲午惨败,给朝野上下以极大的刺激,光绪帝决定变法以图自强。这次旨在"自强"的变法仅仅进行了103天,便被轻而易举地扼杀了,所有改革谕令及成果悉数罢废。1898年9月21日(农历八月初六日)慈禧突然再次发动宫廷政变,囚光绪帝,第三次复出训政:

> 现在国事艰难,庶务待理。朕勤劳宵旰,日综万几,兢业之余,时虞丛脞。恭溯同治年间以来,慈禧端佑康颐昭豫庄诚寿恭钦献崇熙皇太后两次垂帘听政,办理朝政,宏济时艰,无不尽美尽善。因念宗社为重,再三吁恳慈恩训政。仰蒙俯如所请,此乃天下臣民之福。由今日始,在便殿办事。本月初八日,朕率诸王大臣在勤政殿行礼。一切应行礼仪,著各该衙门敬谨预备。④

这次垂帘听政直到光绪三十四年(1908)驾崩。

推究慈禧太后当时所持意见,绝非"保守"、"顽固"二词可以概括。苏继祖在《清廷戊戌朝变记》"序"中说:"然推之太后之心,未必不愿皇上能励精图治也,未必不愿天下财富民强也。至法当变不当变,未必有成见在胸也。不过明目达聪,仅寄见闻于诸王大臣。以为诸王大臣皆曰贤,即天下皆曰贤矣;诸王大臣皆曰可杀,即天下皆曰可杀

---

① (清)朱寿朋编,张静庐等校点:《光绪朝东华录》第二册,中华书局1958年版,总第2127页。
② (清)朱寿朋编,张静庐等校点:《光绪朝东华录》第二册,中华书局1958年版,总第2180页。
③ (清)翁同龢著,陈义杰整理:《翁同龢日记》第四册,中华书局1992年版,第2262页。
④ (清)朱寿朋编,张静庐等校点:《光绪朝东华录》第四册,中华书局1958年版,总第4200页。

矣。今见皇上锐意变法，而赴愬失德者，纷来哭诉，无道者日至，则当初暂假事权之美意，激成骄敌纵恶之机心，故以为非废立皇上，逐杀新党，一概归复旧制，不足以安天下之心，不足以存宗社之守。于是有八月初六之变焉。"①有术无学，短于识见，因而易囿于数人之耳目，这是生活于深宫的慈禧的缺陷；此种缺陷再加上对皇权的过分迷恋，导致慈禧一次又一次地决策失误，也就是必然的了。

慈禧晚年又与朝廷重臣提及为光绪帝立嗣之事。大臣们一致认为不能再立一个幼帝，但慈禧早已心有主张，她对群臣解释，自己为什么会选中年仅一岁的溥仪为帝："卿言诚是。然不为穆宗立后，终无以对死者。今立溥仪，仍令载沣主持国政，是公义私情两无所憾也。"②即立载沣之子溥仪为嗣，由载沣主政。且连下三道懿旨，即宣布溥仪继位，又宣布溥仪兼祧同治帝，同时宣布载沣为监国摄政王。而这些"懿旨"中最重要的一句话是："所有军国政事，悉秉承予之训示，裁度施行。"这说明此时的慈禧仍坚信自己会像从前一样大权独揽、稳握朝纲，她完全没有料到自己会那么快就撒手人寰。而这件事也足以说明慈禧对皇权的痴迷与还想继续做实际统治者的政治野心。1908年11月，慈禧辞世。《纽约时报》新闻专稿报道：《清国独裁者慈禧逝世，北京政局令人关注》，文中指出慈禧的顽固和冷酷无情为整个大清国带来了最不幸的后果。③

玩弄政治手段以达到不可告人的目的，慈禧的这种能力殆同天授。如果将慈禧执政期间所任用的军机大臣作一比较，可以发现慈禧的任人原则是"听话"、顺从、善承其享乐奢侈的意旨。同治四年（1865）裭议政王一事，慈禧以"猫捉老鼠"的方式让议政王奕䜣真正领略到慈禧的政治辣手。后世史家评论说："是恭王仍被命枢廷矣。然已无'议政王'之尊称。名位固已较前大为减削，此虽王年少不学，关于大体，积嫌蒙衅，自取之严谴，然亦太后集权之手段也。"④"久之，慈禧于国故朝政，渐皆了然。本性专断，遂不欲他人之参预……昔之所赖，今则弃厌而疏远之矣。昔日冲抑之怀，今则专断而把持之矣。"⑤皇权即慈禧的"禁脔"，谁也别想觊觎半分，否则后果会相当难堪。光绪十年（1884），慈禧撤换了原来以奕䜣为首的军机处全部人员，代之以礼亲王世铎为首（实际上是以奕譞为主脑）的新军机处。新军机处的组成人员，在识见、威望、能力和人品上与原军机处相比，相差甚远，他们是一些不谙国际事务，不熟国内政情的官

---

① （清）苏继祖等：《清廷戊戌朝变记（外三种）》，广西师范大学出版社2008年版，第4页。编者下有按语："慈禧有术无学，为大事却囿于数人耳目，所以前有戊戌变政，后有庚子祸乱，王小航早已论定其人矣。"

② 庄建平编：《晚清民初政坛百态》，四川人民出版社1999年版，第76页。

③ 郑曦原编，李方惠、胡书源、郑曦原译：《帝国的回忆：〈纽约时报〉晚清观察记：1854—1911》，当代中国出版社2011年版，第175页。

④ 吴相湘：《晚清宫廷实纪》第一辑，中国大百科全书出版社2010年版，第112页。

⑤ ［英］濮兰德、白克好司著，陈泠汰译：《慈禧外纪》，紫禁城出版社2010年版，第39页。

僚。有人将这次易枢喻为"易中枢以驽骀，代芦服以柴胡"，真是恰切之致，从某种程度上来说，新的军机处成了任慈禧摆布的装饰品。甲申易枢后，慈禧拥有了不受制约的至高无上的权力，清朝政治更加腐败。时人认为："枢垣大为调动，时局一大变，然所用者，似非戡乱之人，恐恣意更张，国事日坏。"①

慈禧第一次归政同治皇帝后，享乐思想恶性发展，立意修复圆明园。这项修园活动从同治帝亲政时开始，修建过程中不停地遭到群臣的反对，终于在同治十三年（1874）下半年停工。但光绪十二年（1886）八月，此事又被深谙慈禧心理的奕譞重新提起，于是继续修园，并一发不可收拾。修园的高昂费用起初靠臣下的"报效"来支付，光绪十一年（1885），海军衙门成立后，慈禧更是公然挪用海军军费来修建为其一人逸乐的颐和园，此种行径让慈禧的公众形象一落千丈，几达万人指骂的程度。而这也直接影响了光绪二十年（1894）中日甲午战争的结局。

庚子事变后，庆亲王奕劻作为朝廷第一大臣主持朝政。然奕劻之贪黩，中外驰名。岑春煊面奏慈禧时，向慈禧反映晚清改革后的实际情形："现在不惟不能刷新，反较从前更加腐败。从前卖官鬻缺，尚是小的；现在内而侍郎，外而督抚，皆可用钱买得。丑声四播，政以贿成"，揭发庆亲王奕劻贪庸无能却身为元辅，对吏治之腐败要负相当大的责任，"奕劻……侈而贪，群小骎进，久而左右前后之人皆其私党"。但慈禧一会儿为奕劻开脱说是"人老实，上人的当了"，一会儿又说："懿亲中，多系少不更事，尚有何人能胜此任？"②可见慈禧明明知道奕劻之贪婪不能任事，却因受奕劻"报效"③特多，且深谙其意旨，故仍默许其胡作非为，败坏吏治。奕劻知慈禧喜爱"叉麻雀"，为讨慈禧欢心，"遣两女入侍，日挟金数千与博。辄佯负，往往空手而归。内监宫婢，各有赏犒，每月非数万金不足供挥霍。又自西巡以后，贡献之风日盛，奕劻所献尤多。孝钦亦颇谅之，尝语人曰：'奕劻死要钱，实负我。我不难去奕劻。但奕劻既去，宗室中又谁

---

① 徐郙：《致星海亲家函》（未刊稿）。转引自徐彻：《慈禧大传》，辽沈书社1994年版，第299页。
② 岑春煊、王善中整理：《乐斋漫笔》，荣孟源、章伯锋主编：《近代稗海》第一辑，四川人民出版社1985年版，第101~102页。
③ 胡思敬：《国闻备乘》："凡奸臣善迎合者，多借言利以结主。知岁入有常经，不能过求于户部；民穷虑走险，不能苛责于闾阎。则报效之说以起。当光绪十二年（1886）兴海军报效，时革员杨宗濂、姚宝勋、马永修、陈本各献多金，谋开复。主事延熙以五千金得郎中。郎中岑春荣以五千金得道员。道员周绂、沈永泉各以万金得记名简放。阳借海军为名，实用以给园工。在内醇亲王奕譞主之，在外李鸿章主之，罔非献媚宫闱以为固宠求容之地。然当时利孔初开，内外稍知畏忌，受授之间不过如是而止。后练兵处祖袭海军故智，仍用报效之法，罔利鬻官挈金求进者自十万以至数十万不止，监司部郎上下不甚贵重，动以京堂相答谢。然交通关说必得要人指引，取径而入。闻诸报效海军时副都统恩佑得贿独多，张振勋进二十万金报效练兵，擢太仆寺卿，私酬枢府乃过其数。始作俑者无后，李鸿章盖不得辞其责矣。"荣孟源、章伯锋主编：《近代稗海》第一辑，四川人民出版社1985年版，第240页。

可用者？'""盖奕劻贪婪之名，上下皆直言不讳，言路以是参之，宜孝钦付之一笑也。"①作为皇族核心的奕劻在当权期间毫不掩饰地高调贪腐，而如此做派却"圣眷不衰"②，这不能不让人感慨：晚清吏治的腐败，首先是从最高统治者慈禧开始，是她的纵容与默许才导致了晚清帝国政治一败涂地，最终无法收拾。且太后晚年"内亦实有倦勤之意，由是锐气尽消，专以敷衍为事，甚且仅求目前之安，期于及身无变而已，不遑虑远图矣"③。

可以说，独断专权是慈禧处理一切事务的基本出发点，无论是早年的励精图治，发愤图强，还是晚年的敷衍懈怠，苟且偷安甚至是实施新政，这个"原则"却始终都没有变。垂帘听政之初，慈禧实施了一系列的政治改革，包括广开言路，重用汉人，组建总理衙门，支持大臣发展"洋务"，开设同文馆等，这些改革与措施使清帝国迎来了历史上享有盛名的"同治中兴"。此间具有说服力的代表性事件有：最终平定历时长达15年之久，给中国社会和政治带来极大影响的太平天国起义；击败捻军；收复伊犁；开设总理衙门，兴办洋务运动。而这些，即便在世界政治史上也是应当浓墨重笔的大事。因此《清鉴》高度评价慈禧："听政之初，军事方亟，两宫仍师用肃顺等专任汉人策。内则以文祥、倭仁、沈桂芬等为相，外则以曾国藩、左宗棠、李鸿章等为将。自军政吏治，黜陟赏罚，无不谘询。故卒能削平大乱，开一代中兴之局。"④这也使慈禧对自己的治国才能颇为沾沾自喜，倘没有外衅再起，慈禧真是要志满意得，高枕无忧，慢慢品味自己所创造的"劳动硕果"了。可时局的发展并不让她遂心如愿。

二、慈禧对科举改革的认识和影响

科举制度的败坏与捐纳之风大行极有关联，因此我们先从晚清的"捐纳"说起。

1. 晚清捐纳与科举

捐例的兴起大致不外由三个因素引起：拯救灾荒、河道工程、军费需要，且一般都是暂行事例，期满或事竣即停。清代本来就有捐纳制度，但多授副职及事务官，升正印官要经督、抚等保举，与进士等科甲人员铨选，都没有多大冲突，"选班首重科目正途……异途人员初与正途不相妨"。清中叶以后，捐例却使"名器不尊，登进乃滥，仕

---

① 胡思敬：《国闻备乘》，荣孟源、章伯锋主编：《近代稗海》第一辑，四川人民出版社1985年版，第277页。又，奕劻以贪腐、卖官鬻爵闻名于世，仅在汇丰银行就有二百多万两白银存款，被后人称为"晚清首富"。《纽约时报》等著名外媒也报道说奕劻家就是中国官场"集市"，门房设有"收费站"，被国人称为"老庆记公司"。

② 除奕劻自己得了"铁帽子"之外，妻妾中还封了6位"福晋"，超出了清朝祖制亲王只能封5位福晋的限额。

③ 岑春煊著，王善中整理：《乐斋漫笔》，荣孟源、章伯锋主编：《近代稗海》第一辑，四川人民出版社1985年版，第103页。

④ 印銮章：《清鉴》，中国书店（据1936年影印版），第931页。

途因之殽杂矣"①。乾隆五十八年（1793）曾下诏对捐纳作了如下规定："前因军需、河工，支用浩繁，暂开事例，原属一时权宜。迄今二十余年，府库充盈，并不因停捐稍形支绌。可见捐例竟当不必举行。不特慎重名器，亦以嘉惠士林，我子孙当永以为法。倘有以开捐请者，即为言利之臣，当斥而勿用。"②从这则诏令可以看出，捐纳本来就是对于"名器"的一种亵渎与挑战。宣宗、文宗御极之初，首停捐例，一时以为美谈。但咸丰九年（1859），"时军兴饷绌，捐例繁多，无复限制，仕途芜杂日益甚"③。面对太平军兴，军费开支繁巨，统治阶层为了筹钱，只得行此饮鸩止渴之法，重开捐纳之风。同治元年（1862），御史裴德俊请令商贾不得纳正印实官，以虚衔杂职为限。很快地，部臣就上奏反映说："捐生观望，有碍饷需。"于是不得已，只得下诏仍循旧制，商贾亦可纳正印实官。同治四年（1865），山东巡抚阎敬铭言："各省捐输减成，按之筹饷定例，不及十成之三。彼辈以官为贸易，略一侵吞钱粮，已逾原捐之数。明效输将，暗亏帑项。请将道、府、州、县照筹饷例减二成，专于京铜局报捐。"④于是京师内则京捐局，京师外则甘捐、皖捐、黔捐，捐纳设局遍布全国各行省。侵蚀、勒派、私行减折，诸弊并作。光绪初年，廷臣又议及捐纳乃"所得无几，所伤实多"的办法，应该停止捐纳。于是光绪五年（1879），慈禧太后下诏明令禁止捐纳。未几，海疆多故，开海防捐，"减二成核收，常例捐数并核减"。新辟捐例名目屡屡展限，行之十余年。光绪二十六、二十七年（1900、1901）间，江宁筹饷、秦、晋实官捐、顺直善后赈捐次第举办。庚子事变后，下诏立即停止捐纳，但"报效叙官"、"旧捐移奖"，继续盛行不衰，只有"停捐"之名而已，捐纳又改头换面，以其他方式继续进行。《清史稿》志八十七《选举七》中又说：

> 自筹饷例开，既多立班次以广捐输，复减折捐例以期踊跃。时纳捐率以饷票，成数或不及定额之半。同治三年，另订加成新章。于是有银捐新班、尽先、遇缺等项，输银不过六成有奇，而选用之优，他途莫及。八年，吏部以银班遇缺占缺太多，拟改分班轮用，删不积班，于新班遇缺上，别设十成实银一班，曰新班遇缺先，是谓大八成花样。维时分缺先前、分缺间前、本班尽先前、新班遇缺、新班遇缺先，统曰银捐。而新班遇缺先最称优异，新班遇缺次之……光绪二年，江苏巡抚吴元炳言："新班遇缺先、新班遇缺等班，序补过速，有见缺指捐之弊。请停捐免试用例，以救其失。"格于部议。四年，实官及各项花样一律停捐。七年，御史叶荫昉复言："近年大八成各项银捐班次，无论选、补，得缺最易，统压正途、劳绩各班。今捐例已停，请改订章程，银捐人员，祇列捐班之前。"疏下部议。然积重难返，进士即用知县，非加捐花样，则补缺綦难，他无论已……⑤

---

① （民国）赵尔巽等撰：《清史稿》志八十七《选举七》，中华书局1977年版，第3233页。
② （民国）赵尔巽等撰：《清史稿》志八十七《选举七》，中华书局1977年版，第3236页。
③ （民国）赵尔巽等撰：《清史稿》志八十七《选举七》，中华书局1977年版，第3237页。
④ （民国）赵尔巽等撰：《清史稿》志八十七《选举七》，中华书局1977年版，第3237页。
⑤ （民国）赵尔巽等撰：《清史稿》志八十七《选举七》，中华书局1977年版，第3241~3242页。

这就是慈禧当政年间捐纳大行、吏治败坏的事实。捐纳风行的结果是"非加捐花样，则补缺綦难"。无论是分出多少花样多少种类，到头来都只是为一个目的——钱。这就是晚清出现大批以揭露和批判腐败官场为题材的《二十年目睹之怪现状》、《官场现形记》等谴责小说的主要原因。冯友兰在《三松堂自序》中对晚清这种"非捐不仕"的情形给予了描述：

> 照清朝的传统的办法，分发到哪一省，是由吏部抽签决定的。在清朝末年，这个朝廷公开卖官，一个人捐给朝廷多少钱，就可以得到一个什么官，当时称为"捐官"。即使是由科举得来的官，在吏部分发的时候，也可以出一笔钱，不由抽签，而由自家指定，愿意到哪一省，就到哪一省去。除了本人原籍那一省外，其余的省可以自己指定，称为"指省"。……当时父亲在武昌还没有得到固定的差使，只是一个人在那里候补。所谓"候补"，就是等着哪一个县的县官有了缺，去补那个缺。补上了缺，称为"得缺"。本来这些有资格候补的人，都是科举出身的，后来因为有捐官，所以候补的人越来越多了，可是缺还就是那么些，所以"得缺"越来越困难。朝廷又开了一种卖官的办法，就是候补的人可以再花一笔钱，买到一个优先补缺的权利，称为"遇缺先"。没有"遇缺先"特权的人，就成了"遇缺后"了。①

此种亲闻亲见的经历，可以补正史之阙。而且更要命的是，这种愈刮愈盛的捐纳之风一直持续到清王朝的覆亡。再加上捐纳出身的官员各方面的素质，实难恭维，《清稗类钞》中载"选人到官循例考试"一则故事：

> 李筱泉制军瀚章巡抚湖南时，有一捐纳人员选得某郡通判者，来谒。李循例出题考试。通判至花厅，即掩卷高卧。李召首府使往问之，则对曰："吾侪若能考试，早以科第得官矣。今因不解文字，故以捐例得之，何考之有？"李大怒，谓此等劣员，亟应参革。……时马端愍公新贻巡抚浙江，与通判有旧，适驰书为之说项，李遂饬令到任，食禄八年。及王文勤公巡抚湖南，复调令考试，以不完卷劾罢之。②

此等捐纳人员对自己胸无点墨振振有词，令人诧目，却也一语点破"捐纳"的实质。冯桂芬在《校邠庐抗议·变捐例议》中转述朱凤鸣的话表达了对捐纳的态度："国家用科目，君子、小人参半也；用捐班，则专用小人矣。""捐班逢迎必工，贿赂必厚，交结必广，趋避必熟，上司必爱悦，部吏必护持。"并且认为与其捐班，还不如勒派或加赋。虽然冯氏也承认朱氏之论"实为苛论"，但结合现实情形，还是认为："近十年来，捐途

---

① 冯友兰：《三松堂自序》，人民出版社2008年版，第5页。
② （清）徐珂编撰：《清稗类钞》第二册，中华书局2008年版，第719页。

多而吏治益坏，吏治坏而世变益亟，世变亟而度支益蹙，度支蹙而捐途益多，是以乱召乱之道也。"①这种恶性循环定会导致亡国亡家，因此极力主张停止捐纳。

光绪三十三年(1907)，朝廷规定：捐纳出身的道、府、同、通、州、县佐杂未到省者，入吏部学治馆肄业半年；已到省，入法政学堂肄业，长期三年，速成一年有半。在考核外官的章程中，规定各省遵章考试，间或亦罢黜数人，但对澄清吏治之道，已无济于事。此时的清王朝恰如一艘腐朽不堪的大船，千疮百孔，风雨飘摇；而捐纳带来的一系列负面效应，更加速了清王朝覆亡。

由此可以看出：捐纳制度在清朝鼎盛时期可以做到有章可循，有法可依；然而在晚清末世，它却是毫无章法可循可依，完全只以纳钱受贿为最终目的。庚子事变后，由于京师遭遇较大灾难，"报效"、"羡余"成为慈禧等统治者维持消费的重要渠道，捐纳也仍然被列于财政的主要来源之一。"凡出捐输金者，皆赏给实职官阶。现在因捐输而得官职者纷纷，上至道台、知府，下至知县、教官杂职，皆因捐输而得。名器之滥，如此其极。无论至贱之人，亦有官职在身。""光绪辛丑(1901)，为赔洋款，捐纳实官大减成数。以二、三千金而得道府者有之，以千金而得州县者有之，以四、五百金而得同、通、大使、州判者有之，以二、三百金而得府经、县丞者有之，以一、二百金而得巡检、典史、主簿、吏目者有之，以百、八十金而得教官者有之。非减成数若是之寡也，是以少数之金购买多数之捐金耳。金多则捐大官，金少则捐小官。……诗曰：为赔洋款减成捐，市侩都归吏部铨。不用读书能出仕，做官全藉有金钱。"②做官不必再读书，只要有钱，没有什么不可以做到。科举的尊崇与神圣，在此时遭到了十足的揶揄与嘲弄。

据何炳棣统计研究，从19世纪初年到20世纪初年科举废止前，地方官员中科举入仕者从原先的48.9%下降到38.5%，而捐纳入仕者从早先的28.9%上升至50%。③由此，绅士数量的增加和"异途绅士的比例上升"，成为19世纪中国士绅阶层内部的两个重大变化。"异途"出身士绅大量增加，并有力地渗透到上层士绅集团中去，这削弱了社会及士人对科举的"尊重"。④ 捐纳超过科目，反映在实际的官员铨选中，形成了异途压倒正途，科目正途出身者难以获得实职。同治元年(1862)顺天府尹蒋琦龄就已指出，"近日吏部选法，正途人员几无到班之日"，而更有甚者，在保定府，就是吏部分发的即用人员也无补缺之望，"至有追悔不应会试中式者"。其实即便是在正常情况下，通过科举入仕也属不易，而在清末捐纳大开的背景下，实际结果是"使捐班加于正途之

---

① 徐俊西主编，李天纲编：《冯桂芬 郑观应 黄遵宪卷》，《海上文学百家文库·3》，上海文艺出版社2010年版，第64页。
② 刘大鹏著，乔志强标注：《退想斋日记》，山西人民出版社1990年版，第102、606页。
③ 何炳棣根据《爵秩全览》统计了1764年、1840年、1871年、1895年四个年份地方官的初始任官资格，由科目正途入仕者所占的百分比分别为72.5%、65.7%、43.7%、47.9%；由捐纳入仕者所占的百分比分别为22.4%、29.3%、51.2%、49.4%。参见 Ping-ti Ho. The Ladder of Success in Imperial China：Aspects of Social Mobility, 1368-1911(New York：Columbia University Press, 1962)，第49页。
④ 参见[美]张仲礼：《中国绅士研究》，上海人民出版社2008年版，第113~139页。

上,且拥挤正途而尽去之势,且迫正途亦效捐班之所为,俾天下之仕者不尽出于捐班不止"①。我们不能说捐纳"异途"出身者个个都是利禄之徒,但谁又能够保证绝大多数捐纳入仕者所希望的不是入仕以后能够捞回当初捐纳所花费用,而仅仅是出于"为国家出财力"这一单纯的想法?入仕得缺后赚回当初捐纳所费"本钱",是绝大多数捐纳入仕者的最低愿望,然而这势必会引起吏治的败坏。吏治腐败,科弊丛生,晚清政治机构运作所出现的问题绝非朝夕所能清除,最终,各种合力的结果导致清帝国这台大机器停止运转,也就在情理之中了。

2. 晚清科弊与对策

同治元年(1862),恰逢科举会试。为表明对科举制度的重视,慈禧以同治帝的名义连发三道上谕,强调要端正士风,尊崇正学,严格阅卷,以选出真正的有用人才。且看颁发于同治元年(1862)三月辛丑的第一道上谕:

> 我朝崇儒重道,正学昌明,士子循诵习传,咸知宗尚程朱,以阐圣教。惟沿习既久,或徒骛道学之虚名,而于天理民彝之实际未能研求,势且误入歧途,于风俗人心,大有关系。各省直学政等躬司膴迪,凡校阅试艺,固宜恪遵功令,悉以程朱讲义为宗,尤应将性理诸书随时阐扬,使躬列胶庠者,咸知探濂洛关闽之渊源,以格致诚正为本务,身体力行,务求实践,不徒以空语灵明流为伪学。至郑孔诸儒,学尚考据,为历代典章文物所宗,理无偏废,惟不得矜口耳之记诵,荒心身之践履。尤在职司教士者区别后先,薰陶乐育。士习既端,民风斯厚,海宇承平,奇邪不作,于以观政教之成焉。②

对于国朝人心政本之邪正,同治初期无论是朝臣还是慈禧,都坚持当"以程朱讲义为宗",且"尤应将性理诸书随时阐扬",不得"矜口耳之记诵,荒心身之践履","徒以空语灵明流为伪学",广大士子"以格致诚正为本务",以求"政通人和"。而此时,国内,太平天国起义仍为朝廷之心腹大患;国际,英法联军所挑起的第二次鸦片战争刚刚过去了不足两年。在这种国内国际形势的夹击下,初登政坛的慈禧一上台就颁发了一系列整顿士风、崇正学以端政本的谕令政策,这无疑对振刷吏治、稳定人心起到了重要的作用。谕令中从翰林院到贡士再到乡试的诸多规定,都使士子们对新一代统治者和清王朝的未来充满了信心。慈禧自垂帘听政以来,逐渐提高乡、会试的录取人数,虽所增加数量无多,而其中传达出的信息却足以让广大士子群情振奋。同年十二月,慈禧又表彰了广东举人拣选知县桂文灿呈递的《经学丛书》四函,赞扬桂氏"既能潜心古训,不蹈浮靡

---

① (清)蒋琦龄:《应诏上中兴十二策疏》。转引自许大龄:《清代捐纳制度》,台湾文海出版社1985年版,第155页。

② 王炜编校:《〈清实录〉科举史料汇编》,武汉大学出版社2009年版,第887页。

之习",勉励他"务当益加刻励,身体力行,勉为有体有用之学,以备国家任使",并且认为广大读书士子"读书明理,必须体用兼备,不徒以记诵训诂见长",应学习古人"通经致用,总以躬行实践为归,经师人师,合为一致,方能羽翼圣经,无惭名教"。①

紧接着,慈禧又连发两道上谕,对科举考试的阅卷及录取表明了自己的态度。阅卷大臣校阅殿试考卷后,慈禧"复命议政王军机大臣详加覆阅",结果发现本次所拟取的霍穆欢和张丙炎诗中有错别字,沈秉成诗中有费解之句,马元瑞诗中有违式现象等,于是慈禧借题发挥:

>……试思考差各员,系豫为典诗衡文之选,若令诗句失粘、文理费解之员滥膺是选,岂能识拔真才?该阅卷大臣等,如谓有心舞弊,尚可料其不敢,但即以此一事而论,其不以公事为重,任意草率,亦可类推。

并对阅卷大臣提出了责问,表明自己决不能容忍朝臣的糊弄和敷衍了事:

>现当两宫皇太后亲裁庶政,该大臣等事事任劳任怨,尚恐不足报答皇考文宗显皇帝简用之恩,岂可掉以轻心,稍存玩忽?②

诘责并非慈禧之目的,关键在最后一句:"嗣后,各部院臣办理一切公务,必须振刷精神,实事求是,方为不负委任。倘再有此等情事,则是有心欺罔,必当从严惩处,决不宽贷,以肃纪纲而昭郑重。"如果再联系两天后对严辰试卷的处理上谕,慈禧的政治目的就再也明白不过了:她谕告群臣及士人,"国家取士,本明试以言之义,总宜崇实黜华,用觇品学",而严辰却"不求实际,专事揄扬","于人品学术颇有关系",这种风气断不可长。③ 不管慈禧是小题大做、借题发挥,还是出于政治家整顿疲软政治的真实目

---

① 王炜编校:《〈清实录〉科举史料汇编》,武汉大学出版社2009年版,第897页。
② 《清实录》(同治元年四月庚午):"本月十五日考试试差人员,经大学士贾桢等分别去取呈览,复命议政王军机大臣详加覆阅,乃张之万拟取之霍穆欢诗内'桨'字误写作'浆',沈秉成诗内'声唤一轮孤',全句费解。既经签出,仍复拟取,尤非同寻常小有疵颣签出者可比。吴存义拟取之张丙炎诗内'欵'字误写作'款',王发桂拟取之马元瑞全诗低三格写,实属违式。其余拟取卷内,添注、改补以及笔画小有错误,未经签出者甚多,因其无关弊窦,免其撤去外。"王炜编校:《〈清实录〉科举史料汇编》,武汉大学出版社2009年版,第889页。
③ 《清实录》(同治元年四月癸酉)上谕:"本年庶吉士散馆,经派出阅卷大臣尚书朱凤标等将各试卷公同阅看,拟定等第名次,开单进呈,于各卷考列前后,尚属公允。惟万青藜所阅拟取一等一名严辰一卷,诗赋文理,尚属明顺;而其赋体全篇牵引本朝故实,作意铺张,词意多未着题,甚至过事颂扬,有'女中尧舜'等句。国家取士,本明试以言之义,总宜崇实黜华,用觇品学。翰林散馆,将以选授清华之职,试用诗赋尤应切当敷陈。若如严辰所作,不求实际,专事揄扬,于人品学术颇有关系,此风断不可长。严辰着改为一等末名,即将原拟一等二名之王珊作为一等一名,其余以次递推。嗣后,各项考试派出考官及阅卷大臣等,务当悉心考校,讲求切实,毋事虚浮,以期拔取真才,用副敦崇实学之至意。"王炜编校:《〈清实录〉科举史料汇编》,武汉大学出版社2009年版,第889页。

的,她的这招敲山震虎、杀鸡骇猴的做法,让清王朝在两次鸦片战争和太平天国起义的重创之后又迎来了一个短暂的"同治中兴",这不能不让人叹服。同治元年(1862),殿试策试题目要求贡士们针对人才问题而论:

> 自古帝王之图治,未有不以用人为急务者。顾循资格则奇材不见,凭保举则实行难征。宋儒司马光言:"孔门以四科取士,汉室以数路得人。若指瑕掩善,则朝无可用之人;若随器授任,则世无可弃之士。""荀子言:'有治人,无治法。'"其谓政必待人而行欤? 朱子言为治之本,在"正心术以立纪纲",此诚正本清源之论也。

如何才能"抢"到真正的人才? 政乃因人而"治",究竟是用循资格而历的官员呢,还是到民间去求取"世之奇才"? 然而"凭保举则实行难征"。细究该题之意,我们不难推测:出题之人对慈禧心意的揣摩实为透彻。新政之初,国势动荡,太平天国起义未平,慈禧求才心切,因而在科举考试中也就有了此种策问题目。无论以何种方法选才,国家对所取之才的政治思想要求皆是尊奉程朱性理之学,"正本清源",保证士子对朝廷的忠敬之心,也就保证了社会精英集团的纯洁性与尊崇地位,这是保证大局稳定的重要因素。

由此可见,慈禧早年在政治上的作为决不下于道光、咸丰诸位皇帝,其励精图治的决心与举动让朝野士人感到她是一位值得依侍的英明女主。对这两件事例的处理,如实传达出了慈禧执政之初的政治态度:刚毅、端正、勤谨,表现出一个想有所作为的女主的鲜明态度。当然,这样雷厉风行的态度也贯彻慈禧对其他政事的处理之中。同治元年(1862)是慈禧真正执掌朝廷大权的第一年,故而她事事上心,谨慎细致,我们宁愿相信这是慈禧一心想做一个好的统治者的真实想法,而并不是什么新官伊始,故作姿态。

慈禧几乎注意到了包括制艺、学校、太学、翰林院、教职,甚至翰林院庶吉士的功课和意识倾向在内的所有问题,一一制定且颁发的"上谕",真可谓事无巨细,亲历亲为。对因太平军兴而停科的省份(如贵州、云南),慈禧允许一次性补给乡试名额20名,并补行乡试考试。① 对这些地区的士子来说,真是皇恩浩荡! 新官上任,雷厉风行,万象更新,这就是慈禧执政伊始最为恰当的描述,此后若无重大变故,朝廷、地方仅须照旧章行事就可以了。果不其然,在慈禧掌权后的第四年,也就是同治五年(1866),关于科举整顿的"上谕"就非常少,充斥于《清实录》中的,则是为奖励各地捐输军饷、捐输团练、集团助剿、协力剿匪、捐垫军需、捐输义谷、捐修城工、力保危城、续办津贴银两等名目而"永广"诸如常熟、杭州府诸县的乡试中额或学额的记载。再到后来,慈禧对于吏、礼两部考试向来请皇帝(晚清则为慈禧太后)钦定题目的环节

---

① 同治六年(1867)二月壬子覆张亮基奏,鉴于黔省停科太久,补行乡试;光绪元年(1875)覆岑毓英奏,加云南文武乡试一次性永远中额各20名。王炜编校:《〈清实录〉科举史料汇编》,武汉大学出版社2009年版,第917、946页。

实在是倦怠了，明确谕令："向来吏、礼两部杂项考试，请钦定题目，于体制殊觉烦渎。嗣后，除殿、廷考试及乡、会试正场，仍着奏请钦命题目外，其余一切杂项考试，即着派出之阅卷大臣及本衙门堂官拟题，毋庸奏请钦命。"①

如清代其他的最高统治者一样，慈禧深知科举对整个国家政治与社会稳定来说意味着什么，故而她在登上政坛之初，便连发诏旨，表明自己的严正态度。接下来，我们可以通过对科考中割裂题目、夹带、枪替、冒籍、私通关节等科弊的处理，来进一步探究慈禧对作为国家抡才大法的科举的真实态度和执行力度。

第一是人为割裂题目。这是对科考考官拟题素养的一个要求。科举考试拟题最为重要，历科试官多有以出题错误获谴之人②，然而出题割裂，明代已然如此，风气沿及清代，乡、会试尚少割裂之题，而院试生童考试则颇多割裂题目之类。究其原因，在于明清科举规定的"教材"有限，而考试却年复一年，题目总有出完的时候。鉴于此，有的考官为了强求新意，"设心欲窘举子，以所不知，用显己能。其初场出经书题，往往深求隐僻，强截句读，破碎经文，于所不当连而连，不当断而断，遂使学者无所依据，施功于所不必施之地。顾其纲领体要处，反忽略焉"③。这种经义的随意组合的确可以变化出更多的题目，使八股试题数倍于前，但实际上却与八股文的特殊要求相悖。八股文要求，必须首先用言简意赅的两个句子将题目的大意说出来（即"破题"），然后才好进一步申发，展开论题。如《与命与仁》④之类的"两扇截上题"，《而众星共之子曰诗三百》⑤之类的隔章无情截作题，《父母惟其疾也忧，子游问孝，子曰今之孝者是谓能养，至于犬马亦皆有养，不敬何以别乎，子夏问孝，子曰色难》⑥之类的"隔章有情截作题"，还有《其为仁之本与，子曰巧言令色》⑦之类的"截搭题"，等等。这些特殊文格，破承小讲，宜将上下两截，贯串融合，其讲下被称为"钓下"，即从上截之小文，串列

---

① 王炜编校：《〈清实录〉科举史料汇编》，武汉大学出版社2009年版，第1085页。
② 范廷魁，字介五，浙江鄞县人，顺治十二年（1655）乙未科进士，时任翰林院检讨。孙承恩，字扶桑，江南常熟人，顺治十五年（1658）戊戌科状元，时任翰林院修撰。又，康熙二十六年（1687）丁卯科福建省主考王连瑛第三场策论台湾一段，并不知地方形势事宜；同时云南、河南主考，均以"出题悖谬"，分别降级调用。道光二十年（1840）庚子科山西乡试，首题出《大学》，次题出《中庸》，三题出《孟子》，而无《论语》题，主试官皆获谴。从这些事例亦可看出清代对于科举的重视与尊崇。
③ 陈水云、陈晓红校注：《梁章钜科举文献二种校注》，武汉大学出版社2009年版，第476页。
④ 《论语·子罕》："子罕言利与命与仁。"该八股文题是截一句中字句为之。
⑤ 《论语·为政》："子曰：为政以德，譬如北辰，居其所而众星共之。"《论语·为政》："子曰：诗三百，一言以蔽之，曰'思无邪'。"该八股文题是将二章截取关键字词合而为之。
⑥ 《论语·为政》："孟武伯问孝。子曰：'父母惟其疾也忧。'"《论语·为政》："子游问孝。子曰：'今之孝者，是谓能养。至于犬马，皆能有养，不敬何以别乎？'"《论语·为政》："子夏问孝。子曰：'色难。有事，弟子服其劳，有酒食，先生馔，曾是以为孝乎？'"该八股文题将关于孝的三章合而为一，无疑增加了题目的难度。
⑦ 《论语·学而》："有子曰：其为人也孝悌，而好犯上者，鲜矣。不好犯上，而好作乱者，未之有也。君子务本，本立而道生。孝悌也者，其为仁之本与！"《论语·学而》："子曰：巧言令色，鲜矣仁！"该八股文题是将此二章截而合一。

下截之末，笔要灵敏，收处仍要落到上截，是钓下之定法。两提比谓之"还上"，专作上截之文。提比下不曰"出题"，而曰"渡下"，应从题之上截，渡列下截。"钓下"要短而灵，"渡下"则长而缓，但均要联合有情，惟与书理不免悖谬。① 这些都还只是明代的一些"截搭题"。清代割裂题目的情况比起明代来说就更加泛滥和普遍，其荒谬无理、穿凿支离的程度出人意表。嘉庆时鲍桂星②出题割裂太甚，《孟子·梁惠王篇》有"王立于沼上，顾鸿雁麋鹿，曰贤者亦乐此乎"句，鲍出"顾鸿"为题。咸丰年间，翰林院编修俞樾为河南学政，其所出之题如《论语》之"邦君之妻章"有"异邦人称之亦曰君夫人"句，"阳货章"有"阳货欲见孔子"句，俞出"君夫人阳货欲"为题，是以上章末句割"君夫人"三字，下章首句割"阳货欲"三字成之；《孟子·梁惠王篇》之《齐人伐燕章》有"王速出令，反其旄倪"句，俞出"王速出令反"为题，割下句"反"字连上句成之。又《梁惠王篇》之《滕文公问曰章》有"二三子何患乎无君，我将去之"句，俞出"二三子何患乎无君我"为题，割下句"我"字连上句成之。对这类毫无意义的题目，应试考生却要绞尽脑汁，想尽办法去"挖"出其中的"意义"来，恐怕这除了生拉硬扯、牵强附会外，别无他法。最重要的是，这种文字游戏一样的题目虽然增加了八股文的难度，但白白浪费了读书士子的时间，对于士子应该掌握的经义"纲领体要处"，以及第三场策问"所谓古今制度、前代治迹、当世要务，有不暇致力焉者"，或被完全忽略，③ 与统治者以四书经义选拔人才的目的相违背，因此历代统治者严厉禁绝学官出试割裂题目。上文所说的鲍桂星被人逐题作诗嘲讽，而俞樾则因出题割裂而被革职，几乎终生都栽在了自己这种自作聪明上。④ 同治元年（1862）三月，慈禧以同治皇帝的名义颁布上谕，再三强调出题不得割裂题目：

> 近日，各省考试题目多有割裂太甚，应试生童遂各勾心斗角，习为穿凿支离，最为风俗人心之害。嗣后，各省学政及府州县学各官，务当恪遵功令，所出试题不得割裂小巧，牵连无理，及诗题引用僻书私集，以正文体而培风化，违者照例议处。⑤

---

① 卢前：《明清戏曲史（外一种：八股文小史）》，岳麓书社2011年版，第100~101页。

② 鲍桂星，字双五，安徽歙县人。嘉庆四年（1799）己未科进士。嘉庆十年（1805）以中允任河南学政。

③ 陈水云、陈晓红校注：《梁章钜科举文献二种校注》，武汉大学出版社2009年版，第476页。

④ 同治九年（1870）十二月庚午，徐树铭荐俞樾、谭廷献、赵铭、杨希闵等重入翰林院录用，遭到慈禧的驳斥。上谕说："俞樾前于咸丰年间，在河南学政内，因出题割裂，荒谬已极。奉旨革职之员，何得擅请录用？……徐树铭……实属私心自用，谬妄糊涂。所请均不准行。徐树铭着交部严加议处。寻议，徐树铭应降四级调用，不准抵销。"这里，徐氏因推荐被革职多年的俞樾反而遭到"株连"——"交部严加议处"，"降四级调用"，可见朝廷对出割裂题目现象深恶痛绝。王炜编校：《〈清实录〉科举史料汇编》，武汉大学出版社2009年版，第930页。

⑤ 王炜编校：《〈清实录〉科举史料汇编》，武汉大学出版社2009年版，第887页。

严肃处理出割裂题目的俞樾等人，对遏制此种不良风气，起到了很好的警示作用。

第二是夹带。乡试场规有搜检夹带的规定，搜检之法，始自金朝泰和元年(1201)。《泾林续记》述明人怀挟云："隔年募善书者，蝇头细字写于金箔纸上，每叶一篇，工价三分，经书俱千篇，厚不盈寸，二三场亦如之。或藏笔管中，或置砚底，更有半空水注、夹底草鞋之类。又用药煮写于青布衣袴上，毫无形迹；将壁泥糁上，旋即拂净，则文字立见，名曰'文场备用'。"①正是搜禁愈严，规避之术愈巧。清代沿用搜检之法，但定制极严，顺治时规定士子只能穿拆缝衣服、单层鞋袜，雍、乾时则明令禁止厚褥装棉、卷带装里，禁止携带木柜、木盒、双层板凳，且砚台不许过厚，笔管镂空，水注用瓷，蜡台也要求是单盘空心通底，等等。虽然每一细节都有相关的防弊措施，但仍有冒严规而夹带者。乾隆九年(1744)甲子科，高宗以怀挟之风日甚，命亲王大臣严定搜检之法，得一人者，赐军役一金，"士子裈及亵衣裩裤，内外枷扭相属，北闱以夹带败露者四十余人，临时散去者两千余人，曳白与不终篇、文不切题者又数百人"②，"同时江南亦有将怀挟之徐斌、王曾培、张再蠡枷号咨革之事，雷厉风行，人心为之震动，自后夹带情形稍稍收敛"③。嘉庆、道光以后，科场渐弛，夹带之风又起。同治、光绪间虽仍有搜检官专门负责搜查，但不过循行故事，由吏役高呼一声"搜过"，便即放行士子进入考场；再到后来则连这一声高呼也免去，任凭士子随意夹带书籍小抄进考场了。丁文在《周作人科举经历考述》④一文中叙及少年周作人在考试前的一些准备工作：

> 当然，周作人并没有忘记即将到来的院试。就在考前的三天，于各种小玩意儿和闲书之外，周作人终于买了与考试相关的书与考试用品："迂道至试前街买小板《四书备旨》二本，洋六分；考灯洋铜索一支，洋二分"，"考灯洋铜索"是考试用具。特别值得注意的，则是小板《四书备旨》。小板《四书备旨》分上、下册，体积仅有火柴盒大小，字极小但很清楚。这样的微型书，平常用来阅读必定极不方便——事实上，此书也并非日常用书，而是科场舞弊之具。……除了小板《四书备旨》外，第二天他又到试前街买了小板《捡韵》，以及《圣谕广训》，二者均为考试内容，购买目的同样不言而喻。

按：周作人生于1885年1月，自1898年开始童子试，上述一切准备都发生在周作人16岁(15周岁)时的1899年。与贿买和请代相比，周作人的夹带是最简单的一种舞弊。而能在试前街轻易买到这种专供舞弊用的小板书，说明夹带此类书籍进场在当时是比较常

---

① (明)周元暐：《泾林续记》，中华书局1985年版，第14页。
② 商衍鎏：《清代科举考试述录及有关著作》，百花文艺出版社2004年版，第70页。
③ 商衍鎏：《清代科举考试述录及有关著作》，百花文艺出版社2004年版，第70页。
④ 丁文：《周作人科举经历考述》，《鲁迅研究月刊》2012年第1期。

见的情形。从这里可以看出清末科举童试的基本情形：夹带"小板书"进考场已经成为应试者们最为常见的一种考试准备，而且往往夹带的是《四书备旨》、《捡韵》及《圣谕广训》，而这些都是县、府、院试的必考内容。这也可作为清朝末季科场纪律废弛的一个微证。

科场作弊在晚清时期呈现日益扩大化普遍化的趋势。除夹带这种最常见也是最普通的作弊外，还有各级考试中最难以稽查的作弊——枪替。枪替就是代考，又叫"代倩"、"替代"，指科举考试时代人应试。清代对科场枪替的处罚极严：凡代笔枪手及雇倩代笔之人，发烟瘴地方充军，枪手并枷号三月；知情之廪保杖一百；随棚包揽之徒与枪手同罪；窝藏之家、知情已入赃银者从重处断。但代倩之人仍是无时不有，无试不有。于是清制便规定凡试皆有"复试"。康熙五十一年（1712）壬辰，顺天解元查为仁因传递事被发觉，逃跑在外，圣祖怀疑新进士中有代倩中式者，亲自在畅春园复试，黜落五人。乾隆五十八年（1793），中式举人邓荼春等八名补复试，结果停科五人，不合格而斥革者两人，监临俱因此获谴。历代科考士子在复试时被黜罚者数量并不少，但清末对此项制度的执行却愈来愈宽大。光绪三年（1877）十月己亥，广东学政吴宝恕奏闻广东考试，枪冒甚多，各属廪保并不遵例挨派，不肖廪保朋比为奸，枪手遂肆行无忌，请严定教官处分。当然，吴氏所陈考试情弊，绝不独广东省为然。光绪十五年（1889）十一月癸亥，余联沅奏闻近年乡试枪冒甚多，请饬厘剔弊端等语。① 其实，每次科举考试（除殿试差强人意外），这类例子都是指不胜屈。而慈禧对此的处理意见是："着各省学政严密稽查，认真整饬"，"着该部严定处分，以肃学校而端士习"，"各省考试着该督抚、学政认真稽查，如有此等冒考情弊，立即严行惩办"之类的官腔套话，其实并不能起到任何实际的作用。光绪十九年（1893），北闱倩作、顶替中式者至数十人，言官劾举人周学熙、汤宝霖、蔡学渊、陈步銮、黄树声、万航六人，下所司，"调取录科卷与中式墨卷"进行核对文理笔迹，蔡学渊、黄树声、万航三人因文理、笔迹不符而被"斥革举人"；监临各官均免议，而心存侥幸者亦接迹而至。② 又《清稗类钞·考试类》中载有"童试有一条葱"的掌故：

> 粤东科场积弊至多，枪替其一也。有某观察者，当其为诸生时，尤优为之。故虽已入泮多年，而县试、府试、院试皆往，往必售，盖包办也。粤人谓之"一条葱"，犹"一条鞭"也。彼之冒名顶替，岁以为常，几于一岁易一姓名焉。③

科举凭文取士，论理考官当公正洁清，士子应束身自好，闱中大小员役亦不宜协同舞弊，破坏典章。但科举乃利禄之途，利之所驱，即使朝廷屡屡三令五申，而行险侥

---

① 王炜编校：《〈清实录〉科举史料汇编》，武汉大学出版社2009年版，第960、1010页。
② 王炜编校：《〈清实录〉科举史料汇编》，武汉大学出版社2009年版，第1025页。
③ （清）徐珂编撰：《清稗类钞》第二册，中华书局2010年版，第598页。

幸，明知故犯者仍然大有人在，难以做到弊绝风清。严申禁令，诰诫防闲，肃风纪而端士习，有清视为科举中之要政。可是只要是考试（尤其是对士子来说意义重大的乡试考试），就会有大量不同级别、不同地域的朝臣或地方官员奏请须严厉"整顿士习"，严行禁绝科弊。光绪三年（1877）五月乙丑，给事中郭从矩在奏疏中提到本年殿试竟有贡士争取题纸、任意喧哗之事；而会试、乡试中亦有拥众斗殴或借端滋事的情形，科场纪律之松弛和混乱，可见一斑。此外，如考场喧哗吵闹，无故拖延交卷和净场时间、枪冒顶替、京官滥出印结，或借端讹索，乡会试士子入闱及交卷时往来搅乱，换卷、传递各种"殊属不成事体"的情形，很快呈大面积扩散趋势，从广东发展到浙江，再到江南、江西、四川等省份，几呈"燎原"之势，科考的弊端及人性的鄙陋也被展露得淋漓尽致，穷形尽相。在社会道德败坏的大环境下，即使再完美的制度，也无法展示它的魅力了。

面对科弊成风的情形，慈禧一方面严令臣下"严加查察"，"不可意存迁就"，一方面认为"各项考试，惟在秉公校阅，不在变更成法"，也就是说，她认为不至于非得撼动此种选官考试制度的根本，只要负责人员"秉公校阅"，仍然可以选拔出朝廷所需要的优秀人才。慈禧统治近半个世纪的时期内，没有发起过一次科弊大案（即便是对周福清，处理也仍是宽大为怀），这导致科弊屡禁不绝甚至愈演愈烈，愈来愈广。追究其原因，捐纳入仕仍然是一个非常重要的原因。而科弊大案，无论是顺治十四年（1657）的顺天、江南丁酉科场案，还是康熙三十八年（1699）的己卯科顺天乡试案，还是咸丰八年（1858）戊午科顺天乡试案，无不与整顿吏治相关联，整顿科场实际上就是在整顿吏治。① 一般来说，每一次科场大案过后，科场秩序总能得以整顿，士风和士习得到端正。慈禧当政期间没有发起过一次大的科场案，也就是说，面对日益腐败颓弊的吏治，慈禧也就从未真正下决心整顿过。真正的情形也许是：晚清科弊已经病入膏肓，无法收拾。

第四是冒籍。冒籍就是以外县籍贯而冒认此县之籍参加科举考试的人。明清科举制度皆有规定，"利他处人才寡少，诈冒籍贯，或有系倡优隶卒之家，及曾经犯罪问革，变易姓名，侥幸出身者，访出拿问"②。考生报名时应如实填写姓名、籍贯、年岁并父母、祖父母、曾祖父母三代存殁、已仕、未仕之履历，若是出继者，则须填写本生三代，并且要求同考五人互结，或者也可以与本县认保廪生保结，这主要为了保证考生确实身家清白，非优倡皂隶之子孙，且没有冒籍、匿丧③、顶替、假捏姓名诸类情况。光绪三年（1877）二月，御史刘曾参奏曾在广西怀集灵川贺县署内充当门丁的牛守仁"勾串

---

① 科场大狱的发起往往有两个因素：一是整顿士风；二是威慑政敌或借机打击政敌。清代的科场案往往是以前一个目的为主。
② 商衍鎏：《清代科举考试述录及有关著作》，百花文艺出版社2004年版，第47页。
③ 匿丧指隐瞒父母或祖父母之丧的消息或丧期未满而应考科举的行为。父母之丧与承重孙居祖父母之丧，例服三年减实为二十七个月，谓之丁忧。未满丧期而应试者为匿丧。长子死以长孙为承重孙，代长子服三年之丧，亦不准考试。

劣衿,冒入临桂县籍",令其子牛光斗蒙混考试,幸中举人,此等"贱役冒籍蒙考,有干例禁,亟应严行惩办"。同年三月,"迭充南海番禺、东莞各县门丁"的广东番禺人何炳南令其二子皆冒籍报考,中举人,捐主事。谕令牛光斗着即行斥革:"将何炳南一并按律惩办,以儆效尤而清流品。"①《清稗类钞》"易三短子不得应县试"也谈到了科考中的"冒籍"问题:

  长沙易某,曾充善化②门丁。有子曰"易三短子",佚其名,能文而狂。光绪时,拟出应县试,邑人将攻之,开会议于长邑学官,短子亦至。众有扬言者曰:"长沙一邑,应考者将及三千,苟今岁能得一通秀才,亦未始非一邑之光也。"众以其为易道地,且讥讽也,愈忿,争欲殴之,短子跳而免。众推孔宪教为首,联名传檄通邑,约定童生不出互保结,廪生不填册保送。短子因冒其族人名入场。案出,短子竟冠军。众侦知,复控之学院。时督学使者为陆总宪宝忠,赏其文,令仍入场复试。是日文题为"有不虞之誉有求全之毁"合下一节,慨短子之被毁,责诸生之失言也。短子乃为得意语曰"倘不遇宗臣赏识,几遭不白之冤"云云。时众怒已不可遏,群覆卷而起,冲击栅栏,意欲罢考。陆不得已,悬牌除短子名,众乃归座毕试。短子随遁往武昌,为郡守某司书札,即陆所介绍也。③

因其父曾充当"隶卒",所以易三短子报考县试时遭到众童生、廪生的一致反对,甚至最后迫使督学使不得不除掉已录取的易三短子之名,才平息众怒。从这个故事可以看出,冒籍不仅是朝廷政府所严格控制的,也是读书应试的士子们自觉抵制的行为:每一个冒籍者都是本县考生潜在的对手。

  同治、光绪年间,冒籍报考的案例层出不穷,且呈现扩大化态势。大体说来,顺天、京畿地区因乡试录取名额较高,所以南方籍贯如江、浙等地考生冒大兴、宛平等县北籍而报考者最多;文化水平相对偏低的省份则因其投考人数相对较少,因此,边远省份如新疆、甘肃、广西、贵州等地冒籍报考的士子也较多。为防此弊,考生进考场点名时,有朝廷所派审音御史严格稽查。左宗棠收复新疆后,为促进甘肃、新疆当地的文化教育,曾多方招赉,准许外省人入籍考试。后来两省创设行省并分闱考试后,经部议准许中式客省士子改归原籍。这样,冒籍考生就纷纷露出水面。光绪二十年(1894)三月,御史安维峻奏"甘肃乡试,冒籍甚多,以致弊端百出,请申明严禁旧例,以重科名"。同年五月,礼部复奏"近来甘肃省竟有官场子弟及亲戚幕友冒入学籍,甚至雇借枪替,互相徇隐,实属不成事体,亟应申明例章,以杜流弊"。④可见,冒籍给科举考试所造

---

① 王炜编校:《〈清实录〉科举史料汇编》,武汉大学出版社2009年版,第956页。
② 时长沙、善化两首县同城。
③ (清)徐珂编撰:《清稗类钞》第二册,中华书局2010年版,第604页。
④ 王炜编校:《〈清实录〉科举史料汇编》,武汉大学出版社2009年版,第1028、1032页。

成的混乱及弊端"百出","实属不成事体"。因此,朝廷下令自此以后,甘肃及新疆各属,外来垦户,照光绪三年(1877)奏定章程,自领地纳粮之日为始,扣足十年,方准呈明入籍。并于考试时确查的籍,其年限未满及已满年限未经呈明者,均不得冒考。倘有冒籍代取而侥幸获中者,除本生斥革外,并将送考收考官严查议处。而该省服官人员,倘有纵令子弟及幕友、亲戚蒙混考试者,由该省督抚、学政严行查禁,一经发觉,即将本生、本官及徇庇容隐各官,分别斥革参处。出结同乡京官,如果有通同捏造事实行为,则照例严格议处。士子冒籍应试,例禁綦严,若士子冒籍报考,结果会连带其父一同受谴。比如,令子冒籍中乡试举人的甘肃试用巡检李景庚、宁灵厅同知郭昌猷均被"即行革职",斥革李(之子)运达已中式举人,郭(之子)锡光"着即勒令回籍,不准逗留,以为蒙混取巧者戒"。光绪十六年(1890)二月,对贵州冒籍中式的11名举人均处以"停科一次"的惩罚。① 处罚不可谓不严,而犯者仍不能免。

第五是私通关节者。康熙三十九年(1700),规定主考官若有交通属托、贿卖关节、士子夤缘中式,且情况属实者,按法律从重治罪。雍正元年(1723)加强了执法力度,凡主考、士子交通关节中式者,一旦审实,立即处斩。康熙六十年(1721)、雍正八年(1730)皆规定:若有试官不公,科场作弊情形,准许下第举人生员据实赴该衙门控告,实则究处,虚则反坐。即便严规如此,心怀侥幸者仍大量存在。且不说清代历史上的几次科弊案几乎都跟私通关节有关,而且愈是到了王朝的后期,这种情形就愈加普遍。咸丰八年(1858)所发起的戊午顺天科场案,就是私通关节所引起。② 慈禧当政期间影响最著名的科场案莫过于周福清案。③ 光绪癸巳(1893),殷如璋、周锡恩主试浙江,衔命南下,至苏州阊门外泊船。苏州知府王仁堪循例谒见。两人正谈话间,忽然通报有人拜见,给殷密函一封,且要求立待覆书。④ 由于典试者沿途不得与戚友通音问,且有王在场,故殷接过密函即请王一同启视。书中有考生五人姓名,并有一万两银票一张,又有周福清名片一纸、年愚弟名帖一个,嘱与关节取中。殷如璋即刻将送函人陶阿顺扣留,发交苏州府知府王仁堪看管,转解浙省讯办。此案中的周福清即后来声著于20世纪文坛的周树人、周作人之祖父,同治辛末年(1871)中进士,曾由庶吉士散馆选授江西金溪县知县,光绪十九年(1893)三月丁忧回籍守制。周福清在苏探知浙江正考官是殷如璋,与己有同年之谊,于是起意为其子周用吉(鲁迅之父)及戚友求通关节取中,

---

① 王炜编校:《〈清实录〉科举史料汇编》,武汉大学出版社2009年版,第1032、1031、1011页。
② 对此次科场案的具体情形,可参看商衍鎏:《清代科举考试述录及有关著作》,百花文艺出版社2004年版,第312~316页。
③ 《崧骏奏报审理周福清贿赂案情形折》,中国第一历史档案馆编:《清代档案史料丛编》第九辑,中华书局1983年版,第267~269页。
④ 按:为防止考官在地方私通关节、收受贿赂请托,清代对考官的规定特别严格。前文对此已有陈述,兹不赘说。

自写洋票,并拟就关节字样,遣仆陶阿顺往投。不料陶阿顺做事颟顸鲁莽,事发被扣;周福清也自行赴县自首。经浙江巡抚崧骏等人审理,周福清中途求通关节未成,较之交通关节已成而未中者,情节有所区别;所开洋票亦属自写虚赃,且财未与人,未便计赃科罪;事后闻拿投首,尚有畏法之心,可比例量予酌减惩处。同年十二月二十五日,慈禧、光绪对此颁发上谕表明态度和处理意见:"科场舞弊,例禁綦严,该革员辄敢遣递信函,求通关节,虽与交通贿买已成者有间,未便遽予减等。周福清著改为斩监候,秋后处决,以严法纪,而儆效尤。"就这样,周福清作为重囚被监禁于杭州,等待秋后处决。但最后他还是逃过了这一劫,光绪二十七年(1901)四月二十八日,坐了八年牢狱的周福清被"开释"回家。

然而周福清的科考贿赂案并不具备代表性,贿赂关节的败露,也只算是周福清活该倒霉。不过另外的意义却是有的:周福清的被罪,反而促成了周树人、周作人这两位伟大文学家思想性格的成长。

除了典试者和闱官外,还有一些内廷的内宦,甚至包括房考官的仆从、隶役等人,也都会在家主的庇护下做着科举法规所不容许的事情。如光绪十九年(1893)陕西正考官丁惟禔放差后,有太监持票索谢银,并在二酉堂书铺吵闹之事。① 其气焰之嚣张,使科举制度的严肃性受到极大挑战。

第二节 借法图强:新形势下的焦灼与自救

当西方列强挟现代科技——坚船利炮强劲而来,当晚清有识之士发现整个国家和社会竟不自知地身处"三千年来未有之变局",当已延续近一千三百年的科举制度已是弊病百出,一场自上而下的改革——以兼具选才与教育的科举制度为切入点的改革就此徐徐拉开帷幕。接下来,让我们从"八股取士"说起。

一、"八股无用论"

八股文又名八比文,或四书文,或制艺,又被称为"时文",乃是将之与古文相对而言的一种说法。在后世人的心目中,八股文是与鸦片、女人的小脚、太监相提并论的另一种标志着愚昧与落后的文化糟粕。冯桂芬在《校邠庐抗议·变科举议》中开篇就讲述了他年轻时所听到的一则奇论:

> 昔年侍饮先师林文忠公署,客或曰:"时文取士,所取非所用。"坐有龙岩饶孝廉廷襄,夙有狂名,公故人也。已被酒,谩曰:"君为明祖所绐矣。明祖以枭雄阴鸷猜忌驭天下,惧天下瑰玮绝特之士起而与为难,以为经义诗赋皆将借径于读书稽古,不啻傅虎以翼,终且不可制。求一途可以禁锢生人之心思材力,不能复为读书

---

① 王炜编校:《〈清实录〉科举史料汇编》,武汉大学出版社2009年版,第1025页。

稽古有用之学者，莫善于时文，故毅然用之。其事为孔孟明理载道之事，其术为唐宗英雄入彀之术，其心为始皇焚书坑儒之心。抑之以点名、搜索防弊之法，以折其廉耻；扬之以鹿鸣、琼林优异之典，以生其歆羡。三年一科，今科失而来科可得，一科复一科，转瞬而其人已老，不能为我患，而明祖之愿毕矣。意在败坏天下之人才，非欲造就天下之人才。君为此论，明祖得毋胡卢地下乎？"于是文忠举杯相属曰："奇论，宜浮一大白。君狂态果如昔。"一笑而罢。①

时文乃是"明祖以枭雄阴鸷猜忌驭天下……求一途可以禁锢生人之心思材力，不能复为读书稽古有用之学者，莫善于时文，故毅然用之"，这种对明代以来八股取士制度的评价，无疑是十分偏激和片面，至少它带有强烈的文人情绪。因此林则徐也认为此乃"奇论"，又补充说，"君狂态果如昔"，对这番言论一笑了之，并不以为然。但是冯氏将此掌故置于"变科举议"的开首，当然有着自己的一种情感取向和理性思考，那就是：他认为眼下所行的八股取士制度最大的弊病乃在于"所取非所用"，与狂士饶廷襄的认识相一致，因此这一句话就奠定了全文的议论基调。接下来，冯氏说到"近二三十年"间的时文，"遂若探筹然，极工不必得，极拙不必失，缪种流传"的现状，认为此刻正是"穷变变通"的好时机。不过冯氏对已备受指责的"八股取士"制度所开出的药方首先是"难"其学，即提高科试的难度。那些揣度自己有能力的人才去参加举业，以冀获隽；而自忖无此方面能力者则望而生畏，远避并转投他业，这样就少了很多打着习举业旗号的游惰之士。然后是变更八股取士为"经解"、"古学"、"策问"考试，且将此次成绩之优劣与下一次参加科考的成绩相挂钩，另外再加上"保优"制度———一种类似于学校体制的选才办法。这其实是南朝时期察举与学校制度相结合的翻版。总的来说，冯桂芬主张更改科举考试的内容、变通国家选才的形式，这在当时来说代表了一种进步的思想。然而冯氏的这种想法最终也未能付诸实践，很难说在现实中会遇到什么样的障碍与弊端（估计实际操作性会大打折扣）。因此作为一家之言，冯氏改革科举的主张并没有得到时人的重视。但是对八股"学非所用"的缺陷，批判声势却越来越浩大，几乎成为晚清批判科举制度的核心和焦点。

事实上，批判八股"无用"的论调始于明末清初。顾炎武在《日知录》中论及明末科举，认为"用八股之人才，而使之理烦治众，此夫子所谓'贼夫人之子也'"。② 他在《经义策论》中谈及"今之经义策论"：

> 今之经义论策，其名虽正，而最便于空疏不学之人。……今之经义始于宋熙宁

---

① 徐俊西主编，李天纲编：《冯桂芬 郑观应 黄遵宪卷》，《海上文学百家文库·3》，上海文艺出版社2010年版，第41页。
② （清）顾炎武著，黄汝成集释，栾保群、吕宗方校点：《日知录集释》（全校本）卷十七，上海古籍出版社2006年版，第1005页。

中，王安石所立之法，命吕惠卿、王雱等为之。……陈后山《谈丛》言荆公经义行，举子专诵王氏章句，而不解义。荆公悔之，曰："本欲变学究为秀才，不谓变秀才为学究也。"岂知数百年之后，并学究而非其本质乎！此法不变，则人才日至于消耗。……若今之所谓时文，既非经传，复非子史，展转相承，皆杜撰无根之语。①

魏禧也认为八股之无用适足以废之②，而黄宗羲则干脆认为如不废八股，"人才终无振起之时"：

> 时文者，帖书墨义之流也。今日之弊，在唐时权德舆已尽之。向若因循不改，则转相模勒，日趋浮薄，人才终无振起之时。若罢经义，遂恐有弃经不学之士，而先王之道益视为迂阔无用之具。③

可见八股文在清代之初便已"臭名昭彰"。当然，在审视这些明遗民的言论时，我们一定不能脱离清朝入主中原这一特定语境。联系清代两次废除八股文的试图，我们能够进一步认识到：八股取士制度最受诟病的，是其考试内容毫无实际意义；让广大士子耗费了大量的时间和心血在这种毫无实际意义的事情上，真是劳民又伤财。但因为想不出更好的替代八股文的办法(策论之空疏早在北宋时期就已受到苏轼等人的指责)，只好继续沿用下去。而补救的办法，也只能是加强科场的纪律，严肃科举的考风。

当西方科技挟其摧枯拉朽之势侵入中国大陆，中国传统以儒家学说和文史知识为主要内容的教育制度和取士制度受到强烈的挑战和彻底的考验，延续了上千年的知识结构和选拔标准再也无法适应现实的形势和要求了。科举的目的是为了选拔官员，但只能为朝廷选拔行政官员，却无法为社会选拔各类人才。新形势下所需要的外交、法律、管理、警察、军事、科技、金融、财务、民政等很多方面的官员无法通过科举来选拔，而且这也不是临时开设"经济特科"所能奏效的。当其他门类的人才被大量需求时，科举的适用范围也就越来越小。传统的精英教育必须让位给现代的国民教育，从而促使政府设立各类各级学校，设置人文社会科学和自然科学的各种课程，已成为大势所趋。科目单调、形式僵化的科举制度在新形势下遭遇颠踬窘迫，再加上晚清捐纳成风，科弊丛生，科举所秉承的"公正"、"公开"、"公平"原则备受挑战，科举最终退出历史舞台也

---

① (清)顾炎武著，黄汝成集释，栾保群、吕宗方校点：《日知录集释》(全校本)卷十六，上海古籍出版社2006年版，第937~940页。

② (清)魏禧著，胡守仁、姚品文、王能宪校点：《魏叔子文集》卷三《制科策下》，中华书局2003年版，第183~184页。节录原文如下："天下奇才异能，非八股不得进，自童年至老死，惟此之务。于是有身登甲第、年期耄耋，不识古今传国之世次，不知当世州郡之名、兵马财赋之数者。而其才俊者，则于入官之始而后学。故居今以救制科之败，愚则以为莫若废八股而勒之以论策。"

③ (清)黄宗羲著，段志强译注：《明夷待访录·取士》，中华书局2011年版，第62页。

就成为历史的必然。①

二、甲午战争后晚清自救图强的风潮

1894年中日甲午战争爆发，日本作为一个不为世人重视的"蕞尔小国"竟然大获全胜；李鸿章惨淡经营二十年，在当时堪称世界第六、亚洲第一的海军舰队北洋水师全军覆没，中国作为泱泱大国惨败。光绪二十一年三月二十三日（1895年4月17日）《马关条约》的签订，给中国作为"东方大国"的神话画上了一个屈辱的句号。

事实上，这种标志性的事件可以追溯到十年前的中法战争。1884年年底，中法战争已持续了三个月之久，清政府对这场战争全无胜算；在中方取得镇南关大捷后，中法停战合谈。1885年6月，李鸿章同法方公使签订了《中法新约》：中国承认法国和安南缔结的一切条约，法国撤走在台湾和澎湖的军队。中国不付赔款，但它为此次战争支付了巨额军费，并欠债约2000万两。② 就这样，原本可以取得战役胜利的清政府不败而败。法国政府不胜而胜。安南的丧失标志着经营了20年之久的自强运动的失败，外交、政治和技术上的落后，都使清政府没有十足的底气抵御外国侵略者。中国的软弱无力激发了列强的进攻性。很快地，英国起而效尤法国，于1885年入侵缅甸；1886年它迫使中国签订条约，使缅甸脱离了中国而沦为英国的保护国。随着南方这些属国的丧失，中国东北的主要属国朝鲜的命运也跟着处于千钧一发之势。而中日甲午海战中中国的惨败，让世人看清了这个号称"东方巨龙"的老大帝国的真正实力，它引发了世界范围的讨论和思考。

且不说国内人士如何群情激愤，让我们先了解一下当时《纽约时报》的驻华记者是如何来报道这一事件的：

述评：清国官场腐败危及人类道德

（1895年3月11日）

转载自《伦敦每日新闻》。

……

我们的世界欠日本人很大一个人情，因为日本人向我们展示出了已经病入膏肓的政治腐败、深入骨髓的野蛮习性和无可救药的愚昧无知正在怎样地让这个腐烂之中的巨兽摇摇欲坠，而这就是我们崇拜至今的大清帝国……③

---

① 本段参考葛剑雄：《科举制度 存废皆有理》，《新京报》主编：《科举百年》，同心出版社2006年版，第225页。
② 参考邵循正：《中法越南关系始末》，河北教育出版社2000年版，第259~264页。
③ 郑曦原编，李方惠、胡书源、郑曦原译：《帝国的回忆：〈纽约时报〉晚清观察记：1854—1911》，当代中国出版社2011年版，第126页。

从这则"述评"的用词遣句中,我们可以看出,晚清中国被极力贬低甚至诬蔑,显然在外邦人士的眼中,大清帝国的子民具有"深入骨髓的野蛮习性",是一群"无可救药的愚昧无知"者,是显而易见的下等人,劣等民族的代表。而且述评中还不无揶揄地说:"这就是我们崇拜至今的大清帝国。"在这些外邦人的眼里,中国人尊严扫地,体面全无。不过,英美报纸对于中国官员"病入膏肓的政治腐败"的评论却是十分恰当的,对晚清中国的现状用"腐烂的巨兽摇摇欲坠"这一比喻也是惟妙惟肖。这其中既包含了对日本虽刚刚崛起却俨然不可小觑的敬畏,也包含了对虽具辉煌历史但已远远被时代抛在后面的老大帝国——中国的失望。

这是外国人对甲午战争后日本与中国的基本评价。接下来,我们看一看国内有识之士的态度。

1895年春天,各省举人在北京参加完会试,等待发榜。当众应试举子得知刚刚签订的《马关条约》规定将台湾及辽东半岛割让给日本,并赔款日本军费二万万两时,群情激愤,台湾籍举人更是当场痛哭失声。当时上书反对签订条约的远不止应试的举子们,先是大批现职官员从4月14日就开始接连上奏,4月30日起,都察院每天都有大批举人上书,仅5月2日那天,就接到七省举人的八批公呈,签名者342人。这样的转奏到5月8日才结束,上书总量31件,签名者1555人。据《翁同龢日记》所载,4月17日,"连日因台事与同官争论,入对时不免愤激……退,与高阳谈于方略馆,不觉涕泗横集也"①。4月19日,"得台湾门人俞应震、丘逢甲电,字字血泪,使我无面目立于人世矣"②。4月23日,"论及台民死守,上曰:'台割则天下人心皆去,朕何以为天下主!'……伏睹皇上乾纲一振,气象聿新,窃喜又私自憾也"③。4月25日,"有湖南举人一百二十人合词请改和约(呈三件,数千言,已递都察院)"④。5月27日,"则唐署抚(景崧)竟为台民拥戴为自主之国总统"⑤。可见,在条约签订后的近一个月,臣民所关注的,都是割台赔款这一重大的丧权辱国的政治事件。《马关条约》的签订成为中华民族自尊心崛起的转折点。

甲午、戊戌间,倡言变革者往往以变科举、兴学校为言。1895年闰5月,胡燏棻呈《上变法自强条陈疏》,言国家目前之急,"首在筹饷,次在练兵,而筹饷练兵之本源,尤在敦劝工商,广兴学校"。胡氏论兴立学校,且明言学校与科举二途不能并行不悖。胡氏认为,自同治初年设立京师同文馆以来学校得人不盛,有两个决定因素:一是由于肄习西学者"仅袭其绪余,未窥堂奥"之故;二是"朝廷所以号召人才者,在于科目,天下豪杰所注重者仍不外乎制艺、试帖、楷法之属,而于西学不过视作别途"之

---

① (清)翁同龢著,陈义杰整理:《翁同龢日记》,中华书局1989年版,第2795页。注:此处所用日期均为公历记日。
② (清)翁同龢著,陈义杰整理:《翁同龢日记》,中华书局1989年版,第2795页。
③ (清)翁同龢著,陈义杰整理:《翁同龢日记》,中华书局1989年版,第2797页。
④ (清)翁同龢著,陈义杰整理:《翁同龢日记》,中华书局1989年版,第2797页。
⑤ (清)翁同龢著,陈义杰整理:《翁同龢日记》,中华书局1989年版,第2808页。

故。肄习西学之于仕途既仅仅等诸保举、议叙之流，不得厕于正途出身之列，"操术疏，斯收效寡也"。因此，胡主张欲"弃章句小儒之习，求经济匡世之材"，便应"先举省会书院，归并裁改，创立各项学堂"，堂中延请积学之西士，及中国久于西学有成之人，为之教习；而"尤必朝廷妥定考取章程，垂为令典，务使民间有一种之学，国家即有一途之用"，迨数年以后，民智渐开，"然后由省而府而县，递为推广，将大小各书院，一律裁改，开设各项学堂"，上行下效，即民间也必有自行集赀设立的学校。若能这样，则"将见海内人士，喁喁向风"；而国家一切工商制造之法，货财之利，水陆之军，"终必能媲美欧洲"①。

就这样，当以制造器甲为主的洋务运动不能拯救大清于倾颓时，尝试培养并造就新型的，能够寻求国家富强的人才，就成为晚清士人积极努力的方向。因此，外来侵略势力于19世纪末掀起瓜分中国的狂潮时，有识者以维新改革来摆脱困境的主张也就顺理成章地提上了日程，戊戌变法也就成为中国求富求强和改革旧制的预演和先声。

三、戊戌变法中的科举改革

光绪皇帝是戊戌变法的重要人物之一，我们就从考察光绪皇帝对科举制度改革的态度开始。

1. 光绪其人

光绪皇帝，即爱新觉罗·载湉，生于1871年8月14日（同治十年六月二十八日），1875年农历正月二十日登极大统，1908年11月14日逝于瀛台涵元殿，在位34年，庙号为清德宗景皇帝。他与慈禧关系十分亲近，其父奕譞与咸丰帝奕詝同为道光皇帝的亲生儿子，排行第七，因此被当时人称为"七王爷"；其母叶赫那拉氏则是慈禧太后的亲妹妹。因同治帝早逝而未有子嗣，年仅三龄的载湉被选为咸丰皇帝的嗣子，承同治之位，成为历史上的光绪皇帝。他虽在位时间长达三十年有余，但实际掌握皇权，能够独任其事的时间还不足一年，终生充当了慈禧太后独裁专权的傀儡。

然而，光绪皇帝绝不是一个平庸之主。他有自己的想法，且敢于任事。但他冲龄践位，也就决定了他傀儡的命运。慈禧对于权力的强烈欲望，以及多年的历练，使她在政治斗争中斗志昂扬，始终处于不败之地，任何觊觎皇权或胆敢对她有一丝不敬的人都难逃厄运。而其扶植幼帝光绪的目的无非是因为她可以再次垂帘听政，独揽皇权。

光绪十五年（1889）正月，皇帝大婚，紧接着便举行了亲政大典。这一次慈禧态度非常坚决地归政于光绪了。但事实上，"太后此时表面上虽不预闻国政，实则未尝一日

---

① （清）胡燏棻：《上变法自强条陈疏》，（清）陈良倚编：《清经世文三编》卷十六，台湾文海出版社1987年版，第235~242页。

离去大权。身虽在仪鸾殿、颐和园,而精神实贯注于紫禁城也"①。光绪帝"用人行政,仍随时秉承,莫敢违焉"。② 因此,光绪皇帝虽然是亲政了,可许多重大问题的决策仍然必须听命于慈禧,而光绪皇帝也十分明了这一原则,因此,他"事太后谨,朝廷大政,必请命乃行"。在亲政期间,"两宫甚相和睦"。当然,这种"和睦"是以光绪帝拱手让权为代价的。在慈禧太后的"淫威"下,光绪帝谨小慎微地当着一个并无实权的皇帝。但是,随着亲政阅历的增加,他也在迅速地进步、成长。1892年2月4日,《纽约时报》发表述评《光绪皇帝学英语》,认为"大清国开始发生该国历史上最大的变化。毫无疑问,这种变化将在今后若干年里对整个帝国产生深刻的影响,甚至可能进一步打开保守封闭的枷锁,将大清国带入人类进步历史的前沿。总之,这种进步将超越过去50年变化的总和",最主要的原因是学习英语的是皇帝本人。而作为一国元首,光绪帝的这种进步无疑起到一种政治和文化的导向作用。《纽约时报》进一步对光绪皇帝学习英语的目的进行了政治性的推测:"光绪皇帝屈尊学习外语,是因为他和他的政治顾问们都认为,死死保住3000年前就形成的'老规矩'的时代已经过去了,要应付当今列强,必须相应地改变国家制度。……皇帝陛下周围的一些大臣甚至希望,大清国未来应该在文明国家的行列中占据一个适当的位置。"③

光绪帝亲政日久,就对朝政愈来愈有主见,朝中渐渐形成了以光绪帝为首的帝党(又叫"小孩班")和以慈禧为首的后党(又叫"老母班")的对峙。如果对两方成员进行一下大致的审核,就可以完全预料到日后朝中政治斗争的发展方向和戊戌变法的结局了。帝党成员以"帝师"、大学士翁同龢为首,有潘祖荫、文廷式等人,主要是一些词馆清显,台谏要角,因翁、潘是南方人,故而帝党又被称为"南派",他们掌握的权力很少而且相对较小。后党成员则主要是京内的王公大臣、文武百官和京外的督抚藩臬,其中以李鸿藻、文祥、徐桐等人为代表,因李鸿藻是直隶人,与帝党相呼应而被称为"北派",他们属实权派,实力相当强大。两股政治力量斗争的激化导源于1894年的中日甲午战争。

中日甲午战争爆发于光绪帝亲政后的第五个年头。从日军登陆朝鲜半岛起,到最后派李鸿章作为全权大臣签订《马关条约》,年轻的光绪皇帝亲历了国家被打败并被割裂主权所有决策过程。然而恰巧这一年正值慈禧太后六十大寿,于是,一边是朝鲜战场前线吃紧,一边是庆寿活动紧锣密鼓地进行,光绪帝就在这两者之间焦虑万分,窘迫异常。海战的结果是中方大败。此乃19世纪以来非常之耻辱,堂堂中华大国竟败于蕞尔小国之手,朝野大哗,改革图强之声鼎沸,遂激起变法维新之议。而慈禧一心只为自己祝寿而置国家于不顾的倒行逆施,也使光绪帝对其成见日益加深。

---

① [英]濮兰德、白克好司著,陈泠汰译:《慈禧外纪》,紫禁城出版社2010年版,第102页。
② 胡思敬:《国闻备乘》,荣孟源、章伯锋主编:《近代稗海》第一辑,四川人民出版社1985年版,第238页。
③ 郑曦原编,李方惠、胡书源、郑曦原译:《帝国的回忆:〈纽约时报〉晚清观察记:1854—1911》,当代中国出版社2011年版,第134页。

甲午战争后，清帝国的地位在列强的心目中一落千丈，正是中国政局已腐朽软弱如此，才挑动起人类嗜血的本性，掀起了西方列强瓜分中国的狂潮。作为大清的一国之君，光绪帝对大清国的未来和前途充满了担忧与焦虑。1894年，孙中山在美国檀香山成立兴中会，在《兴中会宣言》中，孙中山沉痛地揭示中国此时所面临的困境：

中国积弱，非一日矣！上则因循苟且，粉饰虚张；下则蒙昧无知，鲜能远虑。近之(指甲午中日战争)辱国丧师，蒉藩压境，堂堂华夏，不齿于邻邦；文物冠裳，被轻于异族。……方今(指甲午战争后期以来)强邻环列，虎视鹰瞵，久垂涎于中华五金之富、物产之饶，蚕食鲸吞，已效尤于接踵；瓜分豆剖，实堪虑于目前。有心人不禁大声疾呼，亟拯斯民于水火，切扶大厦之将倾！①

宣言所陈，绝非夸拟。这种"瓜分豆剖"的严峻局面，在《马关条约》签订后，很快就摆在了中国的面前。日本通过侵华战争的胜利所得到的权益(割地、赔款除外)，也被其他列强援引"片面最惠国待遇"的规定，"一体均沾"了。此后列强一系列开矿、修筑铁路、贷款等各类名目，纷纷在中国开展，而中国统治者对此只能听任所为，束手无策。中国的命运危在旦夕，救亡图存的呼声日渐高涨。

光绪二十一年闰五月(1895年7月)，顺天府尹胡燏棻上《条陈变法自强事宜》②折，认为"舍仿行西法一途，更无致富强之术"，提出"向西方学习"的思想，这代表了一部分想要奋发图强的朝野士人的共同愿望。在这种情形的愤激和鼓动下，光绪帝"益明中国致败之故，若不变法图强，社稷难资保守"③，因此毅然决定维新变法。

2. 维新变法中的科举改革

既然决定变法"维新"，那么究竟该从何处下手？究竟该如何做才能使中国走向富强？这是改革者们必须要面对的首要问题。其实慈禧当政期间也没有停止对这一问题的思考，倡导洋务运动，设立同文馆都是慈禧及有识大臣进行改革的结果。但现实证明，洋务运动并不能使中国强大起来，有中法海战和甲午战争为证。那么，对新式人才(包括外交、法律、管理、科技、军事，还有警察、金融、财务、民政等各个方面的急需人才)的渴求，也就成为维新改革中所亟待解决的问题了。

得人才有赖于登进，而成人才有待于作育，改革学校和科举成了当务之急，因此，对科举制度的改革成为戊戌变法最重要的内容。再加上各省乡试科弊之风盛行，也给改革科举制度提供了一个理由。光绪二十四年(1898)，殿试策论题目即关涉"人才"的选

---

① 孙中山：《孙中山选集》上卷，人民出版社1956年版，第19页。
② 沈桐生辑：《光绪政要》卷二十一，江苏广陵古籍刻印社1991年版，第16页。
③ 苏继祖、梁启超、袁世凯等：《清廷戊戌朝变记·戊戌朝变纪闻》，广西师范大学出版社2008年版，第6页。

拔和培养的问题："汉代得人最盛,以策科显如贾谊、董仲舒者,更有何人?汉唐经师授受相承,以科第进者几人?宋之儒修,上感星精,下立人纪,或以保举,或有科目,流光史策,最为人材渊薮,试分别言之。明代取士以制艺,贤才之及于古昔者,岂无其人?其流别同异,可一视欤?人才出则国运昌,不可不亟讲求也。至于将帅之才、艺术之事,古或以之命科,或随时录用,孰为妥善,曷昌言之。"①就是说,各代选才的方法都不一样,但究竟以怎样的标准才能选出真正的人才?另外,策论还涉及理财问题。这些无疑都是当时国家朝政急需寻求对策的重大问题。

宣布变法前,光绪帝阅读了很多新书,以加深对世界和外国改革(尤其是东邻日本维新变法)的了解。他曾向翁同龢、张元济等人索取黄遵宪的《日本国志》②,随后又由翁同龢代呈康有为所作《日本变政考》、《俄彼得变政记》和英人李提摩太编译的《泰西新史揽要》、《列国变通兴盛记》等书。这些书对光绪帝影响甚大,因此日本也就成了变法的主要效法对象。③

在旅顺、大连被"租占"后,光绪帝通过奕劻转告慈禧太后:"我不能为亡国之君。若不假我权,我宁逊位。"就这样,光绪帝在取得有限的事权之后,于光绪二十四年四月二十三日(1898年6月11日)颁布了《明定国是诏》,正式宣布变法:

> 数年以来,中外臣工讲求时务,多主变法自强。迩者诏书数下,如开特科、裁冗兵、改武科制度、立大小学堂,皆经再三审定,筹之至熟,甫议施行。惟是风气尚未大开,论说莫衷一是。或托于老成忧国,以为旧章必应墨守,新法必当摈除,众喙哓哓,空言无补。试问今日时局如此,国势如此,若仍以不练之兵,有限之饷,士无实学,工无良师,强弱相形,贫富悬绝,岂真能制梃以挞坚甲利兵乎?
>
> 朕惟国是不定,则号令不行,极其流弊,必至门户纷争,互相水火,徒蹈宋明积习,于时政毫无裨益。即以中国大经大法而论,五帝三王,不相沿袭,譬之冬裘夏葛,势不两存。用特明白宣示,嗣后中外大小诸臣,自王公以及士庶,各宜努力向上,发愤为雄,以圣贤义理之学植其根本,又须博采西学之切于时务者,实力讲

---

① 王炜编校:《〈清实录〉科举史料汇编》,武汉大学出版社2009年版,第1051页。

② 《日本国志》乃是黄遵宪于1871年出使日本时,用8年时间完成的一本旨在阐述日本变法的史书。全书共12世,40卷,50万字,是"近代中国研究日本的集大成代表作",是"中国近代第一部系统而深入地研究日本的百科全书式著作"。但遗憾的是,黄遵宪的《日本国志》书稿完成8年后(1895)才得以正式刊行。黄遵宪在《日本国志》中对日本刚刚进行的西方式的宪政改革的介绍和他初步形成的宪政思想,对处在与日本明治维新前同样困境的清政府来说,是非常急需参照的理论和经验。在寻求中国政治改革之路的过程中,黄遵宪的《日本国志》开始受到清末各个阶层的重视,并逐渐融入中国近代宪政理论和实践之中。

③ 即便是新式学校章程,也几乎是日本学校的翻版。对晚清改革与日本的关系,可参考高旺:《晚清宪政改革与日本明治维新:政治发展中的影响因素分析》,《求索》2001年第5期;许宪国:《日本教习与晚清教育改革》,《乐山师范学院学报》2009年第9期;周启乾:《晚清知识分子日本观的考察》,《日本学刊》1997年第6期等文章。

求，以救空疏迂谬之弊。专心致志，精益求精，毋徒袭其皮毛，毋竞腾其口说，总期化无用为有用，以成通经济变之才。

京师大学堂为各行省之倡，尤应首先举办。着军机大臣、总理各国事务王大臣会同妥速议奏。所有翰林院编检、各部院司员、大门侍卫、候补候选道府州县以下官，大员子弟、八旗世职、各省武职后裔，其愿入学堂者，均准入学肄业，以期人材辈出，共济时艰。不得敷衍因循，徇私援引，致负朝廷谆谆告诫之至意。将此通谕知之。①

诏书的主题有三：一是变法革新的必要性；二是基本思想"以圣贤义理之学植其根本，又须博采西学之切于时务者"，中、西学结合，以西学的"实力讲求"，来挽救中学的"空疏迂谬"，最终达到"化无用为有用，以成通经济变之才"的效果；三是京师大学堂作为新式学堂的先锋和领军，"尤应首先举办"。三条内容明确地传达了变法的主要精神。

五月五日（公历 6 月 23 日），光绪帝下谕，科举制度自下一科起，停八股，改策论。这与康有为等人所持的观点基本一致，"近来风尚日漓，文体日弊，试场献艺，大都循题敷衍，于经义罕有发明，而谫陋空疏者每获滥竽充选。若不因时通变，何以励实学而拔真才？"而对于这种改革的解释，上谕中说："实属因时文积弊太深，不得不改弦列张，以破拘墟之习。"但士子不能"兑逞博辩，复蹈空言"，仍应以四子、六经为根柢，通经史以达实用，以期培养成为体用兼备的"通儒"。五月十六日，张之洞、陈宝箴奏请妥议科举新章，并酌改考试诗赋小楷之法：

乡会试改试策论，前据礼部详拟分场命题各章程，已依议行。兹据该督等奏称，宜合科举、经济、学堂为一事。求才不厌多门，而学术仍归一是。拟为先博后约、随场去取之法，将三场先后之序互易等语。……乡会试仍定为三场，第一场试中国史事、国朝政治论五道；第二场试时务策五道，专问五洲各国之政、专门文艺；第三场试四书义两篇，五经义一篇。首场按中额十倍录取，二场三倍录取，取者始准试次场。每场发榜一次，三场完毕，如额取中。其学政岁、科两考生童，亦以此例推之。先试经古一场，专以史论、时务策命题，正场试以四书义、经义各一篇。礼部即通行各省一体遵照。朝廷于科举一事，斟酌至再，不厌求详，典试诸臣务当仰体此意，精心衡校，以期遴选真才。至词章楷法，虽馆阁撰拟应奉文字，未可尽废。如需用此项人员，自当先期特降谕旨考试，偶一举行，不为常例。嗣后，一切考试均以讲求实学实政为主，不得凭楷法之优劣为高下，以励硕学而黜浮华。其未尽事宜，仍着该部随时妥酌具奏。②

---

① 王炜编校：《〈清实录〉科举史料汇编》，武汉大学出版社 2009 年版，第 1052 页。
② 王炜编校：《〈清实录〉科举史料汇编》，武汉大学出版社 2009 年版，第 1056~1057 页。

因为这条奏章及光绪帝对它的处理意见在改革科举的进程中具有非同寻常的意义,① 故将其全篇抄录。归纳该谕令中的关键问题,有如下三项:一是将三场考试次序互易。原来所行乃第一场考《四书》文三篇,五言八韵诗一首;今将《四书》《五经》的考试置于三场之末,而将中国史事、国朝政治论五道作为第一场考试。"其学政岁、科两考生童,亦以此例推之"。② 二是先博后约、随场去取之法。这样可以减轻考官的阅卷压力,同时也相对减轻士子在外应试时吃、住等方面的经济压力。三是一切诗赋概行停罢,不得凭楷法之优劣为高下;所有考试均以讲求实学实政为主。

这是晚清科举改革所迈出的最为大胆的一步,它将沿袭了五百年之久,为时人诟病百端的八股文毅然去除,并且对考试内容进行了较为全面的改革。能够看出,改革者具有改天换地的决心和魄力,《纽约时报》的记者热情洋溢地赞美光绪皇帝为晚清中国改革第一人:

> 光绪皇帝在三个月内颁布了足够多的法令,来为再现一种令人不可思议的觉醒开拓道路,类似这种觉醒在日本已经发生过了。日本真正的国君已经走出权力被架空、与国民相隔离的阴霾,从日本实际的统治者——幕府时代的将军们手中夺回了权力。那么,现在大清国的情况也与此类似,皇帝陛下似乎是要制服擅权的皇太后,而后带领国家进入一个崭新的时代。③

然而改革的难度是显而易见的。一边是光绪帝改革的谕令联翩而下,另一边却是地方或朝政大员按兵不动,冷眼旁观,甚至是消极抵制。短短103天的维新时间,光绪帝连下数百道诏令(有时甚至会一日之中连下几道),而其中遣责众臣对改革冷漠、袖手"观望"者,在《清德宗实录》中就记载有六七道之多!其词多是"墨守旧章"、"敷衍塞责"之类。光绪帝反复申说维新变法的目的:"当兹时事孔棘,朕惩后惩前,深维穷通变久之义,创办一切,实具万不得已之苦衷,用再明白申谕。尔诸臣其各精白乃心,力除壅蔽,上下以一诚相感,庶国是以定,而治理蒸蒸日上,朕实有厚望焉。""朕用心至苦,而黎庶犹有未知,职由不肖官吏与守旧士大夫不能广宣朕意,乃反胥动浮言,使小民摇惑惊恐,山谷扶杖之民有不获闻新政者,朕实为叹恨。""今将变法之意布告天下,使百姓咸喻朕心,共知其君之可恃,上下同心,以成新政,以强中国,朕不胜厚望。"④

---

① 三年后慈禧晚清"新政"中对科举的改革方案与它完全一致,没有丝毫改变。下一节将对这两次改革的方案进行细致比照。

② 表面上看来仅仅是考试次序的小小变更,事实上却带来了完全没有料想到的后果。这个问题留待第二章第二节进行较为细致的剖析,此处简略带过。

③ 郑曦原编,李方惠、胡书源、郑曦原译:《帝国的回忆:〈纽约时报〉晚清观察记:1854—1911》,当代中国出版社2011年版,第183页。

④ 王炜编校:《〈清实录〉科举史料汇编》,武汉大学出版社2009年版,第1059、1062页。

对朝野官员的"观望""延迟",七月戊寅(公历8月4日)光绪帝又下谕令:

> 着查照四月二十三日以后,所有关乎新政之谕旨,各省督抚均迅速照录,刊刻誊黄,切实开导;着各州县教官详切宣讲,务令家喻户晓。各省藩臬道府饬令上书言事,毋事隐默顾忌,其州县官应由督抚代递者,即由督抚将原封呈递,不得稍有阻格。总期民隐尽能上达,督抚无从营私作弊为要。此次谕旨,并着悬挂各省督抚衙门大堂,俾众共观,庶无壅隔。①

然而改革绝不是下几道诏旨那么简单,况且光绪帝也并不拥有真正的实权,因此变法也就不可能是皇帝振臂一呼,臣下应者云集。地方上只有湖南巡抚陈宝箴能够锐意整顿,但他所受到的压力也是来自各方面的,"不免指摘纷乘",光绪帝怒斥这些打击变法者"此等悠悠之口,属在缙绅,倘亦随声附和,则是有意阻挠,不顾大局,必当予以严惩,断难宽贷"。而七月庚辰(公历8月6日)就有人奏湖南巡抚陈宝箴被人挟制等语。相反,各种明暗的抵制普遍存在:"各省积习相沿,因循玩愒,虽经严旨敦迫,犹复意存观望。"对一些朝廷大员如刘坤一、谭钟麟等,"于本年五六月间,谕令筹办之事,并无一字覆奏。迨经电旨催问,刘坤一则借口部文未到,一电塞责;谭钟麟且并电旨未覆,置若罔闻。该督等皆受恩深重,久膺疆寄之人,泄沓如此,朕复何望?"②这种情况使光绪帝焦虑异常,但又不得不耐下性子来劝说臣下:"朝廷振兴庶务,一切新政,原为当此时局,冀为国家图富强,为吾民筹生计。并非好为变法,弃旧如遗。此朕不得已之苦衷,当为天下臣民所共谅。""尔大小臣工等,务当善体朕心,共矢公忠,实事求是,以副朝廷励精图治、不厌求详之至意。"③

此外还有建铁路、开矿等所需的款项,也都难有着落。当黄思永奏请可以自行筹款试办速成学堂时,光绪帝喜出望外,立即"准如所请"。④

作为一国之君,光绪帝虽明明知道自己不过是个傀儡皇帝,毫无实权,可为了挽救中国被瓜分、宰割的局面,他宁愿拼死一搏。波兰、奥斯曼等国被列强分割而亡国的前车之辙,日本和俄国改革富强的现实经验,都使年轻的光绪皇帝跃跃欲试,他发誓不做亡国之君。然而改革绝非一蹴而就的,他时常感到"奈何掣肘"和"办不动事"的苦恼和焦虑。他几乎每天都会颁布改革法令,对改革的必要性和紧迫性也三令五申,甚至显得有点气急败坏,但这于事无补,反而只能让更多的朝廷重臣站在他的对立面。起初将事情看得太过容易,而后来遭遇挫折时则一蹶不振,一败涂地,大凡世上之人之事,皆若如此。如果要找出维新变法失败主观方面的原因,改革者们政治上的幼稚则难辞其

---

① 王炜编校:《〈清实录〉科举史料汇编》,武汉大学出版社2009年版,第1062~1063页。
② 王炜编校:《〈清实录〉科举史料汇编》,武汉大学出版社2009年版,第1061页。
③ 王炜编校:《〈清实录〉科举史料汇编》,武汉大学出版社2009年版,第1064页。
④ 王炜编校:《〈清实录〉科举史料汇编》,武汉大学出版社2009年版,第1063页。

咎。梁启超在《戊戌政变记》中记载康有为这样来为心情急躁的皇帝出主意：

> 康所陈奏甚多。皇上曰："国事全误于守旧诸臣之手，朕岂不知？但朕之权不能去之，且盈廷皆是，势难尽去。当奈之何？"康曰："请皇上勿去旧衙门，而惟增置新衙门。勿黜革旧大臣，而惟擢渐小臣。多召见才俊志士，不必加其官，而惟委以差事，赏以卿衔，许其专折奏事，足矣。彼大臣向来本无事可办，今但仍其旧，听其尊位重禄，而新政之事别责之于小臣，则彼守旧大臣既无办事之劳，复无失位之惧，则怨谤自息矣。即皇上果有黜陟之全权，而待此辈之大臣，亦只当如日本待藩侯故事，设为华族，立五等之爵，以处之厚禄以养之民，不必尽去之也。"上然其言。①

这就是维新派领袖康有为给光绪皇帝出的计策——仅能"疏解"而已，却绝无半点可操作性！可以看出，作为变法主要人物的康有为和光绪皇帝，在考虑政体变革时，表现出了无比的幼稚与粗疏。朝廷大臣绝不会安于被闲置的状态，甘心于被架空，作为朝廷重臣，他们焉能"听其尊位重禄"，"既无办事之劳，复无失位之惧"呢？

就在光绪帝被变法的情形弄得灰头土脸、焦头烂额的时候，光绪二十四年八月六日（1898年9月21日）慈禧太后突然发动政变，囚禁了光绪帝，并下令全国通缉变法的主要策划人康有为、梁启超，谭嗣同等六位支持变法者被处死。慈禧太后直接跳到前台来宣布所有改革内容作废的"懿旨"，对废除八股，改试策论的"荒谬性"给予阐释：

> 钦奉慈禧端佑康颐昭豫庄诚寿恭钦献崇熙皇太后懿旨：国家以四书文取士，原本先儒传注，阐发圣贤精义，二百年来，得人为盛。近来文化日陋，各省士子往往剿袭雷同，毫无根柢，此非时文之弊，乃典试诸臣不能厘正文体之弊。乃论者不揣其本，辄以所学非所用，归咎于立法之未善。殊不知试场献艺，不过为士子进身之阶。苟其人怀奇抱伟，虽用唐宋旧制，试以诗赋，未尝不可得人。设论说徒工，心术不正，虽日策以时务，亦适足长嚣竞之风。用特明白宣示，嗣后乡试、会试及岁考、科考等，悉照旧制，仍以四书文、试帖、经文、策问等项，分别考试。经济特科易滋流弊，并着即行停罢。②

"试场献艺，不过为士子进身之阶"，"惟科举之设，无非为士子进身之阶"，这就是慈禧的科举观。她认为考什么并不重要，关键是要设定一个标准把优秀者选拔出来。"苟其人怀奇抱伟，虽用唐宋旧制，试以诗赋，未尝不可以得人。"这倒也说出了实话——科举制度的确是在用一种最为合理的方式、以统一的标准选拔出最适合充当国家行政官

---

① 梁启超：《戊戌政变记》，广西师范大学出版社2010年版，第26~27页。
② 王炜编校：《〈清实录〉科举史料汇编》，武汉大学出版社2009年版，第1064~1065页。

员的人才，而且从前代来看，即便是以八股抡才，照样"抡"出了像曾国藩、张之洞这样的出类拔萃者。因此慈禧太后认为只需要"典试诸臣"认真"厘定文体"就可以了。对经济特科，慈禧同样十分反感，下令停罢，原因是"易滋流弊"。而武科中改试枪炮的新法也"仍照旧制，用马步箭、弓刀石等项分别考试"。"书院之与学堂，名异实同，本不必定须更改"。对"列圣斟酌损益，祖训煌煌，实已尽善尽美"的"我朝取士之法"，慈禧下令"切实申明旧制"，不须做任何改动。这些"懿旨"都是在发动宫廷政变后的几天内连续颁发的。尘埃落定后，慈禧又这样训导光绪帝：

> （戊戌十月初三日）奉慈禧……太后：盖立法之初，未尝不善，迨积久弊深，不得不改弦更张，以为救时之计。然或徒务虚名，不求实际，则立一法又生一弊，于国事仍无裨益。故弊去其太甚，法期于可行。必须慎始图终，实事求是，乃能有济。①

戊戌变法唯一的成果就是保留了京师大学堂。② 就这样，轰轰烈烈的戊戌维新运动，在一场流血政变之后，便很快流于无声无息。历史又回到了以前的老样子。

第三节 1905年：科举的废除

晚清科举改革是为时局所迫的产物，情势越急迫，对改革的呼唤也就越急切。从19世纪60年代洋务派在培育人才领域进行试探性的局部改革到1905年废除科举，我们可以看到晚清科举改革总体上呈现了一种明显的加速运动。在这一"加速运动"中，既有"历史的推手"在其中起的巨大作用，又有仓猝变革后所留下的致命缺失与创伤。下面，我们就从这两个方面对戊戌维新失败后的科举改革进行探讨。

一、科举改革的加速运动

戊戌维新变法的失败使我们可以看到晚清中国的情形不容乐观，即使知书达理的士人，闭锢自守者也大有人在。光绪二十四年（1898）七月，云南举人李效培条陈时事，为焦头烂额的朝廷"支招"，然其所"支"之"招"，竟是想以"奇门遁甲之术"救国事！③从现存的史料来看，直至1911年，除了主要的通商口岸以外，"贸易结构和促进贸易结

---

① （清）朱寿朋编，张静庐等校点：《光绪朝东华录》第四册，中华书局1958年版，总第4256页。

② 时人言，作为仅存一线光明之京师大学堂，被礼部各堂官及守旧诸臣视为赘疣。其"所以不能径废者，盖因中洋各教习均延订，势难中止。不能不勉强敷衍，以塞其口。以故在华诸人，亦均无精打采，意兴索然"。转引自张亚群：《科举革废与近代中国高等教育的转型》，华中师范大学出版社2006年版，第88页。

③ 王炜编校：《〈清实录〉科举史料汇编》，武汉大学出版社2009年版，第1060页。

构的各种制度设施与半个世纪以前相比,没有发生巨大变化"①,晚清时人对世界的拒斥和闭锢依旧。

19世纪末外国列强所掀起的瓜分中国的狂潮,以及对中国内政的"干预",使慈禧对列强充满了怨恨之情。而"扶清灭洋"的义和团恰恰可资利用,于是它被慈禧蓄谋操纵,以抵制列强甚或纯粹发泄对西方列强的不满。1899年6月16日,慈禧就要不要攻击各国使馆问题召开了一次廷议(为此前后共举行了四次),太常寺卿袁昶指出拳民所称枪炮不入之不可信,反对策划袭击外国人。慈禧反驳说:"法术不足恃,岂人心亦不足恃乎?今日中国积弱已极,所仗者人心耳。"这也就是说,慈禧此时试图纯粹倚仗"民心",最后赌一把,把外国人赶出中国的地盘。但最后的结果却是,"义和团的野蛮行径使世界认为中国不是文明国家,而外国列强的残暴表现却造成了一种不可战胜和高人一等的形象,因此损害了中国人的自信和自尊心。中国人对外国人原来抱有的轻蔑和敌视态度,现在往往一变而为恐惧和奉承的态度"②。被打得一败涂地的中国与八国列强签订了严重侵犯中国主权的《辛丑条约》。条约规定:永远禁止中国人民成立或加入任何"与诸国仇敌"的组织,违者处死;各省官员必须保证外国人的安全,否则立予革职,永不录用。1900年7月3日,美国发表第二个"门户开放"政策的照会,目的即在力图"保持中国领土和行政权的完整,并维护在中华帝国全境实行贸易均沾原则"。接着,英国与德国于10月16日签订了一项协定(其他列强被要求支持),规定署约国不得攫取中国领土。列强的这种对峙局面使中国免于立即被瓜分,但中国的国际地位却下降到了前所未有的地步,这真是李鸿章临终前的奏章中所言:"每有一次构衅,必多一次吃亏。"③躲避在西安一年半之久方敢回京的慈禧对中国所面临的国际形势领略了个透彻。

《辛丑条约》除惩办"罪犯"和赔款外,其他重要条款中,有"在拳民曾经肆虐过的45城镇,停止考试五年"的规定。所惩罚城镇在光绪二十七年四月庚申日(1901年6月11日)的上谕中一一列出,包括:北京顺天府、保定府、永清县、天津府、顺德府(今河北邢台)、望都县、获鹿县、新安县、通州、武邑县、景州、滦平县,东三省之盛京、甲子厂、连山、于庆街、北林子、呼兰城;山西省之太原府、忻州、太谷县、大同府、汾州府、孝义县、曲沃县、大宁县、河津县、岳阳县、朔平府、文水县、寿阳县、平阳府、长子县、高平县、泽州府、隰州、蒲县、绛州、归化城、绥远城;河南省之南

---

① [美]费正清、刘广京主编:《剑桥中国晚清史》下卷,中国社会科学出版社1993年版,第56、63页。

② [美]费正清、刘广京主编:《剑桥中国晚清史》下卷,中国社会科学出版社1993年版,第129页。

③ (清)朱寿朋编,张静庐等校点:《光绪朝东华录》第四册,光绪二十七年(1901)七月癸卯,"奕劻、李鸿章奏:……臣等伏查近数十年内,每有一次构衅,必多一次吃亏。上年事变之来,尤为仓猝,创深痛钜,薄海惊心。今和议以成,大局少定,仍望我朝廷坚持定见,外修和好,内图富强,或可渐有转机。譬诸多病之人,善自医调,犹恐或伤元气;若再好勇斗狠,必有性命之忧矣。悚悚之心,伏祈圣鉴垂察"。(中华书局1958年版,第4723页。)

阳府、光州，浙江省之衢州府，陕西省之宁羌州；湖南省之衡州府等地方，"均应停止文武考试五年，以为轻信拳匪及闹教滋事者戒"。清政府对列强这些要求言听计从，"即着各该省督抚、学政遵照办理，出示晓谕"。①

八国联军还蓄意烧毁了北京贡院。这是一件影响甚大却往往为现代中国人所忽视的暴行。"在一定意义上说，北京贡院的被烧毁对当时中国人心理的影响并不亚于圆明园的被毁。"据说德军将贡院烧毁，当时还引起许多士人的愤怒，此举对中国士人的心理影响非常之大。② 然而科举制度依旧持续着它巨大的历史惯性。辛丑年（1900）恩科乡试因庚子事变，改为次年与会试同年举行；1901年未能如期举办乡试的12省改于壬寅（1902）科补行，并将"借闱河南"举行顺天乡试；辛丑、壬寅，恩、正并科会试皆延至1903年借闱河南举行。

庚子事变及《辛丑条约》的签订使清政府在国际上体面全无。清政府迫于国内人民的不满和国际上列强的武力干预，不得不着手实施变法。光绪二十六年十二月初十日（1901年1月30日），逃亡途中的慈禧太后以光绪帝的名义颁布变法诏书：

> 世有万古不易之常经，无一成不变之治法，穷变通久，见于大《易》；损益可知，著于《论语》。……伊古以来，代有兴革，即我朝列祖列宗，因时立制，屡有异同。入关以后，已殊沈阳之时。嘉庆道光以来，岂尽雍正、乾隆之旧？大抵法积则弊，法敝则更，要归于强国利民而已。……我中国之弱，在于习气太深，文法太密，庸俗之吏多，豪杰之士少。文法者庸人借为藏身之固，而胥吏倚为牟利之符。公事以文牍相往来，而毫无实际；人才以资格相限制，而日见消磨。误国家者，在一"私"字；困天下者，在一"例"字。……总之，法令不更，锢习不破，欲求振作，当议更张。著军机大臣、大学士、六部、九卿、出使各国大臣、各省督抚，各就现在情形，参酌中西政要，举凡朝章国故，吏治民生，学校科举、军政财政，当因当革，当省当并，或取诸人，或求诸己，如何而国势始兴？如何而人才始出？如何而度支始裕？如何而武备始修？各举所知，各抒所见。通限两月，详悉条议以闻。……尔中外臣工，当鉴斯二者，酌中发论，通变达权，务极精详，以备甄择。③

---

① 王铁崖编：《中外旧约章汇编》第一册，三联书店1957—1962年版，第1002~1024页。
② 转引自刘海峰：《外来势力与科举革废》，《学术月刊》2005年第11期。同治元年（1862）五月，朝廷对"沦陷区"（太平天国治下）安徽省的读书士子中胁从者宽大为怀，而对"名列胶庠，陷身于贼"的士子，则"稍予薄惩"："即着照该学政所拟，照注劣之例外，再罚停乡试考试并三年；其旧案应帮补廪增者，一并停止，仍交该学严加管束。三年无过，始准一体应试。"如果将太平天国军兴时期清廷对"沦陷区"士子的惩罚方式——停科举考试三年，与庚子事变后八国联军在条约中明确规定对"拳乱区"士子的惩罚方式——停科举考试五年进行比较，会得出一个很有意思的结果。
③ 王炜编校：《〈清实录〉科举史料汇编》，武汉大学出版社2009年版，第1074页。

庚子事变后，慈禧求富求强的急迫愿望溢于言表，从这则上谕中可充分领略到。具有讽刺意味的是，这则"新政"谕令，无论是内容方面，还是措辞方面，还是情感方面，都与两年前光绪帝下诏变法维新的"定国是诏"如出一辙，如"懿训以为，取外国之长乃可补中国之短，惩前事之失乃可作后事之师"等语，就与光绪帝学习西法以强盛中国的基本思路相一致。不过为了证明自己并非照抄光绪，慈禧在光绪二十六年（1900）正月间又两次以光绪名义下达谕令，重申光绪二十四年（1898）九月"我朝取士之法，具载于《钦定科场条例》、《钦定学政全书》，列圣斟酌损益，祖训煌煌，实已尽善尽美"之懿旨，规定："凡有校士之责者，允宜懔遵成宪，勿作聪明，方不致乱正学而坏风气"，并且在"衡文"方面严格厘定文体，"文体既正，自不致有奇邪之作出乎其间"。在甲子日上谕的末尾，还加上了这样的官样文章："学术既正，士习自端，人心风俗，亦必因之转移，强国之道，必基于此，誉髦斯士，宏济艰难，朝廷有厚望焉。"①这其中有真实的成分，也有相当程度的装腔作势，故作矜持。因此，晚清新政虽是大步流星，但由于最高统治者一开始就缺乏诚意，这就注定了新政必将以"不伦不类"、"非驴非马"的闹剧收场。

1901年3月，两广总督陶模率先提出"废科目以兴学校"的主张，作为"图存四策"之一。奏折中说："顾自甲午以后，诏设学堂者久矣。而人才不出，何也？则以利禄之途，仍在科目。欲其舍诗赋、八股、小楷之惯技，弃举人、进士之荣途，而孜孜致力于此，此必不可得之数也。是故变法必自设学堂始，设学堂必自废科目始。今宜明降谕旨，立罢制艺、大卷、白折等考试。"②同年4月，山东巡抚袁世凯建议"崇实学"、"增实科"，建议可先在沿海各省试行，再逐步推广至内地；将岁试、乡举取中定额，核减二成，以所减之额作为实科取中之数，待减至五成之后，"学堂中多成材之士，考官中亦多实学之人，即将旧科中五成中额，一并按照实科取士章程办理。而实科亦必另作一途，仍归各省一律举行。如此逐渐转移，而士风不难亟变矣"③。这种递减科举数额的方法与此后1903年袁、张（之洞）等人联衔奏请分十年三次减额废科的主张完全一致。

光绪二十七年（1901）七月十二日，刘坤一、张之洞在会奏中筹拟"兴学育才"四条对策："一曰设文武学堂；二曰酌改文科；三曰停罢武科；四曰奖劝游学。"认为"科举一事，为自强求才之首务。时局艰危至此，断不能不酌量变通"；"改章大旨，总以讲求有用之学，永远不废经书为宗旨"。而变通科举的办法，是首场取博学，试中国政治、史事；二场取通才，试各国政治、地理、武备、农、工、算法之类；三场归纯正，试四书五经义，以期由粗入精。分场发榜，各有去取，首场录取率为10%，二场为3人

---

① 王炜编校：《〈清实录〉科举史料汇编》，武汉大学出版社2009年版，第1071~1072页。
② 陶模：《粤督图存四策疏》，吴相湘主编，于宝轩编：《皇朝蓄艾文编（二）》卷八《通论八》，台湾学生书局1987年版，第864页。
③ 袁世凯：《东抚复奏条陈变法疏》，吴相湘主编，于宝轩编：《皇朝蓄艾文编（二）》卷九《通论九》，台湾学生书局1987年版，第898~900页。

取1。十年三科,将旧额减尽,使生员、举人、进士科名,皆出于学堂。①

1901年6月3日,慈禧发布懿旨:"允宜敬遵成宪,照博学鸿词科例,开经济特科,于本届会试前举行。"8月29日又谕令:"著自明年为始,嗣后乡、会试,头场试中国政治、史事论五篇;二场试各国政治、艺学策五道;三场试四书义二篇、五经义一篇。考官评卷后,合校三场,以定去取,不得全重一场。"且生童岁、科两考,进士殿试、朝考,均以中国政治、史事及各国政治、艺学命题,一切考试均不准用八股文程序,改用策论。同日又宣布:"嗣后武生考试及武科乡、会试,着即一律永远停止。所有武举人、进士,均令投标学习。其精壮之幼生及向来所学之童生,均准其应试入武。俟各省设立武备学堂后,再行酌定挑选考试章程,以储将才。"②对比一下新政中对科举的改革措施,几乎完全照搬戊戌变法时的科举改革办法,只不过中间经历了一个"全盘否定"的过程。由此我们可以看到,中国政治的党争特点是非常明显的:凡是政敌支持的,我们就反对;凡是政敌反对的,我们就支持。这种以个人恩怨和意气为评判和执行的标准,既是非理性的——完全没有考虑中国的政治、制度各方面是否的确已经到了非改革不可的地步;又是极端情绪化的——这种最高统治者、实权派的粗暴介入,只能使本应较为顺畅的发展大道多走弯路,甚至是错失改革良机。庚子事变之后慈禧对革新态度一百八十度的大转弯,则更加确凿地证明了慈禧个人因素在晚清政治发展中所起的巨大影响。

废八股改策论后,士子们也迅速作出调整,"应试参考书的大量出版和发行,仍然是出版业中一种醒目现象"③。当时一些人为了适应社会上应试士子的需要,编辑了大量诸如《时务统考》、《洋务经济统考》、《五大洲各国政治统考》之类的考试类书。时人政论类书籍也极为畅销,如冯桂芬的《校邠庐抗议》、郑观应的《盛世危言》、汤震的《汤氏危言》、张之洞的《劝学篇》等,成为士子们参加科举考试的主要参考书。正如时人所言:"方今国家讲求实学,广征经济之才,用备维新之佐,取中学为体,西学为用,于是经世文编,都人士莫不家置一编,更觉洛阳纸贵矣。"④

1903年6月27日,清廷命张之洞会同张百熙、荣庆重新厘定已有的各项学堂章程。至1904年1月13日,重订学堂章程进呈后获准颁行,此即《奏定学堂章程》,又叫《癸卯学制》。这是清政府实行的第一个近代学制。在学制系统上,它对原先制定的初、高等小学堂、中学堂、高等学堂,大学堂附通儒院、蒙养院及家庭教育法章程作了增补;另增拟初级、优级师范学堂,初等、中等、高等农工商实业学堂以及译学馆、进士

---

① 张之洞:《变通政治人才为先遵旨筹议折》,苑书义、孙华峰、李秉新主编:《张之洞全集》卷五十二,河北人民出版社1998年版,第1400页。
② (清)朱寿朋编,张静庐等校点:《光绪朝东华录》第四册,中华书局1958年版,总第4697~4698页。
③ 张晓灵:《晚清西书的流行与西学的传播》,《档案与史学》2004年第1期。
④ (清)陈邦瑞:《〈皇朝经世文四编〉序》。转引自陈恭禄主编:《中国近代史资料概述》,中华书局1982年版,第282页。

馆章程，并附有学务纲要，各学堂管理通则，考试、奖励章程等。新学制的立学宗旨为："以忠孝为本，以中国经史文学为基，俾学生心术壹归于纯正，而后以西学瀹其知识，练其艺能，务期他日成才，各适实用。"①

由于科举考试依然是最重要的选士渠道，各级官员和民间士绅对新兴学堂多持观望态度，通过科举考试博得功名依然是绝大多数读书士子的人生追求。以全国第一所高等学堂京师大学堂为例，在办学过程中，它不停地受到科举考试的冲击："癸卯（1903）、甲辰（1904）间，虽学风扬厉，然科举未废，大学生于校舍攻策论、习殿卷白折者，亦所恒有。乡、会试期届，校舍辄空其半。"②甲辰会试，张百熙、荣庆皆以学务大臣充总裁，"总监督张亨嘉③谕止学生赴试。学生则言：'管学且奉旨主试，何独禁吾侪赴试乎？'亨嘉无以难，卒听之。百熙慨然，谓科举不废，学堂断难进步"④。作为全国最高学府、新式学堂标兵的京师大学堂都已遭遇此种情形，其他新式学堂就更不必说了，招生、教员、经费等各个方面，都存在诸多问题。1902年新政之初，为达到"学有所用，用有所学"的目的，清廷规定所有进士必须入京师大学堂分门肄业，"其在堂肄习之一甲进士、庶吉士，必须领有卒业文凭，始准送翰林院散馆。并将堂课分数，于引见排单内注明，以备酌量录用"⑤。1904年1月，京师大学堂设立进士馆。但到1905年2月京师大学堂开学时，进士馆学员到堂者无几。当时报章说："故近日虽已开学，仍未上堂。且内班学员今年多改为外班⑥。盖皆恐馆中无甚好处，不如仍在本衙门当差。因外班学员每日仅到堂四次，于当差使毫无耽搁。"⑦热心科举者比比皆是。面对这种情形，改革几乎难以深入。

1903年3月13日，张之洞、袁世凯上《奏请递减科举折》，从兴学导向、经费筹措、科举与学堂的地位和功能差异等方面，进一步分析了科举考试对新式学堂发展的严重阻碍，建议十年之减尽科举取中数额，"俾天下士子舍学堂一途，别无进身之阶"⑧，实现由科举选士到学堂取士的平稳过渡。但这一奏议未被慈禧采纳。1904年1月13

---

① 沈桐生辑：《光绪政要（四）》卷二九《命定学堂新章并递减科举事宜》，台湾文海出版社1969年版，第42页。
② 罗惇曧：《京师大学堂成立记》，上海经世文社编：《民国经世文编》，台湾文海出版社1970年版，第4389~4390页。
③ 1903年12月，清政府改管学大臣为学务大臣，统辖全国学务。另设总监督专管京师大学堂事宜，张亨嘉时为总监督。
④ 罗惇曧：《京师大学堂成立记》，上海经世文社编：《民国经世文编》，台湾文海出版社1970年版，第4389页。
⑤ 张之洞：《会奏请立停科举推广学校并妥筹办法折》，苑书义、孙华峰、李秉新编：《张之洞全集》卷六十四，河北人民出版社1998年版，第1661~1662页。
⑥ 1904年9月26日，政务处奏《更定进士馆章》章八条，将入学进士分为内外两班，内班住馆肄业，外班到馆听课。考试毕业则一律办理。
⑦ 《学员无几》，《大公报》1905年3月3日。
⑧ 张之洞：《请试办递减科举折》，苑书义、孙华峰、李秉新编：《张之洞全集》卷六十一，河北人民出版社1998年版，第1597~1599页。

日，张之洞与张百熙、荣庆联奏《重订学堂章程》时，再次向慈禧提起分科递减科举中额的建议，这次上奏获得允准。清廷在核定《奏定学堂章程》的同一上谕中颁令："著自丙午(1906)科为始，将乡、会试中额及各省学额，按照所陈，逐科递减。俟各省学堂一律办齐，确有成效，再将科举学额分别停止。以后均归学堂考取，届时候旨遵行。"①

1904年，日俄为争夺在中国东北的利益而爆发战争。清政府宣布"保持中立"，任凭两国在中国的国土上展开争锋。这种软弱无能的行径，更使国人看透了清政府的腐败与不可救药，以"反清"为宗旨的革命团体也越来越多。在这种政治威胁的双重刺激下，原先主张渐废科举的朝臣重臣转而提出立废科举的要求。科举改革渐趋加速。

1905年9月2日，直隶总督袁世凯、盛京将军(民国)赵尔巽、两湖总督张之洞、两江总督周馥、两广总督岑春煊、湖南巡抚端方联衔会奏，请立停科举，以推广学校。奏折如下：

> 科举一日不停，士人皆有侥幸得第之心，以分其砥砺实修之志。民间更相率观望。私立学堂者绝少，非公家财力所能普及，学堂决无大兴之望。就目前而论，纵使科举立停，学堂遍设，亦必须十数年后人才始盛。如再迟至十年，甫停科举，学堂有迁延之势。……科举凤为外人诟病，学堂最为新政大端。一旦毅然决然，舍其旧而新是谋，则风声所树，群且刮目相看，推诚相与。……故欲补救时艰，必自推广学校始；而欲推广学校，必自先停科举始。拟请宸衷独断，雷厉风行，立沛纶音，停罢科举，庶几广学育仁，化民成俗，胥基于此。②

奏折还针对废科举、兴学堂的善后事宜制订了五条"切要之办法"，即"尊经学"、"崇品行"、"师范宜速造就"、"未毕业之学生暂勿率取"及"旧学应举之寒儒宜筹出路"，最后一条对"寒畯之士"废科举后的出路安排实际上是分年递减科举方案的变通。

对这些封疆大吏的奏请，慈禧当然要思考再三。毕竟废科举、兴学堂乃国之大事，据说在决定废除科举制度之前，慈禧与张之洞有过一次深谈，她所担心的是万一触怒了天下士子，事情就难以收拾了，但张之洞的回答坚定了她的决心。因此在袁世凯等人联名奏请废除科举推广学堂时，慈禧立即给予允准："著自丙午(1906)科为始，所有乡、会试，一律停止；各省岁、科考试，亦即停止。其以前之举、贡、生员，分别量予出路。"③就这样，科举制度被画上了句号，结束了它近一千三百年的历史。其后人才的培养与选拔，全部纳入"有系统"的学校教育——以西方为范本的现代教育制度——体制中了。

---

① (清)朱寿朋编，张静庐等校点：《光绪朝东华录》第五册，中华书局1958年版，总第5127~5129页。

② 沈桐生辑：《光绪政要(五)》卷三一《谕立停科举以广学校》，台湾文海出版社1969年版，第58~59页。

③ 王炜编校：《〈清实录〉科举史料汇编》，武汉大学出版社2009年版，第1109页。

不仅科举改革的速度是由缓到急,其他如预备立宪、改革官制等新政措施,也无不在极短的时间内就改头换面,"焕然一新"。似乎慈禧所代表的清廷所热衷的仅在于走完这样的一个程序,而对于实质性的转变却丝毫不感兴趣。比如,慈禧这样来看待预备立宪:"立宪一事,可使我满洲朝基础永远确固,而在外革命党亦可因此消灭。候调查结局后,若果无妨害,则必决意实行。"①立宪政体成了维护皇族权力最好的手段;改革官制,结果却是组成了"皇族内阁";军事改革则推行了一种将全国军队控制在满人手中的办法,等等。这一系列挂羊头卖狗肉的行径,很能体现慈禧"革新"的真实意图。恰如时人黄遵宪所说:"今回銮将一年,所用之人,所治之事,所搜括之款,所娱乐之具,所敷衍之策,比前又甚焉。展转迁延,卒归于绝望。然后乃知变法之诏,第为辟祸全生,徒以之媚外人而骗吾民也。"②日本学者市古宙三认为:"为了防止反满势力的壮大,并要保持督抚们和外国人的支持,不管清朝统治者喜欢与否,除了改革别无选择余地。实际上,政府原先本无自己的改革方案。它只需要保持改革的门面,而对实际内实则毫不关心。……改革的目的毋宁说是为了保卫清政府不受汉人与外国人两者的攻击。换言之,改革是为了保住清王朝。"③因而抱着这种态度所进行的改革,其欺骗性及随之而来的严重后果也就可想而知了。

二、善后与补救

对于一项制度或事物,最重要的并不在于如何"破",而在于"破"之后如何"立"起更好的秩序来。晚清科举的废除恰恰是在未有建设之前,先把旧的完全抛弃了。这样便产生了一个严重的后果:一切失去了选择的标准与依据,完全凭情绪或情感行事。

然而时人却不这么看。从社会心理上来说,多数人已经认同学堂奖励制度与科举出身一致(甚至是"无异"),才使得废除科举能够顺利进行。在朝臣们的奏议中,他们往往把兴学堂、废科举当做"复三代学校之制",即便在宣布废除科举的谕令中,也仍旧标榜"三代以前,选士皆由学校,而得人极盛,实我国兴贤育才之隆轨。即东西洋各国富强之效,亦无不本于学堂……学堂本古学校之制,其奖励出身,又与科举无异"④。在这种合科举、学堂为一体的改革主张影响下,清政府制定并颁布了以科举功名作为学生出身的学堂奖励制度。在统治者们看来,这种善后处理简直可以确保改革万无一失,可以实现由"传统科举"向"近代教育"的平稳过渡。1905年9月7日,《时报》热情洋溢地赞颂废除科举这一"壮举":"盛矣哉!革千年沉痼之积弊,新薄海臣民之观听,驱

---

① 中国史学会主编:《〈辛亥革命〉丛刊》第四册,上海人民出版社1957年版,第4页。
② 张枬、王忍之编:《辛亥革命前十年间时论选集》第一卷,上册,三联书店1960—1977年版,第336页。
③ [美]费正清、刘广京主编:《剑桥中国晚清史》下卷,中国社会科学出版社1993年版,第402页。
④ 王炜编校:《〈清实录〉科举史料汇编》,武汉大学出版社2009年版,第1109页。以慈禧的智识和对"新政"别有用心的目的,她也是这样来看待废科举、兴学堂这一事件的。

天下人士使各奋其精神才力，咸出于有用之途，所以作人才而兴中国者，其在斯乎？"当然，看出其中破绽的清醒者也大有人在，比如废科举谕令下达后第四天，《申报》虽在第二版上对谕令作了全文刊载，但同时又以"谨注"的形式发表了一篇与今天"评论员文章"相似的文字。文中尽管承认科举制度的废除是一件大事，但是却又尖锐地指出：

> 今上谕谓学堂优予出身，本与科举无异，则日后毕业将至于中学生员、省学举人、大学进士，人人鹜此虚学，趋于仕路，不几与科举之旧习名异而实同乎？

这句话代表了许多人的心声，正是这种科举与学堂无差别的感觉，使停废科举的历史性举动没有引起多大的波澜。因此周振鹤教授认为，废科举、兴学堂仅仅是"官绅新一轮默契的成立"，见解深刻而犀利。①

废除科举的善后工作基本上是按照原定计划逐步实施的。1905年废科举诏令明谕：

> 经此次谕旨后，着学务大臣迅速颁发各种教科书，以定指归而宏造就。并着责成各该督抚实力通筹，严饬府厅州县，赶紧于城乡各处，遍设蒙小学堂，慎择师资，广开民智。其各认真举办，随时考察，不得敷衍瞻徇，致滋流弊，务期进德修业，体用兼赅，共副朝廷劝学作人之至意。寻政务处奏，酌拟章程六条：
> 一、酌加优拔贡额。
> 一、考用誊录。
> 一、已就拣选举人，准捐颁发，免交补班银两。
> 一、截取举人，请毋庸用教职。
> 一、生员考职。
> 一、贡士准赴部呈请，带领引见录用。
> 依议行。②

大概内容有四：一是遍设学堂；二是迅速颁发教科书；三是慎择师资；四是对优拔贡生、举人、生员、贡士的安置。所有的内容都围绕废科举后的善后事宜而展开，且四个方面是以由次到主、由轻到重的次序排列。

先看第一条：遍设学堂。自1902年始，各地捐赀兴学（或捐助学堂经费）者日渐增多。为督促各地官员积极兴学，朝廷制定了奖惩制度，对办学乖方、因循拖延或其他阻碍兴学堂行为的官员，给予降职或罢斥，以示惩儆；对办学卓有成效的官员或士绅，则

---

① 周振鹤：《官绅新一轮默契的成立——论清末的废科举兴学堂的社会文化背景》，《复旦学报》（社会科学版）1998年第4期。

② 王炜编校：《〈清实录〉科举史料汇编》，武汉大学出版社2009年版，第1109页。

给予升职或其他精神表彰；甚至对于外国教员，也往往因为他们"和衷兴学"、"实心授课"或者创办学堂，授予他们"宝星"称号以资嘉奖①。废科举诏令既下，清廷又特设学部，命荣庆、熙瑛、严修为学部侍郎，"以资董率而专责成"。1906年，学部奏请朝廷宣示新教育宗旨："中国政教所固有，亟宜发明以距异说者有二：曰忠君，曰尊孔。中国民质所最缺，亟宜箴砭以图振起者有三：曰尚公，曰尚武，曰尚实。"②又裁撤各省学政，改设提学使司，任命提学使一员，统辖全省学务。此后，新式教育各个部门齐备，按部就班地开始了"有系统教育"的建设工作。1906年，镇国将军载振就游历外洋所见条陈三事，其中一大内容便是推广学堂。捐款助学的风气到1906年、1907两年达到高潮，官民纷纷解囊，兴建学堂蔚然成风，成为中国近代教育史上的佳话。

  第二条是颁定教科书。颁发全国统一的教科书无疑是实施新式教育的第一步。废科举后的1905年年底，颁布官编教科书一事提上日程。学堂群兴而统一教科书却并未颁定，此一细节足见当年废科举之仓猝。科举的废除使全国读书人没有了一个统一的思想标准，这种思想上的"大解放"对于清政府的政治来说，无疑是最为不利的。1905年12月，办理商约大臣、兵部尚书吕海寰奏，"学堂注重，端在教科课本。拟请官编教科及早颁发，私纂课本亟行厘正"③。"教科书"一直都在改革者的思考与关注之中。1906年9月，清廷谕令："请饬下管学大臣，速将教科书编定。其各省小学、蒙学，有能集资创设者，并随时奏请优奖，于劝学兴教，不为无裨。"④同年闰四月、五月，御史王步瀛对教科书的问题连上两折，一是奏请编定教科书的重要性，"各省学堂渐兴，请速定教科书，以广流传而资造就"；一是建议"将《小学集注》、《大学衍义》、《衍义补辑要》刊布学校，定为教科必读之书，并饬翰林院纂辑《中庸九经衍义》一书"。⑤按照王步瀛的理解，学堂仍应以传统国学如《大学》、《小学》、《中庸》等必读之书为主。光绪三十三年（1907）三月，候选道许珏条陈"蒙学堂必以《孝经》、《四书》为初基"⑥。宣统元年（1909）闰二月，学部方将"颁布高等小学教科书，颁布小学、中学教授细目"等具体事项作为"应行筹备事宜"奏请皇帝，列入今后工作的计划与重点，计划在宣统三年（1911）时，"颁布高等小学教科书，颁布小学、中学教授细目，审定各高等专门学堂所送讲义，编辑中学教科书，编辑初级师范教科书，编订官话课本，编订初级师范学堂教

---

① 光绪三十二年（1906）十二月甲戌，以创办山西学堂，赏英国教士李提摩太等封典宝星。光绪三十三年（1907）十二月甲子，以实心授课，赏直隶工业学堂教习日员藤井恒久宝星，等等。总之，这时期被授予"宝星"荣誉的外国教员很多。王炜编校：《〈清实录〉科举史料汇编》，武汉大学出版社2009年版，第1119、1128页。

② （民国）赵尔巽等撰：《清史稿》志八十二《选举二》，中华书局1977年版，第3143页。

③ 王炜编校：《〈清实录〉科举史料汇编》，"光绪三十一年（1905）十二月丙寅，办理商约大臣、兵部尚书吕海寰奏，学堂注重，端在教科课本，拟请官编教科及早颁发，私纂课本亟行厘正。下部知之"。武汉大学出版社2009年版，第1111页。

④ 王炜编校：《〈清实录〉科举史料汇编》，武汉大学出版社2009年版，第1086页。

⑤ 王炜编校：《〈清实录〉科举史料汇编》，武汉大学出版社2009年版，第1115页。

⑥ 王炜编校：《〈清实录〉科举史料汇编》，武汉大学出版社2009年版，第1121页。

授细目；编辑女子小学教科书，编辑女子师范教科书；改正已发行之各种教科书，编辑各种辞典"，① 这也就是说，全国统一教材直至此时仍未正式出台。不过在此期间，新编试用教材已经投入使用。宣统元年（1909）颁行的小学教科书和学部所设图书局编纂之书，虽加入了时事与西学等内容，却是"荒谬芜杂，如戈登劝李鸿章谋反，俾司麦与李鸿章言恢复祖国，及修道之谓教，牵及释迦牟尼，巧言令色，附会留声机器，并学部所设图书局编纂之书，亦无善本"，其内容不尽如人意。② 宣统元年（1909）十二月，给事中张世培奏请学部严行厘订教科书，慎编善本，方有资于新式学校使用。③ 鉴于此，宣统二年（1910）四月，直隶总督陈夔龙就教科书奏陈意见，认为既然"聪明才智之士无不尽趋于学堂"，那么学部就应该本着对士子负责的态度，"将一切教科书籍，精心审订，务期范围不过伦纪修明，驯致乎君子爱人、小人易使之成效。凡有宗尚稍偏、易滋流弊者，一律摈而弗取，俾免习焉不察，误入奇邪"④。宣统三年（1911），全国统一的教科书问世，其中语文被称为"最新国文教科书"，成为晚清兴办新教育以来最早的比较成熟的教科书。综览教科书的情形，可以想见当年的改革因涉及面广，名目繁多，而进行改革的人员素质大多并不具备，由此显得左支右绌，十分狼狈。

第三个方面是慎择师资。合格师资的严重缺乏是新式教育难于推广的最大阻力。教职的庸滥早在19世纪六七十年代就已经成为学校教育的一大问题。同治元年（1862）十二月，慈禧以同治的名义颁布对教职人员的规定：

> 嗣后，各省学政，务当整顿率属，督饬各教官读书立品，毋为士子所轻。平时训导诸生，总以躬行实践为归，勿崇尚浮华，勿虚应故事。其称职者，准各学政会同督抚随时保奏，给予奖励。如阘茸充数，及少年浮动、不克举职者，并着随时甄劾，不必待至大计年分。庶人知自爱，争自濯磨。⑤

从该上谕中可见出当时担任教职者的素质，"近来风气，延请者多徇私情，为师者止图修脯，陋习相沿，牢不可破"，个别教职人员已堕落到"惟知索取贽礼修仪，贪得无厌。又其甚者，往往干预地方公事，并或遇事鱼肉士子，诏谀绅富"的程度。因此，整顿师资队伍同样是朝廷不可懈怠的责任。那些"老迈恋栈"或"年少轻浮"者，往往因为政府或民间"过示优容，不加甄核，才致使教职颓废是甘，不知振作"。因此，朝廷希望"各

---

① 王炜编校：《〈清实录〉科举史料汇编》，武汉大学出版社2009年版，第1136页。
② 王炜编校：《〈清实录〉科举史料汇编》，武汉大学出版社2009年版，第1149页。
③ 王炜编校：《〈清实录〉科举史料汇编》，宣统元年（1909）十二月壬辰，"（给事中张世培）奏，新出小学教科书，荒谬芜杂，如戈登劝李鸿章谋反，俾司麦与李鸿章言恢复祖国，及修道之谓教，牵及释迦牟尼，巧言令色，附会留声机器，并学部所设图书局编纂之书，亦无善本。应请饬部严行厘订，慎编善本"。武汉大学出版社2009年版，第1149页。
④ 王炜编校：《〈清实录〉科举史料汇编》，武汉大学出版社2009年版，第1150~1151页。
⑤ 王炜编校：《〈清实录〉科举史料汇编》，武汉大学出版社2009年版，第897页。

省督抚、学政于通省学官详加考察，罢其老迈，黜其轻浮。其品学兼优、循循善诱者务当随时奖励，以风其余"。此后，不断有任职知县、知府的进士因"性耽安逸"或"办事因循"等名目被归入教职当中，发挥其"文理尚优"的长处。① 还有荐擢的孝廉方正，"初制授官用知州、知县，厥后荐举人众，乃推广用途，分别以知县、直隶州州同、州判、佐杂等官及教职用"②。新政后，安排优贡生的出路之一便是将考取二等之人"着以教职用"③。光绪三十年（1904）八月，（直隶总督袁世凯）奏："各府厅州县应设蒙小学堂，广置教员，将来初级师范生考取合格，保送教职，即可兼充，毋庸裁撤。"④教员主要靠将来初级师范生毕业后担任。1905 年 3 月，河南巡抚陈夔龙奏，开办初级师范学堂，考选合格学生，延聘教习，按照定章简易科教授，俟毕业后，派充各小学堂教员，以应急需。⑤ 此与 1905 年袁世凯等人具名签署废除科举的奏请中对新式学堂教员的分派仍相当一致。⑥ 废科举后，由举人、进士任职教职向由师范生任职教职过渡，传统的授课方式也将为新的讲授方式所取代。

最后是对优拔贡生、举人、生员、学堂毕业生和游学毕业生等人的措置（该问题将在第四章第一节详论，此处不再赘述）。

以上就是晚清废除科举后的一系列善后工作。为了达成改革传统科举的目的，从考试科目的转换，到奖励安排办法，清政府几乎全部按照袁世凯等六位朝廷重臣奏请而展开。其设想之体贴周到，细大不捐，充分体现了朝廷对于读书士子的关爱、体恤之情，从理论上来说，应该能够实现从传统科举到现代教育的平稳过渡，但这只是理想状态的设想。现实的情形则是，科举制的废除，"从长远来看，使国家丧失了维系儒家意识形态和儒家价值体系的正统地位的根本手段。这就导致中国历史上传统文化资源与新时代的价值之间的最重大的一次文化断裂。正是在这个意义上，由于科举制度在 1905 年的废止，从而使这一年成为新旧中国的分水岭。它标志着一个时代的结束与另一个时代的开始，其划时代的重要性甚至超过辛亥革命"。它使"原有的形成社会精英的方式由此而发生突然的断裂。……曾经由科举制度给社会提供的内聚力量，在其后几十年中一直都没有恢复过来"⑦。

---

① 如光绪十二年（1886）四月癸未，常熟县知县钱保衡"性耽安逸、办事因循，惟系进士出身，文理尚优，着以教职归部铨选"。光绪二十二年（1896）正月乙卯，福建候补知府卢庆云"挥霍纵恣，声名平常，惟系进士出身，文理尚优，着以教职归部铨选"。其他诸如此类者甚多，都是进士归入教职的事例。王炜编校：《〈清实录〉科举史料汇编》，武汉大学出版社 2009 年版，第 995、1040 页。
② （民国）赵尔巽等撰：《清史稿》志八十四《选举四》，中华书局 1977 年版，第 3181 页。
③ 如光绪二十九年（1903）六月丙子，引见考取各省优生。得旨：列入一等之王嗣曾等十八名着以知县用，列入二等之黄芝等十八名着以教职用。
④ 王炜编校：《〈清实录〉科举史料汇编》，武汉大学出版社 2009 年版，第 1103 页。
⑤ 王炜编校：《〈清实录〉科举史料汇编》，武汉大学出版社 2009 年版，第 1106 页。
⑥ 1905 年废除科举的诏令中，有"截取举人，请毋庸用教职"的规定。
⑦ 萧功秦：《从科举制度的废除看近代以来的文化断裂》，《战略与管理》1996 年第 4 期。

第二章　科举社会的上层士大夫

"科举社会的上层士大夫",是指具有较高品衔(一般指四品以上)的朝廷大员或封疆大吏,晚清时期以一、二品大员诸如张之洞、袁世凯等人为代表。

对晚清科举制度改革,具有策划及实际政治行为能力的上层士大夫分成了"反对改革的科举维护派"和"锐意改革的革新派"两股政治力量,论争的最后是力主改革的"革新派"胜利。然而废除科举后"道统"与"政统"分离,在极短时期内便引发了诸多弊端,这大大悖离了改革者们的初衷。鉴于此,科举改革者们力图在有限的范围内提倡传统儒家学说,以保护和拯救渐趋没落的传统儒学。

第一节　维护科举制度的中坚力量

晚清维护科举的士大夫与改革派大致经历了三次正面交锋:一是反对设立同文馆之天文馆和算学馆;二是反对兴办新式学堂;三是反对废除八股制度。我们就以这三次正面交锋作为叙述的线索,对反对晚清科举改革的朝廷大员和封疆大吏的思想及行为,进行较为系统的回顾与审视。

一、"药方只贩古时丹"

同文馆始设于同治元年(1862),其宗旨在于熟习外国语言文字,并引进西洋船炮技术。这两个方面对现行的制度成规,并没有什么抵触,所以朝廷内外对此类新政的推行,并没有什么异议。同治五年(1866),奕䜣等奏请于同文馆内添设天文算学馆,并招收举、贡与正途出身的、五品以下的官吏入馆学习时,反对之声四起,哗然于朝。先看主张设立天文算学馆的奕䜣一派的观点。奏折中说:

> 洋人制造机器、火器等件,以及行船、行军,无一不自天文、算学中来。……若不从根本上用着实工夫,即学习皮毛,仍无裨于实用。臣等公同商酌,现拟添设一馆,招取满、汉举人及恩、拔、岁、副、优贡……赴臣衙门(总理衙门)考试,并准令前项正途出身五品以下满、汉京外各官,年少聪慧,愿入馆学习者……一体与考,由臣等录取后,即延聘西人在馆教习,务期天文、算学均能洞彻根源。斯道

成于上，即艺成于下，数年以后，必有成效。……①

面对国际形势的变化和时局的发展，奕䜣提出从根本上学习西学功夫，无疑具有重要的现实意义。尤其是历经两次鸦片战争，西方的机器、火器已然在战争中证明了它的威力，学习西方提升中国的军事力量，势在必行；同时为了能够尽早取得效果，招取满、汉举人及恩、拔、岁、副、贡等这些在学习方面具有优势的人，也是奕䜣等人的现实考虑。可以说，这两个方面的提议都切中时局发展，是应该得到支持的。

反对意见很快便摆在了台面上。山东道监察御史张盛藻上折奏请阻止正途肄习西洋技艺，他说："朝廷命官必用科甲正途者，为其读孔孟之书，学尧舜之道，明体达用，规模宏远也。何必令其习为机巧，专用制造轮船、洋枪之理乎？"因此他建议只责成"钦天监衙门考取颖悟之天文生、算学生，送馆学习"，便可了。② 理学大师倭仁在上疏中首言国家"立国之道，尚礼义不尚权谋；根本之图，在人心不在技艺"。"今求之一艺之末，而又奉夷人为师。无论夷人诡谲，未必传其精巧；即使教者诚教，学者成学，所成就者[亦]不过术数之士，古今来未闻有恃术数而能起衰振弱者也"。认为以中国之大，不患无才，"如以天文算学必须讲习，博采旁求，必有精其术者。何必夷人？何必师事夷人？"况且"夷人"乃"吾之仇"，更不应以"吾之仇"为师，情理之所必趋。如"举聪明隽秀、国家所培养而储以有用者，变而从夷"，则将"正气为之不伸，邪氛因而弥炽。数年以后，不尽驱中国之众咸归于夷不止"③。所言尽显理学老臣的正义与端直，而且能够由小及大，上纲上线，将奕䜣等人欲"以洋人为师"的意图尽情戳穿，深刻而有力。

奕䜣当然不甘示弱，指斥反对者闭塞耳目、盲目排外："若以师法西人为耻，其说尤谬。中国狃于因循，不思振作，耻孰甚焉。今不以不如人为耻，独以学其人为耻，将安于不如而终不学，遂可雪耻乎？""如别无良策，仅以忠信为甲胄，礼义为干橹等词，谓可折冲樽俎，足以制敌之命，臣等实未敢信。"④此真乃诛心之论！重新回顾这一历史环节，我们不能忽视慈禧当政之初雷厉风行、锐意革新的气魄与决心，而且此时恭亲王奕䜣亦是慈禧所须依仗，因此该奏折一上，立即便得到以慈禧为代表的两宫太后的允准。同文馆得以设立。

---

① 《奕䜣等奏拟设馆学习天文算学馆折》，（清）宝鋆等主编，中华书局编辑部、李书源整理：《筹办夷务始末（同治朝）》卷四十六，中华书局2008年版，第1945~1946页。

② 《张盛藻奏同文馆学天算术不必用科甲正途官员折》，（清）宝鋆等主编，中华书局编辑部、李书源整理：《筹办夷务始末（同治朝）》卷四十七，中华书局2008年版，第2001页。

③ 《倭仁奏正途学习天文算学为益甚微所损甚大请立罢前议折》，（清）宝鋆等主编，中华书局编辑部、李书源整理：《筹办夷务始末（同治朝）》卷四十七，中华书局2008年版，第2009~2010页。

④ 《奕䜣等奏议覆倭仁请罢正途学天文算学折》，（清）宝鋆等主编，中华书局编辑部、李书源整理：《筹办夷务始末（同治朝）》卷四十七，中华书局2008年版，第2021页。

然而现实的情形颇不尽如人意：天文数学馆第一次招生时，"正途投考者寥寥"。出于无奈，只好将正、杂各项人员一律收考。总计报考者才98名，至考试当天又有26人缺考，最后仅从72名考生中勉强录取30人。开馆半年后，天文算学馆通过例考，淘汰了20名"学经半年竟无功效之学生"，最后仅剩可怜的10人。几经协商，奕䜣等人遂决定将这10人与同文馆内学习外国语言文字的八旗学生合并，所谓的天文算学馆，已是徒有其名了。①

实际上，倭仁等人对传统文化的信奉与固守恰恰是当时社会的"常态"，而作为"变态"的洋务趋新力量仍很弱小，想为大多数人接受这种洋务思想是需要相当长一段时间方能实现的，"同文馆之争"仅仅初露端倪。

戊戌变法期间，光绪帝下令停八股，兴学堂。朝野持反对意见者大有人在，以致光绪皇帝所颁维新法令几乎不能够贯彻执行。如果说反对派们的抵制全属颟顸和昏聩，或者惧于慈禧权势的"淫威"，那么，这种分析至少是有欠公允的，反对者往往是朝廷位高权重的老臣或具有相当威望的大臣，他们反对兴办新式学堂的原因，更多是出于他们对于现时国家和教育的考虑。这里我们可以以变法中坚决反对兴办学校而最后被革职的许应骙、怀塔布以及被点名批评的刘坤一、谭钟麟②等人为例来说明这一问题。

光绪二十四年四月二十三日（1898年6月11日），光绪帝下"定国是诏"，宣布变法。诏命自下科始，乡、会试及生童岁、科试，一律改试策论，废除八股，并将经济岁试归并正科。光绪帝深知，如果中国仍沿旧习，而不抓住时机发展本国实力，后果将不堪设想。因此，他对变法抱以厚望，希望能够通过变法使国家富强起来。开设经济特科的目的也是在于，"振兴士气"，"以广登进而励人才"，"着三品以上京官及各省督抚、学政，各举所知，限于三个月内，迅速咨送总理各国事务衙门，会同礼部，奏请考试。一俟咨送人数足敷考选，即可随时奏请定期举行，不必俟各省汇齐再行请旨，用副朝廷侧席求贤至意"。③ 求才之意深切之至，令人动容。然而，时任礼部尚书的怀塔布虽表面上也"酌拟章程"，实际上却仍沿袭旧制，"阳奉阴违"；而另一礼部尚书许应骙则极力主张将经济特科并归于八股取士。这不能不令力主变革的光绪帝恼火。宋伯鲁、杨深

---

① （民国）赵尔巽等撰：《清史稿》志八十二《选举二》，中华书局1977年版，第3122页。
② 许应骙（1832—1903），字德昌，号筠庵，广东番禺人。清末朝廷重臣。官至礼部尚书，闽浙总督。叶赫那拉·怀塔布（？—1900），道光时期内阁学士、礼部侍郎瑞麟子。满洲正蓝旗人。历任太仆寺卿、太常寺卿、左都御史、工部尚书、内务府大臣，1896年迁礼部尚书。刘坤一（1830—1902），字岘庄，湖南新宁人，廪生出身。1855年参加湘军与太平军作战，累擢直隶州知州，1862年升广西布政使。1864年升江西巡抚。1874年调署两江总督。1875年，授两广总督，次年兼南洋通商大臣。1891年受命帮办海军事务，并任两江总督。谭钟麟（1822—1905），字云觐，号文卿，湖南茶陵人。咸丰元年（1851）进士，选翰林院庶吉士，散馆授编修。后历任会试同考官、湖北乡试副考官、江南道监察御史、杭州府遗缺知府、河南按察使、两广总督等职。
③ 王炜编校：《〈清实录〉科举史料汇编》，武汉大学出版社2009年版，第1056页。

秀遂于五月初二日(6月20日)联衔上奏，弹劾许应骙"庸妄狂悖，腹诽朝旨"，要求光绪帝将其罢黜；七月十六日(9月1日)，礼部主事王照疏请光绪帝游历日本诸国，以考察各国情况，怀塔布、许应骙不允代奏，被王照弹劾；许应骙也弹劾王照"咆哮署堂，借端挟制"。光绪帝一怒之下，于七月十九日(9月4日)将主管科举考试事宜的许应骙、怀塔布等6人革职。这就是戊戌年维新变法中的"罢斥礼部六堂官事件"。①

光绪二十四年(1898)七月，光绪又对拖延实施新法(学堂、商务、铁路、矿务等方面)、持观望态度的刘坤一、谭钟麟等朝廷重臣点名斥责：

> 乃各省积习相沿，因循玩愒，虽经严旨敦迫，犹复意存观望。即如刘坤一、谭钟麟总督两江、两广地方，于本年五六月间，谕令筹办之事，并无一字覆奏。迨经电旨催问，刘坤一则借口部文未到，一电塞责；谭钟麟且并电旨未覆，置若罔闻。该督等皆受恩深重，久膺疆寄之人，泄沓如此，朕复何望？②

这里我们可以对刘坤一的思想发展作一个简单回顾。咸丰年间，刘坤一因参与湘军对太平军的作战，以战功累擢升迁，1865年升为江西巡抚。在任期间，刘坤一作风保守，认为社会富强源于典章制度的优良，抄袭西方技术不如"自力更生"，对洋务派"师夷长技以制夷"的改革观念极不认同，认为："为政之道，要在正本清源。欲挽末流，徒废心力。国朝良法美意，均有成规，因其旧而新之，循其名而实，正不必求之高远，侈言更张。"③在刘坤一看来，已有的制度已经比较完善，后人只需在原来的基础上修修补补，"因旧而新"、"循名责实"，即可适用于时代之需。随着国际形势的变化和历年来目睹清政府的内政外交，刘坤一的思想有所发展。1895年9月，刘坤一上奏《遵议廷臣条陈时务折》④，批判了八股的空疏无用："中国书院专以八股、试帖、词赋教人，使天下士子趋于浮薄，人才安得不坏？"主张禁习八股文，广开西学，将"西学诸书"，"广为翻译，颁发各省书院"；并建议在书院添聘精于西学的中外教习，以西学成

---

① 光绪二十四年七月十九日(1898年9月4日)上谕："吏部奏遵议礼部尚书怀塔布等处分一折。朕近来屡次降旨，戒谕群臣，令其破除积习，共矢公忠。并以部院司员及士民有上书言事者，均不得稍有阻格。原期明目达聪，不妨兼采，并借此可觇中国人之才识。各部院大臣均宜共体朕心，遵照办理。乃不料礼部尚书怀塔布等，竟敢首先抗违，借口于献可替否，将该部主事王照条陈一再驳斥，经该主事面斥其显违谕旨，始不得已勉强代奏。似此故意抑格，岂以朕心之谕旨为不足遵耶？若不予以严惩，无以儆戒将来。礼部尚书怀塔布、许应骙、左侍郎堃岫、署左侍郎徐会澧、右侍郎傅颋、署右侍郎曾广汉，均着即行革职。至该主事王照不畏强御，勇猛可嘉，着赏给三品顶戴，以四品京堂候补，用昭激劝。特谕。"这里一降一升，颇可见出光绪帝的态度。(清)朱寿朋编，张静庐等校点：《光绪朝东华录》第四册，中华书局1958年版，第4176~4177页。
② 王炜编校：《〈清实录〉科举史料汇编》，武汉大学出版社2009年版，第1061页。
③ (清)刘坤一：《致郭筠仙中丞函》，《刘坤一遗集》四，中华书局1959年版，第1611~1612页。
④ (清)刘坤一：《刘坤一遗集》二，中华书局1959年版，第890~894页。

绩优劣作为取舍学生的标准。同时又提出应"于通商各埠设立学堂，延师教习，给肄习西学的士子以秀才、举人等科举名分"。① 这是刘坤一推广西学的建议，即在现有制度与条件下，适当吸取西学的合理成分，实行稳步改革。由此可见，刘坤一并不是那种顽冥不化之人，他能够随着时局的发展而相应放开思想，与时俱进。然而他反对改革的激进做法（而光绪帝连下诏旨全盘均改的行为，无疑是极其激进的）。因此，面对联翩而下的诏令，刘坤一采取了一贯的持重态度，按兵不动，或装聋作哑。戊戌变法时期的刘坤一，正担任两江总督职务。

时任两广总督的谭钟麟则是当时公认的守旧派，曾不遗余力地反对洋务派所主持的自强运动，因此，1898年他反对"离经叛道"的维新变法，也就在情理之中。梁启超曾于1896年年底回粤探亲，后致函汪康年论及广东新政："近日报务日兴，吾道不孤，真强人意。惟广东督抚于'洋务'二字，深恶痛绝，不能畅行于粤耳。"这里的"广东督抚"即谭钟麟。

此外还有王文韶，时任军机处总理衙门三大臣之一，对维新事务也是阳奉阴违，持不合作态度。晚清实施新政后，张之洞等大臣欲以递减数额的方式渐废科举，王文韶一改其圆滑的处世态度，坚持反对废除科举，且毫不退让，并扬言说："老夫一日在朝，当以死力争之。"虽科举最后仍被废除，但已是在王文韶退出军机处，不在其位之后了。②

由此可知，中国士大夫即便到了甲午战争后，排斥西学者仍为数众多。黄濬在《花随人圣庵摭忆》中说："大抵光绪初年以来，国人所谓读书人，最嫉言洋务者。"③

我们不能否认，康梁等人所发起的戊戌维新运动，有着相当程度不切实际的成分，康氏所拟设的改革方法与措施，多是试图将传统悉数推倒，建立一种完全不同以往的制度与规范，这无疑具有强烈的激进色彩。而这与刘坤一、张之洞等深受传统熏陶的朝廷大员们的思想主张，是完全扞格不入的。康氏等人"毕其功于一役"的躁进风格，也引起了当权大臣们的反感。因此，年轻的光绪帝在激进情绪的推动下而颁布的维新法令，也就势必会遭到这些朝野大员们或明或暗的对抗。况且，任何新政的实施也都需要时间、财力与人力，然而这些因素都是维新派们所不及考虑的。阅历丰富、稳健持重的朝廷士大夫对维新改革有着自己的看法，他们绝不相信一纸诏书就能使全中国发生翻天覆地的变化，富国强民就此指日可待。刘坤一自从认识到学习西学的重要性后，就尽全力为之，以图自强，但他反对务尚新奇，反对徒耗钱财，只有形式而无实际的举措，坚持以学以致用为原则，十分强调洋务新政的易行、易为；反对冒进，坚持循序渐进，徐图自强。对于书院改学堂，他说：

---

① （清）刘坤一：《刘坤一遗集》二，中华书局1959年版，第893页。
② （清）徐珂编撰：《清稗类钞》第二册，中华书局2008年版，第595~596页。
③ 黄濬著，李吉奎整理：《花随人圣庵摭忆》，中华书局2008年版，第544页。

……饬各省分设中学堂、小学堂,多译中西政事有用之书,以资诵习。延请中外品学兼优之士以为师儒,以期渐开风气。但需随宜劝导,令其量力而行,不必严立科条,亦不许请拨经费。①

1901年庚子事变以后,慈禧太后颁诏新政,刘坤一与张之洞联名上奏《江楚变法三折》,主张育才兴学,整顿变通朝政,兼采西法以扭转清朝江河日下的局面,开启了晚清改革的先声。

在行政能力和道德操守方面,以上叙及数位反感洋务、反对维新的重臣都是廉洁的官员,且为官一方,"政绩卓著",他们的文治武功可圈可点之处甚多。光绪二十八年(1902),御史李灼华上奏弹劾许应骙督闽期间贪污卑鄙,受贿营私,积弊甚深。朝廷派张之洞调查,张查后复奏:"所参各节,均无实据",主张免议。清廷仍诏命部议处,遂令许开缺回籍。许归里后深居简出,闭门谢客,不久病故。② 这就很能看出他们作为传统士大夫在道德方面的持守。当然,这些反对者们仍然对中国的未来充满信心,从另一个角度来说,他们对于中国学习西方或者"全盘欧化"的批判,无形中也是对改革和维新的一种反思。

1894年的中日甲午战争是中国近代史上一个重要的转折点,其重要性正在于:从1895年始,改革求生存、改革求发展、改革求富强成为中华民族今后的时代主题。正是因为甲午惨败,改革的呼声才日渐高涨;而正是由于迫切要改变落后挨打的局面,才有了戊戌维新变法,才有了庚子事变、晚清新政、预备立宪以及清王朝的覆亡。这一连串的事件,仿佛独立存在,却又息息相关,不能将任何一个环节割裂开来单独看待。《慈禧外纪》叙及戊戌政变时曾做了这样的一个设想:

中国既大败于日本,受非常之耻辱,遂激起变法维新之议,因此而成为戊戌之政变。因戊戌政变,而有庚子年拳匪之乱,其因果相递衔接。若无此次战败之耻辱,或无以后之事,但中国若能隐忍,不知能免于开战否?此乃一疑问,不能决定者也。③

当然这仅仅只是假设而已。中国的觉醒时刻即将到来,这是一个不可阻挠的趋势。

---

① (清)刘坤一:《书院学堂并行以广造就折》,《刘坤一遗集》,中华书局1959年版,第1066~1067页。

② 张之洞:《查明许应骙参款折》,苑书义、孙华峰、李秉新编:《张之洞全集》卷五十九,河北教育出版社1998年版,第1542~1554页。

③ [英]濮兰德、白克好司著,陈泠汰译:《慈禧外纪》,紫禁城出版社2010年版,第106页。

二、维护科举制度的合理性

《明史·选举志叙》开篇云：

> 夫驭天下之大法，取人与用人二者而已矣。明初欲以网罗天下之士，屡有变更；迨典章一定，迭为遵守。行之既久，虽诈伪萌生，弊以踵至，然自立法以来，一代人人材政治于是乎出。而其后之补偏救敝，规条寖多，卒亦无能少有加益。乃知致治以人不以法，法不能经久而无弊，亦不能因其弊而人即以变法，是在规时善守之而已。①

从这一段叙述可以看出，传统士人并不支持对现有的成法、制度作根本的变更。"乃知致治以人不以法。法不能经久而无弊，亦不能因其弊而人即以变法，是在规时善守之而已"，这是史学大师万斯同对科举制度的基本认识和态度。传统社会的上层统治者，也往往从稳定政治大局的角度出发，认为"随时损益"②乃是政治明智之举，由此我们可以大致窥测出晚清反对废除科举制的上层士大夫的思想基础。已有上千年传统的科举，其主体已有了一种不依个人主观意志为转移的力量，有远见的皇帝也看到了这一制度对皇权和社会稳定的意义，从而有意识地去维护这一制度的客观性和公平性，而这，也就成了维护科举制度的主要理由。

中国传统教育是以科举为主，书院、学堂教育为辅；中国传统社会也正是以科举制度为枢纽，在平民与社会精英之间，以及在社会精英的三大主要阶层(地主、士绅和官僚)之间，形成周而复始的循环与对流。这种体制使历代统治者可以不断从平民阶层中补充新鲜血液，吸纳在智识能力上更具有竞争力的优秀分子。除娼优隶皂少数被视为"贱民"的群体以外，在中国传统社会里，任何个人都可以通过自己的勤奋攻读，通过科举制度提供的"金榜题名"的相对平等机会，进入统治精英阶层；同时统治阶级中的部分成员则在同一社会循环中又不断流动出政治领域，这使中国传统社会的精英层始终处于不断吐故纳新的过程之中，形成一种良性的、开放状态的自我更新。同时，这种流动性也使社会文化教育在科举制度下达到最为广泛的普及和提高，而国家与政府却可以不必为此支出巨额的教育经费。正如清末士人黄运藩所说："科举办法，士子自少至壮，一切学费，皆量力自为，亦无一定成格。各官所经营，仅书院数十区，(费用)率多地方自筹，少而易集，集即可以持久，无劳岁岁经营。子弟即或不

---

① （清）万斯同撰：《明史》卷七十一《选举志叙》，上海古籍出版社（据北京图书馆藏清抄本影印）2008年版，第292页。

② （元）马端临撰：《文献通考·御制重刻文献通考序》："夫帝王之治天下也，有不敝之道，无不敝之法。纲常伦理，万世相因者也；忠敬质文，随时损益者也。法久则必变，所以通之者，必监于前代，以为之折衷。"浙江古籍出版社1998年版，第1~2页。

才，要无意外危险之风潮，贻父兄师长之虑，而有科名之荣，缩衣节食以助其成，亦所情愿。"①

自1901年晚清新政进行科举改革以来，创办新式学堂日渐成为中国教育的热点，据《〈清实录〉科举史料汇编》载，1905年以来，受到清政府嘉奖的个人捐资或捐田兴学者达54次之多，其中包括和尚、道士等方外人士在内。② 在说明废除科举后新式教育实现成功的转型时，有相当一部分学者都喜欢引用这样的一组数据进行描述：

> 废科举后全国各地出现一股兴学热。1905年全国各地新学堂为8277所，1906年竟达23862所，1907年37888所，1908年47955所，1909年高达59117所，即使到了清王朝覆灭之时仍保持在52500所左右。学生人数也剧增。1905年各地学堂学生数为258873人，1906年就增为545338人，1907年猛增为1024988人，1908年上升为1300739人，1909年达到1639641人，到了辛亥前夕学生总数竟高达300万人，是1905年的12倍。即使在偏僻的少数民族地区也出现了一些近代学堂。如川西藏族地区，1907年有2所学堂，学生60人；1911年竟发展到200余所学堂，学生900余人。这样的成绩在这个世代没有正式教育的地区堪称是一大奇迹。③

这段统计数字来自王笛先生的《清末新政与近代学堂的兴起》一文④。猛然一看这些数字，真的会为中国教育在废科举以后的发展而激动不已，为1905年清政府决然废除了千夫所指骂的科举制度而大声喝彩。

但现实的情况与这些统计数字之间存在不小的差距。新政后，兴办学堂的实际效果并不尽如人意。《清末筹备立宪档案史料》中所存有关学务学堂数据，其中大部分都提及"当今"学堂的真实情形："管学大臣极力提倡于上，各省官绅仓皇奔走于下，亦冀仰副朝廷亟图自强至意。培养通才，乃办之二三年，款糜巨万，成效无多，而且冲突时闻，讹言数出。""然以今考之，学堂之推广既稀，人才之进步转滞。何也？盖原业科举之士失业者千万人，既难一切收入学堂，亦无如许之学堂概归造就，且地方贫困，搜括已穷，新政屡兴，尤苦罗掘。以是一县之中延至一二年，不能有一完全学堂，以资教育。官司苟为敷衍，人才坐见消亡，父兄子弟有太息相戒不学。故一乡十里数十里之

---

① 黄运藩：《请变通学务造呈》，故宫博物院明清档案部编：《清末筹备立宪档案史料》下册，中华书局1979年版，第982页。
② 王炜编校：《〈清实录〉科举史料汇编》，"(光绪三十二年)七月戊午，以方外捐产兴学，赏广东华林寺僧恒光等匾额，曰'输诚兴学'"；"八月庚午，赏河南南阳县元妙观道士姚祥现匾额，曰'全真广学'"。武汉大学出版社2009年版，第1111~1119页。
③ 该段引文转引自杨齐福：《科举制度的废除与近代社会的转型》，《中州学刊》2002年第4期。
④ 王笛：《清末新政与近代学堂的兴起》，《近代史研究》1987年第3期。

中,求一旧有之蒙学馆而不得。又况有学生之习气风潮,潜为构陷,父兄更甘令子弟废学,以免意外之惊。"①"朝廷近年之于学堂,办理甚殷,耗费甚大,成效甚尠,而流弊甚多","今学堂学生,近城镇者入之,僻远不与;有势力者入之,寒微不与"。②地方学堂,则往往有因学生太少而合并学校之举,"实……学生太少,虚掷款项,未免可惜,故拟归并"③。这种情况使当时国势岌岌,人心惶惶,在改革的过程中,时人就已经认识到了废除科举制度的严重后果,"与学而学转废,岂先后管学务大臣所及料哉!"④科举废止后,由于士绅阶级的消失,宗族制度与义田制、学田制的崩解以及由此造成的宗族学堂的衰落,在中国相当一部分地区的农村出现了文盲率反而较之传统社会更为上升的现象。⑤

虽然我们不能全以黄运藩等人的描述为事实依据,但他们的奏呈的确在相当程度上反映了兴学堂的现实基本情况——所费甚多而人才无着,新的教育体制尚未建全,而旧的科举制度已被摇撼。对照"形势一片大好"的数字统计,这种改革过程中的尴尬情形不能不引起我们的思考。

此外,晚清新政的另一重大革新是改革官制。光绪季年,增衙署,置官缺,破格录用人员辄以千数,这造成了人事奔竞的混乱局面。宣统元年(1909),御史谢远涵上疏,奏请严定荐举章程:"变法至今,长官但举故旧,士夫不讳钻营。请严定章程,以贪劣闻者,反坐荐主,加以惩处。"⑥但结果只是"疏下所司而已",焦头烂额的清朝已经无力而且无意去惩贪治虐了。

慈禧太后在颁布废除科举制度谕令的那一刻,仍然认为这是一个"明修栈道,暗度陈仓",糊弄外国人,敷衍列强迫使清廷变法而采取的权宜之计。但她忽视了这样一点:国家法令政策岂同儿戏?就在这半真半假的改革中,中国传统社会已悄然地发生了前所未有的巨变。

第二节 改革科举的主力军

中国自周代起就特别注重人才的教育。古代中国,家有学塾,党有"庠",州有

---

① 黄运藩:《请变通学务造呈》,故宫博物院明清史档案部编:《清末筹备立宪档案史料》下册,中华书局1979年版,第981页。
② 李蔚然:《请变通整顿学务呈》,故宫博物院明清史档案部编:《清末筹备立宪档案史料》下册,中华书局1979年版,第983页。
③ (清)刘锦藻撰:《清续文献通考》卷一百四《学校考十一》,浙江古籍出版社1988年版,第8627页。
④ 黄运藩:《请变通学务造呈》,故宫博物院明清史档案部编:《清末筹备立宪档案史料》下册,中华书局1979年版,第982页。
⑤ 萧功秦:《从科举制度的废除看近代以来的文化断裂》,《战略与管理》1996年第4期。
⑥ 陈文新主编,赵伯陶校注:《七史选举志校注》,武汉大学出版社2009年版,第841页。

"序",国有"学",适龄儿童被送入学校读书,经过八九年的学习时间,基本领悟修身治国之道理,然后参与公共事务,成为合格有用的国民,"比年入学,中年考校,一年视离经辨志,三年视敬业乐群,五年视博习亲师,七年视论学取友,谓之小成。九年知类通达,强立而不反,谓之大成。而又教以弦诵,舒其性情。故其时博学者多,成材者众也"①。隋以后,科举制度的推行使学校渐渐纳入科举体系;宋元时期惟各地书院尚能保持独立的治学精神;明代则进一步加强了统治,将书院也纳入名利之途;清代学校沿袭明制,于是天下无有不追求科名的学校书院,无有不追逐科名的学塾庠序。四书五经则成为所有学子们必须攻读的备考圣贤之书。

一、兴学堂的建议与实施

鸦片战争以来,海禁大开,沿袭了近五百年之久的八股取士制度为人诟病百端,其最大的罪名即"所考非所用,所用非所学"。于是,培养为时所用的人才,创立学校的主张一再被提起。

1861年总理各国事务衙门所开设的同文馆,可为新式学校的滥觞。同文馆初设英文馆,以培养外语翻译、洋务人才为目的。1863年至1897年先后增设法文、俄文、算学、化学、布(德)文、天文、格致(当时对声光化电等自然科学的统称)、东(日)文等馆,学制分五年和八年两种。八年制又分前馆、后馆,后馆招收十三四岁以下八旗子弟,专学外文、汉文,学有成效者升入前馆,兼学算学、天文、化学、格物、医学、机器制造、外国史地和万国公法中的一种或数种。学生来源初以招收年幼八旗子弟为主,1862年6月入学的学生仅10人。后扩大招收年龄较大的八旗子弟和汉族学生,以及三十岁以下的秀才、举人、进士和科举正途出身的五品以下满汉京外各官,入学学生逐年增多。1887年有120人,1891年达290余人。学生毕业后大多任政府译员、外交官员、洋务机构官员、学堂教习。该馆附设印书处、翻译处,曾先后编译、出版自然科学及国际法、经济学书籍20余种。此后又创设方言学堂、水师学堂,以学习外国的语言、技术、机械、制造等,真正践行"中体西用"理论。

在朝野人士的眼中,同文馆这类"学馆(堂)",与总理衙门一样,是与"鬼子"密切相关的地方。即便是到了1898年,鲁迅进入南京水师学堂学习,这种行为也仍不被世俗所接纳:

> 因为那时读书应试是正路。所谓学洋务,社会上便以为是一种走投无路的人,只得将灵魂卖给鬼子,要加倍地奚落而且排斥的。

据鲁迅的回忆,当时中国洋务学堂教育的情形是:"在这学堂里,我才知道世上还有所

---

① (元)马端临撰:《文献通考》卷二十八《选举考一》,浙江古籍出版社1988年版,第263页。

谓格致，算学，地理，历史，绘图和体操。"①从这里我们可以看得出，至19世纪末，同文馆创办近四十年，但国人对这类学校的接受程度却丝毫不令人乐观。

不过，随着晚清国际国内形势的不断变化，以学堂为主的新式教育也朝着较为有利的趋势发展。事实上，早期的改革者并无意于废除科举制度，他们主张在保存科举为主旨的前提下，将新增的实学科目纳入科举考试体制当中，充实、调整和改造科举制度，使其兼容实学乃至西学，从而能够适应新形势的要求。②从鸦片战争后至1905年下令废除科举，清朝统治集团内部先后至少有18个以上的科举改革方案正式奏呈朝廷，为最高执政者所知，且朝廷也多次谕令部院大臣、礼部、总理衙门或政务处议复。但议复的结果往往不是"事多窒碍，应勿庸议"，就是"惟查现在情形，洋学特科，尚非仓猝所能举行……奏入报可"③，或者因为变革失败而遭停罢。

既然科举与学堂"其势不能并存"，"抡才"与"培才"难以统一于传统的科举制度，因此纳科举于学堂，便成为改革者们最后的选择。一边是列强全方位的侵略，另一方面是改革思想迟迟不能落实，时代之紧迫使改革的速度大大加快，按部就班地思考和试验其他方案已时不我待。1903年后，议改科举的主流已逐渐转向减少科考名额并缓停科举，并被朝廷采纳。后亦有修复贡院的部议，以及对改革有可能逆转的担忧，这些改革的逆向力量最终促使袁世凯、张之洞等6位督抚联名奏请立停科举。④

京师大学堂的设立乃是新式学堂思想付诸实践的先声。光绪二十四年四月二十三日（1898年6月11日），"定国是诏"规定：

> 京师大学堂为各行省之倡，尤应首先举办。著军机大臣、总理各国事务王大臣，会同妥速议奏。所有翰林院编检、各部院司员、各门侍卫、候补、候选道、府、州、县以下各官，大员子弟、八旗世职、各省武职后裔，其愿入学者，均准入学肄业，以期人才辈出，共济时艰。⑤

总理衙门乃遵旨拟具京师大学堂详细章程。奏折自陈，"以事属创始，筹画匪易"，系"查取东西洋各国学校制度，暨各省学堂现行章程，（所参酌厘定）"，其实主要是参考日本学规，再结合本国学堂情形而拟定。章程首定总纲，"京师大学堂为各省之表率，万国所瞻仰，规模当极宏远……不可因陋就简，有失首善体制"。各省设立学堂，"皆

---

① 鲁迅：《〈呐喊〉自序》，《鲁迅全集》第一卷，人民文学出版社2005年版，第437~438页。
② 关晓红《老树能否接新枝：晚清议改科举新探》（郑师渠、史革新、刘通等主编：《文化视野下的近代中国》，中国传媒大学出版社2009年版）一文对该问题阐述颇详，可资参考。
③ （清）朱寿朋编，张静庐等校点：《光绪朝东华录》第一册，中华书局1958年版，第74~75页。
④ 关晓红：《科举停废与清末政情》，《中国社会科学》2004年第3期。
⑤ 王炜编校：《〈清实录〉科举史料汇编》，武汉大学出版社2009年版，第1052页。

当归大学堂统辖"，以画一章程、功课与体制。于各省中、小学堂未普遍设立之前，大学堂除附设小学堂外，所分班次，应兼具中、小学程度，依次循序以进。第二条即规定功课应中、西并重，分专通学、专门学各十种，语言文字学五种。

孙家鼐受命管理大学堂事务，受任后，对此章程略加修正，复行上奏，内容包括：一是建议设立仕学院，为进士、举人出身的京官入学肄业西学之所。二是大学卒业作为进士出身的学生，其请旨录用，所学政治者归吏部，学商务、矿务者归户部，学法律者归刑部，学兵制者归兵部及水、陆军营，学制造者归工部及各制造局，学语言、文字、公法者归总理衙门及使馆参随，终身迁转，不出原衙门，"俾所学与所用相符"。三是建议"专通学"中，理学并入经学，诸子学不立；"专门学"中，兵学不立，划归另设的武备学堂。四是建议增设西学总教习，并举荐由原任北京同文馆总教习的丁韪良出任。五是建议仿西洋学堂之例，学生但给奖赏，不给膏火。① 就开办京师大学堂章程中所定的学生入学、功课、出身及引荐录用的规定而论，新学堂已综揽了所有书院、学校和科举考试的功能，拟办的京师大学堂已颇具西方近代大学的规模了。

对于地方中、小学堂的开办，《京师大学堂章程》"总纲"第八节规定省、府、州、县设立学堂事宜：

> 现时各省会所设之中学堂，尚属寥寥，无以备大学堂前茅之用。其各府、州、县学堂，尤为绝无仅有。……今宜一面开办（大学堂），一面严饬各省督、抚、学政，迅速将中学堂、小学堂开办，务使一年之内，每省、每府、每州、县皆有学堂，庶几风行草偃，立见成效。②

办法则是改地方书院为各级学堂，"至于民间祠庙，其有不在祀典者，即著由地方官晓谕民间，一律改为学堂。……庶几风气遍开，人无不学，学无不实，用副朝廷爱养成材之至意"③。

甲午前后，地方疆吏、士绅或朝廷大员已有自行筹设学校之人，所开设多为普通学堂，宗旨即在于作育为时所用的人才。其中尤为著称者，有湖广总督张之洞在武昌设立的两湖书院和自强学堂，盛宣怀在天津设立的头二等学堂和在上海设立的南洋公学，湖南巡抚陈宝箴在长沙设立的时务学堂，浙江巡抚廖寿丰在浙江杭州设立的求

---

① （清）朱寿朋编，张静庐等校点：《光绪朝东华录》第四册，中华书局1958年版，总第4155～4157页。
② 汤志钧、陈祖恩、汤仁泽编：《戊戌时期教育》，上海教育出版社2007年版，第230页。
③ （清）朱寿朋编，张静庐等校点：《光绪朝东华录》第四册，中华书局1958年版，总第4126页。

是书院等。① 此等学堂往往效法宋代胡瑗以经义、治事分斋课士之法,新学堂章程颁定之后,皆改为各级学堂。新学堂毕业的学生,其原非举、贡、生、监者,多经奏准给予出身,准应乡试。戊戌政变发生后,新政虽十九停罢,但有关教育的改革却大体得以幸免:"大学堂为培植人才之地,除京师及各省会业已次第兴办外,其余各府、州、县议设之小学堂,著该地方官斟酌情形,听民自便。其各省祠庙不在祀典者,苟非淫祀,著一仍其旧,毋庸改为学堂,致于民情不便。"②

庚子事变后,京师大学堂得以整顿开学,张百熙被任命为管学大臣,吴汝纶为总教习,严复为译书局总纂,并将同文馆归并入京师大学堂管理。谕令:"著将各省所有书院,于省城均改设大学堂,各府、厅、直隶州均设中学堂(高中),各州、县均设小学堂(初中),多设蒙养学堂(小学)。"③因虑及同时开办各级学堂财力难以为继,又谕令仿照山东巡抚袁世凯所奏的山东学堂试办章程,先于省城设立学堂一所,分斋授课。④光绪二十九年(1903)管学大臣张百熙、荣庆会同湖广总督张之洞又奏定各层学堂章程,此即为癸卯学制。设立大学堂总监督,专办大学;另设学务部统管全国学务。加上各省、州、府、县学堂也次第设立,于是近代中国以小学、中学、高等学堂(大学预科)与大学三级学校为主干,辅以师范学校与职业学校,以京师大学堂为最高学府的新教育体系得以形成。

以上即晚清时期新式学堂的创办历程。其过程倍极艰辛,最后是最高统治者与封疆大吏、士绅达成一致的改革理念,加速了中国新式教育的成立。接下来要谈的,则是力主改革的上层士大夫如何协调"新"与"旧"的关系,以及试图实现由"旧"到"新"的平稳过渡而作出的努力。

二、张之洞与新式学堂

晚清新式学堂的创办,主导者是当时一些重要的朝臣及封疆大吏。他们位高名显,因此其建议也容易上达天听,影响甚至左右最高统治者作出最后决策。其中起到关键作用的,当属张之洞、袁世凯诸人,他们不仅见证了科举改革进程,而且最后也是由张、

---

① 其中,两湖书院设立于光绪十六年(1890);自强学堂设立于光绪十九年(1893);头二等学堂设立于光绪二十一年(1895);南洋公学设立于光绪二十四年(1898);时务学堂设立于光绪二十三年(1897);求是书院设立于光绪二十三年(1897)。

② 王炜编校:《〈清实录〉科举史料汇编》,武汉大学出版社2009年版,第1064页。

③ (清)朱寿朋编,张静庐等校点:《光绪朝东华录》第四册,中华书局1958年版,总第4719页。

④ 光绪二十七年十月丁巳,"谕内阁:……前据袁世凯奏,先于省城建立学堂,分斋督课,其备斋即寓小学堂、中学堂规制,业经谕令各省仿照开办"。此后袁世凯在山东所设省大学堂试点成为推行全国的样板。同年十一月辛卯,江苏巡抚聂缉椝奏,"苏省改设学堂,参酌山东章程,设法扩充,增置译书局、藏书楼、博物院,以资肄习。并通饬省外各府厅州县一体仿办。得旨:着即认真办理,务收成效"。王炜编校:《〈清实录〉科举史料汇编》,武汉大学出版社2009年版,第1080页。

袁二人为代表的朝廷大员联名上书，才促使慈禧太后下定决心立即停废科举制度。而张之洞以其才识魄力，可以当之无愧地称为"晚清科举改革第一人"。

张之洞（1837—1909），字孝达，号香涛、香岩，又号壹公、无竞居士，晚年自号抱冰，直隶南皮（今河北南皮）人。咸丰二年（1852）顺天府解元，18岁中举人，26岁中进士。同治二年（1863）探花，庶吉士，历任翰林院编修、教习、侍读、侍讲学士、两广总督、湖广总督、署两江总督、军机处体仁阁大学士、管理学部大臣等职。作为官员和学者，张之洞有理想有抱负，他一生探究的绝大部分都是现实问题；作为科举社会的传统士子，张之洞科场得意，年仅27岁就高中一甲三名进士，被授予翰林院编修。清季列强环伺，张之洞又奋起自救，洞见传统教育的弊陋和世界形势的亟迫，促成了传统教育向现代教育的转型。因此，考察张之洞对科举制度的认识及变化，是展开论述其科举改革的前提和基础。

张之洞踏上仕途是从任职科举考官开始的。1867年，张之洞任浙江乡试副考官，此间他为校士抢才不遗余力，"勤于搜遗，乡试卷全阅，小试卷十阅其七，得人甚多"①。这是一个很大的工作量，因其所阅并不仅限于荐卷。同时，这也说明了张之洞在入仕之初便极为认真负责，决不敷衍。光绪元年（1875），张之洞任职四川学政，此间他作《輶轩集》一书，用以指导士子科举攻读，讲究治学方法，因其浅易实用，为群士子所乐诵，多次被各省学政、县教谕以及为教谕子弟者重新刊印，风行一时，流传甚广。重印时有多人为之作序，如赵惟熙任职陕西学政时将其重印、发行于陕西全省：

> 张孝达前辈督学四川时所著，以训士也。顾其言浅近易知，而引进之，以造乎精深之域，实亦不能逾越其范围，诚立身之准绳，为学之规世橥。西蜀人沐浴教泽以成其德、达其材者，正复不胜指屈。②

更有对此推崇备至者：

> 今观此卷，知其教士有方，不愧衡文之任。举凡习帖括、求科名者，诚能是则是效，取金紫不同拾芥哉！……余更将原版缩而小之，俾舟车中易于翻阅。彼《科

---

① 苑书义、孙华峰、李秉新主编：《张之洞全集》卷二百九十八《抱冰堂弟子记》："历官主考、提学，最勤于搜遗，乡试卷全阅，小试卷十阅其七，得人甚多。提学时屏绝搜检，然枪倩、怀挟、剿袭，专于文字中求之，罕能欺者。所录专看根柢、性情、才识，不拘于文字格式，其不合场规文律而取录者极多；惟义理悖谬者，虽一两语，必黜。人服其公明，亦不訾议也。"河北人民出版社1998年版，第10613页。

② 苑书义、孙华峰、李秉新主编：《张之洞全集》附录四《光绪二十一年陕西学署增订本〈輶轩语〉赵序》，河北人民出版社1998年版，第10755~10756页。

名金针》、《金壶字考》等书，得此而参观互证，不几几乎投无不利耶！①

因《輶轩集》能够作育人才、广大教化，为多省官员所采纳。可见，早年的张之洞对清代八股取士制度并无反感或抵制态度，甚至可以说，他是科举制度的拥戴者和积极推行者。

马尾战役、甲午海战等的惨败，使张之洞深入反思中国落后的原因，并寻求中国能够摆脱受制于人的被动局面的方法。创办洋务——铁厂、枪炮厂、纺织厂、学校、铁路等——寻求自强贯穿了张之洞整整一生。其中，晚清科举改革、兴办新式学堂仅占张之洞所有政治活动的一小部分，然而它对于中国现代教育史及政治史上的意义，却非同寻常。

同治十年(1871)，张之洞在湖北创立经心书院；光绪十三年(1887)，张之洞在广东创立广雅书院；光绪十六年(1890)，张之洞又在湖北武昌创立两湖书院。这些书院继承学海堂②的余绪，不课八股制艺，专治经史考古之学，走的是传统书院研经治史的老路。相较而言，经心书院的模式及其教育理念更为传统。光绪十九年(1893)，张之洞又在湖北武昌创立自强学堂。

总的来看，甲午战前张之洞对书院改革的目标集中在以下三点：一是排斥八股制艺；二是恢复宋代书院讲学与研究的功能；三是培养通经致用，"出为名臣，处为名儒"的人才。此后，张之洞的办学思想又有新的发展。在《设立自强学堂片》奏折中，他说："湖北……造就人才，似不可缓。亟应及时创设学堂，先育成材，上备国家任使。"同时又继续说明自强学堂所设科目课程乃以西学为主，"分方言、格致、算学、商务四门。……方言，学习泰西语言文字，为驭外之要领；格致，兼通化学、重学、电学、光学等事，为众学之入门；算学，乃制造之根源；商务，关富强之大计。……不尚空谈，务求实用"。张之洞明确标明"实用"作为创办学堂的宗旨，所设方言、格致、算学、商务，皆为传统教育中所无，名为"实学"，与传统教育以文科为主的"儒学"相对而言，西学成为张之洞创办学堂的主要学习内容。这与张之洞日后在《劝学篇·设学》中所体现的教育思想——"旧学为体，新学为用，不使偏废"——互为表里。③

---

① 苑书义、孙华峰、李秉新主编：《张之洞全集》附录四《光绪二十一年陕西学署增订本〈輶轩语〉赵序》，河北人民出版社1998年版，第10755页。
② 学海堂是由乾嘉时期著名学者阮元继杭州创建诂经精舍之后，于道光五年(1825)在广州城北粤秀山创办的又一个以专重经史训诂为宗旨的书院。
③ 苑书义、孙华峰、李秉新编：《张之洞全集》卷二百七十一《劝学篇·设学》："先以书院改为之，学堂所习，皆在诏书科目之内，是书院即学堂也，安用骈枝为？"由此我们可以将张之洞早年所创办的几所书院视为向新学堂转变的试点。(河北人民出版社1998年版，第9739~9741页。)

光绪二十一年(1895),张之洞上《吁请修备储才折》①,其中涉及广开学堂和派人游历两大建议。张之洞尤为强调了创设新式学堂的重要性:"人皆知外洋各国之强由于兵,而不知外洋之强由于学。"对愈来愈紧迫的国际新形势,若仍然以旧习传统面对,势必不足为然,甲午惨败就是明证,"今外洋各国与我交涉日深,机局日逼,若我仍持此因循之习、固陋之才、浮游之技艺,断不足以御之"。然后极力呼吁应广设如"泰西诸大国""专门学校"类似的学堂,其中应包括语言、制造、商务、水师、陆军、开矿、修路、律例各项专门名家之学,"泰西诸大国之用人,皆取之专门学校,故无所用非所习之弊","博延外洋名师教习,三年小成,乃择其才识较胜者,遣令出洋肄业"。派遣学生出洋肄习,皆到最精之国取法学习,如陆军则到德国学习,海军则到英国学习,等等。留洋学生皆本着"实用"的宗旨,待其归国,应"分规各部署考列其高下,即任以实官"。且主张应授留洋学生以"出身",改变对留洋学生的轻视态度:"大抵向来各省所设学堂及出洋学习之学生,视之皆不甚重,国家縻无数经费,教育累年,迨学成返国,更未尝予以出身,收其实用,听其去就,实为可惜。"对留洋学生的培养,应"豫定章程","培之于先,必思所以用之于后",给留学外洋者以"出身",这样人心必大受鼓舞,能够适用于时的人才也就纷纷出于其中了。

鉴于形势之危迫,时不我待,张之洞又提出多派人员出洋游历。对当时中外臣工"罕有洞悉中外形势、刻意讲求","拘执者狃于成见,昏庸者乐于因循,以致国事阽危,几难补救"的现状,张之洞认为乃是由于"不知与不见"所导致,欲想加以改革,"惟有多派文武员弁出洋游历一策"。宜选择才俊之士、亲贵大臣及满汉世家子弟中其特出贤能者,或者亦可多取诸翰林、部属及各项正途出身之京外官,出洋游历,回国后优予升途。而对科第出身者,张氏尤为重视:"盖以科目进者,平日诵法圣贤,讲明义理,本源固已清明,不过见闻未广,世事未练。若令遍游海外,加以阅历,自能增长才识,将来任以洋务等事,必远胜于洋行驵侩、江湖杂流,且较之词曹但考文字、外吏但习簿书者,切于实用多矣。"但对那些议改科举者,他仍未有具体方案,故而"议者多欲变通科目取士之法,然事体甚大,未易更张",在思考成熟之前,不妄加一语。但科举消磨学子精力,妨碍学子扩大识见,使其不能尽娴于政治、洋务、军务,这却是令人忧心如焚的现实情形。如何才能培养出为时所需、为时所用的人才?这是张之洞苦苦思索的下一个问题。

从光绪二十一年(1895)六月至光绪二十四年(1898)四月间,应朝廷之诏,张之洞曾三次荐举人才。对自己所荐之人才,张氏往往着重突出其"时务"、"实用"的特长,如介绍陈宝琛:"该员志趣远大,条理精详,于经济要政、洋务、海防有关大局之事,皆能研究通达。遇事果敢有为,不存退沮。近年人才如该员者实不多觏,无论京职外

---

① 张之洞:《吁请修备储才折》,苑书义、孙华峰、李秉新主编:《张之洞全集》卷三十七,河北人民出版社1998年版,第989~1001页。

任,其设施自有可观。"①介绍黄遵宪:"学识贯通,心思沉细,洋务素能精心考求。近日委办五省教案、先办江省各案,皆系积年胶葛之件,与法领事精思力辩,批却导窾,该领事颇就范围,挽回甚多,已咨明总署有案。是其长于洋务,确有明征,堪胜海关道之任。"②介绍钱恂:"学识淹雅,才思精详,平日讲求洋务,于商务考究甚深。嗣两次经出使大臣奏带出洋,经历俄、法、德、英诸国,并此外各国亦经该员自往游历,于外洋政事学术确能考索要领,贯澈源流,期于有裨实用,不仅传说皮毛,以炫异闻。"③诸如"通于时务"、"长于时用",乃是张氏所荐绝大多数人才的特点。不论这些人才是否为朝廷所重用,但由此可以见出,张氏此时期对人才关注的侧重点,也就是他对国家现时理想人才的构想——既具有忠君爱国的情操,又具有富国强民的专门本领。

光绪二十四年(1898)新年伊始,维新运动已在积极的酝酿之中,此时张之洞也在办学堂的试验中逐渐摸索出了中国教育改革的出路。在光绪帝颁布"定国是诏"之前,张之洞连上《自强学堂改课五国方言折》和《两湖、经心两书院改照学堂办法片》④两条奏折,前折中略陈经过两年的开课,自强学堂中研求时务者"风气稍开",为进一步扩大此风气,"不复命题考试",且分设日、英、法、德、俄五种语言,以备"后各种政学有所措手"。后折则明确提出"中体西用"的思想纲领:"故于两书院分习之大指,皆以中学为体,西学为用,既免迂陋无用之讥,亦杜离经叛道之弊……总期体用兼备,令守道之儒兼为识时之俊。"两书院则改为学堂,"兹将两书院均酌照学堂办法,严立学规,改定课程,一洗帖括词章之习,惟以造真才济时用为要归"。这里,"迂陋无用"的"帖括词章"与"造真才济时用"再次成为对立的两极,欲加强后者,则必削弱前者,这几乎成了张氏奏折的不言之义。因此,当光绪帝下令征求改革科举意见时,张之洞、陈宝琛上《妥议科举章程并酌改考试诗赋小楷之法》⑤折,奏请乡、会试改试策论;宜合科举、经济、学堂为一事,求才不厌多门,而学术仍归一是;拟为先博后约、随场去取之法,将三场先后之序互易。奏折得到光绪帝的大加肯定,赞其"所奏各节剀切周详,颇中肯綮",于是变革科举的具体方案就依张、陈所奏拟而定。此折在张之洞的科举改革活动中至为重要,张氏的科举改革思想至此臻于完备,庚子后慈禧实施新政,张之洞所奏科举改革思想与措施方法也大致如此,主要内容并无太大变化。

---

① 张之洞:《荐举人才折并清单》,苑书义、孙华峰、李秉新主编:《张之洞全集》卷三十八,河北人民出版社1998年版,第1012页。
② 张之洞:《保荐人才折并清单》,苑书义、孙华峰、李秉新主编:《张之洞全集》卷三十八,河北人民出版社1998年版,第1118页。
③ 张之洞:《保荐人才折并清单》,苑书义、孙华峰、李秉新主编:《张之洞全集》卷三十八,河北人民出版社1998年版,第1119页。
④ 苑书义、孙华峰、李秉新主编:《张之洞全集》卷四十七,河北人民出版社1998年版,第1298、1299页。
⑤ 张之洞:《妥议科举新章折》,苑书义、孙华峰、李秉新主编:《张之洞全集》卷四十八,河北人民出版社1998年版,第1304~1309页。

奏折最重要的内容即调整科举考试三场考试的次序。考试次序调整如下：第一场试以中国史事、国朝政治论五道，为中学经济；第二场试以时务策五道，专问五洲各国之政、专门之艺，此为西学经济；第三场试四书义两篇，五经义一篇，取其学通而不杂、理纯而不腐之人。以先博后约、随场去取之法，"大抵首场先取博学，二场于博学中求通才，三场于通才中求纯正，先博后约、先粗后精，即无迂暗庸陋之才，亦无偏驳狂妄之弊。三场各有取义，以前两场中西经济补益之，而以终场四书义、五经义范围之，较之或偏重首场，或偏重二、三场，所得多矣"①。岁、科两考则先试经古一场，专以史论、时务策命题，正场试以四书义、经义各一篇。该段话又见于《劝学篇·变科举》中，或者也可以说，《妥议科举新章折》的所有观点和建议全出于《劝学篇》中。与三年前的谨慎态度不同，张之洞此次对于科举的变更办法、具体改革方案有了成熟的思考。无论是朝野士人所重视的大考乡、会试，还是惯常学堂考核的岁、科考试，延续了近五百年之久，最为重要的科试首场"四书文"（即八股文）如今竟被置于最后一科！这个意味深长的变更，其实际意义与影响力远远超过了张氏的思考预期（后文将对此进行较为深入的探讨，此处暂不作赘说）。

其次是建议科举考试废除小楷之法。"百年以来，试场兼重诗赋小楷，京官之用小楷者尤多。士人多逾中年始成进士，甫脱八股之厄，又受小楷之困"，"夫八股犹或可以觇理解之浅深，诗赋则多文而少理；诗赋犹或可以见文词之雅俗，小楷则有艺而无文，其损志气、耗目力、废学问，较之八股、诗赋，殆有甚焉"②。虽光绪帝在颁布上谕时做了一定程度的折中与修改，但还是规定"嗣后一切考试，均以讲求实学、实政为主，不得凭楷法之优劣为高下，以励硕学而黜浮华"③。也就是说，张之洞改革科举的建议和主张悉数被光绪帝接纳，并试图颁发全国以实施。

戊戌政变使所有的改革方案流产。庚子事变后，迫于中外的双重压力，慈禧太后决意改革新政。张之洞联合刘坤一上呈《变通政治人才为先遵旨筹议折》④，主要论及变革科举、兴办新式学堂的问题。从保邦致治急需人才出发，张、刘等人"先就育才兴学之大端"，参考古今、会通文武，筹拟四条建议：一是设文武学堂；二是酌改文科；三是停罢武科；四是奖劝游学，四个方面全部是围绕如何实现由传统科举向新式学堂平稳过渡而展开，但又有了新的侧重点。这就是著名的"江楚会奏变法三折"之第一折。

对于沿袭传统的现行科举章程，张之洞并未像激进派的康梁等人一样，将其一棍子

---

① 张之洞：《妥议科举新章折》，苑书义、孙华峰、李秉新主编：《张之洞全集》卷四十八，河北人民出版社1998年版，第1307页。

② 张之洞：《妥议科举新章折》，苑书义、孙华峰、李秉新编：《张之洞全集》卷四十八，河北人民出版社1998年版，第1308~1309页。

③ 王炜编校：《〈清实录〉科举史料汇编》，武汉大学出版社2009年版，第1057页。

④ 张之洞：《变通政治人才为先遵旨筹议折》，苑书义、孙华峰、李秉新主编：《张之洞全集》卷五十二，河北人民出版社1998年版，第1393~1406页。

打死，而是对它的历史作用与现实意义给予肯定："现行科举章程，本是沿袭前明旧制。承平之世，其人才尚足以佐治安民。"但时势大变后，传统以选拔社会精英为治理国家人才的科举制度表现出了相当的不适应，如果仍然固守老调不变，或仅在有限的范围内略作调整，将何以拯救处于危迫形势的中国？"然而中国见闻素狭，讲求无素，即有考求时务者，不过粗知大略，于西国政治未能详举其章，西国学术未能身习其事。"即便是现在下令举行的经济特科，"不过招贤自隗始之意，只可为开辟风气之资，而未必遽有因应不穷之具"。因此，在这种情况下，必须借西法充实中国传统制度的不足，方有可能不被大国所吞并，而日本办学校的经验，则是现实而又直接的借鉴。① 对于科举改革的办法，该折基本上又重述了一次《劝学篇》中对变革科举的所有理论和主张，另外又提出了分科递减科举中额的建议及如何措置废八股后"专攻帖括"的传统士子们的出路方案。

这里，我们应着重注意张之洞从戊戌变法到晚清新政表述和策略的变化。在两次变法期间，张之洞所上奏折，其强调"复古"的宗旨始终未变。如《妥议科举新章折》②中说道："一曰正名。正其名曰四书义、五经义，以示复古其格大略如讲义、经论、经说。"并以宋代朱熹、欧阳修改革科举的史实类比当今改革办法："朱子之拟兼他科目，犹今之特科经济六门也；欧阳修之欲以策论救诗赋，犹今之欲以中西经济救时文也。"这个事例在慈禧新政后的《变通政治人才为先遵旨筹议折》③中又重复了一遍，"此系原本朱子救弊须兼他科目取人之意，欧阳修随场去留、鄙恶乖诞以次先去之法，而又略仿现行府县复试童生、学政会考优贡之章，且可免寒士之候榜艰难，考官之疲劳草率，似乎有益无弊，简要可行"。但这仅指局部强调。在总体的变法精神上，张氏一再强调当今兴办学校乃"礼失求野"的行为，而并非全效西法：

> 今泰西各国学校之法，犹有三代遗意。礼失求野，或尚非诬。……如谓学堂之名不古，似可即名曰"各种学校"，即合古制，且亦名实相符。……总之，中华所以立教，我朝所以立国者，不过二帝三王之心法，周公、孔子之学术。今宗旨则不悖经书，学业则兼通文武。特以世变日多，故多设门类以教士，取其周知四国，博学无方，正与经传所载三代教士取人之法相合，看似无事非新，实则无法非旧。

从这些表述来看，张氏的变革科举似乎即"复古"。但我们应当清楚：张之洞本人对于改革有着多么清醒的认识！他深深知道此"复古"非"彼复古"，此"学校"绝非彼"学

---

① 晚清民国时期，中国的新式教育受日本教育改革的影响广泛而深远，甚至可以说是步趋日本现代教育之武。该问题可参见孙雪梅：《清末民初中国人的日本教育观》，《日本研究》1999年第1期。
② 张之洞：《妥议科举新章折》，苑书义、孙华峰、李秉新编：《张之洞全集》卷四十八，河北人民出版社1998年版，第1304~1309页。
③ 张之洞：《变通政治人才为先遵旨筹议折》，苑书义、孙华峰、李秉新编：《张之洞全集》卷五十二，河北人民出版社1998年版，第1393~1406页。

校"，但为了顾及慈禧仇视西洋的心理，不得不给自己的变革思想披上一层"复古"的外衣。因此，虽明标"复三代学校之法"，却暗行废科举，改弦更张之实，这才是真正的"明修栈道，暗度陈仓"！因此，即使是在光绪三十一年（1905）清廷下令全国废除科举制度的谕令中，也仍是谕告"学堂本古学校之制，其奖励出身，又与科举无异"①，对士人承诺由科考到学堂仅是形式的转变而已。追溯当时变革情形，这也是张氏不得已而为之的变通策略。

第三节　对儒学的保护与拯救

在促成1905年废除科举这一意义重大的决定过程中，张之洞对科举制度的态度发生了哪些变化？这些变化对即将或正在进行的改革起到了什么影响？概括地说，张之洞对科举制度由拥护走向批判，由温和走向激进，其思想理路与晚清废除科举的过程基本同步。

一、张之洞与晚清科举改革

张之洞早年创办书院时，虽明令书院悉数排斥八股制艺，但即便是创办两湖书院期间，张氏也仍然允许湖北省城的江汉书院继续考课八股制艺，而且也不反对两湖、经心二书院的学生去江汉书院应课。② 光绪元年（1875），他作《輶轩语》，作为科考应试士子的指导用书，被时人誉为"科海金针"、"导航宝筏"，深受士子欢迎。因此，作为科举过来人，张之洞早年对科举制度有着较为深切的"了解之同情"。随着内忧外患的加剧，科举的不"实用"性渐渐突显，张氏对科举制度的思考也前进了一层，在《劝学篇》中他指出了科举的诸多弊端，除呼吁应以"修备储才为要"，进一步认为"救时必自变法始，变法必自变科举始"，但并未提出废除科举，而是主张"宜存其大体而斟酌修改之"。

庚子事变后，张之洞对科举的批判更加严厉，主要原因是科举制度的推行妨碍兴办新学堂，新式学堂在民间几乎无法推行："惟奉旨兴办学堂已两年有余，而至今各省学堂仍未多设者，经费难筹累之也。"③经费自然是筹办学堂的第一件要事，如何能够做到既开源，又节流，成了改革者及执行者们最为头疼的问题。科举制度废除之前，传统中国对于教育的投资非常低，即便是一州县中有多人应试，虽贫寒之士为数不少，但并不影响大局。而乡间学塾遍布，每省几至千万之数，"官所经营仅书院数十区，修脯膏

---

① 王炜编校：《〈清实录〉科举史料汇编》，武汉大学出版社2009年版，第1109页。
② 许同莘：《张文襄公年谱》，台湾"商务印书馆"1944年版，第71~72页。
③ 张之洞：《请试办递减科举折》，苑书义、孙华峰、李秉新编：《张之洞全集》卷六十一，河北人民出版社1998年版，第1596~1599页。

奖，率多地方自筹，少而易集，集即可持久，无劳岁岁经营"①。可以说，这种"自给自足"的教育方式恰与传统中国自给自足的小农经济模式相匹配，因此能够实施千年而不衰。新式学堂建立校舍所需的资金、经费来源，仍大部分来源于百姓所交纳之赋税；个人或地方捐助学堂却并非学校经费来源的常态，也就是说，这种捐助虽有助于学校硬件设施的改善，却绝不能作为学堂经费的主要来源。清朝统治近二百七十年的时间里，始终实施的是一种轻徭薄赋的税收政策，除去国家机器运转的正常开支和皇族的日常消费，其中剩余已寥寥无几。再加上晚清外交内困，战争不断，各种赔款和经费的开支愈加增大，地方贫困，搜括已穷，新政屡兴，尤苦罗掘。于是在改革新式学堂的过程中，一边是皇帝的上谕联翩而下，激荡人心；一边是因缺乏资金而无动于衷或被动束手。各地申请经费的奏疏如雪片飞来，而朝廷对此几乎束手无策，或者是"下部知之"，或者是"即着该抚分别咨催，如数筹解"，这也就是说，朝廷并没有提出任何有效的解决对策。总之，凡是牵涉用钱的事情，无不是一拖再拖，或者聊以塞责，晚清的改革就陷入了这种进退维谷、积重难返的尴尬局面之中。这也是改革难以继续推进的重要原因之一。

但改革家们的意志是坚定的，既然兴办新式学堂是大势所趋，那么就一定要将它推行到底。与以上所持论者不同，张之洞及其他改革者关注的重点问题是科举制度在很大程度上阻碍了新式学堂的推行。张氏认为，不能捐集民间办学经费的最大原因，在于"科举未停，天下士林谓朝廷之意并未专重学堂也"。② 人情观望则主要因为科举的存在妨碍绅富筹捐兴办新式学堂；而绅富不捐筹，学堂就办不起来。况且入学堂肄习之人也因仍能参加科举考试而有恃无恐，"既不肯专心向学，且不肯恪守学规"。因此，张之洞提议应立即停罢科举，方可使新式学堂大有起色，"且科举既停，天下士心专注学堂，筹办经费必立见踊跃"。对于那些延迟推广学堂之人，也应给予警示或惩处，"如学堂有办理无效及尚滋流弊者，应由学务大臣随时考核，咨行各该督抚，严行覆查，将不得力之学务人员，分别参处，庶几学堂日有起色，以期仰副朝廷造就真才、实事求是之至意"。在现实的操作层面，似乎"科举"与"学堂"势不两立，必须去除其一，另一方才会有大的发展。由此，废科举、兴学堂成为当务之急：

> 况科举文字每多剽窃，学堂功课务在实修。科举只凭一日之短长，学堂必尽累年之研究。科举但取词章，其品谊无从考见；学堂兼重行检，其心术尤可灼知。彼此相衡，难易迥别，人情莫不避难而就易，此已早在圣明昭鉴之中。当此时势阽危，非人莫济，除兴学堂外，更无养才济时之术。若长此因循，坐糜岁月，国事急

---

① 黄运藩：《请变通科举并行中学与西才分造呈》，故宫博物院明清档案部编：《清末筹备立宪档案史料》下，中华书局1979年版，第981~983页。

② 张之洞：《请试办递减科举折》，苑书义、孙华峰、李秉新编：《张之洞全集》卷六十一，河北人民出版社1998年版，第1596~1599页。本段及下一段史料引用全出自这篇奏折，以下不再重注。

矣，何以支持！

光绪二十九年(1903)年底，张之洞渐变科举的改革主张不断为时势所冲击，变得有些激进了。平心而论，作为科举中人，张之洞自幼饱读诗书，经纶满腹，那些"多剿窃"、"凭一日之短长"、"但取词章"的迂腐之士自不能与他相提并举。但为了能够在中国更广大的范围内以更快的速度推行新式学堂，张之洞无疑夸大了科举选士的弊端。若将张氏的这段话与康梁等人对科举的抨击两相对照，可以发现无论从表达内容上，还是从表达方式上，二者都更加趋于一致。当然，作为政治家的张之洞，他更多考虑到了改革的可操作性层面：

> 议者或虑停罢科举，专重学堂，则士人竞谈西学，中学将无人肯讲。兹臣等现拟各学堂课程，于中学尤为注重，凡中国向有之经学、史学、文学、理学，无不包举靡遗；凡科举之所讲习者，学堂无不优为；学堂之所兼通者，科举皆所未备。是则取材于科举，不如取材于学堂，彰彰明矣。……凡科举抡才之法，皆已括诸学堂奖励之中。

两相比照，科举不如学堂，显而易见；兴办学堂乃救时救国保教保民之必需，势在必行，刻不容缓。将科举包举之科目悉数纳入学堂，则学堂定可取代科举，"养才"、"抡才"的任务由学校兼而任之，真正做到"才有所养，才有所用"。但张之洞仍然没有明确标举遽然废除科举，认为此"实乃将科举、学堂合并为一而已"；并提出了分三科减尽科举中额，实现由科举到学堂的平稳过渡，"十年后取士概归学堂"。这种将科举置换为学堂的想法从理论上来说是讲得通的，但是张之洞和其他锐意改革者们都不约而同地忽略了科举制度另一特质，那就是：科举绝不仅仅是一种教育制度；从更大程度上来说，科举是一种政治制度。当张之洞等改革家将身兼教育与政治两项功能的科举制度试图纳入现代学堂的教育体系(仅是单一的教育制度)，严重的后果便产生了。

现实的变数总是出人意料。张之洞提议"请自下届丙午(1906)科起，每科分减中额三分之一，俟末一科中额减尽，以后停止乡、会试"的渐变改革思想并没有得到真正实施，更加严峻的新形势又一次提醒改革者们不能心存缓图，而应坚决立即改革，以图自强。1904年，日本和沙皇俄国为重新瓜分中国东北和朝鲜的控制权，发动了日俄战争，清政府坐视两国在中华领土上交战而宣布所谓"中立"。经过一年多的时间，沙俄战败。西方列强出面调停，日、俄两国签订了《朴次茅斯和约》。根据条约，俄国将过去所霸占中国库页岛南半部及其附近的一切岛屿割让给日本；将旅顺、大连及附近领土、领海的租借权转让给日本；承认日本为朝鲜的"保护国"。条约签订后，日、俄两国立刻逼迫清政府给予承认。1905年12月，在日本的压力下，清政府与日本签订了《中日会议东三省事宜条约》，除了接受日、俄《朴次茅斯和约》中的所有规定外，还额外给日本某些优惠权益。——明治维新后的日本俨然成为一个东方大国！

该事件极大地刺激了中国士人的神经。一方面，中国士大夫看出专制政体与立宪政体的优劣，实业家张謇曾宣称："日本之胜利与俄国之失败，实乃立宪政体之胜利与君主政体之失败。"①另一方面，这使晚清各项政治体制改革大大加速，开通民智、进化日新成为时代的新主题。在《会奏请立停科举推广学校并妥筹办法折》②中，以张之洞为代表的六位督抚重臣提议"立停科举"，折中说："臣等默观大局，熟察时趋，觉现在危迫情形，更甚曩日，竭力振作，实同一刻千金。"在这种"强邻环伺，讵能我待"的情形之下，立停科举已刻不容缓：

  而科举一日不停，士人皆有侥幸得第之心，以分其砥砺实修之志。……就目前而论，纵使科举立停，学堂遍设，亦必须十数年后，人才始盛。如再迟之十年，甫停科举，学堂有迁延之势，人才非急切可成，又必须二十余年后，始得多士之用。

因而在此折中，科举直接作为学堂的对立面出现，"科举之阻碍学堂，妨害人才……无须缕述，以渎宸听"，"欲补救时艰，必自推广学校始；而欲推广学校，必自先停科举始"。"且科举夙为外人诟病，学堂最为新政大端。一旦毅然决然，舍其旧而新是谋，则风声所树，观听一倾，群且刮目相看，推诚相与"。为了达到说服的目的，张之洞等人又将西方列强对科举的态度也摆在慈禧面前，陈说利弊，促使慈禧痛下决心，毅然弃旧立新，学习新崛起的日本，"以开通民智为主，使人人获有普及之教育，具有普通之智能，上知效忠于国，下知自谋其生。其才高者固足以佐治理，次者亦不失为合格之国民"。而停罢科举后，则"庶几广学育才，化民成俗，内定国是，外服强邻，转危为安，胥基于此"。可以说，既有美好的设想和"妥筹办法"，又有继续推行科举制度可能会出现的严重后果和"恶镜头"，慈禧终于"宸衷独断，雷厉风行，立沛纶音"，宣布立停科举，"着即自丙午科为始，所有乡、会试一律停止；各省岁、科考试，亦即停止"。③到此为止，晚清科举之改革终于有了一个较为明晰的结果——科举被废除，一切培才、选才一并出于学堂。

在废除科举、兴办学堂的推进过程中，其他诸多朝廷重臣也起到了很大的作用。袁世凯自新政伊始，就在兴办学堂方面表现突出："（光绪二十七年十一月丁巳）……前据袁世凯奏，先于省城建立学堂，分斋督课，其备斋即寓小学堂、中学堂规制，业经谕令各省仿照开办。"④"同年十一月辛卯，江苏巡抚聂缉椝奏，苏省改设学堂，参酌《山东章程》，设法扩充，增置译书局、藏书楼、博物院以资肄习，并通饬省外各府厅州县一

---

① 转引自费正清、刘广京等：《剑桥中国晚清史》下，中国社会科学出版社1993年版，第139~140页。
② 张之洞：《会奏请立停科举推广学校并妥筹办法折》，苑书义、孙华峰、李秉新主编：《张之洞全集》卷六十四，河北人民出版社1998年版，第1660~1664页。
③ 王炜编校：《〈清实录〉科举史料汇编》，武汉大学出版社2009年版，第1109页。
④ 王炜编校：《〈清实录〉科举史料汇编》，武汉大学出版社2009年版，第1080页。

体仿办。"①这里所说的"《山东章程》",乃是为响应光绪二十七年八月初二(1901年9月14日)所颁谕令——令全国各省所有书院均改设大学堂——时任山东巡抚的袁世凯制定的《山东试办大学堂暂行章程折稿》(以下称《山东章程》)。②

  清廷的上谕只下达了一道命令,并没有提供具体方法和实施办法。而《山东章程》恰恰在这种情况下,提供了一个具体而又具有可操作性的模式,这在当时中国书院改学堂的大潮中开风气之先,使这一改革有了切实可行的办法和依据。《山东大学章程》对当时产生了重大的实际影响,成为各省书院改学堂所效法的榜样。此后各省乃遵旨将省城书院改为大学堂,如浙江巡抚任道镕将"求是书院"改为大学堂,湖南巡抚俞廉三改"求实书院"为湖南大学堂……他们在奏折中均直言"仿照山东办法"或"参酌《山东章程》","选聘教习,分斋授课"。因此,作为中国最早的大学章程,《山东章程》在全国大学堂的创办过程中发挥了重要的指导作用,制定这一章程的袁世凯,则脱颖而出,成为兴办新学堂的时代领军人物。此后袁氏任直隶总督期内,其办学活动仍是可圈可点,有声有色。其他诸臣,则或推波助澜,或摇旗呐喊,亦为科举改革贡献不菲。

  当然,改革不是童话,"公主与王子结了婚,幸福地生活在一起"的简单模式仅属于童话中的美好愿望。如果改革单凭设计者的一厢情愿而不必检验新办法新规定的实施效果,那只是半拉子主义的改革,因此,废除科举仅是万里长征走完了第一步;而废除科举的目的,在于寻找一种更为切实更为合理的用人制度。那么,废除科举后的中国,

---

① 王炜编校:《〈清实录〉科举史料汇编》,武汉大学出版社2009年版,第1080页。
② 袁世凯于晚清新政期间所制定的《山东试办大学堂暂行章程》共分四部分:学堂办法、学堂条规、学堂课程、学堂经费,共计96节,对大学堂的各项管理制度和如何创办省城大学堂作了十分详尽的规定。

学堂办法规定:"考各国学制,必先由小学而后升入中学;由中学而后升入大学,此通例也。大学堂内区分三等:一备斋,习浅近各学,略如各州县之小学堂;二正斋,习普通学,略如各府厅直隶州之中学堂;三专斋,习专门学。三斋之外,另设蒙养学堂,自7岁起至14岁止,8年内专令讲读经史,并授以简易天文、地舆、算术,毕业后选入备斋。再令讲求浅近政治,加习各级初级艺学,俟入正斋,又加深焉。现当创办伊始,所有中学、小学以及蒙学,均尚在议而未设之列,只可先用经义、史论考选,挑入备斋肄业。暂以三百人为定额。设总办、监督、教习各员。各种图书、仪器,先择应用者酌量购置,以供肄业。"

学堂条规规定:"课士之道,礼法为先,而宗圣尊王尤为要义。堂内应恭礼至圣先师孔子暨本省诸先贤先儒,每月朔望由教习率领诸生行礼,并宣讲圣谕广训,以束身心。若恭逢万寿圣节暨圣先师孔子诞日,均须齐班行礼,以志虔恭。"

学堂课程规定:"备斋以两年为毕业之限,温习中国经史掌故,并授以外国语言文字、史志、地舆、算术等各种浅近之学。正斋以四年为毕业之限,授普通学,分政、艺两门。政学分为中国经学、中外史学、中外治法学三科;艺学分为算学、天文学、地质学、测量学、格物学、化学、生物学、译学八科。专斋则以两年至四年为毕业之限,共开设中国经学、中外史学、中外政治学、方言学、商学、工学、矿学、农学、测绘学、医学十门课程。"

学堂经费规定:"就现在办法而论,学堂常年额去之款暂需六万两。其一切活支数目尚难预计,日后渐次推广,经费亦需随时增加。"

陈学恂主编:《中国近代教育大事记》,上海教育出版社1981年版,第111页。

是否如改革者们所预料的那样,形势一片大好呢?

二、存古学堂及其他

废除科举后即可以集全国之人力财力兴办学堂,这是张之洞及其他改革者们最初的设想。接下来的情况确实如此,各地蜂拥兴学的盛况已在前面提到,兹不重述。

但与此等繁荣不相协调的,是反映新式学堂教育弊端的记载充斥于史官。《清末筹备立宪档案史料》"教育"分卷中存有约20篇奏章,自光绪三十二年(1906)八月二十六日戴鸿慈、端方等奏《考察各国学务择要上陈折》始,到宣统三年(1911)五月二十四日任命张謇为中央教育会会长谕令止,其中所陈大多数涉及新式学堂并不如所愿;而众怨所归,则是新学堂中学生平权自由思想的发展与蔓衍。岑春煊在《奏请修明礼教折》①中指出:"新学既兴,自由平等之说,方如横流,不可遏抑。少年血气未定,骤闻而若狂;或意气嚣张,或举动谬妄。"老成沉稳之人引以为忧,往往将之归咎于新学。礼部尚书戴鸿慈、两江总督端方在《考察各国学务择要上陈折》②中说:

> 近日谈新学者,于圣贤律己治人之道,懵无所知,嚣嚣然摒弃一切,创为新道德之说,悯然不靖,蔑长上,敌彝伦,破律败度,而悍无顾忌。无识之子,靡然向风,学术未兴,而人心先坏矣。

岑春煊、戴鸿慈、端方等人都是力主改革科举,兴办学堂者。岑春煊在《乐斋漫记》中记载,戊戌维新时他面奏光绪帝:"力陈国势阽危,非发愤自强,不能图存。欲求自强,必先兴学、练兵、讲吏治、信赏罚,乃克有济",可谓识势之士。庚子事变中,慈禧求问如何才能雪此(庚子西狩)大耻,"众未有应者。余独进曰:'欲雪此耻,要在自强。自强之道,首需培植人才。学校者,人材所由出也。故必自广兴教育始。'"③新政时期,端方的表现一直也都积极进取,处于改革的风口浪尖上。作为上层士大夫,岑春煊、端方等人与张之洞一样,对时局发展及国家的前途有着较为清醒的认识,力主改革,兴办学堂。但时隔不足一年,却又不约而同地后悔因疏忽传统礼教而造成人心惶惶、国势岌岌的情形。而这种情形却绝非个别。

查阅张之洞的电牍、奏议中,类似的言论亦复不少,如光绪三十一年(1905)六月十二日电,即提到"南省各学堂风气之坏"之事;④ 光绪三十一年(1905)十一月二十九

---

① 《云贵总督岑春煊奏请修明礼教折》,故宫博物院明清史档案部编:《清末筹备立宪档案史料》下册,中华书局1979年版,第974~978页。
② 《出使各国考察政治大臣戴鸿慈等奏考察各国学务择要上陈折》,故宫博物院明清史档案部编:《清末筹备立宪档案史料》下册,中华书局1979年版,第961~974页。
③ 荣孟源、章伯锋主编:《近代稗海》第一辑,四川人民出版社1985年版,第84、88页。
④ 张之洞:《致长沙端抚台、王祭酒诸公》,苑书义、孙华峰、李秉新主编:《张之洞全集》卷二六二,河北人民出版社1998年版,第9350页。

日电,则更明确地提到孙文领导学生闹革命之事:"密探学生风潮,为孙文逆党煽动。借抵抗文部命令为名,现结死党三四百人,各携凶器,胁众回沪,以租界为护符,实行革命,聚众起事。沪上有人接应。长江一带会匪,亦被运动联合。"①究其实际,则乃新式学堂为此等风气提供了发展壮大的最佳平台。在张之洞等改革家的眼里,学堂本是为培养"忠君爱国"的人才起见而设,孰料变生肘腋:

> 伏读近年历次兴学谕旨,惟以端正趋向为教育之源,一则曰敦崇正学,造就通才;再则曰庠序学校,皆以明伦,圣训煌煌,无非以崇正黜邪为宗,以喜新忘本为戒。夫明伦必以忠教为归,正学必以圣经贤传为本。崇正学,明人伦,舍此奚由?……乃近来学堂新进之士,蔑先正而喜新奇,急功利而忘情谊。种种怪风恶俗,令人不忍睹闻。……正学既衰,人伦既废。为国家计,则必有乱臣贼子之祸;为世道计,则不啻有洪水猛兽之忧。②

"乱臣贼子"竞相作乱,以图颠覆清朝政权,这岂不是事与愿违?光绪三十三年(1907)四月,张之洞就学堂学生"冠服"一事,奏请制定冠服程式,"以遏乱萌"。③ 而戴鸿慈、端方《考察各国学务择要上陈折》早此一年也提议应"订学堂冠服以壹民志",此可谓英雄所见略同。光绪三十三年(1907)五月二十六日,徐锡麟刺杀安徽巡抚恩铭一案,更让张之洞心神悚动,"不胜骇异"。④ 此种"风气"在游学生中最为高涨,而国内学堂业已有学生结社结党,共同抵制学校管束的现象也屡有发生。于是,为端正人心计,岑春煊奏请修明礼教;光绪三十三年(1907)六月癸酉,张之洞奏请于湖北省城设立"存古学堂"——他们不约而同地意识到:正是废除了以四书五经义为承载的科举制度后,"正学衰微",意识形态领域才发生了这种"无所根柢"的严重后果。因此,重新发掘儒家教义,重续传统精神成了他们解决这一问题所能采取的唯一办法。光绪三十一年(1905),河南巡抚陈夔龙奏请就河南省城设立尊经学堂,以保国粹;光绪三十四年(1908),江苏巡抚陈启泰奏,准仿照湖北章程,于江苏省城设立存古学堂;同年御史李浚奏,经学

---

① 张之洞:《致成都锡制台、开封陈抚台、济南杨抚台、贵阳林抚台》,苑书义、孙华峰、李秉新主编:《张之洞全集》卷二六三,河北人民出版社1998年版,第9443~9444页。
② 张之洞:《创立存古学堂折》,苑书义、孙华峰、李秉新主编:《张之洞全集》卷六十八,河北人民出版社1998年版,第1762~1766页。
③ 王炜编校:《〈清实录〉科举史料汇编》,武汉大学出版社2009年版,第1121页。
④ 张之洞:《致安徽藩台冯、学台沈、署臬台毓、署庐道台辰》,苑书义、孙华峰、李秉新主编:《张之洞全集》卷二六八:"本日已刻接有电具悉。恩新帅因考巡警学堂被会办枪伤甚重,不胜骇异。会办徐锡麟,系何官?何省人?想系学堂出身,是否革命党?因何启衅?何以持枪专击新帅一人?该堂学生共有若干人?军械所已否被抢?围军械所者,有无另学堂学生在内?如此大事,省城新军及练兵,岂竟无人围捕?以上各节,来电均未详叙,务望即刻发急电详复,切祷。"(河北人民出版社1998年版,第9633页。)

亟宜注重,请设立存古学堂;宣统元年(1909),陕西巡抚恩寿奏遵设存古学堂;同年闰二月戊申,谕令各行省一律设立存古学堂。① 光、宣递代之际,"存古"、"保存国粹"又成为当时国家发展、变革的关键词。

在《创立存古学堂折》中,张之洞对"国粹"一词进行了界定②,认为凡是本国"最为精美擅长之学术、技能、礼教、风尚",均应该宝爱护持;即便是"间有时势变迁不尽适用者,亦必存而传之,断不肯听其澌灭",此乃养成士人爱国乐群思想的必要形式。因此,依据张氏本人对于中国圣经贤传、列朝子史、各体词章的通透理解和把握,存古学堂将学子们必修习的"古"分为经、史、词章和博览四门为主,而以普通科学辅之,以期经训不坠,保国粹而息乱源。存古是存道、存国、存民之必须,因此,经学仍与传统一样,居数门科目之首。

张之洞与其他传统士大夫认为,只要经学存在,就可以维持三纲五常不坏,"事亲竭力,事君致身,仁为己任,伊尹之尧舜君民,孔孟之悲天悯人,念释在兹,每饭不忘",这样就可使"逆源塞矣"。③ 1906年,刘师培在《政艺通报》第23号上发表《经学教科书序例》,说:"夫六经浩博,虽不合于教科,然观于嘉言懿行,有助于修身;考究政治典章,有资于读史。治文学者可以审文体之变迁,治地理者可以识方舆之沿革。是经学所该甚广,岂可废乎?"④他从保存民族文化和修身敬德的角度阐发了经学对华夏民族传统承续的重要性。

张之洞等上层士大夫如此强调保存中国圣经贤传、列朝经史及各体词章的重要性,从另一个角度看,恰恰反映了这些传统之学在兴新学堂之后受到了较为严重的忽视与挤压的实际情形——列强环伺,自强为先,而自强首务在兴学堂,学习西学;因切近于求富强,只得一再降低传统经史词章之学在学堂课业中的比重,这无论是有意为之,还是无意所成,但结果却造成了少读经书或不读经书之风:

> 至有议请废罢《四书》、《五经》者;有中小学堂并无读经、讲经功课者;甚至有师范学堂改订章程,声明不列读经专科者,人心如是,习尚如是。循是以往,各项学堂于经学一科,虽列其目,亦止视为具文,有名无实。至于论说文章,寻常简牍,类皆捐弃雅故,专用新词;驯至宋明以来传记、词章,皆不能解,何论三代?

---

① 王炜编校:《〈清实录〉科举史料汇编》,武汉大学出版社2009年版,第1130、1136页。
② 张之洞的"国粹"之意,与康、梁和晚清国粹派所言"国粹"之意,不尽相同。其区别可参见郑师渠:《晚清国粹派文化思想研究》,北京师范大学出版社1997年版。
③ (清)刘锦藻撰:《清续文献通考》卷一百七《学校考十四》,浙江古籍出版社1988年版,第8663页。
④ 刘师培此文发表于1906年1月9日(农历一九零五年十二月十五日),收入《刘申叔先生遗书》。转引自程华平编著:《近代上海散文系年初编》,上海教育出版社2003年版,第264页。

张之洞气愤地称这种数典忘祖的行为是"籍谈自忘其祖,司城自贱其宗"。①

存古学堂为什么能够大行于世?其对历史与后世的影响又将如何?追溯1898年戊戌变法期间张之洞所上奏折《妥议科举新章折》②及《劝学篇》③的主旨,足以使我们较为透彻地了解张之洞对传统儒学(经学)的态度与主张。

甲午战争后,求人才与变革科举成了密切关联、互为因果的近义词,想要求得人才,必须从变革科举始;而要变革科举,首务在于停止八股取士制度。在《妥议科举新章折》中,张之洞首先重新定义四书五经文的本原意旨:"国家之以四书文五经文取士,大中至正,无可议者也",之所以废八股,改试策论,是因为"流失相沿,主司不善奉行,士林习为庸陋,不能佐国家经时济变之用,于是八股文字遂为人所诟病"。"今改用策论,诚足以破拘挛陈腐之习矣"。虽改为策论取士,却有必要对其加以"定式",为的是避免"恐策论发题或杂采群经字句,或兼采经史他书。界限过宽则为文者必至漫无遵守,徒骋词化,行之日久,必至不读四书五经原文,背道忘本"。张之洞深知,承载着传统道德义理的四书五经,其社会教化功能不能忽视。苏云峰在分析张之洞的教育思想时指出:

> 尽管他(张之洞)的学识与经验随着时空而逐渐丰富,但他的思想始终包含着"实用主义"(Pragmatism)与儒家"正统主义"(Othodoxism)两个因素。"实用主义"以功效为价值判断标准;而"正统主义"则以三纲五常为判断行为的准绳。前者求变,后者求常。因此,这两个思想元素之间,基本上是互相排斥的,但在张之洞看来,他们是以道统为主、实用为辅的统一体。④

八股文之无用为人诟病百端,以此张之洞明确规定新式学堂"不课时文":"新学既可以应科目,且与时文无异矣。况既习经书,又兼史事、地理、政治、算学,亦必于时文有益。"⑤排斥时文,却又以不合逻辑的方式打通时文与新学的关系,认为"诸生自可于家习之,何劳学堂讲授以分其才思,夺其日力哉?"这也就透露了张之洞对中、西学比例分配的真实意图。定"策论"之式时,张之洞提出应"正名"、"定题"、"正体"、"征实"、"闲邪",如"周秦诸子之谬论,释老二氏之妄谈,异域之方言,报馆之琐语,凡

---

① 张之洞:《创办存古学堂折》,苑书义、孙华峰、李秉新主编:《张之洞全集》卷六十八,河北人民出版社1998年版,第1762~1766页。
② 张之洞:《妥议科举新章折》,苑书义、孙华峰、李秉新主编:《张之洞全集》卷四十八,河北人民出版社1998年版,第1304~1309页。
③ 张之洞:《劝学篇·序》,苑书义、孙华峰、李秉新主编:《张之洞全集》卷二百七十,河北人民出版社1998年版,第9704~9706页。
④ 苏云峰:《张之洞与湖北教育改革》(台湾"中央研究院"《近代史研究所专刊》(35)),台湾"中央研究院"近代史研究所1976年版,第13页。
⑤ 张之洞:《劝学篇·设学》,苑书义、孙华峰、李秉新主编:《张之洞全集》卷二百七十,河北人民出版社1998年版,第9741页。

一切离经叛道之言,严加屏黜,不准阑入",以求做到八股文之格式虽变,而衡文宗旨仍与清真雅正的圣训相符合。即便是在张之洞自己所办的学堂内,为了避免学生"迷失方向",张氏规定:"每日清晨,先读四书五经数刻,以端其本。每逢洋教习歇课之日(按:礼拜六下午及礼拜日),即令讲经史,试以策论,俾其通知中国史事兵事,以适于用。"①后来改礼拜日为例假,汉文遂改在夜间讲授。虽然这是在张之洞早期所创办的水陆师学堂中的规定,但在此后其所办的自强学堂、武备学堂等新式学堂中,也同样依循此例。这种以"中"为"体"的模式,也符合张之洞在《劝学篇》中所言的"循序"之理。②

张之洞对儒家经典大义所采取的这种"损之又损"、"以约存博"的实施办法,被张氏本人称为"破除门面"法。在《劝学篇·循序》中,他说:"今欲强中国,存中学,则不得不讲西学。然不先以中学固其根柢,端其识趣,则强者为乱首,弱者为人奴,其祸更烈于不通西学者矣。"③在《守约》篇中,他又具体说明在教学中只需做到以下的要求就可以了:"爰举中学各门求约之法,条列于后,损之又损,义主救世,以致用、当务为贵,不以殚见洽闻为贤。"——以"致用、当务为贵",而"不以殚见洽闻为贤",这明确表达了张之洞改革科举考试中儒家经学的最终目的,一反此前乾嘉学者追求博洽的作风。对儒学经典"损"后的所读诸书,已经相当简约,几乎成为国学要求的底线,如经学只选择"切于治身心、治天下"的"大义";史学只选择"切用"的,主要在于事实和典制,而在这之内,仍需选择"其治乱大端、有关今日鉴戒者考之,无关者置之;典制择其考见世变、可资今日取法者考之;无所取者略之";其他则是诸子"知取舍",理学"看学案",词章"读有实事者",政治书"读近今者",地理"考今日有用者",算学"各随所习之事学之",小学"但通大旨大例",甚至最后又对此作出让步说:"如资性平弱并此亦畏难者,则先读《近思录》、《东塾读书记》、《御批通鉴辑览》、《文献通考详节》,果能熟此四书,于中学亦有主宰矣。"④

张之洞积极推行他的改革办法与思想,保国是他的思想核心。在《劝学篇·同心》中,他说:

> 然则舍保国之外,安有所谓保教、保种之术哉?今日颇有忧时之士,或仅以尊

---

① 张之洞:《创办水陆师学堂折》,苑书义、孙华峰、李秉新主编:《张之洞全集》卷二十一,河北人民出版社1998年版,第575页。
② 张之洞:《劝学篇·循序》,苑书义、孙华峰、李秉新主编:《张之洞全集》卷二百七十,"今日学者,必先通经以明我中国先圣先师立教之旨,考史以识我中国历代之治乱、九州之风土,涉猎子、集以通我中国之学术文章,然后择西学之可以补吾阙者用之,西政之可以起吾疾者取之,斯有其益而无其害"。(河北人民出版社1998年版,第9725页。)
③ 张之洞:《劝学篇·循序》,苑书义、孙华峰、李秉新主编:《张之洞全集》卷二百七十,河北人民出版社1998年版,第9724页。
④ 罗志田先生在《裂变中的传承》一著第五章《读书与传统:清季民初士人一项持续关怀的演变》,对该问题有较深入的探讨与论述,可资参考。

崇孔学为保教计，或仅以合群动众为保种计，而于国、教、种安危与共之义忽焉。《传》曰："皮之不存，毛将安傅？"孟子曰："能治其国家，谁敢侮之？"此之谓也。①

然而国势凋零，尤其是庚子事变后，张之洞认为"必改用西法……孔孟之教乃能久存"。② 这也就是说，学习西学已经成为保存中国传统儒学的充要条件。在这种情况下，多设西学而少设中学，势必成为新学堂的必然趋势。张氏又说："其学堂之法约有五要：一曰新、旧兼学。四书五经、中国史事、政书、地图为旧学，西政、西艺、西史为新学，旧学为体，新学为用，不使偏废。"虽如是说，但张氏偏重书院或学堂中所设西学内容，却是不争的事实。——西学课程引进愈多，中学课程就愈少，或修习时间被大大压缩，或被安排在不很重要的时间，由此就产生了新式学堂中西学为主、中学为辅的实际情形。从长期观点看，学生愈走向专业化，便愈会疏远国学经典与传统，因此，专业化与传统的关系是愈走愈远，而不是张之洞所说的相辅相成，并行不悖。这是张之洞万万没有想到的。

我们还可以联系此时国家的有关政令对这一问题进行更广泛的理解。《大清光绪新法令》③首条规定："中小学堂宜注重读经以存圣教。"但其中大部分内容更强调的却是"经学课程简要，不妨碍西学"，"兹酌加每日治经钟点，学生并不过劳，而读经、讲经、温经绰有余裕，亦无碍讲习西学之日力"。况且对于旧学经书的要求亦大大降低，"总之只在功课有恒，则每日并不多费时刻，而经书已不至荒废"，"不至荒废"成了对中国传统经学的要求底线。然而往往愈是要求不高，人情之惰性愈大，必使"今后生小子，入学肄业，辄束书不观；日惟骛于功令利禄之途，卤莽灭裂，浅尝辄止，致士风日趋于浅陋，毋有好古博学、通今知时而务为特立有用之学者"④，荒陋无学成了兴学堂之后的现状。康熙年间进士冉觐祖⑤曾对传统儒学（经学）与时文相互依存的关系说过一段话：

高明之人，多厌时艺为无用而欲废之者。余谓今之人无不读经书者，率以为时艺之资耳。不为时艺则不读经书矣。是知时艺为经书之汔羊也，顾可废哉？⑥

---

① 张之洞：《劝学篇·同心》，苑书义、孙华峰、李秉新主编：《张之洞全集》卷二百七十，河北人民出版社1998年版，第9709页。
② 吴剑杰编著：《张之洞年谱长编》，上海交通大学出版社2009年版，第677页。
③ （清）端方：《大清光绪新法令》，清宣统上海商务印书馆刊本。
④ 邓实：《拟设国粹学堂启》。转引自郑师渠：《晚清国粹派文化思想研究》，北京师范大学出版社2000年版，第305~306页。
⑤ 冉蟫祖（1637—1718），字永光，号蟫庵，河南中牟人。康熙三十三年（1694）进士，改庶吉士，授检讨。有《寄愿堂诗集》。
⑥ 陈水云、陈晓红校注：《梁章钜科举文献二种校注》，武汉大学出版社2009年版，第27页。

冉觐祖充分意识到作为时文的八股文与儒家思想之间密不可分的关系，因此对当时力主废除八股文的"高明之人"不以为然。如果作一个简单的类比，传统儒学与科举制度之间，同样也存在"皮"与"毛"的紧密关系。然而，晚清时期八股文首先被作为文化垃圾扫进历史的垃圾堆，科举制度紧承其次亦被被除，紧接着就是清社倾覆，传统以来的儒家意识形态的崩毁。对比冉觐祖发人深省的认识，可不令人感慨万千！

这样，在西学尚未全通的情况下，传统文化却首先被淡化以致遭到抛弃，这大大出乎张之洞等改革者们的意料。这种惟西学为重、传统儒学遭到废弃的现状也正是废除科举后所带来的直接后果之一。翰林院侍读周爰诹在奏章中概括这一现状说："改科举为学堂，不足致乱；因废科举而并废圣贤之书，斯乱臣贼子，接迹于天下。"①新式学堂的弊端慢慢显露出来，反映学堂流弊、腐败，进而主张复礼，甚至恢复科举制度的奏章也联翩上达"天听"。

然而改革却不能因噎废食，开历史的"倒车"，处于改革决策层的朝廷枢臣们只得求助于"存古学堂"，努力保存传统文化的一脉香火。张之洞明确说明存古学堂与新式学堂不同，新式学堂重在开通国民普通知识，因此讲述国文及中国旧学钟点不能过多；存古学堂则意在保存国粹，因而"普通实业各事，钟点亦不便过多"，"两法相互补益，各有深意，不可偏废"。不过，这种补救措施究竟能够在多大程度上保存中国的"国粹"，发挥其保国保教的功效，也只有将其付诸历史的检验了。

---

① 王炜编校：《〈清实录〉科举史料汇编》，武汉大学出版社2009年版，第1123页。

第三章 科举社会的中层士绅

与国家朝廷重臣、封疆大吏不同，既有科举功名出身，却又没有显赫官位职衔的传统士绅构成了科举社会金字塔的中层。废科举之前，他们是执行朝廷法规命令的中下层地方官员或京城小官，承担着由朝廷到民间的上传下达的工作。知识精英的身份使他们很自然地成为下层民众权益的代言人和维护地方事务的道义上的承担者；废科举后，这些人又成为立宪政体或新的社会形态的有力中坚。康有为、梁启超则风云际会地成为一代启蒙思想的先导。以科举社会中层士人的学识及社会地位，他们有资格、有能力对朝廷的政策或法规发表自己的看法，并对废除科举这一重大政治文化事件予以充分反省。考察晚清的中层士绅思想的变化及其人生价值取向的转变，可以对转型时期传统儒学走向边缘化的过程有更深入的认识。

第一节 改革科举的中层士绅

在论述康梁的科举改革主张之前，让我们先对康有为、梁启超的个性特点作一简要了解。

一、康梁的科举改革思想

康有为（1858—1927），又名祖诒，字广厦，号长素，后来改号更生，广东南海人。自幼受到严格的传统教育，1876年始从朱次琦学习"经世之学"。国势日衰，列强入侵，刺激他思考国家的前途与发展方向。1879年，他在《苏村卧病书怀》一诗中写道："夜夜登楼望大星，紫微帝座故荧荧。山河两戒谁能考，庙社千秋尚有灵。道丧官私惟帖括，政芜兵食尽虚名。虞渊坠日忧难挽，漆室幽人泣六经。"[①]此时康有为年方22岁，然其胸怀天下，忧心国计民生的情怀却充溢于字里行间，"道丧官私惟帖括"一句，尽道康有为对晚清儒生所习帖括之作的愤慨之情。1879年，康氏在北京与张鼎华晤面，接触到一些西方资本主义思想和当时正在酝酿着的改革思潮，从而"尽知京朝风气，近时人才及各种新书"，"于时舍弃考据帖括之学，专意养心。既念民生艰难，天与我聪明才

[①] 汤志钧编：《康有为政论集》，中华书局1981年版，第20页。

力拯救之，乃哀物悼世，以经营天下为志"。① 与屠仁守"每与语国事"，（屠）"辄流涕，举朝无其比"。这种友朋之间的惺惺相惜和相互促进，使康有为渐渐将满腔救国热情施之于实践。"薄游香港"后，他亲眼看到英国统治下的城市秩序，由此他对传统文化产生了怀疑，开始感到学习西方的重要性。1888年，他在《与洪给事右臣论中西异学书》中，再次论及八股取士制度："我聪明之士，则为诗文无用之学。以其愚者为之而有精巧者，又未尝鼓励也，则安能致巧？是盖政教之异，不得归咎于中人之涣且钝也。"②将国家发展的迟滞归咎于人才的"涣钝"，进一步追溯到科举制度之弊，这就是康有为对于科举改革的思维逻辑。同年年底，康氏趁入京应试的机会，上书光绪帝，请求改革政治以"挽救世变"，提出"变成法、通下情、慎左右"的主张。其文洋洋万言，表达了一个传统士大夫的时代危机感和焦灼之情：

> 窃观内外人情，皆酣嬉偷惰，苟安旦夕，上下拱手，游宴从容，事无大小，无一能举，有心者叹息而无所为计，无耻者嗜利而借以营私，大厦将倾而处堂为安，积火将燃而寝薪为乐，所谓安其危而利其灾者，譬彼病痿，卧不能起，身手麻木，举动不属。非徒痿也，又感风痰，百窍迷塞，内溃外入，朝不保夕，此臣所谓百脉败溃，病中骨髓，却望而大忧者也。今兵则水陆不练，财则公私匮竭，官不择才而上且鬻官，学不教士而下患无学。此数者，人皆忧之痛恨焉，而未以为大忧者也。③

此即康有为的《上皇帝第一书》。尽管此书未能上达，但传统士大夫家国天下的责任感却显露无遗。此间其诗作中诸如"高峰突出诸山炉，上帝无言百鬼狞。岂有汉廷思贾谊，拚教江夏杀祢衡"④以及"虎豹狰狞守九关，帝阍沈沈叫不得"⑤等句，形象地抒发了万马齐喑而志士报国无门的愤懑之情。

尔后，康有为返粤移居，晤见今文经学家廖平，并受其启发，想从今文经学中汲取可资运用的内容，用改良主义的观点对儒家学说作重新解释。此间他写下《新学伪经考》、《孔子改制考》等书，尊孔子为教主，用孔教名义提出变法维新的主张："《春秋》所以宜独尊者，为孔子改制之迹在也；《公羊》、《繁露》所以宜专信者，为孔子改制之说在也。能通《春秋》之制，则六经之说，莫不同条而共贯，而孔子之大道可明矣。"⑥

---

① 康有为：《康南海自编年谱》，"光绪五年己卯，二十二岁"。
② 汤志钧编：《康有为政论集》，中华书局1981年版，第49页。
③ 汤志钧编：《康有为政论集》，中华书局1981年版，第55页。
④ 康有为：《出都留别诸公》，汤志钧编：《康有为政论集》，"吾以诸生上书请变法，开国未有。群疑交集，乃行"。（中华书局1981年版，第73页。）
⑤ 康有为：《己丑上书不达出都》，汤志钧编：《康有为政论集》，中华书局1981年版，第75页。
⑥ 康有为：《桂学问答》，汤志钧编：《康有为政论集》，中华书局1981年版，第101~102页。

《桂学答问》诋击古文经学，倡导孔子改制学说，并列举"西学"书目，由是可知，康有为除了在中国传统思想中寻取变法理论根据外，还广泛涉猎"西书"，认为要救中国，就必须向西方资本主义国家学习。

梁启超（1873—1929），字卓如、任甫，号饮冰子，或署饮冰室主人，广东新会人。自幼接受儒家传统教育，六岁读毕《四书》、《五经》，十二岁中秀才，"补博士弟子员，日治帖括，虽心不慊之，然不知天地间于帖括外，更有何所谓学也"。十七岁中举人，自称"自十七岁颇有术于中外强弱之迹"。十八岁时，赴广州师从康有为，被康有为"取其所挟持之数百年无用之学更端驳诘，悉举而摧陷廓清之"的气魄所震慑，"一旦尽失其故垒"。① 从此，梁氏毅然决定舍弃旧学，追随康氏学习经世致用之学，并协助康有为教授弟子，鼓吹新学，走上了维新变法之路。

1895年5月2日，康有为、梁启超联合在京应试举人，联名上书光绪帝，痛陈变法之必要，"窃以为今之为治，当以开创之势治天下，不当以守成之势治天下；当以列国并立之势治天下，不当以一统垂裳之势治天下。盖开创则更新百度，守成则率由旧章；列国并立，则争雄角智；一统垂裳，则拱手无为"②。此次上书基本上包含了康氏变法的所有思想。此后康氏又在北京、上海分别组织强学会，创刊《万国公报》、《中外纪闻》、《强学报》，大力宣传变法维新，同时又不断上书光绪帝，争取自上而下的政治改革。同一时期，梁启超与黄遵宪等人创办《时务报》，并发表《变法通议》等大量鼓吹变法的文章，使《时务报》成为宣传维新变法的重镇。梁启超也因此而名声大振，与康有为一起被称为"康梁"。

1898年4月，光绪帝诏定国是，并于16日召见康有为。康递上奏折，重申变法的急迫性：

……若不及时图治，数年之后，四邻交逼，不能立国。……妄谓及今为之，犹可补牢；如再徘徊迟疑，苟且度日，因循守旧，坐失事机，则外患内讧，间不容缓，迟之期月，事变之患，旦夕可致，后欲悔改，不可收拾！虽有善者，无如之何！③

以感情充沛的四字句排比蝉联而下，令人心目耸动，光绪亦为之动容。康氏又在政治、经济、军事、文教各个方面提出了改革建议。梁启超亦受到光绪帝的召见，被赐以六品衔，并受命专办京师大学堂、译书局事务。康梁为策划变法做了大量工作。

从《上清帝第二书》（1895年5月2日）始，康有为开始有组织、有系统地向光绪帝奏陈维新变法的主张，集中于变革科举、兴新式学堂的奏章有：《请厘定文体折》（代杨

---

① 梁启超：《三十自述》，易顺鑫编：《梁启超选集》，中国文联出版社2006年版，第71页。
② 康有为：《上清帝第二书》，汤志钧编：《康有为政论集》上，中华书局1981年版，第122页。
③ 康有为：《上清帝第五书》，汤志钧编：《康有为政论集》上，中华书局1981年版，第201页。

深秀拟，1898年6月1日)、《请改八股为策论折》(代宋伯鲁拟，1898年6月17日)、《请催举经济特科片》(代宋伯鲁拟，1898年6月17日)、《请废八股试帖楷法试士改用策论折》(1898年6月17日)、《请废八股以育人才折》(代徐致靖拟，1898年6月22日)、《奏请经济岁举归并正科并各省岁科试迅即改试策论折》(1898年6月30日)、《请废八股勿为所摇片》(代宋伯鲁拟，1898年6月30日)、《请开学校折》(1898年6—7月)、《请酌定各项考试策论文体以一风气而育人才折》(代徐致靖拟，1898年7月6日)①等，时间全部集中在戊戌年六月到七月初，有时甚至是一日上数折。因康氏并无显位，故他多代他人拟奏稿，有时也托梁启超代拟。推想当日情形，康有为是想通过这种"狂轰滥炸"的上奏方式，震撼光绪皇帝的视听，达到废除八股的目的。康氏之弟康广仁谈及乃兄当日所为时说："……伯兄(康有为)昼则讲学，接见人士日以数十，户外屡满。夜则代草奏稿，鼓言路，及能上折者上言。及四月后，伯兄召见后，上奏及见客益忙。"②这就是变法前及变法中康有为的生活，繁忙、紊乱而仓促，纵精力过人，亦难以斡旋妥当。

康有为改革科举的主张集中于一点，即八股必须废。他所列举的原因有以下三个方面：

一是八股文不能选出为时所用的人才。"明以八股取士，我朝因之，诵法朱子，讲明义理，亦以谓法良意美矣。然功令禁用后世书，则空疏可以成俗；选举皆限之名额，则高才多老名场。况得之则词馆而蹑公卿，偕于旦夕；失之则耆硕不闻征聘，终老茅营。""学校则教及词章诗字，寡能讲求圣道，用非所学，学非所用，故空疏愚陋，谬种相传，而少才智之人。"③如果仍是闭关锁国，列强未至，"虽后此千年率由不变可也"。然而"大地忽通，强敌环逼"，④国势危殆，再固守祖宗法制，将是自取灭亡之道；为救亡图存计，必须废除八股。

二是八股功令束缚人的思想，使人咸趋于不学：

> 明世沿习既久，防弊日周，于是创为代圣立言之说，谓不得用秦、汉以后之书，述当世之事，夺微言大义之统，为衣冠优孟之容，诬己说为古言，侮圣人而不顾，于是史(或为"束")书不观，争为谬陋文体，风俗之坏，实自兹始。(有)明(中)叶以后，始盛行四股、六股、八股，破承起讲之格，虽名为说经之文，实则本唐代诗赋，专讲排偶声调，如宋元词曲，但求按谱填词，而肤(芜)词谰言，骈拇枝指，又加甚焉。以经义论，则无所发明；以文体论，则毫无取义。格式既定，

---

① 这些奏折均见汤志钧编的《康有为政论集》，其中所代拟奏折，均经汤志钧先生考订后收录。
② 《戊戌六君子遗集》，康幼博茂才遗文。转引自吴世昌：《梁启超传》，百花文艺出版社2004年版，第94~95页。
③ 康有为：《上清帝第二书》，汤志钧编：《康有为政论集》，中华书局1981年版，第130页。
④ 康有为：《上清帝第四书》，汤志钧编：《康有为政论集》，中华书局1981年版，第151~152页。

务使千篇一律，稍有出入，即谓之不如格。是以习举业者，阵阵相应，涂涂递附，黄茅白苇，一望皆同。限以三百、七百之字数，拘以连上犯下之手法，虽胸有万卷、学贯三才者，亦必俯就格式，不许以一字入文。其未尝学问者，亦能揣摩声调，敷衍讲章，弋获巍科，坐致高位。是使天下之人相率于不学也。①

八股之代言，使人无法自由表达一己之思想；八股之定格式，与"文无定式"相悖，易导致僵化教条；八股之技法，使人可由揣摩而获至高位，致而使天下相率于不学——八股之罪，可谓大矣！康氏随之导出以下结论："故用今日之文体，其弊亦有二：能使天下无人才，一也；即有人才，而皇上无从知之，无从用之，二也。"而八股文最可恶还不止于此，"岁科童试县考府考院考，出截上截下、无情巧搭等题，割裂经文，渎侮圣言，律以祖制，咎有应得，而各省沿用，毫不为怪"。奏折以汪洋恣肆的语言和不容置疑的气势，控诉了八股文使人尽趋于无学，无端浪费学子生命的罪恶，读之让人心潮澎湃，血脉贲张。文章最后说道："方今国事艰危，人材乏绝，推原其由，皆因科举仅试八股之故。"又将恶果进一步扩大："中国之割地败兵也，非他为之，而八股致之也。"在康氏代宋伯鲁所拟的《请废八股以育人材折》中，八股文进一步被称为"侮圣之传"。

三是科举之中额太少。科举制度本来就是一种选拔社会精英的制度，与传统农业社会相适应，因此能够入选者少，习举业者一生无成或老死场屋者，比比皆是。再加上科举有科无目，不能培养专业人才，不能适应新形势的需要。

如果只看康氏这些饱含感情的文章，我们真的会感到八股已为时代、国家之赘疣，不立即将其废除，则不足以解读书士子五百年被禁被毁被压抑被倒悬之冤屈。康有为这些情感饱满的奏章，使光绪帝大为震动，且康氏又以自己的科举经历为现身说法，更足以促成光绪帝废除八股的决心。再加上其他朝廷重臣如张之洞等人也都提议废除八股，于是，"停罢八股，改试策论"诏下。废除八股文成为戊戌变法的第一个巨大胜利。

梁启超抨击八股文的言论主要见于《变法通议·变科举》、《公车上书请变通科举折》等文中。谈及人才乏绝，无以御侮之故，梁氏亦说"皆由科第不变致之"；论及中国之科举，乃言"试之以割裂、搭截、枯困、纤小、不通之题，学额既隘，百十不得一，则有穷老尽气终身从事于割裂、搭截、枯困、纤小、侮圣之文，而不暇他及者"，"制艺功令禁用后世书、后世事，于是天下父兄师长虑子弟之文以驳杂见黜，禁其读书，非徒子史不观，甚且正经不读"，"殿试亦仅试楷法或挑破体，故虽为额甚隘，得之甚艰，老宿奇才，亦多黜落；而乳臭之子，没字之碑，粗解庸滥墨调，能为楷法，亦多侥幸登第者"。而所举之反例亦与康氏所举甚为相似："故自考官及多士，多有不识汉唐为何

---

① 康有为：《请厘定文体折》（代杨深秀拟），汤志钧编：《康有为政论集》，中华书局1981年版，第247~248页。

朝,贞观为何号者。至于中国之舆地不知,外国之名形不识。"①在《戊戌政变记》中又言"常科以八股、楷法取士","但使能作八股,能作工楷,虽一书不读,亦可入翰林,登显秩,积资以致公卿、督抚;下之亦为道府、试差,退之亦为山长、贵绅。故天下咸趋向焉,相率于不读书,不讲时务,人才愚陋,实由于此"。② 总之,梁氏在抨击八股文时所举理由与事例,甚至所用的语言,都与康氏之说大致相同。

　　平心而言,八股文之所以能够由明到清延续五百年历史,自然有其存在的合理性。清代末科探花商衍鎏在《科举考试的回忆》一文中,回忆起自己当年为科举考试而准备的必读书目中,不但八股文、古文、律赋、文选之类的要读,并且史书如通鉴、四史,子书如庄、老、韩非各种书籍也都要读,"俾腹中充实,以备作文驱遣"。③ 可见八股文的写作绝非专靠揣摩坊间程文、墨卷而得(当然我们也不能否认会有极个别的投机者侥幸成功),科举功名需具有极其深厚的经典学养方可获致,这是亲历科举各个层级考试的过来人的如实回忆,平实、客观,因而也就更接近于事实的真相。随着时代局势的变化,科举功令对八股文的限制已大大松弛,清末八股文也并不像康梁说的那样不敢言说一己的思想情感。而康梁等改革家一心改革,不仅将八股文的社会功能一笔抹煞,甚且将国家衰颓、割地赔款的罪责一并加于其上,那就绝非是平情之论了。

　　康有为继续构想美好蓝图:"若果能涤除积习,别立堂基,窃为皇上计之,三年则规模已成;十年则治化大定。然后恢复旧壤,大雪仇耻,南收海岛以迫波斯、印度;北收西伯利亚以临回部强俄;于以鞭笞四夷,为政地球而有余矣。"④——似乎旦夕之间,世界强国的理想指日可待,天下可运于掌——说得多么轻松自如! 然而改革的现实绝非美好如康氏所想,"一步到位"的改革本来就不可能实现,况且在积弱积贫的中国! 这也就注定了维新变法失败的必然结局。慈禧于8月发动政变,囚禁光绪帝,下令通缉康梁,并处死参与变法的谭嗣同、杨锐等六君子,维新变法失败。康有为逃亡香港,后到日本;梁启超则流亡日本,在日本横滨创办《清议报》、《新民丛报》、《新小说》等刊物,继续议论朝政得失,发表对时局的看法。

　　追究变法失败的主观原因,康梁等人政治上的幼稚难逃其责。前文论及光绪帝时,已引用一段文字说明了改革中的康有为及光绪帝政治上的极端幼稚的体现⑤,除此外,试图"毕其功于一役"的急躁心理也成为维新失败的另一因素。康广仁曾批评其兄康有为说:

---

①　梁启超:《变法通议·论科举》,梁启超著,林志钧编:《饮冰室文集》第一册,中华书局1989年版,第21~26页。
②　梁启超:《戊戌政变记》,广西师范大学出版社2010年版,第51页。
③　《科举考试的回忆》,商衍鎏:《清代科举考试述录及有关著作》,百花文艺出版社2003年版,第423页。
④　汤志钧编:《康有为政论集》,中华书局1981年版,第152页。
⑤　见本书第56页引文。

> 伯兄规模太广，志气太锐，包揽太多，同志太孤，举行太大！当此排者、忌者、谤者盈衢塞巷，而上又无权，安能有成？弟私窃深忧之。故常谓但能竭力废八股，俾民智能开，则危崖转石，不患不能至地。今已如愿，八股已废。力劝伯兄宜速拂衣，多陈无益，且恐祸变生也。伯兄非不知之，惟常熟（翁同龢）告以上眷至笃，万不可行。伯兄遂以感激知遇，不忍言去。……弟旦夕力言，新旧水火，大权在后，决无成功，何必冒祸！伯兄亦非不深知，以为生死有命，非所能避……

语语皆洞中肯綮之言。对康有为狂躁、执拗、不够理智的性格特点，康广仁亦有其言："伯兄思高而性执，拘文牵义，不能破绝藩篱。至于今实无他法，不独伯兄身任其难不能行，即弟向自谓大刀阔斧，荡夷薮泽者，今亦明知其危，不忍舍去。乃知古人所谓'鞠躬尽瘁，死而后已'，固有无可如何者……"①

要之，康梁之改革科举的主张，实源于其学养及个性特点。康梁对科举的抨击更多于其主张，因而他们的思想也就更多关注在"开启民智"的层面上，而弱化了其理论的科学性与客观性。康梁力言科举之牢笼天下，科举功令禁锢人心，使人趋于不学，目的几乎全在于：解放思想，取得言说的自由；破除传统、束缚与因袭；直面西方列强入侵中国的"三千年未有之变局"的国际形势，这几乎成了戊戌变法中力主废除八股的最大目的。这与光绪帝发布"定国是诏"之"大开言路"息息相关，改革者与启蒙者所需要的，是开放思想和自由评议朝政的言论自由，而这与"五四"以来文学革命派所号召的"除旧布新"，在内在的理路上有着强烈的一致性。为取得言论自由的权利，在"破"的同时"建"起新的思想和文化，都需要一个批判或讨伐的靶子，而八股文则"有幸"成为这样的一个众矢之"的"，在一片讨伐中被彻底废除，走下历史舞台。从这个意义上来说，八股文是一种"有意味的形式"，它所负载的，是保守、因袭、僵死、封闭——简言之，它承担了一切落后、守旧的罪名——然而它同时所秉承的道德教化的功能，却也随着"八股"这个躯壳形式，一并被取消了。这就是废除科举后，中国传统文化出现了有史以来最大的一次文化断裂的最主要原因。

梁启超在《南海康先生传》中，对戊戌变法的意义有一段相当精辟的概括：

> 戊戌维新之可贵，在精神耳。若其形式，则殊多缺点。当时举国人士，能知欧、美政治大原者，既无几人。且掣肘百端，求此失彼。而其主动者，亦未能游西域，读西书，故其措置不能尽得其当，殆势使然，不足为讳也。若其精神，则纯以国民公利公益为主，务在养一国之才，更一国之政，采一国之意，办一国之事。盖立国之大原，于是乎在，精神既立，则形式随之而进。虽有不备，不忧其后之不改

---

① 《戊戌六君子遗集》，康幼博茂才遗文。转引自吴其昌：《梁启超传》，百花文艺出版社2004年版，第95页。

良也。此戊戌维新之真相也。①

改革者应具有一种宗教家的精神而不应(也不必)过分注重于其他,这其实可以作为梁氏追随康有为宣传并筹划变法维新事宜的夫子自道。

再联系康有为、梁启超等人的身份来看,康有为是光绪二十一年(1895)乙未进士;梁启超是光绪十五年(1889)己丑举人,二人都没有高官显位。因此,当康梁被光绪帝以"布衣"召见,"国朝成例,四品以上乃能召见。召见小臣,自咸丰后四十余年,未有之异数也。启超以布衣召见,尤为本朝数百年所未见",② 不由感激涕零,对光绪帝的知遇之恩,终生不忘。而康梁诸弟子能够在变法中奋不顾身(如谭嗣同等六人,愿以身死唤醒民智,变法图强),鞠躬尽瘁,死而后已,此乃中国传统士人忧国为民的可贵精神。在特定情势下,传统士人被激发出的道义精神,足以让整个时代受到震撼。孔子曾说:"不在其位,不谋其政。"而曾子则进一步将之发挥为"君子思不出其位"③。在儒家看来,君子既"思不出其位",则"素其位而行,不愿乎其外",可"素富贵,行乎富贵;素贫贱,行乎贫贱;素夷狄,行乎夷狄;素患难,行乎患难。君子无入而不自得焉。在上位不陵下,在下位不援上,正己而不求于人,则无怨。上不怨天,下不尤人"。④ 这既是儒家理想中的政治,也是他们达到理想政治的途径。随着士人在社会管理事务中愈来愈受到重视和尊崇,"家国天下"的情怀逐渐成为士人的一种内在自觉,"思出其位"也就随着时代变化而具有了与时俱进的社会意义。考察康梁诸人在维新中的表现,可以见出特定时势下,正是儒家士人的这种"思出其位",这种"国家兴亡,匹夫有责"的主动参政议政意识,发挥了儒家思想在政治中的积极作用。因此,对康梁的历史定位,也就不能忽视了其传统儒家士人精神人格的一面。

二、严复的科举观及其反思

严复(1854—1921),字又陵,后易名为复,字几道,福建侯官人。他七岁进私塾,十岁师从黄少岩(昌彝)先生,接受了严格的传统教育。1866年父亲去世,因家贫无力延师求学,严复致身于科举入仕的希望破灭。适逢福州船政学堂招生,严复以第一名的成绩被录取,从此入洋务学堂改读"西学"。后严复被派往"建威"、"扬武"等军舰上实习5年。1876年又被派赴英国留学。在英国留学期间,严复除学习海军专业课程外,

---

① 转引自吴世昌:《梁启超传》,百花文艺出版社2004年版,第92页。
② 梁启超:《戊戌政变记》,广西师范大学出版社2010年版,第38页。
③ (宋)朱熹撰:《四书章句集注》之《论语章句》卷七,曰:"程子曰:'不在其位,则不任其事也。若君大夫问而告者则有矣。'"对曾子"君子思不出其位",朱子注曰:"此艮卦之象辞也。曾子盖尝称之,记者因上章之语类记之也。范氏曰:'物各止其所,而天下之理得矣。故君子所思不出其位,而君臣、上下、大小,皆得其职也。'"(中华书局2011年版,第146页。)
④ (宋)朱熹撰:《大学章句》,《四书章句集注》,中华书局2011年版,第26页。

还特别留意观察西方社会政治和文化学术大势。嗣后,严复最早以洋务教育精英的身份回国,然而"那些早期抽象地赞赏西方军事技术的'自强者'们,却都没有从敬业的角度,对从事'洋务'的专家们给予多少实质性的鼓励和思想上的支持"①。严复回国后,因为没有"正途出身"而被排除在上层主流社会之外,这使他无法真正施展自己的才华,甚至连给当权者所上之书也无人理睬。为了改变这种尴尬的局面,严复于1885年参加了乡试,以求考取举人,博取一个"正途出身"。此次乡举他未能中选,此后的三次考试也都名落孙山。然而,"正像我们从其他人的经历中所知道的,这样的失败既不能被看作是严复才智欠佳的反映,也不能当作他忽视中文学习的证据,而只表明他未完全遵守当时考试制度中古怪的形式主义框框"②。甲午后,严复对科举制度的激烈抨击中,无疑包含着他屡蹶科场的屈辱与愤懑。

甲午战争的溃败强烈地刺激了中国人,并促使先进的有志之人去积极寻求富强独立的办法。戊戌变法士人思想的转变始自甲午战败,这其中谭嗣同和严复可作代表,他们昌言中国应尽变西法,而首要之举就是废八股,兴学校。甲午(1894)终,谭嗣同撰《仲叔四书义自叙》一文,明白提到中国应尽变西法:

> 方今天下多故,日本踏我朝鲜,袭我盛京,海上用兵无虚。日暮途穷,民迫穷困,且向乱;群族盱目而环视。大臣席不暇暖,食不逮晨,蒐③卒乘,峙刍粟,缮甲械,折冲决胜,徂内辑外,机牙四出,百心莫照。此岂新学"时文四书义"能任其万一者哉?窃惟不废新学,无以发舒人人聪强。弦久懦,则更张之。新学不为不久矣,效亦可睹矣。更张之时,其在斯乎?嗣同行与新学长辞,不复能俯首心奉之。因纂辑所为若干,别为一通。仲兄仅乃著录其二,知不欲以此见也。④

同年,谭嗣同又撰《莽苍苍斋诗自叙》、《三十自述》等文,其中都有与过去"反袂告绝"的宣告。⑤ 次年(乙未年,即光绪二十一年,1895)闰五月初,谭嗣同又在给其师欧阳中鹄一封长函中,谈到他意欲在故乡湖南浏阳设立一算学格致馆,以此为起点,"尽变西法",做到凡西人之所有,我无不有,又无不精,"因有见于大化之所趋,风气之所溺,非守文因旧所能挽者",故"不恤大难,画此尽变西法之策"。⑥ 谭嗣同将富国强民的希望寄托在学习西法上面,尝试通过创办西学学堂("格致馆")的方式启发民智,改

---

① [美]本杰明·史华兹著,叶凤美译:《寻求富强:严复与西方》,江苏人民出版社2005年版,第26页。
② [美]本杰明·史华兹著,叶凤美译:《寻求富强:严复与西方》,江苏人民出版社2005年版,第28页。
③ 蒐:音 sōu,聚集。
④ (清)谭嗣同著,蔡尚思、方行编:《谭嗣同全集》,中华书局1998年重印本,第17页。
⑤ (清)谭嗣同著,蔡尚思、方行编:《谭嗣同全集》,中华书局1998年重印本,第57页。
⑥ (清)谭嗣同著,蔡尚思、方行编:《谭嗣同全集》,中华书局1998年重印本,第297页。

变风气，而实现这些愿望的第一步则是尽弃八股，与过去"反袂告绝"。

1895年，严复撰成著名的《救亡决论》①，分三篇陆续发表在1895年5月1日至6月18日的天津《直报》上。文章一开头，严复就旗帜鲜明地提出了"废八股"的教育主张："天下理之最明而势所必至者，如今日中国不变法则必亡而已。然则变将何先？曰：莫亟于废八股。夫八股非自能害国也，害在使天下无人才。"严复痛陈了八股取士的三大危害——"锢智慧"、"坏心术"、"滋游手"，然后进一步指出，有其一害者，就足以使国家由衰弱而灭亡，更何况八股取士制度三害俱足！所以，"八股取士，使天下消磨岁月于无用之地，堕坏志节于冥昧之中，长人虚骄，昏人神智，上不足以辅国家，下不足以资事畜。破坏人才。国随贫弱"。不废除八股而只做些修修补补，最终必然导致国家危亡。国家昌盛唯倚"求才""为学"二者，而二者之行又倚西方格致之学；不本格致而欲救亡兴国，必如"蒸砂千载，成饭无期者矣"。所以，《救国决论》明确无疑地指出，救亡之道，在"痛除八股而大讲西学"。

与康梁等人论科举的文章相比，严复抨击科举制度更加全面、彻底：

> 垂髫童子，目未知菽粟之分，其入学也，必先课之以《学》、《庸》、《语》、《孟》，开宗明义，明德新民，讲之既不能通，诵之乃徒强记。如是数年之后，行将执简操觚，学为经义，先生教之以擒挽之死法，弟子资之于剽窃以成章。一文之成，自问不知何语。迨夫观风使至，群然挟兔册，裹饼饵，逐队唱名，俯首就案，不违功令，皆足求售，谬种流传，羌无一是。如是而博一衿矣，则其荣可以夸乡里；又如是而领乡荐矣，则其效可以觇民社。至于成贡士，入词林，则其号愈荣，而自视也亦愈大。出宰百里，入主曹司，珥笔登朝，公卿跬步，以为通天地人之谓儒。经朝廷之宾兴，蒙皇上之亲策，是朝廷固命我为儒也。千万旅进，人皆铩羽，我独乘龙，是冥冥中之鬼神，又许我为儒也。夫朝廷鬼神皆以我为儒，是吾真为儒，且真为通天地人之儒。从此天下事来，吾以半部《论语》治之足矣，又何疑哉！又何难哉！做秀才时无不能做之题，做宰相时自无不能做之事，此亦其所素习者然也。②
>
> ……若以孙伯符杀丹阳太守坐无所知者例之，则与当涂公卿，皆不容于尧舜之世者也。……中国一大豕也，群虱总总，处其荃蹄曲隈，必有一日焉，屠人操刀，具汤沐以相待，至是而始相吊也，固已晚矣。③

其形象之生动，抨击之辛辣，直可与阮籍《大人先生传》中"群虱之处于裈裆"的描绘并列为二！严复同样对八股取士制度的"无用"加以揶揄："自有制科来，士之舍干进梯荣，则不知所事学者，不足道矣。超俗之士，厌制艺则治古文词，恶试律则为古今体；

---

① 王栻主编：《严复集》第一册，中华书局1986年版，第40~54页。
② 严复：《救亡决论》，王栻主编：《严复集》第一册，中华书局1986年版，第40~41页。
③ 严复：《救亡决论》，王栻主编：《严复集》第一册，中华书局1986年版，第42页。

鄙摺卷者，则争碑板篆隶之上游；薄讲章者，则标汉学考据之赤帜。……然吾得一言以蔽之，曰：无用。非真无用也，凡此皆富强而后物阜民康，以为怡情遣日之用，而非今日救弱救贫之切用也。"①一语尽否科举在历史上之功效与作用，釜底抽薪，直捣黄龙，置之死地而后已！

蔡元培曾说过："高志孤愤者，大抵专思于极端。"②"高志孤愤"一词，用以把握晚清时期对科举制度攻击最烈的思想家们的个性特征是非常恰当的。综观康、梁、严复等人，无不怀抱满腔救国图强激情，然而现实的情形却并不容一介书生的他们"染指"，因而形成了他们"高志孤愤"的个性特征。发为言，则往往"专思于极端"，以极端的形式或言辞表达激进的思想。而且，这种"专思于极端"的思想表述特征，并非严复的"专利"，康有为、梁启超在维新时期批判科举的诸多言论，同样很难在理智与情感上取得平衡。晚清以来，救亡图存、追求富强的时代主题迫使人们急切地寻病根，求答案。思想家们在忧心如焚的心态下，往往找到一个问题就将其扩大化、全局化，并认为此病根一旦拔除，则全盘皆活。每次要拔除一个病根前，又往往以慷慨激愤的言论将所有的火力集中于此病根，将所有的罪过都堆积于其上，以此触目惊心，增强拔除的决心。这种"极端"之思，乃源于晚清这一特定时期救亡图存的紧迫性与"高志孤愤"的爱国情怀的冲击对抗而形成，因此，对晚清时期康、梁、严复等人的激烈言辞，我们既要对之有同情之了解；又要知人论世，避免过于偏激甚至褊狭而唐突古人了。

然而，人类对事物的思考总是步步深入的，伟大的思想家也正是因为他们善于反思而愈显其伟大。科举的骤废使思想家们的主张付诸实践，然而实践中又出现了新的问题，这又引发了思想家们的反思。痛定思痛，他们甚至在一定程度上又否定此前自己的观点。

1906年，面对科举制度的骤废，曾在维新时期激烈抨击科举制度的严复，却不敢盲目乐观，他在一次演讲上说："此事乃吾国数千年中莫大之举动，言其重要，直无异古者之废封建，开阡陌。造因如此，结果如何，非吾党浅学微识者所敢妄道。"③对于童蒙读经，严复后来也有了自己的看法，认为科举制度下塾师要求童子自幼即死背经书也有一定的科学道理。他说：

> 读经之在学校，当特立一科，而所占时间不宜过多，宁可少读，不宜删节。期以熟读，亦不必悉求领悟，而要必于童蒙之教植其基。非不知辞奥义深，非小学生能所领解，然如祖父容颜，总须令其见过。至其人之性情学识，自然须俟年长乃能相喻。四子、五经亦然，皆中国数千年人伦道德之基，此时不妨先教讽诵，能解则解，不能解则置之，俟年长学问深时，再行理会，有何不可。若少时不肯盲读一

---

① 严复：《救亡决论》，王栻主编：《严复集》第一册，中华书局1986年版，第44页。
② 高平叔编：《蔡元培全集》第一卷，中华书局1984年版，第137页。
③ 严复：《教育与国家之关系》，王栻主编：《严复集》第一册，中华书局1986年版，第166页。

过,则终身与之枘凿,徐而理之,殆无其事。①

童蒙时期要求儿童多背诵一些经典,对其日后的学习能力及道德修养都大有益处。从教育学来说,这是充分利用人在幼年时期机械记忆较强的特点而施之于教学的结果,却并不要求幼儿一定要对这些道理充分领悟。严复的这种反省,表现了他对于传统文化平心静气的思考和接纳。

宣统元年(1909),严复被赐文科进士出身,乡人郑孝胥作诗以调,其中有"观君评制艺,折肱信良医。少年求进士,得之特稍迟。风味如甘蔗,倒嚼境渐佳。何可遽骄满,持将傲吾侪"②之句,可见此时的严复已对科举制度有了较为客观、冷静的认识,他对废除科举后传统伦理、新式教育极为担忧。在《与学部书》中,他说:"亲见近日时世,自科举既废,民气之闭塞益深,国学之凌迟日亟,以为吾国颠危之象,此最可忧。"③在严复看来,废除科举反而导致中国百姓更加闭塞,传统学术行将没落。吴汝纶在给严复的信中,也谈到了对科举改革的担忧:

> 近日议法之家,皆自奋其室中之见,楚中所议科举,尤为难行。今之秀、孝,虽未必果材,然国家一切屏弃不齿,恐亦有不测之忧。吾恐西学不兴,而中国读书益少,似非养育人才之本意也。④

都不约而同地看到了晚清科举改革的负面影响。他们代表了当时中层士人较有智识的一群,因此,对他们的言论亦应警惕于心。

再看康梁诸人废除科举后的言论。1910年,对科举存废利弊进行反思后,梁启超这样说道:

> 所恶夫畴昔之科举者,徒以其所试之科不足致用耳。昔美国用选举官吏之制,不胜其弊,及一八九三年,始改用此种试验,美人颂为政治上一新纪元。而德国、日本行之大效,抑更章章也。世界万国中行此法最早莫如我,此法实我先民千年前之一大发明也。自此法行而我国贵族寒门之阶级永消灭,自此法行而我国民不待劝而竞于学,此法之造于我国也大矣。人方拾吾之唾余以自夸耀,我乃惩末流之弊,因噎以废食,其不智抑甚矣。吾故悍然曰:"复科举便!"⑤

---

① 转引自钱基博:《现代中国文学史》,上海书店出版社2004年版,第348页。
② 钱基博:《现代中国文学史》,上海书店出版社2004年版,第330页。
③ 马勇编:《严复语萃》,华夏出版社1993年版,第172页。
④ 《附录三 师友来函》,王栻主编:《严复集》第五册,中华书局1986年版,第1562~1563页。
⑤ 梁启超:《饮冰室合集》文集之二十三,中华书局1989年版,第68页。

西方强国借鉴中国的"科举制",用之于政而获得成功,与中国"新政"弃科举制如敝屣而不甚惜,二者形成鲜明的对照,这让梁氏哭笑不得,终于认识到当初的遽废科举也许是极为不理性的,是"因噎以废食"的鲁莽举动,因此梁氏"悍然"倡议恢复科举之制!这与十多年前梁氏本人的激烈言论判若天壤。1913年,康有为发表言论说:

> 昔者以经义试士,犹欲以德行选人。夫试经义者,必日读六经传说也,日诵目睹,皆辨义利,尚德行,贵忠信笃敬,而恶巧佞无耻,以得富贵者也。学之试之者,岂必尽行,然犹知之而怀耻也。今则举习经义之士,皆易而为学法律之人,举国富贵执权者,非政党则律师者;而政党律师者,皆日以争权利为事,而未尝有道德之存其心,国民效之,相习而成风。且夫争权利者,岂待教哉?而道德者,虽厉之而不能行也。国无道德之率厉,而惟权利之是争,则父子兄弟夫妇不能久处,而况于国民乎?今举国滔滔,皆争权利之夫,以此而能为国也,未之闻也。①

此时的康有为也认识到昔时科举考试"以经义试士",能够在道德上给人以塑造,日读六经传说,虽不能使人人皆能崇尚道义德行,做到忠信笃敬,但至少能有知耻之心,对社会风气起到正面的效法作用。科举制度被废除以后,政坛上道德廉耻丧尽的情形比比皆是,徇私舞弊,投机钻营,贪墨盛行:"……及我行之,则用不以才,而以私戚知交,遍于僚吏,钻营奔竞,甚于曩时。废弃资格,则人人有百分之想;不用考试,则当官多没字之碑。故市侩盗魁,列于在位,其得官也易,其超拔也易,故无自重之心,无自爱之意。其视吏道也,等于商贾,人民亦不重之,且多笑之。往者乡会有试,备历艰难,然后得一第,郎曹累级,几历年劳,而后得一阶,故士自重而人知敬焉。"然后康氏万分感慨科举乃"经数千年,因革鉴戒,而后得此良法"②的善制。

革命文学家章炳麟乃是不屑于举业之人,然而他对废科举,兴学校与康梁也颇有同感:

> 昔汉时举博士,年五十始应科。今之世,有晨朝卒业,比暮已为父师者矣。而学官弟子,复以其业为足。循是以往,惧犹不如科举之世。何者?科举文辞至腐朽,得科举者犹自知不为成学,入官以后,尚往往理群籍,质通人,故书、数之艺,六籍之故,史志之守,性命之学,不因以蠹败;或乃乘时间出,有愈于前。今终以学校之业为具,则画地不能进一武。老聃有言:"天下皆知美之为美,斯恶已。"彼学校者岂不美于科举耶?犹曰未已,而在学者以奸政。学校诸生,非吏也。

---

① 康有为:《中国颠危误在全法欧美而尽弃国粹说》,汤志钧编:《康有为政论集》下册,中华书局1981年版,第905页。
② 康有为:《中国颠危误在全法欧美而尽弃国粹说》,汤志钧编:《康有为政论集》下册,中华书局1981年版,第907页。

所习不尽刑名比详；虽习之，犹未从政，辍业不修，以奸当涂之善败，则士侵官而吏失守，士所欲恶不尽当官成，又不与齐民同志。上不关督责之吏，下不编同列之民，独令诸生横与政事，恃夸者之私见以议废置，此朋党所以长。①

对比科举制度废除前后的社会道德及士人从政情形，认为学校反"不如科举之世"。再加上为推广学校，"然部定奖励，纳科举于学校，其士之入学者，既志在得官，而师之为教者，亦以为速化，而不知道问学而尊德性，先器识而后文艺，学校愈推广，风气愈窳败"②。无论从读书士子的社会道德来看，还是从新式教育所取得的效果来看，皆无法让人对所谓"新式教育"称首赞同。——这真是对废除科举制度的莫大讽刺！

这些著名思想家在废科举前后所发言论的巨大反差，让我们不由感慨再三：覆于科举之"尘"，乃其为之；而为科举洗刷清白，亦其为之，此真乃"成也萧何，败也萧何"！1906年，蔡元培曾在一次演讲中不无感慨地称科举是"受其（社会）之腐败而同归于尽，此犹个人受传染之病也"，它是"随社会之进化而忽成废物"。③ 言下之意，科举制度本身的是非姑且不论，但它最终被废除则是社会腐败的侵蚀和它难以与时俱进的结果。

作为一种古代的选官制度，科举制度兼具教育与选官两种社会功能，晚清主废科举的改革者往往只考虑到科举在教育方面不能满足新时势的需要，而忽视了科举制度作为选择政府需要的行政官员的政治功能。因此，废除了科举制度，中国有了新式教育，副产品的恶果是被阻住了，但新的教育制度却不能从制度上解决帝国行政管理人才的选拔问题。康有为看到的现象是："今民国科举既绝，人士自弱冠出学后，非钻营权贵，凭借党人，不能入仕。"④钱穆后来也如此评价晚清废除科举："因有种种缺陷，种种流弊，自该随时变通。但清末人却一意想变法，把此制度也连根拔去。民国以来，政府用人，便全无标准。人事竞奔，派系倾轧，结党营私，偏枯偏荣，种种病象，指不胜屈。"而对新式学校是否能够"学以致用"，康氏也有了不同的结论："若废科举而用学校，则学者自听讲义、读课本外，束书不观，乃至中国相传之名物日用之书亦不之识，其愚闭乔塞，殆甚于八股之时。而八股之士，尚日诵先圣之经，得以淑身而善俗，今学校之士，则并圣经而不读，于是中国数千年之教化扫地，而士不悦之，惟知贪利纵欲，无所顾忌，若禽兽然。"⑤在晚清急迫的时代压力下，科举制度被"连根拔去"在很大程度上也是不得已而为之。然而，科举骤废后，而相应的替代制度并没有顺利形成，这导致社会文化断裂，社会流动整合能力弱化，一系列的社会问题便随之产生。对此，当时

---

① 转引自钱基博：《现代中国文学史》，上海书店出版社2004年版，第68页。
② 钱基博：《近百年湖南学风 骈文通义》，上海古籍出版社2012年版，第70页。
③ 高平叔编：《蔡元培全集》第一卷，中华书局1984年版，第242页。
④ 汤志钧编：《康有为政论集》下册，中华书局1981年版，第1042页。
⑤ 钱基博：《现代中国文学史》，上海书店出版社2004年版，第278页。

就有人感慨:"竭全国之精华,成现形之恶果,此诚可长太息也。"①1921年,病危的严复手缮遗嘱训示后昆,内列三事,其中有"旧法可损益,必不可叛","两害相权,己轻,群重"的遗言,语至剀切。② 这是曾经的激进者对经过实践检验的晚清中国历史与改革的深刻反思,而这已经是废除科举的17年后了。对比这些中层士人废除科举前后的言论与反思,不禁令人感慨再三!

第二节 科举改革中的"守旧者"

当一部分士人认识到科举的弊端并坚持科举改革时,另一部分士人同样承认科举制度存在这样或那样的不完美,但他们并不主张改革科举。设若追究其中缘故,则是他们更多地看到了延续了千年之久的科举制度在历代所起到的重要的社会整合、道德调节等方面的功能。因此,在论及晚清科举改革中的"守旧者"时,我们首先从明清科举制度中最重要的程文——八股文的社会功能说起。

一、八股文的社会功能

八股文的社会功能,简言之,即"八股究竟是在考什么","八股要求士人必须具有一种什么样的能力"的问题。这两个问题事实上是一个问题的两个方面,可以合并在一起进行回答。八股文既不是明太祖朱元璋及其谋臣刘伯温所制定的愚民政策,也不是哪一天突然形成而被作为局限士人思想头脑的工具。事实上,八股文是科考举子与考官互动的结果,是科举文体承袭与创新的必然趋势,这在当今愈来愈深入细致的研究中已有较为充分的论述。③ 八股文因其高度的程式化屡受当世人及后代人的诟病,其"形式主义"的风格和"无用"的特点成为其备受指责的焦点。那么,为什么帝国④的统治竟然需要由掌握这种形式主义的人来操纵和驾驭?它真能起到选拔真才的效果吗?这就涉及八股文作为科举文体的独特之处。

启功先生曾以"作谜语"来形容作八股文,认为八股文破题的作法和作谜语极其相似。谜语有"谜面"、"谜底",破题两句即谜面,所破的题目即谜底。再进一步说,全篇几百字八股文都是谜面,八股文的作者即在一定规范内——通盘考虑理、法、辞、气乃至音调、平仄等各个方面——设计这个"谜面"。所以,初学八股文者很难一下子就

---

① 李灼华:《学堂难恃请兼行科举折》,故宫博物院明清史研究组编:《清末筹备立宪档案史料》下册,中华书局1979年版,第993页。

② 《附录一 碑传年谱》,《侯官严先生年谱》,王栻主编:《严复集》第五册,中华书局1986年版,第1552页。

③ 对于该问题的论述,可参阅何怀宏:《选举社会——秦汉至晚清社会形态研究》,北京大学出版社2011年版,第135~142页。还可参见李光摩:《八股文的定型及相关问题》,《文学遗产》2011年第6期。

④ 以明、清为例,因为历史上只有这两个时代实行的是八股取士制度。

全部掌握这些技巧，往往都是从最初的"破题"二句学起；然后是"承题"，扩展到三四句；之后是"起讲"，再扩至十多句；再进入音调铿锵，最见文采功力的"比"的部分；最后收结（清代八股文取消了文末的"大结"）。全篇文章都要紧紧扣住"谜底"——不能超出题目所规定的范围，不侵上，不犯下，且要连接自然，起伏推进流畅，最后又要收得拢，截得住。其基本要素和写作技巧，与我们写文章一般所遵守的规则和要求并没有什么不同，如紧扣主题，开头漂亮，首尾呼应，结构严谨，论证有理，文字流畅，因此习作八股文又可以训练写作者的逻辑思维能力及说理能力。朱光潜在《从我学国文说起》一文中谈到自己儿时也阅读过八股文："坦白地说，我颇觉得八股文也有它的趣味。它的布置很匀称完整，首尾条理线索很分明，在窄狭范围与固定形式之中，翻来覆去，往往见出作者的匠心。"①而且，他认为有的八股文实在写得好极了。又因为八股文的内容必须紧紧围绕四书五经这些前代的圣贤经典展开，因此八股文又被称为"第二文本"②。那么，这种熔铸了主要文章技巧乃至把骈散、文理、人我等因素巧妙地结合为一体并形成了一定程式的八股文，能够考查出士子哪些能力呢？

简言之，有以下三个方面。一是记忆能力。应考士子必须熟记四书五经这些主要经典，不仅要求逐字逐句记诵，还要求熟记朱注，只有如此方能做到对任何出题都能一目了然，知其章节和上下文，及其注解、历史背景，这样能够在上下文中把握全体，作文时才有一个基本依据。二是理解义理的能力。应考士子还必须确切地理解经书及经解所说的意思、字句之间的逻辑关系，然后才可能引申发挥，代圣贤立言。三是组织文字、发扬文采的能力。在熟记四书五经的基础上，将自己对经义的理解用雅训的文辞在严格固定的格式中表现出来，这要求作者有文学的领悟力和想象力。毫无疑问，前两者是第三个方面的前提和基础，第三个方面是前两者的引申与发挥。但若没有前两者，想达到后者，那也是痴心妄想。士子一旦具备了这三个方面的要求，其八股文与试帖诗的水平也就不会差，这也往往说明他具有较高的文字水平和思维能力，其智力水平和文化素质也会超出一般水平，因此在实际的政务能力中，一般不会表现得过于呆板或迟钝，也就可以保证他具有恰当理智地处理政务的实际才能。③ 一般说来，考试成绩的高下与应考者平日实际水平是基本相符的，只要不作弊，命题又无明显失误，试卷对答反映出来的水平也就基本上能够代表应考者的实际水平，超常发挥或临场失败者毕竟都是少数。为了更形象地解释这一问题，刘海峰先生打了个形象的比方，就像体育赛场上获得奖牌者的体能素质总的说来要比被淘汰者更高，科举社会中能够获中者往往也拥有较高的文学才能与智力水平。虽然偶尔也会有个别例外，但绝大多数情况是这样。④ 古今学者大多

---

① 朱光潜：《朱光潜美学文学论文选集》，湖南人民出版社1980年版，第3~4页。
② 可参见孔庆茂：《八股文史》，凤凰出版社2008年版，绪论中的相关论述。
③ 该部分论述参考何怀宏：《选举社会——秦汉至晚清社会形态研究》，北京大学出版社2011年，第206~207页。
④ 刘海峰：《中国科举文化》，辽宁教育出版社2010年版，第283~284页。

认同八股文实乃古代各种文体的综合，且是在长期运作过程中力图使考试进一步客观化的结果。考八股即考一个人的综合能力，包括记忆力、理解力、感悟力、思维能力以及文字表达能力等。对此，吕思勉先生说得很通脱明白："古人又不是傻子，何尝不知科举考的全是无用之物？（但从中）却也可以看出其人聪明与否，所以，科举选的不是学有所成之士，而是在选可堪造就之人。"①

又有八股文"代圣贤立言"的要求②。"代圣贤立言"其实可以理解为一种"认同"，向历史认同，向圣贤认同。一个人自幼肆习举业，通过八股文"窗课"的不懈训练，时常以"圣贤"自居，在不自觉中即可受到圣贤言行的浸染，自然而然向前贤与圣哲看齐，这就是经典的提升力量。正如方苞所说："制艺之兴七百余年，所以久而不废者，盖以诸经之精蕴，汇涵于四子之书，俾学者童而习之，日以义理浸灌其心，庶几学识可以渐开，而心术群归于正"，"使承学之士能由是而正所趋"③。一般而言，科举出身者都熟悉儒家理论与历代兴衰的经验，也深晓修治齐平、经邦济世的社会责任感，因而也就较为重视名节，为官也更加清正廉洁。金世宗曾经说过，出身刀笔之吏者往往不如进士出身者廉介④，这也源于由进士入仕者长期受儒家"尊德性、道问学"教育的熏陶，受其潜移默化，一般而言比捐纳保举或恩荫、胥吏之途入仕者较为廉洁正直，也较为注意学问品行并重。读书变化气质，讲求学问对人的气质和道德涵养都有影响。再加上读好"四书"、"五经"，就能学会作八股文；作好八股文就能中举做官、跻身社会上层，功名所在，利禄驱使，"长期的传经教育，以四书、五经为根本基础的文化传授，对中国文化的延续和发展，是起过绝对保证作用的"⑤。八股文的这些功能，我们不能不予以正视。

再者，虽说八股文是一种高度程式化的科举文体，但优秀的八股文作者照样在这种"官样"文章中发抒真情实感。万历年间，魏光国⑥作"公曰告夫三子者"⑦题文，可为一时之绝唱。题涉于春秋时期"礼乐征伐自大夫出"、"陪臣执国命"的情形。鲁哀公十

---

① 吕思勉：《中国通史》，上海古籍出版社2009年版，第110页。
② 此处只讲八股文的社会功能，其在文章学上的意义留待第六章详论。
③ （清）方苞：《望溪集》外文卷二《奏剳》，（清）方苞编，王同舟、李澜校注：《钦定四书文校注》，武汉大学出版社2009年版，第1045页。
④ （元）脱脱等撰：《金史》卷八《世宗本纪》下（二十四史简体字本）："新进士……辈皆可用之材。起身刀笔者，虽才力可用，其廉介之节，终不及进士。"并说："夫儒者操行清洁，非礼不行。以吏出身者，自幼习吏，习其贪墨，至于为官，习性不能迁改。政道兴废，实由于此。"中华书局2000年版，第127、121页。
⑤ 邓云乡：《清代八股文》，河北教育出版社2004年版，第197页。
⑥ 魏光国，字合虚，又字士为，江西东乡人。万历三十八年（1610）进士，授行人。与刘弘化、钟惺、熊廷弼同科进士，并称"天下四俊"。著有《文竿》、《兼古堂集》等。
⑦ 《论语·宪问》："陈成子弑简公。孔子沐浴而朝，告于哀公曰：'陈恒弑其君，请讨之。'公曰：'告夫三子。'孔子曰：'以吾从大夫之后，不敢不告也。'君曰：'告夫三子者！'之三子告，不可。孔子曰：'以吾从大夫之后，不敢不告也。'"

四年(前481),早有篡齐之心的齐国大夫陈成子(田常)杀了齐简公,另立简公之弟姜骜为齐平公;田常为相,独揽大权。这在春秋礼崩乐坏、王纲解组的政治环境下,并不稀奇;然而它是一个危险的信号,意味着田氏的权势大到可以随意弑君、重立新君的地步。这个时候,其他诸侯的反应是非常重要的,孔子敏锐地认识到这一点,于是"告于哀公",请求鲁国讨伐齐国。——然而此时期鲁国的大权一直把握在三桓①手中,鲁君只是一个名义上的空架子。所以面对孔子的请求,鲁哀公的回答只有一句话:"告夫三子。"魏光国此文中数比写得惟妙惟肖,荡气回肠:

> 告之而三子以为可,不必问寡人之可也,先发后闻无害也;告之而三子以为不可,不必问寡人之不可,右提右挈在彼也。子大夫诚能调停三子以必伸请讨之志,无患寡人之不从矣,寡人固惟三子之命是听矣;子大夫不能调停三子以必伸请讨之志,无恃寡人之易与矣,寡人固非三子之命不行矣。意者先君后臣,而故先我之告于三子耶?则子大夫之高谊也,寡人所不敢当也;意者尊君抑臣,而故后三子之告于我耶?则子大夫之失计也,三子恐不乐承也。②

这种摄影追踪式的描写足以"使哀公色赧,又当泣下",让人叹为观止。张中行先生在《说八股补微》中举例到,一个应试落第的士子马世俊,无以卒岁,于是到已投降清朝的文人龚鼎孳那里去告帮。马氏拿了自己的一篇八股文请龚氏看,题目是"而谓贤者为之乎"③,其中有这样几句:"数亡主于马齿之前,遇兴亡于牛口之下。河山方以贿终,功名复以贿始。"伤时愤世,写得沉痛,把龚鼎孳感动得至于泪下,于是慨然解囊,送了马氏八百两银子,以维持生计。④ 可见用八股文法并不妨碍言志抒情,表现真实情怀。此类例子尽有之,不必一一列举。

因此,对八股文的社会功能,我们也应该有客观、正确的认识。那种认为"八股亡国"、"八股误国"的观点,是经不起推敲的;持这种论调者,至多不过是偏激情绪的强烈发泄,或者为达到一定的政治目的而进行的夸张描述。从逻辑上来说,那种将一切的罪责全归于八股文的做法,是夸大其辞,因果倒置。

---

① 三桓:指鲁国卿大夫孟氏、叔孙氏和季氏。
② 陈水云、陈晓红校注:《梁章钜科举文献二种校注》,武汉大学出版社2009年版,第110页。
③ 《孟子·万章上》:"万章问曰:'或曰"百里奚自鬻于秦养牲者五羊之皮,食牛以要秦穆公",信乎?'孟子曰:'否,不然,好事者为之也。百里奚,虞人也。晋人以垂棘之璧与屈产之乘假道于虞以伐虢。宫之奇谏。百里奚不谏,知虞公之不可谏而去之秦。年已七十矣,曾不知以食牛干秦穆公为之污也,可谓智乎?不可谏而谏,可谓不智乎?知虞公之将亡而先去之,不可谓不智也。时举于秦,知穆公之可与有行也而相之,可谓不智乎?相秦而显其君于天下,可传于后世,不贤而能之乎?自鬻以成其君,乡党自好者不为,而谓贤者为之乎?'"
④ 启功、张中行、金克木:《说八股》,中华书局2000年版,第62页。

二、反对科举改革者

康梁等人维新变法的主张在当时呼应者为数并不多,因此改革者们的声音既不足够强大,也不足够响亮。戊戌变法期间,湖南巡抚陈宝箴坚决贯彻执行光绪帝所颁布的新法令,湖南省的维新变法运动开展得有声有色,时务学堂、南学会、《湘报》馆、保卫局等次第开办,成为当时"全国最富朝气之一省"。

然而最为激烈的反对声音也自湖南发出。光绪二十四年(1898)七月,有人奏"湖南巡抚陈宝箴被人挟制,闻已将学堂及诸要举全行停止,仅存保卫一局"①等语。同年七月二十三四日之间,"有湖南守旧党举人曾廉上书,请杀康有为、梁启超,摘梁在《时务报》论说及湖南时务学堂讲义中之言民权自由者,指为大逆不道,条列而上之"②。曾廉在上书中提出"养圣德"、"去邪慝"、"留正学"、"择将帅"、"慎财用"等主张,要求光绪帝恪守祖宗成法;称康有为:

……盖一浅陋迂谬之经生,而出之以诡诞,加之以悖逆,浸假而大其权位,则邪说狂煽,必率天下而为无父无君之行。

……康有为以孔子为自作之对,而六经皆托古。梁启超以康有为为自创之圣,而六经皆新编。其事果行,则康氏之学,将束缚天下而一之,是真以孔子为摩西,而康有为为耶稣也。

并认为康梁为"舞文诬圣,聚众行邪,假权行教"之人,"当斩康有为、梁启超以塞邪慝之门,而后天下人心自靖、国家自安。否则天下之祸不在夷狄,而在奸党"。③ 这篇《应诏上封事》在当时被称为"最有力之弹章",对维新变法也产生了重要影响,曾廉也因此而名声大噪。此后,他一直以反对"邪说",维护圣道为己任,曾表示:"此身一日不死,必不与邪人一日俱生。"④

曾廉(1856—1928),原名濂,又名纪廉,字伯隅,号非斋。光绪二十年(1894)甲午顺天乡试举人。他认为"圣教不可违",维护伦理纲常对他来说成为一种自觉。在《习用论》中,他说:"呜呼! 治天下而可以一日舍圣人之道乎哉?"因反感康梁对传统伦常"圣教"的激烈攻击,他一并反对改革科举制度,认为"科举之士不足为时所用者,乃上之人不能用经术;非士之习经术而不足用于天下也"。⑤ 辛亥革命爆发,他痛心疾首,

---

① 王炜编校:《〈清实录〉科举史料汇编》,武汉大学出版社2009年版,第1063页。
② 梁启超:《戊戌政变记》,广西师范大学出版社2010年版,第33页。
③ 曾廉:《应诏上封事》,中国史学会主编:《戊戌变法》一,上海人民出版社1957年版,第489~503页。
④ 曾廉:《瓠庵集》卷十三。转引自阳信生:《湖南近代绅士阶层研究》,岳麓书社2009年版,第410页。
⑤ 曾廉:《瓠庵集》卷八,湖南师范大学图书馆藏1924年版,第40~41页。

曾提出复辟主张。当袁世凯复辟帝制，曾廉欣喜若狂，马上致书旧交杨度，称"皇帝复位，乡间黄童白叟以及百工诸技莫不欢欣鼓舞，同声称庆，足知人心思汉，天下不足平也"。并提出三项主张：

> 一宜除苛政，自钱粮正供税厘外，一切苛派咸予豁除，以收民心；二宜复行科举，使天下之人有所趋向希望，则共勉于正大之途；三宜颁赦令，除大逆强盗不赦外，当有大恩典以新天下耳目。①

像曾廉这种坚决维护传统制度的守旧者，在当时也是少数。更多的反对科举改革者，则是因为改革要求触及了他们的思想道德底线。

维新初期，湖南大儒王先谦②呼吁"百度维新"，撰文抨击旧科举制度，改革岳麓书院课程，增加算学、译书等。皮锡瑞在《师伏堂未刊日记》中记载："岳麓书院改章后，别造房屋两间，仿西学式教算学、方言。"③1896年，王先谦购《时务报》发给岳麓书院生员，特颁手谕说："士子读书，期于致用。近日文人往往拘牵帖括，罕能注意时务。"同时的另一湘籍名儒叶德辉④也对变法持肯定态度，叶氏曾称赞那些不沉溺于四书八股，鄙夷功名利禄的学者为"志士"⑤。对于朝野变革科举之议，他说：

> 今日典试之人不能厘正文体，则时文可以不复。盖时文所以研求义理，如今日之怪诞支离，不亦可以已乎？或云时文出于钞袭，策论亦出于钞袭，其利弊固是一例。余谓时文钞袭全是浮词，策论钞袭尚可记一二事实，则以钞袭而导之读书，固为稍胜。须知文艺考试不过校一日之短长，时文策论无庸计较高下。废时文，用策论，使人免八股束缚之苦，匀出日力，可以多读有用之书，免致不得科第之人，终身不能摆脱制艺，更无暇日涉猎群书，此则为益甚大。⑥

这样看来，维新变法之所以能够顺利开展，也与这些科举中人的支持有关，但何以后来

---

① 曾廉：《瓠庵集（续）》卷七，湖南师范大学图书馆藏1924年版，第6页。
② （清）王先谦（1842—1917），字益吾，号葵园，湖南长沙人。进士出身。曾任国子监祭酒、江苏学政。维新变法时任岳麓书院山长。享有"长沙阁学，季清巨儒；著书满家，门庭广大"之声誉。时人尊之为"名流领袖"，是当时湖南最有影响的绅士。
③ 皮锡瑞：《师伏堂未刊日记》，《湖南历史资料》1958年第4期。
④ 叶德辉（1864—1927），字焕彬，号郋园。湖南湘潭人。光绪十八年（1892）戊辰科进士。钦点主事，观政吏部，保升员外郎加四品衔。后以乞养为名，请求开缺回籍，成为当地有名的绅士名儒。
⑤ 叶德辉：《与邵阳石醉六书》："譬如今日功令，以四书文取士，而一二好学深思之士，或治经，或治史，穷年累月，置干禄之事而不顾，安得不谓之志士？"叶德辉：《叶德辉文集》，华东师范大学出版社2010年版，第219页。
⑥ （清）苏舆编：《翼教丛编》卷四《非〈幼学通议〉》，上海书店出版社2002年版，第137页。

这些人都站到了维新派的反对面呢?

变法宣传在继续,而维新派"民主"、"民权"、"平等"的学说和对传统道德伦理三纲五常的批判,严重背离了王先谦、叶德辉等人只变西技西艺而不变政教的改革思想底线。再加上维新派人士思想大多激进,往往喜欢用惊世之语来引起社会的反响,获得社会的认同,借以扩大社会影响,提高社会声望,以实现自己的政治抱负。章太炎曾评价1897年前后康梁所鼓吹的"新学"说:

> 时新学勃兴,为政论者辄以算术物理与政事并为一谈。余每立异,谓技与政非一术。卓如辈本未涉此,而好援其术语以附政论,余以为科举新样耳。①

因此,康梁等维新派批判君主专制,抨击传统道德伦理的、宣扬西方的"民权"、"平等"学说,在叶德辉等人看来,简直是"无父无君"的"大逆不道"的行为。出于尊君卫道,"正人心","端学术"的目的,叶德辉从学术辨难入手,向维新派发动了猛烈的攻击。他所作的《輶轩今语评》、《长兴学说驳议》驳斥了康有为"托古改制"思想;《正界篇》、《读西学书法书后》、《非幼学通议》则直接驳斥梁启超的"民贵君轻"、诸子曾与孔子学说并驱争先等思想。王先谦对之大加赞赏,说:"湖南创设时务学堂,大吏(陈宝箴)延康弟子梁启超为教习,学使徐仁铸本与主张,其说一时风靡。独焕彬辞而辟之,不以昔年出徐门下有所畏避。复与先谦上书大吏,贻书友朋,匡救之功,无与伦比。"②由此我们可以大致推测出,其他反对改革(科举)的士绅,也往往是出于卫护道统,维护清朝统治方面的思考。

光绪二十九年(1903)二月,给事中潘庆澜上折反对改革科举,认为"科举之法,历代相沿,名臣多出其中",不应对延续了千年之久的制度大动干戈。此折被"下政务处知之"③,不加理睬。光绪三十年(1904)十一月,潘氏又上奏反映学堂流弊日甚,"入其中者,多主平权自由诸说,以致群情疑阻"。追溯辛亥革命之起,学堂新思想的传入为其中一大原因。新式学堂中学生思想解放,势必会对政府形成离心力,对清朝统治大为不利。又加上"各省大吏,迫所属以多设学堂为能,民间学馆纷纷解散,颇形惶惑"④。在废科举,兴学堂的过程中,兴办学堂成为考核官员绩效的一个名目。为了提高政绩,各地官员无疑要迫使所辖属之地多建学堂;民间学馆要么被迫解散,要么主动解散,这种扰民之举只会更加破坏清政府的形象和声誉,引起更大范围的反感。因此潘庆澜恳请慈禧允准听任人民自愿创设学堂,不必加以强迫。此折又被以"下学务大臣知

---

① 转引自陈文新主编,王同舟分册主编:《中国文学编年史·晚清卷》,湖南教育出版社2006年版,第369页。章太炎看重的乃是学说学理上的科学性,与康梁的思想路径绝不相同,因而也就导致了日后章太炎与康梁的分道扬镳。
② 《葵园四种》,(清)王先谦:《虚受堂诗存》,岳麓书社1986年版,第625~626页。
③ 王炜编校:《〈清实录〉科举史料汇编》,武汉大学出版社2009年版,第1091页。
④ 王炜编校:《〈清实录〉科举史料汇编》,武汉大学出版社2009年版,第1104页。

之"的处理方式搁置一边。同年四月,御史徐堉上奏,言各省办理学堂,流弊滋生,"地方官以学堂为号令,先议捐款;城绅以县官为护符,派捐四乡,从中渔利",而乡民"竭其脂膏,其子弟又未能赴城入学,咸用隐恨",请明定章程,城乡分办,严杜中饱。徐堉的这份奏折,亦如潘庆澜所奏一样,以"该御史所请明定各节,已备于新章。应毋庸议"为答复,敷衍而过。①

1904年9月20日,《中外日报》发表《论学堂之腐败》一文,揭露许多学堂董事"任意报销,恣其中饱。以经理学堂而起家者已屡见,其人大率一校之中总理、教习、司事等员,或以为娱老之方,或以为威福之地,或以为殖产之计,各行其是,而教育一端则全置之度外。故我国学堂,养老院也,栖流所也,庞杂废弛,不可言状"②。士绅在兴学堂过程中的种种劣迹,激起了民众的愤慨。在无锡发生的毁学事件迅速蔓延到各地。时人分析说:

> 甲辰(1904)以前,中国闹学毁学之事见于学生;甲辰以后,毁学闹学之事见于愚民。学生毁学,其咎虽不全在学生,究不可谓之无罪;愚民毁学,其咎则全在于官吏。③

之所以如此说,则在于乡民毁学"无非为抽捐而起"。乡民毁学事件的发生,暴露了由传统士绅阶层参与主持的地方"新政"具有很大的局限性,改革设计者的理想与实际执行者的素质之间存在的差距太大,加之士绅阶层自身的保守性,从而使得清末"新政"很难达到预期的目标。

为了使改革得以"全面"贯彻,废科举前的所有反对意见,要么被搁置一边,不加过问;要么如泥牛入海,不见回音。就这样,通过统治者"有选择"的处理或"屏蔽"反对者上奏的形式,1905年终于实现了全国废除科举的目的。然而这绝不会是事情的结局,相反,这是一个新的开始。

科举的废除推动了中国传统教育向近代教育的转变。这一转变"实质上是一个由选拔少数道德文化精英从政的制度,向一个普及全民教育、广泛实施专业技术训练的制度的转变"。④ 但新式教育的建立和发展的实际状况并不尽如人意,其中最大的问题即新学堂中就学士子的思想问题。光绪三十二年(1906)正月,御史姚舒密奏报:"今之士子瞀惑狂悖,背君亲,裂名教,甚至平等自由,革命流血,甘为邪党而不恤,请正学术以端士风。"⑤其实该问题在潘庆澜等人的奏折中已有所反映,只不过当时的头等大事是进

---

① 王炜编校:《〈清实录〉科举史料汇编》,武汉大学出版社2009年版,第1099页。
② 《论学堂之腐败》,《东方杂志》1904年第9期,第201~202页。
③ 《毁学果竟成为风气耶?》,《东方杂志》1904年第11期,第78页。
④ 何怀宏:《晚清科场的衰落与改革》,《中国青年政治学院学报》1998年第1期。
⑤ 王炜编校:《〈清实录〉科举史料汇编》,武汉大学出版社2009年版,第1111页。

行科举改革并筹划"有计划有步骤"地废除科举,学生思想的这种发展动向并没有引起当政者的注意。现在问题已然摆在面前。

清代传统教育的目的在于培养能够加强或维护其专制体系的上层优秀知识分子,张之洞在改革科举、兴办学堂时也极力主张"中体西用"的办学兴学政策。其根本动机是欲以国学端正士人的思想方向,养成忠君爱国的情操;然后以西学去培养致用的洋务专才,使国家富强,文化不灭,民族长存。然而,"所学"的实用性与道统在实际操作层面存在矛盾。废除科举后,御史王步瀛向朝廷反映陕西高等学堂英日文功课太多,过分注重西学,势必引起荒疏中学,导致孔孟传统儒家思想没落。① 其实何止陕西高等学堂如此!几乎全国所有学堂皆以西学为尚,孔孟之道已濒于没路。

为了补救这一缺失,早在1904年就有人奏请设立"崇古学堂",以保存儒学②。又有衍圣公孔令贻提出对新式学堂,应从"重品行、尊师道、教习宜择老成、操衣宜示限制"四个方面加以传统的规范③。1907年,张之洞上奏说:"学堂风气嚣张,不守礼法。即冠服一端,率皆短衣皮鞋,仿效西式。请制定冠服程式,以遏乱萌。"④紧接着,他又奏请在湖北设立存古学堂。⑤ 此种问题由张之洞提出,真是再合适不过了。废除科举后的张之洞等人,甚至也对当初立停科举大有追悔莫及之感。然而开弓没有回头箭,历史不能开倒车。况且,由以功名利禄作饵的科举制度向现代教育制度转变,也是历史发展的必然和大势所趋。因此,作为政治家、改革家的张之洞在大方向不变的情况下,对新式学堂教育的不足进行适当适时的补救,这也体现了张之洞实干家的特点。张氏从冠服、存古学堂等形式方面来昭示中国传统礼教及儒家思想一息尚存,这无疑又从反面印证了中国传统文化在晚清的改革中被摒弃之决绝与彻底。

"礼义既衰,邪说方炽。维新党派昌言物竞天择,各磨利齿牙,以争利禄。资格一破,人人有徼幸之思,夤缘请托辐辏于公卿之门,君子难进易退,耻于哙伍,举倦思

---

① "光绪三十二年(1906)八月乙丑,(御史王步瀛)奏,陕西高等学堂英日文功课太多,恐慌中国根本学问。下学部查核办理。"王炜编校:《〈清实录〉科举史料汇编》,武汉大学出版社2009年版,第1117页。

② 如光绪三十年(1904)十一月癸巳,浙江知府何恭寿等在余姚县治西北乡倡设诚意学堂,其取名即为保存儒学之意。半年后,又有广东学海堂菊坡精舍研究实学,"与学堂相表里","请饬留一所"。王炜编校:《〈清实录〉科举史料汇编》,武汉大学出版社2009年版,第1104页。

③ 光绪三十三年(1907)四月庚辰,"衍圣公孔令贻奏,务陈学务,用备采择。一、重品行。一、尊师道。一、教习宜择老成。一、操衣宜示限制。下部知之"。王炜编校:《〈清实录〉科举史料汇编》,武汉大学出版社2009年版,第1121页。

④ 光绪三十三年(1907)四月己丑,"湖广总督张之洞奏……得旨:所奏甚是,着学部会同礼部将所拟学堂冠服章程妥议具奏。寻奏,遵议学堂冠服章程,缮单呈览。从之"。王炜编校:《〈清实录〉科举史料汇编》,武汉大学出版社2009年版,第1121页。

⑤ 光绪三十三年(1907)六月癸酉,"湖广总督张之洞奏,近日学堂怪风恶俗,不忍睹闻,为国家计,则必有乱臣贼子之祸;为世道计,尤不胜洪水猛兽之忧。谨于湖北省城设立存古学堂,以经、史、词章、博览四门为主,而以普通科学辅之,庶经训不坠,以保国粹而息乱源。下部知之"。王炜编校:《〈清实录〉科举史料汇编》,武汉大学出版社2009年版,第1122页。

归。只此二三攀附势利之徒，依恋阙下，平时既剥丧生民以自奉，临变即卖君父以邀功。九重孤立，谁与图存?"①这是吏部主事胡思敬在光绪三十二年(1906)八月的慷慨陈词。他从春秋时期诸侯林立、各据一方的史实出发，认为仅袭取西洋制度之皮毛，而遽然对中国传统官制进行大动干戈的改制，这种行为无疑是自取灭亡：

> 倘误信誓言，仿东西洋规制，不设吏曹，悉解散其权，倒柄而授之督抚，一切升迁降罚，恣意任情，毋敢成法以议其后，天下衣冠士族尽奔走效用于私门。远则如战国诸公子树恩市义，搜集四方游士，各骋其纵横捭阖之论，强私室而倾公家；近则如唐末藩镇将吏，感主师煦濡饮食之恩，但倾心节度使，不复知有朝廷。天子端拱于上，号令不出一城。不待四邻分割，已先成支离破碎之区。②

胡思敬的这段奏陈原是针对晚清的官制改革而发，但其根本则触及朝廷的选士及任士制度。前事不忘，后事之师，战国"强私室而倾公家"、唐代藩镇割据的历史事实在晚清仍有其现实的指导意义。然而决意改革(晚清新政实属被迫改革，尤其是迫于外国势力的压制)的慈禧与其他改革者们，在草草思考了所谓的"善后事宜"之后，就急急忙忙地"改"了。③ 而接下来的历史发展，却不幸全为胡思敬一人言中，可不令人悲叹！

重新回到废除科举后对学堂问题的讨论。光绪三十三年(1907)，翰林院侍读周爰诹奏陈："改科举为学堂，不足致乱；因废科举而并废圣贤之书，斯乱臣贼子，接迹于天下。"④此言正中科举改革后遗症之要害。正因时不我待，所以全面学习西方，改革科举才被作为改革的主要宗旨推广于全国；然而仓猝之间无法成事，故而"速成"之名、实相符，其弊病也就无可避免了。周氏因此提出"祛弊"的八条建议，除"祛速成之名"外，还有"暂停卒业考试"，"不可用为乡官"，"严查学堂阅报"，"不袭用礼拜"、"不必别置服色"，甚至还包括对洋文教习的要求："洋文教习宜通中文。"而挽救之方也无非只是重提传统儒家学说之重要性，以培植"根本"为先，"《四书》、《五经》皆令默试"；人伦道德方面不要参考西方"平等"、"自由"等"悖逆人伦"的学说，并在全国范围内普及存古学堂及蒙小学和师范教育。朝廷对周氏的良苦用心表示了赞赏和嘉奖，采

---

① 《吏部主事胡思敬陈言不可轻易改革官制呈》，故宫博物院明清史档案部编：《清末筹备立宪档案史料》，中华书局1979年版，第431~435页。

② 《吏部主事胡思敬陈言不可轻易改革官制呈》，故宫博物院明清史档案部编：《清末筹备立宪档案史料》，中华书局1979年版，第431~435页。

③ 当然，晚清新政的最高统治者慈禧所乐意的，是换汤不换药的"假改革"，"更名"重于"核实"。如其所谓"预备立宪"，就被时人称为"一场闹剧"——其所谓组阁的内阁，也多是以满洲贵族利益为首先考虑的要素，被称为"皇族内阁"。这种玩弄政治的欺骗手腕，使清政府既失去了真正改革家们的支持，也失去了维护传统的"守旧者"们的信任。因此，面临信任危机的晚清政府，在慈禧、光绪相继死去后不久即宣告终结，也是大势所趋，人心所向。

④ 王炜编校：《〈清实录〉科举史料汇编》，武汉大学出版社2009年版，第1123页。

纳了他的部分建议和主张，但仍是委婉地表达了新学虽有流弊，仍不至因噎废食。其他如御史沈潜所奏请的变通学堂办法四端①，基本上与周爱诹所奏大同小异，可见这些饱受传统儒家思想濡染的传统士人所能够想到的方法，无非是以儒家伦理道德作为拯救学堂"时弊"的最终途径。

候补内阁中书黄运藩一面反映学堂并无实效："管学大臣极力提倡于上，各省官绅仓皇奔走于下……乃办之二三年，款糜巨万，成效无多，而且冲突时闻，訛言数出"，一面又力陈科举（尤其是以四书五经为主的重要性）的合理性，"乡举里选，难以振三代之子孙，其法即难行于后世。则育才之术，与取士之规，诚无以易科举与制艺矣。而学堂以通科举之穷，科举以救学堂之失，育才之策，莫良于此哉"！因此奏请"科举与科学并行，中学与西学分造"的"中西兼用"法，以期"靖人心而定国是"，达到"中西各得所求，在学术可免舍本骛末之讥，在人心亦泯好异悖常之失，在国家可收教忠靖乱之功，内治修而外侮必因之渐戢矣"②的效果，这在当时不失为一种声音。就这样，在科举已废，学堂教育并不能如期所愿的情况下，恢复科举的呼声日渐高涨。1909年，给事中李灼华鉴于"国文将废，中学就湮"的现实，奏请"暂复岁、科两试"，希望朝廷能够恢复科举，以除学堂积弊（此事亦载于胡思敬所撰《国闻备乘》③中，然臧否有间，需平心看待方可）。

这种"重回科举"的声音受到压制，"皆留中不发"。据说张之洞为保护改革成果，声色俱厉地斥责这些反对者们，若再提恢复科举的话题，定当重罪不恕。而张之洞提请设立的"存古学堂"，在宣统元年（1909）作为一项长远的制度确定下来，"各省一律设立存古学堂"④，保留传统的四书五经，以期达到对新式学堂学生思想道德教化的目的。

然而，科举社会的中层士绅们对于科举制度，有着"剪不断，理还乱"的情结。曾为激进分子的杨度，赴日留学后，还是不能忘情于科举功名，并于1903年6月回国应清政府组织的经济特科考试，初试被录为第一等第一名，但因有"康梁余党"之嫌疑而被参，被迫逃亡日本。章太炎在狱中（因苏报案被捕）听到杨度因参加经济特科而被捕

---

① "光绪三十三年（1907）七月庚子，御史沈潜奏，学堂流弊宜防，拟变通办法四端。曰：崇儒先以端趋向，广登进以揽贤才，慎习染以立防闲，重专门以求实济。下部议"。王炜编校：《〈清实录〉科举史料汇编》，武汉大学出版社2009年版，第1124页。

② 故宫博物院明清史档案部编：《清末筹备立宪档案史料》，中华书局1979年版，第981~983页。

③ 胡思敬：《鹿传霖暗中主复科举》，"某月日，民政部参议刘彭年、翰林侍读学士恽毓鼎、给事中李灼华同时具疏请复科举。皆留中不发。三人本巧宦，忽进此背时忤俗之言，人皆讶之。后乃知为鹿传霖所授意也。传霖与张之洞为姻党。之洞督鄂时，尝侦察内情以告，遇事辄袒护之。及两人同值枢庭，情意反不相洽，于科举之事龃龉尤甚。同时唯王文韶与传霖意合。文韶既去，传霖之势益孤。碍之洞，不敢发言，而嗾彭年、灼华、毓鼎言之。惜三人皆非善类，灼华尤不理于人口。疏上未久，即以京察见黜。不知者或疑前疏招政党忌，阴为所陷，后遂无敢进言者"。荣孟源、章伯锋主编：《近代稗海》第一辑，四川人民出版社1985年版，第287~288页。

④ 王炜编校：《〈清实录〉科举史料汇编》，武汉大学出版社2009年版，第1136页。

的传闻曾作诗《狱中闻湘人某被捕有感》，其中有云："马肝原识味，牛鼎未忘香"，讽刺杨度执著于功名之举。① 后来，杨度曾捐候补郎中职衔，并一直希望有机会走向政治舞台的中心，改变在野绅士的地位，以实现"帝王之学"的政治理想。王闿运每年过春节时，都保留着吃"包子"的传统风俗，因吃"包子"意味着"包中"，即科考中榜。1912年，王闿运还在吃"包子"，他说："科举虽废，此不可废也。"1914年，王闿运受袁世凯邀请，入京就任国史馆馆长，在京与遗老遗少们交游，每每"群贤吟哦，大似文场风景。知科场不易废也"。②

科举的废除使传统儒家思想失去了它最为强有力的阵地，新学堂的兴起则在另一个方面给传统的儒家思想以重创，两相对照，各有优劣。1917年，康有为以一贯激烈的笔调指责新教育使得举国上下人才衰弱，志节衰颓，出现"旷邈千里，寂然无士"的局面：

> ……昔有科举之时……其贤者以道德节行化其乡里，其中才以下，亦复有文才风流之美，以诗文书画润色其地，学道之风未辍焉……今民国科举既绝……无讲学者，无谈道者，无翚经者，无读书者，甚至无赋诗者，无写字者，更无藏书者！③

在康氏看来，科举的废除反而导致了社会整体文化水平的下降，于是最终感慨万千地说道："乃今知昔者科举之以无用为有用也！"1921年，梁启超在文章中也指出："教者与学者关系之浅薄，诚近世教育之大缺点，不能讳也，故此种教育，其弊也，成为物的教育，失却人的教育。"④当时新教育虽然在科举废除后发展迅速，成绩显著，但人文精神的失落是无可隐讳的一大弊端。

综合这些反对者与反思者的言论与思考，使我们能更清晰地了解晚清废除科举这一重大事件所造成的社会与文化连锁反应的真实情形。立停科举的不良后果没经过几年就显露出来。科举制度被彻底废除，晚清政府无法调动原有的传统制度文化资源来缓解社会转型过程中的整合困难，由此而引发了此后巨大的社会震荡，这也就在所难免了。1921年，英国小说家威尔思和戏剧家萧伯纳与游历伦敦的章士钊谈及中国问题时，对中国政府遽然废除科举制度深表不解，说："……中国向无代议制……不知历代相沿之科举制，乃与民主精神深相契合。盖白屋公卿，人人可致，岂非平等之极则？贸然废之，可谓愚矣。""……中国人而跻于治人之位，必经国家之试程。试程虽未必当，而用意要无可议。"⑤对传统科举制度的社会功能(即政治上的人治作用和以"试

---

① 汤志钧编：《章太炎年谱长编》上，中华书局1979年版，第177页。
② (清)王闿运：《王闿运日记》第1~5卷，岳麓书社1997年版，第3179、3304页。
③ 汤志钧编：《康有为政论集》下册，中华书局1981年版，第1042页。
④ 梁启超：《饮冰室合集》文集之三十六，中华书局1989年版，第35页。
⑤ 钱基博：《近百年湖南学风 骈文通义》，上海古籍出版社2012年版，第89~90页。

程"为选才上的公平原则)给予肯定,指出及时恰当地调整考试内容,也许比骤然废除历经千年考验的科举制度更好。吉尔伯特·罗兹曼在其主编的《中国的现代化》一书中曾说:

> 中国传统教育的批评者们惯于理所当然地接受中国教育和其他现代先进国家共同具有的那些优越之处,而把他们的批评集中在中国独具的教育制度上,如科举考试制度、书院制度和私塾制度,并集中在中国人的思路上,据说中国人的思路是由只读儒家经典而造成的。批评者们显然低估了中国教育制度推动建设性变革的潜在能力。19世纪的教育改革尝试表明,科举考试、书院或私塾本身并不反对求知实践的拓宽,也不能把中国教育内容的狭窄和保守认作是学习经典本身所致。应当说,应变方面的诸多困难看来是因为教育水平和地位、权力之间的联系太紧密,广泛地承认这种联系就为现存秩序提供了稳定性和正统性的源泉,同时也给取代现存秩序造成了障碍。①

他更进一步解释说,中国具有各种不同的历史先例、哲学流派和对儒家学说的不同解释,因而在中国传统学术内部为各种各样的立场和观点提供了广阔的争辩的领域,经典教育也足以使读书士子得以在后来融贯中西学问为一体,这都使中国的传统教育独具一格而自成体系。西方的科学和技术在中国迟迟扎不下根来,原因在于社会,而不在于思想。此说谓为的论。

第三节 废科举后中层士绅的选择与出路

最高统治者的一纸诏书就可宣告一种制度的建立或废除,然而善后工作却往往要用数年、数十年甚至更长的时间方能解决。晚清废除科举制度后,处于科举社会中层的士绅们究竟何去何从,就成了这一士人群体与晚清政府共同面对的社会问题。此处所言"中层士绅",是指当时已成为进士(或准进士)的社会精英群体,废科举后他们的人生选择与出路,这也就构成了20世纪中国社会转型时期的一个重要方面。

一、翰林学士的没落与分流

科举考试中的最优者,即"精英之精英",则非翰林院学士莫属。由童生而秀才而举人而进士,其塔尖最顶端的,即翰林,翰林是传统士子的最高层次。翰林学士又称为"庶吉士",乃"庶常吉士"的简称。庶,众也;常,祥也。"庶常"一词最早见于《尚书·立政》,意为形容在官者皆为有德善人。选用庶吉士之制,又称"馆选",名义上是

---

① [美]吉尔伯特·罗兹曼主编:《中国的现代化》,江苏人民出版社1988年版,第283~284页。

由皇帝亲自主持。此项制度始于明代洪武十八年（1385），明太祖朱元璋令新进士观政于诸司、承敕监等衙门，并冠之以"庶吉士"的美称。永乐二年（1404）殿试后，以一甲三人直授翰林官，选二甲五十人为庶吉士，其余进士分授科道或外任州县。自此后，进士分为三等：一等直接进入翰林院；二等为翰林院庶吉士，即取得翰林官之预备资格；三等者则委以他职。对庶吉士，明成祖"命学士解缙等选才资英敏者，就学于文渊阁。……司礼监月给笔墨纸，光禄给朝暮馔，礼部给膏烛钞，人三锭，工部择近第宅居之。……且给校尉驺从……"①明成祖经常亲临召视，非常器重。庶吉士以朝臣为师，以经史诗赋为课，学习三年，而后试之，称之为"散馆"，优者授予翰林官职，称为"留馆"；其余改派他职。

明代永乐以降，翰林院一直是清要所在，直至晚清，情况依然如此。

1. 晚清翰林院学士之清要

明代翰林院储才制度为清代所沿袭。顺治三年（1646）丙戌科殿试后，"选择年、貌一百余人，于内院复行考试。如殿试例，题用奏疏、律诗各一，俱钦定，入选者为庶吉士"。② 录取标准除文章优等外，仪度、年龄也很重要，往往年轻者入选的几率远远高于年老者；满、蒙庶吉士还要求年轻貌秀，声音明朗。③

此外，翰林院选士颇重楷法。自明代起，科考至翰林院对书法的要求渐益趋高。"馆阁体"书法创自明代成祖年间沈度，其法字形匀正，墨色乌亮，很能表现大国气象和文化之昌盛，成为标准官体。尤其是道光以后，要求愈严，"殿试即试楷法"成为不少人抨击科举制度的口实。龚自珍在《干禄新书自序》中颇有怨愤地写道："先殿试，旬日为复试，遴楷法如之；殿试后五日，或六、七日为朝考，遴楷法如之；三试皆高列，乃授翰林官。"④龚自珍虽经纶满腹，才华横溢，但因楷法不中程式，遂"不列优等"，与翰林院失之交臂，甚为憾事。但其文中所言翰林仅靠"楷法"获致，却是情绪之语。据第一历史档案馆所藏光绪戊戌科（1898）朝考等第单，鼎甲三员的朝考试卷亦与其他进士一体评定，一甲一名夏同龢，朝考列一等二十九名；一甲二名夏寿田，列朝考一等三名；一甲三名俞陛云，列一等二十八名。由此可见，一甲皆三试（会试、复试、殿试）而定，其资质、文采自然上乘，虽名次略有升降，但仍能体现出较强的优势。清代112科馆选从未出现一甲进士因朝考而落选者，可为明证。

作为"清华之选"的翰林们，虽物质生活上较为清苦，但因其馆选之难，再加上社

---

① （清）张廷玉等撰：《明史》卷七十，中华书局2000年版，第1136页。
② （清）吴振棫：《养吉斋丛录》卷九，浙江古籍出版社1985年版，第91页。
③ 王炜编校：《〈清实录〉科举史料汇编》，顺治九年四月癸卯，"吏科给事中高辛允奏言，庶吉士一官，见为清华近侍之臣，久则司公辅启沃之任，年貌、文章、品行并重。旧例详慎选择，有由然也。至于习满书庶吉士，所以明满汉之义，达上下之情，即论年貌，亦必加考试，以明朝廷慎重名器之意"。（武汉大学出版社2009年版，第20页。）
④ 康沛竹选注：《尊隐——龚自珍集》，辽宁人民出版社1994年版，第217页。

会对他们的期望很高(凡入翰林院者,必被目为国家秀出之真才,日后会有所大用的),因此科举时代的读书士子将翰林院作为自己的人生目标,仍极为普遍。据《清稗类钞》载:

> 光绪甲辰(1904)会试,(张之洞)侄婿林世焘以候补道中进士。欲请归原班,张乃一日五电,责其必取馆选焉。①

张之洞极力主张废除科举,这是他改革政治和教育的主张;但当自己的家人一旦面临人生重大选择,他却毫不犹豫地鼓励他们一定要选择一种稳妥而有声望的方式,譬如努力进入翰林院,以成就一生的清望。这则记载本出于稗官,其真实可靠性大可质疑,但翰林院之声望却由此可见一斑。

因翰林的特殊身份,使得他们有与皇帝共处的机会,无论上书房师傅、南书房翰林,还是经筵日讲,侍班随从,他们都可以陪銮伴驾,不离左右。这种得天独厚的机遇,给翰林院庶吉士带来了无上的"清要"声望,因而他们也就有可能随时被委以重任而飞黄腾达。清代很多官职的设置和出身都要求是翰林,比如提督学政②。康熙二十九年(1690)规定,以翰林官专司文翰,各省学政缺出,应与郎中并差。至雍正时,即使由部郎任学政者,也加翰林衔。清代学政权力很大,既考教官,又考生员,定选贡生,黜罢陟举,皆由一人;地位亦高,即使由编检充任,亦可与督抚平起平坐。由翰林充任学政既提高了学政的素质,也提高了翰林学士的声望与地位。另外,乡试、会试考官人选,也由翰林官充当。这些规定,对全国性地尊崇知识、广大教化,大有裨益。同时,它也使朝廷官僚集团的素质愈来愈高,对政治统治也有相当程度的促进作用。

翰林的"清望"及"清要"使人艳羡,但这种好机遇却让人望尘莫及。据统计,有清一代,进士人数一般保持在2500人左右,翰林则为650人左右。清代入仕途径颇多,如捐纳、荫子、吏员等,但中上层的官缺基本上由进士、翰林所得。国家应由最最优秀的人才进行治理与维护的选举原则,恰恰由科举考试所形成的金字塔形人才梯级结构有效地得以实现,这对实现一个人口大国的政治与社会的稳定来说,真是功莫大焉!

清代定制,庶吉士应于馆内肄业三年期满,方可散馆授职。嘉、道以后,庶吉士在馆肄业之制渐见废弛。同、光时得到馆选的庶吉士,照例到馆应三五课,即告假回籍,等到散馆之年,方才销假回京,应考准备散馆授官。而对这种散漫情形,大小教习并不

---

① (清)徐珂编撰:《清稗类钞》第二册,中华书局2008年版,第596页。
② 学政,又称督学使者、学政使,俗称大宗师、学台。掌管各省学校生员考课、升降等事宜。

加以过问，因此在馆肄业三年的定制到了后来也只是徒存其名①。庚子事变后，将翰林院庶吉士这批国家最高层人才纳入新式学堂的教育体系，使其明习时务，"博通经济"，"于古今政治、中西艺学，均应切实讲求，务令体用兼赅，通知时事而无习气"，② 这成为晚清新政获得能为时所用的"真才"最为便捷的办法和渠道。光绪二十八年（1902），改设庶吉士讲习馆，不再要求庶吉士们吟诗作赋，专注于词章、书法；而是要求他们按月上交经史、典制、政治、时务等笔记，不局限题目，不拘体裁，全就本人素来所研习内容撰述敷陈读书心得，呈掌院学士评阅。这项要求既无奖惩办法，又无强制上交的规定，因此所能达到的效果也就可想而知。

　　光绪二十九年（1903），管学大臣张百熙在北京设立进士馆，明确规定，自是年会试始，凡一甲进士之授职撰、编修者，二、三甲之选庶吉士与用部属中书者，"皆令入京师大学堂分门肄业……必须领有卒业文凭，始咨送翰林院散馆"，以备录用。③ 进士馆的一切规则与大学堂大体相同，要求凡是被授为翰林部属中书的新进士，一律入馆肄习，为期三年；并延请中外专门教习按堂授课，以讲求实用之学为主。课目设置为世界史学、世界地理、教育、理财、刑法、民法、国际公法、币制学、社会学、兵政、农政、工政、商政、格致等，并得选习农、工、商、兵中的一科或两科，西文、东文、算学、体操为选修科。于是，学习经史、典制、政治、时务等内容并作摘要写心得，按月呈交掌院学士评阅，就成了光绪二十八年（1902）后翰林院学士肄习的一个新变化。随着新政的逐步推进，翰林院庶吉士们也在调整自己的姿态，以适时适用。这样，科举史上的最后两科（光绪二十九年癸卯恩科（1903）、光绪三十年甲辰科（1904））的新进士（包括一甲修撰、编修及庶吉士），按规定进入进士馆住馆学习，进士馆代替了从前的庶常馆而成为朝廷的储才之所。有一部分进入进士馆的翰林中途被派往日本学习法政者，毕业后回国在学部复试，按考试等第授职，最优等奖给遇缺题奏，优等第一奖以侍讲衔。未出洋而在地方办学三年卓有成效者，也可留馆，或授以编修。这是晚清新政期间对翰林院政策的适当变通。

　　派遣翰林院庶吉士出洋游历是使人才迅速转变成"时（实）用人才"的另一个重要途径。光绪十四年（1888），出使俄德奥的大臣洪钧奏请，由翰林院掌院学士就新科馆选庶吉士择派出洋，充使馆二三等参赞官，得到朝廷的允准。在张之洞改革科举的奏章中，同样建议多派具有深厚中学根柢的翰林院学士游历西洋或东洋，以期回国后即能学有所任，尽快发挥实效。光绪二十八年（1902）二月十四日，张之洞致保定袁制台（世凯）、江宁刘制台（坤一）的电报中说：

---

① 此段与以下几段的大部分史料，均参考商衍鎏：《清代科举考试述录及有关著作》，百花文艺出版社2004年版，第159~171页。
② 王炜编校：《〈清实录〉科举史料汇编》，武汉大学出版社2009年版，第1080页。
③ 《清德宗实录》卷五七。又见商衍鎏：《清代科举考试述录及有关著作》，百花文艺出版社2004年版，第165页。

>　　……去年江、鄂复奏变法折有一条云："翰林不出洋者，不得开坊。科道不出洋者，不得升京堂。部署不出洋者，不得放府道。外官不出洋者，不得作府道。州、县出洋者，可尽先补缺。"此数层似于造就已经出仕之人才，较为简速……①

可见鼓励甚或迫使翰林学子们出洋游历，以求迅速造就人才的主张，在1901年的江楚会奏中就已被提出来。癸卯学制（1903）将翰林院学士入进士馆肄习，出洋游历（或游学）作为制度规定下来；光绪二十九年（1903）、光绪三十年（1904）的最后两科新进士不仅要入进士馆学习，而且还被鼓励出洋游历（学）。

废科举后的第二年（1906），直隶总督袁世凯奏请朝廷命翰林院掌院学士于翰林人员中遴选志趣正大、学问优长、有志出洋者四五十人，咨明学部，出洋游历（学），朝廷"从之"。②此后就是朝廷忙于验看办学期满、进士馆暨游学毕业及进士馆毕业的各类翰林院庶吉士，并予以授职。光绪三十三年（1907）十一月，验看办学期满翰林院庶吉士，并授蒋炳章、郭立山、刘焜、章际治等编修之职，授章梫检讨等职。③光绪三十四年（1908）六月庚午，验看进士馆游学及外班毕业学员，授所有考列最优等之翰林院庶吉士黎湛枝等编修之职，并记名遇缺题奏；考列优等之翰林院庶吉士颜楷、陈国华、李湛田、岑光樾、曹典初均着授职编修，并赏给侍讲衔。④光绪三十四年（1908）九月戊戌，验看进士馆毕业翰林院庶吉士陈云诰、办学期满翰林院庶吉士谭延闿、游学美国大学工程专科毕业生胡栋朝，陈云诰着授职编修，并记名遇缺题奏；谭延闿着授职编修；胡栋朝着给予工科进士出身。⑤……此类记载占了《清实录》（光绪朝、宣统朝）最后几年记录的相当篇幅，可见游学（历）在当时之盛。

由于并无先例可循，所以国家花大气力和重资培养出来的高层人才，回国后又都回到以前的"清简"职位上去了。这显然与培养真才、为实所用的人才的宗旨相悖离。宣统元年（1909）三月，邮传部左参议李稷勋奏：

>　　我朝设官分职，各有专司，独视翰林为最重，所以储才养望，期之宏远。向不以吏事相烦，而官于该衙门者，亦皆淬厉志行、高自标置。故自康乾全盛之时，迄咸同中兴之会，凡名臣魁辅，率多由词馆起家，皆由我列圣培养之深，非幸致也。自顷庶政维新，万端待理，而该衙门人员以文学侍从之臣，转以职务清简，置若闲曹，非国家设官之初意。年来留学毕业及将来分科大学毕业学生，均以考列最优等者授职编检。而近三科庶吉士咨送出洋，分习各项科学，毕业后始散馆。若取之既

---

① 苑书义、孙华峰、李秉新主编：《张之洞全集》卷二百四十九，河北人民出版社1998年版，第8750~8751页。
② 王炜编校：《〈清实录〉科举史料汇编》，武汉大学出版社2009年版，第1113页。
③ 王炜编校：《〈清实录〉科举史料汇编》，武汉大学出版社2009年版，第1126页。
④ 王炜编校：《〈清实录〉科举史料汇编》，武汉大学出版社2009年版，第1130页。
⑤ 王炜编校：《〈清实录〉科举史料汇编》，武汉大学出版社2009年版，第1132页。

极慎重，用之直等闲散，又非朝廷兴学育才之盛心。

　　今就该衙门情形，有应变通者二端。一、归并职掌。修史一事为该衙门专掌之职务，宜推广办法。若宪法、民政、实业、交通各要政，为前史所未有者，均应分立表志，增制精图。拟请将关于国史一应职掌悉归并于该衙门，毋庸另设史馆。自编检以上，悉令分科任事，以资历练。一、厘正品秩。查该衙门品秩，大率沿袭明旧，较卑于各衙门。然遇朝会大典，秩四品者与三品京堂同班，五品与四品京堂同班，六、七品与五品京堂同班。现订监国摄政王礼节，京职自五品以上不称名，独编检以七品而礼与之同。拟请将修撰至检讨各员改为正从五品，以上依次递升，至掌院学士，仍由大学士兼领，以存体制。①

此折重点在于"应变通"的内容，重点即落实在"归并职掌"和"厘正品秩"二端，此亦是与时俱进、以转变翰林院庶吉士的职能与身份者，因此应酌情考虑变更。可见晚清新政中一切改革都是"摸着石头过河"，而作为最高统治者的慈禧太后与其后的载沣、隆裕太后，更是头脑懵然，不知所措。

又有所谓"洋翰林"，即清末留学归国人员所获翰林学士称号的俗称。严格来说，这些人属于正常馆选以外的途径，因此是特授馆职；但又是考试后方授予，只是所考内容不同，故而将"洋"字戏加于其上，以示区别。② 这些"洋进士"、"洋举人"前往往冠有"工科"、"农科"、"商科"、"法政科"等名，如宣统元年(1909)赏给旧日游学生如詹天佑、魏瀚、李维格等人以"工科进士"，严复、辜鸿铭、伍光建等人以"文科进士"，张康仁以"法科进士"。③ 光绪三十四年(1908)四月，王闿运以湖南巡抚岑春煊奏荐特授翰林院检讨，"时科举已废，留学生有以牙科进士入翰林者，壬秋(王闿运字)《自嘲》云：'赖有牙科称后辈，已无齿录认同年。'时人服其工切"。④ 又可为晚清洋进士、洋翰林一谑。

废除科举后，除鼓励翰林们出洋游学(历)外，政府也想尽办法转变翰林学士的角色，如开办讲习馆，"遴派总办、提调各员，于四月初四日开馆。本署读讲以下，均入馆讲习。详定章程，以理学为体，以政治学为用。政治约分九科，曰外交，曰度支，曰学制，曰兵制，曰法律，曰农工商，曰民政，曰邮传，曰理藩，令诸员各认一科，分门研究，上溯古今，博稽中外，务期宏实明通，以备朝廷任使"⑤。通过在讲习馆肄习，可以使本来饱读孔孟诗书的翰林学士们又增加实用性的新学知识，这对人才的全面发展

---

① 王炜编校：《〈清实录〉科举史料汇编》，武汉大学出版社2009年版，第1137页。
② 对于大部分留洋学生的措置，第四章第二节将详述，此处略提及。
③ 此处参考商衍鎏：《清代科举考试述录及有关著作》，百花文艺出版社2004年版，第199~206页。
④ (清)龙顾山人纂，卞孝萱、姚松点校：《十朝诗乘》卷二十四。转引自陈文新主编，王同舟分册主编：《中国文学编年史·晚清卷》，湖南教育出版社2006年版，第472页。
⑤ 《开办讲习馆片》，(清)恽毓鼎：《澄斋奏稿》，浙江古籍出版社2007年版，第106页。

来说,实在大有裨益。为配合晚清的预备立宪,同时也发挥翰林院学士善于学习、思考的优长,身为翰林院侍读学士的恽毓鼎又建议设立翰林院宪政研究所,"拟即在讲习馆中添设宪政研究所,其总办、提调,即以馆中原派各员兼充,并请旨饬下宪政编查馆,遇有交馆之件,俱咨行臣院,以资研究。如讲员确有心得,令其撰具说帖,咨送编查,以用采择。如此,则讲员讲习治体,非托空谈,异时见诸施行,自能游刃有余",此即"预储明体达用之人才,以备朝廷任使"之意。①

虽然翰林院庶吉士已达科举之巅峰,且国家视其为真才而储之,但翰林官之升迁壅滞,在清初康熙年间就已成为中央政府的一大头疼问题,到了晚清,这种升迁壅滞的情形就更加严重。恽毓鼎曾上奏《请疏通翰林片》②,言及当日"编检积至二百余员,其资格最深至有十九年而犹未开坊者",殊为动人心魄。这无异于"以妙选之才为投闲之举,使其精神志气俱销磨于计日累月之中",令人心酸而又无奈!可见即便是国家所选所储之高才,欲得一职已为不易,更何况普通进士、举人而又苦无门径者哉!此种情形足以说明晚清时期士人入仕之难,几令英雄俯首,豪杰失色。这也就很自然地引出翰林院庶吉士在废除科举后的分流与出路问题。

2. 翰林学士对于废科举的态度

晚清以来,尤其是甲午战争后,因列强入侵而造成的大量赔款使政府不得不大开捐纳之门以解决财政危机,这不仅仅损害了科举考试的公平性与公正性,使愈来愈多的士子放弃科考转向他途,也使已经高踞科举最高层的翰林院学子们的地位和名望江河日下。光绪二十年(1894),为振刷翰林精神,御史安维峻(1882年入选翰林院庶吉士)奏请慎重馆选,"文字平常及疵累之卷,均不得滥置前列,以杜幸进",以维护翰林院学士的清望与尊崇。③《国闻备乘》卷四载:

> 国初盛时,官少事稀,三品以上许专折言事,尊为大员,极清贵自重。及其衰也,变乱六官,每部增设丞参。厅丞三品,视副都御史。参议四品,视翰林侍读学士。然皆由堂官保荐,不设厅印,不联衔奏事,司曹拟稿径诣尚侍取诺而行,丞、参不尽知也。其后奔竞之风日盛,每部二丞二参,不足应人之求,则差尽变为实缺。学部首乱旧制,改学政为提学使司,归督抚统辖。……学部又改大学堂监督为三品实官,或分踞一局所,或孤悬海外,无僚属、无衔属、无升迁开列进单次序。自古官制,未有若是之离奇可怪者。④

---

① 《翰林院拟设宪政研究所折》,(清)恽毓鼎:《澄斋奏稿》,浙江古籍出版社2007年版,第113页。
② 《请疏通翰林片》,(清)恽毓鼎:《澄斋奏稿》,浙江古籍出版社2007年版,第29~30页。
③ 王炜编校:《〈清实录〉科举史料汇编》,武汉大学出版社2009年版,第1027页。
④ 荣孟源、章伯锋主编:《近代稗海》第一辑,四川人民出版社1985年版,第291页。

捐纳的盛行使"差使"变为"实官",以前"清贵自重"的、可与督抚平起平坐的翰林官员们,自改为提学使司后,归督抚统辖,这直接损害了翰林学士的地位与尊严。又加上海外留学生、游学生归来,优者均授翰林,一时间翰林人数急剧增加,水涨船高,新政后的翰林已无复昔日的恩宠与尊贵。因此,当张之洞力主废除科举,兴办学堂时,几乎遭到了翰林院学士的一致反对;张之洞又提出通过科举减额分十年取消科举时,又遭到了翰林院的强烈反对,究其实,"乃诸翰林虑失试差生计,群起作梗,并无深意"。张之洞自信朝廷已为这些翰林进士们"妥筹"了一些善后办法。但改革的变数如此之多,翰林院的社会精英们当然不会轻易相信政治家的承诺。如果能够从翰林本身的角度进行观照,就会对他们反对废科举甚至提议重修贡院的行为抱以了解之同情,而不会简单地指责他们"顽固守旧"了。

从现存的史料来看,反对废除科举呼声最高的,莫过于翰林院学士,或曾经为翰林学士者。废除科举后,《清末筹备立宪档案史料》中保存的关于"教育"、"官制"方面的反对意见,几乎都出自翰林、给事中之手,如《吏部主事胡思敬陈言不可轻易改革官制呈》(光绪三十二年(1906)八月二十五日)、《御史徐定超奏请饬广设蒙养学堂折》(光绪三十三年(1907)正月二十六日)、《候补内阁中书黄运藩请变通科举并行中学与西才分造呈》(光绪三十三年(1907)七月十八日)、《翰林院编修陈骧为学堂急宜择要举办力除弊端呈》(光绪三十三年(1907)七月二十八日)、《给事中李灼华奏学堂难恃请拟兼行科举折》(光绪三十三年(1907)八月十一日)、《给事中李灼华奏请变通学堂规制复行岁科两试片》(光绪三十三年(1907)八月三十一日)等。这些上奏密度很大,也很集中,几乎都是痛陈晚清新政(尤其是废除科举)的种种弊端,"学堂之推广既稀,人才之进步转滞"①,对有可能出现的严重后果加以深刻剖析,观点犀利,论证有力,足以警示世心。

此外,还有身为日讲起居注官翰林院侍讲学士的恽毓鼎也曾联合另一同职李士鉁上《请拟改定学堂章程折》②,奏陈自废科举后,"不特成效难期,且恐贻害甚大",与曾经"罢科举、立学堂,原期普施教育以开民智,造就人士以得真才"的初衷相去甚远。昔日科举三年一举乡会试,其中又复有恩科,寒畯易于进身,国家不致有乏才之叹;然而兴学堂后,"今学生学成,入官之期限渺不可期。各省虽有毕业举人,并无出路可求。其师范各科复限以义务而阻其进身之望。是十余年中朝廷所用者,无非昔年捐纳之旧人及奔走钻营之新进",真是到了"人才中绝,儒士沉沦"的地步!与科举制度相比,并不见其有益而弊端更多。然而科举已废,势难再复,建议"寓科举于学校",以期渐开登进之阶,办法即将学堂之阶比附于旧日科举,分别授予毕业之学生生员、举人、进士之出身,一一融合科举之规制入新式学堂,实现科举与学校合二为一。这种想法在李

---

① 《候补内阁中书黄运藩请变通科举并行中学与西才分造呈》,故宫博物院明清史档案馆编:《清末筹备立宪档案史料》下册,中华书局1979年版,第981~983页。
② 《请拟改定学堂章程折》,(清)恽毓鼎著,史晓风整理:《澄斋奏稿》,浙江古籍出版社2007年版,第97~99页。

灼华、黄运藩的奏折中也有所体现。

对于学堂中学风学潮的兴起,翰林们也是忧心如焚,担心此风将成为燎原之火,于国弊害甚大:

> 近者如云南学生一堂滋事,而省城四五学堂,结联同党,助以暴动。远者如高丽甲午以前,学堂聚众,肆为反抗,遂召强邻干涉之兵,而其国乃因以有今日。谁生厉阶,竟为虎伥,前车不远,言之足为寒心。①

然而,翰林院庶吉士们对国家政府的忠诚建言,也大多遭到了当政者有意无意的疏忽或者漠视。倘不借助于这些史料,我们无法了解,在晚清体制改革中,翰林院学士曾经有过怎样的呼喊。平心而言,翰林院学士作为高踞科举最顶端的社会精英群体,他们皆身历科举,对时局也有着相当深刻的认识和体悟,听听他们的建议,也许对改革更有指导意义。

二、投身实业

光绪二十九年(1903)三月十一日,张之洞在发给袁世凯的电报中,谈及奏请科举减额,遭到了京都不少人士的驳难,而驳难者的主要组成部分即翰林院诸学士。张氏认为此乃翰林学士们为自己日后的生计考虑,"虑失试差生计",方会"群起作梗",此外"并无深意"。张氏认为,这些翰林院学士根本就用不着为自己的前途生计担忧:

> 既有考试,京师大学堂即仍可简放总裁,会同管学大臣考校;各省高等学堂仍可简放主考,会同督、抚考校;其中、小学堂,可由学政会同督、抚考校。从前江楚会奏变法折,本有此说。如此则进士出身之京朝官,不致因失差出阻。且此后翰林、进士,均须肄业学堂,于各门科学曾经研究,足任主司之选。其一学堂之内,学生毕业或偶有参差,可令先毕业者停待数月,汇齐若干名,再请放考官,并无妨碍。②

如果晚清的吏治尚属可图,那么这种考虑不失为一种出路。但现实却是:晚清吏治一塌糊涂,捐纳横行,奔竞成风,在这样的情形下翰林院学士们想谋一个七品之职,都困难重重,更何况顺顺当当地充当什么考试"总裁"、"主考"、"主司"!于是,晚清即便是

---

① 《翰林院编修陈骧为学堂急宜择要举办力除弊端呈》,故宫博物院明清史档案馆编:《清末筹备立宪档案史料》下册,中华书局1979年版,第986~991页。
② 苑书义、孙华峰、李秉新主编:《张之洞全集》卷二百五十六,河北人民出版社1998年版,第9035页。

已有出身的进士、翰林，思想通达者也都纷纷另想办法，别寻他途，而投身实业即当时中层士子们的一条乐从之路。在这方面，甲午科（1894）状元张謇辞官回乡创办实业，无疑是最具代表性的一个。

张謇（1853—1926），字季直，晚号啬庵，江苏南通人。自幼即循士子科举一途，力求上进，锲而不舍。从五岁读书起，经六次乡试方得中举，至光绪二十年（1894）四十二岁，又经五次会试，始考中第六十名贡士；又经殿试，终攫得一甲第一名，被赐予"状元及第"，获取了传统社会功名士子最高荣誉。

按照清廷常例，状元及第，当天即授予翰林院修撰，因此张謇也须照例通过馆选进入翰林院供事。但其父于九月十七日在家乡病故，于是张謇遂于十九日出京，返回南通老家，在家服丁忧之制三年。后来张謇在自订年谱中说："一第之名，何补百年之恨；慰亲之望，何如侍亲之终。"①此可见出张謇的孝心和对自己追逐功名的愧疚。丁忧服满，张謇于光绪二十四年（1898）闰三月十六日到达都城，四月十八日在保和殿，应翰林院散馆试。四月二十九日进乾清宫引见，瞻仰光绪皇帝。五月二十一日得知新授官职，并被告知须于六月初二日上任，张謇遂于六月初二日到吏部行礼，初三日请假回籍，当日即刻登程。试看当年六月初二、初三两日张謇日记：

> （初二日）卯刻即起，赴翰林院听宣旨。又诣吏部，均行三跪九叩礼。翰林院又谒圣。吏部谒文昌，并九叩。止翰林土地祠三叩。共三十九叩。午后，伯福述寿州（孙家鼐）意挽留。
>
> （初三日）丑正起，作辞寿州奏派大学堂教习启与清闲阁堂请假启（原注：通州纱厂系奏办，经手未完）。卯初即行。读书卅年（原注，十六入学为附学生员），在官半日，身世如此，可笑人也。②

张氏自谓"读书三十年，在官只半日"，此乃实言，并无夸张。《张謇日记》中载《留别仲韬（黄绍箕）》一诗：

> 拂衣去国亦堪哀，辛苦男儿草莽来。
> 直分儒冠称沟壑，何知人海战风雷。
> 欹寄似我归犹得，禄养怜君气益摧。
> 闽县已亡丁沈散，更谁相煦脱嫌猜。③

原注"闽县"、"丁、散"即可庄、叔衡、子培，分别指王仁堪、丁立钧及沈曾植。诗中

---

① 张謇：《张謇全集》第六卷，江苏古籍出版社1994年版，第853页。
② 祁龙威：《张謇日记笺注选存》，广陵书局2007年版，第78页。
③ 祁龙威：《张謇日记笺注选存》，广陵书局2007年版，第76~77页。

领联对自己曾奋战科场多年的经历进行了回顾,而颈联则重申去官之志。光绪二十三年(1897)三月初十,张謇曾致书沈曾植,以明夙志:

> 三载不能得一言之问,知足下非遗弃我者。然亦不能无责望之意。謇天与野性,本无宦情。……愿为小民尽稍有知见之心,不愿厕贵人受不值计较之气;愿成一分一毫有用之事,不愿居八命九命可耻之官。此謇之素志也。比常读《日知录》、《明夷待访录》,矢愿益坚,植气弥峻。辄欲以区区之愿力,与二三同志播种九幽之下,策效百岁而遥,以为士生今日固宜如此,事成不成,命也,无可怨者。足下知我,谓何如耶?①

"愿为小民尽稍有知见之心,不愿厕贵人受不值计较之气;愿成一分一毫有用之事,不愿居八命九命可耻之官",这就是张謇立下的志向,做一个有用之人,而不是徒糜国家俸禄的禄蠹!而当时所谓"有用",则非投入工商实业不可。他坚持了三十多年的科举考试,乃是"以读书砥行取科名,守父母之命为职志",完成父母对自己的一份夙愿。在《张季子九录·实业录》中,张謇对自己选择投身于实业进行了补充解释:

> 张謇农家而寒士也。自少不喜见富贵人,即有声望之要人亦不轻见,见必不为屈下。盖自恃无往而不得其为贫贱一语,而以读书励行取科名,守父母之命为职志。年三四十以后,即愤中国之不振。四十后,中东事已,益愤而叹国人之无常识也。由教育之不革新,政府谋新矣而不当,欲自为之而无力。反复推究,当自兴实业始。然兴实业则必与富人为缘,而适违素守。又反复推究,乃决定捐弃所恃,舍身喂虎。认定吾为中国大计而贬,不为个人私利而贬,庶愿可达而守不丧。自计既决,遂无反顾。②

"年三四十以后,即愤中国之不振。四十后中东事已,益愤而叹国人之无常识也。由教育之不革新,政府谋新矣而不当,欲自为之而无力。反复推究,当自兴实业始",成年后的张謇意识到民族的振兴非由实业始不可,便下定决心,以实业来求富救国,振兴实业冀民族于自立。

这里,我们应该注意到的是:是什么因素导致张謇毅然放弃为人艳羡的仕途而投身于中国刚刚起步的工商实业呢?其个中原因,仍可由其日记或信函得到解释。光绪二十三年(1897)四月初七日,张謇在日记中附有给丁恒斋的一封信:

> 謇自奉讳家居,乙、丙两年,以团练、商务颇与本省官吏相交涉,精神智虑费

---

① 《与子培讯稿》,祁龙威:《张謇日记笺注选存》,广陵书局2007年版,第51页。
② 《张季子九录·实业录》卷八,台湾文海出版社1983年版,第304页。

于事外者十七,尽于事中者十之三。益知既腐之木,般尔不能雕;必死之人,秦缓不能起。况非般非缓,谁则堪之!而并世士大夫为弦歌三径之赀,冀得一差,抽簪归去,私独以为窃人之乐而委人之忧,乃井市之恒情,非臣子之通义,即又耻之。

至于私计,抑有三端:年过四十,尚乏嗣息。入都必挈眷,挈眷则用繁,奉钱所入,不足当十分之一。内无力能相恤之族,外乏义可濡煦之援,臣朔长饥,嗷嗷谁待?一也。家林海上,两世所营,委而去之,无可付托。田园之荒芜可虑,耕钓之后路将穷。二也。兄弟四人,半事坐食;子侄七八,不才者多。若见家门日盛,浮荣日增,骛外苟佚,弥甚其过。夫至所得不足周一身,所失且以灾一族,贪进之夫,犹将怵焉。三也。坐是三者,思之烂熟,是以负责至万,愿且卖文鬻力,偿以十年,戢羽湛鳞,甘而不悔。然而亭林"匹夫兴亡有责"之言,黎洲《原臣》"视民水火"之义,固常闻之而识之矣。凡夫可以鼓新气,被旧俗,保种类,明圣言之事,无不坚牢矢愿,奋然为之,以为是天下之大命,吾人之职业也。即使入都,所欲效者不过如此,而徒增每岁千金之累,家门三事之忧,岂得计哉?①

丁恒斋即丁立钧②。函中,张謇列举了自己不愿为官而更愿经营实业的原因:外则吏治腐败,国势衰颓,振兴无望;不愿如"并世士大夫"那样,"为弦歌三径之赀,冀得一差,抽簪归去",在世人眼里,这是人生之"乐",而在张謇眼里则是"井市之恒情","非臣子之通义",与自己的处世原则相违背,因此不愿为之;即便投身实业,也仍匹夫救国之志,"凡夫可以鼓新气,被旧俗,保种类,明圣言之事,无不坚牢矢愿,奋然为之,为是天下之大命,吾人之职业也","即使入都,所欲效者不过如此"。此三条理由,皆张謇内心真实所想,故为好友道之,冀友朋能理解自己的行为与思想。他又列举了三条个人和家庭的原因,认为经营实业可使家庭生活相对富足,使家族得以兴旺,且不忍因一己之为宦而拖累整个家族,"所得不足周一身,所失且以灾一族",张謇将此视为"贪进之夫"犹且不为之事,自己决计不肯为之。

张謇对自己的友朋亲辈反复陈说自己看似荒唐的选择,希望获得他们的理解和支持,明白他作为一介儒生报效国家、实现价值的理想。他从棉纺织业入手开始创建实业,一则张謇故里南通为产棉盛地,得地利之缘,就近创建棉纺织业,较为便宜;二则鉴于东西方工业先进国家纺织品向中国的倾销,对中国每年造成巨大的贸易逆差("漏卮")而无以阻厄。又加上光绪二十一年(1895)中日签订《马关条约》之后,条约允许日商在中国内地城镇开设工厂,制造商品,这条规定足以窒息中国工商业的生命,潜伏着巨大的亡国之机。光绪二十六年(1900)二月,张謇叙及于此,仍从为士之本出发,阐明自己创建实业之苦心:

---

① 《与丁恒斋函》,祁龙威:《张謇日记笺注选存》,广陵书局2007年版,第53页。
② 丁立钧(1854—1902),字叔衡,号恒斋,江苏东台人,祖籍丹徒。光绪六年(1880)进士,授翰林院编修。光绪二十三年(1897)任山东沂州府知府。张謇寄此函时,恰值丁任职沂州府知府期间。

嗟乎！士欲劳苦于世，而斤斤于人之知不知，浅矣。循"遁"初六之义，则处危厉，不宜有所往；循"否"初六之义，则虽上下不交，而不可一日不志于君。匹夫之名，一挂朝籍，曾不日月，退屏江湖。私为以菲材薄植，未戾于潜遁，而策中国者，首曰救贫。救贫之方，首在塞漏。凡天子之所忧勤，大臣之所计划，天下士之所攘腕而争，大抵划壹矣。洋纱故中国漏卮大宗，通州为亚洲产棉盛处，南皮（张之洞）、新宁（刘坤一）以謇家在焉，属治纺厂。謇不自量，辄亦毅然自任以必成，私以为尝被天子大臣一日之知，方世多难，不可泯焉即沟壑，锱铢自效，未戾于否贞。①

这里，张謇又一次言及"志于君"和"策中国"的士之本分，这与其"实业大家"的身份，看上去有点不相匹配。但若联系张謇自幼勤学，受传统教育，通习儒家经典，数次搏击科场，其间涵咏经史，吟诵词章，四十年来一点一滴儒家的修养习性工夫，儒家思想的潜移默化和融会贯通，使张謇自然形成一种儒生志节，要求自己对社会和家庭、个人都必须有所担当。既然如此，面临国危势变的时局，无论从士大夫的固有操守，还是从士大夫的固有职志来说，都不能冷眼旁观，坐视不问，而应当挺身而出，担以重任。张謇投身于历来为士大夫所贱视的工商实业，"愿与市进驵侩周旋"，提出实业救国，也正是儒生入世救国济民的办法之一。

从这一点来说，国势的衰颓与危迫的世局激发了士人传统道德中勇于担当的可贵品质，无论其为朝廷之封疆大吏，还是地方经世小儒，他们思想的出发点往往循儒家救国济民一途，以多种方式拯民族于水火，拯民族于危难，从而形成了晚清士子以经世致用为本，兴"洋务"或创建实业以图救国的风潮。推究上层士大夫中曾国藩、李鸿章、张之洞等人的兴办洋务或兴办学堂，中层士人诸如张謇、盛宣怀等人，其衷心无不源发于此。这有力地证明了传统儒家经典道德教育，在紧要关头，尤其是在国家危难时刻，能够发扬其最为可贵的品质，成为支撑中华民族的脊梁！

张謇对造就人才极为重视，他曾对中国的教育表示了深切的担忧："由教育之不革新，政府谋新矣而不当，欲自为之而无力，反复推究，当自兴实业始。"②因教育和选才方式陈腐过时，而导致政府谋新不当，想有所作为而不能，因此最后归结到唯有振兴实业，教育方可振兴，国家才能有所作为。就这样，"政府—教育—实业"的思考，让张謇决定走一条"实业—教育—政府"救国济民道路。因此，张謇在创办工商实业稍有起色后，就开始着手造就新式人才；而发展教育所需资金，张謇悉数取自于工商实业所得之利润，而这又必须扩大实业经营。这就是以实业资金发展教育，再以教育所出的新式人才发展壮大实业，二者相辅而行的救国图存、求富求强的发展理想。不过需要说明

---

① 《张啬庵先生实业文钞》卷一《大生纱厂章程书后》，台湾文海出版社1969年版，第122~123页。

② 《张季子九录·实业录》卷八，台湾文海出版社1983年版，第304页。

的是，张謇虽脱胎于传统科甲制度，但其所要造就的"士子"，却全不在于科名，更不在于为宦；张謇所期待的人才，乃在于有用之才（尤其是工商界的实业人才）。张謇曾说：

> 鄙人亦科举中人，甲午成进士。睹国事日非，而京朝士大夫尚恃拘墟之见以论时局。率谓物质文明，如枪炮制造之类，中国自让泰西一筹；惟读书一事，乃中国专长，决不可取法于外国。鄙人潜心研究，觉所谓中国专长者，不过时文制艺而已，科学则有能有不能。至于教育之理，教人之法，虽谓直无一人能之，亦不为过。
>
> 嗣后渐有议及设学堂者，惟凡事须由根本作起，未设小学，先设大学，是谓无本。小学惟在得师，则得范尚焉。鄙人立志办师范学堂，盖始于此。顾办学须经费。鄙人一寒士，安所得钱？此时虽已通仕，然自念居官，安有致富之理？古人虽亦云为贫而仕，要知为贫而仕一语，系专为抱关击柝而言，自一命以上，皆不当皇皇然谋财利。据正义言之，其可以皇皇然谋财利者，惟有实业而已，此又鄙人兴办实业之念所由起也。①

对中国的传统教育，张謇一言以蔽之，曰："至于教育之理，教人之法，虽谓直无一人能之，亦不为过"；即便是有中国之专长者，"不过时文制艺而已"，时文之无用在当时已成为社会之共识，故而此句语含讽刺，直欲抹倒中国几千年之传统教育！当然，张謇的这种言论是在晚清"国事日非"的特定情势下而发的，其实他并不否定真正的儒家经典，只不过为时实用计，必须如此。

他又指出中国在改革教育上所走的弯路，戊戌维新始设京师大学堂，意在向西方列强宣告中国亦有大学教育，然而时局的逼迫让改革家们犯了一个不可原谅的急于求成的错误，凡事求全、求快，结果由上而下的改革（教育改革）也就变成了空中楼阁，并不追求实质性内容；又加上数量众多的"速成班"的创设，使改革几乎难以推行，因而弊端百出，朝野上下怨声一片。对此情形，我们须谨记"积弊不可顿除，久废不可速成"的古训。张謇指出："惟凡事须由根本作起。未设小学，先设大学，是谓无本。"晚清在兴办新式学堂过程中本末倒置的做法当然不会有好的实践效果。

在多年的历练中，张謇已然成为一个成熟稳健的实干家，办实业如此，教育也同样。他总是首先找到问题的根源，然后再加以矫治。他认为，"小学惟在得师，则得范尚焉"，创建小学教育之本在于得"师"为"范"为上，于是他又立志创办师范学堂，这就是南通师范学堂的由来。且张謇又认为不应"为贫而仕"，认为为贫而仕者，乃"系专为抱关击柝者而言"；既然出仕本不是为了发财致富，"自一命以上，皆不当皇皇然谋财利"，但可以皇皇然谋财利者，惟有创办实业而已。这又回到张謇以实业救国的初衷了。

---

① 《张季子九录·教育录》卷三，台湾文海出版社1983年版，第21页。

张謇访问日本实业时，在日记中写道：

> 访章静轩、洪俊卿于成城学校。凡学校以成城之食宿为最苦，功课为最劳，留学生之名誉，亦以成城为最美。能自立者必先能自苦，吾于章、洪诸生有厚望矣。中国人留学外洋者，多喜就政治、法律，二者之成效近官，而其从事也空言而易为力。若农工实业，皆有实习，皆须致力理化；而收效之荣，不逮仕宦，国家又无以鼓舞之。宜其舍此而趣彼矣。近年余与蛰先(汤寿潜)论中国目前兴学之要，普通重于专门，实业亟于名哲，世人渐有响应者。留学生之志于实业亦日多，是可喜已。①

看到有志于实业的留学生愈来愈多，张謇感到十分欣慰，认为这是民族工商业甚至民族实业得以振兴的希望。

通过以上陈述，可以对晚清投身实业的中层士绅有一个较为概括的了解。其他从事实业者，如盛宣怀②、聂缉规③、张元济④，还有更早的薛福成、梁廷枏、姚莹等人，都代表了晚清那个特定时期中国士人的识见与能力。1903年6月，力主文化救国的张元济在《中国历史教科书序》中说：

> 处今日物竞炽烈之世，欲求自存，不鉴于古则无以进于文明，不观于人则无由知其未足。虽在髫龄，不可不以此植其基也。⑤

---

① 张謇：《张謇全集》第六卷，江苏古籍出版社1994年版，第500页。
② 盛宣怀(1844—1916)，字杏荪，别号愚斋，江苏武进人。出身于官宦之家，但科场不顺，屡试不中。后入李鸿章幕，得李鸿章赏识。因李鸿章提倡洋务，具体经办洋务企业的盛宣怀便成了近代最有名望的大实业家。盛宣怀创办了许多实业，任轮船招商局督办、电报局总办、华盛纺织总局督办、铁路总公司督办、中国通商银行督办、汉阳铁厂督办，同时又任天津海关道兼津海关监督。虽然盛宣怀并未"挣出个出身"，但他因兴办实业得到了慈禧太后的青睐，直可为有"身登青云"。因此因其际遇非凡，亦将其列入中层士人陈述。
③ 聂缉规(1855—1911)，字仲芳，湖南衡山县东乡(今属衡东县)人，中国近代著名的民族资本家之一。光绪八年(1882)被左宗棠派任为上海制造局会办，后升任该局总办。光绪十六年(1890)起，相继任苏松太道、浙江按察使、江苏布政使、护理江苏巡抚、安徽巡抚、浙江巡抚等职。光绪三十四年(1908)以32万两白银购买华新纺织新局，改名为恒丰纺织新局，独资经营，盈利尤巨。至民国八年(1919)，资本达白银90万两之多。
④ 张元济(1867—1959)，字筱斋，号菊生，原籍浙江海盐。光绪壬辰(1892)科进士。曾任总理各国事务衙门章京。1896年和陈昭常等人创办教授西学的通艺学堂，1898年冬任南洋公学(交通大学)管理译书院事务兼总校，后任公学总理。1901年，以"辅助教育为己任"，投资商务印书馆并主持该馆编译工作。1903年任商务印书馆编译所长，1916年任经理，1920—1926年改任监理，1926年任董事长，直至逝世。他主持商务印书馆期间，组织了大规模的编译所和涵芬楼(后扩建为东方图书馆)藏书，开创了私营出版社设专职专业编辑和图书资料以保证出版物质量的先河，因此张元济被誉为"中国出版第一人"。
⑤ 此见光绪二十九年(1903)九月商务印书馆编译所出版的《中国历史教科书》。转引自程华平编著：《近代上海散文系年初编》，上海教育出版社2003年版，第218~219页。

学习本国历史，"旨在以养其爱国保种之精神，而非欲仅明于盛衰存亡之故焉"。认为应着眼于民族与国家的前途及发展，对读书士子习学本国历史提出了深层次的人文、道德方面的要求。

考察晚清时期转向实业的中层士绅，我们不能忽略这样一点：他们几乎都是自幼饱读儒家经史与经典词章，这些传统儒家经典对他们人格的养成起到了相当重要的作用。张謇诸人同样是生长于苦读应考的科举大环境中，但他们却不曾被科举制度和八股文僵化大脑，失去思考和创新的能力，这正可见出中国传统儒生具有开阔的胸怀和经世致用的能力。对于外来势力的冲击，儒生学者们也能以其敏锐和自省，主动寻求救国济世的方法和途径。这也更加说明了中国士人即便在列强环伺的艰危境遇中，也仍有自救图强的能力与振兴民族希望的信心。①

---

① 参考王尔敏：《近代经世小儒》，广西师范大学出版社 2008 年版，第 400~401 页。

第四章　科举社会的下层士人

所谓科举社会的下层士人，是相对已经入仕的士人而言的一种政治划分，主要是指士人中未曾入仕（包括一生都不曾入仕以及尚未步入仕途）者。具体来说，清末的下层士人主要包括正在求学而准备科考的学生、落第举子，以及一生都未入仕的举人、生员（即秀才）等，他们构成了科举社会庞大的金字塔底座。这是由不同群体组成的社会阶层，人数众多，且多数生活在社会基层，没有任何政治特权。

同时，他们又是一个极具变数的社会阶层，身份不固定，"朝为田舍郎，暮登天子堂"是对他们生存状态最贴切的写照——他们虽然暂时被排除在官僚集团之外，但他们却拥有可以改变自己身份的文化知识，随时都可能成为官僚集团中的一员；他们处于普通百姓与官僚士大夫之间，是官僚集团的后备军。1905年，科举制度的废除彻底切断了他们通向上层社会的合法途径；调整状态以适应新的形势变化，是所有下层士人所必须面对的现实。本章分列人生出路、主动疏离科举者和废科举前后"新"、"旧"教育的对比以及对中国社会所产生的深远影响等四个方面进行论述，试图揭示晚清社会剧变中下层士人思想与行为的转变，并探究这种转变与废除科举之间的内在关联。

第一节　科举废止前后的童生、秀才和其他

科举制度以其程序的公开性和机会的公平性给社会中下层士民以极大的鼓励，科考得中后所带来的物质生活水平的改善和家族声望的荣显，个人社会价值与人生价值的实现，使越来越多的士人奔竞于仕举一途。科举制度总体上使整个社会纳入了一种良性发展的轨道。不过，由于科举制度一贯秉持精英选拔原则，这使历代能够得中者始终是绝对少数。然而，机会在，希望就在，只要国家仍然推行科举制度，寒窗苦读的士子也就相信自己终究会有出人头地的那一天。1905年9月2日，当废除科举的诏令层递而下，正埋头备考、孜孜以求的士子们突然发现：世道变了！他们必须要另作打算了！那么，面对科举的革废，他们该做些什么？又能做些什么呢？

一、传统读书入仕观念的延续

第一，早期儒家强调读书人要服务社会，这就在读书与做官之间建立了某种因缘。

自汉武帝设立太学,允许成绩优异的博士子弟入仕;另由秀才、孝廉、明经等察举科目入仕之士人也须考试合格才能入仕,读书与做官有了更直接的联系,从此便有了"遗子黄金满籯,不如一经"①的说法。

这种"读书即为做官"的观念,自科举实施以来,就以制度的形式固定下来,它以仕宦名利作为"诱饵",使天下士子汲汲于科举之路。在进士科盛行的贞观(唐太宗李世民年号)、永徽(唐高宗李治年号)之际,搢绅虽位极人臣,但非通过考取进士而致达者,总被看做一种遗憾。然而进士科极难中式,其艰难情形,时人谓之"三十老明经,五十少进士"。而恰因其难以考取,"其负倜傥之才,变通之术,苏张之辨说,荆聂之胆气,仲由之武勇,子房之筹划,弘羊之书计,方朔之诙谐,咸以是而晦之",在进士科的面前,一切本领及能力无不黯然失色,甚至有老死文场而亦无所恨者,故有人以诗评价说:"太宗皇帝真长策,赚得英雄尽白头。"②这段记载本于野史,也许不无夸张的成分。但到了宋代以后,读书士子却是真真正正老死科场而无所怨恨了。

与前代相比,宋代科举制度不仅录取人数大大增加,而且士子应举只需"投牒自进",而无需公卿高官推荐;考试录取"一切以程文为去留";以进士科为主要取士科目,士人定期赴试。③ 再加上宋代开始实行誊录、糊名(即"弥封")两项制度,将考试中的人为干扰因素降到最低限度。这样,科举制度被进一步制度化、公平化、公开化,具备了程序上的公正和机会上的平等,符合广大士子要求公正的要求,"无情如造化,至公如权衡"成为世人对科举制度公正性的最好诠释。在长期的发展过程中,科举制度已经具有了一种不以任何个人主观意志为转移的力量,有远见的皇帝也看到了这一制度对皇权和社会稳定的巨大意义,从而有意识地去维护这一制度的客观性和公平性。更为突出的是一些皇帝也亲自出场劝学入仕,宋真宗赵恒就曾公开向士人宣讲:"富家不用买良田,书中自有千钟粟;安居不用架高堂,书中自有黄金屋。出门莫恨无人随,书中车马多如簇。娶妻莫恨无良媒,书中有女颜如玉。男女欲遂平生志,六经勤向窗前读。"④毫不讳言科举以功名利禄为手段吸引士人的世俗本质。明代杨起元在其题为"耕也,馁在其中矣;学也,禄在其中矣"⑤的八股文中,谈及"学"与"禄"的关系时,正话反说,十分巧妙:

> 所以养有道之士而为所学之验者,此禄也;所以杂谋道之心而为所学之累者,亦此禄也。盖既有得禄之理,益不可有得禄之心。一有得禄之心,则是学也,乃谋

---

① (东汉)班固:《汉书》卷七十三《韦贤传》,中华书局2000年版,第2325~2326页。
② (五代)王定保:《唐摭言》卷一,上海古籍出版社1978年版,第4~5页。
③ 对这一方面的论述,可参考何忠礼:《科举与宋代社会》,商务印书馆2006年版,第6页。
④ 《古文真宝》前集卷首《真宗皇帝劝学文》。
⑤ 《论语·卫灵公》:"子曰:君子谋道不谋食。耕也,馁在其中矣;学也,禄在其中矣。君子忧道不忧贫。"

> 食之精者耳，是以君子而兼小人之利也，耻孰甚焉！①

认为学中有禄，故谋道者更兼易于谋食，确是题目的解。因此，科举成为"利禄之途"的代称，屡屡为士子所诟病、指摘。

第二，科举以开放性的姿态面向广大士民②，无形中使整个社会形成了"全民向学"的良好效果。科举制自确立之日起，就形成了政府公开招考、士民可以怀牒进（自由投考）的原则，选举不再仅仅局限于上层社会。这种机会的扩大，在一定意义上说，是把机会和标准交到了被举者自己的手里，被举者更有可能把握自己的命运。③ 况且考试也是由内容形式较为广泛的诗赋之"文"，演变到内容较为狭窄的经义之"文"，又进一步由形式较为灵活的广义上的经义之"文"，发展到形式较为固定刻板的"八股文"，体现了一种力求客观化、标准化、有可操作性的统一考试的必然发展趋势。为了维护科举制度的公平与公正，历代统治者又一步步加强了科场作弊的防范措施，几乎每一个细节都得到了充分的考虑。这样，政府就为参加科考者提供了一个相对公平且机会均等的外部环境，凡是在读书方面较有天赋的人士，即便是寒家子弟，只需要尽自己的努力——熟读儒家经典，再加以写作技巧的训练，使为"文"的能力得以提高——就"有可能"参与到帝国统治的官僚集团中来，成为社会精英集团中的一员。而且，科举考试是一种古代人文经典的考试，所要求的书籍并不多，不需要花费多少工夫和钱财即可办到。活字印刷术使书籍的成本降低，这就使寒素之士通过苦读和科举考试由社会底层向上攀登成为可能。因此，1905年废除科举之际，有人评论说：

> 中国之民素贫，而其识字之人所以尚不至于绝无仅有者，则以读书之值之廉也。考试之法，人蓄四书，合讲诗韵并房行墨卷等数种即可。终身以之，由是而作状元、宰相而不难。计其本，十金而已。以至少之数而挟至奢之望，故读书者多也。④

---

① 陈水云、陈晓红校注：《梁章钜科举文献二种校注》，武汉大学出版社2009年版，第106页。

② 除极少数被规定的"贱民"和有罪之人外。"贱民"乃是一个与"平民"相对的概念，一般指官私奴婢、倡优皂隶，以及某一时代某一地域的某种特殊人口，如清初山西、陕西两省的乐户，江南的丐户，浙江的惰民等从事被视为卑贱之职的人。科举主要限制的也就是这些"贱民"。清代规定："凡出身不正，如门子、长随、小马、驿递车夫、皂隶、马快、步快、盐快、禁卒、弓兵之子孙，均不准应试。"还有浙江之丐户九姓、渔父、山陕之乐户、广东之蛋户、吹手、旗民家奴等，除非改业削籍，并自改业之人为始，下逮四世（或扣足三世），方准报捐应试。实行这些限制的原因可参见《刑案汇览》中的记载："家奴身充贱役，若放出后即与平民一体应试出仕，其祖父即得以家奴而上膺封典，不足以清流品而重名器，故例以三代为限。"参见何怀宏：《选举社会——秦汉至晚清社会形态研究》，北京大学出版社2011年版，第82页。

③ 何怀宏：《选举社会——秦汉至晚清社会形态研究》，北京大学出版社2011年版，第81页。

④ 光绪三十一年(1905)八月十二日《中外时报》文《论废科举后补救之法》，于《东方杂志》1905年第11期"教育"栏转载。

科举被废,新式学堂费用高昂,贫寒子弟上不起学堂,这导致了从学者反而锐减。现实的对比不能不令人深思。

第三,与其他谋生手段相比较,读书为宦仍不失为一种较为体面优雅的生存方式。"士—农—工—商"作为社会"四民"阶层的一种划分,在中国存在了数千年之久。其合理性在于,拥有知识与道德的"士",因其身份的特殊性,具备了被选为"牧民者"的资格。孔子曾对"士"的职责作了最早的规定:"士志于道。"而其所谓"道",即一种合乎大多数人规范的道德价值体系。在这方面,儒家思想有着绝对的优势。西汉武帝时期"罢黜百家,独尊儒术",这并不是崇儒之"士"的权术或极力推销的结果,而毋宁说是社会政治的一种必然选择。儒家道德思想成为中国传统文化的主体,与其自身的优点在政治统治上的作用是分不开的。儒家所提出的这套价值体系必须通过社会实践才能实现的,且唯有如此,"天下无道"才能变为"天下有道",所以,"士"在一开始出现时便有了参与"治天下"的要求。从社会结构与功能两方面来看,"士"在文化与政治方面所占据的中心位置与科举制度是分不开的。通过科举考试,"士"直接进入权力系统,他们的仕宦前程就取得了制度保障。① 一般情况下,入仕的士人(即已被视为"大夫"行列)都可以论资排班,递次而达公卿高位。况且宦职本为稀缺资源,故一旦中式,其回报率也相对较高,除朝廷的俸禄而外,其他种种资源优势,往往皆由"仕"者为先,因此科考中式对士人来说,不仅士人本身有着崇高的荣耀,而且其家族日后的发展也会受到较大的影响。因此,即便是贫寒子弟,倘若聪慧灵悟,具有读书成才的禀赋,他就有可能受到社会的援助②而在科举考试中脱颖而出,金榜题名,从此摆脱贫困,过上比较体面的生活。这方面的事例举不胜举。晚清举人钟毓龙在《科场回忆录》中说,他五岁即"怙恃俱失,丧乱之后,姻族俱尽",后得以在一族伯家附读,小试因凑不起费用,故而县试府试皆不赴复试,入学填册时,又须出费,"即学中两老师之挚仪,多寡称家之有无。余以赤贫,援宗文义塾学生之例,每老师各送四元……"③在第二次参加乡试时,钟氏得中举人,从此命运得以改变。这就是由宗族援助而科考成功的典型事例。

晚清科场混乱,又加以捐纳横行,科举的严肃性与公平性受到极大挑战。但不管怎样,科举制度毕竟为社会中下层士民提供了一种改变身份进而改变人生的可能,虽然这种可能性的几率已被捐纳、保举挤压得所剩无几。山西举人刘大鹏在日记中说,《辛丑条约》签订以后,虽然条约明确规定五年内不准拳乱区的士子参加科举考试,但不远千里偷偷去邻省陕西参加乡试者仍然不乏其人,且数量较此前并未见少,"有人言,晋省赴秦乡试之士,二千七百余人,不知其确数否。如果如是,则人数可谓多

---

① 此段参考余英时:《士与中国文化》,上海人民出版社2003年版,第5~6页。
② 如宗族、社学、义学、会馆,甚至私塾老师、书院山长、爱才的官员等人的资助,其中当然也不乏具有投资目的的资助。
③ 钟毓龙:《科场回忆录》,文史资料选辑编辑部:《文史资料精选》第一册,中国文史出版社1990年版,第293页。

矣"。虽然作者对自己听来的消息也不无怀疑，"省隔费巨，寒士不能应其试，且停止二十二处，传言未必真也"。① 但在民生凋敝的情形下，无论是弃文从商，还是就此以农持家，还是转做其他手工业，情况都并不令人乐观。《退想斋日记》中所载晚清末年大量商人纷纷破产的社会现实，令人触目惊心。相较而言，在科举的路上一直走下去，或许仍会有光明到来的一天，这就是晚清下层士子仍然选择以科考作为人生追求的重要原因。

即便是对留洋学生，仕宦也往往是其毕业后的首选。"观夫留东学子，当其始往，岂无颖锐陵厉者？而学成以后，则念念近于仕途。盖人之劳苦为学，固将以求报偿，今习此技术，而于社会尚无所用，则舍仕宦一途安往哉？是故言借权立宪者，必人学业已就者也。"② 传统以来所形成的以"仕"为尚的社会风气仍然弥漫不散。蔡元培在《我在北京大学的经历》中说：

> 我们第一要改革的，是学生的观念。我在译学馆的时候，就知道北京学生的习惯，他们平日对于学问上并没有什么兴会，只要年限满后，可以得到一张毕业文凭……尤其北京大学的学生，是从京师大学堂"老爷"式学生嬗继下来(初办时所收学生，都是京官，所以学生都被称为老爷，而监督及教员都被称为"中堂"或"大人")。他们的目的，不但在毕业，而尤注重在毕业以后的出路。……若是一位在政府有地位的人来兼课，虽时时请假，他们还是欢迎得很，因为毕业后可以有阔老师做靠山。这种科举时代遗留下来的劣根性，是于求学上很有妨碍的。所以我到校后第一次演说，就说明"大学学生，当以研究学术为天职，不当以大学为升官发财之阶梯"。③

当然，要打破这些习惯，却绝非朝夕可成，蔡元培也"止有从聘请积学而热心的教员入手"，以期积日或有可成。

二、塾师或教官

自科举制度实施以来，教授生徒就成了大部分士子赖以谋生的手段。与一千多年前的唐宋(尤其是宋代)相比，晚清下层士人的生活方式及其生活水平并没有发生很大的变化。科举落榜后坐馆教书，或者在获隽后去充当公学或私学的教官，仍然是大部分下层士子的生活选择。其中既包括已成为翰林者，也包括举人和留学归来的"海归"人员，他们一起组成了中国旧式传统教育最为广大的文化知识的传播主体。清代"上书房"的

---

① 刘大鹏：《退想斋日记》，山西人民出版社1990年版，第114页。
② 《与吴君遂书》，汤志钧编：《章太炎年谱长编(1868—1918年)》，中华书局1979年版，第161页。
③ 钟叔河、朱纯编：《过去的学校(回忆录)》，湖南教育出版社1982年版，第2~3页。

翰林学士们，本为"天子之近臣"，因而他们坐馆也往往是在达官贵显家中教授贵族官宦子弟，但与其他以教书为谋生手段者不同，翰林院学士往往不在于赚取生活费用，而更重要的是扩大自己的人脉，以求日后入仕的通显。① 但塾师和教官总人数中比例最高的，莫过于生员（即秀才）。一方面，他们以坐馆或教书谋取生计，养家糊口；另一方面，在教授生徒的同时自己也准备再次迎考，以求有朝一日能科举中榜而改变自己的人生境遇。这样教学相帮，一举两得，从内部妥善地解决了传统绝大多数读书士子的生活和求学问题，而且这一队伍因科举的存在而源源不绝，愈来愈壮大。

1892年冬，吴汝纶欲延请桐城文章家张裕钊入皖教授文学。在给余寿平的信中，吴汝纶说：

>……今武昌张廉卿，海内硕儒也。在鄂不合流转襄阳。今闻将有入秦之举。此君年七十而入关谋生，盖亦无术自给，出此下策。弟昨谋之南中旧游，意欲纠合十余人，人出百余金，延此公入皖，以为乡里后进师表，则文章之传，当复有寄。区区愚见，窃谓时局日棘，后来之变，未知所底。帖括之学，殆不足以应之。将欲振兴人才，弘济多难，自非通知古今，涵茹学识，未易领此。②

但此事终未成功，张裕钊也最终卒于陕西。这不难看出当时下层士人的生活状况——文章造诣及名气如张裕钊者，生活尚且如此没有保障，更何况那些无名之辈了。当然，那些在学问上较优者情况仍然会好很多，而各级学校仍是他们的最佳选择。出身翰墨世家的马其昶③，受业于方东树、吴汝纶、张裕钊等桐城名家，但数次乡试不第后，他便意绝仕进，长期教习乡里。光绪二十一年（1895），授经安庆藩司署中；二十三年（1897）主讲庐江潜川书院；二十七年（1901）授经合肥李仲仙家；三十年（1904），力襄吴汝纶办学，出任桐城中学堂堂长，以"培养济世人才"为己任。姚永朴④为晚清名臣姚莹之孙，幼秉庭训，刻苦自励于学。十六岁补学官学子，后客游湖口、天津、旅顺，授经谋生。1894年中顺天乡试举人，先后游于同里方存之、吴汝纶、萧敬孚诸先生之门。1901年客游广东信宜县，为起凤书院山长；1903年，应山东高等学堂之聘为教习；后被安徽高等学堂监督严复聘为伦理教习，任教六年。其后皖省各种人才，多出于安徽高

---

① 商衍鎏：《清代科举考试述录及有关著作》，百花文艺出版社2004年版，第171页。
② 郭立志编：《桐城吴先生年谱》，台湾文海出版社1972年版，第111~112页。
③ 马其昶（1855—1930），字通伯，晚号抱润翁，安徽桐城人。师事吴汝纶、张裕钊。屡试不第。宣统二年（1910）入都，授学部主事，充京师大学堂教习。辛亥后曾主持法政学堂教务，充袁政府参政院参政。后任清史馆总纂，主修《儒林》、《文苑》及"光宣大臣传"。老病归里。著有《抱润轩文集》。
④ 姚永朴（1861—1939），字仲实，晚号蜕私老人，清代名臣姚莹之孙，安徽桐城人。晚清民国间著名学者，桐城派传人。著有《蜕私轩集》等。

等学堂。姚永概①在四次会试落榜后，以大挑②二等授太平县教谕，因教谕仕进无望且待遇极薄，永概乃愤而辞职，绝意仕途，走上了充任幕僚与授徒讲学的道路。1907年姚永概受命赴日本考察学制，归国后积极提倡教育革新，于中国教育贡献颇多。像马、姚这类出类拔萃的士子，满腹经纶，又热心教育，因此他们的人生也大多与教育相关，以传道授业为一生之事业，且往往会得到朝廷的嘉奖与社会的认可。晚清选择了这种人生道路的士人为数不少。正是因为这些不愿入仕途的优秀人才主动投身于教育，才使中国晚近到"五四"出现了人才"井喷"的局面。此种为国家、社会、民族发展的功德，为后世所景仰。

文质俱佳者，往往为地方大吏延请，到新式学堂中任教。张之洞早年创办两湖书院、自强学堂，聘请了一些较有知名度的学者来此担任教习，其中有邹代钧、杨守敬、华蘅芳等，主张维新的杨锐、汪康年也曾在此任教。张之洞称他所聘请的教习"皆海内绝学"。这些教习的待遇很优厚，每月薪银百两③，另配房屋一栋。他们在精神上亦颇得张之洞尊敬，书院每季的开学时，张必率领文武百官到院，先率师生向孔子神位行三跪九叩礼，后率百官向监督及教习行叩首礼。教师们受到这种礼遇，自然愿意尽力教导学生了。④

当然，如马、姚等名儒及新式学堂的一些学者教习，因其卓著和出类拔萃，他们的生活并没有因为科举的废除而受到影响；相反，却使他们找到了更大的施展才华的空间。然而，这些人只能代表下层士人中的一小部分。结合晚清士人的笔记或日记，我们可以见出时任塾师或其他教职的下层士人更为切实的情形。

山西举人刘大鹏曾为我们留下了一部日记——《退想斋日记》，日记的前半部分如实地记载了科举废除前后他的坐馆生活及其内心感受。和当时所有的知识分子一样，刘大鹏幼年从师受业，读四书五经求取功名，1878年考取秀才，1884年考中举人。此后1895年、1898年、1903年三次参加会试，均落榜而归；科举的废除使其一生举业付诸东流。他没有做过官吏，从1886年起即在山西省太谷县南席村票号商人武佑卿家塾中坐馆，至1905年科举废除止，任塾师近二十年。他一生绝大部分时间生活在晋中农村，因此所接触到的人或事也最接近下层人民生活的原生态。下面单就其反映科举改革及坐馆、考试等内容进行摘录与阐发。《退想斋日记》其中一则写道：

……半途遇一教书人，系业商而落泊者也。班荆交谈，备言所教童子五、六

---

① 姚永概(1866—1923)，字叔节，号幸孙，姚永朴之弟，安徽桐城人，晚清民国著名学者、教育家。桐城派散文传人。著有《慎宜轩诗》等。
② 按清代规定，举人三次落榜，可以从中挑选一部分人为官，谓之"大挑"。其中一等以知县用，二等以州学正、县教谕用。此为清代解决举班壅滞的疏通办法。
③ 按：当时米价最高时一石值银二两、三两。
④ 苏云峰：《张之洞与湖北教育改革》，台湾"中央研究院"近代史研究所民国六十五年(1976)版，第76页。

人,每人送束修钱一千六百文,一年所得不满十千钱,糊口亦不够,何能养家乎,真苦之至也。余闻之亦觉不快。①

述及另一同道者坐馆的情形是:

> ……锦轩言其境遇甚穷。今岁所得束修除却饮食杂费,不过落二十余千钱,家中用度浩繁,所入不敌所出,将何以治生?有胞弟二人,一务农事,一教童子,概不添一钱。②

日记主人刘大鹏并没有比他们好到哪儿去。他一次又一次地对自己的坐馆生涯表示无奈和不满:"吾家虽非赤贫如洗,究竟不甚宽绰有余耳。不然余何必出门教书也?"③"教书一事,非吾所愿。余今出门教书为贫所迫也。"④"谚云:'家有三石粮,不作童子王。'盖深知教学之难也。读书之士若能于他处寻出糊口之需,即可不从事于一途矣。盖此事不但耽搁自己工夫,而且大损己德也。"⑤并认为"读书之士不能奋志青云,身登仕版,到后来入于教学一途,而以多得几修金为事,此亦可谓龌龊之极矣"⑥。对自己无奈选择了教书为业,刘大鹏认为这并非长久之计,"教书之人,抱远志者甚少,区区方寸,只求个好馆地,每年多得几两修金,馔食好些,东家待之丰厚,如是而已矣。并不计依人门户度我春秋,终非久远之计。……夫教书不过暂为糊口计,若作终身计,则甚左矣"。⑦"初志本不愿教书。然今出门教书者,为糊口计耳。非希图发财也。若希图发财,自当别求一途以寻发财之事,余志有在,乌容使财迷心窍哉!"⑧作为一个洁身自爱、深受传统儒家思想浸染的读书士子,刘大鹏对学塾东家不尊重教书先生的世态极为气愤:"近来教书之人往往被人轻视,甚且被东家欺侮,而犹坐馆而不去。作东家者遂以欺侮西席为应分。世道如此,无人挽之,则迁流不知伊于胡底也。"⑨当然他也极瞧不起那些为一两千"束修"而对东家卑躬屈膝之人:"而为先生者,亦以东家有钱,非惟不嫌东家不致敬,不有礼,而反谄媚东家。风欲如此,不亦深可浩叹哉!"⑩尽管刘大鹏对塾师一职满腹牢骚,但他至少能够借此勉强糊口。

一家人除去二三十亩薄田,再加上刘大鹏坐馆所得的收入,日子过得非常拮据:

---

① 刘大鹏:《退想斋日记》,山西人民出版社1990年版,第20页。
② 刘大鹏:《退想斋日记》,山西人民出版社1990年版,第27页。
③ 刘大鹏:《退想斋日记》,山西人民出版社1990年版,第54页。
④ 刘大鹏:《退想斋日记》,山西人民出版社1990年版,第70页。
⑤ 刘大鹏:《退想斋日记》,山西人民出版社1990年版,第59页。
⑥ 刘大鹏:《退想斋日记》,山西人民出版社1990年版,第71页。
⑦ 刘大鹏:《退想斋日记》,山西人民出版社1990年版,第57页。
⑧ 刘大鹏:《退想斋日记》,山西人民出版社1990年版,第55页。
⑨ 刘大鹏:《退想斋日记》,山西人民出版社1990年版,第65~66页。
⑩ 刘大鹏:《退想斋日记》,山西人民出版社1990年版,第66页。

"今岁玠儿(刘大鹏之子)赴秦乡试,费七十金中举。一切浮费又须八九十金。加之荆妻夏日一病,延医吃药又费二三十金,此寻常日用外费者。现在外债尚多,无起兑处。纵家中平素俭约,不敢稍涉奢侈,无奈有分外之费耳。家中紧逼,职此之故。"①这是从未踏入官场的晚清举人刘大鹏的人生酸涩之语,读至此,我们不能不为之洒一掬同情的泪水。寒儒并不好做,末世的寒儒就更加如秋风中的黄叶一样,无法掌控自己的命运。

如果没有废除科举的事件,那么"刘大鹏们"的生活也就会像这样继续下去,待儿女长大成人能够自立门户,他的家庭负担也许会减轻许多。但事实并不如人所愿。首先是拳民围攻外国使馆而引发的庚子事变,紧接着便是《辛丑条约》规定山西等发生拳乱的五省区停止科考五年,再就是1905年彻底废除科举制度。这样,刘大鹏失"业"了——废除了科举制,谁还用得着再请私塾先生来给他们讲授为备考科举而肄习的四书五经呢?面临失业的刘大鹏,心里着实惶惑了很长一段时间:

甫晓起来,心若死灰,看得眼前一切,均属空虚,无一可以垂之永久……日来凡出门,见人皆言科考停止,大不便于天下。而学堂成效未有验,则世道人心不知迁流何所。再阅数年又将变得何如,有可忧可惧之端。②

昨日在县,同人皆言科考一废,吾辈生路已绝,欲图他业以谋生,则又无业可托。将如之何?吾邑学堂业立三年,而诸生月课尚未曾废,乃于本月停止,而寒畯无生路矣。事已至此,无可挽回。③

去日,在东阳镇遇诸旧友藉舌耕为生者,因新政之行,多致失馆无他业可为,竟有仰屋而叹无米为炊者。嗟乎!士为四民之首,坐失其业,谋生无术,生当此时,将如之何?出门遇友,无一不有世道之忧。④

废除科举带给下层士人最直接的后果是"失馆"——失业。若家有恒产者,尚不至冻馁;而家无恒产者,则面临最为现实的谋生问题,"仰屋而叹无米为炊"。这是数百万下层士人最为严峻的,也是最为迫切的问题,废除科举给下层士人带来最为痛彻心扉的感受。当新学堂(强制)设立,旧日蒙馆被(强迫)废止,"所最可怜者,有六七蒙师,竟行坐困,无生路可求"⑤,此时境况,何异于沦为"被上帝遗弃的子民"!这怎能不让这些

---

① 刘大鹏:《退想斋日记》,山西人民出版社1990年版,第118页。
② 刘大鹏:《退想斋日记》,山西人民出版社1990年版,第146页。
③ 刘大鹏:《退想斋日记》,山西人民出版社1990年版,第147页。
④ 刘大鹏:《退想斋日记》,山西人民出版社1990年版,第149页。
⑤ 刘大鹏:《退想斋日记》,山西人民出版社1990年版,第159页。

孤苦无依的士人发出"悠悠苍天,曷此其极"的呼告!

而这种情形持续的时间并不短暂。直至民国成立后,仍然还有求生无门者,为获得一张教学资格证书而不得不硬着头皮参加县政府组织的资格考试,"若不合格,即不准设帐授徒,势必生路告绝"①。这就是科举废除后下层士人的众生百象,这可不像统治者颁布一道法令或谕旨那么简单,那么直截了当!当广大的下层士人无处求生,其内心所激起的不仅仅是辛酸,更多的是对政府的怨怼和愤恨:"寒酸之士,处此时世,可谓生我不辰!"②这种怨愤直接导致了下层士子对政府产生离心力,而当这种情绪一旦聚焦,它所产生的破坏力是令人难以想象的。因新政而民不聊生的情形,再加上地方上因天灾人祸而引发的大面积荒芜、饥馑,足以倾覆已经失去民心的晚清政府:

> 此次出门,所闻所见无非困苦情形。农曰岁欠饥馑,将如之何?士曰学尚新学,遗弃孔孟,士皆坐困,将如之何?工曰今有机器,废置手工,无所觅食,将如之何?商曰百物征税,日重一日,商务利微,将如之何?嗟乎!四民失业之时乎?四民失业将欲天下治安,得乎?否乎?③

虽然一介寒儒刘大鹏识见有限,然而这种四民失位、危机四伏的情形,却足以让任何一个有社会责任感的人产生强烈的大厦将倾的危迫之感。

与沿海省市的下层文人不同,内地省份的下层士人更难以转变思想和身份以适应新的形势;再加上内地省份地处偏僻,经济文化发展相对落后,并没有如上海那样能够吸引众多的下层文人去谋食谋生的开放性大都市,情形就更不容乐观。像刘大鹏这样的下层士人,科场失利后,他们或者靠自己的数亩薄田为生,或者弃儒从医以维持生计,"非出门教书以塞责,即在家行医而苟安"④,"现在士风不振,读书之士往往坐困,并无生路。不得已借行医以糊口,同人中尚多也"⑤。但大部分习医之人却往往文理不通,治病并不能探原立论,"惟借所记之几味药以饰庸俗之耳目,非特莫能济事,而且足以坏事",是不足为人相信的。⑥一些下层士人出于对清政府腐败搜括的不满,往往愤而参加下层民众发起的社会组织。比如开封举人李元庆1903年倡议反清革命,成为仁义会首领;河南柘城青帮首领即秀才王居信⑦;卫、辉等地有"票匪","广散旗布,新乡

---

① 刘大鹏:《退想斋日记》,山西人民出版社1990年版,第177页。
② 刘大鹏:《退想斋日记》,山西人民出版社1990年版,第159页。
③ 刘大鹏:《退想斋日记》,山西人民出版社1990年版,第155页。
④ 刘大鹏:《退想斋日记》,山西人民出版社1990年版,第20页。
⑤ 刘大鹏:《退想斋日记》,山西人民出版社1990年版,第133页。
⑥ 刘大鹏:《退想斋日记》,山西人民出版社1990年版,第144页。
⑦ 全国政协文史资料研究委员会编:《辛亥革命回忆录》五,中国文史资料出版社2012年版,第385页。

尤盛，头目多生员通文理者充之"①；四川"绅衿与哥老会多合为一气"②；重庆哥老会的舵把子刘锡封也是举人③；湖南会党中也有富人和乡绅参加，这使民间会党的势力比以前更加雄厚。因此，科举改革的初衷虽是使士子转变思想以适应新形势，然而实际所造成的后果，却远非当初所料。

此外还有一些兴办私学的下层士绅。该问题在赵利栋《1905年前后的科举废止、学堂与士绅阶层》④一文中已有较为充分的论述，可资参考。如果联系光绪三十三年（1907）南书房翰林袁励准所奏请《预备立宪须无人不学请广劝兴学折》的内容，可以发现，这些下层士绅们的兴学也许并非全出于自愿。兹摘录如下：

……比年以来，科举废，捐纳停，然向之习科举者，自举贡以至诸生，皆为分筹出路，其因停捐后求仕不得者，则又力图保举为进身之阶。如此而欲无人不学，为他日立宪之预备，是欲南辕而北其辙也。可否请旨停止各项出路，及各项保举，并请饬下吏部、学部，变通优奖民立学堂章程，凡输资兴学毕业后考验合格者，除学生按照奏定学堂章程奖励外，其输资兴学而又躬亲其事管理合法者，量其学堂之阶级，计其学生之多寡，核其经费之巨细，分别酌给京外各项实官，庶使全国之人，非涉猎于学界者，无由蹴几于政界。十年以后，民立学堂愈推愈广，强半具有国民普通之程度，则立宪之人格渐次增高，乃能上下同心，内外一气，不致徒托空言矣。或谓停止各项出路，则寒畯之士，未免向隅。不知此次考职以后，即未取中之举贡，亦皆宽筹出路。其他仅通中文未谙科学者，应由京师及各省多设教育速成科，以资练习，俾充中小学堂教员，是不啻宽筹出路矣。⑤

此折的主旨在于以广劝兴学的方式来变相地实现"宽筹出路"，那么请看袁氏的主张："凡输资兴学毕业后考验合格者，除学生按照奏定学堂章程奖励外，其输资兴学而又躬亲其事管理合法者，量其学堂之阶级，计其学生之多寡，核其经费之巨细，分别酌给京外各项实官，庶使全国之人，非涉猎于学界者，无由蹴几于政界。"也就是说，举贡诸生要想涉足政界，必须输资兴学，这就对那些仍想走仕途之路的举、贡、诸生等下层士人的财力提出了较高的要求。不仅如此，还要对输资兴学者的"业绩"加以"量化考核"：

---

① 《直隶总督袁世凯奏据实覆陈查明河朔会党情形折》，中国第一历史档案馆、北京师范大学历史系编：《辛亥革命前十年间民变档案史料》，中华书局1985年版，第49页。

② 范爱众：《辛亥四川首难记》，《辛亥革命史料选辑》下，湖南人民出版社1981年版，第188页。

③ 全国政协文史资料研究委员会编：《辛亥革命回忆录》三，中国文史资料出版社2012年版，第107页。

④ 赵利栋：《1905年前后的科举废止、学堂与士绅阶层》，新京报主编：《科举百年》，同心出版社2006年版，第155~171页。

⑤ 《南书房翰林袁励准奏预备立宪须无人不学请广劝兴学折》，故宫博物院明清史档案组编：《清末筹备立宪档案史料》下，中华书局1979年版，第979~980页。

"计其学生之多寡,核其经费之巨细,分别酌给京外各项实官",这不啻是对下层士人变相的搜括掠取!

回顾1905年袁世凯、张之洞等六人联衔上书的《请立停科举推广学校并妥筹办法折》①,其中妥筹出路办法主要是针对"旧学应举之寒儒"而言。首先是安排"年壮才敏者"入师范学堂。对那些不能为师范生的,"拟请十年三科之内,各省优贡照旧举行;己酉科拔贡,亦照旧办理,皆仍于旧学生员中考取","朝考后用为京官、知县"。这是当政者的一种理想安排。下面,让我们来看看实际操作的层面。刘大鹏在《退想斋日记》中记载了其子刘珵应考优贡之事,"不胜而归。言应试者共六百余人,头场仅取七、八十人,三场递减取二十人"②。录取比例是30∶1,与传统科举会试录取比例(60~100)∶1相比,的确算是科举"末班车"的"优惠"了,然而仍然仅有极少数人能够通过这种"优惠"考试,绝大多数的落榜者,仍然还需自筹出路,自谋生计。袁励准所提出的这种以兴学为手段的"妥筹"出路,对多数家境不佳的下层士子来说,并没有任何实际意义,甚至可以说,他的建议压根儿就没考虑这批寒士的生存状况。像刘大鹏这样毫无根基的家庭,即便儿子也同样中举,但在废科举后,根据政策要求进新学堂肄习了三年的"科学"后,还是被安排到中等学堂教书。这与其父辈的人生之路,看起来也并没有多大的差别。

第二节 留学生与主动疏离科举者

晚清时期的"西学东渐"最早起源于来中国传教的西方传教士。鸦片战争以后,列强纷纷在中国或划定租界,或开辟通商口岸,在输出中国原材料的同时,也带来了愈来愈多的西方文化元素。甲午战争后,救亡图存成为晚清朝野士人所面对的最大政治问题,于是,"别求新声于异邦",到海外留学(或游历),学习西方先进科技文化以报效祖国,也就成了一些有识之士的必然选择,东渡日本或西游欧美蔚然成风。当然我们也不能忽略还有一类主动疏离科举的士人学子。接下来将要探讨的,就是废除科举这一举措在这两类群体中所产生的反响。

一、晚清留(游)学生

中国派遣留学生的创议始于容闳③。容闳于1850年考入耶鲁学院,成为在耶鲁学

---

① 张之洞:《请立停科举推广学校并妥筹办法折》,苑书义、孙华峰、李秉新编:《张之洞全集》卷六十四,河北人民出版社1998年版,第1660~1664页。
② 刘大鹏:《退想斋日记》,山西人民出版社1990年版,第156页。
③ 容闳(1828—1912),字纯甫,广东香山人。幼入澳门西塾,后进玛礼孙学校。随美国校长勃朗往美,毕业于耶鲁大学。回国后曾至南京拜见太平天国干王洪仁玕,说以七事,不被任用。上海道丁日昌器重他,于是将其教育计划上奏于当道,派遣学生出洋肄习。此主张在其所著《西学东渐记》第十六章中言之甚详。

院就读的第一位中国留学生。1868年,他向清政府提出条陈,建议选派幼童出洋留学,被批准实行。同治十年(1871),经总理各国事务衙门奏准,容闳于上海、宁波、福建、广东等处,挑选12~16岁幼童中聪慧合格者,资送出洋。当时风气未开,招生不足额,容闳到香港招选后,方选齐30名留洋生童。此后4年中,每年均选30名生童,派往美国留学。留学期限为15年,游历2年。留学川资、衣旅费用皆由官给。这些留学生主要肄习科技、工程一类创办洋务急需的学科,同时仍须兼习中学《孝经》、小学、五经及清律例等内容,每周日,正、副委员向学生讲《圣谕广训》,四个月查验课程一次,年终分别等第查报。对这些留学生,政府并不着意其所学与所用,严复的遭际足可作为这些留学西洋学习洋务的生童的典型代表。

1. 留(游)学风气的盛行

甲午战争后,传统中学面临前所未有的挑战,四书五经为主要体系的儒家思想能否使华夏民族仍然在国际事务中占有一席之地,成为相当一部分有志之士的共同思考。深受刺激的清政府认识到学习外国的必要性,于是派遣留学生去国外肄习专业,这成为国人自强的一个重要方式。学习日本取法西欧的精神,留学欧美、游学日本蔚然成风。再加上清政府的大力提倡,留学生的地位也渐趋受到重视。

科举的废止对清末民初以来的留学风潮,意义至关重大:"1905年废除科举制的决定无疑是革命性的,因为它体现出中国不加批判地就从经典标准转到了外国标准。最高的报偿留给那些具有最广泛的国外教育经历的学人,长的是在日本或西方逗留3年,短的是1年。从此时起直到中华人民共和国成立,中国的教育一直明显地具有外国取向的性质。1904年的规定要求所有的高等院校教师必须受过外国教育,或者受过按外国方式创办的研究机构的训练。"① 科举废除后,进入新式学堂和出国留学成为士民获取功名和社会地位的新途径;政府选才任才强调留学国外经历与游历资格,也促使大量的学生涌向国外,其中包括大批自费留学生。按照中国一些朝廷重臣(如张之洞)的说法,日本距离最近,学费也最便宜,同属东方民族,日本也是中国自强最适合效法的榜样,于是留学日本成了一时间留学生的首选。这些学生许多是靠省政府提供的奖学金去日本留学的。他们来自中国的四面八方,但地理上较为便利,政治上也较为活跃的广东、湖南、江苏及浙江诸省资助的学生最多,如鲁迅就是1902年考取了留日官费生,赴日本到东京弘文学院学习;紧随其后,其二弟周作人亦赴日本,兄弟二人双双成为留学日本的中国学生。到1904年,至少已有8000名中国学生在日本留学。但日本高等学校显然无法一下子接收如此庞大数量的学生,因此相当数量去日本留学的中国学生,其课程安排全出于权宜之计。

---

① [美]吉尔伯特·罗兹曼主编:《中国的现代化》,江苏人民出版社1991年版,第292~293页。

我们不能对这些留学生遽下断语，认为他们全是冲着博取功名和社会地位而选择去国外留学，但有相当一部分留学生的确是挟利禄之心而来，却是不可否认的事实。留学生到日本后所选专业，人数最多的乃是法政科（日本政府因此专门针对中国留学生增设法政专门学校数所），其次才是商科、工科、农科、格致等科。法政科主要是为走入仕途作准备，法政学生盛行一时，呈现"法政学生满天飞"的局面。光绪三十二年（1906）二月戊戌，出使日本国大臣杨枢奏请严定选派出洋留学章程，说："东洋留学生多至八千余人，挟利禄功名之见而来，务为苟且；取一知半解之学而去，无补文明。"①这样，留学又成了新的"科举"，成为势利之徒群趋所在，法政科留学生随之声名狼藉。蔡元培在一次演说中谈到当时的社会现实：

> ……社会上所以看不起法政学生的是为什么？中国自维新以来，知道要取法外国，于是派留学生，办学校，以求栽培人材。那时候，到日本学法政的很多，有大部分人是入私立学校或入速成科，并不认真求学，甚有绝不到学校，也不读书，在日本过了多少时候，就买一张文凭回国了。中国新设的法政学校，也不知多少，大半不是认真教授，不过为谋利而已。这种法政毕业生，既买得新招牌，便自以为很有本领。而中国因为从前法政之腐败，也以为应该用新学生。哪晓得这般新学生，腐败一如旧官僚，加之学得外国钻营的新法，就变为"双料官僚"。因此之故所以社会上大家就看不起他。②

话虽平实，然一语道破天机：利禄之徒怀抱强烈的功利目的而"留学"，这本来就让人瞧不起，更何况还学得一身不良习气回来。

当然，留学生中也不乏确有为寻求真理，寻找救国图强途径的爱国主义者，鲁迅、邹容、陈天华③等人就是不折不扣的爱国志士，而陈天华则不惜蹈海赴死，以抗议日本文部省颁布的《取缔清国留日学生规则》，以图唤醒同胞。无独有偶，1906年，选派出洋游历的通州廪生潘宗礼忧愤捐躯，遗有条陈十三条，包括建议设立女子师范传习所，编写小学浅易教科书，多设实业学堂等内容，皆是对新政内容的补充及思考。④

---

① 王炜编校：《〈清实录〉科举史料汇编》，武汉大学出版社2009年版，第1111页。
② 新潮社：《蔡孑民先生言行录》，沈云龙主编：《近代中国史料丛刊》第94辑，台湾文海出版社1976年版，第433~440页。
③ 陈天华（1875—1905），字星台，别号思黄，湖南新化人。早年就学长沙岳麓书院，1903年留学日本，参与组织拒俄义勇队和国民教育会，从事反清活动。1904年与黄兴、宋教仁等在长沙创立华兴会，策划武装起义，事泄逃亡日本。1905年12月8日，陈天华为抗议日本文部省颁布的《取缔清国留日学生规则》，在日本东京大森海湾投海自杀，年仅30岁。
④ 王炜编校：《〈清实录〉科举史料汇编》，武汉大学出版社2009年版，第1112页。

2. 清政府对留学生的措置

响应政府的号召,各地学生纷纷到国外留学或游历,这自然是好事;但三年留学归国后①,如何措置这些海外归来的学子,又成了令清政府头疼的一个社会问题。

为鼓励学生出洋求学,清政府以科名作为奖励。光绪二十九年(1903),张之洞上奏《鼓励游学奖以举人进士章程》,奏请为鼓励游学,朝廷可以奖给进士或举人出身,得到慈禧同意(但并未立即实行),正式拉开授予海归学子传统科举出身的帷幕。光绪三十一年(1905)六月,学务处考验出洋学生,如按照乡、会试复试的准例,在保和殿对留学生加以考试,给予出身并分别授以官职,考试仅一场,且不甚严格。光绪三十二年(1906)学部成立,将此制度纳入正轨,随之出台了对留学生的考验章程,分学成考试与入官考试,每年八月在学部举行学成考试,给予进士、举人出身;明年春照朝考例,廷试后再行授职。学成考试分两场:第一场就各毕业生所学科目,每科各命三题,作二题为完卷;第二场试中国文一题、外国文一题,作一题为完卷。考试结果按成绩分为最优等、优等、中等发榜,最优等给予进士出身;优等、中等给予举人出身。殿试内容是经义、科学论说各一篇。如果农、工、实业、医科等类学生,不工于文字者,可准许不作经义题。结果仍然根据评定成绩分为一、二、三等,进士类分别授予翰林院编修或检讨、翰林院庶吉士,或与举人列一等者,按所学科目以主事职务分部学习;举人类则分遣为各部主事、内阁中书、七品小京官或分省知县即用。后来因留日学生人数剧增,光绪三十三年(1907),学部奏请:"游学外洋,必在大学及高等学堂毕业,得有文凭,始准与考。"②光绪三十四年(1908)学部特别制定条规,对留学日本私立大学的毕业生严加甄核,于考试前先考验普通学大要及日本文语一场,合格者方准许其再应考八月份的学成考试。宣统年间,留学归来者愈来愈多,甚至廷试一次录取竟至三四百人。水涨船高,留学生的资格与学历也已经较此前大大贬值了。

如果留意一下清政府授予留(游)学生出身或职位的次序,会得出一个很有意思的结论:绝大多数出身或职位是按照法政科—文科—(医科)—农科—工科—商科的顺序进行授予的。结合中国传统对"四民"——士、农、工、商——的划分,不难看出:即便科举已经废除,即使对于受过西方教育的留洋人士,社会仍会按照他们所学的科目,将他们大致分为"士—农—工—商"四类;而这当然也因学习法政科的留学生人数居留学生总数最高,因而被排至首位,但这同时也说明了那个转型时期的社会并不像一些激进人士的描述那样迅速决绝、摧枯拉朽,而是在缓慢地向前发展。

学习法政科目的留学生人数始终居高不下,这说明想做官、投入政界的人还是蜂拥登至,络绎不绝。然而官缺有限,粥少僧多,再加上经济发展滞后,文化教育水平低

---

① 有的甚至只需一年半即可。日本文部省为了迎合晚清大批赴日留学的清国留学生,创办了为数不少的法政科或其他科目的"速成班",时间只需一年半。

② 王炜编校:《〈清实录〉科举史料汇编》,武汉大学出版社2009年版,第1122页。

下，晚清政府根本就没有足够的位置和就业机会来吸纳纷至沓来的留洋学子——翰林院中尚有积压壅滞近二十年"未开坊"的翰林学士无处措置，更不用说再加上新式学堂如此众多的毕业生和留学归来的青年学子！还有大批国内传统下层士人，"科举初停，学堂未广，各省举贡人数不下数万人，生员不下数十万人……中年以上不能再入学堂，原奏保送优拔两途，定额无多，此外不免穷途之叹"。① 且由于"地方贫困搜刮已穷，以致一县之中延至一二年，不能有一完全之学堂以资教育，官司苟为敷衍，人才坐见消亡"，甚至出现"(书)院(学)堂两无，中西并失"的教育荒芜地带。② 这样，就产生了既无法进入新式学堂，又无法通过科举取得功名的"无根人"，他们与大量无法措置的留学生一起，形成了对政府和朝廷的疏离和怨叛。

如果说科举的目的是为了让"士"安于其位③，那么废除科举无疑打破了这一社会平衡和良性循环，它使整个社会朝着一种无序的、混乱的态势发展，"原来效忠旧王朝的士人阶层成为不安现状的游离分子，这不但使现政权陡然失去原有的社会支持基础，而且也使传统联结社会各阶层的聚合力急剧削弱"。④ 对比春秋战国时期的"游士"，我们会发现，正是晚清科举制度的废除，使安于其位的"士"重新游离出来，成为对社会稳定具有破坏力的"游民阶级"。这些处于游离状态的人们，由于社会地位的不稳定，加上对前途的渺茫和心理失落感，他们以异乎寻常的速度涌入政治领域。他们纷纷竞奔官场，以争取权力、地位与财富资源，成为新政时期与民国初年"政治参与膨胀"的巨大力量。光绪三十三年(1907)，御史孙培元奏请择优录用东西洋留学生，"以杜奔竞而作人才"⑤。通过孙培元的上奏，我们可以解读出这样的社会现实：加强限制办法，严定任官资格，完全是因为任官标准过滥，奔竞成风。此为民国以后任人唯亲、奔竞倾轧政风之先声。对此，钱穆痛心疾首地指出：

> ……(科举制)因有种种缺点，种种流弊，自该随时变通。但清末人却一意想变法，把此制度(科举制度)也连根拔去。民国以来，政府用人，便全无标准，人事奔竞，派系倾轧，结党营私，偏枯偏荣，种种病象，指不胜屈。不可不说我们把历史看轻了，认为以前一切要不得，才聚九州铁铸成大错。⑥

"得士者昌，失士者亡"，清朝统治者因废除科举而放逐了"士"，继而因"士"的疏离而

---

① (清)朱寿朋编，张静庐等校点：《光绪朝东华录》第五册，中华书局1958年版，总第5488页。
② 黄运藩：《请变通学务造呈》，故宫博物院明清史档案组编：《清末筹备立宪档案史料》下册，中华书局1979年版，第982页。
③ 科举制度内在的规定性——开放性和公平原则，使传统四民社会形成了一个良性的循环。
④ 萧功秦：《从科举制度的废除看近代以来的文化断裂》，《战略与管理》1996年第4期。
⑤ 王炜编校：《〈清实录〉科举史料汇编》，武汉大学出版社2009年版，第1125页。
⑥ 钱穆：《国史新论》，三联书店2001年版，第114~115页。

导致清帝国的灭亡,也就意在言中了。

二、疏离科举者

晚清吏治腐败,科场大畅不正之风,再加上时局的变化,通过科举入仕的所谓"人生正途"对一部分士人失去了吸引力,他们宁愿通过自己的努力去实现人生价值和社会价值。这类人包括科场失意者、拒绝科考者以及自谋生计者。

每一次乡试和会试,都会有成千上万的失意者落魄其中,这些科场失意人构成了下层士人的主体。据张仲礼估计,太平天国之后全中国生员的总数约为91万,加上来自其他途径(主要是捐纳)的人员,整个中国绅士阶层的总人数在太平天国后约140万。①而生员与举人的比例大致维持在(60~80):1的水平上,②童生与生员的比例大致相同,因此处于科举考试金字塔底层的生员、童生的数额之巨也就可想而知了。生活在今天的我们无法以现代考试及录取情况揣测科举制度下生、童们的考试和心态,但通过对科场过来人的研究,却可以让我们对传统士子的科考情形有一个较为直观的把握。下面就以现代文坛大家周作人的科考经历为例加以说明。

周作人出身"翰林之家"。祖父周福清虽于光绪十九年(1893)因科场贿赂案被革职入狱,关押杭州,但他曾于同治十年(1871)考中进士,授翰林院庶吉士编修,因此周家被授予"翰林府第"匾额。不仅如此,周氏家族以往的举业传统也颇为深厚:"六世祖煌(韫山)为乾隆丙辰恩科举人";七世祖绍鹏(乐庵)为监生;九世祖宗翰(佩兰)为增贡生;智房十世祖(即介孚公之父)乃是捐的监生;周作人之父周凤仪是秀才,"考进会稽县学生员"。此外,周作人的外祖父晴轩公亦是举人,曾在户部做过主事。如此书香门第,使得周作人不仅和绝大多数的读书人一样,以举业为"惟一的功课",更有一种来自家族的强大压力和动力。因此,光绪二十四年(1898),14岁的周作人准备初次童试。他关注邻县的童试信息,并早早开始"学做八股文和试帖诗"。他时常将自己的习作交给老师寿洙邻批改;而到杭州陪伴身在狱中的祖父周福清,也是希望在科考上极有造诣的祖父指导自己的正式功课和读经作文。

晚年的周作人谈起县考,说了一句很有意思却又自相矛盾的话,值得人反复回味:"县考是件小事,似乎没有什么值得讲的,这在清朝还举行科举的时代,每年在各县都有一次,并不是什么希罕的事情。但是它的意义却很重大。""(县考是)那时候称作士人或读书人的,出身唯一的正路,很容易而又极其艰难的道路。"③接着周作人又以彩票打比方,说中了秀才恰如买彩票的"中了头二彩,顷刻发了大财";而落榜者则是大多数,"连末尾也没有份",他们如不是改变计划,别寻出路,便将成为"场楦"(长期在考场进

---

① 张仲礼:《中国绅士研究》,上海社会科学院出版社1991年版,第92~112页。
② 在文化教育水平较高的江浙地区,举人的录取率要远远低于全国平均值,因而乡试的竞争也就更加激烈,士子能够获隽的可能性也就愈小。
③ 周作人:《周作人回忆录》(内部发行本),湖南人民出版社1980年版,第45页。

出而又考不中秀才的须发皓白的老童生),进而成为"街楦"——"在街上游荡的人,落到孔乙己的地位里去了"。① 话说得很是幽默俏皮,好像这些经历跟他自己完全没有关系一样。——果真周作人的县考便十分成功吗?

周作人幼年是个读书聪敏的孩子,对自己的学业也较为上紧。但戊戌年(1898)冬他首次参加县试却考得很不理想,"会稽凡十一图②,案首为马福田,予在十图三十四,豫才兄三图三十七,仲翔叔头图廿四,伯文叔四图十九"。其中"马福田"即浙江名流马一浮。从县试大案的名次来看,周作人较为靠后,但取得了府试的资格;而其兄鲁迅,"这里鲁迅着实考的不坏,只是考了一次,也不曾复试"。③ 周作人顺利通过府试,然而次年的院试却并未如愿让年仅15岁的周作人考中秀才,"初八日出榜,结果是仲翔以'周开山'的官名,考取了四十名即末名秀才"④,周作人则名落孙山。

首试失利给了周作人以刺激。其实对于年幼的读书人来说,这本来算不得什么。

> 会稽一县的考生总有五百余人,当时出榜以五十人为一图。写成一个圆图的样子,共有十图左右。……而每图"进学"就是考取秀才的定额只有四十名。所以如考在第十图里,即使每年不增加来考的人,只就这些人中拔取,待到自己进学,也已在十多年以后了。⑤

既然"进学"都已如此之不易,那么不能够考取也总在意料之中。待再次迎考庚子年(1900)冬的第二次童试,周作人明显比上次用功多了,作论、诗的次数大大增加,且模拟考试的频率也"紧凑且规律"。他不仅得到了精于八股制艺的祖父的指点,还曾得到长兄鲁迅的帮助。功夫不负有心人,他在此次的县试、府试中成绩优异,这证明了周作人在科考上所具备的天资与潜力。然而在院试时,他却仍然铩羽而归——考中秀才并非朝夕之功。在童试第二次失利后,周作人加紧了对自己的督课,严格按照五天一次的课期,按部就班地为考试做准备。但内心里,

> 周作人此时越来越感到有脱离老路、老屋的必要,新式学堂对他来说,并非是一种主动认同,却是因为旧途与旧家越来越无可留恋,因此迫使他不得不靠近别的路。更有意思的是,在领回落卷的当夜,周作人还打算把灯谜、诗词、小说等,寄

---

① 周作人:《周作人回忆录》(内部发行本),湖南人民出版社1980年版,第47页。
② 按商衍鎏:《清代科举考试述录及有关著作》,百花文艺出版社2004年版,第5页介绍:"发案书以圆式,谓之圈。亦有称图、称团者。取在五十名内者为第一圈,圈分内外两层,外层三十名,内层二十名,亦有不分内外层,列四五十名为一大圈者。居外层正中提高一字写者为第一名。……第二圈以下仿此。"
③ 周作人:《周作人回忆录》(内部发行本),湖南人民出版社1980年版,第48页。
④ 周作人:《周作人回忆录》(内部发行本),湖南人民出版社1980年版,第49页。
⑤ 周作人:《周作人回忆录》(内部发行本),湖南人民出版社1980年版,第47页。

给"海上文社",这表明当时周作人已有一些文学习作,并期望向沪上文坛寻求知音。仅从名称上看,这些习作多为旧式文学,但这位日后声名显著的文学家在科举落第之后所展开的文学活动本身,却俨然是人生重头戏启幕前的预告篇。①

数日后周作人收到鲁迅寄自江南水师学堂的信,"往宁充额外生",放弃继续科考,进入新式学堂便成了周作人的下一步人生选择。"周作人告别科举的时分是在科举未废之前,这种主动姿态使他在心理上与旧式知识分子划开了一道鸿沟。"②这当然不能排除长兄鲁迅对他的示范因素,而最后的决定却仍然得周作人自己做主。

在《周作人回忆录·再是县考》中,周作人谈到前清时代士人的几种人生选择:

……除了科举是正路之外,还有几路叉路可以走得。其一是做塾师,其二是作医师,可以号称儒医,比普通的医生要阔气些。其三是学幕,即作幕友,给地方官"佐治",称作"师爷",是绍兴人的一种专业。其四则是学生意,但也就是钱业和典当两种职业。此外便不是穿长衫的人所当做的了。另外是进学堂,实在此乃是歪路,只有必不得已,才往这条路走,可是"跛者不忘履",内心还是不免有留恋的。③

这可以作为科举时代文人出路的一个大总结。"内心还是不免有留恋",可"必不得已",却也只能"往这条路走"——无奈,而又有些许的留恋,这代表了那个时代选择新式学堂的大部分学子真实的情感告白。

周作人的科考经历,可以作为科举废除前后晚清下层士子由外到内对科举的一种疏远与剥离的典型事例。然而一旦与之相分离,则产生出一种"新思潮的拥戴者一旦面对自己主动捐弃的旧道路时居高临下的批判快感。有了这层心理优势,他(周作人)在'五四'新文化运动中,批判传统时带有启蒙者的优越感,多发人之所未发,充满了除恶务尽的痛快淋漓"④。事实上,这些放弃科举转而他投的士子,同样也组成了清末朝廷政治离心力的一部分。

也有本人不愿从事举业,但如果有人帮助自己取得"功名",仍对其感激不已。晚清骈文家李详早年为扬州府兴化县廪生,曾与刘师培的叔父刘富曾游,名辈较其更早,但李详屡试不售,"迍邅过之(指刘富曾)","比长,瞻顾非常,泛嗜群言,羞为功令之文"。屡战屡败打击了他的自信心,使他羞于再战科场。当他二十岁时,江苏督学使黄体芳将其录为附学生员,"详衔感次骨,为作《思君子赋》"⑤。

---

① 丁文:《周作人科举经历考述》,《鲁迅研究月刊》2012年第1期。
② 丁文:《周作人科举经历考述》,《鲁迅研究月刊》2012年第1期。
③ 周作人:《周作人回忆录》(内部发行本),湖南人民出版社1980年版,第49页。
④ 丁文:《周作人科举经历考述》,《鲁迅研究月刊》2012年第1期。
⑤ 钱基博:《现代中国文学史》,上海书店出版社2004年版,第109~110页。

而章太炎①、邹容②等头角峥嵘、极具有个性的早期革命家，他们对举业的反感往往产生于对清朝统治的不满，其反满情绪直接表现为不参加清朝所举办的科举考试。章太炎于光绪九年（1883）首次应童子试，在考试的当天口吐白沫，浑身抽搐，被诊断为"癫痫病"——我们不能排除章氏借装病而逃避童子试的可能性——从此与举业决绝，开始自己所喜爱的文字训诂研究。而邹容的叛逆性格似乎与生俱来，幼时即讨厌经学的陈腐，曾修改《神童诗》"少小须勤学，文章可立身"为"少小休勤学，文章误了身。贪官与污吏，尽是读书人"，对清朝官吏予以尖锐讽刺。他鄙弃八股功名，戊戌年（1898）应童子试，罢考而归。还有革命家陈天华，也是不习举业而直接去日本留学，在日本进行反满宣传。这些放弃科举的士人几乎是不约而同地走向了清政府的对立面，充当了大清王朝的叛逆者和掘墓人。邹容留学日本被迫归国后，1903年其《革命军》一书得以出版，"为排满最激烈之言论"（孙中山语），轰动一时。当时章士钊曾为之撰写书评："卓哉，邹氏之《革命军》也！以国民主义为主干，以仇满为用，驱以犀利之笔，达以浅直之词，虽顽懦之夫，目睹其字，耳闻其语，则罔不面赤耳热，作拔剑砍地、奋身入海之状。呜呼，此诚今日国民教育之第一教科书也！"③此书一出版，"不及一月，数千册销行殆尽"。这无异于在清统治的中国投放了一枚重磅炸弹，其影响之大，令清政府为之震动，因而发起"《苏报》案"，逮捕了进行反清反满宣传，鼓吹共和政治的邹容和章炳麟。但此种反政府思想一旦散播开来，其潜在的破坏力却是极其巨大甚至是毁灭性的。

借助陈文新教授主编、王同舟分册主编的《中国文学编年史·晚清卷》等文学研究工具书，可以发现：越来越多19世纪70年代以后出生的文人（晚清士人的一部分）主动放弃了科举考试，转而他途。1893年8月，王国维赴杭州应乡试，以"不喜帖括之学"，不终场而去；林白水④"少好学，不屑于举子业"，1901年任《杭州白话报》编辑，1903年冬主编《中华白话报》等；吴梅1903年再赴金陵应江南乡试不中，后赴上海，就东文学社学习日文。这些人往往仍然以文字、文学作为自己的终身事业，表现了转型期中国文人在人生选择上的特点。还有转业从商者，除状元实业家张謇外，郑观应则更早

---

① 章太炎（1869—1936），名炳麟，字枚叔，后改名绛，号太炎，浙江余杭人。清末民初民主革命家、思想家、学者。代表作有《訄书》、《新方言》、《文始》、《小学问答》等。
② 邹容（1885—1905），原名绍陶，字蔚丹，留学日本时改名为邹容。四川巴县人。中国近代革命宣传家，代表作有《革命军》。
③ 章士钊：《章士钊全集》第一卷《读〈革命军〉》，文汇出版社2000年版，第28页。
④ 林白水（1873—1926），名獬，又名万里，字少泉，笔名白水、退室学者、白话道人等。以笔名"白水"行于世。福建侯官人。少好学，不屑于举子业。1901年任《杭州白话报》编辑。次年赴上海参加爱国学社，进行反清革命。并在《俄事警闻》、《警钟日报》上撰言语揭露帝俄的侵华活动。1903年冬，主编《中华白话报》。年末赴日本留学。1909年参加南社。辛亥革命后曾在北京、上海主编和创办报纸多种。1926年8月，被军阀张宗昌枪杀。著有《林白水先生遗集》。

以自己经营实业的现身说法为举业不顺的士子们指明了一条人生之路。① 虽然人生的选择已脱离正统所预设的科举轨道，类似于"丸之出盘"，但传统士大夫忧国忧民的思想情感，却在20世纪前后那个复杂多变的时代又一次焕发出了光彩。②

第三节 乡村教育的萎缩与中国教育制度的艰难转型

"旧教育"指中国长期以来所形成的本土教育，它往往以书院、社学、义学或私塾的形式遍设于乡镇里社，便于学龄生童就近接受教育。"新教育"是指自晚清新政以来所创办的新式学堂，其主要模式乃是学习日本维新变法以来学堂的基本模式，属于"现代教育"的范畴；学习内容以西学（新学）为主、以传统儒家思想的经典教义为辅。科举废除以后，旧式书院改为新式学堂，乡村义学、社学等亦纷纷被撤销，改办新式学堂。在新式学堂兴建的过程中，传统的书院、村塾教育走向没落。关于新旧教育转型的论述，可直接参考张亚群先生的论著《科举革废与近代中国高等教育的转型》，其中所论颇为详赡。在这里，本节意欲通过乡村教育在科举废止前后的变化来揭示晚清下层士人身份及心态的转变，以及转型期传统士人在向现代知识分子的转变过程中给中国社会带来的深远影响。

一、传统乡村教育

首先从传统乡村教育的书院说起。书院制度始于唐而盛于宋，晚清新政时期改书院为学堂，将书院纳入现代教育系统，书院才终结了它的历史。

书院是传统教育的主要形式，既有官立书院，也有私立书院。清代以前，书院以讲学为主，兼以考课；清代以后，注重科举制义，则讲学甚少，而主要为科举而考课者甚多。顺治九年（1652）颁布上谕："各提学官督率教官，令诸生将所习经书义理，讲求实践，不许别创书院及号召游食之徒，空谈废业。"③乾隆十年（1745），礼部议准书院每月考课仍以八股文为主，虽然士子也可以留心讲贯经史治术，余力可肄习对偶声律之学，酌量兼试论策表判等类，但书院完全沦为科举的附庸，却不言自喻。鸦片战争后，一些有识见的士大夫创办了一些书院，明确表明不课试八股，以博习经史词章为主，兼

---

① 郑观应（1842—1922），本名官应，又名观应，字正翔，号陶斋，别署杞忧生、慕雍山人。广东中山人。早岁受儒业，应童子试不中，遂赴沪从叔父学经商及英语。在上海先后任洋行买办、茶栈通事、轮船公司总理兼管账房、栈房、揽办上海机器织布局。1882—1887年居澳门，扩写《易言》成《盛世危言》，1907年在澳门编纂《盛世危言后编》。

② 章炳麟虽不屑于参加科考，但出于他对中国传统文化的深厚了解，他深知保存国粹的重要性。于是，章炳麟、邓实、黄节等人成立"国粹派"，高倡"保存国粹"，与当时上层士大夫所提倡的"存古"之主张，朝野相互应和，掀起了晚清保护国粹的风潮。关于晚清国粹派的研究及论述，可参考郑师渠：《晚清国粹派：文化思想研究》，北京师范大学出版社1997年版。

③ 商衍鎏：《清代科举考试述录及有关著作》，百花文艺出版社2004年版，第240页。

及小学、天文、地理、算法之类，如阮元在杭州创立诂经精舍，在广州创设学海堂书院；陶澍在江宁创设惜阴书院；黄体芳在南京创设南菁书院；张之洞所创设两湖书院、广雅书院等，皆是当时备受推崇的书院。

书院的生徒，一般是"生"（员）和"童"生两类。"生"指贡生、廪生、增生、附生、监生等；"童"即未入学的童生。学额则根据各个书院膏火经费的实际情况而定，分为正课（又称内课）、外课和附课三种。正课生额为国家定额，外课、附课则因投考人数的多少酌量增减。有的书院正课生多的有百余人，少的也有五六十人或二三十人。正课生每月可得膏火费一两数钱，外课生膏火费略少。书院按照考课的成绩给予前列者以奖金，寒士借此为生者也不在少数，承平时期书院士子尚能靠膏火费度日甚至借此以补贴家用。鸦片战争后，每一次与列强的战争，清廷几乎都以割地赔款结局，此类赔款自然转嫁到普通百姓头上；再加上贪污横行，腐败成风，不仅是中央财政紧张，就是地方政府财政，也无不是年年告急，这势必会影响书院膏火费的发放。刘大鹏在《退想斋日记》中记载1897年书院的情况时说：

> 晋阳书院每当科年，七月月膏火以外，正奖并奖超等一名，共得二十来金。其余十数金、七八金、五六金不等，极少三金。此次膏火极其肥润，故应课者千余人。今岁中丞闻欲大减。往岁七月兼八月膏火都放，今中丞只发七月者。……自去岁我省书院大减膏火以来，士子之心率多散涣。……①

而在同年四月二十六日，他更详细地记载了晋阳书院去岁（1896）膏火费被统统减半之事。至光绪二十四年（1899），膏火费又"于减中减去大半"②。虽然世风日下，不能排除一些读书士子仅为贪图书院膏火费而混迹其中③，但由于大众生活水准普遍低下，士子在书院读书本来就无法创造经济财富以解决家中的生计问题，相当一部分人往往是仅凭埋头苦读挣取"奖学金"来维持生活，现如今膏火俱裁减，"书院肄业生皆言所得膏火无几，且未能得者甚多"④，这势必造成士心散涣，不能安于读书，"（晋阳、崇修）两书院肄业诸生所得膏火不能自给，皆引而归。每书院中所留者寥寥无几矣"。⑤ 也有生童因此而闹罢课。这是废除科举前山西省书院的情形，至于其他省份情形如何，亦可推见。可见清末政治腐败、财政亏空进而影响到读书士子的正常学习生活，这也就难怪

---

① 刘大鹏：《退想斋日记》，山西人民出版社1990年版，第75页。
② 刘大鹏：《退想斋日记》，山西人民出版社1990年版，第88页。
③ 刘大鹏：《退想斋日记》，光绪十九年五月初九日（1893年6月22日）日记："士风之坏未有甚于此时者也。诚心读书以求根底者固不多见，即专攻时文以习举业者亦寥寥无几……吾邑应桐封书院课者，生有三十余人，童二十余人，尽心作文者不过数人而已。或直录成文窃取奖赏，或抄袭旧文幸得膏火……"（山西人民出版社1990年版，第21页。）
④ 刘大鹏：《退想斋日记》，山西人民出版社1990年版，第73页。
⑤ 刘大鹏：《退想斋日记》，山西人民出版社1990年版，第88页。

"才华秀美之士",不辞千山万里艰难跋涉,"竟弃儒而就商"①了。

除膏火费外,乡试之年,书院往往增添学额,若经费充足,仍给予学习优秀的生员以"宾兴费"②。乡试前又有决科之考③,地方州县书院往往会给名列前茅者以钱财奖励。省会书院则在举子会考前依据决科考试排名的高下,给进京应会试的举子以五十两至三十两不等的"公车"费,这些体恤与恩惠体现了政府对士子进取科第的鼓励与支持。④ 但很明显,政府的这种沾溉在清末也受到政治大形势的影响。《辛丑条约》中明确规定,山西、直隶、河南、陕西、湖南、东三省等发生拳乱的地区停止文武科考试五年。想继续参加考试的士子,须偷偷到邻省去考。比如山西举人刘大鹏的儿子于1902年就去了秦省(陕西)应乡试。但山陕路途遥远,

> 晋士苦于资斧缺乏,皆裹足而不前。未闻晋省官吏筹划士子资斧,即有志观光之士,亦徒坐而自叹,无可如何也。⑤

> 吾邑培英义庄宾兴共二百八十缗,乡会各半。现在又加罚项钱五十缗,银圆六十缗,白金二千两,亦乡会各半。今春会试者共三人,玠儿及新中者王梓、阎佩礼二人,每人可分银钱六十余缗,所短亦多也。⑥

可见清末"宾兴费"也因政府财政窘迫而被削减,士子若想应考,主要还须自筹费用。对于士子应考乡试的费用,一般须七十金⑦;中举后其他浮费(如请客宴席等)又需八九十金,这对贫寒之家来说,是一笔不小的开支。若将上学读书的费用统共加在一起,经济条件一般的家庭仅能勉力承担,而家境稍差者,则只能另寻他途了。

书院而外则是官学、社学、义学。清代官学专教八旗子弟、宗室及觉罗子弟,其章程规定大致与书院相同。光绪二十八年(1902),翰林院侍读宝熙奏请,比照同文馆归并大学堂的办法,将宗室、觉罗、八旗等官学改并中、小学堂,均归管学大臣办理。⑧ 社学和义学多设于乡村,以弥补城邑书院之不足,其规模、设备都较为简陋,主要为教授偏僻地区的生童,或为孤寒生童而设。光绪末年,读书学生愈来愈少,学校衰微之象已不容忽视:

---

① 刘大鹏:《退想斋日记》,山西人民出版社1990年版,第17页。
② 宾兴:古代指学有所成、德行卓著的士人,得到"乡举里选"后,由地方官行"乡饮酒礼",将他们举送京师的一套仪式。
③ 决考:指大考前的试前选拔考试,又称预选考试。
④ 此处参考商衍鎏:《清代科举考试述录及有关著作》,百花文艺出版社2004年版,第234~243页。
⑤ 刘大鹏:《退想斋日记》,山西人民出版社1990年版,第112页。
⑥ 刘大鹏:《退想斋日记》,山西人民出版社1990年版,第132~133页。
⑦ 刘大鹏:《退想斋日记》,山西人民出版社1990年版,第118页。
⑧ (民国)赵尔巽等撰:《清史稿》志八十八《选举八》,中华书局1977年版,第3114页。

> 吾邑于本月初四日开棚考试童生，应童生试者才二十三人。较前锐减太甚。……余初应童试时尚百数十人（光绪三年，1877），是岁晋大祲。光绪四年（1878），余入泮，应童试者尚八十余人。自是而后，屡年递减，去岁犹垂四十人，今岁则减之太锐。学校衰微至是已极。良可浩叹。①

此外还有私塾。这一般是经济条件较好的人家，一家或几家（共同）出资延聘教师，对自家子弟进行教育的方式。规模较小，灵活性较强。然而也正是这种方式，培养出了中国许许多多优秀的人才。冯友兰曾描述自己儿时所读的私塾：

> 照这个大家庭的规矩，男孩子从七岁起上学，家里请一个先生，教这些孩子读书。女孩子七岁以后，也同男孩子一起上学，过了十岁就不上学了。在我上学的时候，学生有七八个人，都是我的堂兄弟和表兄弟。我们先读《三字经》，再读《论语》，接着读《孟子》，最后读《大学》和《中庸》。一本书必须从头背到尾，才算读完，叫做"包本"。有些地方读"四书"不仅要背正文，还要背朱（熹）注，不过我们的家里没有这样要求。
>
> 当时一般的私塾，叫学生读一些记诵典故和词藻以备作八股文、试帖诗之用的书，如《幼学琼林》、《龙文鞭影》之类，我们的家里也没有这样要求。在我们家的私塾中倒读过一本新出的书，叫做《地球韵言》，这是一种讲地理的普及读物。地理在当时也算是一种"新学"。我们家的那个私塾，也算是新旧兼备了。照我们家里规定的读书顺序，于"四书"读完之后，就读经书。首先读《诗经》，因为它是韵文，学生们读起来比较容易上口。②

在私塾里教什么，怎么教，有文化根柢的家庭往往有自己的一套意见，可与私塾先生商量而定，如冯友兰家里的私塾就没有要求小学生全背"朱注"，也没有要求小孩子硬记一些备作八股文与试帖诗的典故和词藻。随着西学的涌入，即便是在私塾学堂里，也出现了《地球韵言》一类的科普读物。从这两段记载来看，书香门第的冯家，更为看重的是家族子弟的文化修养，对举业的考虑倒在其次。后来，由于冯友兰的父亲去武昌任职，家里几个小孩子又"失"了"学"：

> 父亲同母亲商量，无论怎么样也得给小孩请一个先生，在当时官场中称为"教读师爷"。有人向父亲推荐了一位据说是从日本回来的留学生，枣阳人，恰好是我们唐河的邻县，觉得很合适。……自从教读师爷（即我们的先生）到衙门以后，我们读书就上了轨道了。功课有四门：古文、算术、写字、作文。经书不读了，只读

---

① 刘大鹏：《退想斋日记》，山西人民出版社1990年版，第118页。
② 冯友兰：《三松堂自序》，人民出版社2008年版，第4~5页。

古文,读本是吴汝纶所选的《桐城吴氏古文读本》,一开头就是贾谊的《过秦论》。读古文虽然还不能全懂,但是比经书容易懂多了,并且有声调,有声势,读起来觉得很有意思。算术是加减乘除从头学起。此外是写大字,每星期作文一次。功课不紧,往往一个上午就上完了。①

这里所说的是光绪三十年(1904)后的情形,此时废除科举的改革正在紧锣密鼓地进行。总的来说,冯友兰幼年时的学塾生活是十分轻松而且惬意的,并且他也在其中初步领略了中国古典文化的精髓。我们难以估算像这类私塾在中国究竟有多少个,然而它所起到的作用,却是直接而深刻的。

就这样,由大到小、由高到低、由城市到乡村,清王朝以科举为手段和依托,在物质生活普遍低水平的情况下,达到了人口教育的最大化。

那么传统教育下中国的教育水平又如何呢?亚当·斯密(Adam Smith)曾说:"国家的富强与人民的知识及技能有着密切关系。"②联合国教科文组织(UNESCO)直接指出,教育人民识字是经济发展、社会改进、文化提升的一种准备。③ 有的研究者以人口的识字率作为衡量受教育情况的标准之一。虽然 Evelyn Rawski 曾对清代人口的识字率进行了深入研究,且认为与西方或日本相比,中国传统社会的识字率并不很低,并估计,在19世纪中国男人的识字率可达 30%~45%,女人的识字率可达 2%~10%。张朋园先生则以云、贵两省的识字情况加以证明,Rawski 的这一估计显然过于乐观。④ 总之,不论中国总体的识字率还是各省地方的识字率,都不能掩盖这样一个事实:中国在科举制度下的传统教育仍然是较为有效的文化教育,至少它在道德思想方面使王朝保持了较长时期的稳定与和平;晚近以来文化大师的成批出现,我们同样也无法否定传统文化的因子在他们身上所起到的重要作用。

二、新式学堂教育

甲午战争后,时局亟迫,旧式的书院教法不能培养出适于时用的人才,朝野大臣倡议变通书院,兼课中西,以适应新形势的发展。戊戌变法期间,光绪帝谕令各省、府、州、厅、县大大小小的书院统统改为兼习中西之学的学校,虽此后因政变之起而暂时搁起,但大势所趋。光绪二十七年(1901)晚清新政后这一改革得到了实现,各省立书院改为大学堂,府、州书院改为中学堂,县立书院改为小学堂,并广设蒙养学堂。于是书院制度早于废除科举而成为历史。

---

① 冯友兰:《三松堂自序》,人民出版社 2008 年版,第 12、19 页。

② Adam Smith, The Wealth od Nation, 转引自 Herbert J. Walberg, "Scientific Literacy and Economic Productivity in International Perspective", Daedalus(Spring, 1983), p. 2.

③ 1970's Report of UNESCO. p. 17; 转引自 David Crossy, Literacy and The Social Order: Reading and Writing in Tudor and Stuart England (Cambridge: Cambridge University Press, 1980), pp. 19-20.

④ 张朋园:《知识分子与近代中国的现代化》,百花洲文艺出版社 2002 年版,第 212~241 页。

晚清新政后下令各地方创办新式学校，情况并不容乐观。首先是经费欠缺。经费是义务教育成败的关键。传统教育以百姓自筹经费为主，不需要政府太大的投入；相较而言，新式学堂中校舍的创建、人员的招聘、学生的补贴、日常必需之开支等，这些经费从何而来则是一个重大的问题。"顷闻太谷阳邑镇今春设立学堂，经费至二千金。即在本处起派，人民嗟怨、无所控告。"[1]学堂所费初以公款调拨，继则只能搜刮民财，趋时之人只求迎合上司命令，全然不顾百姓死活；不良官吏借此大捞一把，从中渔利，使百姓更加痛恨。况且"学堂规模只是敷衍门面，务悦庸俗之耳目，并不求实。凡设立学堂，铺张华丽，经费甚巨，意在作育人才而终不可得"，"于弟子毫无进益"。[2]

究竟一所学堂能容纳多少学生？"姑以大县计之。从前读书应举者常数千人，今虽竭力创办至四五堂之多，所容不过二三百人而已。其余既不入堂，又无私塾，年长者限于格而不堪学；家寒者困于力而不能学，是欲读书才之多而反少于昔日也。"[3]一所县设小学堂仅能容纳二十到五十名学生，更多的学龄儿童因高昂的学费而被拒之门外。原先习举业的数千万科举之士遽然"失业"，难以将之悉数收入学堂——当然也因为没有那么多学堂可以容纳。况且地方贫困，搜括已穷，新政屡兴，百姓不堪罗掘之苦：

……以是一县之中延至一、二年，不能有一完全学堂，以资教育。官司苟为敷衍，人才坐见消亡，父兄子弟有太息相戒不学。故一乡十里数十里之中，求一旧有之蒙学馆而不得。又况有学生之习气风潮，潜为构陷，父兄更甘令子弟废学，以免意外之惊。与学而学转废，岂先后管学务大臣所及料哉！[4]

此前蒙学馆因改学堂之故而大多散而不读，百姓愤学堂捐，烧毁所设学堂；又加上学堂中西兼习，平等自由思想到处散播，致使一些家庭禁令自家子弟进入学堂。故而"乃办之二三年，款縻巨万，成效无多，而且冲突时闻，讹言数出"，学堂既难以推广，人才的培养势必受阻。不论是乡村下层士人的记载，还是翰林院学士的上奏，都反映了废除科举后的尴尬局面。鲁迅在小说中对新学堂的实际效果也有反映：

"这真叫作不成样子，"过了一会，四铭又慷慨的说，"现在的学生是。其实，在光绪年间，我就是最提倡开学堂的，可万料不到学堂的流弊竟至于如此之大：什么解放咧，自由咧，没有实学，只会胡闹。学程呢，为他化了的钱也不少了，都白化。好容易给他进了中西折中的学堂，英文又专是'口耳并重'的，你以为这该好

---

[1] 刘大鹏：《退想斋日记》，山西人民出版社1990年版，第159页。
[2] 刘大鹏：《退想斋日记》，山西人民出版社1990年版，第140页。
[3] 《拟请改定学堂章程折》，(清)恽毓鼎：《澄斋奏稿》，浙江古籍出版社2007年版，第97~99页。
[4] 黄运藩：《请变通科举并行中学与西才分造呈》，故宫博物院明清史档案组编：《清末筹备立宪档案史料》，中华书局1979年版，第981~983页。

了罢,哼,可是读了一年,连'恶毒妇'也不懂,大约仍然是念死书。吓,什么学堂,造就了些什么?我简直说:应该统统关掉!"①

"你教的是'子曰诗云'么?"我觉得奇异,便问。

"自然。你还以为教的是 ABCD 么?我先是两个学生,一个读《诗经》,一个读《孟子》。新近又添了一个,女的,读《女儿经》。连算学也不教,不是我不教,他们不要教。"②

前一段文字选自《肥皂》,发表于 1922 年;后一段文字选自《在酒楼上》,发表于 1924 年。既然 20 世纪 20 年代的"新式教育"情形如此,改革之初的情形就更加可想而知。宣统元年(1909),翰林院侍读学士恽毓鼎、李士鉁以在学堂筹务多年的经历,"深见学堂之弊",因奏请改定学堂章程,"州县之两等小学堂一概停罢,听各州县自设私塾,专习四书五经、史学古文,慎选教习教授。有能三五家合设公塾者,官为奖励之"。③并建议将科举办法纳入学堂制度中,以期人才的持续养成。此建议被交至学部讨论,后被推行于全国地方州县。直至民国以后的很长一段时期,地方州、县仍较为普遍地设有学塾,而所教内容也仍以"四书"、"五经"为主。

在《剑桥中国晚清史》(下)中,日本学者市古宙三从以下五个方面怀疑晚清废除科举的改革是否有实效。其一,新式学堂中合格的师资很难得到。到 1909 年年初,小学教师仍有 48% 是具有传统功名的旧学之士。其二,"绅士—文人"阶层由于科举考试的废除而被断送了出路,但他们马上发现读新式学堂照样可以获得功名(学堂毕业生被奖励功名出身制度依然存在)。于是他们"机敏地停止了反抗,另辟办学堂以保存他们特权的新出路",这一阶层的人又成了地方上办理"新式"的公、私立学堂最积极的分子,并努力使"新学堂"保持"旧特色"。其三,新学堂的高级毕业生都还是要经过考试得到各级功名,这种程序使得"学堂与科举仅仅一词之异而已"。其四,新学堂中仍保留了大量的学时用于修身和读经,对具体的经书及其学习的字数都作了详细规定;每月初一和十五两日,学堂还要举行祭孔仪式,"显然儒家学说是被强调的,甚至学习方法也是老一套"。其五,每逢初一,学生须朗读雍正皇帝制定的《圣谕广训》并以之作为训练官话的课文等。鉴于以上因素,市古宙三认为:"这些都说明了传统的民众教育或对乡民的教导(即'乡约'制)这时改由新式学堂来负责的情形。与此同时,(新式学堂)还通过口语的标准化来试图统一国民的思想感情。"另外,初小学生不能学外语以免学生忽视传统的学业;不能使用一些新的外国词汇以保持中国语言的纯洁性;妇女不准受新教育

---

① 鲁迅:《鲁迅全集》第二卷《彷徨》之《肥皂》,人民文学出版社 2005 年版,第 47~48 页。
② 鲁迅:《鲁迅全集》第二卷《彷徨》之《在酒楼上》,人民文学出版社 2005 年版,第 33 页。
③ 《拟请改定学堂章程折》,(清)恽毓鼎:《澄斋奏稿》,浙江古籍出版社 2007 年版,第 97~99 页。

(即便后来开放了女子教育，其目的也是为了让女学生做贤妻良母)；私立学堂不准教授法律、政治和军事学课程(这"表明政府是多么怀疑人民办事的动机")；教育宗旨以"忠君"为最高美德……诸如此类的种种证据都表明，"清政府开始办学堂教育是很勉强的，是受外界压力的结果，它的目的并非培养宪政时代的一代新人或者能使国家臻于富强的人民，而是培养一种热爱清王朝和始终忠于清帝的人"。①

市古宙三的质疑是有力的，然而我们不能完全无视新式教育中"新"风潮的产生与发展。新式学堂中，来自西方的新思想传播速度较快，力主"自由"、"平等"者大有人在，而学生罢课则是为当政者十分头痛的学校问题之一。章士钊回忆自己在陆师学堂时带领学生罢课的事件，终生悔恨：

> 当时知名诸校莫不有事，陆师亦不免焉，时士钊既以能文章为校士魁领，则何甘于不罢课而以示弱诸校。一日，毅然率同学三十余人，买舟之上海，求与所谓爱国学社者合，并心一往，百不之恤。三十余人者，校之良也，此曹一去，菁华略尽。俞明震知士钊魁率多士，函劝不顾，马晋羲垂涕示阻，亦目笑存之也。自以为壮志毅魄，呼啸风云，吞长江而吹歌潮矣。然三十余人，由此失学者过半，或卒以惰废不自振。中年以后，士钊每为马晋羲道之，往往有刺骨之悔，曰："罢学之于学生，有百毁而无一成，何待他征。愚所及身亲验，昭哉可睹，既若此矣。"事在逊清光绪二十八年壬寅也。②

此亦可作为解读新文化运动以后各大中学校学生屡屡罢课、游行之明鉴。

又有新式教育学风的窳败。"吾国兴学已久，而校纪日颓，学绩不举。学生谋便旷废，致倡不受试验之议。即受试矣，或求指范围，或胁加分数，丑迹四播，有试若无。为教授者，以所讲并无切实功夫，复图见好学生以便操纵，虚应故事，亦固其然。""夫留学生……在吾国，则为上品通才，良足矜贵。何校得此，生气立滋，过此以往，渐成废料。新知不益，物诱日多，内诒学生，外干时事。标榜之术工，空疏化为神圣；犷悍之气盛，一切可以把持。教风若斯，谁乐治学？……髦士以俚语为自豪，小生求不学而名家，黄茅白苇，一往无余。"③这是章士钊民国十三年(1924)兼职教育司长时对中国教育现状的感慨。鉴于科举废而考试免，章氏建议民国大学应一仍传统科考故事，以考试慎选举资格，以"试"验重大学课业，从而起到矫厉学风的目的。由此上溯，后人亦可悬想晚清新式教育之疲敝。

当然，任何改革都不可能是一蹴而就，文化教育方面的改革尤其如此。历史学家余

---

① [美]费正清、刘广京编著：《剑桥中国晚清史》下，中国社会科学出版社1993年版，第373~375页。
② 钱基博：《现代中国文学史》，上海书店出版社2004年版，第351页。
③ 钱基博：《近百年湖南学风　骈文通义》，上海古籍出版社2012年版，第90~91页。

英时回忆20世纪40年代,他在安徽老家所受的童蒙教育,仍是以"四书"、"五经"为主。所谓"新"的空气、"新"的思想,在内陆省份安徽,仍然还是显得那样遥远,仿佛是外星球的事情。① 这也足够说明,作为一项长久的制度,尤其是浸透了一个民族文化精髓的制度,它的改变,永远都只是渐进的、缓慢的,所谓"新式教育"的普及是这样,科举制度的改变同样也是这样。

---

① 余英时:《我所承受的"五四"遗产》,原文有一段如此说道:"从民国二十六年到三十五年,我完全是一个乡下孩子,从未接触到现代的知识和思想。事实上,现代的正规教育和我是绝缘的。我只在私塾、临时中学等处断断续续地上过两三年的学。临时中学设在邻县舒城的晓天镇上,步行要走一整天,极不方便。我只在十三岁时去过半年,然后便因病休学回家,等于什么也没学到。读书识字大概主要是从看旧章回小说中得来,这是旧社会中儿童所共有的经历。此外所接触的则是一些片断的中国文史知识。抗战的末期,我曾在桐城县住过一年,那是我少年时代惟一记得的'城市',其实也闭塞得很。桐城人以'人文'自负,但仍然完全沉浸在方苞、姚鼐的'古文'传统之中。我在桐城受到了一些'斗方名士'的影响,对于旧诗文发生了进一步的兴趣。但是我从来没有听人提起过'五四'。当时无论在私塾或临时中学,中文习作都是'文言',而非'白话'。所以我在十五六岁以前,真是连'五四'的边沿也没碰到。"余英时:《现代危机与思想人物》,三联书店2005年版,第72页。

下编　晚清科举与文学

科举的革废给晚清文学发展带来了深刻的影响，这种影响主要表现在诗歌与散文两种传统文学样式的创作上。废除科举使晚清文士有了迥异于从前的际遇与感受，这势必影响到该时期文学创作的思想内容与表现手法。因此，该编论及晚清小说的部分，也仍意在揭示科举革废对该时期小说创作的意义和影响等方面。

第五章概括论述晚清科举废止前后文士的生存状态与晚清小说文体的兴盛。科举的革废使传统文人的生存方式发生了改变，然而有科名者与没有科名者的区别是比较明显的：曾在科考中获隽的文人，仍然继续几千年来做幕宾或任教职的传统生涯，传统意义上的诗文仍是他们创作的重心，近代报刊媒介的发展也使这些有科名者有了更为宽广的创作发表平台；科举未曾获隽者（本书选取通商口岸知识分子中创作小说者为分析个案），往往在心理上走向了清政府的对立面，他们的创作也以小说等通俗文体为主。第六章、第七章以科举文体八股文、试律诗对晚清散文及诗歌创作的影响为论述中心。传统诗文力求"雅""洁"的创作风格对八股文和试律诗的改造，以及科举以"雅""正"为指归的衡文标准对诗文创作结构、风格的内在规定性，二者之间的相互影响与双向互动，是文章论述的着重点。此外，揭示转型期晚清文学对现代文学的意义，也是这一部分努力加以阐释的重要内容。

第五章 科举废止前后的晚清文士与文学

游幕在传统社会中更多是作为士人谋生的一种手段,然而在晚清时期,却因军兴①之故成为相当一部分士人入仕的重要途径,展示了它的优越性和吸引力。这些游幕士人不仅襄佐幕主们的政治改革活动,在文学创作上他们也延续了古典诗文的传统创作模式。然而,科举制度的废除使传统诗文的创作丧失了写作环境和源源不绝的后备军,古典诗文的创作呈现了不可挽回的衰落趋势。

鸦片战争以后,上海渐渐显示了它在经济、文化上的先锋地位。现代传媒报纸杂志在上海日渐兴盛,报刊的盛行为新式文人提供了一个施展才华的平台,吸引了一大批已有功名和功名无着的文人投身到报界中来,成为中国最早的职业文人。报刊既有配合政治改革、开启民智的作用,也与都市生活的丰富多彩相适应,刺激了各式各样以娱乐为旨趣的小报产生,这导致了狭邪、侦探、黑幕等都市题材小说的过度发展。小说的创作者们大多举业颠踬,或因科举的罢废而人生偃蹇,因此他们在小说作品中所表现出来的对科举的态度与看法,也就大大影响了时人以及后人对科举的认识。从以平治天下为己任的"士",到以商业运作和卖文为生的职业文人,从知识构成到心理状态,这一时期的文人都发生了不同程度的变化,这些变化投射到文学创作上,便形成了不同体裁不同风格的文学样式,它们共同组成了光怪陆离的清末文学长廊。

第一节 文人的身份构成及其衍化

甲午战争后,清末政坛风云变幻,改革图强成为这一时期的时代主题,然而传统的生活方式仍以其强大的惯性继续推进,大部分士人(尤其是已具科举功名者)的生活并没有因为科举革废而发生很大的变化。② 游幕、教职(或坐馆授徒)、卖文或行医仍然是清末多数文人的谋生方式。

---

① 军兴指剿抚、镇压太平天国农民起义、捻军起义等的军事行动。
② 因此,谈及科举废止前后的晚清文人与文学,我们也不能无视这一强大的历史惯性。

一、游幕及教职

首先从游幕说起。

在传统士人的价值观念中,只有做官才能实现人生最大的价值。参加科举考试获得高级功名,即获得了入仕的资格。然而官缺有限,即使已经获致科举的高级功名,也未必能够保证即刻入仕。此时进入具有社会影响力的朝廷大员或权臣幕府中,经由幕主举荐,成为传统士子入仕的终南捷径。

士人游幕的原因大致有二:家庭状况和功名状况。家境贫寒或科举入仕受挫的士人往往会进入官僚幕府充当幕宾,以解决养家糊口的生计问题,或经由幕主推荐达到入仕为官的目的。游幕士子中既有只进了学的秀才(即诸生)或监生,又有乡试获隽的举人,还有获得甲科功名的进士。士人能够获得哪一级功名,直接关系到他们能否顺利进入仕途以及被授予什么样的官职。而一旦他们不能通过科举考试得到入仕机会,他们便会到大僚衙门中游幕,同时继续努力,以图再次搏击科场,争取更好的入仕机会。王树枏就是这类情况的一个典型。王树枏(1852—1936),字晋卿,号陶庐,河北新城人,幼颖异。年十六入邑庠,十七岁即补廪膳生。曾国藩督河北时,闻其才名,特加召见。吴汝纶担任冀州知府时,对其经学极为称赞,聘其主掌信都书院。光绪二十年(1894),经过努力的王树枏考中了甲午科进士。散馆后他曾被选授四川地方知县,但因事解职,于是游张之洞幕;后又入陕甘总督陶模幕。像王树枏这样的事例并不少见,既不耽误再次考取功名,又跟随幕主,受到赏识,积累了入仕的资历,为以后的仕途畅达做好各方面的准备,正是一举两得,仕、幕相帮。

获得进士功名的士子也同样会去游幕。在《清代士人游幕表》一书中,尚小明先生把拥有进士功名的士人游幕分成了六类:一是获得进士功名后,候缺尚需时日,于是先去游幕,俟有合适官缺再补。二是获得进士功名并入仕后,因仕途受挫,或被罢免,或遭贬抑,遂弃官游幕。三是获得进士功名并任职后,因遇重大事件,被上级官员奏调入幕。四是获得进士功名并入仕后,因丁艰守制,遂转而游幕。五是获得进士功名后,以养亲或养病为由,辞不赴官,归而游幕。六是获得进士功名,并为官多年,致仕后出游幕府。① 这些情形在清末游幕的士人中也普遍存在,如梁鼎芬因入仕之初被朝廷降调而参入张之洞幕府②,俞明震于甲午中日战起之时赴台佐唐

---

① 尚小明编著:《清代士人游幕表》,中华书局2005年版,第16页。
② 梁鼎芬(1859—1920),字星海,一字伯烈,号节庵,广东番禺人。光绪六年(1880)进士,授编修。光绪十年(1884)疏劾北洋大臣李鸿章,不报。旋追论妄劾,降五级调用。张之洞督粤,聘主广雅书院。及之洞署两江,又被聘主钟山书院。后随之洞还鄂,参其幕府事。光绪二十六年(1900),以端方荐,起用直隶州知州。张之洞再荐,用知府发湖北,调武昌,补汉阳。擢安襄郧荆道,迁湖北按察使,署布政使。光绪三十二年(1906)入觐,以劾庆亲王、袁世凯,受苛责,引疾乞退。辛亥(1911)再入都,以三品京堂候补。旋奉广东宣慰使命,不果行。丁巳(1917)复辟,已卧病,仍强起周旋。卒于北京。著有《节庵先生遗诗》、《款红廎词》。

景崧幕①，夏寿田因供职清禁而入端方幕②，周树模因丁忧而受聘张之洞幕，等等。

此处所提到的幕府都是当时的大幕。这些幕府的幕主往往是位高权重的封疆大吏，或是为士林景仰的学术领袖，或是某一时期的政事、兵事或文事活动的主要组织者，或是各项职能兼而有之，能够吸引有多方面才能的士人共聚麾下，群策群力。而且往往幕主到哪里任职，幕僚们也都愿意追随同往，光绪二十年（1894），"朝命湖广总督张之洞权两江总督，其幕府文士多从之至江宁。沈瑜庆以张之洞之聘总办南京筹防局。后引闽中人士叶大庄、郑孝胥、陈书等充文案"。③ 1907年12月，沈曾植简署安徽布政使。先后招致耆儒杰士，如方守彝、马其昶、姚永朴、姚永概，时时相从，考论文学。"人谓自曾文正公治军驻皖以后，数十年宾客游从之盛，此其最矣。"④因此，某一时期在某个地方出现某个大幕，对游幕士人的流向会产生相当大的影响。一方面，幕主礼贤下士闻名天下，令他们心驰神往；另一方面，施展抱负的愿望使他们不约而同追随幕主，希望能够得到赏识。历史上有很多文人在入仕受阻时会游幕于藩镇僚属之间，在这些权贵之门，文人可以发挥自己的文学专长，执掌文牍，吟诗作赋，校阅、编纂经史典籍和诗文集，纂修地方志，论学、讲学，代幕主襄阅试卷，此外还可能负责一些兵事或政事活动。

与普通科举士人相比，文人往往会因其富于文才而更容易受封疆大僚的青睐。晚清著名诗人王闿运，27岁入都会试，虽甲科失利，但其诗才文才出众，时任尚书的肃顺欣然聘他入幕；后来他又参曾国藩幕，名将胡林翼、彭玉麟都对他颇为礼敬，这仍然与王闿运的能文擅诗有关。当然，文人受到重用并不仅仅因为其能够进行诗词文赋的创作，更为重要的仍在于他们能襄佐幕主处理实际事务。晚清乃中华民族的多事之秋，士人的游幕就愈加频繁，尚小明先生通过一系列的比较后指出："晚清时期，游幕成了获取高级职位的终南捷径。不仅一些进士功名的获得者以此入仕或迅速得到升迁，而且有相当一批举人、贡生、诸生、监生资格获得者，由此途径跻身封疆大吏之中，甚至有以白身游幕入仕而官至督抚者。这在清代前、中期是很罕见的。高级职位的获得尚且如

---

① 俞明震（1860—1918），字恪士，一作确士，号觚庵，浙江山阴人。光绪十六年（1890）进士。以翰林改官刑部，外任道员。甲午中日战起，赴台佐唐景崧幕。明年（1895），"台湾民主国"成立，入阁为内务大臣。二十八年（1902），为江南陆师学堂总办。次年，赴上海参与查办《苏报》案。后移官江西，摄赣南道。宣统二年（1910），任甘肃提学使，署布政使。民国二年（1913），任甘肃政使。晚归江南，筑室南京西溪，与陈三立邻。又居杭州西湖，与陈曾寿往还。著有《觚庵诗存》。

② 夏寿田（1870—1935），字午诒，一作午彝，号耕父，湖南桂阳人，王闿运弟子。年十三以神童游庠，十九举乡试。光绪二十四年（1898），中一甲二名进士，散馆授编修。既终养，入都，供职清禁。又尝入端方幕。民国初，为袁世凯所重，任总统府内史、约法会议议员。晚居上海，耽佛法。著有《涿州战记》。

③ 陈文新主编，王同舟分册主编：《中国文学编年史·晚清卷》，湖南教育出版社2006年版，第349页。

④ 王蘧常编：《嘉兴沈寐叟先生年谱初稿》。转引自陈文新主编，王同舟分册主编：《中国文学编年史·晚清卷》，湖南教育出版社2006年版，第469页。

此，中、低级职位的获得自不必说。科举的没落，仅由这一点便可看得很清楚了。"①表面看来，游幕似与科举并无多大关系，然而在此消彼长的发展态势中，却能够发现二者实则暗通消息。

清末影响最著的大幕首推张之洞幕与端方幕。张之洞集行政、实业、教育、文学等多种才华于一身，又喜奖掖后进，因此张之洞幕府的影响力实远超稍晚的端方幕府。下面就以张之洞幕府为例，对晚清文人游幕的情况加以说明。幕僚们按照职责可大致分为三类②：

一是襄理文案，帮办洋务。担负此类职责的有王树枏、陈衍、辜鸿铭、沈瑜庆、郑孝胥等人，其中最受倚重的是辜鸿铭和郑孝胥。

辜鸿铭(1857—1928)，字汤生，别号汉滨读易者，福建厦门人。幼年赴英国游学，毕业于爱丁堡大学，又遍游德、法、意、奥等国，修习文学、法学、政治学、哲学，精通英、法、德、希腊、拉丁等多种语言。回国后于光绪十一年(1885)入张之洞幕，主持洋务文案，从此"粤鄂相随二十余年"③。辜氏曾帮助张之洞筹办湖北枪炮厂；义和团运动期间，参与张之洞与汉口总领事有关"东南互保"一事的会谈。他所撰写的《清流传》一书，对后人了解真实的张之洞有很大帮助。

郑孝胥则是另一个备受张之洞倚重的幕宾。郑孝胥(1860—1938)，字苏堪，一字太夷，号海藏，福建闽侯人。光绪八年(1882)举人。光绪十五年(1889)考取内阁中书，踏入仕途。后曾东渡日本，任使馆秘书、东京领事等职。戊戌政变后入张之洞幕，"张文襄一见恨晚，数引与计事，扬之于朝"④，第二年即受张之洞重委，任京汉铁路南段总办，兼办汉口铁路学堂。据陈灨一称，"孝胥之佐之洞也，百政无不预，军事亦参赞机密"。⑤"当时湖北官场，言必称郑总文案，其势可见"。陈氏还举一例，以证实张之洞与郑孝胥主宾之睦洽。此例仍与游幕有关：

之洞宿交王仁堪，其子某，以通判指省，思入督幕自表襮。梁节庵鼎芬为言于之洞，之洞默然。固请，怒斥之。某营进甚亟，不得请不休。尝以此悁告鼎芬。鼎芬曰："必报。"会有事诣制府，如前言。孝胥适在座。之洞俟其辞毕，蹷曰："吾幕非无人才，某或未能也。子掌两湖书院，待人治事，曷引为助乎？"鼎芬唯唯。

---

① 尚小明编著：《清代士人游幕表》，中华书局2005年版，第39页。
② 此处参考尚小明：《学人游幕与清代学术》，社会科学文献出版社1999年版，第163~164页。
③ 辜鸿铭：《张文襄幕府纪闻》，《弁言》云："余为张文襄属吏，粤鄂相随二十余年，虽未敢云以国士相待，然始终礼遇不少衰。"汪堂家编译：《乱世奇文：辜鸿铭化外文录》，上海人民出版社2002年版，第387页。
④ 陈文新主编，王同舟分册主编：《中国文学编年史·晚清卷》，湖南教育出版社2006年版，第350页。
⑤ 陈灨一：《睇向斋秘录：附二种》，中华书局2007年版，第116页。

孝胥攩言曰："帅之言，余独不谓然。天下之人文章孰若帅？天下之人公牍孰若帅？为他人之记室易，为吾帅之记室难。惟其难也，某必欲得之，将以求学耳。可庄(按：指王仁堪)固才士，其子当是通品，不可不察。"语已，以目视鼎芬。鼎芬曰："苏堪妙语，实获我心，欲言而未敢出口。"之洞微笑曰："苏堪言婉而讽，节庵亦复言外有意。不从，二子必皆不悦；从，则当试某以事，容吾熟审之。"未三日，令下。①

郑氏妙语解颐，虽不无阿谀张之洞之嫌，然而张之洞幕府在当时的影响力及郑氏之受倚重，由此可见一斑。

游于其他官员幕府中的文士亦不乏其人。何振岱②曾入江西布政使幕，署文案；吴㶇③橐笔游于公卿间，蒯光典官淮扬道时，延为书记；梁焕奎④曾任湖南矿务总局文案，等等。综观这些在幕府中任职文案或襄助行政事务的文人，往往会因幕主的赏识而尽快得到提升，如郑孝胥佐张之洞幕几年后，即于光绪二十九年(1903)赴上海，被委以江南制造局总办的重任；旋又调充广西边防督办。王树枬在襄张之洞、陶模幕后，于光绪三十二年(1906)被擢升为新疆布政使。沈瑜庆曾在张之洞督两江时任督署总文案，兼总筹防局营务处，历罗皖岸督销局、皖北督销局后，补淮扬海兵备道；光绪二十九年(1903)，擢升为顺天府府尹；逾年，调广东按察使，旋擢为江西布政使。刘鹗早年科场不利，于光绪十四年(1888)至二十一年(1895)，先后入河南巡抚吴大澂、山东巡抚张曜幕府，帮办治黄工程，成绩显著，后被保荐到总理各国事务衙门，以知府任用。这些文士的游幕得到了极大的回报，可谓是步步高升，仕途畅达。考察其中原因，虽亦是自身才华所致，但毫无疑问，幕主的大力揄扬占了很大因素。

---

① 陈灨一：《睇向斋逞臆谈》，荣孟源、章伯锋主编：《近代稗海》第十三辑，四川人民出版社1985年版，第359~360页。

② 何振岱(1867—1952)，字梅生，一字心与，号觉庐老人，晚号梅叟，福建闽县人。光绪二十三年(1897)举人。会试不第。中岁，从谢章铤问学。入江西布政使幕，署文案。辛亥后返里。重修《西湖志》，任总纂。又与修《福建通志》。壬戌(1923)，福建兵乱，徙居北京。与陈宝琛过从密。后仍返闽。新中国成立后，任福建文史馆名誉馆长。著有《心自在斋诗集》、《觉庐诗存》、《我春室文集》等。辑有《榕南梦影录》。

③ 吴㶇(1867—1920)，字温叟，晚号击存，江苏淮阴人。父昆田，官刑部员外郎，以文章名世。㶇少承家学，复得高延第、鲁薋指授，遂博通经史。三十以后，橐笔游于公卿间。居金陵最久，四方名流，咸与通缟纻。蒯光典官淮扬海道时，延为书记。辛亥后，任国会议员。尝一之岭南，再之京师。遗集15卷，曰《抑抑堂集》。

④ 梁焕奎(1868—1929)，字星甫，一字璧垣，又作辟园，号青郊居士，湖南湘潭人，邓辅纶弟子，梁漱溟从兄。光绪十九年(1893)举人。二十二年(1896)，任湖南矿务总局文案。二十六年(1900)，创办久通公司。又任留日学生监督。二十九年(1903)，应经济特科试，旋候补江宁知县，任金陵火药局提调。后以目疾，往日本求医，返国后即奉母养疴，不复出。三十四年(1908)，办华昌炼锑公司，任董事长。晚岁耽佛。著有《青郊六十自定稿》、《青郊诗存》、《澹庐诗集》等。

游幕文士以才华智识获得幕主的青目,而幕主的决策也往往会受到这些文士的影响甚至左右。胡思敬曾对清末封疆大吏重用游幕之士颇为不满:

> 凡文士轻率浮躁,好为大言,建奇策,锐欲以功名自见,用之不慎,皆足以误国殃民。其失职无聊者,尤可惧也。陈宝箴以信用梁启超而败。翁同龢以信用张謇、文廷式而败。张百熙信用李希圣、张鹤龄、沈兆祉,未及败而身死。锡良信用熊希龄、郑孝胥等,未及死而国变作。出张之洞门下者,如樊增祥、蔡乃煌、易顺鼎之徒,已大招物议;晚岁入军机,引进杨度,使参与政谋,瞀乱尤甚。若袁世凯、端方之树党招朋,彼此各以利合,盖不足道矣。当新政盛行,各督抚奉承新章,奔走急急不暇,其实皆三五少年狡狯之技。大学堂章程出自黄陂人陈毅手。丙午(1906)官制则江宁人吴廷燮总其成。宪政编查馆所颁宪法,汪荣宝、杨度所拟居多。浙江巡抚增韫延张一麟入幕,广东总督袁树勋延沈同芳①入幕,一切附和新政章奏,皆其所撰。天下之亡,不亡于长枪大剑,而亡于三寸毛锥。②

清朝的覆亡是由很多因素综合造成的,将其狭隘地归结到因幕主误用文士而导致国家倾覆,表现了胡思敬偏激的狭隘历史观。但这对我们认识晚清的游幕也不无启示。

二是佐办教育。在张之洞幕府中,辅佐张氏办教育的主要有朱一新、陶濬宣、梁鼎芬、杨守敬、沈曾植、邹代钧、屠寄、易顺鼎、汪康年、陈庆年、程颂万等人。这些幕僚不仅具体负责广雅书院和两湖书院等的教育事务,还襄助张之洞创办新式学堂。其中最具有影响力者当推梁鼎芬。张之洞督粤时,聘梁氏主广雅书院;张氏署两江总督时,梁氏又被聘主钟山书院;后跟随张之洞还鄂,仍参其幕府事,"时推行政事,凡关学堂事,事无巨细,惟节庵是任"。③ 夏敬观④在张之洞幕中,亦被委办

---

① 沈同芳,字幼卿,号越石,江苏武进人。幼孤。1891年举人,1892年进士。1896年客两广总督谭钟麟幕;1908—1909年夏应山东巡抚袁树勋聘。1909年秋就袁树勋两广总督幕。1911年客江苏巡抚程德全幕。主章奏,掌文牍章奏,办新政。(沈同芳:《刻鹄集》,《万物炊累室类稿》乙编;钱实甫:《清代职官年表》。转引自尚小明编著:《清代士人游幕表》,中华书局2005年版,第330页。)

② 胡思敬:《国闻备乘》,荣孟源、章伯锋主编:《近代稗海》,四川人民出版社1985年版,第267~268页。

③ 邵镜人:《同光风云录》下篇,台湾文海出版社1983年版,第184页。

④ 夏敬观(1875—1953),字剑丞,号吷庵,江西新建人。早入经训书院,从皮锡瑞治经学。光绪二十年(1894)举人。应会试不第。二十七年(1901),纳粟为内阁中书,旋改知府,分发江苏。明年(1902),入张之洞幕,委办学堂事务。三十三年(1907),改监督复旦公学、中国公学。宣统元年(1909),任江苏省参议,署江苏提学使。民国五年(1916),任商务印书馆撰述。八年(1919),任浙江教育厅长。后辞职,寓居上海,卖画为生。著述甚富,有《忍古楼诗》、《吷庵词》、《忍古楼画说》、《忍古楼诗话》、《春秋繁露考异》等。

学堂事务。

　　文人与教育天生亲近，因此有很多文人即便是参入幕府，其所职掌也仍以教职居多。杨深秀①于光绪八年（1882）受张之洞聘主令德堂山长；沈曾植②于光绪二十四（1898）受张之洞聘，主两湖书院讲席；易顺鼎③为张之洞聘，主两湖书院；周树模④为张之洞聘，主两湖、江汉、蒙泉各路书院；余肇康⑤曾为张之洞聘，充两湖书院提调、

---

　　① 杨深秀（1849—1898），字漪春，又字漪邨，号眘眘子，山西闻喜人。早慧，读书淹博，治考据、义理，并谙中西算术。同治初，捐为刑部员外郎。光绪八年（1882），张之洞抚山西，创办令德堂，聘为山长。十五年（1889）成进士。授刑部主事，累迁郎中。二十三年（1897），授山东道监察御史。明年（1898），俄人协割旅顺、大连湾，上疏请联英日拒之。又尝创关学会，入保国会。上疏请废八股文。又与宋伯鲁劾许应骙。请设译书局，派员游历各国等。八月政变，犹抗疏请归政。遂与谭嗣同等同时被杀。著述今人辑为《雪虚声堂诗钞》、《杨漪邨侍御奏稿》、《闻喜县志斠补续》等。

　　② 沈曾植（1851—1922），字子培，号乙盦，晚号寐叟，浙江嘉兴人。光绪六年（1880）进士，授刑部主事，迁员外郎，擢郎中。寻充总理衙门章京。中日和议成，请自借英款，修筑东三省铁路，不果行。二十四年（1898），受张之洞聘，主两湖书院讲席。二十六年（1900），外兵入侵，与盛宣怀等画策，欲保长江，即所谓"画保东南约"。旋还京，调外交部。出任江西广信知府，后历署南昌知府、督粮道、监巡道等职。三十二年（1906），简安徽提学使，又赴日考察学务。三十四年（1908），署安徽布政使，寻护理巡抚。宣统二年（1910），移病归。后卒于沪。著有《蒙古源流笺证》、《元秘史笺证》、《海日楼札丛》、《海日楼诗集》、《曼陀罗寱词》等。

　　③ 易顺鼎（1858—1920），字实甫，一字中硕，号哭庵，湖南龙阳（今汉寿）人。父佩绅，官四川布政使。早慧，有"神童"之目。十七岁，中光绪乙亥（1875）举人。累应礼部试，皆不第。纳官刑部山西司郎中。十三年（1887），改官河南候补道，充三省河图局总办。明年（1888），监河南乡试。以进三省河图，加按察使衔。居二年（1890），引归，于庐山筑琴志楼，作游山诗盈卷。后张之洞聘主两湖书院。甲午（1894）中东战起，刘坤一奏调参戎幕，遂奉父命往从。至京，上书主抗日；又疏劾李鸿章。二十六年（1900），授云南临安开广道，旋调广东钦廉道，团广肇罗道。辛亥秋，遁居上海，贫不自聊。岁余，赴京师，任印铸局参事。卒于北京。著有《琴志楼编年诗集》、《庐山诗录》、《四魂集》、《癸丑诗存》、《盾鼻拾余》等，合刊为《琴志楼丛书》。

　　④ 周树模（1860—1925），字少朴，号沈观，晚号泊园老人，湖北天门人。少肄业经心书院。光绪十五年（1889）进士。散馆，授编修，简江苏提学使。旋丁忧家居。张之洞督楚，聘主两湖、江汉、蒙泉各路书院。二十年（1894）服阙，由编修擢御史。三十一年（1905），充出洋考察宪政随员，历游日本、欧洲各国。三十三年（1907），调奉天左参赞。明年（1908），擢黑龙江巡抚。辛亥后，引疾去职，蛰居沪上，与瞿鸿禨等游。民国三年（1914），徐世昌任国务卿，引入都，任平政院院长。前后在京十年，与樊增祥、左绍佐最契，号"楚中三老"。著有《沈观斋诗稿》。

　　⑤ 余肇康（1854—1930），字尧衢，号敏斋，晚号倦知老人，湖南长沙人。光绪十二年（1886）进士。改主事分工部。用襄办大婚典礼劳，晋二阶，以知府分湖北补用。屡权汉川、宝塔洲、汉口诸牙厘。充两湖书院提调、乡试内监。署荆州府，补汉阳，权知武昌。摄安襄郧荆兵备道，调补武昌，仍知汉阳。除荆宜施兵备道，有治绩。擢山东按察使，入对称旨，旋改江西。因南昌法教士案罢归。后张之洞荐任粤汉铁路总理。旋有法部左参议之命，抵都，会瞿鸿禨罢军机，以姻家牵连免职。辛亥后，遁居上海，不复出。著有《敏斋诗存》、《敏斋随笔》。

乡试内监;范当世①为吴汝沦聘至冀州,任教莲池书院;李详②于宣统元年(1909)应安徽布政使沈曾植聘,为存古学堂教习;向楚③于光绪二十九年(1903)被岑春煊聘任两广总督署教读;袁世凯綦赏方尔谦④,因延入幕,聘为家馆,教授诸子功课,等等。有的文人因曾于幕府中任职教育,此后也就以教育终其一生者。如宋恕⑤历任北洋水师、求志学堂、求是学院教习,后应山东巡抚杨之骧聘,为学务处顾问,兼济南大学教授。周家禄⑥朝考用教授职,授江浦县训导,历署丹徒、镇洋、荆溪、奉贤等县训导;先后游于夏同善、吴长庆、张之洞、袁世凯等幕府;其中屡次主师山书院、白华书塾、湖北武备学堂、南洋公学讲席。此类事例举不胜举。

---

① 范当世(1854—1905),字无错,号肯堂,原名铸,字铜生,江苏通州人。曾应吴汝纶之邀,在保定莲池书院讲学,与古文家贺涛齐名。但屡试不第,以诸生终。曾入李鸿章幕,晚年致力于本乡教育事业,参与筹办南通小学堂。

② 李详(1859—1931),字审言,号后百药生,又号窳生,晚号辉叟,江苏兴化人,贡生。年十七始读《春秋》。戚盐城许氏,富藏书,怜其贫,乃馆其家,得尽发其藏读之。读《文选》,深嗜之,著《选学拾沈》。为黄体芳、王先谦所赏。光绪二十五年(1899),谒赟光典谈学,光典极服之。因介识缪荃孙、陈三立等。三十三年(1907),聘为江楚译书局分纂,与况周颐共事。宣统元年(1909),应安徽布政使沈曾植聘,为存古学堂教习。民国后,客居上海,与诸遗老游。并任东南大学教授、大学院特约纂述。民国八年(1919),纂修《兴化县志》。十七年(1928),倦游归,著有《学制斋骈文》、《游杭诗录》、《丙辰怀人诗》、《愧生丛录》、《药里慵谈》等。

③ 向楚(1877—1961),字先侨,一作先樵,号躃公,四川巴县人。少肆业东川书院,为赵熙弟子。光绪二十八年(1902)举人。次年(1903),应岑春煊之聘,任两广总督署教读。三十二年(1906),入同盟会,任教中学校。三十三年(1907)赴京,授内阁中书。旋返川,仍为学堂教习。民国后,任蜀军政府秘书院院长、民政厅总务处长,兼讨袁总司令部参议、秘书、四川省政务厅长等职。又历任南京高等学校、成都高师诸校教授。民国十六年(1927),任四川大学文学院院长,兼代省教育厅厅长。五十以后,专力声音训诂。尝总纂《巴县志》。著有《空石轩诗存》。

④ 方尔谦(1872—1936),字地山,一字无隅,江苏江都人。年十五,偕弟尔咸同补诸生,时称"二方"。屡赴省闱,迄未中式。光绪三十一年(1905)因闵尔昌荐,主《津报》笔政。袁世凯綦赏之,延入幕,教其诸子。又受北洋法政学堂等校聘,教授文史,造就甚众。宣统中,新设盐政督办处,充总务厅坐办,出为长芦监理官。民国后,任扬子淮盐总栈栈长。又充盐务署编纂、币制局谘议、侨务局秘书等职。卒于京。早岁为文,服膺汪中、阮元,以擅联语名天下,号"联圣大方"。著有《钱谱》、《联语》。

⑤ 宋恕(1862—1910),初名存礼,字燕生,更名恕,又名衡,字平子,号六斋,浙江平阳人,诸生。后往杭州从俞樾受经学,肆业诂经精舍。壮岁为南北游,曾上书张之洞,请变法;上书李鸿章,请更官制。历任北洋水师、求是学堂、求是学院教习。光绪二十九年(1903),开经济特科,朱祖谋荐于朝,不赴。东游日本。返国后,应山东巡抚杨之骧聘,为学务处顾问,兼济南大学教授。著有《六斋卑议》、《莫非也斋诗存》、《文禄》等,今人辑为《宋恕集》。

⑥ 周家禄(1846—1910),字彦昇,一字蕙修,晚号奥篠老人,江苏海门人,同治九年(1870)优贡生。朝考用教授职,授江浦县训导。历署丹徒、镇洋、荆溪、奉贤等县训导。光绪二十九年(1903),荐应经济特科,辞不赴。先后游于夏同善、吴长庆、张之洞、袁世凯等幕。其中屡次主师山书院、白华书塾、湖北武备学堂、南洋公学讲席。著述颇富,有《经史诗笺字义疏证》、《三礼字义疏证》、《穀梁传通解》、《三国志校勘记》、《朝鲜载记备编》、《朝鲜乐府》、《海门厅图志》、《寿恺堂诗文集》等。

还有一些文士不乐仕进，一生都投入教育事业中，前文提到的著名散文家姚永概就是其中的典型代表。姚于光绪十四年(1888)中式举人，以大挑二等，选授太平县教谕，力辞不就；光绪末充安徽高等学堂教务长，旋改师范学堂监督，后应北京大学之聘，终生为师，乐此不疲。经学家俞樾①早年因督学河南期间出题割裂被劾罢职，遂居苏州，主讲苏州紫阳、上海求志各书院。主杭州诂经精舍三十余年，以经学课士，造就甚众，戴望、黄以周、朱一新、吴庆坻、袁昶、章炳麟等著名文人，皆是俞门高弟。林纾曾任教于金台、五城两书院；又应李家驹聘，任京师大学堂教习，以教职终生。柳诒徵②于光绪三十一年(1905)任教江南高等学堂，旋改教于商业学堂；宣统元年(1909)，举优贡，历任两江师范、镇江府中、北京明德学堂等校教习。康有为主讲于广州万木草堂，所造就皆日后有利于变法维新者，影响甚为深远。

因家贫而就馆或任教职者在晚清文士中也很普遍。段朝端(1843—1925)，字笏林，号蔗叟，江苏淮安人，廪贡生，肄业钟山书院。乡试不第，家贫，遂应馆。光绪五年(1879)，报捐试用训导；二十年(1894)，署仪征教谕；后历署甘泉训导、兴化教谕、海州学正等职；三十年(1904)，就蒯礼卿家馆。可以说，贫寒出身的文士多选择教职谋食谋生，这与其他科举士子并无大的差别。

而另有创办新式学堂极为得力者，如光绪三十年(1904)许承尧③中进士后，旋返归乡里，创新安中学堂、紫阳师范学堂，延黄宾虹等掌教习；又创敬宗小学、端则女

---

① 俞樾(1822—1907)，字荫甫，号曲园，浙江德清人。道光三十年(1850)进士，改庶吉士。咸丰二年(1852)散馆授编修；五年(1855)任国史馆协修。同年，简河南学政。七年(1857)，御史曹登庸劾其试题割裂，罢职归。居苏州，主讲苏州紫阳、上海求志各书院，主杭州诂经精舍三十余年，以经学课士，造就甚众。生平为学，以高邮王氏父子为宗，大要在正句读、审字义、通假借，而《群经平议》、《诸子平议》、《古书疑义举例》三书，确守家法，发明尤多，海内推为经学大师。著有《曲园杂纂》、《俞楼杂纂》、《宾萌集》、《春在堂杂文》、《诗编》、《词录》、《右仙台馆笔记》、《茶香室丛钞》等，合称《春在堂全书》。

② 柳诒徵(1880—1956)，字翼谋，号劬堂，江苏镇江人。幼孤，母亲课读，授五经。及长，任职江楚编译局，获师事缪荃孙。光绪二十九年(1903)，从缪氏游日本，考察学校教育。三十一年(1905)，任教江南高等学堂，旋改教于商业学堂。宣统元年(1909)，举优贡，历教两江师范、镇江府中、北京明德学堂等。民国三年(1914)，聘为南京高等师范教授。十一年(1922)，以学校风潮辞职，转就聘于东北大学。旋复他往。十六年(1927)，任江苏省立国学图书馆馆长。十八年(1929)，兼主江苏通志局事。三十六年(1947)，任国史馆纂修，编《国史馆馆刊》。新中国成立后，任上海市文物保管会委员。著有《中国文化史》、《国史要义》、《劬堂诗录》。

③ 许承尧(1874—1946)，字际唐，一字讷生，号疑庵，晚号苍叟，安徽歙县人。光绪三十年(1904)进士。官翰林院编修。旋返乡里，创新安中学堂、紫阳师范学堂，延黄宾虹等掌教习。又创敬宗小学、端则女学，开徽、歙新教育风气。辛亥后，任安徽都督府高级参谋、甘肃省府秘书长、甘凉道尹等职。尝主修《歙县志》。著有《疑庵诗》、《歙县闻谭》。

学，开徽、歙新教育风气。1904年，傅增湘①在天津兴办学堂，主女子公学、高等女学、女子师范学堂。陈宝琛②在被黜归乡期间，于地方兴办学堂，提倡教育，贡献极大。

科举的废除使新式学堂成为当时教育发展的必然趋势。与此相适应，大批文人由幕府(或地方)走入学堂，成为新式学堂中的教师(教授)或专职学者，开启了近代以来现代意义上"知识分子"的滥觞。这个看似极为自然的转型深刻地影响了中国知识阶层的未来走向，愈到后来，知识分子的专门化和边缘化就愈加明显，而追溯这种状况的形成原因，科举的废除是一个重要的不可忽视的文化因素。因晚清民国以来政治混乱，这些文人有意识地与政治保持了一种疏离状态，而且他们也仍然继续创作传统以来被视为正统的诗歌、散文。

将晚清末季较为知名的教师(或训导)作一鸟瞰，可以发现这样一个不容忽视的事实：绝大多数于教育贡献綦多、影响力较大者，往往是有科举功名(最低也是诸生)者；最为重要的是，这些科举功名之士往往自觉以传授知识，培养人才为己任，着眼于国家的未来与民族的振兴。作为传统社会道德和文化知识承担者的双料精英分子，他们自觉负担起了教化群氓的社会责任与历史责任。

三是校雠书籍(或金石)。1887年，张之洞任两广总督期间，创办广雅书局。这是清末重要的官办书局之一，"时充总校者，为南海廖泽群。以经术名儒提挈一切，赞襄其间者，皆硕学鸿才"③，如缪荃孙、屠寄、王仁俊、叶昌炽、陶福祥等均任校勘。广雅书局"专刊史学书，与阮太傅经学书相对峙"④，所据版本多"四方珍本"，对保存学术成果，传播文化有重要贡献。

能够汇集如此众多的文士校勘书籍，这当然与幕主的雅好志趣相关。张之洞时时以儒臣自居，他曾说："余性鲁钝，不足以窥圣人之大道学术，惟与儒近。……余当官为

---

① 傅增湘(1872—1949)，字沅叔，晚号藏园老人，四川江安人。光绪二十四年(1898)进士。二十八年(1902)入袁世凯幕。二十九年(1903)，散馆，授编修，充顺天乡试同考官。旋主女子公学、高等女学。三十一年(1905)主女子师范学堂，迁直隶提学使。民国初，避居津沪。三年(1914)，简任肃政使，逾年而归。六年(1917)入王世珍内阁，任教育总长，年余而罢。十六年(1927)，任故宫博物院图书馆馆长。生平喜山水游，尤喜藏书，肆力版本校勘，为晚近一大家。著有《丛园群书经眼录》、《双鉴楼善本书目》、《藏园群书题记》、《藏园游记》、《藏园老人遗稿》等。

② 陈宝琛(1848—1935)，字伯潜，号弢庵，福建闽县人。同治七年(1868)进士，改庶吉士，授编修。光绪五年(1879)，擢侍讲，充日讲起居注官。累官内阁学士。直言敢谏，疏凡数十上，与宝廷、张佩纶、张之洞等，号为"清流"。十年(1884)，中法战事起，迭疏论和战利害，派会办南洋。十七年(1891)，被黜归居螺江，与陈衍兄弟交，以诗文相唱和，自是遂以诗名世。又尝兴办学堂，倡教育，贡献綦多。宣统元年(1909)，起复原官，命掌礼学馆。旋充资政院议员、实录馆副总裁。三年(1911)，简山西巡抚。更命以侍郎候补，授读毓庆宫，兼弼德院顾问大臣。民国后，多随溥仪左右，以故臣自命。卒于北京。著有《沧趣楼诗集》、《文存》、《听水斋词》等。

③ 中华书局编辑部编：《丛书集成初编目录》，中华书局1983年版，第44页。

④ 陈衍：《二十四史校勘记叙》，《小说月报》1916年第11号。

政,一以儒术施之。"①杨国强对张之洞的儒臣本色曾作过十分贴切的论述:"善用智术与智慧作折中新旧之论。他以中体西用为底本铺叙出来的大篇文字兼备的词章和义理,极合章法地表达了洋务人物取新卫旧的共同心影,并在形而上的层面上感染了更多留心世务、关注国运的人们。"②校订古籍书刊以保存传统学术,是张之洞的学术远见,与他后来主张各省设立存古学堂的思想是完全一致的。张之洞在学术上的高瞻远瞩,也使他能够招致饱学之士到其麾下,致力于学术的发展。

与张之洞多校勘史书古籍不同,端方更喜欢收藏金石古玩,因此,对金石考订颇有研究的文士也就多为端方招致,为其校订金石。李葆恂③曾为端方所收藏的古董彝器前后作题跋三百余篇,被端方盛赞为"钱竹汀④后一人"。而世传端方的《匋斋藏石记》,即为晚清著名词人况周颐⑤和骈文家李详手纂。

游幕风气虽在清末有所下降,但即使到了20世纪20年代,仍有一些文士奔走南

---

① 苑书义、孙华峰、李秉新编:《张之洞全集》卷二百八十一《〈传鲁堂诗集〉序》,河北人民出版社1998年版,第10057页。

② 杨国强:《李鸿章论》,钱伯城主编:《中华文史论丛》第52辑,上海古籍出版社1993年版,第5页。

③ 李葆恂(1859—1915),字文石,一字叔默,号猛庵,晚号凫道人,河北义州人。早慧。屡试不第。光绪十八年(1892),入东河总督许振祎幕,积劳保知府,擢道员,后发直隶委用。二十八年(1902),张之洞调入鄂。久之,端方荐其应经济特科,以母病不赴。端方移督两江,复奏调至江南,委充湘鄂两岸举淮盐督销局员。端方好收古董彝器,前后为题跋三百余篇,方叹为"钱竹汀后一人"。辛亥后,避居天津南宫。著有《红螺山房诗钞》、《津步联吟集》、《无益有益斋读画诗》等。

④ 钱竹汀即钱大昕。钱大昕(1728—1804),字晓征,一字辛楣,号竹汀,晚年自称潜研老人。江苏嘉定(今上海嘉定)人,清代史学家、汉学家、金石学家,是中国18世纪最为渊博和专精的学术大师。早年以诗赋闻名江南。乾隆十九年(1754)中进士,复擢升翰林院侍讲学士。三十四年(1769),入直上书房。后为詹事府少詹事,提督广东学政。四十年(1775),居丧归里,引疾不仕。归田三十年,潜心著述课徒,历主钟山、娄东、紫阳书院讲席,出其门下之士多至两千人。治学以"实事求是"为宗旨,主张把史学与经学置于同等重要的地位,以治经方法治史。虽主张从训诂以求义理,但不专治一经,亦不墨守汉儒家法。自《史记》、《汉书》,迄《金史》、《元史》,一一校勘,详为考证。撰成《廿二史考异》,纠举疏漏,校订讹误,驳正舛错,较其他考史为优。于正史、杂史外,钱氏又兼及舆地、金石、典制、天文、历算以及音韵等学,著有《宋辽金元四史朔闰考》、《宋学士年表》、《元史氏族表》、《元史艺文志》、《元诗纪事》、《三史拾遗》、《诸史拾遗》、《潜研堂金石文跋尾》等。曾参与编修《热河志》,与纪昀并称"南钱北纪"。又与修《音韵述微》、《续文献通考》、《续通志》、《一统志》及《天球图》诸书。"古无轻唇音"、"古无舌上音"是其在音韵学上的卓见。

⑤ 况周颐(1859—1926),字夔笙,号蕙风,广西临桂人,更名周颐。幼嗜学,十一岁成诸生。光绪五年(1879)举人,官内阁中书。寻以会典馆纂修叙劳,用知府分发浙江,加品衔。先后聘入湖广总督张之洞、两江总督端方幕。尝为端方斠定金石。又尝执教武进龙城书院、南京师范学堂。风擅声律,官京曹日,与王鹏运交,词学遂大进。后识朱祖谋,又受其攻错,填词益精。辛亥后,自命遗老,居上海,鬻文为活。著有《新莺词》、《玉梅词》、《锦钱词》、《蕙风词》、《菱景词》、《二云词》、《餐樱词》、《菊梦词》、《存悔词》九种,合刊为《第一生修梅花馆词》。又有《蕙风词话》、《眉庐丛话》、《餐樱庑随笔》、《阮庵笔记五种》等。

北,游幕于各地。宣统初诸宗元①入江苏巡抚幕;辛亥后被张謇延为秘书;复参朱瑞军幕;民国十二年(1923),参浙江军务善后督办卢永祥幕;民国十四年(1925),受梁鸿志邀请赴京师,旋南归,为人掌书记。虽然游幕仍是一种寄人篱下的行为,但在传统到现代的转型过程中,社会为文人提供的出路无多,而且几千年来所形成的文士的生存方式,也仍然有其存在的合理性。

二、从"卖文"到"报人"

事实上,文人倘若只从事一项活动(如游幕或教职),有时甚至是连家人都难以维持温饱的,因此很多文人在游幕的同时也兼职卖文,或兼职其他工作。光绪十六年(1890)年,陈衍②已入上海制造局幕,兼方言馆汉文教习。《侯官陈石遗先生年谱》言1891年陈衍"多作文":

> 是岁多作文,有《书先君子遗事》、《书先妣事》、《书仲容六姊事》。时物力尚贱,米价一石仅二饼金又六角,然馆谷薄,不足用,则益以授徒卖文。居停主人命其子来请业。又新宁刘岘庄制军坤一方督两江,长江上下多湘人,居停为广招徕,凡称觞诔墓之文岁百十篇,篇不过三十金至五十金,然以当时物力与近日较之,三四十金可值一二百金矣。旅食赖以不困。又文皆散体,时许可成一篇。若要骈体,则非百金不售。记一年偶连作三篇寿言,篇百廿饼金,叶损轩丈劝以三百饼金卖。……家君尝自嘲低文不应售高价也,又尝自言寿文皆草草酬应之作,不足存,故集中绝不刻一篇。③

卖文的主要原因在于"馆谷薄,不足用",陈衍多亏有"居停主人"④"为广招徕",方使

---

① 诸宗元(1875—1932),字贞壮,一字真长,浙江绍兴人。尝师桂念祖,又服膺魏源、龚自珍,名其所居为"默定书堂"。中岁晚名大至阁。与黄节等创国学保存会,加入南社。光绪二十九年(1903),举浙江乡试副贡。宣统初,入江苏巡抚幕。辛亥后,往上海,途识张謇,延为秘书。复参朱瑞军幕。民国十二年(1923),为浙江军务善后督办卢永祥幕。十四年(1925),应梁鸿志邀请,赴京师;旋南归,为人掌书记。晚供职于教育部。卒于上海。著有《中国画书浅说》、《大至阁诗》、《病起楼诗》等。

② 陈衍(1856—1937),字叔伊,号石遗,福建侯官人。光绪八年(1882)举人。再试春官,不第,遂绝意进取。十二年(1886),入台湾巡抚刘铭传幕。越四年,湖南学使张燮钧函聘总校。张之洞督两湖,闻其名,聘入幕。二十八年(1902),开经济特科,之洞荐之,为他人所抑。学部创立,还为主事,兼礼学馆。旋应京师大学堂教职。民国后,教授厦门大学、无锡国专诸校。著述弘富,凡数十种,有《戊戌变法榷议》、《货币论》、《金诗纪事》、《元诗纪事》、《石遗室诗集》、《文集》、《诗话》等。纂《福建通志》。

③ 转引自陈文新主编,王同舟分册主编:《中国文学编年史》,湖南教育出版社2006年版,第332页。

④ 此处指沈瑜庆。是年,沈瑜庆以江苏候补道总办水师学堂,驻金陵,陈衍数往访之。

自己"旅食赖以不困"。而所"卖"之"文"多是"称觞谀墓之文",体裁或骈或散,明码标价,这就是传统社会"卖文为生"的文人"创作"的主要内容!千百年来,写作"称觞谀墓"之文以获取润笔之资,从唐朝的韩愈到晚清的陈衍,其形式和方法并无二致。

依附有权势的友朋而生,即俗语所谓"打秋风",是该时期文人延续传统文士的另一种生存状态。在传统社会看来,接受有权有势友朋的接济馈赠,并不那么让人难为情。1904 年 6 月,陈衍赴南昌,将游庐山,好友沈曾植馈金四十饼,以为游资,衍作诗酬谢。① 相较之下,陈剑潭就没有那么好的运气了:"奔走四方,市文修书掌记奏,舒纸疾书,腕欲脱,岁入千金、数千金,崖以救其饥寒。"因此陈衍连发感慨说:"南中之强有力者,尚有知剑潭之深丰,以养剑潭者乎?使吾剑潭有以自食其力,益以发舒其文章,岂独剑潭一人一家之幸哉!"②文人手无寸铁,又不甘居人下,耻于干谒,就难免衣食无着,求生乏术,而这也正反映了传统社会中文人出路狭窄的现状。

甲午战争后,为配合政治上改革图强的亟迫要求,报纸、杂志大量产生,新兴城市上海成为近代报刊的发源地,这与上海较早成为通商口岸城市极有关系。开埠以后的通商口岸,不仅外国移民迅速增加,而且"纺织品、肥皂、自鸣钟、缝纫机、洋钉、玻璃制品、望远镜、显微镜、寒暑表、火轮机器、照相术、书馆印厂、藏书楼、跑马场、新公园、新学校、报刊乃至西历节庆、新式婚礼,纷纷登陆沪上且影响民间"。③ 大批传教士在这里从事翻译和著述活动。1843 年,英国传教士麦都思创办墨海书馆,王韬、李善兰、华蘅芳、管嗣复等人就曾供职其间。美国学者柯文曾提出"条约口岸知识分子"(intellectuals in treaty port cities)这一概念,即指生活在最早开埠的通商口岸,与西方文化发生密切接触,且在中外文化关系的思考方面有所心得的中国士人。这些"条约口岸知识分子",不仅得风气之先,而且"开风气之先",成为中国文化系统中率先自觉的"思变"者。较早的有李善兰、华蘅芳、管嗣复、蒋敦复、张福僖、沈毓桂等人④,而冯桂芬、王韬、郑观应则是其中尤其具有代表性的人物。

通商口岸因其商业、传媒、服务等行业的发达,吸引了一大批科举无望或厌弃科举的士子,纷纷来到这些地方谋求生活,通过另一种方式实现自己的人生价值。早期口岸知识分子"深受儒学经典训练,取得秀才资格,而又起码部分是因为西方人在上海的出现所创造的新的就业机会而来上海的"⑤。下层士人到上海创办报纸或开设书馆的渐渐

---

① 杨萌芽:《清末民初宋诗派文人群体活动年表》,河南大学出版社 2008 年版,第 192 页。
② 陈衍:《送陈剑潭南归序》,任访秋主编:《中国近代文学大系·散文集三》,上海书店出版社 1993 年版,第 384、385 页。
③ 何晓明:《略论晚清"条约口岸知识分子"》,郑师渠、史革新、刘勇主编:《文化视野下的近代中国》,中国传媒大学出版社 2009 年版,第 86~96 页。
④ 李善兰、华蘅芳、管嗣复、蒋敦复、张福僖等为墨海书馆同人;沈毓桂在 1862 年即与艾约瑟同去山东传教,当过 18 年《万国公报》的主笔。
⑤ [美]柯文著,雷颐、罗检秋译:《在传统与现代性之间——王韬与晚清改革》,江苏人民出版社 1994 年版,第 17 页。

增多，如晚清小说家李伯元就曾创办《游戏报》、《繁华报》等①。该时期报刊的盛行直接促成了近代"报人"——专门从事报刊文字编辑职业的文人——的产生。这些"报人"数量颇为可观，其中不乏名震文坛的作家或政治家，王先明先生曾辑录了一个当时从事报刊编辑职业的文人名单：

人名	出身	职业
廉惠卿		文明编译局编辑
于仲芳		《黔报》编辑
蒋大同	生员	《选报》主笔
于佑任	举人	《神州日报》社主笔
吴伟康	生员	报馆编辑
田桐	生员	《国风日报》编辑
曾昭性	生员	《鹃声报》编辑
时题杏	生员	《晨钟报》编辑
蒋衍生	生员	《悬钟周刊》编辑
马方	贡生	《皖报》主笔
狄楚青	举人	《时报》主笔
陈训正	举人	《天铎报》主笔
黄某	举人	《厦洪日报》编辑
汤化龙	进士	《教育杂志》主编
丁仲和	生员	编辑
杜孟兼	举人	文明编译印书局
王元庆		《农务报》编辑
万芳卿		《农务报》编辑
陈范	举人	《苏报》主编
莫伯伊	拔贡	《羊城报》主编
曾熙寿	举人	《国民日报》编辑
杨度	举人	大同《中央日报》编辑部
李某	举人	《汇报》主编
韩衍	生员	《通俗报》编辑
朱山	生员	报馆主笔
程善之	生员	《中华民报》主笔
叶楚伧	生员	《中华新报》主笔
李基鸿	生员	《汉文新报》编辑

---

① 这成为该时期报刊发展的另一大方向，该问题将在第二节细论，此处略过。

人名	出身	职业
景耀月	举人	《民呼报》主笔
李庆芳	生员	《教育官报》主编
吴鼐	生员	《国风日报》主笔
李钟钰	举人	《字林沪报》编辑
刘镇	生员	《西南日报》编辑
张明德	生员	《西南日报》主笔
刘绵训	进士	《晋阳报》主笔
胡汉民	举人	《岭海报》记者
黄协埙	生员	《申报》主笔
蒋方震	生员	《浙江潮》主笔
居励今	生员	《铁道时报》主编
张某	举人	《北洋学报》主编
胡湘帆	生员	《广益丛报》编辑
杨沧白	生员	《广益丛报》编辑
范腾霄	生员	《海军杂志》编辑
钟荣光	举人	《博闻报》编辑
龙钟咿		《江西农报》主编
熊育锡	生员	广智书局编辑
李云藻	生员	《进化报》编辑

(资料来源：王先明：《近代中国绅士阶层的分化》，《社会科学战线》1987年第3期。)

在上表列出的47名编辑(或主笔或主编)中，进士身份的有2人，约占总数的4.25%；举人身份的有14名，占总数的29.8%；贡生或拔贡身份的有2人，约占总数的4.25%；生员身份的有24名，占总数的51.1%；不明身份的有5人，占总数的10.6%。科举出身者占总统计人数的89.4%，以绝对优势压倒了无功名者。① 可见，即便是作为新兴传播媒介的报刊，其主笔(或主编)者仍然需要相当的文学功底；而判断他们有无文学的基本素养，科举出身仍然是一个十分重要的参考指标。报刊的盛行为文人们提供了展示文采的最佳平台；而稿费制度的建立，则妥善地解决了他们的生计问题，同时，编辑、主编或主笔的职业，也使这些未曾出仕而又颇有才华的下层士人有了用武之地，使他们有了实现自我价值的场所。

报纸杂志的出现拓宽了文人的出路，日趋多样化的人生选择无形中削弱了科举功名对文人的吸引力。再加上晚清以宣传政治、鼓吹新学、开启民智为目的而纷纷出炉的《中外纪闻》、《时务报》、《清议报》、《新民丛报》、《求是报》、《国民日报》、《警钟日

---

① 其中生员(即秀才)与举人又占了其中的大多数。

报》等报纸,引导了社会舆论的方向,加速了清政府的土崩瓦解。此中涌现了相当数量的报界人才。梁启超"为《新民丛报》、《新小说》等诸杂志,畅其旨义,国人竞喜读之;清廷虽严禁,不能遏;每一册出,内地翻刻本辄十数。二十年来学子之思想,颇蒙其影响"①,因此被称为"晚清报界第一人","中国近代最好的、最伟大的一位新闻记者"②。章士钊投稿《苏报》,为主办人陈范赏识,被聘为《苏报》主编。③ 陈衍曾主笔《求是报》,据《侯官陈石遗先生年谱》云:"(1897年)七月,同乡陈敬如副将季同、绎如寿廉寿彭兄弟与洪荫之大令述祖数人集赀开办求是杂志,月出三册,多译格致实学以及法律规则之书……林暾谷(旭)孝廉以为非家君秉笔修饰润色不可,遂公推作主笔,家君序痛言中西交涉以来种种受亏,率坐暗于外情,历抉其痛痒所在,传诵万纸,益以每册皆有论说,风行一时,捐赀助刊、预购者麇至……"④当时湖广总督张之洞正是由《求是报》看出陈衍的卓越才华,于是将其聘至武昌,办理一切新政笔墨,并任《官报》局总编纂。

当报刊日益成为一种方便的传播媒介,各种各样的学会、社团为了扩大自己的影响,也往往创办宣传本社团(或学会)宗旨的报纸。1905年正月,《国粹学报》创刊于上海,以"发明国学、保存国粹"为宗旨,辟有社说、政篇、史篇、文篇、丛谈等栏,邓实任总纂。主要撰稿人有国学保存会的成员刘师培、章太炎、黄节、陈去病、罗振玉、王国维、王闿运、孙诒让、柳亚子、郑孝胥、马叙伦、马其昶、张謇等人,⑤ 其中有些人后来加入了南社。南社成员从事新闻报刊业的人最多,有些名气的成员大多数也有办报编刊物的经历,他们在1903年前后陆续进入了新闻界,在国内和日本逐渐取代了《新民丛报》、《清议报》在舆论界的先锋作用。⑥

---

① 梁启超撰,朱维铮导读:《清代学术概论》,上海古籍出版社1998年版,第85页。
② 郑振铎:《梁启超先生》,汪龙麟选编:《20世纪中国文学研究论文选》,社会科学文献出版社2010年版,第221页。
③ 袁景化编:《章士钊先生年谱》。1903年4月5日,章士钊被聘为《苏报》主编,时年二十三岁。转引自陈文新主编,王同舟分册主编:《中国文学编年史·晚清卷》,湖南教育出版社2006年版,第364页。
④ 转引自陈文新主编,王同舟分册主编:《中国文学编年史·晚清卷》,湖南教育出版社2006年版,第371页。
⑤ 陈文新主编,王同舟分册主编:《中国文学编年史·晚清卷》,湖南教育出版社2006年版,第443页。
⑥ 据孙之梅《南社研究》称:"1905年后到民国建立期间,南社成员成了革命派在新闻报刊界的主力军,产生了一批著名的报人,并办出了一些有影响的报刊,如于右任和'竖三民'(指于右佑所创办的《民呼日报》、《民吁日报》和《民立报》)、柳亚子和《复报》、陈去病与《警钟日报》、《二十世纪大舞台》、林獬与《中国白话报》,宁调元与《帝国日报》等。民国以后,南社成员仍有相当一部分人活跃在新闻界,《太平洋报》、《民国日报》是由南社人主持、编撰的有影响的报纸,像邵飘萍、成舍我、叶楚伧、邵力子这样近代新闻史上第一流的报人记者也都是南社成员。南社人借助报刊宣传他们的反清反袁、反独裁、反专制的革命主张,揭露反动派,抨击黑暗势力,唤醒民众,激扬民气,在近代的政治、思想进程中产生过相当的积极作用。"转引自孙之梅:《南社研究》,人民文学出版社2003年版,第6~7页。

虽然如此，大多数文士仍耻于以"文人"终身，这体现在他们深受传统儒家思想浸润后所养成的自觉的社会责任感与道德责任感。樊增祥①32岁中进士，入翰林院，盛昱、宝廷等博雅之士争与相交，竞相推引，一时间樊氏诗名大噪。张之洞入京质问道："子其终为文人邪？"樊增祥悔悟，"遂弃词章，讲经世学"。② 张之洞的质诘，其实是要求已跨入社会精英行列的樊增祥必须记住一点：士人作为儒家道统的传承者，对社会和国家负起更大的责任。这个事例不难看出，晚清时期的士人对自我身份的认同仍是极其显明、强烈的，这不单单体现在中上层社会的士人群体中，即便是未能跻身于权力行列的士人，也仍然把关怀国家前途命运作为自己的分内之事。1901年，林纾与魏易合译的《黑奴吁天录》出版发行，在《自跋》中，林纾对译著该书作了简单的说明："余与魏君同译是书，非巧于叙悲以博阅者无端之眼泪，特为奴之势逼及吾种，不能不为大众一号。……今当变政之始，而吾书适成。人人既蠲弃故纸，勤求新学；则吾书虽俚浅，亦足为振作志气，爱国保种之一助。海内有识君子，或不斥为过当之言乎？"③是书一出，反响甚巨，刊于光绪三十年（1904）《觉民》第八期之《读〈黑奴吁天录〉》（作者署灵石）云：

> ……此书不独为黑人全种之代表，并可为全地球国之受制于异种人之代表也。我黄人读之，岂仅为沉醉梦中之一警钟已耶？……我愿读《吁天录》者，人人发儿女之悲啼，洒英雄之热泪。我愿书场、茶肆演小说以谋生者，亦奉此《吁天录》，竭其平生之长，以摹绘其酸楚之情状、残酷之手段，以唤醒我国民。④

这种借彼言此、以时代号角的方式激起国人爱国情感，唤醒民智，颇能见出译著者的拳拳爱国之心。1911年，王国维对自己转而研究戏曲解释说：

> 余所以有志于戏曲者，又自有故。吾中国文学之最不振者，莫戏曲若。元之杂剧，明之传奇，存于今日者，尚以百数。其中之文字，虽有佳者，然其理想及结构，虽欲不谓至幼稚，至拙劣，不可得也。国朝之作者，虽略有进步，然比诸西洋

---

① 樊增祥（1846—1931），字嘉父，号云门，又号樊山，晚署天琴老人，湖北恩施人。光绪三年（1877）进士，入翰林，为庶吉士。五年（1879），散馆外放。丁父忧归，终服不出。旋谒选，得陕西宜川令。历任咸宁、富平、长安县令。谙世故，擅治狱，所为判词海内传诵，曰《樊山判牍》。二十六年（1900）简授皖北道道员。明年（1901），授陕西按察使，行布政使事。二十九年（1903），调浙江，任江宁布政使，代理两江总督。辛亥后避居上海，以遗老自命。民国四年（1915），充参议院参政。晚以诗人老。著有《樊山集》、《续集》等。
② 樊增祥：《樊山诗集自叙》，汪辟疆著，王培军笺证：《光宣诗坛点将录》，中华书局2008年版，第138页。
③ 林纾译：《林纾译著经典》第三册，上海辞书出版社2013年版，第136页。
④ 陈文新主编，王同舟分册主编：《中国文学编年史·晚清卷》，湖南教育出版社2006年版，第405~406页。

之名剧,相去尚不能以道里计。此余所以自忘其不敏,而独有志乎是也。①

仍然是一种关系民族盛衰,旨在提高中华民族自信力的深层情感,是"士"人对儒家道统思想的一种彰显和发扬。陈寅恪对以王国维为代表的"传统士人"表达了崇高的敬意:"自昔大师巨子,其关系于民族盛衰、学术兴废者,不仅在能承续先哲将坠之业,为其托命之人;而尤在能开拓学术之区宇,补前修所未逮。故其著作,可以转移一时之风气,而示来者以轨则也。"②

当然,若以科名高下而论,王韬、王国维仅是诸生,林纾也只是举人而已,然而在以科举制度为依托的传统文化环境中,又有谁能够将国家前途和民族命运置身于外呢?如果结合活跃于民国前期的教育家蔡元培、唐文治、蒋廷黻等人的教育理念与实际成就,我们就会对传统科举制度的历史作用与社会意义有更为深入的了解与认识。

从"幕僚"到"报人",清末文人的生活方式与心理状态发生了时代性的改变,这预示着传统中国社会在慢慢调整自己的姿态,进行着向"现代"——虽然缓慢却仍时见努力——的转变;这同样也预示着文学日益多元化的春天即将到来。

第二节 晚清小说的兴盛与科举革废

清末"报人"依其创作内容与情趣倾向大致可分为两类:以撰写经世致用为主的政论文人和以撰写游戏娱乐为主要内容的小报文人。本节重点论述在沪"操觚为生"的后一类文人。

一、晚清娱乐小报的创作倾向

光绪二十四年(1898)正月,清政府允准贵州学政严修之请③,令总理各国事务衙门会同礼部拟定了设立经济特科的基本要求,具体如下:

> 一曰内政,凡考求方舆险要、邦国利病、民情风俗者隶之。二曰外交,凡考求各国政事、条约、公法、律例、章程者隶之。三曰理财,凡考求税则、矿产、农功、商务者隶之。四曰经武,凡考求行军布阵、管驾测量者隶之。五曰格物,凡考

---

① 王国维:《静安文集》自序二,周锡山编校:《王国维集》第二册,中国社会科学出版社2008年版,第299页。
② 陈寅恪:《王静安先生遗书序》,王国维撰,叶长海导读:《宋元戏曲史》,上海古籍出版社2011年版,第151页。
③ 光绪二十三年(1897),贵州学政严修上疏,奏请设立经济特科,认为"为今之计,非有旷出非常之特举,不能奔走乎群才;非有家喻户晓之新章,不能作兴乎士气",肯请"速设专科布海内"。(清)朱寿朋编,张静庐等校点:《光绪朝东华录》第四册,中华书局1958年版,总第4024页。

求中西算学、声、光、化、电者隶之。六曰考工，凡考求名物、象数、制造工程者隶之。①

谕中表达了对具有经国济世之才的渴求。五月，光绪帝下谕旨，诏令三品以上京官及各省督抚、学政，"各举所知，限三个月内，迅速咨送总理各国事务衙门，会同礼部，奏请考试"。② 此后各地官员不遗余力荐贤推能。侍郎曾广钧拟荐李伯元，（伯元）辞不赴，"谢曰：使余而欲仕，不及今日矣"。此事为御史周树模所弹劾，疏中指控伯元"文字轻佻，接近优伶"。李伯元对此一哂了之："是（指弹劾者周树模）乃真知我者"，"自是肆力于小说"。③ 从这一事件中，我们可以看出当时以创办小报闻名于世的李伯元的个性，也可以看出时人对其人其报的基本评价，还可以看出报刊的兴起和小说的商品化加速了作家对走传统科举"正途"人生的背离。

但是如果对照朝廷上谕对人才的要求，就可以发现周树模弹劾得并没有错，甚至是很有道理：以李伯元的才能，充其量也只能充当一名谙熟"民俗风情"者而已。接下来，我们就以上海"小报之祖"李伯元为典型个案加以分析，探究晚清报刊的猬兴对当时一部分文学创作者的影响与意义。

李伯元，名宝嘉，别号南亭亭长，出生于同治六年（1867）四月二十九日，江苏常州武进人。擅制艺、诗赋，能书画，工词曲，精篆刻，其他如金石、音韵、考据之学，亦无不触类旁通。少时以第一名入泮，旋即补廪。甲午后，伯元内伤门庭多故（叔父亡故），外感国势之陁危，"因思报纸为民喉舌，借以发聋振聩，较易生效，遂于光绪二十二年（1896）赴上海创办《指南报》"。④

1896年6月6日，《指南报》在上海创刊，李伯元被聘为主笔，开始了办报与文学创作的生涯。李伯元在创刊号上发表《谨谢报忱》一文，介绍《指南报》创刊缘起和办刊宗旨，将《指南报》的内容归结为六个方面：采万国之精彩；增朝廷之见闻；扩官场之耳目；开商民之利路；寄寰海之文墨；寓斯民之风化，希望达到"型方训俗，感人胜于诗书；暮鼓晨钟，惊众逾于木铎"的社会效果。⑤ 1897年6月25日，李伯元自己在上海创办《游戏报》，自号游戏主人，开文艺小报先河，为中国小报鼻祖。从其重印本的"告白"中，我们可以了解到《游戏报》的大体内容和风格：

---

① 王炜编校：《〈清实录〉科举史料汇编》，武汉大学出版社2009年版，第1047页。
② 王炜编校：《〈清实录〉科举史料汇编》，武汉大学出版社2009年版，第1056页。
③ 魏绍昌主编：《李伯元研究资料》，上海古籍出版社1980年版，第9页。
④ 李锡奇：《李伯元生平事迹大略》，原载《雨花》月刊1957年第4期。收入魏绍昌编：《李伯元研究资料》，上海古籍出版社1980年版，第29~30页。
⑤ 《指南报》第一号，1896年6月6日。祝均宙、黄培玮辑录：《中国近代文艺报刊概览（二）·指南报》，魏绍昌：《中国近代文学大系》第12集第30卷《史料索引集》二，上海书店出版社1996年版，第176~177页。

> 以诙谐之笔,写游戏之文。遣词必新,命题皆偶。上自列邦政治,下逮风土人情。文则论辨、传记、碑志、歌颂、诗赋、词曲、演义、小唱之属,以及楹对、诗钟、灯虎、酒令之制。人则士农工商,强弱老幼,远人逋客,匪徒奸宄,倡优下贱之俦,旁及神仙鬼怪之事,莫不描摹尽致,寓意劝惩。无意不搜,有体皆备。①

大有一网打尽娱乐休闲,总括消遣游戏之势,从中我们可以看出李氏对《游戏报》的定位。李伯元的侄子李锡奇谈起李伯元当时所创办报刊,乃是"大抵记叙官场的笑柄、社会的趣事,以及歌楼舞榭、妓院娼寮、茶肆酒馆的新闻",而且"其行文也,皆以诙谐讽刺之笔,痛快淋漓地揭露真相,隐去姓名;意在加以箴规,促其悔改,与后来一般小报之专事攻讦隐私、借以敲诈者不可同日而语"。李伯元后来又创办《繁华报》,风格一如《游戏报》,仍以娱乐、谐趣为主。② 后来李伯元在《论游戏报之本意》中重申办报宗旨,声称自己完全是"不得不假游戏之说,以隐劝惩,亦觉世之一道也","岂真好为游戏哉?盖有不得已之深意存焉者也",③ 反复陈说自己的一片劝世醒世苦心。这番表陈颇得一部分同道的称首,如吴趼人盛赞伯元:"夙抱大志,俯仰不凡,怀匡救之才,而耻于趋附,故当世无知者,遂以痛哭流涕之笔,写嬉笑怒骂之文,创为《游戏报》,为我国报界辟一别裁。"④邱菽园更是对其称赏有加,并将其比类苏轼:"中国首仿西人为游戏报纸,唯上海之《游戏报》是已。总主笔李伯元明经,骈文专家,又复兼长小品杂著,嬉笑怒骂,振聩发聋,得游戏之三昧。苏长公以行文为乐事,锦绣肝肠,珠玉咳唾,此才正非易易。"⑤

然而,《游戏报》创办伊始,即举行"花榜"选举,并发布《游戏主人告白》云:"本报每年出花榜四次,本年夏季准在六月出榜。诸君选色征歌,如有所遇,投函保荐,将生平事实、姓氏里居,详细开明,以便秉公选取。"告白在报上登出十多天后,李伯元又在报上反馈"选色征歌"的初步进程:"游戏主人创行报章之始,即以开花榜为首事,登告白于报首,冀章台走马诸君,各举所知以荐。十余日来,所得荐书计百数十函,按日排列后幅。"⑥《游戏报》开"花榜",使许多人对此感兴趣,并参与、投入其中。所谓"花"即上海妓女,"花榜"即以色艺为标准给上海的妓女排座次。李伯元在创办报纸之初即将内容与风格锁定在妓户、倡优诸色人等上,可见《游戏报》的真实意图并不在于

---

① 转引自程华平编著:《近代上海散文系年初编》,上海教育出版社2003年版,第136页。
② 李锡奇:《李伯元生平事迹大略》,原载《雨花》月刊1957年第4期。收入魏绍昌编:《李伯元研究资料》,上海古籍出版社1980年版,第30页。
③ 程华平编著:《近代上海散文系年初编》,上海教育出版社2003年版,第138~139页。
④ (清)吴趼人:《李伯元传》,原刊于《月月小说》1906年第3号。收入魏绍昌编:《李伯元研究资料》,上海古籍出版社1980年版,第10页。
⑤ 邱菽园:《挥麈拾遗》卷五,魏绍昌编:《李伯元研究资料》,上海古籍出版社1980年版,第51页。
⑥ 转引自程华平编著:《近代上海散文系年初编》,上海教育出版社2003年版,第141页。

"以隐劝惩"、"有不得已之深意存焉",而是专门以揭露街谈巷语、隐私秘闻为要务(此外兼及戏词、游戏文、笑林、剧评、灯谜、小说等,以趣味为中心)。

小报辟一专栏"北里志",专记都市妓户的新闻,什么"林黛玉前日往杭州,洪蕊初专员回上海","李翠凤被骂,林凤珠教歌"之类,不一而足。毫无疑问,妓女们生活糜烂,征歌逐色,她们的生活最容易引动俗众的眼球,因此"花"就成为《游戏报》和稍后《繁华报》的中心主题,而游戏、娱乐也就成了这类小报的主打风格。鲁迅在《中国小说史略》将清末上海小报的内容概括为"记注倡优起居"①。庚子事变后,京、津一带的妓女多避难南下上海,李伯元又在上海重开"花榜",写了一篇《拟订津门劫余花选启》,广邀洋场才子,"评骘残花",最后选了"林黛玉"做了榜首。所谓"林黛玉"乃当时海上名妓,也就是戊戌年(1898)上海书局刊出《海上名妓四大金刚奇书》②中"四大金刚"③之首。对这种游戏风流之举,海上文人颇为踊跃:"乱后京津乐籍大半南渡,李伯元茂才于酒肆广征四十余人,为评骘残花之举。乐籍中以林黛玉为魁首。夏剑丞首赋念奴娇词,先生击节叹赏,和者遂十余人。"邱炜萲《挥麈拾遗》赞道:"丁酉、戊戌、庚子,叠开三次花榜,骚屑闲情,别深怀抱,惯阅沧桑之劫,独成脂粉之编,余淡心《板桥杂记》,当得嗣响耳。"④对此,李伯元方兴未艾,后来又编了一个剧本《林黛玉》,说"林黛玉"如何遇盗,如何受辱,如何被开膛破肚,如何狗食狐拖。这种举动,这种文章,不只是游戏,简直是恶谑了!

---

① 鲁迅:《鲁迅全集》第九卷,人民文学出版社2005年版,第291页。"记注倡优起居",不但《繁华报》是这样,《游戏报》以及其他各种小报,也都是这样。当时有"花报时期"之称。关于这一点,阿英在1956年9月19日所作的《晚清小报录》的《引言补充》中说:"读者也许会问:'你所记录的这些报纸,几乎每一种都是谈风月,说勾栏,显然是后来黄色小报之类,有什么必要呢?'话是不错的。但也必须理解,若果不谈这些'风月'、'勾栏',这些小报在当时就不会存在了,就失却物质基础了。这正说明了这类小报,是半殖民地都市生活和封建地主生活结合起来所孕育的具有特点的报纸,也正反映了当时半殖民地的买办阶级、洋场才子、都会市民和官僚地主一些没落的生活形态。这些报纸是起了推波助澜的作用的。不过,我所以著录,却是为着另外一面,就是这些小报,同时也揭露了当时的社会黑暗,抨击了买办、官僚以及帝国主义,奠定了晚清谴责小说发展的基础。"转引自魏绍昌编:《李伯元研究资料》,上海古籍出版社1980年版,第5~6页。

② 《海上名妓四大金刚奇书》又名《四大金刚传》、《海上四大金刚奇书》、《四大金刚传奇书》、《海上秦楼楚馆冶游传》、《大闹上海秦楼梦馆演义》,书叙上海四大名妓事,前后集各五十回,石印巾箱本四册。1898年由上海书局刊出。撰者署"抽丝主人"。向来以为即吴趼人,但无实据。参见陈文新主编,王同舟分册主编:《中国文学编年史·晚清卷》,湖南教育出版社2006年版,第380页。

③ 关于上海名妓"四大金刚"混号的由来,孙玉声《退醒庐笔记》有《天香阁韵事》一文,节录如下:"清光绪季年,张味莼园安垲地洋房设作茗寮,每至斜日将西,游人麕至,俱以此为消遣地,而青楼中之姊妹花,亦呼姨挈妹而来,其日必一至者,当时为名妓陆兰芬、林黛玉、金小宝、张书玉四人。南亭亭长李伯元之《游戏报》上,因戏赐以'四金刚'之名。曰'四金刚'者,缘四人既至之后,每于进门之圆桌上瀹茗,各人分占一席,若佛氏之有四金刚守镇山门,观瞻特壮也。"转引自魏绍昌编:《李伯元研究资料》,上海古籍出版社1980年版,第18页。

④ 陈文新主编,王同舟分册主编:《中国文学编年史·晚清卷》,湖南教育出版社2006年版,第399页。

再看当时同样闻名于沪且一版再版、一续再续的《海上繁华梦》①和《九尾龟》②。小说同样以北里倡家为主要描写中心，出书时无不标明所为小说"有功于世道人心"，"以唤醒迷人，同超孽海为主"，实则与李伯元等人的创作动机并无二致。光绪末至宣统初，上海此类小说极为繁盛，几成沪上文学之品格。胡适曾对此评价说："《海上繁华梦》与《九尾龟》所以能风行一时，正因为他们都只刚刚够得上'嫖界指南'的资格，而都没有文学的价值，都没有深沉的见解与深刻的描写。这些书都只是供一般读者消遣的书，读时无所用心，读过毫无余味。"③吴趼人既曾创作了较为优秀的社会小说《二十年目睹之怪现状》，然而游戏笔墨的《发财秘诀》、《无理取闹之西游记》、《盗侦探》、《电术奇闻》、《瞎骗奇闻》、《最近社会龌龊史》、《中国侦探案》、《胡宝玉》也同样出自他之手。又有陆士谔的《新上海》④，叙上海一地社会状况，尤留意于骗、赌、嫖诸事。书前自序说：

客问陆士谔：子之《新上海》，刻画魑魅，形容魍魉，穷幽极怪，披露殆尽，善则善矣，然辞多滑稽，语半诙谐，毋乃伤于佻而不足附作者之林乎？……士谔曰：唯唯。客之规吾者甚善。顾主文谲谏，旨在醒迷；涉笔诙谐，岂徒骂世；第求有当，何顾体裁。……况小说虽号开智觉民之利器，终为茶余酒后之助谈，偶尔诙谐，又奚足怪？⑤

1911年，时务书馆刊出《最近嫖界秘密史》，题"编辑者嫖界个中人，校字者嫖界过来人"。同年，陆士谔撰《十尾龟》四编四十回，新新小说社出版；《女子骗术奇谈》二册八回，古今图书小说社刊出；奇丽新闻图书社出版《滑头吊膀子》（又名《最新奸拐奇案》）十四回；小说支卖所出版《最新上海繁华梦》⑥……无论其怎样标榜"醒世"，我们都不能相信堕落到如此地步的"作品"目的是为了"醒世"！陆士谔的夫子自道道出了清末小说以北里倡家为主题内容的真实底里："况小说虽号开智觉民之利器，终为茶余酒后之助谈"，故而"辞多滑稽，语半诙谐"，也是其应有之意。意思很明白："开智觉民"更大程度上只是在唱高调，真正的目的则在于"为茶余酒后之助谈"。这种以媚俗、娱

---

① 《海上繁华梦》，海上漱石生撰，妓院题材小说。海上漱石生即孙家振（1863—1939），字玉声，上海人，别署警梦痴仙、退醒庐主人，晚年以笔名"海上漱石生"知名于世。
② 《九尾龟》，漱六山房（张春帆）著。全书原定写成三十集，每集十六回。1906—1910年出版12集，1924年继续出版至24集，虽然仍未写完，但已有三百八十四回，一百多万字了。魏绍昌编：《鸳鸯蝴蝶派资料研究》，上海文艺出版社1984年版，第694页。
③ 胡适：《中国章回小说考证·海上花列传序》，安徽教育出版社1999年版，第387页。
④ 陆士谔：《新上海》，上海改良小说社1910年版。
⑤ 陈文新主编，王同舟分册主编：《中国文学编年史·晚清卷》，湖南教育出版社2006年版，第486~487页。
⑥ 陈文新主编，王同舟分册主编：《中国文学编年史·晚清卷》，湖南教育出版社2006年版，第506页。

众为目的的游戏笔墨最终发展成为专门迎合人的偷窥癖或某一方面的低级趣味，甚至不惜在书名和广告上极尽挑逗诱惑之能事，甚至会让人误会上海"都会"之"现代生活"即嫖、赌、骗，此外再无其他！清末都市小说的道德堕落已至何等地步！

丹纳在《艺术哲学》中曾对艺术的文学价值等级与其道德价值等级进行了评估，认为："文学价值的等级每一级都相当于这个道德价值的等级。别的方面都相等的话，表现有益的特征的作品必然高于表现有害的特征的作品。""在最低的等级上是写实派文学与喜剧特别爱好的典型，一般狭窄、平凡、愚蠢、自私、懦弱、庸俗的人物。……作者有心暴露人物因为低能而吃苦，鞭挞他身上的主要缺点。于是心怀敌意的群众感到满足了；看到愚蠢与自私受到打击，和看到好心与精力发挥作用一样痛快：恶的失败等于善的胜利。这是喜剧作家的主要手法，但小说家也常用……可是这些猥琐残缺的心灵终究给读者一种疲倦、厌恶，甚至气恼与凄惨的感觉；倘若这种人物数量很多而占着主要地位，读者会感到恶心……"①如果将晚清以娱乐、游戏为主要宗旨的小报以及小说作品以此种评价体系加以对照，就会发现它们在文学上的价值恰恰与其在道德上的价值成正比——文学的堕落承载着道德的堕落，或者也可以说，文学价值的丧失以其道德价值的丧失为标志。沃丘仲子曾慨叹说：

> 慨自小说流行，浮博少年胸有说部、报章二者，则奋笔编书，出以问世。略工涂泽者，缀以轻艳诗辞，流俗辄奉为才子。书贾利其说俗，乃延之为编辑。久假不归，第自命曰大文豪，登之广告，以炫庸众。乌乎，文子之厄，殆未有逾于今日者矣。②

《游戏报》和《繁华报》还有"梨园志"、"俳优传"、"射虎录"、"食谱"、"笑话"、"谭丛"、"引子"、"本报论说"、"时事嬉谈"、"评林"、"讽林"、"官箴"、"鼓吹录"、"小说论著"、"共国要闻"、"翻译新闻"等专栏，既"记倡优起居"，又讥弹时政。"《游戏报》有谐文，有笑话，有花史，足以倾靡社会。于是冠裳之辈，货殖者流，莫不以披阅一纸《游戏报》为无上时髦。"③"文苑"则以嬉笑怒骂之文为主，所载文字如《叩头虫传》、《饭桶传》、《戏拟花神讨蜂蝶传檄》、《戏祭功狗文》、《某宦祭烟枪文》、《花丛列传》、《滑头文》、《雏妓行》、《拟创花丛弭兵会说》、《妓女薄情文》、《妻妾相争文》、《告青楼姐妹文》、《庸医传》等，均属诙谐游戏之文，而李伯元所撰的《官场现形记》即刊登在这样的报纸上，不消说，其游戏为文的成分也大大超过了反映社会现实的成分。因此，鲁迅认为《官场现形记》的创作也源自"时正庚子，政令倒行，海内失望，多欲索

---

① ［法］丹纳著，傅雷译：《艺术哲学》，江苏文艺出版社2012年版，第371、372页。
② 沃丘仲子：《当代名人小传·文人》，民国十五（1926）年。转引自陈文新主编，王同舟分册主编：《中国文学编年史·晚清卷》，湖南教育出版社2006年版，第346页。
③ 魏绍昌主编：《李伯元研究资料》，上海古籍出版社1980年版，第22～23页。

祸患之由，责其罪人以自快。宝嘉亦应商人之托，撰《官场现形记》"①，从创作环境与主体性因素对《官场现形记》进行了较为全面的观照。鲁迅毫不客气地指出了这类小说②游戏笔墨的创作态度，并加以批评：

> 虽命意在于匡世，似与讽刺小说同伦，而辞气浮露，笔无藏锋，甚且过甚其辞，以合时人嗜好，则其度量技术之相去亦远矣，故别谓之谴责小说。③

认为这类小说闻名于世也更多是因为"特缘时势要求，得此为快，故……乃骤享大名"④。这种游戏笔墨的风气直接促成了清末民初"鸳鸯蝴蝶派"⑤的产生，并深刻影响了民国以后小说创作的内容选择与品格定位。

对于"游戏笔墨"，刘师培曾发表过自己的看法："夫涉笔成趣，文士固可自娱，但不宜垂范后世。以其既不雅驯，且复华而不实也。尤西堂各体文字率用词曲笔墨，故皆含游戏气味。李笠翁、蒋心余辈尤而效之，益多嬉笑玩世之作。试观《烟霞万古楼文集》所录，其文何尝无才，但究非文章正格，故毫无价值可言。凡学为文章，与其推崇天才，勿宁信赖学力。庸流所奉为才子派者，实不足为楷式也。"⑥指出作品中嬉笑玩世的成分会大大损害作品的文学价值和艺术成就。这段话虽然是针对尤侗、李渔、蒋士铨等人而发，但对清末上海游戏娱乐小报的操觚者，却同样有着深刻的针砭意义。因此，对那个特定时期特定环境的小说，如果从感时忧国、开智觉民的角度去观察，去理解，只看到其抨击谴责或者所谓"意在醒世"的部分，是全不合辙的，我们应该看到此种现象背后的文化因子和时代因素。

---

① 鲁迅：《鲁迅全集》第九卷《中国小说史略》，人民文学出版社2005年版，第291~292页。
② 即以《官场现形记》、《二十年目睹之怪现状》等作品为代表的、以"揭发伏藏，显其弊恶"为目的的小说。
③ 鲁迅：《鲁迅全集》第九卷《中国小说史略》，人民文学出版社2005年版，第291页。
④ 鲁迅：《鲁迅全集》第九卷《中国小说史略》，人民文学出版社2005年版，第293页。
⑤ "鸳鸯蝴蝶派"是以言情为主的小说创作群体。源起于光绪、宣统年间（1908年前后），兴盛于民国初年。他们的成员大多是苏州人，阵地却在上海。先后创办了许多刊物，主要有《小说月报》（1909年）、《小说时报》（1909年）、《游戏杂志》（1912年）、《礼拜六》（1913年）、《小说丛报》（1913年）、《小说海》（1914年）、《小说新报》（1915年）、《小说大观》（1915年）、《小说画报》（1917年），以及《申报》、《新闻报》等副刊，其中以《小说月报》和《礼拜六》影响最大，寿命最长。这些刊物都拥有一批共同的作者，较著名的有包天笑、周瘦鹃、半侬、林纾、铁樵、钝根、李定夷、徐枕亚、吴双热、指严、天虚我生、毅汉、卓呆、觉迷等人，他们每人既负责编辑又负责创作。以上引自北京大学中文系文学专门化1955级集体编著：《中国文学史》，人民文学出版社1959年版，第9编第6章第4节。
⑥ 刘师培撰，程千帆、曹虹导读：《中国中古文学史讲义》，上海古籍出版社2000年版，第160页。

二、晚清小说与科举革废的关系

李伯元又创海上文社①,"欲尽交天下文学士",以"文艺有用"相号召,以结文社共阐扬的方式帮助那些想出名或想得利的文人。《创设艺文社缘起》阐明如下:

> 每见夫寒素之子,矻矻著书,而梨枣无资,不得出其藏以问世;或者又僻处穷陬,所交皆庸俗子,不能为之阐扬,落落尘寰,埋没文人几辈矣。仆窃心乎悯之。爰合同志创为兹社,为之扬其才,彰其名。不传之作,校而刊之;不著之艺,表而出之;幸其人之得志于时,固得以蜚声词苑,以文艺周旋省闼之间。即使穷不逢时,而实至名归,亦可借翰墨为生涯,藉微资以供事蓄。此固文人之一大快,而亦鄙人之一大愿也。②

寒素文人可以依凭文社"借翰墨为生涯,藉微资以供事蓄",解决生计问题;有才无名的文人可以依凭文社"扬其才,彰其名","幸其人之得志于时,固得以蜚声词苑,以文艺周旋省闼之间",可谓各得其所,名至利归。当然,创办人李伯元也名利双收:"并刊日录,月分诗钟等三课,应课者每卷缴钱二十文。海内才人,一时毕集。远如香港潘兰史、厦门林菽庄,皆与其盛焉。"③李氏经营艺文社,既有集合文人,切磋文艺之意,也有刊印发卖、善价而沽的经营目的,兼具了文人的社会性活动与商业文艺经营的双重性质。庚子年(1900),李伯元又刊发了《海上文社日报》,作为文社的机关报,内容包括社说、社榜、社谈、谈数、笔记、杂著、艺苑,"油光纸,单面印,每张售钱四文"。④

商业化的运作使清末以来文学创作者的态度发生了巨大变化,"披阅十载,增删五次"或"藏于名山,传之后世"的审慎态度,在当时已完全成为神话(或至少会被认为"迂腐")。该时期小说作品的发行往往先是报刊连载,按字计酬,排日刊登,这使得小说愈写愈长;写作之始并无明确计划,一有读者,便欲罢不能,一续再续;到了无可再续的时候,便匆匆收场,以致有很多人物有首无尾,前后交代不够清楚;或者前后重复,叠相抄袭;或者改头换面,生吞活剥。小说家这种"操觚之始,视为利薮,苟成一书,售诸书贾,可博数十金,于愿已足,虽明知疵累百出,亦无暇修饰"⑤,"今之作者,

---

① 海上文社:1897年由李伯元创于上海。1900年发行其机关报《海上文社日报》,是兼社会性活动与商业经营于一体的艺文社。
② 原载于1897年11月10日《游戏报》第140号,魏绍昌编:《李伯元资料汇编》,上海古籍出版社1980年版,第54页。
③ 张乙庐:《李伯元逸事》,魏绍昌编:《李伯元研究资料》,上海古籍出版社1980年版,第14页。
④ 转引自陈文新主编,王同舟分册主编:《中国文学编年史·晚清卷》,湖南教育出版社2006年版,第394页。
⑤ 寅半生:《〈小说闲评〉叙》,《游戏世界》1906年第1期。

率尔操觚，十日五日，便已成篇"①，"朝脱稿而夕印行，一刹那间即已无人顾问"。②创作确为神速，然而所出"产品"却以糟粕居多。即便是当时堪称优秀的《官场现形记》、《二十年目睹之怪现状》等作品，也往往"有词多意少之弊，且趣味殊淡薄"③，"臆说颇多，难云实录，无自序所谓'含蓄蕴酿'之实，殊不足望文木老人后尘"。"惜描写失之张皇，时或伤于溢恶，言违真实，则感人之力顿微，终不过连篇'话柄'，仅足供闲散者谈笑之资而已"。④

晚清小说家为了抬高身价，往往宣传自己的作品堪与经典名著相比肩。1904年5月，《世界繁华报》第1123号刊登《官场现形记》出书发售广告：

中国官场，魑魅魍魉靡所不有，实为世界一大污点。然数千年以来，从未有人为之发其奸而摘其覆者，有之，则自南亭此书始。此书措词诙谐，不减于《儒林外史》；叙事详尽，不亚于《石头记》。有欲研究官场真相者，无不家置一编，洵近来小说中唯一无二之钜制也。⑤

《官场现形记》……立体仿诸稗野，则无钩章棘句之嫌；纪事出于方言，则无佶屈聱牙之苦。开卷一过，凡神禹所不能铸之于鼎，温峤所不能烛之以犀者，无不毕备。(茂苑惜秋生(欧阳钜源)《序》)⑥

老友南亭亭长乃近有《官场现形记》之著，如颊上之添毫，纤悉毕露，如地狱之变相，丑态百出。每出一纸，见者拍案叫绝。(无名氏(或云即连梦青)《序》)⑦

这些广告就刊登在南亭亭长李伯元自创的《世界繁华报》上。不管广告的撰写者是李伯元本人，还是其得力助手欧阳巨源，他们都特别注意商业化的发售策略——《官场现形记》为发摘官场独一无二的小说作品，是开创了新纪元的作品；其措词、叙事堪与名著《儒林外史》、《石头记》相比，简直可以家置一编，以为珍藏——既自高身价，又吊足了读者的胃口，这对《官场现形记》的发售无疑起着强烈的诱导作用。然而，

---

① 眷秋：《小说杂评》，《雅言》1912年第1期。
② 寅半生：《〈小说闲评〉叙》，《游戏世界》1906年第1期。
③ 冥飞：《古今小说评林》。转引自陈文新主编，王同舟分册主编：《中国文学编年史·晚清卷》，湖南教育出版社2006年版，第427页。
④ 鲁迅：《鲁迅全集》第九卷《中国小说史略》，人民文学出版社2005年版，第292、295~296页。
⑤ 陈文新主编，王同舟分册主编：《中国文学编年史·晚清卷》，湖南教育出版社2006年版，第433页。
⑥ 陈文新主编，王同舟分册主编：《中国文学编年史·晚清卷》，湖南教育出版社2006年版，第427页。
⑦ 陈文新主编，王同舟分册主编：《中国文学编年史·晚清卷》，湖南教育出版社2006年版，第427页。

这种推而广之的营销策略,也更加坐实了清末小说家"缘笔墨以为生"的真实生存状态。

职业化的小说家因维持生计而必须倾力于宣传自己的作品,甚至为商品写作广告文章①,此种举动不难为人理解。梁启超创办《新小说》②时,同样宣传说"此刊实可称空前之作也",这当然与梁启超借小说以"振国民之精神,开国民智识"的政治目的相关。梁启超等政治激进派把以往不登大雅之堂的小说抬举为"文学之最上乘",不仅受西文学的影响,更重要的是看到了"嗜他书不如嗜小说"的这一"人类之普通性"③,以及由这种"普通性"支配的图书销售市场,因此才鼓吹小说对于国民智识的重要性,激发起文人的创作欲望。虽创刊伊始,梁氏便号召"须具一副热肠,一副净眼",以"藏山之文、经世之笔行之",方才"有裨于用"。④ 但利益驱动下的小说流品却日益下滑,"自郐而下"者比比皆是,与始初"意必蕴藉,言必雅驯"的创作要求不啻天壤,致使梁启超也对后来新小说"什九则诲盗与诲淫而已,或则尖酸轻薄毫无取义之游戏文"⑤的现状也痛心疾首,对中国小说未来的发展走向忧心忡忡。小说的商品化一方面促成了小说数量的激增,另一方面也怂恿和默许了小说的粗制滥造、泥沙俱下,创作领域如此,翻译领域亦是如此。

其实早在当时,就有个中人对这种"拜金主义"、游戏为文的创作风尚表示了极度的厌恶和反感。1902年,吴趼人辞去《寓言报》主笔一职,对自己六年来(吴氏于1897年秋开始襄《字林沪报》笔政)的卖文生涯作了简单总结与反思:

> 吴趼人初襄《消闲报》,继办《采风报》,又办《奇新报》,辛丑九月又办《寓言报》,至壬寅二月辞寓言主人而归,闭门谢客,瞑然僵卧。回思五六年中,主持各小报笔政,实为我进步之大阻力,五六年光阴遂虚掷于此。吴趼人哭。(悔之晚

---

① 吴趼人早年曾为上海华兴公司出品的燕窝粮精作《食品小识》,晚年则为上海中法药房的艾罗补脑汁作《还我灵魂记》,颇为时人所訾议,有论者惜之,挽以联曰:"百战文坛真福将,十年前死是完人。"周桂笙对此独不以为然:"……先生为市侩作《还我灵魂记》,犹是失言之过。所作酬应文字,类此者不知凡几。殆亦文人通病,乌得以咎趼人?……同时日报主笔,如病鸳、云水、玉声诸君,且受佣药肆剧场,专事歌颂,则又何说?古之人有为谀墓以致重金者,今人独不可以谀药耶?《还我灵魂记》甫脱稿,市侩立奉三百金,先生即以此寿老母,开筵称觞,名流毕集……"周桂笙:《同辈回忆录》,魏绍昌编:《吴趼人研究资料》,上海古籍出版社1980年版,第16~17页。
② 《新小说》:1902年11月14日(农历十月十五日)创刊于日本横滨。编辑发行人为赵毓林,实为梁启超。自第二卷起由上海广智书局出版,共出二十四号,光绪三十一年(1905)停刊,是我国首家大型小说专业杂志。
③ 梁启超:《论小说与群治之关系》,《新小说》1902年1卷1期。梁启超:《梁启超全集》,北京出版社1999年版,第884页。
④ 梁启超:《中国唯一之文学报〈新小说〉》,《新民丛报》第14号。
⑤ 梁启超:《告小说家》,《中华小说界》1915年第2卷第1期。

矣,焉能不哭?)①

将"主持各小报笔政"视为"进步之大阻力",乃是"虚掷光阴",徒耗心力,虽此后吴氏仍以笔政为生,然实为谋生之不得已。彭俞也曾表达过自己卖文的无奈:"破佛尝自恨为家境所累,又不得一知己者,遂至强就时尚,为糊口计,縻耗精神于小说之中。"②我们虽然不能把清末小说家的创作欲望完全归于利益的驱动,但的确有相当一部分读书人是"把考书院博取膏火的观念,改为投稿、译书的观念了"③。年轻的周作人也曾偷偷把自己的习作文稿寄给上海的杂志社,为以后的出路谋划。即便是晚清翻译名家林纾在翻译西方小说时,也未尝没有金钱的考虑。④

为何此时期的小说创作少有能够拿得出手的精品?清末以来小说的商品化乃是形成这种状况的重要因素⑤。而题材上的重复、泛滥,写法上的千篇一律、粗制滥造,几乎看不出有什么艺术上的追求,这就涉及小说家该如何选材,如何结构小说的这个创作上的问题了。

在晚清诸多小说中,《海上花列传》⑥可以算得较为出色的一部。同样是写作海上娼妓生活,"然自《海上花列传》出,乃始实写妓家,暴其奸谲……欲使阅者'按迹寻踪,心通其意,见当前之媚于西子,即可知背后之泼于夜叉,见今日之密于糟糠,即可卜他

---

① (清)吴趼人:《吴趼人哭》,魏绍昌:《吴趼人研究资料》,上海古籍出版社1980年版,第270页。

② 彭俞:《泡影录·弁言》。彭俞,别署破佛、亚东破佛等,浙江绍兴人。著有《泡影录》、《闺中剑》等小说。1907年9月底,《竞立社小说月报》创刊,彭俞任主编。转引自陈文新主编,王同舟分册主编:《中国文学编年史·晚清卷》,湖南教育出版社2006年版,第467页。

③ 包天笑:《译小说的开始》,《钏影楼回忆录》,香港大华出版社1971年版。转引自汪龙麟:《中国近代文学史论》,首都师范大学出版社2008年版,第18页。

④ 陈衍戏称林纾的书房为"造币厂",自不免刻薄。然而这种于人于己大有裨益之事,即使有金钱的因素在内,本也无伤大雅,无可厚非。

⑤ 对于该问题的论述,可参见:[美]韩南著,徐侠译:《中国近代小说的兴起》,上海教育出版社2011年版;陈平原:《中国现代小说的起点:清末民初小说研究》,北京大学出版社2005年版等著中的相关论述,此处不再赘言。

⑥ 《海上花列传》:曾以《青楼宝鉴》、《海上青楼奇缘》、《海上花》等名称刊行于世。作者韩邦庆(1856—1894),字子云,号太仙,别署大一山人、花也怜侬,江苏松江(今属上海市)人。幼习举业,兼攻诗文。光绪贡生,后屡应秋试不第。家本清寒,又吸食鸦片,生活困顿。寓居上海,以卖文为生,一度任《申报》编辑。常与上海名士以诗相酬。为人落拓不羁,善弈棋,好狎妓,笔墨收入,尽挥霍于北里。又好作小说,自办《海上奇书》杂志,刊登自撰的吴语小说《海上花列传》及文言短篇小说《太仙漫稿》,其著作除小说外,大多散佚。《海上奇书》为我国纯文学期刊之首创,也开创了报刊连载章回小说、每回自成起讫的先河。其后仿效者纷起,影响深远。参考(清)韩邦庆:《海上花列传》附录《〈海上花列传〉作者作品资料》,人民文学出版社1982年版,第613~616页。

年之毒于蛇蝎'(第一回)"。在写法上,《海上花列传》基本能够做到"略如《儒林外史》,若断若续,缀为长篇","而记载如实,绝少夸张,则固能自践其'写照传神,属辞比事,点缀渲染,跃跃如生'(第一回)之约者矣"。① 张爱玲则认为《海上花列传》是"把传统发展到极端"②。在题材上,《海上花列传》开辟了清末狭邪小说的新天地。然而此后铺天盖地而来的狭邪小说作品中,却大多"无所营求,仅欲摘发伎家罪恶",在写法上急功近利,并未继承半点《海上花列传》"平淡而近自然"的优点,"大都巧为罗织,故作已甚之辞,冀震耸世间耳目"。因此,鲁迅认为至《海上花列传》,"而《红楼梦》在狭邪小说之泽,亦自此而斩矣"。③ 古典小说真正的优长既已抛弃,新的表现手法又没能学到手,清末此类小说也只能在"游戏"、"寓言"里打转转了。

对于如何进行创作,李伯元曾总结了自己的一套经验。"南亭亭长李伯元……为文典赡风华,得隽字诀。而最工游戏笔墨,如滑稽谈、打油诗之类,则得松字诀。"④又曾在《游戏报》上专门论及"游戏文字"的写法原则,其"六法"是"厚"、"透"、"溜"、"扣"、"逗"、"够";"四忌"指忌"陋",忌"凑",忌"漏",忌"丑",⑤ 等等。这些要求就篇幅不长的小品、杂说、滑稽谈、打油诗等文字来说,当然极为适当;然而倘若将其用于长篇小说的创作,则未免拘陋、油滑了。对于创作长篇小说,韩邦庆曾将之类比为写作时文。在《海上花列传》"例言"中,他说:

> 小说作法与制艺同:连章题要包括,如《三国》演说汉、魏间事,兴亡掌故了如指掌,而不嫌其简略;枯窘题要生发,如《水浒》之强盗,《儒林》之文士,《红楼》之闺娃,一意到底,颠倒敷陈,而不嫌其琐碎。彼有以忠孝、神仙、英雄、儿女、赃官、剧盗、恶鬼、妖狐,以至琴棋书画、医卜星相,萃于一书,自谓五花八门,贯通淹博,不知正见其才之窘耳。⑥

---

① 鲁迅:《中国小说史略》,人民文学出版社1973年版,第234、235页。
② 张爱玲:《国语本〈海上花〉译后记》:"……上世纪末叶久已是这样了。微妙的平淡无奇的《海上花》自然使人嘴里淡出鸟来。它第二次出现,正当五四运动进入高潮。认真爱好文艺的人拿它跟西方名著一比,南辕北辙,《海上花》把传统发展到极端,比任何古典小说都更不像西方长篇小说——更散漫,更简略,只有个姓名的人物更多。而通俗小说读者看惯了《九尾龟》与后来无数的连载妓院小说,觉得《海上花》挂羊头卖狗肉,也有受骗的感觉。因此高不成低不就。"张爱玲:《张爱玲全集·国语海上花列传》,北京十月文艺出版社2009年版,第308页。
③ 鲁迅:《鲁迅全集》第九卷,人民文学出版社2005年版,第271、272、275页。
④ 孙玉声:《退醒庐笔记》,"李伯元"条。转引自魏绍昌编:《李伯元研究资料》,上海古籍出版社1980年版,第18页。
⑤ (清)李伯元:《游戏文字六法四忌》。转引自程华平编著:《近代上海散文系年初编》,上海教育出版社2003年版,第140~141页。
⑥ (清)韩邦庆:《海上花列传·例言》,人民文学出版社1982年版,第3页。

所谓"连章题"、"枯窘题",是指明清时期科举试士的出题方法①。韩邦庆将塑造人物形象和结构情节与时文的写作要求加以类比,正突出了文体之间的相互影响与促进作用。韩氏又对创作长篇合传体小说的注意事项加以概括:

> 合传之体有三难:一曰无雷同,一书百十人,其性情言语面目行为,此与彼稍有相仿,即是雷同。一曰无矛盾,一人而前后数见,前与后稍有不符,即是矛盾。一曰无挂漏,写一人而无结局,挂漏也;叙一事而无收场,亦挂漏也。知是三者而后可与言说部。②

不同文体之间往往会相互补益,即使在时文与小说之间,亦是如此,这在《海上花列传》的选材、结构方法中已有明白表现。近代美学大师朱光潜在谈及八股文时,也认为幼时读八股文给自己日后的语文写作打下了坚实的基础。③ 也许正是因为韩氏深得时文三昧,才有效地避免了他在小说创作上的雷同、矛盾、挂漏之类的缺点与舛陋。

又有在当时影响最大的"林译小说"。古文家兼翻译家林纾,在晚清首创以古文文体翻译西洋小说,二者看似绝不相属,然而却取得了巨大的成功。1899年,林纾译《巴黎茶花女遗事》(下文简称《茶花女》)在福州印行,此书内容新鲜,译文凄婉有情致,一时洛阳纸贵,海内风行。邱炜萲热情赞道:

> ……中国近有译者,署名冷红生笔,以华文之典料,写欧人之性情,曲曲以赴,煞费匠心,好语穿珠,哀感顽艳,读者但见马克之花魂,亚猛之泪渍,小仲马之文心,冷红生之笔意,一时都活,为之叹欲观止。
>
> 余曩曾得见《时务报》译《滑震笔记》、《长生术》,皆冗沓无味……年来忽获《茶花女遗事》,如饥得食,读之数反,泪莹然凝栏干。每于高楼独立,昂首四顾,觉情世界铸出情人,而天地无情,偏令好儿女以有情老,独令遗此情种,引起普天

---

① "连章题"指在四书(或五经)任一书中出两章或三四章合为一题。如《而众星拱之子曰诗三百》,即是将《论语·为政》中的"子曰:为政以德。譬如北辰,居其所而众星拱之"和"子曰:诗三百,一言以蔽之,曰'思无邪'"二章截取关键字合而为之。又如《父母惟其疾也忧。子游问孝,子曰今之孝者是谓能养,至于犬马亦皆有养,不敬何以别乎。子夏问孝,子曰色难》则是将《论语》中有关"孝"的三章合而为一。"枯窘题"则是一种文路极为狭窄,令人感到思路枯竭、困窘的题目。这类题目的题字很少,大多数是从《四书》、《五经》中摘取一两个字,多也不过三四个字,如《龙》、《叟》、《弟子》、《樊迟御》、《则又曰》、《微生亩谓》等,都是枯窘题。

② (清)韩邦庆:《海上花列传·例言》,人民文学出版社1982年版,第3页。

③ 朱光潜:《从我学国文说起》:"坦白地说,我颇觉得八股文也有它的趣味。它的布置很匀称完整,首尾条理线索很分明,在狭窄范围与固定形式之中,翻来覆去,往往见出作者的匠心。"朱光潜:《朱光潜美学文学论文选集》,湖南人民出版社1980年版,第3~4页。

下各种情种,不知情生文耶?文生情耶?直如成连先生刺舟竟去时之善移我情矣。甚矣!①

严复"可怜一卷《茶花女》,断尽支那荡子肠"这两句诗,即对林译《茶花女》风靡海内的贴切写照。林译《茶花女》能够如此使读者为之倾倒,移情夺魄,自然是林纾的译笔高人一筹。《茶花女》的问世,引领了中国"言情小说"时代的先河,"自林琴南译法人小仲马所著哀情小说《茶花女遗事》以后,辟小说未有之蹊径,打倒才子佳人团圆式之结局,中国小说界大受其影响"。② 此后林译小说不断出炉,其中有很多成为翻译史上的经典,如《撒克逊劫后英雄略》、《孝女耐儿传》等,都能不违原书内容宗旨,最大限度地保持原文的风格情调,为读者所喜爱。周作人曾回忆说:

> 我们对于林译小说有那么的热心,只要他印出一部,来到东京,便一定跑到神田的中国书林,去把它买来,看过之后鲁迅还拿到订书店去,改装硬纸板书面,书脊用的是青灰洋布。③

如此珍视林译小说,当然是因为它具有文学上的审美价值。钱锺书谈到林纾的翻译时说:"林纾的翻译所起的'媒'的作用,已经是文学史上公认的事实。他对若干读者也一定有过歌德所说的'媒'的影响,引导他们去跟原作发生直接关系。我自己就是读了他的翻译而增加学习外国语文的兴趣的。……事先也看过梁启超译的《十五小豪杰》、周桂笙译的侦探小说等等,都觉得沉闷乏味。接触了林译,我才知道西洋小说会那么迷人。"直到20世纪70年代,钱先生"偶尔翻开一本林译小说,出于意外,它居然还没有丧失吸引力。我不但把它看完,并且接二连三,重温了大部分的林译,发现许多都值得重读,尽管漏译误译随处都是"。④ 这些都是对林译小说的真实评价,并无溢美。林纾古文娴熟,长于叙事抒情,人不能言、言而不能尽者,他都能够尽情出之,有无微不达、无隐不显之妙,无怪乎众多读者为之所倾倒,对之赞不绝口。民国初年,有些人仿用林译小说的笔调,写成不少短篇小说,被称为"林派"。林译小说畅行于大江南北,成为时代文学的宠儿,其渊源有自。

清末赴沪从事小说创作与翻译的人虽然愈来愈多,作品也是层出不穷,然而真正考较这些作品的文学价值,却少得可怜,甚至是绝无价值可言。吴趼人对当时翻译界的文

---

① 转引自陈文新主编,王同舟分册主编:《中国文学编年史·晚清卷》,湖南教育出版社2006年版,第387页。
② 张静庐:《中国小说史大纲》。转引自陈文新主编,王同舟分册主编:《中国文学编年史·晚清卷》,湖南教育出版社2006年版,第387页。
③ 周作人:《鲁迅与清末文坛》,薛绥之、张俊才编:《林纾研究资料》,知识产权出版社2009年版,第211页。
④ 钱锺书:《林纾的翻译》,《七缀集》,三联书店2007年版,第85、87页。

学水准颇为不屑:"今夫汗万牛充万栋之新著新译小说,其能体关系群治之意者,吾不敢谓必无;然而怪诞支离之著作,诘屈聱牙之译本,吾盖数见不鲜矣!""吾每购读译本小说,其足以动吾之感情者,盖十不一二焉。"①吴趼人也认同梁启超诸人所倡"小说足以改良群治",然而当他从这个角度审视当时所谓"译著"时,得到的结果非常令人沮丧:既然不能感动人之感情,又哪里谈得上"改良群治"!1908年,《小说林》刊发徐念慈《余之小说观》一文,如实道出当时白话小说的销行不能超过文言小说的现实状况:

> 林琴南先生,今世小说界之泰斗也。问何以崇拜之者众?则以遣词缀句,胎息史汉,其笔墨古朴顽艳,足占文学界一席而无愧色。然试问此等知音,可责诸高等小学卒业诸君乎?遑论初等。可责诸章句帖括冬烘头脑乎?遑论新学。

后面原注云:"余非谓研究新学诸君概不若冬烘头脑也,若斟酌字义、考订篇法,往往今不逮昔。即有文学彪炳者,试问果自学校中得来者否?"②这不仅探究了林译小说获得巨大成功的缘由,同时也可以看做对新式学堂能否培养出真正优秀人才的质疑!

通过这些评价,我们看到,真正有艺术价值的小说,仍然是衍生自传统,不论是旧派小说的优秀代表作品《海上花列传》,还是以中国古文表现欧西人情怀的"林译小说"。这是否恰恰证明了文化上的一个定律:一切创新,都来自对传统的继承;离开了传统,所谓创新也就无从谈起。同样,这一定律也适合于晚清时期中国文化与文学从"传统"到"现代"的转型——一切"现代",都是在"传统"中孕育;离开了"传统",所谓"现代"也就无所附丽。

还可以继续挖掘清末小说创作更为深层的原因。一部分学者尝试从转型期通商口岸城市的商业化带动小说创作商业化的角度来寻求解释,③ 这无疑是确当的。除此之外,是不是还有其他原因的促成?比如属于本土文化范畴的科举革废因素?

如果对活跃于上海的清末小说家作一鸟瞰,会发现他们大多生于光绪二年(1876)至光绪十二年(1886)这十年前后,大致情况如下:张春帆(1872—1935)、曾朴(1872—1935)、李涵秋(1874—1923)、许指严(1875—1923)、吴趼人(1876—1910)、包天笑(1876—1973)、陆士谔(1876—1943)、陈景韩(1877—1965)、李伯元(1877—1906)、陈蝶仙(1879—1940)、欧阳巨源(1883—1907)、王蕴章(1884—1942)、叶楚伧(1887—

---

① (清)吴趼人:《〈中国侦探案〉弁言》。转引自陈文新主编,王同舟分册主编:《中国文学编年史·晚清卷》,湖南教育出版社2006年版,第460、456页。

② 徐念慈:《余之小说观》,《小说林》1908年第9期。转引自陈文新主编,王同舟分册主编:《中国文学编年史·晚清卷》,湖南教育出版社2006年版,第472页。

③ 陈平原先生对此问题有较为充分的论述。可参考陈平原:《中国现代小说的起点:清末民初小说研究》第三章《商品化倾向与书面化倾向》,北京大学出版社2005年版,第66~90页。

1946)、王钝根(1888—1950?)等。① 他们从小接受科举传统教育，大部分获隽成为秀才，有的甚至还中过举人。倘若清末没有科举革废这一政治文化事件，那么这些风华正茂、才华横溢的洋场才子们也许仍然循着前辈人的老路，继续攻读、考试、坐馆、经商，或者进入官员幕府充当幕宾。然而恰恰在他们人生最美好的青年时期，科举被废除，从此断绝了他们入仕的希望。与此同时，通商口岸城市提供了较为丰富的谋生出路，这样一来，办报纸，写小说，也就成了他们事业和梦想的寄托。卖文为生的作家们大多出身寒素，或家道中落，人生与社会的双重压迫使他们将满腔悲愤一发于小说，尽情发泄一己的落拓情怀，对社会人生冷嘲热讽，嬉笑怒骂，形成了这一时期小说创作的"游戏"、"油滑"风格。无论是《官场现形记》的描写，还是《二十年目睹之怪现状》的记叙，科举总是以负面的形象出现，而习科举的儒生往往是被嘲弄被讽刺的对象。② 吴趼

---

① 张春帆(1872—1935)，名炎，别署漱六山房，江苏常州人。尝寓居苏州，后移居上海，以卖文为生。以所撰狭邪小说《九尾龟》闻名于时。入民国，创办《平报》。计撰、译长篇小说凡数十种。曾朴(1872—1935)，原名朴华，初字太仆，后改孟朴，号铭珊，笔名东亚病夫，江苏常熟人。光绪十七年(1891)举人。所著《孽海花》被鲁迅誉为"四大谴责小说"之一。李涵秋(1874—1923)，名应漳，号沁香阁主、韵花馆主等，江苏江都人。光绪诸生，清末以教书授徒为业。民国后至沪办报，以小说家名。撰有《广陵潮》等长篇小说三十余部。许指严(1875—1923)，名国英，字志毅、指严、子年，别署甦庵、不才子等，江苏武进人。民国初年以创作小说著名。包天笑(1876—1973)，原名清柱，改名公毅，字朗孙，号天笑，别署钏影楼主等，江苏吴县人。光绪诸生。以报人及小说家名于世，曾主编《小说时报》、《小说大观》、《小说画报》、《星期》等刊。初多译作，仿林纾以史汉之笔意述外国政治、教育、言情等小说多种，以《迦茵小传》最知名。后以创作为主，仍多用章回体，鸳鸯蝴蝶派作家颇受其影响。陆士谔(1876—1943)，名守先，以字行。江苏青浦人。早岁赴沪行医，后见小说颇受欢迎，改业图书出租，业余遍览说部，自谓悟其中要领，遂撰述小说，声名渐起。于医者也日多，号中医名家，撰有《医学南针》等著作。多撰黑幕小说及以滑稽取胜的拟旧小说。其创作速度极快，至宣统三年(1911)正月，自称所撰已不下五十部小说，创作之多居晚清之最。入民国，又以撰述武侠小说知名，有《新上海》、《七剑八侠》等。陈景韩(1877—1965)，又名景寒，别署冷血、冷、华生、新中国之废物等，江苏松江人，同盟会员。为我国报坛耆宿，曾于上海《时报》首创"时评"栏。清季译著小说数十种，尤热衷虚无党小说及侦探小说。陈蝶仙(1879—1940)，原名寿同，字昆叔，后改名栩，号蝶仙，别署天虚我生、太常仙蝶、惜红等等，浙江钱塘人。少时即喜于诗词小说，十余岁即作《惜红精舍诗》刊于世。光绪二十一年(1895)任杭州《大观报》主编，三十三年(1907)赴沪创办著作林社，创办《著作林》杂志。民国后仍兼编辑、作家于一身。著述甚多，光绪末撰《泪珠缘》小说，实开鸳鸯蝴蝶派先声，后亦为此派代表作家。欧阳巨源(1883—1907)，名淦，字钜元，别署蓬园、茂苑惜秋生，寄籍苏州。光绪诸生。尝助李伯元编辑《游戏报》、《世界繁华报》、《绣像小说》。著有《负曝闲谈》等小说。性喜冶游，患花柳病死。王蕴章(1884—1942)，字莼农，号西神，别署西神残客、二泉亭长等，江苏无锡人。光绪二十八年(1902)副榜举人。宣统中入沪创办《小说月报》。入民国，以小说名家称，著有小说《绿净园》、《西神小说集》等。叶楚伧(1887—1946)，原名宗源，字卓书，别署小凤、叶叶、湘君，江苏吴县人，清末民初作家。同盟会员，南社社员。工诗文，亦涉猎小说、戏剧。著有《楚伧文存》、《世徽楼诗集》及小说《古戍寒笳记》等。王钝根(1888—1950?)，名晦，字耕培，号钝根，江苏青浦人，南社社员。清末任《申报》编辑，首创"自由谈"栏目。民国初创办《礼拜六》杂志，为鸳鸯蝴蝶派最著名的杂志之一。

② 科举制度下的儒生形象直到20世纪二三十年代，都未能改变，甚至变本加厉，如鲁迅笔下的孔乙己、《光》中落第自杀秀才等，都证明了"科举害人"的观点。

人曾借"九死一生"之口将科举功名悉数骂倒：

> 挣了秀才，还望举人；挣了举人，又望进士；挣了进士，又望翰林。不点翰林还好，万一点了，两吊银子的家私，不上几年，都要光了，再没有差使，还不是仍然要处馆？①

虽然科举不足为，然而办小报，写小说似乎也并不能让人生活得更好。以李伯元的精明头脑与超强的交际能力创办小报，尚且负债累累②，其他人的情形也就可想而知。作家们为生计所迫，使出浑身解数也往往仅能维持家计。王韬为居沪卖文的老前辈，最终贫病而死；李伯元瘵卒于沪，伶人孙菊仙为其理丧；吴趼人"卒之日，家无余财。杜君治其丧，而朋旧各以赙至"③。类似的例子还能举出不少。当然这也与这些作家们不善治生，太过才子气有关④，然而大多数操觚为生的作家们生活并不宽裕，却是不争的事实。

1906年3月，李伯元卒于沪，吴趼人以"后死友"的身份为其写传：

> 武进李徵君，讳宝嘉，字伯元，一称南亭亭长。夙抱大志，俯仰不凡，怀匡救之才，而耻于趋附，故当世无知者，遂以痛哭流涕之笔，写嬉笑怒骂之文，创为《游戏报》，为我国报界辟一别裁……自是肆力于小说，而一以开智讽谏为宗旨。忧夫妇孺之梦梦不知时事也，撰为《庚子国变弹词》；恶夫仕途之鬼蜮百出也，撰为《官场现形记》；慨夫社会之同流合污，不知进化也，撰为《中国现在记》，及《文明小史》、《活地狱》等书。每一脱稿，莫不受世人之欢迎，坊贾甚有以他人所撰之小说，假君名以出版者，其见重于社会可想矣。使天假之年，其著作又何止于等身也？乃以愤世嫉俗之故，年仅四十，即郁郁以终。呜呼！君之才何必以小说传哉？而竟以小说传；君之不幸，小说界之大幸也！君生于同治丁卯四月十八日，卒于光绪丙午三月十四日。卒后逾七阅月，其后死友吴沃尧为之传。⑤

传中吴趼人盛赞李伯元对当时报刊的首创之功，对其创作小说也给予了崇高评价，认为

---

① （清）吴趼人：《二十年目睹之怪现状》第四十二回《露关节同考装疯 入文闱童生射猎》，人民文学出版社1978年版，第327页。
② 郑逸梅《南亭亭长》："……某岁，伯元大困窘。除夕，索逋者接踵而至，伯元则与友踽匿小楼，饮酒联句达旦，成律诗三十首，题之为《避债吟》。一时传诵焉。"魏绍昌编：《李伯元研究资料》，上海古籍出版社1980年版，第22页。
③ 李葭荣：《吴趼人传》，魏绍昌编：《吴趼人研究资料》，上海古籍出版社1980年版，第14页。
④ 周作人《苦竹杂记·关于王韬》考证说，王氏虽然"在同、光之际，几为知识界的权威"，但其人好酒、好色、好抽鸦片。去日本游历时，只知"日在花天酒地中作活，几不知有人世事"。故而周氏认为他不脱名士才子气，"终究只是个清客，在太平时帮闲、在乱世帮忙而已"。周作人著，止庵校订：《苦竹杂记》（周作人自编集），北京十月文艺出版社2011年版，第23页。
⑤ 魏绍昌编：《吴趼人研究资料》，上海古籍出版社1980年版，第327页。

是"以开智谲谏为宗旨",因此所列举作品皆以反映社会现实题材为主,如《官场现形记》、《文明小史》、《活地狱》、《中国现在记》等,而对李氏终生为之的"为倡优作注"、以娱乐游戏为主的办报宗旨,却只字未提。文中反复申明的是传主"夙抱大志"、"怀匡救之才"、"愤世嫉俗",对其"竟以小说传"表示了深深的遗憾,认为这是他人生之"不幸"。联系吴趼人的生平、小说创作以及他对小说的态度,我们可以体会到此篇传文中饱含了吴趼人自己的满腔悲怆,借他人杯酒,浇一己之块垒,所谓"伤心人别有怀抱"也!

当受到科举革废冲击的下层士人纷纷来到上海,以办报纸、写小说作为谋生手段,在上海形成一道炫丽的时代风景时,大多数拥有科举出身的中上层文士仍然活跃在政治舞台上,并逐渐凸显出在政治、文化、教育上的重要地位。与更受市井人士欢迎的上海小报作家不同,他们仍然继续古典诗歌散文的创作,集会、题咏、酬唱仍是他们进行创作的主要方式。就这样,从甲午战争后至清覆亡,在北方形成了以北京为中心的古典诗文创作群;在南方则形成了以上海为中心的"新小说"作家群,南北遥相呼应,代表了清代末年文学发展的不同风格。

第六章 科举废止前后的散文

废除八股文是晚清科举改革重要的一步。

从文体学上来说，八股文与古代散文（骈文与古文）关系密切，在发展过程中集中国古代文体之大成，成为最具程式化和客观考量性的一种考试文体，以此八股取士制度也就成为明清时期最强有力的文学创作生态。古代散文与骈文的发展影响了八股文的风格，同时八股文也深刻地规范着散文与骈文的走向。考察科举废止前后晚清散文的发展，首先应揭示八股文与散文之间千丝万缕的关系，以及两者交互影响下晚清文学的进程与特色。

策论作为晚清改革后科举考试的主要内容，开启了晚清言论自由的先声。将北宋中期科举以经义取士取代诗赋取士与晚清科举改试策论加以比较，更能突出科举革废对晚清学术与文风转型的意义。

第一节 八股文与晚清古文

八股文作为古代文体之一种，与古代散文联系密切。简单说来，传统散文有古文与骈文两大类。① 因此，在论述晚清散文发展与科举革废的关系时，也重点从"古文"、

---

① 陈文新先生在其论著与相关论文中一再强调，20世纪的中国文学学科是依据西方的文艺理论而建立起来的，"我们也就根据这种理论将文学作品划分为小说、戏曲、诗词、散文四大类型，建立了中国文学史基本的叙述框架。如果放弃了这种分类，中国文学史作为一门科学的基础就会发生动摇"。然而陈先生同时又指出："值得注意的是，这种分类在带来显而易见的好处的同时，也带来了显而易见的麻烦，即中国古代的文体分类与文学概论的四分法并不完全吻合，换句话说，四分法所强调的文体特点与中国传统文体固有的特征之间，实际上存在许多不一致之处。这一事实在散文（文章）领域表现得格外突出。"陈先生以辞赋骈文、古文和八股文为例来说明，笼而统之地将它们全都划入"散文"一类是极不合适，也是极不恰当的："三者的体裁特征是大不相同的：辞赋骈文以抒情为主要目的，以写景和骈俪辞藻的经营为表达特征，轻视说理、叙事和人物形象的塑造；古文以传达思想或知识为主要目的，以论说和叙述为表达特征，通常排斥写景及骈俪辞藻的经营；八股文在形式上与骈文有相似之处，但它以'代圣贤立言'为宗旨，显然与一般意义上的散文不同。"这也就告诉我们，在研究一种文学现象时，不仅应注意不同文体内在的差异性，还应注意文体理论时代性的因素。（陈文新：《清代文章的研究现状及其展望》，安徽大学桐城派研究所编：《桐城派与明清学术文化》，安徽大学出版社2007年版，第94~102页。）鉴于此，论及古代"散文"时，我们也应保持清醒的辨体意识，不能简单以现代文学概论中的"散文"概念对古代"散文"进行比附。为了叙述上的方便，本书仍然沿用文学研究对"散文"的笼统用法，但在具体叙述中将贯彻古代散文各类文体的辨体意识。

骈文与八股文的双向互动方面展开。

一、八股文与古代散文

八股文亦称"帖括",这种名称源于误用。帖括即帖经,乃是唐代科举考试的一项内容。唐代科举取《易》、《诗》、《书》、《礼记》、《周礼》、《仪礼》、《春秋左氏》、《公羊》、《穀梁》诸经,或《孝经》、《论语》、《老子》等,随机出题,"令试者赅括而帖之"。帖经之法,只令全写注疏,类于默书与今日之填空题,既不增加词意,也不推展发明,它只测试考生的记诵能力,不注重考查考生的才学,所以唐人考试帖括者,往往兼及诗赋与策论。由此可知,考察"帖括"虽题目也出于经,但实际上与八股文并不相同。①

为了考察士子对政治社会问题的认知能力,同样也是提高科举考试的难度,北宋王安石"撰《周礼》、《诗》、《书》三经义颁行试士,旧法始变"②,改唐代诗赋取士为经义取士,要求士子据经义、注疏而解之,发表自己对先儒圣贤经、传的看法。此后,南宋时期儒家经义与论体合流,元代确定了以程、朱注疏作为解经的官方标准,经义与论说文体进一步合流并交叉影响,最后形成了八股文程式,作为明清科举取士的标准文体被确定下来。

溯其根源,八股文是以经书(即四书、五经)文句为题目,敷陈经书大义的议论文章,因此,八股文与经学及其注疏章句紧密相连。不过与纯粹的经学与注疏章句又有所不同,这主要表现在八股文的破题、承题、起讲等讲究词章技法,属于古文的写作范畴;而破、承、起、讲后的数"比"偶股对仗长句,以及八股文对声律抑扬顿挫方面的要求,显然又吸收了古代诗歌、骈文辞赋的文体特点。因此,八股文综合了经义、注疏、古文、诗赋等多种文体的特点,可被称为经义文中"散文化了的骈赋"。③ 因此,我们在把握八股文文体学上的特点时,主要应注意两个方面:一是八股文的论说性质;二是八股文的形式美倾向。紧扣住这两点,就可以对八股文与古代散文的关系有一个大致清晰的认识了。

在具体阐述八股文与古文的关系之前,首先让我们来看这样两段文字:

> 夫圣人抱诚明之正性,根中庸之至德,苟发诸中形诸外者,不由思虑莫匪规矩,不善之心无自入焉,可择之行无自加焉。……《中庸》曰:"自诚明谓之性,自明诚谓之教。"自诚明者,不勉而中,不思而得,从容中道,圣人也,无过者也。

---

① 商衍鎏:《清代科举考试述录及有关著作》,百花文艺出版社2004年版,第245页。
② (明)徐师曾:《文体明辨序说》云:"夫自唐取士有明经一科,而宋兴因之,不过试以墨书帖义徒取记诵而已。神宗时,王安石撰《周礼》、《诗》、《书》三经义颁行试士,旧法始变。彼其欲以己说一天下,事固无是理,然其所制义式,至今仿之,盖不得以人废法也。厥后安石之义,废格不用,而《文鉴》所载,尚有张庭坚'经义'篇,岂其遗式欤?"(人民文学出版社1962年版,第139~140页。)
③ 此处参考孔庆茂:《八股文史·绪论》,凤凰出版社2008年版,第1~28页。

> 自诚明者，择善而固执之者也，不勉则不中，不思则不得，不贰过者也。（韩愈《颜子不贰过论》）

> 王者之道，其心非有求于天下也，所以为仁义礼信者，以为吾所当为而已矣。以仁义礼信修其身而移之政，则天下莫不化之也。是故王者之治，知为之于此，不知求之于彼，而彼固已化矣。霸者之道则不然，其心未尝仁也，而患天下恶其不仁，于是示之以仁；其心未尝义也，而患天下恶其不义，于是示之以义。其于礼信，亦若是而已矣。是故霸者之心为利，而假王者之道以示其所欲；其有为也，唯恐民之不见而天下之不闻也，故曰其心异也。（王安石《王霸》）

第一段出自唐代散文家韩愈之手，此是他省试时所作的一篇文章，题为《颜子不贰过论》；第二段出自宋代散文家王安石之手，是改诗赋为经义后的一篇"下水文"，作为经义文典例给应试的广大士子模仿而作的。从内容上看，这两段文字都谈论的是圣贤大道、儒家思想，而追究其实际的内容，则不好将其与实际的政务或时事联系起来——用张中行先生的话说："都是以玩弄腔调的文字颂圣，听来气势很盛，用事实对证则内容空空。（如哪里去找这样的圣人和王者？）"①但如果将其与被指斥为"空疏无用"的八股文作一比照，却发现二者有很多相似之处：内容方面，都是代圣贤立言；表达方面，都讲行文的气势。因此，张中行先生风趣地称二者之间是"近亲"，认为八股文与（唐、宋）"古文"有传承关系。刘熙载在《经义概》中也说："《宋文鉴》载张才叔②《自靖人自献于先王》一篇，隐然以经义为古文之一体，似乎自乱其例。然宋以前已有昌黎省试《颜子不贰过论》，可知当经义未著为令之时，此等原可命为古文也。"③刘熙载更加明确地指出，"经义"与古文是国家对科举谕令进行划分的同一事物，虽然其名称并不相同，事实上未有科举法令（"以经义取士"）之前，"经义"（时文）即古文，古文即"经义"（时文），二者并没有一个明确的界限。

事物总是向着愈加精致、细密的方向发展，科举文体的发展同样也遵循这一规律。明清时人已认识到八股文（即"制艺"或"制义"）的形成是科举文体发展的必然趋势，江国霖给梁章钜《制义丛话》所作的"序"中说：

> 制义之兴，其人心之不容已者乎？汉取士以制策，其弊也，泛滥而不适于用；唐以诗赋，其弊也，浮华而不归于实；宋以论，其弊也，肤浅而不根于理。于是依经立义之文出焉，名曰制义。盖穷则变，变则通，人心之不容已，即世运升降剥复

---

① 启功、张中行、金克木：《说八股》，中华书局2000年版，第69~70页。
② 张庭坚（生卒年不详），字才叔，广安军人，宋代文学家。进士高第，调成都观察推官，为太学《春秋》博士。绍圣经废，通判汉州。
③ （清）刘熙载：《艺概》卷六《经义概》，张思齐整理：《八股文总论八种》，武汉大学出版社2009年版，第892页。

之自然也。士人读圣贤书既久,各欲言其心之所得,故制义者,指事类策,谈理似论,取材如赋之博,持律如诗之严,要其取于心,注于手,出奇翻新,境最无穷。心之所造有浅深,故言之所指有远近;心之所蓄有多寡,故言之所含有广狭,皆各如其所读之书之分而止。吾故曰制义虽代圣贤立言,实各言其心之所得者也。①

既指出了八股文"依经立义"②的内容特点,也指出了它融合"策"、"论"、"赋"、"诗"等多种优长的文体特点;既可考察科考士子对圣贤经典的熟稔程度,又可见出他们"出奇翻新"的创作能力,可谓一举多得。

对于八股文最后的定型原因,李光摩在其《八股文的定型及其相关问题》③一文中,概括为二:一是历史的承袭与创新,一是举子与考官的互动。随着参加举业人数的不断增多,科考的压力与竞争也就越来越大,在科场中一骋才华,获得阅卷考官的青睐,从此踏上仕途、飞黄腾达,就成了绝大多数士子的共同愿望。这势必在考生与考官之间达成一种衡文的默契,使考试文体尽可能客观化、标准化,既便于考生在规定的范围内驰骋才华,又能使衡文考官在最短的时间内发现才能优长的考生。"举子习于诗赋之排偶,自觉不自觉地在散体的四书文中运用,其结果就是四书文的八股化。程式化的东西易于考校,考官也乐于提倡,而此程式恰好又与排偶相关。"李光摩进而认为,明代科考"一概抛弃诗赋",造成了士子们满腹诗赋才华无处发泄;而援引诗、赋及排偶之法入四书文,既能展示应试士子对儒家经典的掌握,又能显示他们的文学才华,一举两得,能文者自然乐于为之,这样自然而然也就渐渐形式了八股文的种种程式。因此,确定相应的标准,使应试者有法可依,也是群体性的一种趋同。

其实在宋代,作为科举文体的经义文已不可避免地出现了程式化倾向。那么该如何看待八股文的这种程式化及其写法中的对偶、"连上犯下"等要求呢?晚近时期的黄人曾说过一段平心之论:

> ……盖荆公创立制义,原与论体相仿,不过以经言命题,令天下之文体出于正,且为法较严耳。然当时对仗不必整,证喻不必废;侵下文不必忌。至后人踵事增华,文愈工而体愈降,法愈密而理愈疏。而俞氏(长城)又以禁侵下文为是,工对仗废证喻为非,强生分别,则未见其确也。夫连上犯下,不过科举格式,不能不遵。试问圣贤立言之初,何尝有此界限乎?至文之有对仗,则本阴阳奇偶之理,不能偏废。无论汉晋以来,文人无不讲此。即四书五经中,对偶之句,层见叠出,时

---

① 陈水云、陈晓红校注:《梁章钜科举文献二种校注》,武汉大学出版社2009年版,第6页。
② 孔庆茂依八股文的这种特点,称八股文为"第二文本"。孔庆茂:《八股文史·绪论》,凤凰出版社2008年版,第6~9页。
③ 李光摩:《八股文的定型及其相关问题》,《文学遗产》2011年第6期。

代愈近，则其词愈妍，其势使然，岂得专绳之制义？①

四库馆臣在修纂《四库提要》，述及宋代"论"（其实就是经义文）的演变时，也说："其始尚不拘成格，如苏轼《刑赏忠厚之至论》，自出机杼，未尝屑屑于头、项、心、腹、腰、尾之式。南渡以后，讲求渐密，程式渐严，试官执定格以待人，人亦循其定格以求合，于是'双关'、'三扇'之说兴，而场屋之作遂别有轨度。虽有纵横奇伟之才，亦不得而越。"②这都说明了科举文体走向程式化和排偶化的内在原因与必然趋势。因此，我们在认识八股文的这些特点时，也需对杂记野史或一些作家作品中的记载有所辨别，方不致偏听偏信，有失允中。

八股文的"气势"往往从对偶、排比中来，以此我们还应关注八股文的写作与骈文之间的关系。

骈文亦称丽辞、四六、骈体、俪体文、骈体文，其名称在各代不一，如在六朝、唐时期，骈文又被称为"今文"、"今体"。钱基博先生在《现代中国文学史》中对"文学"进行定义时，将骈文列于"狭义的文学"，即专指"美的文学"而言，也就是那些"论内容则情感丰富而不必合义理，论形式则音韵铿锵而或出于整比，可以被弦诵，可以动欣赏，梁昭明太子序《文选》譬诸陶匏为'入耳之娱'，黼黻为'悦目之玩'者也"。③

骈文在六朝时达到鼎盛，其句型逐渐归于四六为主的模式，文辞日趋精美、华丽，声韵日益讲求，典事也愈加泛滥，几乎无事不骈，无文不偶。唐宋时期，骈文吸收了散体文的优长，去华丽为质实，去典事为白描，成为具有散体之神的骈体，较前代有了更为健康的发展。经过元、明两代的消歇之后，至清代，骈文又再次掀起了一个创作和理论的繁荣时期，不仅名家名作辈出，而且形成了较为系统的骈文批评理论，这些都印证了清代骈文的再次勃兴。

最早对骈文的特征进行总结研究的是刘勰的《文心雕龙》。在《丽辞》章，刘勰径以"丽辞"称骈文，认为骈文的产生是汉字语言特点自然而然的结果：

> 造化赋形，支体必双；神理为用，事不孤立。夫心生文辞，运裁百虑，高下相须，自然成对。④

并指出在《尚书》、《周易》中，骈偶现象早已有之，其特点即由两两相对的文句构成多组对仗，而用典、声律、藻饰则使骈文更加完美。莫道才在其论著《骈文通论》中将骈文对偶的特点概括为四个方面：一是字数的基本对等；二是意义的基本对举；三是词性

---

① 卢前：《八股文小史》，岳麓书社 2011 年版，第 91 页。
② （清）永瑢等撰：《四库全书总目》卷一八七《论学绳尺》提要，中华书局 1965 年版，第 1702 页。
③ 钱基博：《现代中国文学史》，上海书店出版社 2004 年版，第 1 页。
④ （南朝）刘勰：《文心雕龙辑注》卷七，中华书局 1957 年版，第 317 页。

的基本对称;四是结构的基本对应。① 无论是古人的思考还是今人的研究,都不约而同地指出了骈文在形式结构方面的追求,也正是骈文在声律和词藻方面的讲究,使这种富有形式美的文章形成了抑扬顿挫、声韵铿锵的气势之美。

作为一种主要用来骋才情的文体,骈文中有相当一部分是押韵而且也讲究平仄宫商对应的。阮元在《文韵说》中说:

> 梁时恒言所谓韵者,因指押脚韵,亦兼谓章句之中音韵,即古人所言之宫羽,今人所言之平仄也。

> 八代不押韵之文,其中奇偶相生,顿挫抑扬,咏叹声情,皆有合乎音韵宫羽者。《诗》、《骚》而后,莫不皆然。而沈约矜为创获,故于《谢灵运传论》曰:"夫五色相宣,八音协畅,由乎玄黄律吕,各适物宜。欲使宫羽相变,低昂舛节,若前有浮声,则后须切响;一简之内,音韵尽殊,两句之中,轻重悉异。妙达此旨,始可言文。"②

阮元指出,六朝时期的文学家对语言文字之美就已经提出了规定性的要求,文字只有做到"宫羽相变,低昂舛节",才能达致文美韵妙的境界。结合骈文对声韵的要求,我们再来对照八股文的写作。八股文"比"的部分,几乎全是两两相对的偶句,这些偶句意思或相近,或相反,其结构基本一致,甚至字数也基本上趋于一致。这种文字俯仰生姿,极有韵致,因此朗诵起来,也是炳炳琅琅颇具有金石之声。在《说八股》"附记"部分,启功追述了自己的老师陈援庵(垣)先生于神州沦陷之际,"口诵周犙山《逸民伯夷叔齐》一篇,琅琅然声出金石,盖感时寄慨,如赋变雅焉"。③ 周作人对八股文的这种"音乐"之美也颇为认同,他曾举一位族叔为例,说这位族叔始则"文理清通而屡试不售",后来发愤用功,"每晚坐高楼上朗读文章(《小题正鹄》?),半年后应府县考皆列前茅,次年春间即进了秀才"。④ 这种文字间相似性及音乐性的特点,可以见出八股文对骈文创作手法的借鉴与发扬。

我们还可以从骈文的结构体制上进行观照。骈文一般可分为三大部分,分别是"起"、"铺"、"结"。"起"指破题,起导语或引语的作用,其文可骈可散;"铺"是文章的主体结构,在该部分铺衍正文,或颂赞,或述事,或描写景物,或抒发感情,运用大量的丽辞、典事、对仗、声律等修辞手法,各种句型交互,张弛交换并举;"结"则收

---

① 莫道才:《骈文通论》,齐鲁书社2010年版,第12页。
② (清)阮元:《研经室集·文韵说》,商务印书馆1936年版(武汉大学历史学院资料室特藏库)。
③ 启功、张中行、金克木:《说八股》,中华书局2000年版,第57页。
④ 中国现代文学馆编:《雨天的书》,华夏出版社2008年版,第241页。

束全篇,总结全文,一般要求简洁明快。① 由此可见,好的文章(不拘是何种体裁)在结构体制上都有较强的相类似性,不管它称为"起"、"铺"、"结"也罢,还是称为"起"、"承"、"转"、"合"也罢,都体现了文章结构(或章法)最基本的要求。

骈文对仗是一门关于文字组合技巧的学问,它对作者的语言功底、关于各方面知识的通晓以及对文献典籍的博览程度提出了很高的要求,因此,它最能显示传统士大夫的才学根柢。而纯熟的语言技巧、淹博的文化知识在对仗这种"高雅的文字游戏"中,往往会使人获得一种娱乐和创造的快感。这也是骈文流传时间长、普及面广的原因之一。当对这种文字的嗜爱成为一种群体的趋同和文化传统,它对其他文学体裁、语言文字的影响,也就不言自喻了。《清代科举考试述录及有关著作》中载清代俞长城所编集的《百二十名家稿》,首卷录宋代王安石、苏辙、杨万里、陆九渊、陈傅良、汪立信、文天祥等七家经义,"当时虽尚为论体,而用对偶之似八股行文者已开其端"。② 钱大昕对此深契于心,他更具体地谈到:"宋熙宁中以经义取士,虽变五七言之体,而士人习于排偶,文气虽疏畅,而两两相对犹如故也。"③"士人习于排偶"才是由经义而至八股最主要的原因。发展至明代,骈文长期以来所形成的对偶、声律、用典、藻采等艺术美特点被科举士子们采用到经义文中,在阐说经传、敷陈大义的同时,展示优美的文学才华,因而形成了经义文结构严密、声韵兼美、音调炳琅的审美特点,同时也成为八股文重结构重气势的渊源。

虽然只是敷陈经义而不涉及现实内容,但八股文照样需要写作者多方面的文化知识积累。冯桂芬曾说:

> 八股虽小道,倘亦所谓一器工聚之属乎?四子书命题甚广,天文舆地礼乐兵农帝王损益升降之故,无所不赅,则涉及考据家。规矩绳墨,先正具有程式,能者为之,神明变化不懈而及于古,则涉及古文家。间以飞翰骋藻、摘艳薰香、蔚然有沉博绝丽之观也,则涉及词赋家。代圣贤立言,《学》、《庸》等理题,微言大义,探赜索隐,则涉及理学家。有明、国初诸老,类多根柢经史,究心汉魏六朝唐宋文及濂洛关闽诸书,然后能含英咀华,卓然成一家言。④

八股文要求写作者必须兼具考据家、古文家、词赋家和理学家等各种所长,因此,科举士子要想在千万人中脱颖而出,就不得不渊博其识,在知识储备、学理修养和写作技巧诸多方面进行提高,使自己的八股文写得体道兼赅,高人一等。而且通过八股文也仍能见出写作者的才、学、识,梁章钜在《〈制艺丛话〉序》中说:

---

① 莫道才:《骈文通论》,齐鲁书社2010年版,第56页。
② 商衍鎏:《清代科举考试述录及有关著作》,百花文艺出版社2004年版,第245页。
③ 商衍鎏:《清代科举考试述录及有关著作》,百花文艺出版社2004年版,第247页。
④ (清)冯桂芬:《显志堂稿》卷二《沈汝松时文序》,清光绪二年冯氏校邠庐自刊本,第27页。

> 昔人论作史者须兼才、学、识三长，余谓制义代圣贤立言，亦须才、学、识兼到。自元代定制，科举文以四子书命题，以朱子《章句》、《集注》为宗，相沿至今，遂以背朱者为不合式。然圣贤之义蕴日绎之而不穷，文人之心思亦日浚之而不竭，其有与《章句》、《集注》两歧而转与古注相符、于古书有证者，未尝不可相辅而行。①

八股文一方面能够考察士子对儒家经典及其释义的熟悉程度与阐发能力，另一方面又可见出一己之才华，梁章钜这段话从正面说出八股文作为科举文体的独到功能与社会效用，可以引发我们客观公正地去思考和认识八股文的历史价值。

当然，八股文虽名标"八股"，却绝非僵化凝固，一成不变。随着一个时代学风、世风与文风的变化，八股文的风格也在不断发生改变。总的来说，清代八股文的风格与明代八股文相比，已有了明显的不同；晚清同治、光绪时期的八股文则又异于乾隆、嘉庆时期充满考据风格的八股文，这在孔庆茂的《八股文史》第十章"近代的八股文"中已有充分的论述。各体文章的交叉、借鉴影响，"熔汇多种于一炉"、"集大成"成为各类文章发展的必然趋势。愈到后来，八股文"援古文以入"的风格就愈加明显。为了使这一问题能够说明得更加形象，我们可以以骈文为例。

骈文在形成自己唯美风格的同时，其"饰其词而遗其意"、侧重形式的弊病也为世人所诟病，"至其末流，乃有诨语如优，俚语如市，媚语如倡，祝语如巫"②，"降而愈坏，一滥于宋人之启劄，再滥于明人之表判。剿袭皮毛，转相贩鬻。或涂饰而掩情，或堆砌而伤气，或雕镂纤巧而伤雅，四六遂为作者所诟厉"③。清乾隆年间，孙梅纂成《四六丛话》，他在选择和编纂的过程中形成了一套颇能代表清中期骈文作家们心愿的骈文批评理论。在考察了骈文没落的原因后，孙梅认为：

> 盖粗才贪使卷轴，往往填砌地名、人名，以为典博。成语长联，堆排割裂，以为能事，转入拙陋。至于活字，谓不妨兔园伧气，殊不知大为识者所嗤。惟作家主于用意，不主于用事。当其下笔，若自抒胸臆；谛加玩味，则字字有来处，浑然天成，此杜诗韩笔所以妙绝古今也。不知此者，不可与言四六。④

孙梅主张改变以往创作骈文时的意旨和观念，"主于用意，不主于用事"，这样就可以做到自抒胸臆，浑然天成。这事实上是骈文在面临窘境时的一种积极尝试，将骈文向散体文靠拢，吸收散体古文的优长，使骈文重获生机。

---

① 陈水云、陈晓红校注：《梁章钜科举文献二种校注》，武汉大学出版社2009年版，第10页。
② (清)永瑢等撰：《四库全书总目》卷一八九《四六法海》提要，中华书局1965年版，第1719页。
③ (清)永瑢等撰：《四库全书总目》卷一八九，中华书局1965年版，第1719页。
④ (清)孙梅著，李金松点校：《四六丛话》卷十四，人民文学出版社2010年版，第286页。

有鉴于此,清代八股文也尽量向散体古文靠拢,吸收借鉴自由散行的古文的优点,与时俱进,常见常新。而这种努力,则充分体现在清代桐城古文家对八股文的改造努力方面。

二、八股文与桐城古文

清代影响力最大的散文流派首推桐城派。桐城文派肇始于方苞,而奠定于姚鼐,其中创作成就较高、影响较大者还有刘大櫆。因方、刘、姚皆为安徽桐城人,再加上他们具有大致相同的道统、文统和理论主张,即从孔、孟到程、朱的道统,从《左传》、《史记》诸书到唐宋八大家再到归(归有光)、方、刘、姚的文统,和以"义法"为理论基石的一些文论主张,故以"桐城派"名之。咸丰、同治年间,儒学大师曾国藩又力振桐城文风,以雄奇跌宕之笔肆力为之,使桐城古文派出现了一个以"湘乡派"为代表的古文"中兴"。

清代桐城文派的发展始终与清代科举相依相存。其创新在于以古文的写法介入时文,试图提升作为科举文体的时文品格;同时又以时文的格式来影响古文的写作,使古文的结构、声调、开阖、首尾等方面更加整饬。这种努力在乾隆皇帝时期达到巅峰,代表性事件即方苞奉乾隆皇帝御旨选编《钦定四书文》,桐城派古文因此也就成为正统文学的代表,极大地扩大了它的影响范围。据刘声木《桐城文学渊源考》①所载,其成员近千人,分布于安徽、江西、江苏、广西、湖南、山东、河北等许多地区,影响遍及全国。郭绍虞先生评价桐城派说:

> 清代文论以古文家为中坚,而古文家之文论又以"桐城派"为中坚。有清一代的古文,前前后后殆无不与桐城发生关系。
>
> 他们(桐城派)推崇程、朱,而又不废考据……总是于古学有所窥到一点,故能言之有物;同时……在考据学风正盛之际,也不染其繁征博引,臃肿累赘之习,而以空灵雅洁之古文矫之,故又能言有序。②

"言有物",即要求文章要有内容;"言有序",即要求文章要有章法。桐城派文章既能脱化于古人,又能迎合当时的学术风气,合义理、考据、词章三者而一,但又不为学风所局限,并无繁引曲证、臃肿赘累的毛病,为文追求"空灵雅洁","立言之道,义各有当","见之真,守之严,其撰述有以及乎人人之心,如规矩准绳不可逾越",自具面目,自成体貌,而这些也正是写作文章的原则性要求,因此郭先生又说:"古文之学,至桐城而集其大成,也至桐城而显其特征。"陈衍传录了当时"桐城文风甲天下"的盛况,

---

① 刘声木:《桐城文学渊源考》。转引自贾文昭编著:《桐城派文论选·前言》,中华书局2008年版,第1页。

② 郭绍虞:《中国文学批评史》,中华书局1961年版,第545页。

对桐城文派纡回曲折、词意含蕴、谨严守法度的风格给予了由衷赞叹①，认为正是此种格调才使得桐城文章风靡全国。

时文与桐城派古文之间的关系，钱仲联在20世纪60年代略一提及②，此后我国台湾学者尤信雄撰《桐城文派学述》一著，对该问题进行了深入的分析与探讨。③ 简言之，钱、尤二位先生的主要观点集中在如下几个方面：一是时文与古文有着紧密的联系，方苞及桐城派宗尚的明人归有光，都是时文名家；二是古文的圈点之学与时文的圈点风习亦有一定的联系；三是二者之间的影响，主要在于古文对时文影响的一面，"古文影响时文，所以提高时文的水准；而时文影响古文，则是降低古文的品格"。④ 尤信雄先生认为时文与古文的异同包括：

> ……考后世之致疑于桐城文，而以之与时文相系联者，其原因不外下列数端：其一，桐城文与时文，就其思想性而言，二者皆以阐明义理为主；而其内含不外四书中之伦理道德，与程朱之理学。故就思想性言之，二者有其共同之处。其二，桐城三祖与归震川皆为时文名家，而归氏乃桐城所宗仰而借径于唐宋者。则三祖于归氏，于时文皆有共同之倾向，而非偶然之巧合。其三，桐城派颇重评点之学，而议者谓评点乃沿于时文之伧气⑤。故就读文之方法而言，二者亦有其相似之处。其四，时文重格律、声色、用排偶，尤讲究开阖、顿挫、呼应之法；而桐城文家自刘海峰以下，无不重视格律声色，亦讲究抑扬吞吐之法。故就文之作法而言之，二者又有其相同之点。由此数端，可见桐城文与时文二者之关系所在。⑥

从内容到师承到品评再到风格特色，全面总结了八股文与桐城古文之间的密切联系。

既然天下士人必须面对科举文体八股文，桐城派文章家首先明确二者有着不可分割的联系，"时文即古文"，从而打通八股文与古文写作之间的隔阂。刘大櫆指出时人往

---

① 陈衍《赠桐城姚叔节序》一文中云："人不必桐城，文章则不能外于桐城。为是文者，纡回穑缩，务使词尽意不尽，以至词意俱不尽，可不谓谨严有守者之所为欤！"任访秋主编：《中国近代文学大系》，第3集，第12卷，散文集三，上海书店出版社1992年版，第385页。
② 钱仲联：《桐城派古文与时文的关系问题》，原载《文学评论》1962年第2期，后收录于安徽人民出版社编辑：《桐城派研究论文集》，安徽人民出版社1963年版，第151~158页。
③ 尤信雄：《桐城文派学述》第五章《桐城派古文与时文之关系》，台湾文津出版社1975年版，第123~136页。
④ 钱仲联：《桐城派古文与时文的关系问题》，安徽人民出版社编辑：《桐城派研究论文集》，安徽人民出版社1963年版，第152页。同样的论断亦见尤信雄：《桐城文派学述》，台湾文津出版社1975年版，第127页。尤先生还补充说："故高者援古文为时文，陋者则援时文为古文。二者之关系如此，而彼此之影响则殊异焉。"
⑤ 方东树《书震川史记圈点评例后》："近世有肤受颛固僻士，自诩名流，矜其大雅，谓圈点抹识批评，沿于时文伧气，丑而非之。"曾文正《经史百家简编序》亦曰："圈点者，科举时文之陋习也，而今反以书之古书。"
⑥ 尤信雄：《桐城文派学述》，台湾文津出版社1975年版，第128页。

往忽略了时文乃古文中之一体的事实①,姚鼐也说:"苟有聪明才杰者,守宋儒之学,以上达圣人之精;即今之文体(时文)而通乎古作者文章绝盛之境。"②聪明才杰之士以其道德而发于文章,照样可以达到像古文那样的"绝盛之境"。姚氏进而认为,若以唐顺之、归有光之才创为"经义",也能将"时文"写成"古文"。面对时文所受的种种非难,桐城派力排众议,希望世人能够对科举文体八股文有一个公允的评价。更为可贵的是,桐城文学家不再左躲右闪,以此来证明古文的高洁与高雅;而是提倡以古文的修养来写作时文,以救时文空疏媀陋之弊,从而达到时文与古文的合二为一。追溯此种"以古文之长救时文之弊"的做法,盖起自明代。方苞在《钦定四书文·凡例》中说道:"正、嘉作者,始能以古文为时文,融液经史,使题之义蕴,隐显曲畅,为明文之极盛。"③这段话在时间上来说比较笼统,囊括了自明代正统到嘉靖近一百年的时期。但如果对八股文的基本定型时间略加着意(八股文基本定型大致在明代成化、弘治年间),我们会发现,为了能够在科举考试中脱颖而出,明代士子们就已尝试各种途径和技法,努力将科举文体八股文写得内容与形式俱佳,思想和艺术并重了。因此,与其说八股文是发展到一定程度后才有人将古文创作的手法引入其中(其最具成就者当推归有光、艾南英等人),毋宁说历代对八股文写法的探讨就不曾消歇。近人王葆心对此颇有同情之说:

> 科举势盛之时,乃遂觉其与古文动辄有关……攻时文者,往往以古文为时文之先导。而包安吴有古文与时文并读之法,叶元恺谓时文之佳者皆从古文来,因作古文以为时文之助。涂辙既广,凡读种种书,无不以为时文之补助。④

王葆心的这段话不仅点出科举文体(无论是宋元时期的经义文,还是明清时期的八股文)与古文之间的源流关系,更指出古文对时文的影响与渗透,认为"时文之佳者皆从古文来"。考虑到时文对科举前途的影响,王氏更进一步说,任何方面的文章修养与道

---

① 刘大櫆说:"谈古文者,多蔑视时文,不知此亦可为古文中之一体。"此句原文并非出自《刘大櫆集》,乃出自钱基博:《中国文学史》,上海古籍出版社2011年版,第901页。刘大槐曾有类似关于时文、古文关系的话:"盖孔、孟之微言,经前代诸儒之论辨,而大意已明矣。后代更创为八比之文,如诗之有律,用排偶之辞,以代石贤之口语,不惟发舒其义,而且摹绘其神,所以使学者朝夕从事渐渍于其中而不觉也。故习其业者,必皆通乎《六经》之旨,出入于秦、汉、唐、宋之文,然后辞气深厚,可备文章之一体,而不至于龃龉于圣人。"(《方晞原时文序》)"余尝谓时文小技,然非博极群书不能作。"(《綦自堂时文序》)此两句分别出自刘大櫆:《刘大櫆集》,上海古籍出版社1990年版,第97、100页。盖钱老依此概括言之。

② (清)姚鼐著,刘季高标注:《惜抱轩诗文集》卷四《停云堂遗文序》,上海古籍出版社1992年版,第53页。

③ (清)方苞:《钦定四书文·凡例》,王同舟、李澜校注:《钦定四书文校注》,武汉大学出版社2009年版,第1页。

④ 王葆心编撰,熊礼汇标点:《古文辞通义》卷二《解蔽篇二》,武汉大学出版社2008年版,第52页。

德体验，其实都可作为"时文之补助"，使八股文写得"充实而有光辉"。

方苞精研精传，以为古文根源于六经，凡为文合乎六经神思者，皆可尊贵；而他对于时文的衡量标准，也同样如此。在《古文约选序例》中，他说：

> 自魏晋以后，藻绘之文兴，至唐韩愈起八代之衰，然后学者以先秦盛汉辨理论事、质而不芜者为古文。盖六经及孔子、孟子之书之支流余肆也。盖古文所从来远矣，六经、《语》、《孟》，其根源也，得其支流而义法最精者，莫如《左传》、《史记》，然各自为书，具有首尾，不可分剟。……学者能切究于此，而以求《左》、《史》之义法，则触类而通，用为制举之文，敷陈论策，绰有余裕矣。①

虽然方氏也承认"时文乃其末也"，但他仍然认为学者若能切究古文之根源，而求其义法，则"触类而通"，用在写作"制举之文、敷陈论策"上，也会"绰有余裕"，受用不尽。方苞晚年奉敕精选前明及清初之制艺，以古文家的眼光精选八股文数百篇，成《钦定四书文》一部，以为"主司衡文之绳尺，群士为文之矩矱"，但究其苦心，则仍在于援古文为时文，以救时文之弊，提高时文水准，维护功令文的尊严。方苞认为，优秀的时文同样可以起到对人心道德的规范与教化作用：

> 窃维制艺之兴，七百余年，所以久而不废者，盖以诸经之精蕴，汇涵于四子之书，俾学者童而习之，日以义理浸灌其心，庶几学识可以渐开，而心术群归于正也。……臣闻："言者，心之声也。"古之作者，其人格风规，莫不与其人性质相类。而况经义之体，以代圣人贤人之言？自非明于义理，挹经史古文之精华，虽勉焉以袭其形貌，而识者能辨其伪，过时而湮没无存矣。②

当然，只有那些"明于义理，挹经史古文之精华"的时文才可使学童"学识渐开"、"心术群归于正"。习学者如果想使八股文在说理、用辞和气势等方面达到较高的境界，必须要涵咏六经，沉潜于古文大家经典作品和三代、两汉典籍：

> 欲理之明，必溯源六经，而切究乎宋元诸儒之说；欲辞之当，必贴合题义，而取材于三代、两汉之书；欲气之昌，必以义理灑濯其心，而沉潜反复于周秦盛汉唐宋大家之古文。兼是三者，然后能清真古雅而言皆有物。③

唯有如此，方能做到所出文章清真古雅，言之有物。需要注意的是，方氏在谈及古文

---

① 郭绍虞编著：《中国文学批评史》，上海古籍出版社1979年版，第635页。
② （清）方苞：《进四书文表》，王同舟、李澜校注：《钦定四书文校注》，武汉大学出版社2009年版，第1045页。
③ （清）方苞：《钦定四书文·凡例》，王同舟、李澜校注：《钦定四书文校注》，武汉大学出版社2009年版，第1页。

时，突出强调了写作者道德方面的学养，这甚至可以说是方苞论文的一个特色。据说姜宸英问及方氏的行身祈向，方氏回答说："学行继程朱之后，文章在韩欧之间。"①也就是在道德与文学两个方面，对自己的人生行藏进行了明确的界定。

继方苞之后，刘大櫆与姚鼐对援古文入时文的做法皆有阐述，而姚鼐的论述更有代表性。乾嘉之世，学者多鄙视时文，"姚氏独有取于经义，而特重时文"，尤信雄先生认为这与姚鼐力尊宋学有关（与汉学相比，宋学更重义理）。姚氏在《停云堂遗文序》中说：

> 士不知经义之体为可贵，弃而不欲为者多矣。美才藻者，求工于词章声病之学；强闻识者，博稽于名物制度之事；厌义理之庸言，以宋贤为疏阔，鄙经义为俗体。若是者，大抵世之聪明才杰之士也。国家以经义率天下，士固率其聪明才杰者为之，而乃遭其厌弃。惟庸钝寡闻、不足于学古者，乃促促志于科举，取近人所以得举者，而相效为之。夫如是，则经义安得而不日陋！②

世人对八股文成见已深，因此造成"经义日陋"的恶性循环，这无论对国家设科举取士的制度而言，还是对士子本身的文章来说，都毫无益处。姚氏认为只有聪明才杰之士方能从宋儒体道诚敬之学出发，以时文之体，阐述古圣先贤的道德修养至盛之境界。姚鼐进而认为，八股文既然被选为科举功令文体，其历史的合理性自不待言，更何况"其高出词赋笺疏之上，倍蓰十百"，"可以为文章之至高，又承国家法令之所重"，因此可以顺承其内外之势，写出千古之至文。如此，才能使八股文与古文以及其他诸类文体达到互相促进、相辅相成的良性循环。鉴于此，姚鼐以振兴时文为己任，"欲率天下为之"，而所用方法，仍不外乎援古文入时文，"以经义为古文之才出其间"③，"大抵从时文家逆追经艺古文之理甚难；若本解古文，直取以为经艺之体，则为功甚易，不过数月内可成也"。④ 路径仍须从古文出发，将创作古文的态度和古文的表现手法直接移入时文的写作中，这一途径既便捷，又有效，"为功甚易，不过数月内可成"，同时又提高了时文的品格，一举多得，值得士子们群起效仿。

桐城派援古文"义理"入时文，可见出桐城派匡救时文之功；而重视科举时文，"以时文为古文"，则是取法时文的章法、结构等方面的优长，以形成古文"清真雅正"的文风。古文与时文相互借鉴而又相互促进，形成了清代桐城文派与时文的微妙关系。因

---

① （清）李元度纂，易孟醇点校：《国朝先正事略》卷十四《方望溪侍郎事略》："姜西溟宸英、王崑绳源尝与公论行身祈向，公曰：'学行继程、朱之后，文章在韩、欧之间，其庶几乎？'"岳麓书社2008年版，第449页。
② （清）姚鼐著，刘季高标校：《惜抱轩诗文集》，上海古籍出版社1992年版，第53页。
③ （清）姚鼐著，刘季高标校：《惜抱轩诗文集》，上海古籍出版社1992年版，第270页。
④ （清）姚鼐：《与管异之第四书》。转引自段熙仲：《再论桐城派》，安徽人民出版社编辑：《桐城派研究论文集》，安徽人民出版社1963年版，第189页。

此，主桐城派者并不鄙视时文，毋宁说他们更加重视时文在承继古文方面的积极作用，姚鼐就曾提出"论文之高卑以才，而不以其体"来为科举之体正名。今人方孝岳在其《中国文学批评》也有类似的论述：

> 本来自有制艺以来，其中的名家多是把自己所有其他一切学问思想容纳在所作的制艺中；制艺的形式虽有一定，而也未尝不本于普通行文的原则，不过定出八股的格式，比较严密些。然而有才学的人，也是一样行所无事。人的学问思想是各人自己所具有的，如果真有才学，无论用何种随宜的方式表达出来，皆有价值。所以制艺之体，虽是科举制度施行以来一种时文形式，但历宋元明清数代，学人才士也未尝不可以从里面露出各人的特色。凡是高手，都能将制艺文会通到其他的文体，讲求利病，较论原理，并没有差别。①

真正有才学的人无论用何种文体方式，其所表达出来的思想都会有价值；对于真正的文章大家，不仅能将其他方面的学问思想糅入八股文中，同样也能将八股文的优长借鉴到其他类型的文章中，真正做到融会贯通，圆融无碍。所以，世人也就没有必要将一切文章的弊病全归结到制艺的头上，而且，八股制艺也承受不起这样的苛责。

三、晚清古文与科举革废

姚鼐以后，桐城派渐趋衰落。虽仍有吴敏树、梅曾亮、方东树等人承继其风，然势力影响已大不如前，曾国藩叙及当世桐城文派发展时，甚至有"余之不闻桐城诸老之謦也久矣"②之叹。太平军兴，桐城、金陵、新城、南丰以至粤西无不"兵燹之余，百物荡尽"，这是桐城文派消沉重要的客观原因；而该时期桐城古文没能将其"家法"发扬光大③，桐城派学说后继乏人，这才是桐城文派衰落的最主要原因。与吴汝纶齐名的杨澄鉴说：

> ……溯自潘氏（江）《龙眠风雅》之选，迄于徐氏（璈）之《桐旧集》，戴氏（钧衡）

---

① 方孝岳：《中国文学批评 中国散文概论》四二《清初清真雅正的标准和方望溪的"义法论"》，三联书店2007年版，第271页。
② （清）曾国藩：《曾文正公诗文集》卷三《欧阳生文集序》，上海古籍出版社2005年版，第287页。
③ 如吴敏树就曾对桐城文"派"之说颇不以为然甚或不屑："自来古文之家，必皆得力一截古书。盖文体坏而后古文兴，唐之韩、柳承八代之衰；而力挽之于古，始有此名。柳不师韩，而与之并起。宋以后则皆以韩为大宗，而其为文所以自成就者，亦非直取之韩也。韩尚不可为派，况后人乎？乌有建一先生之言，以为门户涂辙，而可自达于古人者哉！""独弟素非喜姚氏者，未敢冒称；而果以姚氏为宗，桐城为派，则侍郎之心，殊未必然。"皆出自《与筱岑论文派书》。筱岑即欧阳兆熊，字筱岑，一作小岑，湖南湘潭人。诗文皆法唐人，亦擅词曲、书法。贾文昭编著：《桐城派文论选》，中华书局2008年版，第318页。

之《古桐乡诗选》，凡道光以前，邑人士之勤一生以尽心于文字者，未尽销灭。数十年来，无继其事。①

而被誉为"诸文称意而言"的杨氏之文，却"正以不袭刘、姚故步为佳"②，那些值得称道的文章，恰恰是未守"桐城家法"的产物！这不能不说是桐城派后期枝叶凋零的一种尴尬。今人陈柱更推重不守桐城古文义法的龚自珍的散文，认为"……桐城古文义法，至自珍已尽破藩篱，为文横恣透快，霸才已甚"。③ 甲午前后，即便是桐城文派之正宗传人，也早已不再拘于所谓"家法"，而是积极寻求文章的治国救民之术。吴汝纶不止一次地谈到面对新的政治局势所应持有的现实态度：

……来示谓新旧二学当并存具列，且将假自它之耀，以祛蔽揭翳，最为卓识。某前书未能自达所见，语辄过当。本意谓中国书籍猥杂，多不足行远。西学行，则学人日力，夺去太半，益无暇浏览向时无足轻重之书。而姚选古文，则万不能废，以此为学堂必用之书，当与六艺并传不朽也。若中学之精美者，固亦不止此等。往时曾太傅（曾国藩）言：《六经》外有七书，能通其一，即为成学；七者兼通，则闲气所钟，不数数见也。七书者，《史记》、《汉书》、《庄子》、韩文、《文选》、《说文》、《通鉴》也。某于七书，皆未致力，又欲妄增二书：其一姚公此书，余一则曾公《十八家诗钞》也。但此诸书，必高材秀杰之士乃能治之；若资性平钝，虽无西学，亦未能追其涂辙。独姚选古文，即西学堂中，亦不能弃去不习，不习则中学绝矣。世人乃欲编造俚文，以便初学，此废弃中学之渐，某所私忧而大恐者也。④

从吴汝纶这封答复严复的信中，我们能够读出以下内容：一是吴汝纶赞同中西学并存，以西学之长救中学之蔽，谋求国家民族的发展；二是姚选《古文辞类纂》万不能废，应"以此为学堂必用之书，当于六艺并传不朽"，"不习则中学绝矣"；三是吴汝纶对曾国藩所言之"七书"，"皆未致力"；四是"俚文"乃废弃中学之渐。其重点强调的，则在于姚选古文不能废。——原因何在？

倘要寻究姚选古文不能废的原因，首先应对《古文辞类纂》的内容有个大致了解。《古文辞类纂》是姚鼐编选的一部最能代表桐城派文学观点的古文总集，成书于乾隆四十四年（1779）。全书分为论辨、序跋、奏议、书说、赠序、诏令、传状、碑志、杂记、箴铭、颂赞、辞赋、哀祭13类文体，约700篇，合为74卷。卷首有"序目"，略述各类

---

① 杨氏此文乃为方海琳《小九华山馆诗文集序》所作。（清）平步青：《霞外捃屑》卷七（上）《积素斋文》，上海古籍出版社1982年版，第523页。
② （清）平步青：《霞外捃屑》，上海古籍出版社1982年版，第519页。
③ 陈柱：《中国散文史》，江苏文艺出版社2008年版，第238页。
④ （清）吴汝纶：《桐城吴先生全书》之《答严几道》。转引自郭绍虞主编：《中国历代文论选》四，上海古籍出版社2001年版，第150页。

文体的特点和源流。所选文章以唐宋八大家——韩愈、柳宗元、欧阳修、曾巩、王安石以及"三苏"等人的作品为主;又有战国、秦汉时期的部分作品和明代归有光,清代方苞、刘大櫆等人的古文作品,除此外,还有元结、李翱、张载、晁补之等人的古文。辞赋颂赞类则以六朝时期的张华、刘伶、陶渊明、鲍照、潘岳、袁宏等人的作品为代表。又附有姚氏评语及圈点,通过这些评语和圈点,姚氏充分地传达了桐城派关于古文创作的观点主张。如果说《古文辞类纂》是桐城文派的定鼎之作,那么稍后曾国藩所选编的《经史百家杂钞》则是张大其声音的中流砥石。不同的是,曾氏的选本又增加了政治、经济两类经世内容,更加具有进步的特色。周作人曾对二者加以评价说:

> 姚鼐的《古文辞类纂》和曾国藩的《经史百家杂钞》二者有极大的不同之点:姚鼐不以经书作文学看,所以《古文辞类纂》内没有经书上的文字;曾国藩则将经中文字选入《经史百家杂钞》之内,他已将经书当作文学看了。所以,虽则曾国藩不及金圣叹大胆,而因为他较为开通,对文学较多了解,桐城派的思想到他便已改了模样。①

正是曾国藩的这种大胆将经书、经世文字加入经典的做法,使桐城派在衰微之际得到再次振兴。此后,吴汝纶、严复、林纾等人大力提倡科学思想,译介西洋文学,桐城文派的领地也再次扩大,极大地影响了后来掀起"新文学运动"的胡适、陈独秀等人。因此,周作人进一步指出桐城派对新文学运动的意义:"今次文学运动的开端,实际还是被桐城派中的人物引起来的。"②

吴汝纶的这种开通态度,体现了在清末面临家国种族之难时,桐城文派所作出的积极适当的调整与转变。蜂拥而入的西学对中学"日时"的挤压和"世人编造俚文"的做法使古文家担忧古文的命运,甚至担忧古学会因此而"绝"。为保留古文与"中学"的一块阵地,维护"清"、"雅"的传统文风,就势必不能放弃姚选古文(这些"古文"与"猥杂"、"无足轻重"的其他"中国书籍"不同,它代表了中国传统文章的精髓与集大成,"举天下之美,无以易乎桐城姚氏也"③)。因此,出于自觉维护文风的目的,吴汝纶认为应当将姚选古文定为学堂必读之书,"当与六艺并传不朽"。

桐城古文家追求古文之"雅"、"切",与科举制度规定考试八股文应做到"清真雅正"的标准相一致。接下来,我们就二者相契于"清"、"雅"的问题加以探讨。

"清真雅正"是有清一代对科举功令文的要求与规定,即便是到了晚清时期,"清真

---

① 周作人:《桐城派对新文学的影响》,薛绥之、张俊才主编:《林纾研究资料》,福建人民出版社1983年版,第189页。
② 周作人:《桐城派对新文学的影响》,薛绥之、张俊才主编:《林纾研究资料》,福建人民出版社1983年版,第189页。
③ (清)曾国藩:《曾文正公诗文集》卷三《欧阳生文集序》,上海古籍出版社2005年版,第286页。

雅正"的衡文标准仍未改变，而且在历届科举之年，朝廷都会一再颁布令加以强调。那么，"清真雅正"究竟代表了一种什么样的文风？方苞在《钦定四书文·凡例》中对此有所阐发：

> 韩愈有言："文无难易，惟其是耳。"李翱又云："创意造言，各不相师，而其归则一。"即愈所谓"是"也，文之清真者；惟其理之"是"耳；即翱之所谓创意也。文之古雅者，惟其辞之是而已，即翱之所谓"造言"也。而依于理以达其辞者，则存乎气。气也者，各称其资材，而视其所学之浅深以为充歉者也。欲理之明，必溯源六经，而切究乎宋元诸儒之说；欲辞之当，必贴合题义而取材于三代两汉之书；欲气之昌，必以义理洒濯其心，而沉潜反复于周秦盛汉唐宋大家之古文。兼是三者，然后清真古雅而言皆有物。①

简单说来，即"依于理以达其辞"；而所成就之方法，则在于沉潜于六经之说，取材于三代两汉之书，沉潜浸润于周秦汉唐宋诸大家之古文，然后方能为之。

光绪元年（1875），张之洞于四川学政任上时，曾撰写了指导士子科举考试的《輶轩集》，其中谈到了写作时文如何才能做到"清"、"真"、"雅"、"正"。他说：

> 宜清（书理透露，明白晓畅）、真（有意义，不剿袭）、雅（有书卷，无鄙语，有先正气息，无油腔滥调）、正（不佹诡，不纤巧，无偏锋，无奇格）。四字人人皆知，然时俗多误解，今特为疏明之。不惟制义，即诗古文辞，岂能有外于此？今人误以庸腐空疏者当之，所谓谬以千里者也。俗论每云某文尚理法，某文尚才气，某文尚书卷。夫无理、无法，尚何得为才气？若无才气、无书卷，又岂能阐出道理哉？②

由此可见，"清真雅正"是要求科举文章必须达到能够阐明圣贤之理、章法谨严、用语工稳、通透畅达而又平和阔大。张之洞又补充说："应试文字，但求不僻、不怪、不晦、不涩足矣。华实兼备，不患莫己知也。"③简言之，即辞清理醇，平正通达，不偏不倚，防止流弊。这种平和的文学于政治、人心都极为有益，而这也正是桐城派古文所着意提倡的。

甲午战争后，中国政治局势发生了极大的变化，学术风气也随之转变，"同光二三十年间，崇实黜华，风气为之一变"，科场中虽仍有江璧、江鸿銮、许景澄、夏曾佑、

---

① 王同舟、李澜校注：《钦定四书文校注·凡例》，武汉大学出版社2009年版，第1~2页。
② 苑书义、孙华峰、李秉新主编：《张之洞全集》卷二百七十三《輶轩语·语文》，河北人民出版社1998年版，第9799页。
③ 苑书义、孙华峰、李秉新主编：《张之洞全集》卷二百七十三《輶轩语·语文》，河北人民出版社1998年版，第9803页。

樊增祥等人以工于八股闻名，但讲求时艺，研究古文经史时务之学，渐渐成为社会学术主流，先有阮元、姚鼐提倡于嘉、道时期，后有黄体芳、王先谦、张裕钊、俞樾、吴汝纶、王闿运等人继起于后，或为一代宗师，或主学院之讲席，流风所被，不可划一，①八股文风也因之发生了与时俱进的变化。一位深谙八股之学的科举中人曾对晚清八股文风进行了描述：

> 自道光朝一变饾饤之习，而尚机势，虚字多于实征，机势再变，而尚声调，千篇俨如一律。执笔人束发学为四书文，正值咸丰、同治间，其时已废束股不用，大抵短中股，长后股，俗称板六股，是则八股之有名无实者，已三十年于兹矣。光绪戊子科（1888）以后，风气又变，前从同，后尚异，前袭旧，后求新，中股渐长，后股渐短，忽用说文，忽集诸子，选体半多杜撰，大结直陈时事，奇奇怪怪，牛鬼蛇神，十年中格式无定，虽非板六股，亦不拘八股成法。至今春会试魁墨某君作，非整非散，支离割裂，而文运由是告终焉。②

如果这位为八股文辩护者所言属实，那么在光绪十四年（1888）后，真正意义上的"八股文"就已然不存在了；盛行于世的八股文，求新尚异，出入《说文》、诸子，脱离"《选》体"规范，中股渐长，后股渐短，更不拘八股成法——简言之，此时的八股文与传统所认定的"标准八股文"已相去甚远，面目全非。虽八股文功令明确规定不许谈论时事，但此时的八股文却"往往以直陈时事作结"，成为与时代互为表里的考试文体了。

八股文从"板六股"到"奇奇怪怪，牛鬼蛇神"的时新文体，反映了数十年间科举文风的变化。马叙伦曾说："（八股文）……至甲午遵循，始自解放；如汤蛰先寿潜丈之中式文字，竟破程式，放言时事，海内诵之。余师陈介石先生黼宸亦老于此道。"③陈黼宸，光绪十九年（1893）浙江乡试举人。光绪十九年（1893）癸巳科，浙江乡试首篇四书文《孔子曰：见善如不及，见不善如探汤，吾见其人矣，吾闻其语矣；隐居以求其志，行义以达其道，吾闻其语矣，未见其人矣④》，陈氏之文"以下六股，惟后两股为大，或称大股，没为收语"，可作为"板六股"的代表之作。⑤

蔡元培于光绪十五年（1889）中浙江乡试举人，吴稚晖回忆说，蔡元培善作怪八股，"能得风气之先……其实所谓怪八股，仅仅多用周秦子书典故，为读书人吐气，打倒高

---

① 商衍鎏：《清代科举考试述录及有关著作》，百花文艺出版社2004年版，第256页。
② 见光绪二十四年（1898）六月十九日《申报》文《八股辩》。当年会元为陆增炜，江苏太仓人。转引自中国近代史丛书编写组编：《戊戌变法》三，上海人民出版社1972年版，第345~346页。
③ 孙文光编：《中国历代笔记选粹》中册，华东师范大学出版社1998年版，第1045页。
④ 《论语·季氏》："子曰：'见善如不及，见不善如探汤'，吾见其人矣，吾闻其语矣。'隐居以求其志，行义以达其道'，吾闻其语矣，未见其人也。"唐文治序，蒋伯潜解：《四书读本》三《论语》下，新世界出版社2009年版，第294页。
⑤ 孙文光编：《中国历代笔记选粹》中册，华东师范大学出版社1998年版，第1046页。

头讲章而已"。① 周作人也回忆说当时他家有一本蔡元培的朱卷,"文章很是奇特,篇幅很短,当然看了也是不懂,但总之是不守八股文的规矩"。② 康有为的弟子曹泰,"其文豪放连犿,波谲云诡,能肖其心思",尝从有为作八比文,题为"天地之大也人犹有所憾",凡二千余言,万怪皇惑,不可思议,末两比云:"同人以咷为始,则忧患已伏于生时,可知泣血涟而,即降孕已受天囚之惨;末济以火为归,则乾坤必毁于灰炉,可知亢龙有悔,即上帝难为乞命之身。"为康有为所赞叹。③ 此类例子真是举不胜举。

甲午前后,八股制艺已大胆地与时事相联系,且风格也一变功令所规定的"清真雅正"的标准,会试魁首的八股文也竟可以做得"非整非散,支离割裂",因此《八股辨》作者大呼"文运告终"。撰写《清史稿》的赵尔巽等人也持"文运关乎国运"的观点,认为晚清八股文"国运渐替,士习日漓,而文体亦益衰薄。至末世而剿袭庸滥,制义遂为人诟病矣。"④ 既然晚清八股文已发生了如此大的变化,那么,戊戌变法期间康梁等人所指斥的八股文的种种罪名,则颇有"打死老虎"之嫌了。

此后,大声镗鞳于20世纪前后的,则是康、梁、严复诸人的政论文。溯其所宗,仍源自八股。此乃时代与文学之必然,明清两代源远流长的八股文传统,"盖无人不浸淫渐渍于八股之中,自不能不深受其陶化"⑤。钱基博先生指出:

> 然而康有为、梁启超之视严复、章士钊,其文章有不同而同者,籀其体气,要皆出于八股。八股之文……其为之工者,无不严于立界(犯上连下,例所不许),巧于比类(截搭、钓渡),化散为整,即同见异,通其层累曲折之致,其心境之显呈、心力之所待,与其间不可乱、不可缺之秩序,常于吾人不识不知之际,策德术心知以入慎思明辨之境涯而不堕于卤莽灭裂。……有袭八股排比之调,而肆之为纵横轶宕者,康有为、梁启超之新民文学也;有用八股偶比之格,而出之以文理密察者,严复、章士钊之逻辑文学也。论文之家,知本者鲜。⑥

八股文对文章逻辑、结构、技巧等方面的规范,与桐城文派援"古文入时文"的努力是分不开的。后来的批判者们出于"兴白话"的目的,于是就连桐城古文一起反对,且斥为"桐城谬种"、"选学余孽",必欲置之死地而后快。平心而论,桐城文派及八股文对文章的章法、结构、逻辑等方法的规定,其实是所有文章都必须遵循的规则,甚至可以不客气地说,这种规定性具有"普世性"的特点。美学理论家朱光潜谈及自己幼时所读

---

① 萧一山:《清代通史(卷下)》第四篇《清代后期之社会与经济》,中华书局1986年版,第1418页。
② 转引自唐振常:《蔡元培传》,上海人民出版社1985年版,第10页。
③ 钱基博:《现代中国文学史》,上海书店出版社2004年版,第284页。
④ (民国)赵尔巽等撰:《清史稿》志九十《选举三》,民国十七年(1928)清史馆本,第1682页。
⑤ 陈柱:《中国散文史》,东方出版社1996年版,第279页。
⑥ 钱基博:《现代中国文学史》,上海书店出版社2004年版,第317~318页。

之书以八股文居多，因此而奠定了后来写作文章的基础，朱先生不无感慨地说："坦白地说，我颇觉得八股文也有它的趣味。它的布置很匀称完整，首尾条理线索很分明，在窄狭范围与固定形式之中，翻来覆去，往往见出作者的匠心。我于今还记得一篇《止子路宿》，写得真惟妙惟肖，入情入理。""桐城派古文曾博得'谬种'的称呼。依我所知，这派文章大道理固然没有，大毛病也不见得很多。它的要求是谨严典雅，它忌讳浮词堆砌，它讲究声音节奏，它着重立言得体。古今中外的上品文章似乎都离不掉这几个条件。它的惟一毛病是就文言文，内容有时不免空洞，以至谨严到干枯，典雅到俗滥。这些都是流弊，作始者并不主张如此。"①创始者本意如此，然而发展到后来会出现什么样的流弊，却不是创始者所能够料到的。这也恰如科举制度，不论其创始之初的本意如何完美，而年久弊深，却是任何事物都无法避免的，所谓"积弊"，亦即此意。

还应简单说说清末译坛名家林纾。林纾从未列身桐城派，但他与桐城派的关系十分密切——其所作古文为吴汝纶所推重；与桐城派再传弟子马其昶、姚永朴、姚永概交好；"而纾亦以得桐城学者之盼睐为幸"，"遂为桐城张目，而持韩、柳、欧、苏之说益力"。②新文化运动兴起，由于林纾文名之盛，被新文化运动者们拿来成为打击古文的靶子。林纾晚年代表桐城文派跟新文化运动者们展开了一场影响极大的"恶斗"。不论结果究竟如何，但林纾维护古文"雅洁"品质的文化使命感，却极为悲壮，其精神甚是可嘉。林纾曾说：

仆生平未尝言派，而服膺惜抱者，正以取径端而立言正。③

当次风雅销沉之后，吾辈措大，无益于国。然能存此国粹，为斯文一线之延，则文章、经济，虽分二途，即守此一途，于世亦无所梗。④

林纾壮年时期以"古文"译西洋文学，并在这些译书的述言或"序"中援"《史记》笔法"评论外国小说的行为其实也足以证明"古文"作为一种传统文言语体的强大的生命力与自我调适的能力。虽被章炳麟骂为"俗丑"⑤，但与新文化运动者们的大白话相比，林纾的语言处于雅俗之间，因此"林译小说"才能在当时取得如此轰动的效果。

---

① 朱光潜：《从我怎样学国文说起》，陈望衡主编：《朱光潜美学文学论文集》，湖南人民出版社1980年版，第3页。
② 钱基博：《现代中国文学史》，上海书店出版社2004年版，第131页。
③ 林纾：《与姚永概书》。转引自钱基博：《现代中国文学史》，上海书店出版社2004年版，第132页。
④ 刘大櫆、吴德旋、林纾：《论文偶记　初月楼古文绪论　春觉斋论文》，人民文学出版社1959年版，第55页。
⑤ 章炳麟："纾视复又弥下，辞无涓选，精采杂污，而更浸润唐人小说之风。夫欲物其体势，视若蔽尘，笑若龋齿，行若曲肩，自以为妍，而只益其丑也。"钱基博：《现代中国文学史》，上海书店出版社2004年版，第72页。

吴汝纶"幸"其早逝，马其昶、姚永概、林纾等维护桐城文风者在新文化运动中一概被骂倒，传统古文颜面扫地，斯文全无，这对持"进化论"观点的新文化运动者们来说，是一个绝大的胜利。然而，在新旧文化白刃相接的时期和地带，我们不能忘记清末桐城文派为维护文章的"雅洁"风格而表现出来的悲壮气概与卫"道"精神。

第二节 策论与古文的关系
——北宋与晚清科试策论之比较

"策论"始于西汉初年。汉文帝十五年（前165），文帝诏命召集王公大臣先举荐应试者，并要求被荐者须将自己对政治、经济、军事、文化等方面的政策、措施及其实施等重大问题的见解"著之于篇"，加以密封，然后由皇帝亲自打开，考查他们的见解是否恰当、透彻。如确有辅政之才，就可被朝廷录用。因被荐者的见解是写在由竹简穿连起来形成的"简策"上，所以这种选拔方法又被称为"策试"。汉代实行的"策试"，有两种方式：一种叫"对策"，即公开提问，当场应对；一种叫"射策"，密封若干问题，抽签作答。不论射策还是对策，都是被选拔者根据一定的问题，在简策上逐条应对，故"策试"也称"策问"、"对策"或"策论"。由此可见，策论即最高统治者（如皇帝）向知识分子寻求治国之策的考试形式。西汉时期，产生了流传后世的千古策论名篇，如贾谊的《治安策》、董仲舒的《贤良对策》等。科举制度实施以后，科举考试中专设有"策对"一门，就经义政事出题试士，使之对答，用以考查应试者对这些问题的见解。

刘永济曾释"论"说："论之为体，盖著述之利器，而学术之干城也。其用有二：一以立我宗义，一以破彼异说。破而能立，然后敌黜而我尊，邪摧而正显。是故此体之兴废，常与学术相始终。"①本书在探究"策论"与科举、文学之间发展关系的时候，也会贯穿对同一时期学术思潮的发展与演变的观照。

一、历史上两次重视策论的科举改革

作为最早出现的考查士子才能的文体，策论选拔"贤良"（优秀人才）在两汉时期达到了它的黄金时期，此后渐趋没落。隋唐实施科举制度，诗赋渐渐成为科举取士的主要内容，虽朝廷一再强调策论的重要性，然而直至北宋仁宗时期，策论仍然处于不被重视的地位。大中祥符元年（1008）正月，冯拯上言："比来省试，但以诗赋进退，不考文论。江、浙士人专业诗赋，以取科第。望令于诗赋人内，兼考策论。"②朝廷对此也颇有所动，曾下过几次诏书要求试士应诗赋、策论兼考。仁宗时期，朝廷屡下诏令，要求在科考评判中兼顾策论。从另一个角度来看，这些诏书的下达恰恰从反面印证了当时以诗

---

① （南朝）刘勰著，刘永济校释：《文心雕龙校释》，中华书局1962年版，第64页。
② （宋）李焘撰，上海师范大学古籍所、华东师范大学古籍所点校：《续资治通鉴长编》卷六十八，中华书局2004年版，第1522页。

赋取士的事实；综合策论来评定考试成绩，仅仅是回应诗赋、策论呼声的一个折中。仁宗朝天圣二年（1024）、五年（1027）两场科举考试中，因为主考官刘筠的缘故，才出现了以策论来决定成绩高低的做法，其中最典型的是叶清臣以策论中高第的例子①。刘筠也因这一大胆举动被载入史册，《宋史·刘筠传》赞其"凡三入禁林，三典贡部，以策论升降天下士，自筠始"②。

庆历三年（1043）九月，范仲淹上《答手诏条陈十事》，此即成为日后"庆历革新"纲领性的决策文件，其中第三条即谈到"精贡举"。范仲淹首先指出"国家专以词赋取进士，以墨义取诸科，士皆舍大方而趋小道，虽济济盈庭，求有才有识者，十无一二。况天下危困，乏人如此，固当教以经济之业，取以经济之才，庶可救其不逮"的社会现实，试图改革以往进士科考试重诗赋的做法，而代之以"先策、论而后诗赋"，简单说来，即进士试三场，"先策、次论、次诗赋，逐场先过落，通考去定留，罢帖经、墨义"；录取时，同样向策、论优者倾斜，"以策论高、词赋次者为优等；策论平、词赋优者为次等"。③ 这些主张凸显了策论的重要性。讨论后最终形成决议，唯待实施。然而庆历革新失败，范仲淹等人的改革主张绝大部分被废止，这其中也包括科举方面的改革。此时知制诰杨察指出："诗赋声病易考，而策论汗漫难知。"④主张仍以诗赋取士而不作改动。庆历五年（1045）三月，杨察的建议得到仁宗皇帝允准后，宋代科考复旧制，这样，重试诗赋的主张卷土重来。

尽管没有能够对原有的考试制度作出变更，但通过一系列诏令，要求官员们在决定成绩时兼顾策论，重视策论的观念逐渐扩大了影响，并对科举考试产生了作用。嘉祐末年，科举考试已发生了一定程度的变化，"南省考校，始专用论、策升黜，议者颇以为当"。⑤ 这表明写作策论在仁宗朝末期开始成为士人阶层中新的流行风气。

熙宁二年（1069），王安石用为参知政事，实行变法。对贡举方面的改革主要集中于以下几个方面⑥：一是废除明经、诸科，专用进士一科取士；二是进士科罢诗赋、帖经、墨义，专以经义、论、策取士；三是律令大义自元丰四年（1081）起正式成为进士

---

① （宋）李焘撰，上海师范大学古籍所、华东师范大学古籍所点校：《续资治通鉴长编》卷一百二："刘筠得清臣所对策，奇之，故擢第二。国朝以策擢高第，自清臣始。"（中华书局2004年版，第2354页。）

② （元）脱脱等撰：《宋史》卷三百五，中华书局2000年版，第8155页。关于刘筠与北宋科举考试关系的分析，见陈植锷：《北宋文化史述论》，中国社会科学出版社1992年版，第91~93页。

③ （宋）李焘撰，上海师范大学古籍所、华东师范大学古籍所点校：《续资治通鉴长编》卷一百四十三，中华书局2004年版，第3435~3437页。

④ （元）马端临撰：《文献通考》卷三十一《选举考四》，浙江古籍出版社1988年版，第290页。

⑤ （宋）司马光撰，李文泽、霞绍晖点校：《司马光集》卷二八《贡院定夺科场不用诗赋状》："窃闻昨来南省考校，始专用论策升黜，议者颇以为当。臣犹恐四方路远，未知所尚，有司各持所见，则人无适从。欲乞今来科场，更不用诗赋。如未欲遽罢，即乞令第一场试论，第二场试策，第三场试诗赋。每遇廷试，亦以论压诗赋，为先后升降之法。庶成先帝之志，永底人文之盛。"（四川大学出版社2010年版，第700页。）

⑥ 参考林岩：《北宋科举考试与文学》，上海古籍出版社2006年版，第109页。

科考试的内容①；四是设立新科明法。《宋史》卷一五五载：

> 今定贡举新制，进士罢诗赋、帖经、墨义，各占治《诗》、《书》、《易》、《周礼》、《礼记》一经，兼以《论语》、《孟子》。每试四场，初本经，次兼经，并大义十道，务通义理，不须尽用注疏。次论一首。次时务策三道，礼部五道。②

考试分为四场：第一场试本经，任由举子们选择一经专攻；第二场试兼经，从《论语》、《孟子》中出题；第三场试论；第四场试策。这也就是说，"策"、"论"所占考试科目的比重大大增加，虽则如此，它们仍然处于考试的最末两场。也就是说，策论并没有因为改革而被置于考试首场，以表示无以复加地重视。——此举究竟出于何种考虑？

前面已经说过，自有考试以来，古人们就尝试使用最好的方法来达到选拔优秀人才的目的。策论作为其中之一种方法，在西汉曾达到其鼎盛，然而世易时移，当以荐举为主的察举制度在历史的发展过程中被淘汰，科举制度确立了"投牒自进"的方式进行公平竞争时，策论的优势便已大大削弱。唐代经过了近百年的摸索之后，认为诗赋"出题无尽，工拙易见，虽则风花雪月，不仅可窥其吐属之深浅，亦可测其胸襟之高卑"③，较策论有更多的优点，于是唐代确定以诗赋试士。由此，策论渐渐淡出选举考试的首要位置，退居第二、第三甚或所试之末，这是与策论本身的缺陷分不开的。

策论在诞生之初，其切于时用的特点就极为显明，它往往以时务作为评论对象，因此考生可以大胆评论时政，切于政治，以此来凸显考生的政治识见。西汉之后，策论取士再创佳话，唐代刘蕡于大和二年（828）应贤良方正直言极谏科时，对策六千余言，指斥宦官乱政误国，痛陈兴利除弊的办法，使在场谏官、御史感动得涕泗横流，将其比作西汉的晁错和董仲舒。虽当时大多数朝野人士为刘蕡所倾倒，但主试者却因畏惧宦官的势力，未能擢刘蕡登科，也因此使刘蕡站到了专权宦官的对立面，最后被宦官诬告致罪而死，而朝廷也违背了举荐贤良方正的初衷，坐失国家栋梁而无可措手。此后，又有北宋苏轼《刑赏忠厚之至论》一策，为宋嘉祐二年（1057）应礼部试的策试答卷。据说主考官欧阳修对此十分赏识，"至惊喜，以为异人"，及见到苏轼后，称赞说："老夫当避此人，放出一头地！"又"以直言荐之，答策入上等"。④ 以策论试士，固然可能使少数有责任感和有识见的士子有机会表达自己独到的政见与才学，但对于科举这样全国规模、

---

① （宋）李焘撰，上海师范大学古籍所、华东师范大学古籍所点校：《续资治通鉴长编》卷三百十一："中书礼房请令进士试本经、《论语》、《孟子》大义，论、策之外，加律义一道，省试二道。从之。"（中华书局2004年版，第7538页。）

② （元）脱脱等撰：《宋史》卷一五五《选举志一》，中华书局2000年版，第2419页。

③ 钱穆：《中国历史上之考试制度》，刘海峰编：《二十世纪科举研究论文选编》，武汉大学出版社2009年版，第107页。

④ （元）马端临撰：《文献通考》卷二三五《经籍考六十二》，浙江古籍出版社1988年版，第1875页。

机会平等的公开考试来说，不仅从可操作性上来说，有所欠缺（考生人数众多，而考官和阅卷官则有限）；议论时政不便于考生深入发挥，也不便于考官有一个客观准绳加以衡量；而且自宋代科举制度成熟以来，荐举的环节在科考中已被大大限制，因此也就无法先行鉴别这少数人的突出才华。再加上大多数考生并未经过政治的习练，甚至有的考生连生活阅历都相当缺乏，就更别说让他们发表成熟的政治见解了。因此，即便策论题为时务实事，大多数人也只能空发议论，甚而至于助长了言论狂妄之风。而且士子评议政治，又常常会导致或加剧政治上的派别之争（这在刘蕡一例中就极具代表性）。另外，策论一般是就政治上大纲大节发问，但传统社会中政治问题无非就是军事、对外、财政、水利、选才等几个方面，按年考试，应举人可以揣摩准备，说来说去就是那几句话，不易辨别优劣高下；一些考生还会为求得中而揣摩迎合考官的政见，乃至于在其中暗藏机关，与考官通同作弊。这些因素都是主政者们所应考虑到的。因此，结合古代社会选举方式的变化，我们也可以看出策论渐渐退出首要地位，实乃政治与历史自然淘汰的结果。

所以，即使朝野人士一再呼吁科举考试应重视"策"、"论"，宋代以来的统治者仍然从现实的政治意义出发，在作出了一定程度的响应之后，便较为克制地采取了更有利于政治统治的选拔方式。

清康熙二年（1663）①，鉴于八股文"实与政事无涉。自今以后，将浮饰八股文章永行禁止，惟于为国为民之策论、表、判中出题考试"，下令乡、会试停试八股文："改用策、论、表、判。乡、会试头场，策五道；二场，用《四书》本经题作论各一篇、表一篇、判五道"。②这是科举时代将"策"、"论"功效发挥到最大的一次尝试。但因为"止用策论，减去一场，似太简易。且不用经书为文，人将置圣贤之学于不讲"。于是仅经两科后，康熙七年（1668），"复初制，仍用八股文"。③ 由此可以看出，八股文承载的大一统王朝道德教化与意识统治的重要作用，是政治统治所必不可少的——即便统治者明明知道八股文与政事无涉，但仍然不能轻言废弃而改试策论。

乾隆五十二年（1787），高宗诏令自明岁（戊申科，1788）乡试始废专经，乡、会五科内分年轮试一经，乡、会二场废论题，以五经各出一题，文体用八股并式。定首场四书文三篇、五言八韵诗一首。四书题用《论语》、《大学》、《中庸》、《孟子》分出三题，《论语》、《孟子》必出一题，《大学》、《中庸》轮出，题解用朱熹集注。第二场经文五篇，题用《易》、《书》、《诗》、《春秋》、《礼记》。第三场策问五道，题问经史、时务、政治。④ "策问"仍然被置于第三场。虽则如此，在考试内容与方向上，科举仍然昭示了它与时代互为表里的一致性。

---

① 注意此时期主持朝政的是出身武将的满洲贵族将领鳌拜。康熙皇帝此时尚未亲政，由其祖母孝庄太皇太后临时听政，以商定并决策一系列国计民生大事。
② （清）法式善：《槐厅载笔》卷二，台湾文海出版社1969年版，第70~71页。
③ （民国）赵尔巽等撰：《清史稿》卷一零八《选举三》，中华书局1977年版，第3149页。
④ 商衍鎏：《清代科举考试述录及有关著作》，百花文艺出版社2004年版，第79页。

甲午战争后，受战争刺激的国人群情激愤，士子们倡言废除八股，改试策论。在《近代教育史资料汇编·戊戌时期教育》一册的目录中，我们可以对当时的改革呼声及措施一目了然。康有为是当时改革科举的主角，几乎所有要求废除八股改试策论的奏章，都出于康氏之手（或由康氏授意而上奏）。这种对光绪皇帝狂轰滥炸式的"视听引导"，终于促成光绪帝于光绪二十四年（1898）四月二十二日下达了"各种考试停止用八股，改试策论"的谕旨。此处我们应该思考的问题是：在"废八股，改策论"主张的背后，隐藏着力主改革者什么样的意图（或意愿）？

艾尔曼先生在《清代科举与经学的关系》一文中，通过对比数次科考中策论侧重点的细微差别，指出：

> 在乡试与会试中，十八世纪末至十九世纪初的策论题，开始反映出操纵儒学科举的学术脉络之改变。虽然在乡试及会试的第一、二场所考的四书五经引文大多未曾改变（此项假设仍须进一步研究，以肯定我们目前接受之观点）且受制于正统程朱派解释，汉学趋势及考证问题仍能经由第三场的策论题渗入科举。①

艾尔曼这段话指出科举的变革与当时的社会学术思潮有着密切的联系，即使表面上看似毫不相关，而事实上却始终都是潜通消息，互为表里。明了了这层内涵，我们就能对晚清科举改试策论的改变有更深入的认识。

重新回到策论这种文体的特点——畅所欲言地发表对时局时政的看法与主张——进行考虑，可以看出，戊戌变法中康梁等力主改革的中层绅士们的目的之一，即通过科举改试策论而达致言论自由。光绪二十四年六月癸未（1898年7月19日），光绪帝颁布上谕，嗣后乡会试仍定为三场：首场试中国史事、国朝政治论五篇；二场试时务策五道；三场试《四书》义二篇，《五经》义一篇。采取逐场去取、依次递减的录取方式。这一改革旋因戊戌政变而被作废，但光绪二十八年（1902）慈禧太后迫于中外政治的压力，却又不得不按照光绪帝的维新办法推行科举新法。这样，经过近一千七百年后，"策""论"再主"科坛"，重新成为衡文取士最重要的标准。然而好景不长，此种办法仅经两年（也即1903年、1904年恩、正两届科举），便随着科举制度的废除终结了它的历史。

当然，我们不能说是因为重试策论而导致了科举的废除，科举制度的废除有更为重要的时代及历史原因，然而晚清科试策论却是这一时期思想开放、言论自由的重要原因之一。那么，我们是否可以由这一结果进而思考：策论因其文体的特点而具有较强的开放性，晚清书报、言论的开放，是否也与废科举前的改试策论相关？八股与策论的此消彼长，及清帝国统治的兴衰成败，是否恰恰证明了这样一个结论：作为科举文体的八股文，在统一士子思想，进而维护传统社会安定的政治局面，有着其他科举文体不可及的重大社会作用和历史意义？

---

① ［美］艾尔曼：《清代科举与经学的关系》，《故宫博物院院刊》1996年第5期。

二、策论对散文的影响：北宋与晚清相比较

接下来要讨论的问题是：作为科举文体的策论，对文学创作是否会有影响？如果影响存在，其影响力究竟有多大？下面的论述选取了北宋与晚清两个时代科试策论对文风的影响进行比较，① 通过这两个时期科试中策论地位的变化，我们可以寻绎学术、文学与科举三者之间内在的密切联系。

1. 北宋科试策论与散文的关系

北宋初直至仁宗前期，取士仍沿袭唐制以诗赋取士，士子往往倾力于诗赋的肄习而忽略了对经书的研习，对传统儒家圣贤仁义之"道"的关怀也渐趋冷落②，这种情形引起了一些道德之士的深切担忧：

> 常患近世之士，溺于词章之学，而不知先王礼义之大。上自王公，下逮士人，其取人也，莫不以善词章为能，守经行者为迂阔。而士之荣辱亦从而应之。以是天下之士习非舍是，固已涂瞆其耳目，而莫之能正矣。③

> 今夫文者，以风云为之体，花木为之象，辞华为之质，韵句为之数，声律为之本，雕镂为之饰，组绣为之美，浮浅为之容，华丹为之明，对偶为之纲，郑、卫为之声，浮薄相扇，风流忘返，遗两仪、三纲、五常、九畴而为之文也，弃礼乐、孝悌、功业、教化、刑政、号令而为之文也。圣人职之，君子章之，庶人由之，君臣何由明？父子何由亲？夫妇何由顺？尊卑何由纪？贵贱何由叙？内外何由别？而化日以薄，风日以淫，俗日以僻，此其为今之时弊也。④

> 今之为文，其主者不过句读妍巧、对偶的当而已。极美者不过事实繁多、声律调谐而已。雕镂篆刻伤其本，浮华缘饰丧其真，于教化仁义、礼乐刑政，则缺然无仿佛者。⑤
>
> ……

---

① 由于汉代尚未进入科举时代，一些复杂的因素不便于对比考量。而北宋与清代同处于科举时代，且都有过对策论的重大改革，因此其可比性较强。

② 林岩《北宋科举考试与文风》（上海古籍出版社2006年版）第二章《北宋前期（960—1071）进士科考试与文学》对此论述颇为详赡，可资参考。

③ （宋）陈襄：《常州请顾临秘校主学书》，曾枣庄、刘琳主编：《全宋文》第二十五册，巴蜀书社1988年版，第475页。

④ （宋）石介著，陈植锷点校：《徂徕石先生文集》卷十三《上蔡副枢书》，中华书局1984年版，第144页。

⑤ （宋）石介著，陈植锷点校：《徂徕石先生文集》卷十二《上赵先生书》，中华书局1984年版，第136页。

诸如此类的论调，不一而足。然而这种担忧绝不是空穴来风。科举是根"指挥棒"，它以何种方式取士，就决定了士子会以何种方式加以趋附。唐代以诗赋取士，就引导了几乎全社会对于诗歌(辞赋)的研习，可以说唐诗的繁荣也与此息息相关。① 人的精力是有限的，操习举业的士子们一旦倾力于诗赋的演练与创作，则势必会引起对儒家思想学说的忽略，这在中唐时期韩愈等人以"道统"自居，大倡"古文"之风的"文学复古"运动中早露端倪。② 而这个有关思想意识形态的问题，在北宋中期再次成为学术争论的焦点。彻底解决这一问题，已成为当时朝野有识之士的当务之急。

科举试诗赋，导致了士人对儒家学说内涵的忽视，这对那些试图按照儒家学说重建"社会—政治"秩序的学者和官员来说，无疑是儒家道统倾危的信号。我们可以举一些时人的言论为例：

(孙)复窃尝观今之士人，能尽知舜、禹、文、武、周公、孔子之道者鲜矣。何哉？国家踵隋唐之制，专以辞赋取人，故天下之士，皆奔走致力于声病对偶之间，探索圣贤之闻奥者，百无一二。③

近世选举之失，取人以技艺之道，士之豪杰，有为有守，进于是者必穷。故天下学者丧失其本原，日以习词章进取为利，若往而不回者。④

今贡举之失者，患在有司取人先诗赋而后策论，使学者不根经术，不本道理，但能诵诗赋，节抄《六帖》、《初学记》之类者，便可剽窃偶俪，以应试格。⑤

国家取人专门以辞赋为准、"取人以技艺之道"、"有司取人先诗赋而后策论"，是这些士人所根究当今之世学者"不根经术"、"不本道理"、"丧其本原"的主要原因。因此，接受并创作承载了传统儒家"道统"的"古文"与"经典"，恢复(或重建)儒家道统在当世的统治地位，也就成为这些以天下为己任的儒家士大夫的努力方向。而最易于倡行天下，进而改变文风的，则莫过于在科举考试中着重对"策论"的考查。

---

① 严羽认为"唐人以诗取士，故多专门之学"(严羽著，郭绍虞校释：《沧浪诗话校释》，人民文学出版社1998年版，第147页)，乃是颇有识见之评。
② 可参阅葛晓音：《汉唐文学的嬗变》，北京大学出版社1990年版。
③ (宋)孙复：《寄范天章书》一，曾枣庄、刘琳主编：《全宋文》第十册，巴蜀书社1988年版，第245～246页。
④ (宋)陈襄：《答阮鸿秀才书》，曾枣庄、刘琳主编：《全宋文》第二十五册，巴蜀书社1988年版，第455～456页。
⑤ (宋)欧阳修撰，李之亮笺注：《欧阳修集编年笺注(六)》卷一零五《论更改贡举事件劄子》，巴蜀书社2007年版，第241页。

包弼德(Peter K. Bol)指出,"古文"写作在北宋中期的兴起,很大程度上代表了士人阶层价值观的转变。① 翻阅当时文人的文集,可以发现:对诗赋取士制度进行批判并进行"古文"创作的,基本上是同一批人;而写作"古文",在当时也被认为是一件需要极大勇气的事情。欧阳修对苏舜钦不顾流俗之非笑而致力于"古文"创作的行为表示嘉奖:

> 天圣之间,予举进士于有司,见时学者务以言语声偶摘裂,号为"时文",以相夸尚。而子美(苏舜钦)独与其兄才翁及穆参军伯长(修),作为古歌诗杂文,时人颇共非笑之,而子美不顾也……独子美为于举世不为之时,其始终自守,不牵世俗趋舍,可谓特立之士也。②

欧阳修自己也有亲身经历:

> 仆少孤贫,贪禄仕以养亲,不暇就师穷经,以学圣人之遗业。而涉猎书史,姑随世俗作所谓时文者,皆穿蠹经传,移此俪彼,以为浮薄,惟恐不悦于时人,非有卓然自立之言如古人者。然有司过采,屡以先多士。及得第以来,自以前所为不足以称有司之举而当长者之知,始大改其为,庶几有立。然言出而罪至,学成而身辱,为彼则获誉,为此则受祸,此明效也。③

当时所盛行的"时文"一般是"言语声偶摘裂","穿蠹经传,移此俪彼"的文章,惟其如此,方能"悦于时人"。然欲为如古人一样"卓然自立之言",则为世所非。尽管"时人颇共非笑之","言出而罪至,学成而身辱",甚至是"为此则身辱",力矫时弊的改革者们仍然不顾流俗,勇往直前。再加上皇帝的支持,屡颁诏令以示对科试中策论的重视,古文最终还是取得了成功。蔡宽夫在其诗话中云:"景祐、庆历后,天下知尚古文。"④

苏轼在《拟进士对御试策一道》(并引状问)中,担忧以策试士会导致更多的弊端。他认为革以"无益之语"的诗赋取士而代之"以策试多士",才能求得"山林朴直之论",以及真正符合儒家道统的士人,这种求言求贤的初衷无疑是好的,本无可厚非。然而科举乃利禄之途,"利之所在,人无不化",这势必又会导致群趋于是,以致使本可以指

---

① 可参看[美]包弼德著,刘宁译:《斯文:唐宋思想的转型》,江苏人民出版社2000年版,第1~34页。
② (宋)欧阳修撰,李之亮笺注:《欧阳修集编年笺注(三)》卷四十一《苏氏文集序》,巴蜀书社2007年版,第144页。
③ (宋)欧阳修撰,李之亮笺注:《欧阳修集编年笺注(三)》卷四十七《与荆南乐秀才书》,巴蜀书社2007年版,第264页。
④ (宋)蔡启:《蔡宽夫诗话》卷二十二引,郭绍虞编:《宋诗话辑佚》,中华书局1980年版,第398页。

陈阙病的"策"流于阿谀和媚顺弊病："所试举人不能推原上意，皆以得失为虑而不敢指陈阙政；而阿谀顺旨者，又卒据上第"，造成名实不符的伪诈之风，"恐自今已往，相师成风，虽直言之科，亦无敢以直言进者。风俗一变，不可复返"。① 在奏疏中，苏轼说，"自嘉祐以来，以古文为贵，则策论盛行于世，而诗赋几至于熄"，这一说法不无夸大其词的成分，然而"古文"的写作确因科举之力而蔚然成风，却是不争的事实。由此我们可以看出科举文体的变更对学术及文学创作所产生的迅速而深刻的影响。

在古文兴起的过程中，"文"的价值被有意识地抬高。倡导古文者认为"文"决非仅仅"笔札章句"，而是与国家和道统相关的"治物之器"：

> 文者，岂徒笔札章句而已，诚治物之器焉。其大则核礼之序，宣乐之和，缮政典，饰刑书。上之为史，则怙乱者惧；下之为诗，则失德者戒。发而为诏诰，则国体明而官守备；列而为奏议，则阙政修而民隐露。周还委曲，非文曷济？禹、益、稷、皋陶之谟，虺之诰，尹之训，周公之制作，咸曰兴国家，靖生民矣。自周道消，孔子无位而死，而秦嬴以烈火劫之。汉由武定，晚知儒术。至今越千载，期间文教一盛一衰。大抵天下治则文教盛，天下乱则文教衰，而贤人穷。欲观国者，观文而可矣。②

> 文之时义大矣哉！……故两仪，文之体也；三纲，文之象也；五常，文之质也；九畴，文之数也；道德，文之本也；礼乐，文之饰也；孝悌，文之美也；功业，文之容也；教化，文之明也；刑政，文之纲也；号令，文之声也；圣人，职文者也。君子章之，庶人由之，具两仪之体，布三纲之象，全五常之质，叙九畴之数，道德以本之，礼乐以饰之，孝悌以美之，功业以容之，教化以明之，刑政以纲之，号令以声之。灿然其君臣之道也，昭然其父子之义也，和然其夫妇之顺也。尊卑有法，上下有纪，贵贱不乱，内外不卖，风俗归厚，人伦既正，而王道成矣。③

这种对"文"的社会功能的极力推崇，简直可以与曹丕所言"盖文章，经国之大业，不朽之盛事"的推尊之言相媲美，这标志着北宋时期对"文"的价值的重新认定。流于形式的文章（包括科举文章诗赋一类），因为脱离了对社会和政治秩序以及伦理道德的关心，所以理应受到批判。孙复极力鼓吹，真正的文章是用来"左右圣教"、"夹辅圣人"的，他说：

---

① （宋）苏轼撰，（明）茅维编，孔凡礼点校：《苏轼文集》卷九《拟进士对御试策》，中华书局2004年重印本，第301页。
② （宋）李觏：《李觏集》卷二十七《上李舍人书》，中华书局1981年版，第288~289页。
③ （宋）石介撰，陈植锷点校：《徂徕石先生文集》卷十三《上蔡副枢书》，中华书局1984年版，第143~144页。

> 是故文者,道之用也;道者,教之本也。……是故《诗》、《书》、《礼》、《乐》、《大易》、《春秋》之文也,总而谓之经者也,以其终于孔子之手,尊而异之尔,斯圣人之文也。后人力薄,不克以嗣,但当左右名教,夹辅圣人而已。或则列圣人之微旨,或则摘(或作"名")诸子之异端,或则发千古之未寤,或则正一时之所失,或则陈仁政之大经,或则斥功利之末术,或则扬贤人之声烈,或则写下民之愤叹,或则陈天(或作"大")人之去就,或则述国家之安危,必皆临事摭实,有感而作。为论、为议、为书、疏、歌、诗、赞、颂、箴、辞、铭、说之类,虽其目甚多,同归于道,皆谓之文也。若肆意构虚,无状而作,非文也,乃无用之訾言尔,徒污简册,何所贵哉?①

新"文"必须以"道"为核心,而这样的典范文章才是"古文";因而写作"古文"就是为了阐明"道",成为"道"的承担者。这表明在致力于重建社会政治秩序和道德秩序的宏伟事业中,儒家知识分子当仁不让的社会责任感与历史责任感已成为当时士人的一致追求。欧阳修说:

> 圣人之文虽不可及,然大抵道胜者而文不难自至也。……此道未足而强言者也。后之惑者,徒见前世之文传,以为学者文而已,故愈力愈勤而愈不至……若道之充焉,虽行乎天地,入于渊泉,无不之也。②

蔡襄也说:

> 某谓由道而学文,道至焉,文亦至焉;由文而之道,困于道者多矣。是故道为文之本,文为道之用。与其诱人于文,孰若诱人于道之先也?③

"道"被置于学"文"的优先地位,道本文末,"道体文用"观已呼之欲出。

重新回到宋代科举重策论与古文写作上来思考这一问题,会对"文"、"道"关系的发展有更为明晰的认识。北宋天圣七年(1029)正月,朝廷下诏书戒敕科举文风:

> 国家稽古御图,设科取士,务求时儁,以助化源。而襃博之流习尚为弊,观其著撰,多涉浮华。或磔裂陈言,或荟萃小说,好奇者遂成于谲怪,矜巧者专事于雕

---

① (宋)孙复:《答张洞书》,曾枣庄、刘琳主编:《全宋文》第十册,巴蜀书社1988年版,第250~251页。
② (宋)欧阳修撰,李之亮笺注:《欧阳修集编年笺注(三)》卷四十七《答吴充秀才书》,巴蜀书社2007年版,第266页。
③ (宋)蔡襄:《答谢景山书》,曾枣庄、刘琳主编:《全宋文》第二十四册,巴蜀书社1988年版,第22页。

镂，流宕若兹，雅正何在？属方开于贡部，宜申儆于科场。尝念文章所宗，必以理实为要，探典经之旨趣，究作者之楷模，用复温纯，无陷媮薄。庶有裨于国教，期增阐于儒风。①

国家治理须以"理实"为要，故而对人才也要求其斥去浮华，尽行摒除好奇谲怪、矜巧雕镂文风，以重新发覆儒家经典道义，重倡温纯文风，复归"雅正"之旨，并担负起道德教化的责任。北宋景祐五年（1038）正月，宋仁宗又下诏书说：

> 贡举人等：自今当研覃古义，景慕前良，为学务于资深，属词尚于体要，宗师雅正，斥去浮华，勉事厥修之勤，勿贻将落之谪。②

"尚于体要，宗师雅正"，"研覃古义，景慕前良"，科举所选之人重在政治与道德领域起到领袖与楷模的作用，因而朝廷对科举士子一再重申此重要意旨。此种朝廷宪令贯彻到科场中，对文学风气的影响是不言而喻的。因此我们说，宋代科举对"策论"的重视直接影响了当时学术风气的转变，也影响了北宋以来古文的创作，它使宋以来的古文朝"道"的方向发展壮大，并由此而形成了区别于前代的有宋一代文风。

2. 晚清科试策论与散文的关系

晚清以策论取士肇始于 1898 年戊戌变法，1902 年晚清新政真正将这一规定贯彻执行。

其实，道咸以来的经世致用思想已然使 19 世纪后半期的文风悄然发生变化。而康有为、梁启超纵横恣肆、指陈时政的政论文的出现，则预示着一个言论自由、思想开放时代的到来，"三十年来国内政治、学术之剧变，罔不以有为为前驱；而文章之革新，亦自有为启其机括焉"③。因此，探究清末策论对文学创作的影响，也应该从康有为谈起。

康有为年轻时曾师从粤中大儒朱次琦和今文经学家廖平。从个人气质上来说，康有为具有战国纵横策士的气质，因此为学方面也就更多地接受了今文经学经世致用的思想，但又有新的发展，"诡诞敢大言……言学杂佛、耶，又好称西汉今文微言大义，能为深沉瑰伟之思"，"而发为文章，则糅经语、子史语，旁及外国佛语、耶教语，以至声光化电诸科学语，而冶以一炉，利以排偶，桐城义法，至有为乃残坏无余，恣纵不羁，厥为后来梁启超新民体之所由昉"。④ 适逢清末国运衰危，传统士人的社会责任感

---

① （清）徐松：《宋会要辑稿》五《选举三》，中华书局 1957 年版，第 4269~4270 页。
② （清）徐松：《宋会要辑稿》五《选举三》，中华书局 1957 年版，第 4271 页。
③ 钱基博：《现代中国文学史》，上海书店出版社 2004 年版，第 242 页。
④ 钱基博：《现代中国文学史》，上海书店出版社 2004 年版，第 243 页。

和家国之感被充分激发出来。1888年，康有为第一次上书光绪帝，受阻未达。此后他便授书万木草堂，然其所讲之内容，所授课之方式，已与传统的私塾或学校教育有了很大的不同：

> 教人读古书，不当求诸章句训诂、名物制度之末，当求其义理。所谓义理者，又非言心、言性，乃在古人创法立制之精意，于是汉学、宋学皆所唾弃。①

> 其教弟子，以孔学、佛学、宋明学为体，以史学、西学为用。其教旨专在激励气节，发扬精神。其学纲，曰志于道（格物克己，励节慎独），据于德（出静出倪，养心不动，变化气质，检摄威仪），依于仁（敦行孝弟，崇尚任恤，广宣教惠，同体饥溺），游于艺（礼、乐、书、数、画、枪）。其学目，曰义理之学（孔学、佛学、周秦诸子学、宋明学、泰西哲学），考据之学（中国经学、史学、万国史学、地理学、数学、格致科学），经世之学（政治原理学、中国政治沿革得失、万国政治沿革得失、政治实际应用学、群学），文章之学（中国词章学、外国语言文字学）。其课外作业，曰演说（每月朔望课之），曰札记（每日课之），行之校内者也；曰体操（每间一日课之），曰游历（每年假时课之）……②

从这里可以看出，康有为所授古今中外，天文地理，德智体美，无所不包，悉数涉及。对这些广博知识的掌握来自康氏的博涉群书，尤其是西方译印之书。康氏曾自言，上海制造局所译印的新书，三十年间所卖的总数也不过一万一千余册，而他一人所购买，竟据此四分之一强。③ 这既可见出当日风气未开，也可见出康氏对自己勇于求新的自负心理。康氏理想在于"改制"，因作《孔子改制考》，内容以政治革命、社会改造为主；又喜言"通三统"，"张三世"，④ 认为时代不同而导致时势的差异，应随时因革，愈改愈进；又认为孔子的改制"上掩百世，下掩百世"，因而尊孔子为教主，又杂引谶纬之言加以坐实……简言之，康有为的目的只有一个，那就是促成改革，他所有的活动与努力也均围绕这一目的而展开。

甲午战争后，群言四起，康氏又先后六次上书，终于最后得以上达"天听"，为光绪帝所知。从他的这七次上书来看，康氏一般采取集中上书的形式。比如1895年5、6月份期间，康氏就接连三次上书；而1898年1月则连上三书，对改革的必要性问题反复陈说，以引起舆论的关注，促使皇帝下决心改革。再加上康氏以开风气自任，"自负其口，工捭阖，于古今中外史迹，及人名、年号、统计之数目字，皆能历举无讹，见者

---

① 钱基博：《现代中国文学史》，上海书店出版社2004年版，第246页。
② 钱基博：《现代中国文学史》，上海书店出版社2004年版，第250页。
③ 钱基博：《现代中国文学史》，上海书店出版社2004年版，第248页。
④ 康氏之"三统"指夏、商、周三代不同，当随时因革；"三世"指据乱世、升平世、太平世，愈改愈进。

惊其强记，而论议纵横，放得开，收得住，波澜极壮，首尾条贯，上说下教，虽天下不取，强聒而不舍者也"。① 这种强烈的自信及语惊四座的口才，使康有为成为那个时代最具有先锋气质的纵横家和策士。据称康有为七十二岁时，仍口辩悬河，声若洪钟，精神矍铄，见者辟易，章士钊评价说："二十年前，闻之服南海者曰：'天下之丑诋南海者，其人直未尝见之耳。见之，未有不易侮为敬者也。'吾尝举其语以为笑。而今见之，乃信异人。"②可见作为开风气之先的一代思想家，康氏的个人魅力确属非凡。

光绪二十一年（1895）五月二日，康有为在《上清帝第二书》中，论及改革旧制的必要性时说："物久则废，器久则坏，法久则弊。官制则冗散万数，甚且鹭及监司，教之无本，选之无择，故营私交贿，欺饰成风，而少忠信之吏。学校则教及词章诗字，寡能讲求圣道，用非所学，学非所用，故空疏愚陋，谬种相传，而少才智之人。兵则绿营老弱，而募勇皆乌合之徒。农则地利未开，而工商无制造之业。其他凡百积弊，难以遍举。"③从官制到学校再到兵、农，对社会的弊坏进行了全面的概括，并对比列强"外夷"的情形，指出国际国内形势已迫在眉睫，改革已成迫不得已之趋势。康有为的上书感情充沛，辩驳有力，充满煽动性。接下来，我们就以其对科举改革的奏章为例，来说明康氏文章的这些特点。

在给光绪帝的上书中，康有为对晚清八股文弊病的揭露，实属淋漓尽致。试看他代宋伯鲁所拟《请改八股为策论折》中对八股文的指斥：

……方今国事艰危，人才乏绝，推其原由，皆因科举仅试八股之故。盖今之八股，例不许用后世书后世事，美其名为清高雅正，实以文其空疏谫陋。夫激厉士人以学，犹虑其不能相从，况禁其用后世书、后世事乎？是恐稍有知识而故靳之也。督人以圣贤义理之学，犹惧不能，况束以连上犯下、偏全枯窘、缩脚搭截之法，而欲其游刃有余，善言德行，乌可得哉！又以入口气为代圣立言。夫以圣人之言，游、夏莫赞。扬雄太元拟《易》，刘向讥其僭妄；王通七制拟《书》，朱子笑其儿戏。以彼二贤，犹尚如是；生童何人，乃能上代圣言哉？以选举之大典，为优孟之衣冠，侮圣戏经，莫此为甚。④

折中集中批判了八股文"不许用后世书后世事"和"代圣贤立言"的两项功令规定。鉴于此中前者乃由后者衍发而来，在此我们就重点谈一谈八股文的"代圣贤立言"。所谓"代圣贤立言"，即根据经文的语境、意旨，人物的身份、思想和性格特征，代其立言。这是八股文区别于经义注疏的最大之处，也是八股文与一般文学作品最为相近之处。经书

---

① 钱基博：《现代中国文学史》，上海书店出版社2004年版，第251页。
② 钱基博：《现代中国文学史》，上海书店出版社2004年版，第284页。
③ 汤志钧编：《康有为政论集》，中华书局1981年版，第122~123页。
④ 汤志钧编：《康有为政论集》，中华书局1981年版，第264页。

中的人物并不全是圣贤，也有普通百姓，甚至奸佞小人，因此八股文的"代言"性质要求八股文作者必须能够做到设身处地地说话，所代之言符合人物的思想、性格和说话的场景（也即"肖题"）。凡此种种，都对写作者的理解力和想象力提出了更高的要求。因"四书"中所涉人物皆生活于先秦时期，所以人物语言中就不应牵涉秦汉以下的史实与人物，也不应该引用秦汉以后的文章和典故，这也就是因"代圣贤立言"而推衍出"不许用后世书后世事"的科举八股文功令的规定。虽然如此，八股文仍然能够各仔己见，甚至见出作者的真性情，关于这点，前面我们已经举过事例。对此，章学诚在《与朱沧湄中翰论学书》中说："举业虽代圣贤立言，亦自抒其中之所见。诚能于学问而以明道为指归，则本深而末愈茂，形大而声自宏。……制举之初意，本欲即文之一端以觇其人之本质。"①因此，无论从提高文章写作的角度来看，还是从考试选拔优秀人才的愿望来说，"代圣贤立言"并没有太多值得指责的地方。

明白了八股文的这些功能后，我们再对康氏此篇上奏细加分析。文章第一句话将国家人才乏绝的原因归结为"皆因科举仅试八股之故"，开篇即奠定了全篇的批判主旨，"起"得决绝。接下来的分析主要从以下两层意思展开：一是八股文禁用后世书、后世事及其他功令的规定太过苛刻，让人无法自由发挥，畅所欲言。为发其蔽，康氏用两个相辅相成的句子："夫激厉士人以学，犹虑其不能相从，况禁其用后世书、后世事乎？是恐稍有知识而故靳之也。督人以圣贤义理之学，犹惧不能，况束以连上犯下、偏全枯窘、缩脚搭截之法，而欲其游刃有余，善言德行，乌可得哉！"其用词遣句和论证指斥均以排比对仗之法出之，文章的气势也因此盘旋而上。接着，康氏又表达了他的第二层意思："以入口气为代圣立言。"与第一层论证中以抽象概括、理论论证不同，康氏在此采用事例论证和对比论证的方法，将"入口气"、"代圣立言"的规定批判得体无完肤，甚至不无挖苦调侃之嫌。最后，归结出八股文的"代圣贤立言"简直等同于"优孟衣冠"，乃是"侮圣戏经"之举，毫不足取。因此欲求真才，必弃八股——康氏请求废除八股的主旨顺承而下，毫无滞碍。我们先不论其内容是否确当（奏议的特点在于责难），单看文章的气势，就足以骇人耳目：正反辩说，对仗排比，纵横捭阖，不受拘束，足以使读之者魄为之荡，气为之夺。

这种以气势取胜的笔法体现在康有为的大部分篇章（尤其是政论文）中，如前文已举代杨深秀所《请厘定文体折》：

> ……以经意论，则无所发明；以文体论，则毫无取义。格式既定，务使千篇一律，稍有出入，即谓之不如格，是以习举业者，陈陈相应，涂涂递附，黄茅白苇，一望皆同。限以三百、七百之字数，拘以连上犯下之手法，虽胸有万卷、学贯三才者，亦必俯就格式，不许以一字入文。其未尝学问者，亦能揣摩声调，敷衍讲章，

---

① （清）章学诚著，刘公纯点校：《文史通义》外篇三《与朱沧湄中翰论学书》，古籍出版社1956年版，第305页。

弋获巍科，坐致高位，是使天下之人相率于不学也。①

康有为的上疏正是以其充沛的感情和强大的气势造成了振聋发聩的效果，给人强烈的思想冲击，光绪帝亦为之震动，下令自下科起，停废科举，改试策论。

平心而论，八股文之所以能持续五百年之久，自有其不可否认的优势。然而面对列强环伺、民族危在旦夕的时局，救亡图存、寻求富强成为时代的主旋律，迅速废除旧体制中的弊病，开启一个发展新纪元的愿望，使康梁等批判者急切于寻病根，找答案，往往是找到一个原因就将其扩大化、全局化。对于八股文，不仅大加批判其弊端，甚至认为近代中国积贫积弱、割地赔款都是八股文的罪过。这种激愤之言无疑以偏概全，矫枉过正，发语极端。梁启超曾对这种肆意言说的情由不止一次地解释说：

> 然启超常持一论，谓凡任天下事者，宜自求为陈胜、吴广，无自求为汉高，则百事可办。故创此报之意，亦不过为椎轮、为土阶、为天下驱除难，以俟继起者之发挥光大之。故以为天下古今之人之失言者多矣，吾言虽过当，亦不过居无量数失言之人之一，故每妄发而不自择也。……当其论此事也，每云必此事先办，然后他事可办。及其论彼事也，又云必彼事先办，然后余事可办。比而观之，固已矛盾。而其实互为先后，迭相循环，百举毕兴，而后一业可就。其指事责效之论，抚以自问，亦自笑其欺人矣。然总自持其前者椎轮土阶之言，因不复自束，徒纵笔端之所至，以求振动已冻之脑官，故习焉于自欺而不觉也。②

"宜自求为陈胜、吴广，无自求为汉高"，在梁氏的夫子自道中，我们可以看到梁氏等呐喊维新者"首倡天下"的勇气与决心；然作兴百废，振作天下，则要"俟继起者"来发扬光大了。梁氏同样承认，在他们批判的文章中，如果从逻辑上来看，则往往自相矛盾，甚至明知此乃欺人之谈，然而为了"唤醒民众"，"振动已冻之脑官"，以夸张之陈述而达致变革现状的目的，"但开风气不为师"，恰是康梁诸人的宣传策略。

梁启超早期之文亦以批判为主。1895年6、7月间，梁氏协助康有为在北京创办《万国公报》(即《中外纪闻》)和强学会，"日日执笔为一数百字之短文"，"托售京报人随宫门钞分送诸官宅，酬以薪金"。③ 强学会被封禁后，梁氏舍讲学而有志从政，与黄遵宪、汪康年于上海筹办《时务报》。自著《变法通议》，批评秕政，认为救弊之法在于废科举，举学校。论及学术，则自荀卿以下，汉、唐、宋、明、清学者，搋击无完肤。这种"舍我其谁"的气概，几与其师康有为枹鼓相应。

---

① 汤志钧编：《康有为政论集》，中华书局1981年版，第247~248页。
② 《附录三 师友来函》，《梁启超致严复书》，王栻主编：《严复集》第五册，中华书局1986年版，第1567~1568页。
③ 梁启超：《鄙人对于言论界之过去及将来》，李华兴、吴嘉勋编：《梁启超选集》，上海人民出版社1984年版，第618页。

然而梁氏文风的形成，却是其在戊戌政变被逐流亡日本后。在日本横滨，梁氏先创办《清议报》，再创办《新民丛报》、《新小说政论》、《国风报》诸杂志，为文畅其旨意，无所顾忌，"而《新民丛报》播被尤广，国人竞喜读之，销售至十万册以上。清廷虽严禁，不能遏也"。① 梁氏坦言自己早年曾学过桐城文法，

> 久之舍去，学晚汉、魏晋，颇尚矜练，至是酣放自恣，务为纵横轶荡，时时杂以俚语、韵语、排比语及外国语法，皆所不禁，更无论桐城家所禁约之语录语，魏晋六朝人藻丽俳语，诗歌中隽语，及《南北史》佻巧语焉。此实文体之一大解放。学者竞喜效之，谓之"新民体"，以创自启超所为之《新民丛报》也。老辈则痛恨，诋为文妖。然其文晰于事理，丰于情感，迄今六十岁以下、三十岁以上之士大夫，论政持学，殆无不为之默化潜移者。可以想见启超文学感化力之伟大焉。②

由此，我们可以对"新民体"下一定义："新民体"即清末政论思想家梁启超的散文风格，其酣放自恣，条达疏畅，纵横轶荡，气尽语极，时时杂以俚语、韵语、排比语及外国语法，其中既有魏晋六朝文之藻丽俳语，又有诗歌中隽语，还有《南北史》之佻巧语；无艰涩拗口之弊，遣言措意，切近的当，令读者寻绎不倦，爱不释手，具有强烈的吸引力和感染力。

较之康有为，梁启超的文章又增加了浅易和亲切的成分，因此其读者之众，影响之深且广，无人逾之，其在晚清言论界之功，罕有其匹，而梁氏也成为真正开启一代风气的思想家和言论家。我们可以随意摘录梁启超的两段文字，从中对梁氏文风（以至晚清文风的转变）有更为直观的了解和把握：

> 呜呼！今日中国之士大夫，其心力，其议论，与三岁以前则大异。启超甲午、乙未游京师，时东警初起，和议继就，窃不自揣，日攘臂奋舌，与士大夫痛陈中国危亡朝不及夕之故，则信者十一，疑者十九。……乃及今岁，胶、旅、大、威相继割弃，受胁失权之事，一月二十见。启超复游京师，与士大夫接，则忧瓜分惧为奴之言，洋溢乎吾耳也。及求其所以振而救之之道，则曰天心而已，国运而已；谈及时局，则曰一无可言；语以办事，则曰缓不济急。千臆一念，千喙一声，举国戢戢，坐待刲害。嗟乎！……今之忧瓜分惧危亡者遍天下，殆几醒矣，而其议论若彼，其心力若此。故启超窃谓：吾中国之亡，不亡于贫，不亡于弱，不亡于外患，不亡于内讧，而实亡于此辈士大夫之议论之心力也！③

---

① 钱基博：《现代中国文学史》，上海书店出版社2004年版，第289页。
② 钱基博：《现代中国文学史》，上海书店出版社2004年版，第289页。
③ 梁启超：《保国会演说词》，《梁启超演讲集》，天津古籍出版社2005年版，第1页。

> 试观今日所以为教育之道者何如？非舍八股之外无他物乎，八股犹以为未足，而又设为割裂截搭、连上犯下之禁，使人入于其中，铓乎数十年之精神，犹未能尽其伎俩，而遑及他事？犹以为未足，禁其用后世事后语，务驱此数百万侁侁矜缨之士，使束书不观，胸无一字，并中国往事且不识，更奚论外国？并日用应酬且不解，更奚论经世？犹以为未足，更助之以试帖，使之习为歌匠；重之以楷法，使之学为钞胥；犹以未足，犹恐夫聪明俊伟之士，仅以八股、试帖、楷法不足尽其脑筋之用，而横溢于他途也，于是提倡所谓考据、词章、金石、校勘之学者，以涵盖笼罩之，使上下四方，皆入吾网……①

前一段是梁氏的一篇演讲词，后一段则追究中国积弱的原因。演讲重在动人心魄，启人深思，与之相应，梁氏的这段演讲词也是声情并茂，其结论"吾中国之亡，不亡于贫，不亡于弱，不亡于外患，不亡于内讧，而实亡于此辈士大夫之议论之心力"也极能震撼人心。后一段则从各个方面对中国传统教育进行检讨，不遗余力地对科举考试的种种功令规定进行批驳。

结合这两段文字，我们可以看出康梁等人的文风特点。相较而言，梁启超更乐于用排比句式为文章造势，以增强宣传的力度；且又惯常以激昂的情感驱遣笔墨，"条理明晰，笔锋常带情感，对于读者，别有一种魔力焉"②。细究其原，则康梁等人此种行文笔法，皆得自八股，如其论辩之正反对比，声调之抑扬顿挫，甚至排比夸张，陵厉震荡，与八股文"比"的写法并无二致。钱基博先生曾指出乾嘉时期八股文家汤鹏之文对康梁等人的影响："……然其（汤鹏）学主王霸杂用，出入儒与名、法；而不纯学周公、孔子。其语杂糅孟轲、韩非，引物连类，旁征史实，而归宿于称说《诗》、《书》，则又似《荀子》书之引《诗》以卒篇。而其行文，则好为排比，体仍制艺而自出变化，震荡陵厉。时而云垂海立，时而珠圆玉润，连犿旁魄；时而纵而不傥，读之者目眩神夺。争之强，辩之疾矣。足以夺人之心，移人之志。倪后来康有为、梁启超报章文新民体之所昉乎？"③钱先生从三人的行文中抽绎出其为文气势的内在一致性，可谓见微知著，独具慧眼。

然而，"笔锋常带情感"，既是梁氏为文的优势，同时也恰是其作为学术的缺点。20世纪20年代，周作人在《诗人的文化观》一文中，对梁氏所作的文化讲座或研究进行了并非刻薄的批评：

> 文化的比较与研究是一种科学。但梁先生是一个诗人，梁先生自己也知道，

---

① 梁启超：《中国积弱溯源论》，易鑫鼎编：《梁启超选集》，中国文联出版社2006年版，第26～27页。
② 梁启超：《清代学术概论》，上海古籍出版社1998年版，第86页。
③ 钱基博：《近百年湖南学风 骈文通义》，上海古籍出版社2012年版，第11页。

"笔锋常带情感"即是他自己的考语；所以他有时不免为感情所引，从科学跳到文学的界里去了，这是他的文章所以使我们十分佩服的理由，但于事实也就不免稍有出入了。……做文化史的人应该是一个科学家，尊重事实证据而没有教旨或灵感之科学的史家。诗的文化史还只是属于文艺的，倘若文章做得很好。①

追溯康梁诸人此种文风的由来，"报章体"实为其发端之一。然而此种"报章体"，却与策论纵横恣肆之风格潜与相通。刘勰在《文心雕龙》中曾对"议、对"的内容和风格进行了界定："夫驳议偏辨，各执异见；对策揄扬，大明治道。使事深于政术，理密于时务，酌三五以熔世，而非迂缓之高谈；驭权变以拯俗，而非刻薄之伪论；风恢恢而能远，流洋洋而不溢，王庭之美对也。"②如果以这种标准对康梁的政论文进行核准，可以发现：晚清康梁之文既非"深于政术"，亦非"理密于时务"，其极端之论主要以激烈的情感为其特色，这恰好符合开启一代新风气的要求。

康梁思想的传播得益于《万国公报》、《时务报》颇多，其情感饱满，大放厥词，在舆论界掀起了怒涛狂澜，"举国趋之，如饮狂泉"③，因而于变法颇为有力。梁启超曾说："自报章兴，吾国之文体为之一变，汪洋恣肆，畅所欲言，所谓宗法、家法，无复向者。"④1898 年 8 月 15 日，《申报》发表论说文《整顿报纸刍言》，攻击维新派所办的报纸"纯驳不一，信口雌黄，好恶从心，笔锋妄逞"，"妄议国政，煽惑人心"，指责维新派人士为"斯文之蟊贼"，要求制定报律，"使作报者不能恣意妄为"⑤，这从反面说明了康梁文章的巨大影响。

科举改试策论后，言路更加开放，文体的变化也更趋于多样和丰富，其流风所及，至 20 世纪 30 年代不衰。1903 年，严复在《译〈群学肄言〉自序》中说：

乃窃念近者吾国以世变之殷，凡吾民前者所造因，皆将于此食其报。而浅谙剽疾之士，不悟其所从来如是之大且久也。辄攘臂疾走，谓以旦暮之更张，将可以起衰而以与胜我抗也。不能得，又搪撞号呼，欲率一世之人，与盲进以为破坏之事。顾破坏宜矣，而所建设者，又未必其果有合也，则何如稍审重，而先咨于学之为愈乎？⑥

---

① 《诗人的文化观》上，陈子善、张铁荣编：《周作人集外文》，海南国际新闻出版中心 1995 年版，第 582 页。
② (南朝)刘勰：《文心雕龙辑注》卷五《议对》，中华书局 1957 年版，第 246～247 页。
③ 梁启超：《饮冰室合集》文集之六《清议报一百册祝辞并论报馆之责任及本馆之经历》，中华书局 1989 年版，第 52 页。
④ 梁启超：《饮冰室合集·中国各报存佚表》。转引自陈文新主编，王同舟分册主编：《中国文学编年史·晚清卷》，湖南人民出版社 2006 年版，第 343 页。
⑤ 程华平编著：《近代上海散文系年初编》，上海教育出版社 2003 年版，第 156 页。
⑥ 《译〈群学肄言〉自序》，王栻主编：《严复集》第一册，中华书局 1986 年版，第 123 页。

序中并未明言针对者何人,但明眼人一下就能看出所指对象。严复认为康梁言论极为偏激,乃"于道徒见其一偏而出言甚易。……至于任公妙才,下笔不能自休,其自甲午以后,于报章文字成绩为多,一纸风行,海内观听为之一耸"。然而既然"破坏"远远高于"建设",严氏认为在呼吁"破坏"时,也应"稍审重"方可。对于康梁(尤其是梁启超)所掀起的"革命"、"破坏"之风气,严复痛加诋斥:

> 然而革命、暗杀、破坏诸主张,并不为悔艾者留余地也。其笔端又有魔力,足以动人,言破坏则人人以破坏为天经,倡暗杀则人人以暗杀为地义,敢为非常可喜之论,而不知其种祸无穷。①

康梁(以梁尤甚)这种肆意论说、猖狂无忌的风气在解放了文体与时代思想的同时,却又使文章和思想流于散漫而百无禁忌,这对此后文学以至于思想、社会的发展,直至今天,都让人痛心疾首,触目惊心!

比较北宋与晚清这两个时期对科举的改革,可以发现:时代的差异导致了变革目的与结果的不同。大体来说,北宋前期国家政治总体上较为安定,对贡举考试的内容调整,也是渐进式的。调整后对策论的侧重与强调,反映了儒家士子重建道统的试图与努力。熙宁改革中,王安石彻底废除延续了二百余年的诗赋取士制度而代之以经义、策、论取士,这是儒家思想重新成为主流意识形态的一种体现。此时期的策、论内容往往与经、义相关,基本上没有溢出刘勰在《文心雕龙》中对于"对(策)"的总结与界定。策、论在科考中的比重大大加强,也有力地影响了宋代此后散文及学术思想的发展,"道学"思想的突显是其主要表现。

晚清科举改革的时势与环境完全不可与北宋同日而语。废除八股文以至于废除科举制度成了当时改革派的共识,为了达成此目的,改革者不惜夸大了科举制度与八股文的弊端,以偏概全地将末流之弊统归于制度之不善。而改试策论则更多着眼于畅开言路,取得言论自由,鼓励士子为国家民族的奋发图强献计献策,这促成了晚清以评议政治为主的政论文的勃兴,时代学风也因此发生改变,从而开启了一个思想解放的时代。然而八股文早已成为明清两代文学的写作生态,即使科举制度被废除,八股文对学术和文学的浸润却无处不在,成为晚清至民国文风抹不去的印迹。

---

① 严复:《论教育与国家之关系》,王栻主编:《严复集》第一册,中华书局1986年版,第166页。

第七章　科举革废前后的诗歌

科举与诗歌的关系由来已久。清中叶后，科举重试律诗，再次拉近了科举与诗歌的关系。晚清废除八股的同时一并废除了试律诗，然而文化、文学的巨大惯性仍使诗歌保持着绝对的影响力。晚清至民国时期，传统古近体诗歌的创作仍然相当活跃，仍然是该时期诗歌创作的主流。

探析科举革废与晚清诗歌的关系，可以首先从清代科举试律诗与八股文、古近体诗歌的关系说起，追寻科举试律诗对传统诗歌创作的规范，以及传统诗歌创作对试律诗的影响；然后再以光宣诗坛的创新与模古为论述中心，综合考量时代环境的改变、创作宗旨的转变、对前代诗歌创作的反拨等诸多因素，对晚清"诗界革命"不能成功的原因从本土文化的角度加以阐释。

第一节　清代科举试律诗与诗歌之关系

试律诗始于唐，又叫试帖诗。其实，这一名称源于误用，梁章钜曾在《试律丛话》中加以厘正。① 唐时以诗赋取士，因此讲试律者也甚多。宋熙宁二年（1069），王安石改革科举制度，以经义取士渐渐取代诗赋取士，诗赋在科考中的地位降低，直至在科试中被完全取消，于是也就极少有人去讲试律诗的作法了。然而明清两代的八股取士制度，却将八股文与诗歌创作紧密联系起来。清中叶后科考恢复试律诗，科举与诗歌的距离进一步被拉近。因此，考察晚清诗歌创作，不能忽视科举尤其是科举试律诗的重要影响。

---

① 《试律丛话》卷一："试律始于唐……我朝乾隆间始复用之科举，或稍为排律。然古人排体诗有数十韵及百韵者，今限以六韵、八韵，则不得以排律概之也。又或称为试帖。然古人明经一科，裁纸为帖，掩其两端，中间唯开一行，以试其通否，故曰试帖。进士亦有赎帖诗，帖经被落，许以诗赎，谓之赎帖，非以诗为帖也。毛西河检讨奇龄有《唐人试帖》之选，盖亦沿此误称。唯吾师纪文达公撰《唐人试律说》，其名始定。"纠正了试律诗与"试帖"的区别、"试帖诗"之称的由来及世代误称相延的情况。陈水云、陈晓红校注：《梁章钜科举文献二种校注》，武汉大学出版社2009年版，第551页。

一、清代试律诗与八股文

清初科举制度沿用明制，仍以八股经义为主，不重诗赋。《清史稿·选举志一》载，康熙时期儒童入学考试题目，初用四书文、孝经论各一；后改定正试四书文二，复试四书文、小学论各一；后又增策论，仍用孝经。乡试除首场试四书文三篇、五经义四篇外，二、三场兼用论、表、诏、诰、判、策。由此可见康熙年间在科举考试的童试及乡试两大重要环节中，试律诗并没有受到重视。

这种情况一直持续到乾隆二十二年（1757）。这一年，乾隆下令各级科举考试均作出重大调整：童试改试四书文、经文各一，增五言六韵试帖诗一首；岁、科考除四书文、经文（或策）各一篇外，又增五言八韵试帖诗一首，默写《圣谕广训》一则。鉴于论、表、判等内容多剿袭雷同，罢之，代之以五言八韵诗一首，这标志着试律诗在清代科举考试中被重新应用。此种更改为清中后期科举考试沿袭。① 乾隆四十七年（1782），乾隆帝再次诏令：将五言八韵诗移于首场四书文后。这一规定大大提高了试律诗的地位②，此后，直至光绪二十八年（1902）改革科举制度，宣布废八股、试律诗为止，试律诗始终都是科考的重要内容之一。在此期间，优、拔贡以及会试、进士朝考、庶常馆课、翰林散馆考试、翰林大考、考官考差等考试中，五言八韵（或十韵）诗均占相当重要的地位。因此，梁章钜在《试律丛话》中说："试律于诗为末务，然功令以之取士第一场，次时文。后至于庶常馆课、大考翰詹，皆以是觇其所学，固未可薄而不为也。"③因此，作为仅次于"八股文"的另一重要科举文体，试律诗（或仍延其误称"试帖诗"）的重要性绝不容小觑。

诗歌写作进入科举考试内容，自有其得天独厚的优势因素。对唐代以诗赋取士的原因，钱穆有过精辟的分析："诗赋出题无尽，工拙易见，虽则风花雪月，不仅可窥其吐属之深浅，亦可测其胸襟之高卑。"④此段话说得极其明白——诗赋绝不能仅视为对"风花雪月"的情感抒发；作为科举考试文体，它"出题无尽，工拙易见"，易于出题，易于判卷；同时又可对应考者的人格气度有一定的反映，"可窥吐属之深浅，亦可测胸襟之高卑"，因此诗、赋被用于科举考试三百余年之久，直至熙宁二年（1069）王安石改革时以经义取代之为止。

与制义、经义之题以四书和五经为范围不同，试律诗不拘何书，皆可作为题目。清

---

① 参考商衍鎏：《清代科举考试述录及有关著作》，百花文艺出版社2004年版，第29页。
② 商衍鎏：《清代科举考试述录及有关著作》，百花文艺出版社2004年版，第79页。
③ 《试律丛话》序，陈水云、陈晓红校注：《梁章钜科举文献二种校注》，武汉大学出版社2009年版，第539页。
④ 钱穆：《中国历史上之考试制度》，刘海峰编：《二十世纪科举研究论文选编》，武汉大学出版社2009年版，第110页。

代科举制度又规定，会试及顺天乡试试律各题，悉由钦命。① 这样，在"出题无尽"的同时，清代中后期科举考试又强调了对皇帝和皇权的尊崇，从整体上将试律诗纳入"颂圣"、"颂美"的基本范畴，因此结联往往用颂扬语。启功在《说八股》中不无调侃地概括"试帖诗"的主要功能说："考试做完八股文还要加上试帖诗，从形式上看，好像是诗文并重。仔细看来，实在另有缘故。八股文中自从明末清初删去'大结'之后，全篇即没有应考者自己立场的语言，因此在文中也就没有地言安插对皇帝表颂扬的话了。皇帝下令考了一番，竟连一句颂扬的话都没听到，自是缺典，也不甘心。那么试帖诗的'颂圣'尾巴，正可起到画龙点睛的妙用，也就弥补了前边八股文之不足了。"②这种说法幽默风趣，但清代科考中试律诗的设置，即便是结联的"颂语"，也须合乎体制，在本题上生情成颂，而不可与题毫无关涉，因此绝非仅仅是皇帝想听听颂美之辞，它更重要的作用乃在于考查应考者基本的文学文化素养。

与一般的诗歌创作方法不同，试律诗"不同于古体，其诗格之构造体裁，别为一种"③，这也就是试律诗作为科考文体的特殊性。启功将"试帖诗"的要求概括为以下八点：一是必须是五言句；二是必须是律调句；三是必须十六句；四是首尾两句不用对偶外，其余各联必须对偶；五是限定以某字为韵，不许出韵；六是试律诗一般以首句不入韵为多，若首句入韵，则韵脚也不能借用邻近字韵；七是诗的前四句要把题目大意包括进去，类似八股文的破题；八是诗的末尾要"颂圣"。④ 从这里可以看出五言八句的排律诗——试律诗，不仅要符合传统律诗写作中的"粘"、"对"的规范，还要在用韵上特别注意，既不许出韵，又不能借韵；还需要在规定的范围内对题目的内容和意义加以衍生。梁章钜对试律诗的具体写法和规定进一步解读说：

> 其义主于诂题，其体主于用法，其前后起止、铺衍诠写，皆有一定之规格、浅深之体势。而且题中有一字即须照应不遗，题意有数重又须回环钩绾，尺寸一失，虽词坛宗匠亦不入程式焉。盖其道与八股制义相出入。……盖题体纤杂，神理非出于一端，铺写有定，语言不可以旁出也。⑤

梁章钜指出，科举试律诗从文体类别上应属于"咏物"一类，但所咏的不是"物"，却是"题"。题目中所涉及的几项内容，都要一一从它们的上下、左右、前后、正反、内外各个方面挖空心思去描摹、铺写，词章修养高的人可以用各种换字法去变化字面。⑥ 诸

---

① 陈水云、陈晓红校注：《梁章钜科举文献二种校注》，武汉大学出版社2009年版，第541页。
② 启功、张中行、金克木：《说八股》，中华书局2000年版，第54页。
③ 商衍鎏：《清代科举考试述录及有关著作》，百花文艺出版社2004年版，第245页。
④ 启功、张中行、金克木：《说八股》，中华书局2000年版，第53~54页。
⑤ 《试律丛话》卷一，陈水云、陈晓红校注：《梁章钜科举文献二种校注》，武汉大学出版社2009年版，第552页。
⑥ 参考启功、张中行、金克木：《说八股》，中华书局2000年版，第54页。

多规定使试律诗与古近体诸诗区别开来。因此，与"戴着镣铐的舞蹈"的近体律诗相比，试律诗又另外被加上了"枷锁"；而与怡情遣兴的诗歌写作相较，试律诗的写作更趋近于八股文的章法技巧。

清代毛奇龄曾将试律诗类比为早期的"八股文"，并指出正是科举文体的特殊性使然：

> 律则专为试而设。……天下无散文，而复其句、重其语、两叠其话言作对待者，唯唐制试士改汉魏散诗，而限以比语，有破题，有承题，有颔比、颈比、腹比、后比，而后结以收之。六韵之首尾即起结也，其中四韵即八比也。然则试文之八比视此矣。①

毛氏这段话道出了试律诗与八股文同作为科举文体的共通性。但总的说来，唐代试律诗的技巧与水平赶不上清代的试律诗，其中最大的原因，试律诗的各种规定与技巧均与八股文的章法结构相暗合，清代以八股取士，因此谙熟八股文写作的士子，在创作试律诗方面，自然较唐代的应试举子技高一筹。

清代试律诗除将唐代试律诗最基本的格式、声律、对仗等引入以外，又兼以八股之法，在炼字、逐句、命意、布格等方面进行了种种限制和规定，这提高了试律诗的难度，却能使优秀的试律诗一下子脱颖而出。清代名公巨卿多工此体，乾隆、嘉庆年间，和声鸣盛，能手辈出。四库馆臣纪昀以余力为《庚辰集》试律选本，金针度人，为举业家导源溯源，为村学究振聋发聩，"鸿篇佳制无美不备，注释详明，评论剖析一归精密，一时应举之士及馆阁诸公无不奉为圭臬"②，从而形成了试律诗繁荣兴盛的局面。

究其实，八股文对试律诗的影响主要表现在气脉及理路(即"章法")方面，《随园诗话》、《制义丛话》等笔记中对此皆有记述：

> 时文之学，有害于诗；而暗中消息，又有一贯之理。余案头置某公诗一册，其人负重名。郭运青侍讲来，读之，引手横截于五七字之间，曰："诗虽工，气脉不贯。其人殆不能时文者耶？"余曰："是也。"……后与程鱼门论及，程亦韪其言。余曰："古韩、柳、欧、苏，俱非为时文者，何以诗皆流贯？"程曰："韩、柳、欧、苏所为策论应试之文，即今之时文也。不曾从事于此，则心不细，而脉不清。"余曰："然则今之工时文而不能诗者，何故？"程曰："庄子有言：'仁义者，先王之蘧

---

① 《试律丛话》卷一，陈水云、陈晓红校注：《梁章钜科举文献二种校注》，武汉大学出版社2009年版，第553页。
② 《试律丛话》序，陈水云、陈晓红校注：《梁章钜科举文献二种校注》，武汉大学出版社2009年版，第539页。

庐也，可以一宿而不可久处。'今之时文之谓也。"①

王文简云："予尝见一布衣有诗名者，其诗多格格不达。以问汪钝翁。钝翁曰：'此君坐未尝解为时文故耳。时文虽无与诗古文，然不解八股，即理路终不分明。'"近见王恽《玉堂嘉话》一条，"鹿庵先生曰：'作文字当从科举中来，不然汗漫披猖，是出入不由户也。'亦与此意同"。②

八股章法对诗歌的创作既"有害"，又有"暗中消息"一以贯之，这恰恰证明了八股文作为科举文体的实用性及其文学性之间相依相存的关系。试律诗也是科举文体的重要一体，因此它与八股文、古近体诗歌之间，又存在更为微妙的关系。

试律既然"其道盖与八股制义相出入"，那么写作试律诗也就应该参照八股文的创作方法。纪昀谈到写作试律诗时，认为写作者首先应该认识到试律诗的起承转合、虚实浅深、审题命意、因题布局等方面均与八股文一致，然后再进行创作。但有些写作者一触及写作，却将这一法则抛到九霄云外：

> 独至试律，则往往求之题面而不求之题意，求之实字而不求之虚字，求之句法而不求之篇法，于是乎凑字为句，凑句为联，凑联为篇，不胜其排纂之劳，几如叶叶而刻楮。岂知不讲题意则题面一两联即尽，无怪其窘束也；不讲虚字则实字一两联亦尽，无怪其重复也；不讲篇法则句句可以互换，联联可以倒置，无怪其纷纭胶葛也。③

试律诗中出现钉饾、杂凑的痕迹，纪昀认为简直不可原谅。纪昀认为八股文的章法结构对试律诗起着正面的影响作用。接着，纪昀又以"米"和"粥"作喻，阐明了八股文与试律之间的关系："岂非不知试律之法同于八比，如所谓能以米为饭，不能以米为粥哉？"他叙及自己创作试律诗的心得时，又打比方说："余作试律速于他文，亦不过以八比之

---

① （清）袁枚著，顾学颉校点：《随园诗话》卷六，人民文学出版社2006年版，第197页。程鱼门即程晋芳（1718—1784），初名廷璜，字鱼门，号蕺园，安徽歙县人。乾隆三十六年（1771）进士，由内阁中书改授吏部主事，迁员外郎，被举荐修四库全书。与袁枚、商盘相唱和，与吴敬梓交谊深厚。著述甚丰，有《蕺园诗》、《勉和斋文》、《群书题跋》等。

② 陈水云、陈晓红校注：《梁章钜科举文献二种校注》卷二，武汉大学出版社2009年版，第42页。王文简即王士禛（1634—1711），原名士禛，字子真，贻上，号阮亭，又号渔洋山人，谥文简。山东新城（今桓台）人，清初杰出诗人，康熙时继钱谦益主盟诗坛，论诗创"神韵说"。擅长各体，尤工七绝。有《带经堂集》。汪钝翁即汪琬（1624—1691），字苕文，号钝庵，初号玉遮山樵，晚号尧峰，小字液仙，江苏长洲人。清初散文家，与侯方域、魏禧合称"清初散文三大家"。顺治十二年（1655）进士，康熙十八年（1679）举鸿博，历官户部主事、刑部郎中、编修。有《尧峰诗文钞》、《钝翁前后类稿（续稿）》等。

③ 《试律丛话》卷二，陈水云、陈晓红校注：《梁章钜科举文献二种校注》，武汉大学出版社2009年版，第582页。

法行之。譬诸作器，片片雕镂而缀合，不如模铸之易也；譬诸取水，瓶瓶提汲而灌溉，不如渠引之易也。"他颇为感慨地说："吾党之作试律，如知以八比法行之，其难其易，其速其迟，必有甘苦自知者，又何必舍易趋难，以雕饰填缀自苦哉？"①这就是说，一旦掌握了方法，则能够一气呵成，意到笔随，纵横起落，不可端倪，定为试场之佼佼者矣。

另一位制义大家金珏在其《今雨堂诗墨》中也谈到应以时文之法来作试律诗，方能得其精髓：

> 余谓君等勿以诗为异物也，其起承转合、反正浅深，一切用意布局之法，真与时文无异，特面貌各别耳。律诗面貌与律赋为近，律赋即与八股为近，此较然可知者也。……夫诗道之甚易明者，亦唯即时文之法求之而已。②

金珏说，试律诗的章法结构——起承转合、用意布局等方面，均与时文无异，因此惟于时文中即可求得作试律之法。纪昀强调试律诗应以布格（即布局）为先："试帖以布格为先，虽无奇语，要当不失法度。人必五官四体具足而后论妍媸，工必规矩准绳不失而后论工拙。若佳句层出而理脉横隔，反不如文从字顺，平易无奇。"③钱锺书将此种情形概括为"诗学（Poetic）亦须取资于修辞学（Rhetoric）耳。五七字工而气脉不贯者，知修辞学所谓句法（composition），而不解其所谓章法（disposition）也"。④

二、试律诗与古近体诗

既然写作章法与八股文相若，因此试律诗借鉴八股文的章法布局技巧是十分有必要的；而试律诗的句法，则是体现其文学性的方面，因此也就需要更多地求助于古近体诗歌。试律诗与古近体诗歌并不相同，王廷绍对试律诗与古近体诗关系有一段非常恰当的描述：

> 或问试帖与古近体有以异乎？余曰："同而异，异而同，唯善学者参之耳。古近体义在于我，试帖义在于题。古近体诗不可无我，试帖诗不可无题。古近体之我，随地现形；试帖诗之题，随方现化。泥之者土偶也，失之者游魂也。此同而异，异而同之说也。"曰：然则为试帖者，何以基之？曰："法必老，气必空，词

---

① 《试律丛话》卷二，陈水云、陈晓红校注：《梁章钜科举文献二种校注》，武汉大学出版社2009年版，第582页。
② 《试律丛话》卷二，陈水云、陈晓红校注：《梁章钜科举文献二种校注》，武汉大学出版社2009年版，第595页。
③ 《试律丛话》卷三，陈水云、陈晓红校注：《梁章钜科举文献二种校注》，武汉大学出版社2009年版，第598页。
④ 钱锺书：《谈艺录》，三联书店2007年版，第596页。

欲其灵，笔欲其卓，四者相需，缺一不可。舍是而以虚夸藻缋为工，失之远矣。"①

这段话说了两层意思：一是试律与古近体诗的区别；二是作试律诗的基本文学素养。古近体诗时时紧扣住"我"，而试律诗则应时时紧扣住"题"，然而既不能"泥"（过于拘泥），又不能"失"（离题），则是二者的共通之处。如何巧妙地把握这种"度"，使自己的试律诗在众多考卷中脱颖而出呢？这就要求作者熟悉写作技巧，又应养"气"（即贯注于诗文中高尚的思想情感和感性生命力量），并且应提高词章表达能力，"词欲其灵，笔欲其卓"，四个方面相互依存，缺一不可。倘若想投机取巧走捷径，"舍是而以虚夸藻缋为工"，则定与优秀的试律诗"失之远"了。纪昀在《唐人试律说》"序"中，对试律诗的作法进行了探讨：

> 窃闻师友之绪论，曰凡作试律，须先辨体。题有题意，诗以发之，不但如应制诸诗唯求华美，则襞积之病可免矣。次贵审题。批窾导会，务中理解，则涂饰之病可免矣。次命意，次布格，次琢句，而终之以炼气炼神。气不炼则雕镂工丽仅为土偶之衣冠，神不炼则意言并尽兴象不远，虽不失尺寸，犹凡笔也。大抵始于有法，而终于以无法。为法始于用巧，而终于以不巧为巧。此当寝馈于古人，培养其根柢，陶镕其意境，而后得其神明变化、自在流行之妙，不但求之试律间也。②

此段文字可与王廷绍的说法相为表里，但纪昀的说法更加具体，从"辨体"、"审题"、"命意"、"布格"、"逐句"等方面加以概括，可触摸而得，不似王氏之言玄之又玄。但二者都表达了相同的思想倾向，即作者的思想境界与学养根柢才是决定试律诗好坏的最终因素，不管是"炼气炼神"也罢，还是"法"、"气"、"词"、"笔"均须卓出也罢，最后都应当"寝馈于古人，培养其根柢，陶镕其意境，而后得其神明变化、自在流行之妙，不但求之试律间"，应放开胸襟，不仅仅为应试而作。这对应试士子提出了更高的"尊德性"和"道问学"方面的要求。

试律诗作为诗之一种，它根源于古近体诸诗，却又在一定程度上高于古近体诗。写好试律诗的前提在于熟习古近体诸诗，而又能参之以变幻，这恰如好的八股文作者必须也是写作古文的好手一样，试律诗"虽以用法诂题为主，然无性情、学问、风格以纬于

---

① 《试律丛话》卷一，陈水云、陈晓红校注：《梁章钜科举文献二种校注》，武汉大学出版社2009年版，第556页。王廷绍（1763—?），字善述，号楷堂，大兴人，嘉庆四年（1799）进士。著《淡香斋诗草》、《淡香斋试帖》等。

② 《试律丛话》卷一，陈水云、陈晓红校注：《梁章钜科举文献二种校注》，武汉大学出版社2009年版，第552页。

其间，则亦俗作而已"①。梁章钜称颂黄安涛诗名风行海内，而试律亦雄杰不凡，并举例，如黄氏之《玉剖骥骐》诗结句："结绿浑无玷，飞黄若有神"，《乔木生夏凉》诗之"青铜千丈立，翠幄四围张"，《四时花放不知秋》诗之"傲霜何待菊，向日总如葵"等句，颇能体现出作者的品格情操，"为郭兰石称之不容口"。② 所以，如何在极为严格的规定下创作出一首好的试律诗，不仅能够反映出作者的才情、学问，同时，也颇能反映出作者诗才水平的高下。深通试律之人都知道想要写好试律诗，必须从各个方面苦练基本功，"大约根柢必深厚，理法必清真，然后斟酌章句，斧凿群言，推陈出新，雕琢之至，归于自然"。"有杜、韩百韵之风力，乃有沈、宋八韵之精能"。③ 惟其如此，方能做到左右逢源、得心应手。——这真是谈何容易！

当然，兼能试律诗及古体诗者也大有人在。除纪昀等人外，嘉庆时期，嘉兴人吴锡麟的试律诗颇为时人所推重，王惕甫曾为其试律诗作序云："縠人他诗靡不工，然生峭之音、新茜之色、超逸之解，以南宋、金、元与汉、魏、六朝共炉而冶，虽脱化几变，犹足知其为西泠前辈流风。独八韵诗则天韬自解，一洗万古，真力弥满，先射命中，洞入题凑，横生侧垌，众妙孕包。时而见若异军苍头，时而见若时花好女，时而见若佩玉长裾，时而见若仙巾鹤氅，倏忽异状，不名一能。予方瞑眩颠踬，惊犹鬼神，而又乌乎测之哉！"④对其倾倒之至。能够将试律诗写到这种程度，真可谓试律诗中之射雕手。

这里可以对写作试律诗作一简单总结。简单地说，试律诗的写作应注意以下八个方面：一是押韵：未求句工，先求韵稳。必韵为我用，我不为韵拘方是。二是诠题：诗韵既能稳，尤贵于相题，总以清真为主。一题到手，不知是情是景，着眼何字，只寻诗料上贴括，敷衍成篇，又不知衬托、映带、串合之法，这乃是因为不懂得诠题所致。三是裁对：试律仅求工稳还不行，必须取巧以胜人。但巧不可入纤，工不至伤雅，仍须出以大方，才能称得上是工稳的妙对。四是琢句。清易于淡，奇易于险，华易于俗，正易于平。倘若能避免这些弊端，而自出机杼，那么写出来的试律诗定能天然凑泊，熟能生

---

① 《试律丛话》卷一，陈水云、陈晓红校注：《梁章钜科举文献二种校注》，武汉大学出版社2009年版，第552页。

② 《试律丛话》卷三，陈水云、陈晓红校注：《梁章钜科举文献二种校注》，武汉大学出版社2009年版，第617~618页。黄安涛(1777—1848)，字凝舆，号霁青，嘉善人。嘉庆十四年(1809)进士，官至潮州知府。著《诗娱室诗集》、《息耕草堂诗集》、《真有益斋文集》等。郭兰石，即郭尚先(1785—1832)，字元开，号伯仰，一号兰石，莆田人。嘉庆十四年(1809)进士，官至大理寺卿，署礼部右侍郎。著有《郭兰石先生文钞》、《芳坚馆题跋》等。

③ 《试律丛话》序，陈水云、陈晓红校注：《梁章钜科举文献二种校注》，武汉大学出版社2009年版，第539页。

④ 《试律丛话》卷四，陈水云、陈晓红校注：《梁章钜科举文献二种校注》，武汉大学出版社2009年版，第635页。吴锡麟(1746—1818)，字圣征，号縠人，钱塘(今浙江杭州)人。乾隆四十年(1775)进士。曾为翰林院庶吉士、编修、国子监祭酒。后以亲老乞养归里，主讲扬州安定乐仪书院至终。著有《正味斋全集》。

巧。五是字法：试律总须字字先求稳当，之后才是炼字。熟习这一点，则咳吐亦成珠玉。六是诗品：试律虽与古今体诗不同，但不会作古今体诗者，其试律同样不能擅长。试律诗中亦有阔大、华贵、悲壮、感慨、浑脱、奇辟、工细、俊拔、神韵等品。七是起结：与古文、时文相同，试律起结十分关键。作试律全须笔，无笔则平；一起一结尤忌平塌，起笔要破空而来，结笔要悠然不尽。八是炼格：试律不可无格，一题到手，当先觑定题眼，体会题状，方可做到不犯诸种诗弊。① 当然，自然天成的诗人是不必囿于规矩的，然而刚刚入门者或初学者，则应当以"法"为准，反复揣摩，反复练习，才能日臻其至，妙于（试律之）诗理。

光绪三十一年（1905）十一月，樊增祥自集其试律诗为《两䑲②斋集》，中有七月三日吟秋热一诗，题目甚长。樊氏说："古人诗多浑写大意，故东坡云：作诗必此诗，定知非诗人。自同光间馆阁诸公作试帖，始用嵌字之法，而诗格乃益难益密。推而至于咏物，莫不以细切为工。昨以《秋热》命题，看似平平，然须从秋字写出热字，方与夏诗有别……"③这是诗人的现身说法、甘苦自知之言。在这里，樊氏将试律写法引入古体诗的写作中，使诗歌无论在切题上，还是在格调上，都高人一筹。晚清诗人对自己所作试律诗，也比较珍惜。1901年5月，王懿荣刊刻樊增祥、张之洞二家试帖（本打算刻张之洞、盛昱、樊增祥及王懿荣本人四家馆课，但经庚子之乱，仅存樊增祥及张之洞原稿），以为科考者之范本。④

从清代试律诗发展的总体情况来看，除乾嘉时高手辈出外，试律诗渐趋纤弱、工细。道光二十二年（1842），吴廷琛为《试律丛话》作序，谈及时下试律之风气："迩来风气渐变，词藻不寻本原，对仗务取纤巧，佽越规绳，第求速化，剽袭割裂，词意乖舛，鲜有能讲明而切究者。"⑤细究其中缘由，实属试律诗乃科场文字，陈陈相因，因其限制过多，不能像古近体诗那样直抒己见，议论讽刺，褒贬尽情。事实上，试律诗因其时间与场合、功令等种种限制，很难出现值得称赞的好诗，即便是号称中国古典诗歌发展巅峰的唐代，在近三百年的科举考试中，值得称道的科场诗作，颠来倒去也就只有钱起《湘灵鼓瑟》等几首，余者仅能差强人意。因此，我们无意于关注在科场上究竟出现了多少优秀的试律诗，我们所探究的重点在于，在科举试律的影响下文学意义上的古近体诗歌发展。如果把时间限定在科举废止前后，那么，科举废止给清末诗歌发展所带来的

---

① 《试律丛话》卷五，陈水云、陈晓红校注：《梁章钜科举文献二种校注》，武汉大学出版社2009年版，第662~670页。李桢：一名祯，字佐周，湖南善化人。著有《畹兰斋文集》。

② 音bù，指短而深的小艇。

③ 陈文新主编，王同舟分册主编：《中国文学编年史·晚清卷》，湖南人民出版社2006年版，第439页。

④ 陈文新主编，王同舟分册主编：《中国文学编年史·晚清卷》，湖南教育出版社2006年版，第403页。

⑤ 《试律丛话》序，陈水云、陈晓红校注：《梁章钜科举文献二种校注》，武汉大学出版社2009年版，第662~670页。

影响，便是本章讨论的中心问题。

第二节 光宣诗坛的创新与模古

随着人文科学领域的研究渐趋于理性化和客观化，越来越多文化、文学的历史真相也渐渐浮出水面。因此，重新发掘被唾斥被冷落了半个多世纪的、晚清末季以陈三立、陈衍等人为代表的"宋诗派"和以樊增祥、易顺鼎为代表的"中晚唐诗派"的诗歌创作的艺术成就及其影响力，成为今天我们文学研究及书写文学史的任务之一。同时，本节立足于废除科举制度这一文化背景，探究中国诗歌由"古典"到"现代"嬗变过程中的往复与曲折，力求对晚清以来的诗歌创作成就给予公允、客观的评价。

一、晚清诗坛概貌

晚清以来的诗人，除文学史教材中所提到的黄遵宪、谭嗣同、梁启超等被称为"诗界革命"的旗手和一些"新派诗人"、太平天国诗歌外，陈三立、陈衍、沈曾植、郑孝胥、樊增祥、易顺鼎这些名字，对20世纪后半期的文科生来说，已经比较陌生。如果没有钱基博先生的迥异于主流文学史叙述模式的《现代中国文学史》对晚近诗坛的繁荣与成就有所存留和阐发，如果没有汪辟疆先生对晚近诗坛发展情况的叙述，如果没有钱仲联先生对晚近诗歌的不懈研究①，那么，我们会以为：晚近以来的诗坛，只是充满激情的革新者们的试验场，如此而已。政治意识形态侵入文学史的编写与叙述是造成这一状况的首要原因，日本学者吉川幸次郎在其《中国诗史》中对这一情形解释说：

> 清末的诗，处于这样一种境遇之中，即其后不久，胡适、鲁迅、郭沫若等人反抗传统的诗歌形式和用语，写一种完全不同的文学作品了。由于这个缘故，改革的当事者们，把清末的诗看成是与自己的文学相矛盾的文学而加以敌视、蔑视、冷落。另外，由于清末的诗人们大抵是一些被打倒了的清帝国的政府官僚，或者是继续保持着对已经灭亡了的帝国的忠诚的"遗老"，这种情况也加深了改革者们对清末诗歌的蔑视。半个世纪以来。这种蔑视一直持续着。②

---

① 评述近代诗的著述，最具参考价值的，学界公认有三家：一为陈衍《石遗室诗话》，一为汪辟疆《光宣诗坛点将录》，一为钱仲联《梦苕庵诗话》。比较三家而言，陈氏《诗话》的缺点是其随意性较多，且口语有时不免阑入，所以尽管在诗人、作品的具体评量上，其参考价值超过汪《录》，但作为诗史的简明大纲，因不具备谨严的结构，所以不能与汪《录》相比。钱氏的《诗话》，篇幅并不长，也无自觉承担诗史的意思，其所品评的近代诗人，较之陈氏的《诗话》，范围要狭窄得多，所以参考价值并不能与陈氏之《诗话》相提并论。作为一部近代诗史，汪氏的《录》学术价值无疑最高。

② [日]吉川幸次郎著，高桥和巳编，蔡靖泉、陈顺智、徐少舟译：《中国诗史》，山西人民出版社1989年版，第511页。

这种有意的冷落与蔑视导致了后人对历史真相的隔膜并产生了认识上的困难。

与时局的风云变幻相契合，晚清诗坛也是波澜诡谲，在古典到现代的转型与嬗递中，发生着前所未有的巨大变化。此间既有传统的古典诗歌——即便在古典诗歌的大幕徐徐垂落之际，仍然以其强大的生命力演绎着精彩绝艳的魅力，向世人展示着古典诗歌蕴蓄雅致之美；又有高倡"诗界革命"的"新派诗歌"——他们以迥异于传统的面目宣告了一个诗歌"新时代"即将到来。甲午战争后，这种"新"、"旧"之间的竞争表现得更加激烈，"模古"和"创新"成为晚近诗歌的两个主题。

二、晚清诗歌的创新

所谓诗歌的"创新"，即摒弃前人之框架与已有法度，形成独属一己的风格，比如，唐诗对于汉魏诗来说，是一种创新；而宋诗对于唐诗来说，又是一种创新。没有谁喜欢活在前人的阴影里，诗歌领域的创作者们也不例外。当然，不同时代的创新都有着不同的内涵，面对莘莘大观的前人诗歌，清人便不能不有着一种"创新"的"焦虑"；时至晚清，这种"焦虑"就显得更加亟迫。

甲午战争后，国势日蹙，国家存亡危在旦夕，要求变革，寻求国家富强的呼声一浪高过一浪，反映在诗歌创作上，即以朱次琦、黄遵宪、康有为、丘逢甲等人为代表的近代岭南诗派在诗坛上的崛起。

> 此派诗家，大抵怵于世变，思以经世之学易天下。及余事为诗，亦多咏叹古今，指陈得失，或直溯杜公，得其沉郁之境；或旁参白傅，效其讽谕之体。故比辞属事，非学养者不至；言情托物，亦诗人之本怀。其体以雄浑为归，其用以开济为鹄，此其从同者也。①

此段话不仅指出岭南诗派的创作风格，同时也点明形成这种风气的主要原因。广东地处中国南大门，开放较早，易得风气之先；又兼以经世派学说盛行，故诗歌作者并不将诗歌创作作为自己的人生最高追求，而是"余事作诗人"。诗人们忧国忧世的情怀发为诗歌，即窾坎镗鞳，大声发为时代之最强音。

除朱次琦以学术讲学终身外，其他三位岭南代表诗人皆在政治上有一番作为：康有为自不必说，戊戌维新使其蜚声于五湖四海；丘逢甲在岭南派诗人中名声最盛，清廷初割台湾时，他号召徒党，举义师抗击日军，转战台湾南北，累挫日人，以民族英雄闻名于世；黄遵宪号称识时之彦，"晚清末造，早决危亡"，出使日本回国后，撰《日本国志》、《日本杂事诗》，"弦外之音，弥深警惕"。② 这些不同寻常的经历使他们的诗歌表现出迥异于前人的个性，"皆负睥睨一世之才，悯时念乱之愤，益以境遇之艰屯，足迹

---

① 汪辟疆：《汪辟疆说近代诗》，上海古籍出版社2001年版，第40页。
② 汪辟疆著，王培军笺注：《光宣诗坛点将录笺注》，中华书局2008年版，第361页。

之广历，偶事歌咏，直有抉天心、探地肺之奇"。与此相一致的则是在诗歌中"摆脱格律，开拓心胸，惟陈言之务去，斯精义以入神"的求新求实的精神，① 这与黄遵宪早年时期所倡言的自由创作的诗歌主张②相一致。

近代岭南派诗人大多有游历海外的经历，或者较早接受西方思想。因此"文则尚连犿而崇实用，诗则弃格调而务权奇"，"实用"与"权奇"，即始终与政治相联系，与现实同步，注重诗歌干预现实社会的功效。在诸人的诗作中，往往可见讽喻或批判现实的内容，黄遵宪以诗歌反映中日甲午战争（《悲平壤》、《东沟行》、《哀旅顺》、《哭威海》等），康有为以诗歌抒发悲哀国事的沉痛心情（《闻和议成，而东三省别有密约割与俄，各省直人士纷纷力争》③），丘逢甲抗日虽因无援失败而不得不归隐于粤，但时时不忘台湾之役，其送人赴台湾诗曰："涕泪看离棹，河山息战尘。故乡成异域，归客作行人。"诗中之感慨悲怆，令人动容。又因诸人大多较早与西方西学相接触，才高意广，遂"喜撷拾西方史实，科学名词，融铸篇章，矜奇炫异"④。这种风气一旦经康梁广散播布，迅速风靡于全国。夏曾佑、蒋智由、谭嗣同、狄葆贤、吴士鉴等人，皆是此类"新诗风格"的倡和者和实践者。蒋智由"及居日本，闻见益拓，亦喜用新理入诗。《居东》一集，尤多名作"。"别士（夏曾佑）诗喜用哲理入诗，名篇颇多"。⑤ 这些诗作以及这类诗风的迅速风行与报界巨子梁启超的热情揄扬大有关系，而当时为梁氏一再盛赞者，则首推嘉应诗人黄遵宪。下面，我们就以黄遵宪的诗歌创新为典型事例，来说明近代"新诗派"的主要成就。

据钱仲联先生所作《黄公度先生年谱》⑥可知，同治七年（1868），黄遵宪作《杂感》一诗，表达了希望摆脱束缚并超越古人的愿望，同时对科举取士制度进行全面的抨击与否定。他说：

> 吁嗟制义兴，今亦五百载。世儒习其然，老死不知悔。精力疲丹铅，虚荣逐冠盖。劳劳数行中，鼎鼎百年内。束发受书始，即已缚杻械。英雄尽入彀，帝王心始快。……谓开明经科，所得学究耳。谓开制策科，亦只策士气。谓开词赋科，浮华益无耻。持较今世文，未易遽轩轾。隋唐制科后，变法屡兴废。同以文章名，均之

---

① 汪辟疆：《汪辟疆说近代诗》，上海古籍出版社2001年版，第41页。
② 黄遵宪著名的诗歌创作主张："我手写我口，古岂能拘牵？即今流俗语，我若登简编。五千年后人，惊为古斓斑。"此为后世革新者反复称道。（清）黄遵宪著，钱仲联笺注：《人境庐诗草笺注》，上海古籍出版社1981年版，第42～43页。
③ 康有为：《闻和议成，而东三省别有密约割与俄，各省直人士纷纷力争》（1901）："魏绛和戎岂有功？只愁云雾蔽辽东。凭将士气扶中夏，泪洒山河对北风。"汤志钧主编：《康有为政论集》，中华书局1981年版，第464页。
④ 汪辟疆：《汪辟疆说近代诗》，上海古籍出版社2001年版，第43页。
⑤ 汪辟疆：《汪辟疆说近代诗》，上海古籍出版社2001年版，第43页。
⑥ （清）黄遵宪著，钱仲联笺注：《人境庐诗草笺注》，上海古籍出版社1981年版，第1166～1255页。

等废契。譬如探筹策，亦可得茂异。①

光绪二十一年（1895），陈三立跋黄氏诗"驰域外之观，写心上之语，才思横轶，风格浑转"，赞其"为天下健者"，"乃近大家"。② 范当世也有赠诗，并于诗后有题，认为黄诗日后定能流芳后世。③ 诗歌为黄公度赢得了诗界美名，然而时人之赞誉似乎并不着意于其开创了诗界的"新境界"，也就是说，虽然黄诗中出现了许多新名词和对异域风光，如伦敦、巴黎等城市风情的描绘，但《人境庐诗》的前半部分仍然是学习古人并加以融会贯通的结果。④

1897年，曾广钧为黄氏诗作序，黄遵宪以诗为酬："废君一月官书力，读我连篇新派诗。《风》、《雅》不仁由善作，光、丰之后益矜奇。"这是黄氏自张"新派诗"旗帜的开始。⑤ 而于此前一年（即1896），早有谭嗣同、夏曾佑等创为新体之诗。梁启超在《饮冰室诗话》中有一段我们耳熟能详的话，是对晚清"新派诗"初始面貌的描述：

> 复生（谭嗣同）自喜其新学之诗。……盖当时所谓新诗者，颇喜挦撦新名词以自表异。丙申、丁酉间，吾党数子皆好作此体。提倡之者为夏穗卿，而复生亦篤嗜之。……其《金陵听说法》云："纲伦惨以喀私德，法会盛于巴力门。"喀私德即Caste之译音，盖指印度分人为等级之制也；巴力门即parliament之译音，英国议院之名也。又赠余诗四章中，有"三言不识乃鸡鸣"，"莫共龙蛙争寸土"等语，苟非当时同学者，断无从索解，盖所用者乃《新约全书》中故实也。其时夏穗卿尤好为此。穗卿赠余诗云："滔滔孟夏逝如斯，亶亶文王鉴在兹。帝杀黑龙才士隐，书飞赤鸟太平迟。"又云："有人雄起琉璃海，兽魄蛙魂龙所徒。"此皆无从臆解之语。当时吾辈方沉醉于宗教，视数教主非与我辈同类者，崇拜迷信之极，乃至相约以作诗非经典语不用。所谓经典者，普指佛、孔、耶三教之经，故《新约》字面络绎笔端

---

① （清）黄遵宪著，钱仲联笺注：《人境庐诗草笺注》，上海古籍出版社1981年版，第47～49页。
② （清）黄遵宪著，钱仲联笺注：《人境庐诗草笺注》，上海古籍出版社1981年版，第1211页。
③ 范当世赠黄公度诗共二首。其一："谁为君与异人者？我观君道得毋同。诗言起讫一生事，眼有东西万国风。燕处危巢岂由命，龙游涸泽竟无功。便偕邹子论三乐，也让行歌带索翁。"其二："愁来遍揽前人句，读至遗山兴亦阑。容有数声人清听，何曾一气作殊观。乾坤落落见君好，冰雪沉沉相对寒。胜恨杨云犹贱在，不虞千世少人看。"复题其后曰："诗意若曰公度之人，处于今世则不能异人；而公度之诗，传之后世则诚异耳。"（清）黄遵宪著，钱仲联笺注：《人境庐诗草笺注》，上海古籍出版社1981年版，第1214页。
④ 何藻翔（藻翔）郎中曾于光绪二十二年（1896）年底跋黄氏诗："五古奥衍盘礴，深得汉、魏人深髓；律诗纯以古诗为之，其瘦峭处，时类杜老人夔州后诸作。四、五卷以下，境界日进，雄襟伟抱，横绝五洲，奇才奇才！"（清）黄遵宪著，钱仲联笺注：《人境庐诗草笺注》，上海古籍出版社1981年版，第1221页。
⑤ （清）黄遵宪著，钱仲联笺注：《人境庐诗草笺注》，上海古籍出版社1981年版，第1221～1222页。

焉。谭、夏皆用"龙蛙"语,盖时共读约翰《默示录》,录中语荒诞曼衍,吾辈附会之,谓其言龙者指孔子,言蛙者指孔子教徒云,故以此徽号互相期许。至今思之,诚可发笑。然亦彼时一段因缘也。①

对于这类"新派诗",梁启超也认为"必非诗之佳者,无俟言也";虽谭嗣同"自喜其新学之诗",谓将与三十岁前之旧体诗决裂而全作"新派诗",但梁启超仍认为"复生三十以后之学,固远胜于三十以前之学;其三十以后之诗,未必能胜三十以前之诗也"②,这是梁氏心平气和的公允之论。然而,既然一定要表现出"得风气之先"的思想先驱者的姿态,那么作此"无从臆解"、"荒诞曼衍"的诗作,就只能是一种策略上的考虑了,只不过当时"先驱者"们所能达到的思想程度,亦仅能如此而已。梁氏对此反省说:"过渡时代,必有革命。然革命者,当革其精神,非革其形式。吾党近好言诗界革命。虽然,若以堆积满纸新名词为革命,是又满洲政府变法维新之类也。能以旧风格含新意境,斯可以举革命之实矣。苟能尔尔,则虽间杂一二新名词,亦不为病。不尔,则徒示人以俭而已。"③可见,"新派诗"在其草创阶段,为了达到使人耳目一新的效果,的确是以牺牲诗歌的艺术美感作为代价的。

鉴于谭、夏等人"新派诗"徒眩人耳目而毫无诗歌意韵,梁启超又提出应"以旧风格含新意境",认为只有创造出"新"的"意境",方可称得上是真正的"新诗",而黄遵宪正是"近代诗人能熔铸新理想以入旧风格者"④。在梁启超看来,黄诗最值得肯定的地方即在于其"新理想"。此时黄遵宪以较著之诗名投身于诗界的"革命"中,无异于为梁启超等人所提倡的"诗界革命"增添了一支最为强悍的生力军,使"诗界革命"的旗帜得以张大。此后,黄遵宪又被梁启超盛推为"诗界三杰"之一(另外"二杰"则是蒋智由、夏曾佑),理由是他们的诗歌中皆体现了"理想之深邃闳远",都有创作诗歌的"新理想"——为"诗界"创造一"新境界"。

我们可以尝试将黄遵宪此后的诗歌主张及其诗歌创作加以分析,以考察其"诗界革命"的主要"武器"及其成果。

光绪二十六年(1900)秋,黄遵宪归过香港,访潘飞声。《在山泉诗话》卷一载:"……(黄公度)先生谓后人学艺事事皆驾前人上,惟文字不然,以胸中笔下均有古人在。步步追摹,不能自成一家面目。是以宋不如唐,唐不如六朝,六朝不如汉、魏

---

① 梁启超:《饮冰室诗话》,人民文学出版社1963年版,第49页。
② 梁启超:《饮冰室诗话》,人民文学出版社1963年版,第49页。
③ 梁启超:《饮冰室诗话》,人民文学出版社1963年版,第51页。
④ 梁启超:《饮冰室诗话》第4条:"近世诗人,能镕铸新理想以入旧风格者,当推黄公度。丙申(1896)、丁酉(1897)间,其《人境庐诗》稿本,留余家者两月余,余读之数过,然当时不解诗,故缘法浅薄,至今无一首能举其全文者,殊可惜也。近见其七律一首,亦不记全文,惟能诵两句云:'文章巨蟹横行日,世界群龙见首时。'余甚爱之。"(人民文学出版社1963年版,第2页。)

也。"①黄遵宪认为正是由于过于注重"模古"而使中国文学缺乏一种创新的精神。光绪二十八年(1902),黄遵宪写定《人境庐诗草》。六月,在与严复的书信中,黄遵宪说:"公以为文界无革命,弟以为无革命而有维新。"并建议严复在译书中可"造新字","变文体","或者以流畅锐达之笔为之,能使人同喻,亦未可定"。② 八月,黄遵宪与梁启超论杂歌谣体:

> 报中有韵之文,自不可少。然吾以为不必仿白香山之《新乐府》、尤西堂之《明史乐府》,当斟酌于弹词、粤讴之间。句或三,或九,或七,或五,或长,或短,或壮如《陇上陈安》,或丽如《河中莫愁》,或浓如《焦仲卿妻》,或古如《成相篇》,或俳如俳伎词,易乐府之名,而曰杂歌谣,弃史籍而采近事。③

黄遵宪认为在新的报刊中一定要有新型的诗歌,这是毫无疑问的;但他同时认为写诗不一定处处模仿白居易,尤侗古人,而应将学习的对象转移到中下层民众所喜闻乐见的弹词、民歌等体裁中,并采择新近的人或事入诗,以自由活泼的句式出之,达到诗界"革命"的目的。同年十一月,黄遵宪又曾与梁启超论小说。④ 将黄遵宪对诗歌与小说的观点和建议加以整理分析,我们会发现:主张将"方言谚语"、"通行俗谚"或"弹词、粤讴"写入诗(或小说)中,是黄氏进行"诗(文)界革命"的主要方式。

黄遵宪又将其所作军歌二十四章寄给梁启超,"自谓此新体,择韵难、选声难、着色难,而愿梁启超等拓充光大之"。⑤ 按:《出军歌》二十四首,梁启超后将其刊于《新民丛报》"饮冰室诗话"栏,称:"中国人无尚武精神,其原因甚多,而音乐靡曼亦其一端,此近世识者所同道也。……甚矣,声音之道感人深矣。吾中国向无军歌,其有一二,若杜工部之前后《出塞》,盖不多见。然于发扬蹈厉之气尤缺,此非徒祖国文学之缺点,抑亦国运升沉所关也。……《出军歌》共二十四首,凡出军、军中、旋军各八章。其章末一字,义取相属,以'鼓勇同行,敢战必胜,死战向前,纵横莫抗,旋师定约,

---

① (清)黄遵宪著,钱仲联笺注:《人境庐诗草笺注》,上海古籍出版社1981年版,第1238页。
② 这与他于1901年在《梅水诗传序》中所表达的观点完全一致:"语言与文字合,则通文者多;语言与文字离,则通文者少。"转引自黄遵宪著,钱仲联笺注:《人境庐诗草笺注》,上海古籍出版社1981年版,第1244~1245页。
③ (清)黄遵宪著,钱仲联笺注:《人境庐诗草笺注》,上海古籍出版社1981年版,第1245~1246页。
④ 黄氏同年(1902)十一月十一日与梁任公论小说:"《新小说月报》,果然大佳。……所短者,小说之神采——必以透彻为佳——之趣味——必以曲折为佳——耳。仆意小说所以难作者,非举今日社会中所有情态一一饱尝烂熟,出于纸上,而又将方言谚语,一一驱遣,无不如意,未足以称绝妙之文。前者须富阅历,后者须积材料。阅历不能袭而取之;若材料则分属一人,将《水浒》、《石头记》、《醒世姻缘》,以及泰西小说,至于通行俗谚,所有譬喻语形容语解颐语,分别钞出,以供驱使,亦一法也。"(清)黄遵宪著,钱仲联笺注:《人境庐诗草笺注》,上海古籍出版社1981年版,第1250页。
⑤ (清)黄遵宪著,钱仲联笺注:《人境庐诗草笺注》,上海古籍出版社1981年版,第1249页。

张我国权'二十四字殿焉。其精神之雄壮活泼沉浑深远不必论,即文藻亦二千年所未有也。诗界革命之能事至斯而极矣。吾为一言以蔽之曰:读此诗而不起舞者,必非男子!"①下面,我们任意摘录《出军歌》中的几首进行品择:

  四千余岁古国古,是我完全土。二十世纪谁为主?是我神明胄。君看黄龙万旗舞,鼓鼓鼓!(《出军歌》之一)
  剖我心肝挖我眼,勒我供贡献。计口缗钱四万万,民实何仇怨?国势衰微人种贱。战战战!(《出军歌》之六)
  弹丸激雨刃旋风,血溅征衣红。故军昨屯千黑熊,今日空营空。万旗一色盘黄龙。纵纵纵!(《军中歌》之五)
  诸王诸帝会涂山,我执牛耳先。何洲何地争触蛮,看余马首旋。万邦和战奉我权。权权权!(《旋军歌》之八)

二十四首军歌的内容大体如此。因其以锋陷阵、为国捐躯为主题,故而读后使人血脉偾张,几欲向前。正如梁氏所说:"其精神之雄壮活泼沉浑深远","读此诗而不起舞者,必非男子!"确实可以起到鼓舞士气、振奋军心的作用。但如果说该诗的文藻"亦二千年所未有",且将该诗推崇至极点,说是"诗界革命之能事至斯而极",这的确过于溢美——它的形式和意境皆与通俗民歌谣或宣传口号更近,而与真正意义上的诗歌更远。

  我们应该对黄遵宪在庚子事变后创作的这类诗作持一种"理解之同情"的态度:诗人怀抱忧国忧时之心,而国势之衰颓却让他不能有所作为,因而发之于诗,将诗歌与政治紧密相连,以诗歌作为振兴民族的武器,也是诗人不得已而为之。在《与海澄丘菽园(炜菱)孝廉书》中,黄遵宪对自己创作这类诗作的缘起进行了解释:"诗虽小道,然欧洲诗人,出其鼓吹文明之笔,竟有左右世界之力。"②正是看到欧洲诗人能以诗歌"出其鼓吹文明之笔",挟"左右世界之力",才让黄遵宪选择了以诗歌作为民族的号角、战斗的武器。倘就将这些诗作作为《人境庐诗》的总体面目,或认为只有这些才是黄公度诗中最有价值的部分,那就会犯下以偏概全的错误,未免厚诬古人了。

  黄遵宪主动将诗歌创作与政治、国家、民族这些宏大的时代主题相连的做法,屡屡得到梁启超由衷的,甚至几乎是无以复加的赞美:

  时彦中能为诗人之诗,而锐意造新国者,莫如黄公度。其集中有《今别离》四首,又《吴太夫人寿诗》等,皆纯以欧洲意境行之。然新语句尚少,盖由新语句与

---

① 梁启超:《饮冰室诗话》,人民文学出版社1963年版,第42~43页。
② (清)黄遵宪著,钱仲联笺注:《人境庐诗草笺注》,上海古籍出版社1981年版,第1250页。

古风格常相背驰。公度重风格者，故勉避之也。①

《人境庐集》中有一诗，题为《以莲菊花杂供一瓶作歌》，半取佛理，又参以西人植物化学生理学诸说，实足为诗界开一新壁垒。②

《人境庐诗草跋》云："人境庐主人者，其诗人耶？彼其劬心营目憔形，以斟酌损益于古今中外之治法，以忧天下，其言用不用，而国之存亡，种之主奴，教之绝续，视此焉，吾未见古今之诗人能如是也。其非诗人耶？彼其胎冥冥而息渊渊，而神味沈醲，而音节入微，友视《骚》、汉而奴畜唐、宋，吾未见古之非诗人能如是也。"③

吾友某君尝论先生云："有加富尔之才，乃仅于诗界辟一新国土，天乎？人乎？"④

这种热情洋溢的赞美在梁氏的文章或诗话中并不少见，也正可见出黄、梁二人惺惺相惜，关系极为融洽。

对照梁启超1899年对开创"新诗世界"提出的三个要求——"第一要新意境，第二要新语句，而又须以古人之风格入之，然后成其为诗。……若三者具备，则可以为二十世纪支那之诗王矣"。那么，黄遵宪可当之无愧为"诗界革命"之"第一人"。同时代的诗人、学者对黄遵宪氏称扬者大有人在，如何藻翔曾赞其："《今别离》四章，以旧格调运新思想，千古绝作，不可有二。"⑤"五古奥衍盘礴，深得汉、魏人神髓。律诗纯以古诗为之，其瘦峭处，时类杜老入夔州后诸作。四、五卷以下，境界日进，雄襟伟抱，横绝五洲，奇才奇才！"⑥当然，黄遵宪对自己的诗歌成就也颇为自信。1902年，他汇钞戊、己、庚、辛四年之诗，凡八九十首寄梁启超，认为自己这些诗可与杜、李（玉溪生）、苏、陆，足并驾齐驱。又自称："吾之五古诗，自谓凌跨千古。若七古诗，不过比白香山、吴梅村略高一等。犹未出杜、韩范围。"⑦以黄氏深厚的旧学根柢与超凡才华，他应

---

① （清）黄遵宪著，钱仲联笺注：《人境庐诗草笺注》附录三《诗话下》，上海古籍出版社1981年版，第1301页。
② 梁启超：《饮冰室诗话》，人民文学出版社1963年版，第30~31页。
③ 汪辟疆著，王培军笺证：《光宣诗坛点将录》，中华书局2008年版，第365页。
④ 梁启超：《饮冰室诗话》，人民文学出版社1963年版，第103页。
⑤ 何藻翔：《岭南诗存》。转引自（清）黄遵宪著，钱仲联笺注：《人境庐诗草笺注》附录三《诗话下》，上海古籍出版社1981年版，第1301页。
⑥ 何藻翔为黄遵宪《人境庐诗》作"跋"。转引自（清）黄遵宪著，钱仲联笺注：《人境庐诗草笺注》附录二《年谱》，上海古籍出版社1981年版，第1221页。
⑦ （清）黄遵宪著，钱仲联笺注：《人境庐诗草笺注》附录二《年谱》，上海古籍出版社1981年版，第1249页。

该有这种自信。

然而，愈到生命的尽头，黄公度对自己诗歌的认识就愈加清醒。他称自己"不过独立风雪中清教徒之一人耳"，言下之意即并不相信自己就真像友人所揄扬的那样："茫茫诗海，手辟新洲，乃诗界之哥伦布"，"诗人中之加富洱（今译加富尔）"、"俾思麦"。① 1904 年，他在给梁启超的信中说："吾论诗以言志为体，以感人为用。孔子所谓兴于诗，伯牙所谓移情，即吸力之说也。"②又自悔功利之说、破坏之说之足以误国，"乃壹意返而守旧，欲以讲学为救中国不二法门"。③ 可以见出，黄公度晚年对于"诗（文）界革命"的反省，完全出于真诚，因此我们也有理由相信，晚年的黄公度尝语陈三立："天假以年，必当敛才就范，更有进益也。"④也是出于同样真诚的忏悔。

《人境庐诗》在当时引起了很大的反响，但毁誉参半，我们可以将时人和稍后的诗评家对《人境庐诗》的批评与梁启超等人的颂美作一对照：

> 《今别离》凡三篇，与《以莲菊桃杂供一瓶作歌》、《赤穗四十七义士歌》、《拜曾祖母李太夫人墓》等诗，均为公度名作。今以此篇（指《今别离》第一首）论之，除末句用"轻气球"三字外，不见有何新事物及字句，更无论新理想矣。"岂无打头风"至"烟波去悠悠"六句，辞意凡冗，诗境稍深者，即已不肯如此落想。至"今日舟与车"、"至矣一何速"二句下，似应有新意特出，以振起全篇，乃亦草草承接，意象皆尽，使人缺望之甚。⑤

> 黄公度《人境庐诗》，以旧格律运新理想，诚不愧诗界之哥伦布。然传诵一时之《今别离》四章、《以莲菊桃杂供一瓶作歌》诸首，笔路粗疏，大似张船山一流，并不见佳。⑥

钱锺书不仅指出黄遵宪五古、歌行、七绝的取径并不高明，而且对时人称誉的所谓"创新"之处，钱氏同样不以为然："大胆为文处，亦无以过其乡宋芷湾（即宋湘）。差能说

---

① 光绪二十六年（1900）秋，丘仲阏（逢甲）访先生人境庐，抚时感事，迭相唱和。跋先生诗，谓："四卷以前，为旧世界诗；四卷以后，乃为新诗。茫茫诗海，手辟新洲，此诗界之哥伦布也。变旧诗国为新诗国，惨淡经营，不酬其志不已，是为诗人中嘉富洱；合众旧时国为一大新诗国，纵横捭阖，卒告成功，是为诗人中俾思麦。""地球不坏，黄种不灭，诗教永存，有倡庙祀诗圣者，太牢之享，必有一席。信作者兼自信也！悬此言集中，二十世纪中人，必有圣其言者。"（清）黄遵宪著，钱仲联笺注：《人境庐诗草笺注》附录《年谱》，上海古籍出版社 1981 年版，第 1238~1239 页。
② （清）黄遵宪著，钱仲联笺注：《人境庐诗草笺注》，上海古籍出版社 1981 年版，第 1252 页。
③ （清）黄遵宪著，钱仲联笺注：《人境庐诗草笺注》，上海古籍出版社 1981 年版，第 1252 页。
④ 胡先骕：《评胡适〈五十年来中国之文学〉》（原载于《学衡》1923 年第 18 期）。收录于汪龙麟主编：《20 世纪中国文学研究论文选（晚清卷）》，社会科学文献出版社 2010 年版，第 69 页。
⑤ 李渔叔：《鱼千里斋随笔》，台湾文海出版社 1981 年版，第 104 页。
⑥ 钱仲联：《梦苕庵诗话》，齐鲁书社 1986 年版，第 7 页。

西洋制度名物,掎摭声光电化诸学,以为点缀,而于西人风雅之妙、性理之微,实少解会。故其诗有新事物,而无新理致。"即便如《番客篇》、《以莲菊桃杂供一瓶作歌》等诗,也是从古人那里学来:"凡新学而稍知存古,与夫旧学而强欲趋时者,皆好公度。盖若辈之言诗界维新,仅指驱使新故,亦犹参军蛮语作诗,仍是用佛典梵语之结习而已。"①话是说得直白刻露了一点,但细想一下,却不得不佩服此老目光如炬,洞幽烛微。后来虽对此评价有所修正,但大意不改,只是更进一步指出《人境庐诗》"俗艳"诗风之所由来。② 而对梁启超所推崇的"诗界三杰"之另外二人夏曾佑、蒋智由的诗作,钱氏直以"尚不成章"论之,更无资格入其法眼。这也反映了诗歌在遭遇到时代大变局的蜕变过程中的痕迹。其他"诗界革命"的诗人之作,或伤于直率,或生硬粗豪,往往"誉违其实",艺术上的不足亦时时为人指摘。

当然,人不能提着自己的头发离开地球,这些批评也不乏求全责备者。如果离开中国传统文化与晚清那个特殊的时代而大谈什么"纯诗"的艺术美或创新,那就不免是吹毛求疵、不切实际的苛论了。钱仲联对黄公度诗颇有平情之论:

> 予以为论公度诗,当着眼大处,不当于小节处作吹毛之求。其天骨开张,大气包举者,真能于古人外独辟町畦。抚时感事之作,悲壮激越,传之他年,足当诗史。至论功力之深浅,则晚清做宋人一派,尽有胜之者。公度之长处,固不在此也。
>
> 今日浅学妄人,无不知称黄公度诗,无不喜谈诗体革命。不知公度诗全从万卷中酝酿而来,无公度之才之学,决不许妄谈诗体革命。③

在肯定了黄遵宪诗具有一定"创新"价值的同时,也指出了黄氏之所以能有所"创新",仍在于汲取了古典诗歌的优秀传统而加以熔铸贯通的结果。而在《人境庐诗草》自序中,黄氏也称《人境庐诗》"其炼格也,自曹、鲍、陶、谢、李、杜、韩、苏讫晚近小家,不名一格,不专一体"的博采众长而尽得于我、转益多师的学诗态度,这也正是《人境庐诗》在近代"新诗"领域中高于众人的主要原因。

---

① 钱锺书:《谈艺录》,中华书局1984年版,第23~24页。
② 原文为:"余于晚清诗家,推江弢叔与公度,如使君与操。弢叔或失之剽野,公度或失之甜俗,皆无妨二人之为霸才健笔。乾嘉以后,随园、瓯北、仲则、船山、倦伽、铁云之体,汇合成风。流利轻巧,不矜格调,用书卷而勿事僻涩,写性灵而无忌纤佻,如公度乡献《楚庭耆旧遗诗》中篇什,多属此体。公度所删少作,辑入《人境庐集外诗》者,正是此体。江弢叔力矫之,'同光体'作者力矫之,王壬秋、邓弥之亦力矫之,均抗志希古,欲回波断流。公度独不绝俗违时而竟超群出类,斯尤难能罕觏矣。其《自序》有曰:'其炼格也,自曹、鲍、陶、谢、李、杜、韩、苏讫于晚近小家',岂非明示爱古人而不薄今人哉?……余称王静庵以西方义理入诗,公度无是,非谓静庵优于公度,三峡水固不与九溪十八涧争幽蒨清泠也。观《人境庐集外诗》,则知公度入手取径。后来学养大进,而习气犹余,熟处难忘,倘得沧浪其人,或当据以析骨肉而还父母乎?"钱锺书:《谈艺录》,中华书局1984年版,第347页。
③ 钱仲联:《梦苕庵诗话》,齐鲁书社1986年版,第161~162页。

1922年,胡先骕先生在《评胡适〈五十年来中国之文学〉》论及黄遵宪的"新体诗":

> ……黄氏本邃于旧学,其才气横溢,语有足多者。然其创新体诗,实与其时之政治运动有关。盖戊戌变法,实为一种浪漫运动。张文襄《学术》一绝句自注云:"二十年来,都下经学讲公羊,文章讲龚定庵,经济讲王安石,皆余出都以后风气也。"可见当时风气,务以新奇相尚。康有为孔子改制之说,谭嗣同之《仁学》,梁启超之《时务报》、《新民丛报》之论说,《新民丛报》派模仿龚定庵之诗,与黄遵宪之新体诗皆是也。黄之旧学根柢深,才气亦大,故其新体诗之价值,远在谭嗣同、梁启超诸人上。然彼晚年亦颇自悔,尝语陈三立:"天假以年,必当敛才就范,更有进益也。"要之,《人境庐诗》在文学史上自有其价值,惟是否有永久之价值,则尚属疑问耳。①

这种评价虽不能排除胡先骕与胡适等人之间意气相左的因素,但将黄遵宪的"创新体诗"与"其时之政治运动"的关系点出,正是切中解读黄氏"新诗"之关键:它不仅是解读其他诗人进行"新诗"革新的关键,同样也是解读以"诗界革命"为代表的晚清"文界革命"的关键。汪辟疆评价林纾早年所作《闽中新乐府》,同样指出:此类虽艺术性不高但紧密配合政治的诗歌更易于传名。而这也正是晚清文学创作的时代性因素。②

"新派诗"试图紧密配合时代的革新运动,由此成为时代之风气,高燮述及中国当时"文字界"的变化时说:

> 自近八年中,适当十九世纪之末以至二十世纪之初,其文字界变迁之速率,至于不可思议,而影响恒及于政治界。诗也者,其刺激力尤深者也。③

既然是为政治而宣传而呐喊,诗歌艺术上的粗疏也就在所难免,我们只要略一回顾黄氏要求梁启超"光大之"的《出军歌》二十四首,就能体会到这一点。黄遵宪《人境庐诗草》的艺术水平绝不止于那些所谓"创新"的诗作,然而阴差阳错,正是由于梁启超等人对于其"新诗"风格的过分赞誉与揄扬,反而遮蔽了黄遵宪作为一代优秀大诗人的真正面目。

---

① 胡先骕:《评胡适〈五十年来中国之文学〉》,原载于《学衡》1923年第18期。收录于汪龙麟主编:《20世纪中国文学研究论文选(晚清卷)》,社会科学文献出版社2010年版,第68~69页。
② 汪辟疆《光宣诗坛旁记·林琴南逸诗》:"余曾见其早岁所撰《闽中新乐府》一卷,即当时盛传闽中者。实则摭拾传闻,略含讽刺,诗亦平平。后乃稍稍与文士往还,眼界较宽,而诗亦不出梅村末派。以其济以时务,在尔时风气中,固易得名也。"汪辟疆:《汪辟疆说近代诗》,上海古籍出版社2001年版,第209页。
③ 高燮:《〈潄铁和尚遗诗〉序》,潄铁和尚即当时的诗人顾九烟。转引自陈文新主编,王同舟分册主编:《中国文学编年史·晚清卷》,湖南人民出版社2006年版,第411页。

1907年，鲁迅发表《摩罗诗力说》一文，提出凡是能够"力足以振人，且语之较有深趣者"，"动吭一呼，闻者兴起，争天拒俗，而精神复深感后世人心，绵延至于无已"者，皆在被引入绍介的行列；明确提出"立意在反抗，指归在动作"的诗学主张，表达了"且置古事不道，别求新声于异邦"的文学愿望。① 这种引"异邦"之"新声"，为本土文学增加新鲜血液的主张，是古典诗歌在面对复杂新形势下的另一种尝试。

晚清"诗界革命"的旗手大张其帜，进行了轰轰烈烈不畏艰辛的创新探索，然而其实际的效果却实在很寥寥。因此，我们要思考这样一个问题——为什么晚清"诗界革命"有"创新"之名而并无"创新"之实？

我们应该而且也是必须将这个问题置于科举制度的文学生态下进行思考。钱仲联先生治清诗多年，认为"有清一代，写试帖诗的人很多，文人士子要以此考试，试帖诗应该是诗歌研究中的一类。近体诗多多少少受到试帖诗影响，好处是有章法"。② 与八股文对散文创作的影响相类似，试律诗对于诗歌创作的影响也表现在"章法"方面。从诗歌的气势上来说，晚清"诗界革命"的"新诗"作品大多可以称为时代的号角；然而除此之外，无论是从格调上来说，还是从韵味上来说，还是从章法上来说——中国古典诗歌的评价往往是从这些方面着眼，这是具有强烈本土色彩和传统气息的论诗方法——都与传统以来的古典诗歌艺术相距甚远。1905年，黄遵宪去世时，高旭表达了哀悼与遗憾：

> 世界日新，文界诗界当造出一新天地，此一定公例也。黄公度诗独辟异境，不愧中国诗界之哥伦布矣，近世洵无第二人。然新意境新理想新感情的诗词，终不若守国粹的、用陈旧语句为愈有味也。③

高氏对当时"新派诗"的艺术成就提出了质疑：如果以取消韵味、美感为代价而进行所谓的"创新"，那么这种"创新"的意义又何在呢？钱锺书以"尚不成章"来评价夏曾佑和蒋智由的诗作，也正是以中国传统的论诗方法衡之的结果。

在此，我们不妨套用一下古人对八股文与诗歌关系的认识加以说明："时文虽无与诗、古文，然不解八股，即理路终不分明。""作文字当从科举中来，不然而汗漫猖披，是出入不由户也。"④那么，晚清"诗界革命"不能够有真正"创新"的原因是否也可以从其中找到根由？"新派诗人"往往是以反对科举制度，挑战传统为己任，对古典诗歌的优良传统也往往会嗤之以鼻，不屑一顾；或专门别立一种风格，故意不循章法，引入西方新辞，以示自己对传统的"革命"态度（此中谭嗣同可作为典型代表，前已述之）。但

---

① 陈文新主编，王同舟分册主编：《中国文学编年史·晚清卷》，湖南人民出版社2006年版，第470页。

② 魏中林整理：《钱仲联讲论清诗》，苏州大学出版社2004年版，第71页。

③ 高旭：《愿无尽庐诗话》。转引自陈文新主编，王同舟分册主编：《中国文学编年史·晚清卷》，湖南人民出版社2006年版，第446页。

④ 转引自钱锺书：《谈艺录》，中华书局1984年版，第243页。

由于这些人对西方"新学"理论的理解和领悟仅限于皮毛①,因此也就只能创作诸如"喀司德"、"巴立门"、"玫瑰战"、"蔷薇兵"之类既无章法又无韵味、不伦不类的诗作了。"任何一种艺术,一朝放弃它所特有的引人入胜的方法而借用别的艺术方法,必然降低自己的价值。"②晚清"诗界革命"诸位诗歌的"创新"者,以自己失败的诗作,给丹纳的这一论断作了最好的注脚。

"革命"不会一蹴而就,更不用说文学文化的"革命"。因此,"新诗"在晚清"诗界革命"的呼喊中仍未找到一个真正"创新"的突破口,而这个未竟的任务,只能交给后人继续开拓了。

三、晚清诗歌的模古与科举革废

创新是所有为文学者的最终追求。但我们必须认识到,无论哪个方面的创新,都与继承前人的优秀传统,吸取前人已有的成就分不开,没有继承,就没有创新。这对于文学来说尤为重要,转益多师而不为任何一家所房,"非举前人体制而模拟貌袭,必变化而熔铸之,方足以自成体格"。③ 晚清诗坛上,不仅仅是"新诗派"力求创新,即便是被胡适称为"努力模仿古人,努力作诗匠"的传统诗派,也在力求创新。与"新派诗"立意求新、标新立异不同,晚清时期无论是学唐诸家还是学宋诸家,大多数诗人能够融会贯通前代诗歌的成就与优点,做到"转益多师",从而使诗歌真正呈现出有别于前代的"新"的特色。与此相照应,对"理"、"法"的强调也成为晚清诗歌创作的一个特点。追求"雅"、"洁"和强调"理"、"法"有机统一,与立意求"新"的"新派诗"形成了志趣相异的古典诗美。

与绝大多数文学史对晚近文学(尤其是晚清诗歌)的轻蔑态度不同,汪辟疆对晚清诗歌评价甚高,认为"清诗以近代为极盛","有清二百五十年间,使无近代诗家成就卓卓如此,诗坛之寥寂可知"。④ 在汪氏眼里,晚清诗歌非但像20世纪以来诸多文学史所说的那样乏善可陈,恰恰相反——其可圈可点之处甚多,艺术成就与前代相较亦不遑多让。虽仍然是宗唐或宗宋,然而其创新之处颇多;虽时时借径古人,但晚清诗歌却有一己之面目,自成一己之体格。当时影响最大的"同光体"诗人陈三立、沈曾植、郑孝胥等人,仍然秉持诗歌"雅洁"的追求,力避"俗"、"熟",即使是"诗界革命"的力倡者梁启超,也承认"同光体"诗人诸作确实具有自己的面目。吉川幸次郎在读过陈三立等人的诗歌之后,也认为"作为鲁迅前一点的这一时期的文学承担者,应该列举以陈三立为

---

① 如"诗界革命"先锋谭嗣同曾作《仁学》一书,自负为"奇作";而王国维则认为《仁学》乃是"形而上学出于上海教会译书,幼稚无足道"。转引自钱锺书:《谈艺录·补订》,中华书局1984年版,第348页。
② [法]丹纳著,傅雷译:《艺术哲学》,江苏文艺出版社2012年版,第363页。
③ 汪辟疆:《汪辟疆说近代诗》,上海古籍出版社2001年版,第12页。
④ 汪辟疆:《汪辟疆说近代诗》,上海古籍出版社2001年版,第18、14页。

顶峰的那一批诗人"。①

毋庸讳言,晚清诗人固然以唐宋前贤为借径,然二者之间的区别,却崭然可见。汪辟疆曾指出晚清"同光体"与前代相比,有四个方面的开拓和创新:一是晚清学宋诗诸家使事但求雅切,属对只取浑成;二是晚清学宋诗诸家"虽尝学宋,然力惩刻露,有悃愊不甘之情,故调高而思深,言近而旨远",真正达到了含蓄、蕴藉的境界;三是与晚唐诗家"极研声律"和宋人"专事拗捩"、"力求生涩"不同,晚清学宋诸家审音辨律,斟酌唐宋之间,具抑扬顿挫之能,有谐鬯不迫之趣;四是与前代诗人学力欠缺相较,晚清学宋诸家融学人与诗人二者为一,"承乾嘉学术鼎盛之后,流风未泯,师承所在,学贵专门,偶出绪余,从事吟咏,莫不熔铸经史,贯穿百家"。诗、学合一,虽与两宋诗派相类,但又为两宋诗家所不逮。总之,从用事、属对、境界、韵律、诗人的学力等方面,晚清较前代都有长足进展。因此,汪氏说"清诗之有面目可识者,当在近代"。②

即使对于那些学唐诗人,同样也都各具面目,自有特色。张之洞作为继曾国藩之后的晚清能诗名臣,为诗力主"风雅",主张"宋意唐格",认为思想情感须出之以唐人格调,方能做到流畅平正。张氏之诗心思致密,言不苟出,写景不虚造,叙事无溢辞,用字必质实,造语必浑重,用典必精切,立意必己出,真正达到了"宁质勿绮,平正坦直"的境界。1903年后,张之洞投身于晚清新政,此时老辈凋零,风雅歇绝,张之洞将内心之感郁一发于诗,汇成《朝天集》,诗集仍秉持张氏一贯的和平雅正主张,正如民国丁巳(1917)上海集益书局本《张文襄诗集》小引所赞:

> 公生平论诗,尝以险僻相戒……故主为诗一从和平雅正为归。公之功业,虽不必借诗以传,而披读公诗一过,觉有德之言,不啻布帛菽粟,一代风雅之正宗,诚非公莫属矣。③

樊增祥作《彩云曲》,能在"元和体"、吴梅村等人之外,又发展出属于自己的特色,他的《彩云曲》为时人称诵,脍炙人口,其苦心孤诣,自不待言:"读者至以比清初吴伟业之《圆圆歌》,而后曲有当诗史,剧胜前曲。嘉兴沈曾植以为的是香山,不只梅村者也。"④易顺鼎对自己诗中属对颇为自负,用人人所知之典,"又皆寓慷慨悲歌、嬉笑怒骂于工巧浑成之中",自认为是"自有诗家以来,要自余始独开此派矣"。⑤汪辟疆赞顺鼎诗"造语无平直,而对仗极工,使事极合,不避熟典,不避新辞,一经锻炼,自然生

---

① [日]吉川幸次郎著,高桥和巳编,蔡靖泉、陈顺智、徐少舟译:《中国诗史》,山西人民出版社1989年版,第512页。
② 汪辟疆:《汪辟疆说近代诗》,上海古籍出版社2001年版,第9、13~14页。
③ 转引自陈文新主编,王同舟分册主编:《中国文学编年史·晚清卷》,湖南人民出版社2006年版,第484页。
④ 钱基博:《现代中国文学史》,上海书店出版社2004年版,第149页。
⑤ 钱基博:《现代中国文学史》,上海书店出版社2004年版,第158页。

新。至斗险韵,铸伟辞,一时几无与抗手"。① 这种能力绝不是才资平平的诗人遽然可以具备的,它是晚清诗人重"学力"、重转益多师、融汇诸家、苦心孤诣的结果。

陈文新先生对中国古典诗学的发展进行了全面的审视后,总结说:

> 古典诗歌的三大诗学流别……从格调到神韵再到性灵,其题材与风格的迁移具有某种程度的必然性。从汉魏到梁陈,古诗将这一程序展示了一遍;从初、盛唐到唐末,律诗又将这一程度重复了一遍……引人注目的是,时至明代,明人又将这一程序演绎了一遍。……清代的四大诗学流别(即格调、神韵、性灵、肌理四派)与汉魏至宋代的诗坛情形有一种相互对应或相互照应的关系。②

如果把中国古典诗学发展的这种规律与清代诗歌的发展作一对照,可以发现,晚清诗坛上"同光体"的出现,正是古典诗歌发展必然趋势的又一次重演。乾嘉以后,诗歌风气佻达,钱锺书指出:

> 随园、瓯北、仲则、船山、倾伽、铁云之体,汇合成风。流利轻巧,不矜格调,用书卷而勿事僻涩,写性灵而无忌纤佻。……江弢叔力矫之,"同光体"作者力矫之,王壬秋、邓弥之亦力矫之。均抗志希古,欲回波断流。③

正是因为乾嘉以来诗风"轻巧俗艳",文学便自觉进行内部的自我调适和"纠偏",因而形成一种以瘦硬、骨峭为特征的晚清"宋诗派",成为力避"浅俗"的自觉的艺术追求,这也就是晚清"同光体"诗风大畅其时的学理依据。陈衍在《石遗室诗话》卷一开篇即指出晚清诗风已在转变:

> 道咸以来,何子贞(绍基)、祁春圃(寯藻)、魏默深(源)、曾涤生(国藩)、欧阳涧东(辂)、郑子尹(珍)、莫子偲(友芝)诸老始喜言宋诗。何、郑、莫皆出程春海侍郎(恩泽)门下。湘乡诗文字皆私淑江西。洞庭以南,言声韵之学者稍稍改步,而王壬秋(闿运)则为骚选、盛唐如故。都下亦变其宗尚张船山(问陶)、黄仲则(景仁)之风,潘伯寅、李莼客诸公稍为翁覃溪,吾乡林欧斋布政(寿园)亦不复为张亨甫,而学山谷。④

为了能够使诗歌创作"自具面目",也是为了力避乾嘉以来的俗、熟之风,追求肌理和

---

① 汪辟疆著,王培军笺证:《光宣诗坛点将录笺证》,中华书局2008年版,第383~384页。
② 陈文新:《中国文学流派意识的发生与发展》,武汉大学出版社2007年版,第99~100页。
③ 钱锺书:《谈艺录》,中华书局1984年版,第347页。
④ 陈衍:《石遗室诗话》卷一,人民文学出版社2004年版,第4页。

文法以及意境生新的宋诗派悄然兴起,此实乃晚清诗歌演变的必然趋势。"同光体"巨擘陈三立,其诗作达到极高造诣,李渔叔盛赞其诗曰:"《散原精舍诗》,其得力固在昌黎、山谷,而成诗后,特自具一种格法,精健沉深,摆落凡庸,转于古人,全无似处。惟其姿禀英迈,又以读书之博,导其思力,迥入篇章,乃或过矜,贪于字句精新,惟饶奇致。闻其作诗,手摘新奇生峭之字,录为一册,每成一篇,辄以所为词句,就册中易置之,或数易乃已,故有时至极奥衍不可读。然精当之作,固自卓然,要为一代大家,非末学所敢轻议也。"①从"创新"与"矫俗"两个方面对"自具一种格法"的散原诗进行了高度评价,指出散原的苦心孤诣、求"新"求"奇"乃是当时诗坛创新的必然选择。

晚清诗人主张广泛学习前人的优秀成果,通过"师古"进而达到自由地表达才情性灵的境界。黄遵宪坦言其《人境庐诗草》乃是从"曹、鲍、陶、谢、李、杜、韩、苏讫于晚近小家"中炼格。袁昶曾赞张之洞的诗"简严得之《穀梁春秋》,深婉得之范书诸传赞,隶词引喻得之《吕览》、《韩非子》及荀之《成相》诸篇。其文或繁或简,皆有法度"。②樊增祥在《与左绍卿论诗长歌》中说,惟有转益多师融化无痕方为会写诗,方能写得出好诗,因此提出了"八面受敌"的写诗法③:

……百花酿作酒一甔④,百药炼成丹一丸。五味入口取其甘,五色入目取其鲜。五声入耳取其和,惟貌不独取其妍。取之杜、苏根底坚,取之白、陆户庭宽。取之温、李藻思紧,取之黄、陈奥突穿。言之有物饼中馅,裁之成幅机中练。视之无迹水中盐,出之则飞匣中剑。无意何能作一经,无笔何以役万灵?无才何以笼群英,无学何以跻老成?无法何所谓尺绳,无事何足为重轻?一字不安众所议,八面受敌谁不能?……学我者死殊不然,果如我语诗其仙。⑤

才、学、意、笔都是写诗之必须,而且作诗还必须有"法"有"事",方可做到轻重合宜,才情不致过溢。

---

① 陈三立著,李开军校点:《散原精舍诗文集》附录《鱼千里斋随笔》论散原诗,上海古籍出版社2003年版,第1247~1248页。
② (清)袁昶:《广雅碎金书后》。转引自陈文新主编,王同舟分册主编:《中国文学编年史·晚清卷》,湖南人民出版社2006年版,第351页。
③ 樊增祥谈"八面受敌"法:"向来诗家率墨守一先生之集,其他皆束阁不观。如学韩、杜者必轻长庆,学黄、陈者即屏西昆,讲性灵者则明以前之事不知,尊选体者则唐以后之书不读。不知诗至能传,无论何家,必皆有独到之处,少陵所谓'转益多师是吾师'也。人所处之境,有台阁,有山林,有愉乐,有幽愤。古人千百家之作,浓淡平奇,洪纤华朴,庄谐敛肆,夷险巧拙,一一兼收并蓄,以待天地人物形形色色之相需相感。吾即因以付之,此即所谓八面受敌,人不足而我有余也。所蓄既富,加以虚衷求益,旬煅季炼,而又行路多,更事多,见名人长德多,经历世变多,合千百古人之诗以成吾一家之诗,此则樊山诗法也。"转引自钱基博:《现代中国文学史》,上海书店出版社2004年版,第151页。
④ 甔:读dān,意为盛酒的瓶子。
⑤ 钱基博:《现代中国文学史》,上海书店出版社2004年版,第150~151页。

除了转益多师,提高诗人的学养外,"法度"在诗歌创作过程中,是必要而且必需的。对易顺鼎骋其才华、不拘绳尺的做法,樊增祥直言批评道:

> 石甫(易顺鼎)既负盛名,率其坚僻自是之性,骋其纵横万里之才,意在凌驾古人,于艺苑中别坚麾纛。于是益新,益奇,益工,益不复蕲合于古之法度,亦不恤师友之箴言。庐山以后之诗,大抵才过其情,藻丰于意;而古人之格律,之意境,之神味,举不屑于规步而绳趋,而名亦因是而减。文襄深惜之,又力诫之。君方自谓竿头日进,弗能改也。①

当易氏一旦抛却诗之"法度",又不听师友之箴言,后果则是自毁其才,让人深表遗憾。从樊增祥的这番规劝可以看出,诗歌不合法度,立意求新求奇求工,其结果则是全失"古人之格律,之意境,之神味",是以古典诗歌的美感作为代价的。因此,"师古"、"摹古",对于诗歌创作来说,是文学创作的一条必要法则,它并不随着时代或政治的改变而发生变化。民国之后,古文大师吴闿生②在《诗说》中说:"……不依仿前人之规矩准绳,万无可以自成之理。学者,学其法度也,非学其语言笑貌也。即以貌论,初学者势不能无所模拟,及其既成,则自然解脱变化,而己之才情性灵见矣。故曰'有所法而后能,有所变而后大'。"③"苟不取法前人,恐其横决背驰永无成就之一日,而己之性灵真乃旷世沉没不见矣。天下之学莫不如是。如师心背古、果于自用,则必荡决藩篱一无所法而后可,好学嗜古之士必有不安于其心者矣。"④不有规矩,难成方圆,只有熟稔规则之后,方能有所变化有所创新。由此可以看出,易顺鼎晚年诗境之颓唐,也正是其师心自用、"荡决藩篱"无检束的结果。

时至晚清,诗、文的创作技巧、手法以至风格渐趋合一,文学创新的契机也正在于此。钱锺书在《谈艺录》中说:

> 诗文相乱云云,尤皮相之谈。文章之革故鼎新,道无它,曰以不文为文,以文为诗而已。向所谓不入文之事物,今则取为文料;向所谓不雅之字句,今则组织而斐然成章。谓为诗文境域之扩充,可也;谓为不入诗文名物之侵入,亦可也。⑤

---

① 樊增祥:《书广州诗后》。转引自陈文新主编,王同舟分册主编:《中国文学编年史·晚清卷》,湖南人民出版社2006年版,第337页。
② 吴闿生(1877—1948),原名启孙,字辟疆,号北江,安徽桐城人,吴汝纶之子。诸生。自小濡染家学,复师事贺涛、范当世、姚永概,受古文法。著有《吴北江先生文集》等。
③ 此乃姚鼐引程晋芳、周永年的话:"为文章者,有所法而后能,有所变而后大。"(清)姚鼐著,刘季高标注:《惜抱轩诗文集》卷八《刘海峰先生八十寿序》,上海古籍出版社1992年版,第114页。
④ 贾文昭主编:《桐城派文论选》,中华书局2008年版,第458页。
⑤ 钱锺书:《谈艺录》,中华书局1984年版,第29~30页。

各类文体相"乱"相杂,正是文章革故鼎新的自然方式,钱氏一语道破文学创新之机窍。晚清时期,古文与八股文之间相互影响自不必说;古文、八股文和试律诗对诗歌的影响,也以不同的形式表现出来。无论是学中晚唐的樊、易等人,还是学宋派的"同光体"诗人,诗人们在诗歌中糅入大量单散句,而又出之以诗之韵味,成为这一时期诗歌的特色之一。大部分诗人除追求诗歌"雅"的风格外,更加强调写诗须遵循"理"(或"法")。而科举考试的种种功令规定,无疑强化了这一内在的规定性。张之洞谈及时文的写法要求时,说道:

> 时文宜清、真、雅、正。四字人人皆知,然时俗多误解,今特为疏明之。不惟制义,即诗古文辞,岂能有外于此?今人误以庸腐空疏者当之,所谓谬以千里者也。俗论每云某文尚理法,某文尚才气,某文尚书卷。夫无理、无法,尚何得为才气?若无才气、无书卷,又岂能阐出道理哉?①

惟有"理"、"法"才能驾驭才气;而惟有才气与学力(即"书卷")相兼相得,方能将圣贤之"道"阐释得清晰完美,才能达到为文为诗的最高境界。

同光派代表诗人、书法家郑孝胥对习练书法颇有心得,曾说:

> ……夫书以气脉为主,结字之工,在于行笔,如人筋骸百节、面目四肢,都无残损,充以涵养,然后精神焕发,生韵迥出。结字随时不同,惟行笔无不足之病,则于长短、肥瘠、反正之中,各具起伏、往来、顿挫之观,每作一笔,神理俱备,合而成字,亲于骨肉,所谓完也。观近人作,结字每苦支离,行笔动伤夭札,因无完笔,遂无完字,又其下者但辨行列,则小史之技尔。②

艺术的内蕴之理相通,书法贵行笔之"完"——行笔无不足,于长短、肥瘠,反正之中各具起伏、往来、顿挫;每作一笔,神理俱备,合而成字,亲于骨肉,这是优秀的书法作品所必须秉承的法则。以此衡诗,亦无不可。

将这种诗学观点置于科举制度的大环境下,我们可以看到,清代中期以后科举重视试律诗对诗坛创作的影响:一方面追求诗之"古雅"之美,另一方面又在"法度"上加以强调,而这种必要的规范则是达到"雅"意、"雅"韵的必然要求。科举考试的功令规定有效地维护了古典诗文的"雅""正"之美;"雅""正"之美则必然要求诗人在进行诗歌创作时注意"理"、"法"的内在制约,二者相辅相依,不可分离。

---

① 苑书义、孙华峰、李秉新主编:《张之洞全集》卷二百七十二《輶轩语·语文》,河北人民出版社1998年版,第9799页。
② 郑孝胥:《简梦华》。转引自钱基博:《现代中国文学史》,上海书店出版社2004年版,第187页。

科举的废止对当时诗坛的主流诗风(以学古为主的诗歌风尚)并没有太大的影响，晚清诗坛的主流风尚仍然是崇尚"古雅"和"法度"。这些自觉追求"清真雅正"诗风的晚清诗人们大多已有功名，如张之洞是同治二年(1863)探花，入翰林院，授编修；樊增祥是光绪三年(1877)进士，入翰林院，为庶吉士；郑孝胥是光绪八年(1882)举人；陈三立是光绪十五年(1889)进士，等等。对科考试律诗的熟稔使他们自觉遵守诗歌创作的内在法则，无论是生涩奥衍，还是清苍幽峭；无论是清新博丽，还是雍容厚重……都体现了古典诗歌求"雅"的追求，这形成了对乾嘉时期平熟轻脱诗风的一种反拨。从古典诗歌发展的基本情形来看，这是文学演变的自然规律。而这也与"新派诗"与政治紧密联系的风格形成了鲜明的对照。

当然，晚清以学古为主的诗人并非躲进小楼成一统，他们"也都在认真考虑过如何对待清末民初这一文明和政治的危机，并把这种思考寄托于诗中"。①"诗界革命"所取得的成就，可否与晚清古典诗歌的成就相比肩，我们大致可以从1945年柳亚子对当时诗歌的评价中找到答案："辛亥革命总算成功了，但诗界革命是失败的。梁任公、谭复生、黄公度、丘沧海、蒋观云……的新派诗，终于打不倒郑孝胥、陈三立的旧派诗，同光体依然成为诗坛的正统。"②对比宣统三年(1911)柳氏严斥同光体诸老的言论③，其内心定然感慨良多！

---

① [日]吉川幸次郎著，章培恒等译：《中国诗史》，复旦大学出版社2001年版，第352页。
② 《柳亚子的诗和字》，《人物丛刊》1980年第1辑。
③ 1911年，柳亚子作《胡寄尘诗序》中说："……虽然，今日诗道之弊，其本原……盖自一二罢官废吏，身见放逐，利禄之怀，耿耿勿忘。既不得逞，则涂饰章句，附庸风雅，造为艰深，以文浅陋。彼其声气权势，犹足奔走一世之士。士之夸毗无识者，辄从而和之。众响漂山，群盲诧日。后生小子，目不见先正之典型，耳不闻大雅之绪论，氓之蚩蚩，惟扣盘逐臭者是听，而黄茅白苇之诗派，遂遍天下矣。……而今之称诗坛渠率者，日暮穷途，东山再出，曲学阿世，迎合时宰，不惜为盗臣民贼之功狗，不知于宋贤位置中，当居何等也！其尤无耻者，妄窃汝南月旦之评，撰为诗话，已不能文，则假手捉刀，大书深刻，以欺当世。就而视之，外吏则道府，京秩则部曹，多材多艺，炳炳麟麟；而韦布之士，独阒然无闻焉。呜呼！此与职官表、缙绅录何异？而诗话云乎哉！"柳亚子向来评价文人及其作品是从政治上着眼，对"同光体"亦不例外。他对"同光体"如此厌恶并痛加斥责，这也是因"同光体"诸人的主张及创作与柳氏等人欲"振唐音以斥伧楚"的文学、政治主张相左的缘故。转引自陈文新主编，王同舟分册主编：《中国文学编年史·晚清卷》，湖南人民出版社2006年版，第499页。

结语　风物长宜放眼量
——科举废止与晚清士人及文学关系的价值判断

我想选录晚近时期四位历史文化名人的文章作为本部分的开始。1895 年 3 月，严复在《天津直报》上发表《原强》一文，呼吁讲西学的重要性：

> ……今者物穷则变，言时务者，人人皆言变通学校，设学堂，讲西学矣。虽然，谓十年以往，中国必收其益，则又未必然之事也。何故？旧制尚存，而荣途未开也。夫如是，士之能于此深求而不倦厌者，必其无待而兴、即事而乐者也。否则刻棘之业虽苦，市骏之赏终虚，同辈知之则相忌，门外不知则相忘，几何不废然反也！是故欲开民智，非讲西学不可；欲讲西学，非另立选举之法，别开用人之涂，而废八股、试帖、策论诸制科不可。①

光绪二十四年（1898），康有为上书光绪皇帝，痛陈废除八股刻不容缓：

> 惟垂为科举，立法过严，以为代圣立言，体裁宜正，不能旁称诸子而杂其说，不能述引后世而谬其时。故非三代之书不得读，非诸经之说不得览，于是汉后群书，禁不得用，乃至先秦诸子，戒不得观。其博学方闻之士，文章尔雅，援引今故，间征子纬，旁及异域，则以为犯功令而黜落之。若章句督儒，学问止于《论语》，经义未闻《汉书》，读《礼记》则严删国恤，学《春秋》则束阁三传。若夫《周礼》以经国家，《仪礼》以范人伦，以试题不及，无人读诵。乃至《诗》、《书》、《易》、《礼》之本经，亦复束汉注唐疏而不观，甚乃《学》、《庸》、《论》、《孟》之微言，亦只守兔园坊本之陋说。盖以功令所垂，解义只尊朱子；而有司苟简，三场只重首场。故令诸生荒弃群经，惟读《四书》；谢绝学问，惟事八股。于是二千年之文学，扫地无用，束阁不读矣。渐乃忘为经义，惟以声调为高歌；岂知圣言，几类俳优之曲本。东涂西抹，自童年而咿唔模仿；妃青俪白，迄白首而按节吟哦。既因陋而就简，咸闭聪而黜明。试官妄取，谬种展转以相传；学子循声，没字空疏而

---

① 南京大学历史系选注：《严复诗文选注》，江苏人民出版社 1975 年版，第 63 页。

登第。虽有经文五义，皆以短篇虚衍；虽有问策五道，皆依题字空对。但八股清通，楷法圆美，即可为巍科进士、翰苑清才；而竟有不知司马迁、范仲淹为何代人，汉祖、唐宗为何朝帝者。若问以亚非之舆地，欧、美之政学，张口瞪目，不何何语矣。既流为笑语，复秉文衡，则其展转引收，为若何才俊乎？①

光绪二十七年（1901），张之洞致电江宁、广州、云南等十四位制台抚台，以求联合上书请求变法新政之电文：

……大抵各国谓中国人懒滑无用而又顽固自大，其无用可欺，其自大尤可恶。于是视中国为一种讨人嫌之异物，不以同类相待，必欲蹂践之，制缚之，使不能自立而后已。此时非变西法，不能化中国仇视各国之见；非变西法，不能化各国仇视中国之见；非变西法，不能化各国仇视朝廷之见。必变西法，人才乃能出，武备乃能修，教案乃能止息，商约乃能公平，矿务乃能开辟，内地洋人乃不横行，乱党乃能消散，圣教乃能久存。②

光绪二十八年（1902），梁启超在《新民丛报》发表《论小说与群治之关系》一文，提出小说乃"新民"的最佳途径：

欲新一国之民，不可不先新一国之小说。故欲新道德，必新小说；欲新宗教，必新小说；欲新政治，必新小说；欲新风俗，必新小说；欲新学艺，必新小说；乃至欲新人心，欲新人格，必新小说。何以故？小说有不可思议之力支配人道故。……故今日欲改良群治，必自小说界革命始。欲新民，必自新小说始。③

四段文字分别来自不同作者、不同时间、不同体裁，然而其风格却有着惊人的相似点——激进，或者是愤激，喜用"非……不可"或"非……不能"的句式。在救亡图存已成为时代主题的情况下，改革与变法就成了晚清（尤其是鸦片战争以后）的主要政治。因身份地位的差异，他们寻求富强的思路和办法也见仁见智，但学习西方，改革弊政，却是他们共同的心声。如在张之洞的那则电文中，张氏开首便说，"鄙意以仿西法为主，抱定旨中'采西法补中法'、'浑化中西之见'二语作主意"，以明确表达他的主张。为了能够达到变法图强的目的，他们往往把一件事情说得十分紧要，如梁启超对"小说"救国的过分强调，严复、张之洞对采取西法重要性的强调，康有为对八股害民以致

---

① 康有为：《请废八股试帖楷法试士改用策论折》，汤志钧编：《康有为政论集》，中华书局1981年版，第270~271页。
② 苑书义、孙华峰、李秉新主编：《张之洞全集》，河北人民出版社1998年版，第8533页。
③ 易顺鑫编：《梁启超选集》上，中国文联出版社2006年版，第316页。

害国的渲染与控诉，等等，都是以确凿无疑的论断和语气打消对方的所有疑虑，使对方坚信非如此不能救国，非如此国家不能富强，非如此民众不新……这种极端、激进的语言成为甲午战争后的语言风尚，起初意在改革变法，而后来这种偏激恣肆之风愈刮愈猛，直至"新文化运动"誓以扫荡中国传统文化为要务；再到后来的"文化大革命"则全面扫除"封建余孽"，传统文化悉被荡尽，斯文扫地，"永世不得翻身"……这简直成了20世纪中国的魔咒！

在此期间，科举制度的废除事关重大。1905年废除科举，对中国社会及历史所产生的巨大而深远的影响，不论怎样说都不为过。萧功秦先生认为，废除科举制度导致了四个方面的消极后果。第一，造成了社会上的一个"游民阶层"。科举的废除使广大读书士子从原有的生存状态中被"放逐"出来，然而社会并没有足够的能力去消化和吸纳这些"游离之士"，因此，这些类似于春秋战国时期的"游士"对清末民初的社会转型构成巨大的政治参与压力，进而引发了急剧的社会震荡。第二，被"放逐"的"士"所产生的离心力不断聚结为反政府反体制的力量。第三，从长远来看，科举的废止使国家丧失了维系作为正统儒家意识形态和价值体系的根本手段，这导致了"中国历史上传统文化资源与新时代价值之间最重大的一次文化断裂"，"曾经由科举制度给社会提供的内聚力量，在其后几十年中一直都没有恢复过来"。第四，科举废止后，士绅阶级消失，义田制、学田制崩解，宗族学堂衰落，中国相当一部分地区的农村，文盲率反而较之传统社会更为上升。① 废除八股文与改革，以至立废科举制度，不仅没能挽回清政府的颓势，反而釜底抽薪，加速了帝国走向灭亡的过程。吉尔伯特·罗兹曼分析了晚清废除科举后而导致的种种影响后说，"1905年是新旧中国的分水岭；它标志着一个时代的结束和另一个时代的开始"，并认为它"大致相当于1861年沙俄废奴和1868年明治维新不久后的废藩。废奴和废藩标志着俄国和日本走向转换的开始"。② 废除科举斩断了两千多年来历代不断尝试探索，经过许多步骤而加强起来的社会整合制度的根基，它逐渐呈现出来的事与愿违的后果，"远比推行这一改革的士大夫在1905年所明显预见到的那些后果来得严重。（新政的）舵手在获得一个新的罗盘以前就抛弃了旧的，遂使社会之船驶入了一个盲目漂流的时代"。③

回顾清末废除科举的过程，可以看出它整体呈现出一种加速的趋势：由先前的漫不经意到后来改革意识的觉醒，再由尝试以新的方法与形式接纳西学的缓进主张到立即停罢科举、全面兴办新式学堂的激进行为，这一过程恰如一辆疾驰而下的马车，愈到后来，动能愈大，最后终成不可收拾之势而车毁人亡！激进主义者的呼吁与呐喊有力地推动了科举制度最后阶段的改革④，使20世纪初期废除科举制度成为一纸诏书即可立达

---

① 萧功秦：《从科举制度的废除看近代以来文化的断裂》，《战略与管理》1996年第4期。
② [美]吉尔伯特·罗兹曼：《中国的现代化》中译本，江苏人民出版社2003年版，第229页。
③ [美]吉尔伯特·罗兹曼：《中国的现代化》中译本，江苏人民出版社2003年版，第230页。
④ 当然此中还有如国际形势等重要因素也起了相当大的作用。

之事。然而废除科举后的严重后果却一步步显露出来,让当初的改革者如张之洞等人颇有悔不当初之叹。

废除科举在当时并未引起太大的波动,这与清政府对读书士子的部分承诺和设立新式学堂为之"妥置"有关,当然也与晚清捐纳横行冲击了科举制度的公正和公平,降低了科举的吸引力有关,还与出国游学已然成为一种风气有关。然而这并不代表接下来会一帆风顺、平安无虞。随着"游离"群体的壮大和新式思想的影响,拥有新学知识的游学生和新式学堂的青年知识分子成为反对清政权的主要力量。这种力量的壮大,愈到后来愈呈"燎原"之势,清政府的覆亡已成大势所趋,而辛亥革命的胜利则最终为清政府在中国的统治画上了句号。

这些分析与判断,再加上历史的实际走向,使我们能够确信:作为在历史上存在了近一千三百年的科举制度,它在历史上所起到的积极作用,远远超过了当初立意要废除它的那些改革家和批判家们的想象;它长期以来所形成的自我调整机制也使它成为传统社会自我整合的根基。它程序上的公平和制度上的公正,都使它成为最具现代平等意义上的政治制度。因而,我们在评价这一制度时,应该明白它首先是一种政治制度(即中央政府的选才制度),而不仅仅是一种教育制度(或称"培才制度");它的目的在于为政府选拔合适的具有一定程度行政能力的人选,而不在于其他(诸如文学家之类)。在实行科举制度的一千多年中,它有效地选拔了相当数量的社会精英,成为国家政权有力的维护者与执行者,即便是到了被废除的前夕,科举制度仍然颇为有效地执行了这一功能。① 而当它一旦被废除,国家陷入混乱、无序的状态也就无可避免了。因此,废八股改试策论,废除科举,就不单单是文化教育体制上的变革,它所引起的政治上的意义远远大于文化上的意义。

倘对中国历史作一鸟瞰,可以发现,晚清科举的废止对于士子来说,是一个"终点又回到起点"的社会运动,而这一社会变革恰与诸侯割据、群雄林立的春秋战国时期形成了一个颇有意味的历史呼应——游离的"士"阶层使动荡的天下充满了不可知的变数;而"得士者昌,失士者亡"不仅在春秋战国的乱世得到了极好的诠释,在晚清科举废止之后,这一古语再次得到印证。这看似历史的揶揄,事实上却再次证明了"士"阶层在社会安稳及治乱中的重要作用。

甲午战争后,乾嘉考据学派老成持重、安于学问的士风因国势变化被时代唾弃,代之而起的是主张公羊学派的改良主义者,他们关心政治,勇于任事。在国难当头之际,以康有为、梁启超为首的公羊学派士人,在维新改革中表现了传统士大夫家国天下的社会责任感与历史责任感,发扬了自春秋以来所形成的"士"的优良传统与风气,"士"阶层再次显示了在国家政治社会生活中的巨大作用。

鸦片战争后,租界作为一种新的事物在中国一些大中城市出现,促生了晚清中国转

---

① 这在何怀宏:《选举社会——秦汉至晚清社会形态研究》(北京大学出版社2011年版)第八章《今评》中有更加具体的论析。

型期知识者不同的人生追求。翻译、报人、买办等，人生的选择与追求渐趋多样化，使出仕为宦的传统人生追求也受到了一定程度的冲击。一部分通过科举考试的幸运者也尝试投身实业，跻身于商人行列，这对传统"四民社会"的形态来说，无疑是一种突破与转变。随着科举制度的消亡，传统的"士"阶层消失了，代之而起的是被称为"知识分子"现代知识人，然而此二者之间是不能够画等号的。余英时曾对此有过精辟的论断，他说："从社会结构与功能方面看，从汉到清两千年间，'士'在文化与政治方面所占据的中心位置是和科举制度分不开的。通过科举考试（特别如唐宋以下的'进士'），'士'直接进入了权力世界的大门，他们的仕宦前程已取得了制度的保障。这是现代学校的毕业生所望尘莫及的。着眼于此，我们才能抓住传统的'士'与现代知识人之间一个关键性的区别。清末废止科举的重大象征意义在此便完全显露出来了。"①

虽然改革者们对改革后"中学"的可能发展趋势有所预防，但废除科举后对"国粹"的强调与保护则从反面印证了儒学没落的事实。全盘西化的意识导向使此后的思想界泛滥横绝，绝无制裁，而报章体的盛行则为这种泛滥起到了推波助澜的作用。梁启超曾说：

> 吾辈之为文，岂其欲藏之名山，俟诸百世之后也？应于时势，发其胸中所欲言。然时势逝而不留者也，转瞬之间，悉为刍狗。况今日天下大局日接日急，如转巨石于危崖，变异之速，匪翼可喻。今日一年之变，视前此一世纪犹或过之。故今之为文，只能以被之报章，供一岁数月之道铎而已。过其时则以覆瓿焉可也。②

传统儒家"三立"——立德、立功、立言——的理想遭到挑战，"有用"、"时用"成为文章价值的最大体现。

与此相一致，近代文学的走向发生了史无前例的转型。传统旧式的文学样式、文学体裁渐渐让位给新兴的文学样式、体裁及题材，平易、通俗的文学风格引起文学消费群体的关注。现代都市的出现使文学消费群体发生了变化，生活节奏加快，使原本从容、雅致的生活变得匆忙，充满了世俗气息。该时期各种文学样式、文学题材并列杂陈，虽然小说被改良派们一再鼓吹其社会作用，但"雅"、"洁"的传统文学样式仍然具有它的魅力。然而后人对近代文学史的书写，却在相当大的程度上遮蔽了近代文学的历史真相，导致了我们对近代文学认识的偏颇与失实。

文学史的写法有多种，尤其是关于近代文学史的书写。1904 年，京师大学堂国文教习林传甲根据当时《奏定大学堂章程》编写了《中国文学史》，这是国人自己书写中国文学史的开始。虽因"听将令"而必须强调文学的"致用"精神，认为"文者，国之粹也，

---

① 余英时：《士与中国文化·新版序》，上海人民出版社 2003 年版，第 11 页。
② 李华兴、吴嘉勋：《梁启超选集》，上海人民出版社 1984 年版，第 365 页。

国民教育造端于此"，但主要是为了补习学生"历代文章源流义法，间亦练习各体文"①的国文课程，因此内容博杂，涉及经史子集各类，亦将音韵学、目录学等内容悉数包括。这与中国传统文学的观念相一致，林著《中国文学史》体现了中国传统以来的文学观念，具有中华民族文化自己的特色。

随着西学的逐渐深入，革命精神渐趋成为时代新声，挑战传统、开辟文学新时代、新纪元的呼声渐趋高涨，近代文学的政治性、实用性、时用性得以充分激发，政论文成了时代的吹鼓手，小说、戏曲等"小道"、俗化文学也因文界"革命"的号召与提倡，拉近了与政治的距离。1922年，胡适撰写了《五十年来中国之文学》②，专述中国近代文学的发展。他以西方文学为标准，以政治性和时代性为审订和裁剪的依据，将一切不符合"平民的"、"白话的"文学作品悉数剔除，保留了他认为"有价值"的部分。这部《五十年来中国之文学》因观点之"新颖"及其作者胡适的大名，在当时产生了颇大影响，甚至成为新中国成立以后以阶级分析观点书写文学史的滥觞，因此有必要对胡适的近代文学观进行简单、概括的观照。

在了解胡适《五十年来中国之文学》前，我们首先应该明了这样的事实：胡适1917年留学回国前所接受的是西方"文学进化论"的观点。以此为衡，胡适该文将论述时间的上限定于1872年③，下限即"五四新文化运动"后的1922年。胡氏认为这50年间的文学发展有三大趋势：一是"古文的衰亡"，他认为"古文只配做一种奢侈品，只配做一种装饰品，却不配做应用的工具"，因此"古文是死的文学"，"这五十年是中国古文学的结束时期"；二是"势力最大、流行最广的文学"，"乃是许多白话的小说"；三是"近五年来的文学革命"，"主张现在和将来的文学都非白话不可"。胡适除将近代词作的成就一笔抹煞外，对晚清诗人则最为推重金和与黄遵宪，且着重列举二人那些浅近、口语化——简言之，即胡适所提倡的"平民化"——的诗，认为"因为这两个人都有点特别的个性，故与那一班模仿的诗人、雕琢的诗人大不相同"；对晚清诗坛巨擘陈三立、陈衍、郑孝胥等人，胡适虽不得不承认其诗之成就与影响，但更加强调他们"模仿那变化未完成的黄庭坚，所以走错了路，跑不出来了"，要么是"没有内容，也算不得大家"，要么是"努力模仿古人，努力作诗匠"，即便是被称为近代宋诗的代表作者陈三立，"但他的《散原精舍诗》里，实在很少可以独立的诗"——一句话，除《人境庐诗草》以外的其他诗作，皆毫无价值，不值一哂。章炳麟被选为古文学最后的殿军，能够"做这个（古文）大结束的人物"，胡适认为这"真可算是古文学很光荣的结局了"。胡适的这种论断与近代文学发展的真实情形有着很大的出入。然而以他在当时的盛名来发表这样的论断，无异于给当时的文坛和学术界投放了一枚重磅炸弹。据说鲁迅读后大为赞叹："大

---

① 林传甲：《自序》，朱希祖、林传甲：《中国史学通论 中国文学史》，时代文艺出版社2009年版，第57~58页。
② 胡适：《五十年来中国之文学》，《胡适经典文存》，上海大学出版社2004年版，第126~193页。以下所引用胡适关于晚近文学的观点皆出于此，故不再重复标注。
③ 用胡适自己的话说，即是"《申报》出世的一年，便是曾国藩死的一年"。

稿已读讫,警辟之至,大快人心!"①

此文一出,便引来一片讨伐之声。持异议者,几乎皆是当时深得古典文化浸润的饱学之士,其中胡先骕《评胡适〈五十年来中国之文学〉》②一文,无论从学理上,还是从论据上,均堪称一篇为近代文学辨正的力作。对被胡适称为"死文学"的古文,胡先骕先生先是分析了散文发展的必然趋势及桐城派古文的优长,并指出,如严复、章士钊等人的逻辑论说文,无一不是受到桐城文法的沾溉;而林纾以古文章法译西方名著,更进一步说明古文强大的生命力和自我调适能力。相反,对胡适盛赞的梁启超的报章体文章,胡先骕先生则对其汗漫无节制、"纵笔所至不检束"不以为然,认为梁氏颇为自夸的"笔锋常带感情",也只是"目的在感动官感,而不在感动精神与智慧",因此这类文章也只是"喜为浮夸空疏豪宕激越之语,以眩人耳目,以取悦于一般不学无术之'费列斯顿'"。对胡适选择章炳麟作为古文学的"殿军",胡先骕同样表现出不解和不屑:"盖章氏之学,纯为章句训诂之学,于文学造诣殊浅。迩来在江苏教育会讲学,竟谓元稹之诗在杜甫上,可见其文学判断能力之高下矣!"又补充说:"章氏在近代五十年中固为一大学者,惟非文学家。故其作品不佳,而论文之说,尤不足信。"对现代白话文学的发展,胡先骕先生也表示质疑:"五六年之风行,何足为永久成功之表征?且一种运动之成败,除作宣传文字外,尚须有出类拔萃之著作以代表之,斯能号召青年,使立于其旗帜之下。……至吾国文学革命运动,虽为时甚暂,然从未产生一种出类拔萃之作品。"因此,胡先骕认为胡适之论断既"毫无充分之理由",仅徒"以似是而非之死活文学之学说,以欺罔世人,自命为正统","本其'内台叫好'之手段,为强词夺理之宣传"。

胡先骕先生对胡适的批评,针针见血,深中要害。然而这种保存传统经典文化的主张与影响在当时却远不能与胡适激进的文学史观相抗衡。激进的时代所乐于接受的是口号、语录式的论断,而不是学理缜密的分析与推理。这样,20世纪20年代以来,以西方"文学进化论"观点对中国传统文学进行剪裁、切割的文学观念及学术理路就由胡适导其端,"文学革命"以至几十年后的"文化大革命"继于后,成为20世纪中国文学史主要的书写指导思想。也许胡适当时仅为兴"白话"语体而力革"文言"、"古文学"之"命",才会如此大放厥词,甚至危言耸听;但此后如洪溃堤般的"文学革命"发展走势,却绝非20世纪二三十年代锐意革新的胡适先生所能预料的了。

倘若联系被誉为"奠定了新红学地位"的《红楼梦考证》③和写于同年的《国语文学史》④等著作,我们会发现一个很有趣的现象,即胡适是用了一个标准——"实用"、"有用"——作为裁定文学价值的标准来裁断中国古典文学:如果不能对现实社会的进

---

① 鲁迅:《鲁迅全集》第十一卷,人民文学出版社2005年版,第431页。
② 胡先骕:《评胡适〈五十年来中国之文学〉》(原载《学衡》1923年第18期),张燕瑾、赵敏俐主编,汪龙麟选编:《20世纪中国文学论文选·近代卷》,社会科学文献出版社2010年版,第58~74页。以下所引胡先骕的观点,皆出自该篇文章,不再重复标注。
③ 本著作出版于1921年。
④ 在著作编写于1921年11月至次年1月。1927年4月,经黎锦熙略作增补而排印成书。

步和人生的改善有所功效,那么即便是伟大如《红楼梦》者,也只是"曹雪芹的思想很平凡";如果能够体现他的进化论思想和主张(比如倡导"平民的大众的文学"),那么金和的诗歌也可以是"具有特别的个性"。一句话,在胡适那里,"功利性"成了衡量文学价值的最高尺度。而这恰与文学自身的特质相悖谬!陈文新先生在《〈红楼梦〉的现代误读》①一著中用了"不得体"来评价胡适的这种学术路数。陈先生列举胡适于1919年11月1日写的《新思潮的意义》,指出胡适将"一种新的态度"(陈先生概括为"评判的态度")认作了"新思潮的根本意义",因而决定要"重估一切价值"——在全盘西化论者胡适的眼里,中国固有文明中糟粕太多——必须用西方的标尺来加以裁断,以去其糟粕,取其精华,这也就是胡适动辄对中国传统文学下断语的根本原因——重要的不在于观点的正确与否,而在于持什么样的"态度"。本着这样的思路,后人(尤其是新中国成立以后)对晚清近世文学的叙述距离实际情形愈来愈远,那些当日活跃于文坛、为时人所熟知的诗人、散文家、词家,在这种"有选择的叙述"中渐渐模糊了他们的身影,留给后人的只是编写者不屑一顾的"批判"和否定,或者是什么都没有留下。而追溯这一切的原因,胡适等人难辞其咎。

就这样,基于政治"宣传"的目的和片面强调文学的社会功能等因素,晚清民国之际梁启超的"新文体"大受追捧,风行海内外;而古文家所禀持的对文学"雅"的追求,对创作者"学者与文学的融合为一"的要求,都在文学"革命"的隆隆声中被淹没了,掩蔽了,成为历史的陈迹和"死的文学"、"死的语言"。以此,"新文学运动"以来的文学史的书写,也就由政治来决定——凡是追随政治、为政治摇旗呐喊的,就是值得提倡的文学。这导致了此后中国学术界的一种极端政治功利主义作风。

在《〈红楼梦〉的现代误读》中,陈先生接着指出这种"态度"大于"事实"的激进作风在学术上产生的恶果足以贻害后人:

> 如唐德刚所说:"五四时代'新青年'派里的启蒙大师们,和'新潮社'里那批启蒙小师们,那时都是一些闻一知十的才人。大家都欢喜思而不学地作大假设、下大结论。事实上那时我国的'现代学术'尚未萌芽。他们的'启蒙'之功不可没;但是那时的'现代学术'(着重"现代"二字)还不足以支持那样大的结论。"(唐德刚译注《胡适口述自传》第八章《从文学革命到文艺复兴》)他们以"革命"的态度来谈学术问题,矫枉过正,一味主张"评判",原是一件可以理解的事情。但可以理解,并不是说值得仿效。不幸的是,自"五四"以来,直至20世纪70年代中期,中国大地上盛产"革命家",前一波"革命"家被打倒了,后一波"革命"家往往更为激进,否则就会视为保守、倒退。为了避免被打倒的命运,只能提出更加激进的主张。如此循环往复,"对我国固有文明作有系统的严肃批判和改造"就发展到了用阶级斗争的观点裁断古代思想文化的阶段,这大概是胡适所始料未及的吧?或者这样说,

---

① 陈文新:《〈红楼梦〉的现代误读》,齐鲁书社2008年版,第65~66页。

胡适等人是以"西方文明"作为尺度来衡量古人古事，而"影射史学"则是借古论今，借题发挥，根据现实斗争的需要来演绎古人古事。两者的共同点是无视古今之异，随意地"评判"历史。①

陈先生对20世纪进化论指导下的文学史编写及文学研究的这种反思与批判，发人深省。

1930年，钱基博先生撰写《现代中国文学史》，表达了对文学史的立场与看法。钱先生在"绪论"中说道："民国肇造，国体更新，而文学亦言革命，与之俱新。……榷而为论，其弊有二：一曰执古，二曰骛外。"针对这两种弊病，钱先生主要批评了为时流所崇尚的"骛外"风气：

何谓骛外？欧化之东，浅识或自菲薄，衡政论学，必准诸欧。文学有作，势亦从同，以为"欧美文学，不异话言，家喻户晓，故平民化。太炎、畏庐，今之作者；然文必典则，出于尔雅；若衡诸欧，嫌非平民"。又谓"西洋文学，诗歌、小说、戏剧而已。唐宋八家，自古称文宗焉，傥准则于欧美，当摈不与斯文"。如斯之类，今之所谓美谈，它无谬巧，不过轻其家丘，震惊欧化，降服焉耳。②

对这种无视文学民族差异性和抹煞个体差别的做法，钱先生十分愤慨："不知川谷异制，民生异俗。文学之作，根于民性；欧亚别俗，宁可强同？李戴张冠，世俗知笑；国文准欧，视此何异！必以欧衡，比诸削足，履则适矣，足削为病。"两相对比，钱氏《现代中国文学史》选择了从晚清到民国活跃于文坛的文学名人，分述他们的诗、文、词、曲的创作及其开拓之功；而这些人则大多是胡适《五十年来中国之文学》所漏选或"不屑"选入的。由此也可以看出二人文学史观上的巨大差异。

检点20世纪对近代文学的叙述，可供我们注目的内容少之又少。除了对此不屑一顾者，大多数《中国文学史》都将近代文学作为古典文学的落幕、现代文学的肇始，着意强调白话小说与"平民的"戏曲在这个时代的成就与地位，而诗文则遭到了有意无意的冷落和忽视。那么，在我们耳熟能详的"正面"历史叙述的背后，是否还有另外的声音？钱基博先生《现代中国文学史》让我们看到了不同于"主流"的"另类"叙述，恰因它与"主流"思潮和宣传的不一致，使我们相信也许这更接近晚清民国以来文学的真实面目。

当然，当时主张公平对待中国传统文化的，绝不止钱基博、胡先骕等少数学者，然而他们客观科学的态度没有被当时"主流"的文学思潮所"接纳"。胡先骕曾于1920年写了一篇批评胡适的第一部白话诗集《尝试集》的长文，但长期却没有一家刊物愿意登载，于是胡先骕决心创办《学衡》杂志，"论究学术，阐求真理，昌明国粹，融化新知，以中

---

① 陈文新：《〈红楼梦〉的现代误读》，齐鲁书社2008年版，第66~67页。
② 钱基博：《现代中国文学史·绪论》，上海书店出版社2004年版，第7页。

正之眼光,行批评之职事。无偏无党,不激不随",具体内涵分为两个方面:"于国学则主以切实之工夫,为精确之研究,然后整理而条析之,明其源流。著其旨要,以见吾国文化,有可与日月争光之价值,而后来学者,得有研究之津梁,探索之正轨。""于西学则主博极群书,深窥底奥,然后明白辨析,审慎取择。"①采择并融贯中西文化精华,并提倡以正确的态度(即求实、求真)来对待学术研究,这就是胡先骕等人的学术主张。这与胡适的激进文学观形成了鲜明的对比。

此外还有八股文。金克木先生曾对八股文"集(传统文体之)大成"的特点加以概括:"八股文体兼骈散,继承了战国策士的言论,汉魏六朝的赋,唐宋的文,而以《四书》为模范。分析八股文体,若追溯本源,就差不多要涉及全部汉文文体传统。"②然而自明代实施八股取士制度以来,八股文便备受指责和诟病,凡是对科举不满的人,都可以"将怒气撒在八股文身上"。康熙年间,徐灵胎的那首著名的《道情》③成了八股文的经典标签。民国以来,激进的"文学革命者"们要么将其一棍子打死,要么对之嗤之以鼻,不屑于谈论这个与"小脚、鸦片"相提并论的"糟粕"。然而具有深厚传统文化根柢的学者却绝不将其视如敝屣,刘咸炘曾作《〈四书〉文论》,说:"制艺者,诸文之一也。亦本出于心,亦自成其体,固与诸文无异。不知其不能等观者安在?谓其体下耶?文各有体,本无高下。高下者,分别相对之权词耳。为古文者斥下时文,恐乱其体可也。而时文不以是贱也。"④认为八股文乃诸多文体中之一种,并不会因为世人的指斥而自"贱"其体。周作人在1930年也有一段平情之论:

> 民国初年的文学革命,据我的解释,也原是对于八股文化的一个反动,世上许多褒贬都不免有点误解,假如想了解这个运动的意义而不先明了八股是什么东西,那犹如不知道清朝历史的人想懂辛亥革命的意义,完全是不可能的了。⑤

甚至认为八股文的价值"永久是中国文学——不,简直可以大胆一点说是中国文化的结晶。无论现在有没有人承认这个事实,这总是不可遮掩的明白的事实"。⑥ 周作人建议

---

① 田建民、刘玉凯主编:《现当代文学作品选(现代文论、诗歌、散文卷)》,河北人民出版社2003年版,第60页。
② 启功、张中行、金克木:《说八股》,中华书局2000年版,第75页。
③ 徐灵胎《道情》:"读书人,最不济。烂时文,烂如泥。国家本为求才计,谁知道变做了欺人计!三句承题,两句破题。摆尾摇头,便道是圣门高弟。可知道三通、四史是何等文章?汉祖、唐宗是哪一朝皇帝?案头放高头讲章,店里买新科利器。读得来肩背高低,口角嘘唏。甘蔗渣儿嚼了又嚼,有何滋味?辜负光阴,白白昏迷一世。就教他骗得高官,也是百姓、朝廷的晦气!"转引自金诤:《科举制度与中国文化》,上海人民出版社1990年版,第218页。
④ (民国)刘咸炘:《刘咸炘学术论集(文学讲义编)》,广西师范大学出版社2007年版,第69页。
⑤ 周作人:《看云集·论八股文》,北京十月文艺出版社2011年版,第87页。
⑥ 周作人:《看云集·论八股文》,北京十月文艺出版社2011年版,第86页。

应该在大学里大讲八股,"因为八股是中国文学史上承先启后的一个大关键。假如想要研究或了解本国文学而不先明白八股文这东西,结果将一无所得,既不能通旧传统之极致,亦遂不能知新的反动之起源"。①"旧传统之极致"中内蕴着"新的反动的起源",熔铸了中国文学精华的八股文是如此值得悉心研究与审视!

毫无疑问,以八股取士为特征的科举制度是明清两代文学创作与发展最大的文化"生态",甲午战争后晚清政府为自救图强而停废科举,更是中国文化历史上里程碑式的大事件。古典文学求"雅洁"、"清切"的作风,至科举废止前后仍旧一贯;教育走向平民化,尝试与国际"现代化"接轨,在当时以至于后来都是不可阻挡之势;文学也因政治局势的变化而渐趋放开,由"雅"到"俗","平民化"、"商业化"也已成了文学发展的大势所趋。因此,科举的革废在中国近代史以及近代文学史上,乃是"牵一发而动全局"。废除科举后,中国文学的创作与发展从整体上表现出极端功利主义的特点,这从另一角度来说,恰恰是对科举社会试图保持自我整合性的一种颠覆与反动。这一系列的问题,都有待于我们以客观、公正的态度深入、切实地研究,以求更接近于历史的真相、文学的真实。

风物长宜放眼量,"科举百年祭"也已过去了十年有余。一百余年在历史的长河中算不了什么,但它却可以使我们拨开层层迷雾,深刻反思百余年前废除科举这一事件对中国文化与文学转型的影响、价值和意义。

---

① 周作人:《看云集·论八股文》,北京十月文艺出版社 2011 年版,第 85~86 页。

主要参考文献

一、基本文献资料类①

（宋）朱熹撰：《四书章句集注》，中华书局 2011 年版。

（宋）李焘撰：《续资治通鉴长编》，中华书局 2004 年版。

曾枣庄、刘琳主编：《全宋文》，巴蜀书社 1990 年版。

（清）黄宗羲著，段志强译注：《明夷待访录》，中华书局 2011 年版。

（清）顾炎武著，黄汝成集释，栾保群、吕宗力校点：《日知录集释》，上海古籍出版社 2006 年版。

（清）永瑢等撰：《四库全书总目提要》，中华书局 1965 年版。

（清）梁章钜撰，陈水云、陈晓虹校注：《梁章钜科举文献二种校注》，武汉大学出版社 2009 年版。

（清）黄遵宪著，钱仲联笺注：《人境庐诗草笺注》，上海古籍出版社 1981 年版。

（清）张之洞著，苑书义、孙华峰、李秉新主编：《张之洞全集》，河北人民出版社 1998 年版。

严复著，王栻主编：《严复集》，中华书局 1986 年版。

康有为著，汤志钧编：《康有为政论集》，中华书局 1981 年版。

梁启超：《梁启超全集》，北京出版社 1999 年版。

丁文江、赵丰田编：《梁启超年谱长编》，上海人民出版社 1983 年版。

陈三立著，李开军点校：《散原精舍诗文集》，上海古籍出版社 2003 年版。

郑孝胥著，周珅校注：《海藏楼诗集》，上海古籍出版社 2003 年版。

陈衍著，郑朝宗、石文英校点：《石遗室诗话》，人民文学出版社 2004 年版。

（民国）赵尔巽、柯劭忞等撰：《清史稿》，中华书局 1976 年版。

（清）徐珂编撰：《清稗类钞》，中华书局 2010 年版。

中国史学会主编：《戊戌变法》，上海人民出版社 1957 年版。

荣孟源、章伯锋主编：《近代稗海》第一辑，四川人民出版社 1985 年版。

---

① 此以文献出现时间的早晚为排序依据。

王炜编校：《〈清实录〉科举史料汇编》，武汉大学出版社2009年版。
魏绍昌编：《李伯元研究资料》，上海古籍出版社1980年版。
魏绍昌编：《吴趼人研究资料》，上海古籍出版社1980年版。
魏绍昌主编：《鸳鸯蝴蝶派研究资料》，上海文艺出版社1984年版。
芮和师、范伯群等编：《鸳鸯蝴蝶派文学资料》，知识产权出版社2010年版。
陈文新主编，王同舟分册主编：《中国文学编年史·晚清卷》，湖南人民出版社2006年版。
《中国近代文学大系》总编辑委员会编：《中国近代文学大系》（文学理论集、小说集、散文集、诗词集、戏曲集、笔记文学集、俗文学集、书集日记集、翻译文学集、史料索引集），上海书店出版社1992—1993年版。
鲁迅：《鲁迅全集》，人民文学出版社2005年版。
汤志钧编：《章太炎年谱长编》，中华书局1979年版。
刘大鹏著，乔志强标注：《退想斋日记》，山西人民出版社1990年版。
杨萌芽编：《清末民初宋诗派文人群体活动年表》，河南大学出版社2008年版。

二、论著类①

阿英：《晚清文学丛钞》，中华书局1980年版。
程千帆：《唐代进士行卷与文学》，上海古籍出版社1980年版。
钱锺书：《谈艺录》，三联书店1984年版。
王德昭：《清代科举制度研究》，中华书局1984年版。
傅璇琮：《唐代科举与文学》，陕西人民出版社1986年版。
[日]吉川幸次郎著，高桥和巳编，蔡靖泉、陈顺智、徐少舟译：《中国诗史》，山西人民出版社1989年版。
金诤：《科举制度与中国文化》，上海人民出版社1990年版。
冯天瑜、何晓明：《张之洞评传》，南京大学出版社1991年版。
[美]张仲礼著，李荣昌、费成康、王寅通译：《中国绅士研究》，上海人民出版社1991年版。
[美]费正清、刘广京主编，中国社会科学院历史研究所编译室译：《剑桥中国晚清史：1800—1911年》下，中国社会科学出版社1993年版。
邓云乡：《清代八股文》，中国人民大学出版社1994年版。
[美]柯文著，雷颐、罗检秋译：《在传统与现代性之间》，江苏人民出版社1994年版。
徐彻：《慈禧大传》，辽沈书社出版社1994年版。
[美]本杰明·史华兹著，叶凤美译：《寻求富强：严复与近代中国》，江苏人民出版社1995年版。

---

① 此以论著出版年份排序。同一年所出论著，按作者姓氏拼音排序。

［美］吉尔伯特·罗兹曼主编，国家社会科学基金"比较现代化"课题组译：《中国的现代化》，江苏人民出版社1995年版。

桑兵：《清末新知识界的社团与活动》，三联书店1995年版。

阿英：《晚清小说史》，东方出版社1996年版。

桑咸之：《晚清政治与文化》，中国社会科学出版社1996年版。

郭齐家：《中国古代考试制度》，商务印书馆1997年版。

吕慧鹃、刘波、卢达编：《中国历代著名文学家评传》第六卷，山东教育出版社1997年版。

孙孝恩等：《光绪传》，人民出版社1997年版。

上海书店出版社编：《中国近代文学的历史轨迹》，上海书店出版社1999年版。

陈子展：《中国近代文学之变迁》，上海古籍出版社2000年版。

杨天宏：《中国的近代转型与传统的制约》，贵州人民出版社2000年版。

汪辟疆：《汪辟疆说近代诗》，上海古籍出版社2001年版。

喻大华：《晚清文化保守思潮研究》，人民出版社2001年版。

林白、朱梅苏：《中国科举史话》，江西人民出版社2002年版。

刘海峰等：《中国考试发展史》，华中师范大学出版社2002年版。

张朋园：《知识分子与近代中国的现代化》，百花洲文艺出版社2002年版。

陈平原：《中国小说叙事模式的转变》，北京大学出版社2003年版。

陈文新、鲁小俊、王同舟：《明清章回小说流派研究》，武汉大学出版社2003年版。

程华平编著：《近代上海散文系年初编》，上海教育出版社2003年版。

李细珠：《张之洞与清末新政》，上海书店出版社2003年版。

刘良明、黎晓莲、朱殊：《近代小说理论批评流派研究》，武汉大学出版社2003年版。

孙应祥：《严复年谱》，福建人民出版社2003年版。

孙之梅：《南社研究》，人民文学出版社2003年版。

杨联芬：《晚清至五四：中国文学现代性的发生》，北京大学出版社2003年版。

［美］余英时：《士与中国文化》，上海人民出版社2003年版。

梁启超：《中国近三百年学术史》，天津古籍出版社2004年版。

刘世南：《清诗流派史》，人民文学出版社2004年版。

启功、金克木、张中行：《说八股》，中华书局2000年版。

钱基博：《现代中国文学史》，上海书店出版社2004年版。

商衍鎏：《清代科举考试述录及有关著作》，百花文艺出版社2004年版。

王玉华：《多元视野与传统的合理化——章太炎思想的阐释》，中国社会科学出版社2004年版。

魏中林整理：《钱仲联讲论清诗》，苏州大学出版社2004年版。

李世愉：《清代科举制度考辨》，沈阳出版社2005年版。

刘忆江：《袁世凯评传》，经济日报出版社2005年版。

夏晓虹、王风等：《文学语言与文章体式——从晚清到五四》，安徽教育出版社 2005 年版。

张亚群：《科举革废与近代中国高等教育的转型》，华中师范大学出版社 2005 年版。

[美]余英时：《现代危机与思想人物》，三联书店 2005 年版。

何忠礼：《科举与宋代社会》，商务印书馆 2006 年版。

陈文新：《中国文学意识流派的发生与发展》，武汉大学出版社 2007 年版。

龚鹏程：《近代思潮与人物》，中华书局 2007 年版。

李润强：《清代进士群体与学术文化》，中国社会科学出版社 2007 年版。

陈文新：《〈红楼梦〉的现代误读》，齐鲁书社 2008 年版。

陈兴德：《二十世纪科举观之变迁》，华中师范大学出版社 2008 年版。

李维：《中国诗史》，江苏文艺出版社 2008 年版。

汪龙麟主编：《中国近代文学史论》，首都师范大学出版社 2008 年版。

汪辟疆撰，王培军笺证：《光宣诗坛点将录笺证》，中华书局 2008 年版。

杨国强：《晚清的士人与世相》，三联书店 2008 年版。

罗志田：《裂变中的传承：20 世纪前期的中国文化与学术》，中华书局 2009 年版。

吴剑杰：《张之洞年谱长编》，上海交通大学出版社 2009 年版。

[美]本杰明·艾尔曼著，复旦大学文史研究院译：《经学·科举·文化史》，中华书局 2010 年版。

陈平原：《中国现代小说的起点：清末民初小说研究》，北京大学出版社 2010 年版。

[美]韩南著，徐侠译：《中国近代小说的兴起》（增订本），上海教育出版社 2010 年版。

[英]濮兰德、白克好司著，陈泠汰译：《慈禧外纪》，紫禁城出版社 2010 年版。

邓嗣禹：《中国考试制度史》，吉林出版社 2011 年版。

何怀宏：《选举社会——秦汉至晚清社会形态研究》，北京大学出版社 2011 年版。

吴承学：《中国古代文体学研究》，人民出版社 2011 年版。

桑兵：《晚清学堂学生与社会变迁》，广西师范大学出版社 2011 年版。

孙燕京：《急进与慢变——晚清以来社会变化的两种形态》，商务印书馆 2011 年版。

杨萌芽：《古典诗歌的最后守望：清末民初宋诗派文人群体活动年表》，武汉出版社 2011 年版。

张天星：《报刊文学与晚清文学现代化的发生》，凤凰出版社 2011 年版。

[法]丹纳著，傅雷译：《艺术哲学》，江苏文艺出版社 2012 年版。

钱基博：《近百年湖南学风 骈文通义》，上海古籍出版社 2012 年版。

三、论文类

（一）论文集

郑大华、邹小站主编：《思想家与近代中国思想》（第一辑），社会科学文献出版社2005年版。

《新京报》主编：《科举百年：现代教育与文官制度的历史审察》，同心出版社2006年版。

陈文新主编：《中国文学编年史研究》，中华书局2009年版。

刘海峰主编：《二十世纪科举研究论文选编》，武汉大学出版社2009年版。

郑师渠、史革新、刘勇等主编：《文化视野下的近代中国》，中国传媒大学出版社2009年版。

桑兵、赵立彬主编：《转型中的近代中国》，社会科学文献出版社2010年版。

（二）论文

1. 博士论文

郭剑鸣：《晚清绅士与政治整合研究——以知识权力化整合模式为路径》，复旦大学博士论文，2006年。

郭杨：《林译小说研究》，复旦大学博士学位论文，2009年。

吴志坚：《元代科举与士人文风研究》，南京大学博士论文，2009年。

王玉超：《明清科举与小说》，扬州大学博士论文，2010年。

周勇：《明代会元别集考论》，武汉大学博士论文，2011年。

张丽丽：《清代科举与诗歌》，上海师范大学博士论文，2011年。

李华：《永乐年间庶吉士诗文与明前期社会》，武汉大学博士论文，2012年。

2. 期刊论文

姜义华：《我国近代型知识分子群体简论》，《近代史研究》1987年第1期。

陈建华：《晚清"诗界革命"盛衰史实考》，《福建论坛》（人文社会科学版）1987年第3期。

郑焱：《1905年废科举论》，《史学月刊》1989年第6期。

袁立春：《论废科举与社会现代化》，《广东社会科学》1990年第1期。

黄强：《八股文与明清戏曲》，《文学遗产》1990年第2期。

赵善嘉：《明清科举与文学》，《上海师范大学学报》（自然科学版）1992年第1期。

邝健行：《唐代律赋对科举考试的粘附与偏离》，《中国文学研究》1993年第1期。

刘焕阳：《北宋科举与文学》，《牡丹江师范学院学报》（哲学社会科学版）1994年第3期。

黄仁生：《论元代科举与辞赋》，《文学评论》1995年第3期。

萧功秦：《从科举制度的废除看近代以来的文化断裂》，《战略与管理》1996年第4期。

程禹文：《论梁启超对封建科举教育的批判》，《首都师范大学学报》(社会科学版)1996年第2期。

罗志田：《清季科举制改革的社会影响》，《中国社会科学》1998年第4期。

周振鹤：《官绅新一轮默契的成立——论清末的废科举兴学堂的社会文化背景》，《复旦学报》(社会科学版)1998年第4期。

李子广：《〈西厢记〉与科举文化》，《内蒙古大学学报》(哲学社会科学版)1998年第6期。

黄强：《明清"西厢热"持续的一个重要原因》，《河北学刊》1999年第3期。

李志茗：《科举制度之废除及其后果——兼析科举制度的合理内核》，《华东师范大学学报》(哲学社会科学版)2002年第4期。

李涛：《论近代知识分子的文化转型——以晚清民国教育家群体为例》，《辽宁师范大学学报》(社会科学版)2003年第4期。

何玲：《清末经济特科探析》，《历史档案》2004年第1期。

蒋寅：《科举阴影中的明清文学生态》，《文学遗产》2004年第1期。

潘建国：《清末上海地区书局与晚清小说》，《文学遗产》2004年第2期。

杨齐福：《清末废科举的文化效应》，《中州学刊》2004年第2期。

吴淑钿：《从夏敬观〈唐诗说〉看同光体后期诗人的诗史观》，《文学遗产》2004年第3期。

关晓红：《科举停废与清末政情》，《中国社会科学》2004年第3期。

邱远猷：《黄遵宪的香港感怀诗》，《文史杂志》2005年第3期。

张亚群：《漫议科举考试文体》，《中国考试》2007年第3期。

田澍：《科举的利弊及清朝废除科举的教训》，《西北师范大学学报》(社会科学版)2005年第1期。

叶哲铭、陆竹燕：《废科举：近代著名思想家的反思》，《复旦教育论坛》2005年第2期。

刘海峰：《终结盲目批判科举的时代》，《东南学术》2005年第4期。

邹一南：《浅谈科举制度对中国社会的影响》，《西南交通大学学报》(社会科学版)2007年第4期。

刘海频：《〈儒林外史〉呈现的科举活动与科举观》，《教育与考试》2008年第4期。

刘海峰：《科举文学与"科举学"》，《武汉大学学报》(人文科学版)2009年第2期。

叶楚炎：《"类科举"的情节和小说——明代科举对小说文体的影响》，《重庆大学学报》(社会科学版)2009年第5期。

江俊伟、徐薇：《从文体类型和创作生态看明代文学研究的两个学术增长点——以〈明代科举与文学编年〉为例》，《武汉大学学报》(人文科学版)2010年第5期。

钱志熙：《古代小说中的温州人形象》，《中国典籍与文化》2011年第1期。

刘于峰：《科举题材戏曲在晚清的开拓——以杨恩寿〈再来人〉为考察对象》，《名作欣赏》2011年第5期。

章友彩：《从〈国色天香〉中文言小说看晚明的科举文化》，《中国市场》2011年第26期。

李光摩：《八股文的定型及其相关问题》，《文学遗产》2011年第6期。

丁文：《周作人科举经历考述》，《鲁迅研究月刊》2012年第1期。

张会：《科举背景下宋代文言小说的变迁》，《社会科学家》2012年第2期。

王玉超、刘明坤：《明清小说中婚姻观念与科举的关系探析》，《华北电力大学学报》(社会科学版)2012年第2期。

王日根、张霞：《科举社会的消逝与士子的境遇——读沈艾娣〈梦醒子〉》，《教育与考试》2012年第1期。

杨毓团：《论后科举时代江西乡绅群体文化心态与社会功能——以1905—1930年代赣中南地区为考察中心》，《江西农业大学学报》(社会科学版)2012年第1期。

人生是一场没有休歇的旅行

(代后记)

路边的腊梅花谢了，又开了；开了，又谢了。时光就在这花谢花开、花开花谢中悄然逝去。看着开得极其烂漫的白玉兰，我的心中充满了对时间和人生的感喟——人生何其短，吾当奈之何！

然而走一段，便须停一停，回头看看来时的路，却是我们继续以后的人生所必需的反思。回顾这些年来我的生活经历与人生追求，我发现，其实我一直处于"漂泊"的状态中，这种"漂泊"首先体现在环境的不断改变：从1994年离开家乡到湖北宜昌读大学；然后回到山东，到一所乡镇中学任教师；之后是在湖南长沙读研，然后到山东枣庄学院担任教师；然后是离开枣庄，至武汉大学读博，再到现在的湖北宜昌。大致每五年（或三年），我的人生就会因空间上的位移而发生一次较为重大的改变。而与之同时发生改变的，还有我的内心。回想起大学毕业后我最初工作的乡镇中学，站在讲台上的我如何面对一群天真活泼的孩子们挥洒我的青春，那似乎仅仅发生在昨天，然而，12年的时间已经过去了。如果把那所乡镇中学作为我人生坐标的一个原点，那么现在的我，距离原点的位置，已是愈来愈远了。这不仅仅指地理空间上的变化，还有我精神上的改变。我仍时时忆起那个每到暑季就荒草丛生、狐兔出没的乡下中学，以及与同事们说笑嬉闹共同学习共同进步的美好时光，然而我也认识到，我为兴趣为理想的付出与追求同样是极有价值的。我将把"原点"时期的所有美好珍藏在我的记忆中，永不忘记，但是，我不能让自己始终停留在原点。

我庆幸我对自己所喜欢的古代文学投入了持续的努力，才使我有机会得到那么多认真负责、高水平的老师们的教诲，也才有可能继续得以提升。在求学的过程中，我有过失败，也有过沮丧，甚至一度想中途放弃，那是因为我一开始未能端正学习态度而使自己举动失措，行为乖张。在我自卑抑郁、如溺水之人急需援助时，好友田星给了我继续坚持下去的信心，让我从自卑的阴影中解脱出来，踏实认真地对待学习和生活。感谢田星，她为我的人生点亮了一盏明灯！

回想起2009年11月我大着胆子报考陈文新老师的博士生时的情形，时至今日，我依然暗暗为自己的勇敢喝彩。那时，周围没有一个人对我的考博抱有信心，然而我还是不顾流言，勇往直前了。感谢上苍的眷顾，使我有幸忝列陈氏门墙，从此得以聆听陈师教诲，我的人生也因此而再得以提升。

无论是对长沙，还是对武汉，还是对枣庄学院，我的内心都充满温馨与留恋。我固然留恋这些地方的美丽风光，但在很大程度上，是因为这些地方的人给我留下了美好的回忆。在我的心里，这些地方的人是友爱的，积极上进的；事是和谐的，水到渠成的。如果把我们所遇见的人比作我们人生的风景，那么，在我眼里，我所见到的都是令人为之流连忘忧的风景！在湖南师范大学期间，我经常与好友共攀岳麓山，畅游湘江畔，长沙的街头巷尾都曾留下我们美好的回忆。在美丽的武汉大学，我经常或约上朋好，或独自一人，从一个地方走到另一个地方，徜徉于山光水色之间，乐此不疲，流连忘返，校园里的每一个角落都留下了我们的足迹。我们时而同学小聚，促膝长谈；时而互相诘难，切磋学艺，这使我们的读书生活多姿多彩，兴味盎然。如今在三峡大学，我与同道们相互补益，相得益彰，又使我时时体会到志同道合的快乐与满足。

春秋易序，日月如梭，迩来年齿渐长，阅历渐深，我逐渐明白，"诚"在生活中是多么重要！诚实地对待自己，诚信地对待他人，真诚地对待自己从事的事业，不欺他，不自欺，努力追求做人与为学的更高境界，是我对自己今后为人、处事的要求。我愈来愈发现，为学做事正如做人，一个人的性格、爱好，在其文章和事业中大致可见。拿我来说，性格上粗放大于求精，因此在学习时也就体现出对知识细节和理论体系的不求甚解，有时甚至会囫囵吞枣，张冠李戴，而历次学位论文的写作使我的这些坏习气得到了极大的改正。我应深深感谢屡次学习与撰写论文的机会，这其中虽不乏辛苦，但更多是因这种艰辛与磨砺而带来的对人生境界的淘洗与锤炼！我又惕怵于许多青年学者生命的早逝，因而在求学工作的同时，不忘提醒自己健康对于我们的人生、家庭和事业又是多么重要！

这本书是我在博士学位论文《科举废止前后的晚清社会与文学》的基础上修改而成的。此篇论文从题目到撰写，都得益于我的导师陈文新先生的指导与鼓励。先生志趣高远，治学严谨，勤勉不倦，对我们循循善诱，谦和亲切而又幽默风趣。每当到了文思枯窘、难以下笔的时候，我总是找出先生的论著，一再细读、品味，往往会得到意想不到的启发与思路；我又常常向先生请教自己的困惑之处，而先生三言两语的点拨，往往会使我柳暗花明，豁然开朗。在此，我深深感谢陈先生的辛勤培育之恩！于武汉大学求学期间，我们在陈顺智、尚永亮、王兆鹏、陈水云、程芸、李建中、骆瑞鹤、罗积勇等在古典文学与文化方面深有造诣的先生们的引领下，渐次丰厚了我们原本单薄的知识与人生贮备，师友相洽，其乐融融。

我还应感谢在大学时期教授我们古典文学的田维瑞先生，是他对古典文学充满深情的讲解引领我走上了热爱古典文学的道路；我还要感谢我的硕士生导师刘上生先生，是他对我们的严格要求，使我端正了为学的态度，才使我在古典文学研究的道路上有了进一步深造的可能。师恩难忘，我将铭记终生。在论文修改的过程中，我又得到硕博皆为同门的师兄周勇的帮助和指导，也在此一并表示感谢。

在书稿修改并准备出版的过程中，武汉大学出版社胡程立社长和责任编辑陈帆女士认真负责，严格把关，使我在研究上再得砥砺与精进，在此我对她们表示衷心的感谢！

我还要深深感谢我的家人，正是他们的无私付出和在物质精神上的双重支持，使我能够摆脱繁琐的家务和其他杂事的缠绕，一身轻松地在学校里完成学业。在这里，我想真诚地对我的爱人和孩子说一声：谢谢！对父母兄姊的大力支持，我表示深深的感谢！先父在世时，一直希望我在学习上有点出息，如果他能看到我现在的进步，也会欣慰于九泉了。

人生是一场漂泊的、没有休歇的旅行，行走在路上，"山川自相映发，使人应接不暇"，这不也正是上苍赋予生命的意义么？我对已经走过的旅程是欣悦的，因为在漂泊中，我渐渐完善了自己；我也相信，我会继续满怀欣悦地走好未来的每一段旅程。

顾瑞雪　于宜昌

2015 年 2 月 25 日

《中国科举文化通志》书目

历代制举史料汇编

历代律赋校注

七史选举志校注

唐代试律试策校注

八股文总论八种

游戏八股文集成

翰林掌故五种

贡举志五种（上）

贡举志五种（下）

明代科举与文学编年（上）

明代科举与文学编年（中）

明代科举与文学编年（下）

明代状元史料汇编（上）

明代状元史料汇编（下）

四书大全校注（上）

四书大全校注（下）

钦定四书文校注

《游艺塾文规》正续编

钦定学政全书校注

《清实录》科举史料汇编

梁章钜科举文献二种校注

二十世纪科举研究论文选编

《礼部韵略》与宋代科举

科举废止前后的晚清社会与文学

《儒林外史》的现代误读

游戏八股文研究

元明科举与文学考论

明代八股文选家考论

唐代科举与试赋